陳新雄編

聲類新編

林尹題

臺灣學生書局印行

聲類新編序

昔陸士衡文賦曰暨音聲之迭代若五色之相宣蓋善為文者莫不藻思千眠音響和暢清辭麗句所以取悅乎目含宮咀商所以取悅乎耳而所謂音聲者劉彥和文心雕龍聲律篇云異音相從謂之和同聲相應謂之韻不啻陸賦音聲二字之達詁也原彥和之意異音即不同之聲類同聲乃相同之韻部是則音指聲紐聲謂韻部也然劉氏又云屬筆易巧選和至難綴文難精而作韻甚易選和何以至難作韻何以甚易自來論者多有未達

嘗試論之曰先秦古音諧聲字之音韻與聲母即諧聲字之偏旁相同故觀形足以知韻識字足以明音追

及兩漢篆省為隸字體淆亂聲難審知則先秦之法已不適用若字音變遷任隨其方則妨礙至巨故韻書興焉韻書之作始於魏李登聲類其書以五聲命字五聲為何今無可考晉呂靜繼之而作韻集自茲厥後韻書蠭出若夏侯該韻略陽休之韻略周思言音韻李季節音譜杜臺卿韻略等則其尤著者也隋陸法言與劉臻等八人論古今通塞南北是非取諸家韻書剖析毫釐捃為切韻五卷以為凡有文藻即須明聲韻者也呂靜諸人之書雖不盡與切韻同然其分韻列字之體例則仍舊貫今觀王仁昫刊謬補缺切韻各卷韻目之注猶可窺其一斑既有韻書為分韻列字則翻檢韻書衆字咸出此所以作韻甚易

也

魏晉南北朝人雖熹言雙聲然未有為聲紐作專書者故欲知何者為雙聲何者非雙聲並無準的全憑作者之揣度耳作者又因地域不同言語異聲甲地為雙聲者乙地則非乙地非雙聲者丙地復是無一客觀之標準故曰選和至難也

余執教上庠任聲韻學講席逾二十年以廣韻課諸生廣韻承切韻之舊分韻列字紐則淩散此種編排利於熟習切語上字之聲紐及其清濁發送收至於切語下字之韻部及其陰陽呼等雖可令系聯以熟練之然效果不彰諸生於切語下字之類別仍多茫然因思以廣韻音切為主另編一書分紐列字

而韻錯出既可解劉氏選和之難又可令諸生熟練切語下字積之胸臆有年庚申春偶與林君慶勳語君聞而好之奮臂相助復以出版事商之於臺灣學生書局該局以有益學生樂觀其成因與林君分別召集國立臺灣師範大學國文學系及私立中國文化大學中國文學系從業諸生朱兆敏陳金杓王秀麗曾惠美李金蘭蘇渝華武泓甫胡瑞君陳秀珠劉翠華李文玲田蕙綸等十餘人告以體例分卷編撰閱兩寒暑始克竣事為便於查索另附筆畫索引諸生之中朱生兆敏陳生金杓終始其事精神可嘉而林君慶勳督導校正之功尤不可沒特為表揚以為讀斯篇者告書成顏之曰聲類新編略取李登聲類

之旨示推陳出新之意耳景伊師寵錫題簽敬致謝忱幸海內賢達不吝賜教斯為序

民國七十一年元月二十一日夏正辛酉冬十二月二十七日陳新雄伯元甫序於臺北市和平東路二段鍥不舍齋

目錄

卷一 喉音

卷二　牙音

卷三　舌音

卷四　齒音

卷五 脣音

卷第一喉音

一○影形影於丙切八璟王光彩出埤蒼境上同鐛飽亦作鉠摬中擊毴毛車剠王篇云剌也颷高風○翁老稱也亦鳥頸毛又姓漢書貨

殖傳有翁伯販脂而傾縣邑烏紅切八螉蠮螉蟲名細腰蠭也鰫魚名蓊蓊鬱草木盛皃又烏桶切䈵竹盛皃𩋻吳人靴靿曰鞥𣘗水檷子果名出南州

𩔶頸毛也○邕說文曰四方有水自邕成池者是也於容切十六雍和也與邕略同又雍奴縣名在幽州水經云四方有水曰雍不流曰奴亦姓左傳有雍糾又於用切噰

鳥聲噰上同雝雝䨴多皃澭水名在宋灉上同爾雅曰水自河出爲灉癰癰瘍罋汲器廱辟廱天子教宮饔熟食壅塞又音擁雝爾雅

曰鶅鴒雝渠鷛上同壅玉器獾獸似猨也○胦胦肛不伏人握江切一○逶逶迤於爲切十二痿枯死萎蔫也桵田器覣好視蜲蜲蛇痿痹濕

病也倭慎皃委委佗佗美也䴧鹿肉蟡涸水精一身兩頭似蛇以名呼之可取魚鼈○漪於離切水文也十一猗長也倚也施也又犗犬出字林或作犄椅

木名梓實桐皮旖旖旎旗舒皃又音上聲禕美也珍也陭陭氏縣名欹歎辭㾨身急又弱也犄犗也䫏笑容皃也檹說文曰木檹施也賈侍中說檹

即椅也可作琴○伊惟也因也侯也亦水名又州本伊吾盧地在燉煌之北大磧之外秦末有之漢爲伊吾屯隋爲郡貞觀初慕化內附置伊州焉又姓伊尹之後今山陽人於脂切五咿

喔咿蛜蛜蝛蝚負蟲也黝縣名屬歙州又於九切黟上同○醫醫療也亦官名漢太常屬官有太醫令續漢書曰秩六百石有藥丞主藥方說文曰巫彭初作醫於其切五

毉上同譩忿也瘱羸也又乙賣切噫恨聲○威威儀又姓風俗通云齊威王之後於非切八葳葳蕤隇隇陝險也嵔嵔𥕛也又於鬼烏罪二切蝛蛜蝛

蟲也一名蟠蟥鰄魚名媁美也楲泆塘木也又楲窬褻器也○依倚也祿也於希切八郼殷國名也衣上曰衣下曰裳世本曰胡曹作衣白虎通云衣者隱也裳者障也所以隱

形自障蔽也又姓出姓苑 𢡫痛聲 㛄女字 㐆說文曰歸也从反身 䧇天䧇縣在酒泉 𢘊念痛聲也 。於居也代也語辭也又商於地名亦姓今淮南有之央居切又音烏五

扵俗 箊竹名 淤淤泥又依倨切 唹笑皃 。紆縈也曲也詘也勞也又姓後秦有肥鄉侯始平紆邈憶俱切十二 靬鞶靬又音于 陓陽陓澤名 扜說文指麾也

軀韝也 褔編枲頭衣又烏侯切 蓲草名又去鳩烏侯二切 迂曲也又音于 盓能者飲不能者止也又音于 尪盤旋 虷蚰蜒別名 雩雩注雨皃 。烏安也語辭也說文曰孝烏也小爾雅曰純黑而返哺者謂之烏小而不返哺者謂之鴉又姓左傳齊大夫烏枝鳴又虜姓周上開府烏丸泥又虜三字姓北齊有烏那羅愛後魏書有烏石蘭氏烏洛蘭氏哀都切二十一

嗚嗚呼 洿說文曰濁水不流者 汙上同又一故切 杇泥鏝 圬 釫並上同 鰞鰞鰂魚月令云九月有寒烏入水化爲烏鰂魚 歍口相就也

鎢鎢錥溫器 弙滿挽弓有所向 於古作於戲今作嗚呼 瑦美石 鄔縣名又音塢 盓盤盓旋流也又憂俱切 螐螐蠋蟲也大如指白色 惡安也 扝引也

蔦蔦蘦荻也 鳺鳺桿青梯 鶘鴮鸅鵜鶘別名俗謂之掏河也 。鷖鳥屬烏奚切十二 翳蔽也又烏計切 譩相言應辭 嫛人始生曰嫛婗出釋名 黳小黑

羥黑羊 堅塵埃 瑿美石黑色 黟說文黑木也丹陽有黟縣 繄是也辭也又赤黑繒亦戟衣也 誒誠也又於米切 檕檕撕弩楔木也 。烓說文曰行竈也爾雅曰煁烓郭璞云今之三隅竈烏攜切三

䵷上同 甈甈下孔 蛙蝦蟆屬烏媧切二 鼃上同又戶媧切 。娃美女皃於佳切五 洼水名 哇淫聲 𡗗邪皃又音圭

唲唲嘔小兒言也 挨推也亦背負皃乙諧切一 。崴崴𡿖乙皆切四 碨碨砐不平也砐音鴉 𤬢鑪也亦作鑢 溾溾涹穢濁 。隈水曲也烏恢切十一 煨煻煨火

緭五色絲飾 渨渨沒 椳戶樞 偎愛也亦國名 颹風低皃 揋揋擠 䚈曲角中也 葨山草 鰃魚也 。哀悲哀也又姓漢有哀章烏開切六

埃塵埃 唉慢譍又於其切 焥熱甚 欸歎也 毐說文云人無行也本又烏改切 。因託也仍也緣也就也亦姓左傳遂人四族有因氏俗作囙於眞切二十三 茵

茵蓐說文曰車重席也詩曰文茵暢轂文茵虎皮也鞇上同禋祭也敬也𥛛籀文闉闉闍城上重門駰白馬黑陰又於巾切湮落也沈也烟烟煴天地氣易作絪縕

氤氤氳元氣盛也絪絪縕麻枲垔塞也陻𡊨並上同堙亦土同又土山也洇水名姻婚姻白虎通曰婦人因人而成故曰姻也字林云婚婦家姻壻家婣古文

出周禮諲敬也裀玉篇云衣身䍳黑羊歅秦穆公時有方歅一名臯善相馬也或作諲𢭃就也○䜭鼓聲於巾切三鼘上同又烏玄切駰馬陰淺黑

色又音因○贇美好也於倫切四奫泉水頵說文曰頭頵頵大也蝹蝹蝹龍皃○煴烟煴天地氣也易作絪縕於云切十氳氤氳元氣緼亂麻又於粉切馧香也蒀

葐蒀盛皃䅬上同輐轒輐兵車又於粉切蘊蘊積也又於粉切蝹龍皃壼鬱也○殷衆也正也大也中也說文从㐆云作樂之盛稱殷亦姓武王剋紂子孫分散以殷爲氏出

陳郡於斤切四慇慇懃濦水名在潁川溵上同○鴛鴛鴦匹鳥於袁切十八冤屈也枉也曲也又冤句縣在曹州句音劬帵幡帵鵷鵷鶵似鳳涴水名

惌惌枉鋺鋤頭曲鐵宛屈草自覆又宛縣在南陽又音苑蜿蜿蜿龍狀也又音苑𩟄貪也蒬蕀蒬草名怨怨讎又於願切𡡉𡡉𡡉美也葾敗也輐兵車

𩊠量物之具又於阮切䘰幡䘰眢目空皃又一丸切○蔫蔫菸也謁言切二焉安也又不言也○𥁕說文曰仁也从皿以食囚也今作昷同烏渾切十三温水名出犍

爲又和也善也良也柔也暖也又姓唐叔虞之後受封於河內温因以命氏又郤至食采於温亦号温季因以爲族出太原又漢複姓二氏莊子有温伯雪子姓苑又有温稽氏轀轀輬車也蒀

薀藻節中生葉又於殞切䮵䮵驪駿馬殟病也鴛鴛鴦匹鳥又音寃𨜵鄉名出蜀志豱豕名縕禮曰一命縕韍韞赤色又於粉切𤬝瓜名𪉾戎狄云鹽

○恩恩澤也惠也愛也隱也亦姓前燕慕容皝東庠祭酒恩茂風俗通云陳大夫成仲不恩之後烏痕切三㶼說文炮炙也以微火温肉煾上同○安安徐也靜也止也平也亦州名

春秋時鄖國漢屬江夏郡宋分江夏郡爲安陸郡武德年討平王世充改爲安州有鄖水亦姓風俗通云漢有安成爲太守廬山記有安息國王子安高又漢複姓有安都氏烏寒切五盦

大盂 䆴䆴䆴 郊地名在當陽 㑎說文宴也 ○宛刻削也一丸切六 眢井無水一曰目無睛 豌豆也 蜿蟠蜿龍皃 惋惋子裁餘 婠德好皃又古旦切

○彎說文曰持弓關矢也烏關切五 灣水曲 蠻蟵蠻蟲名 𩅦吳王孫休長子名見吳志 潫潫濇 ○䵎淺色黑也烏閑切五 羥羊黑 朌赤黑色也左傳云左輪朱殷

牰牛尾色也 黫黑色出字林 嬽媚容也委娛切一 ○煙火氣也烏前切十二 烟同上 𥦖古文 𤊡籀文 燕國名亦州又姓邵公奭封燕為秦所滅子孫以國為氏漢有燕倉又於薦切 咽咽喉 𦶎蔫支香草 驠馬竅白 湮爾雅云落也又音因 胭胭項 𦷁竹名 闉闉氏單于適妻也氏音支 ○淵深也管子曰水出而不流曰淵又姓世本有齊大夫淵湫烏玄切十 剈同上 𡇒古文 痟骨節疼也 弲弓曲勢 肙翦 鼘鼓聲 䢺行皃 鳶鳥羣 蜎蜎蠉又毆泣切 娟便娟舞皃嬋娟好姿態皃於緣切七 嬛身輕便皃 悁悁憂悒也 蜎蠋皃又狂兗切 㟗山曲 潫水深 嬽娥眉說文曰好也 蔫何也又鳥雜毛說文曰鳥黃色出江淮間於乾切五 閼閼氏單于妻又音遏 蔫物不鮮也 嫣長皃又人名 鄢人姓又鄢陵縣名又於晚切亦作傿 ○嬽娥眉皃於權切二 潫水深皃 ○幺幺麼小也於堯切五 怮怮怮憂也又一虯切 葽草盛皃 𩶘魚名 𥉋望遠也 ○要俗言要勒說文曰身中也象人要自由之形今作腰又姓吳人要離之後漢有河南令要兢於霄切又一笑切 腰見上注 葽秀葽草也 喓蟲聲 蠳蛇名 櫻櫻欆 邀邀遮又音梟 鷂鳥名似山雞而長尾 蟯腹中蟲又如消切 ○妖妖豔也說文作媄巧也今從夭餘同於喬切五 祆祆災 枖說文云木盛皃詩云桃之枖枖本亦作夭 訞巧言皃 夭和舒之皃又乙嬌切 ○𩑻頭凹也於交切九 咬咬咋多聲 坳地不平也 窅深目皃又烏了切 軪軪軋奇皃又車聲也 眑面目不平又於糾切 咬淫聲 柆柦枸鐮柄 窅目深 爊埋物灰中令熟於刀切三 鏖銅瓮說文云溫器也 鏖同上 ○阿曲也近也倚也爾雅云大陵曰阿亦姓風俗通云阿衡伊尹号其後氏焉又虜三字姓四氏後魏書云阿伏干氏後改為阿氏阿鹿桓氏後改為鹿氏又有阿史那氏阿史德氏烏何切七 娿媕娿不決

嫆音庵 痾亦作疴病也 婀女字 娿女師又音哥 絅繒之細者 錒錒鏻小釜 ○倭東海中國烏禾切七 過水回 渦水坳 逶濁也 堝地堝窰也 踒蹋也

矮燕人云多 ○肥肥䏰手足曲病於靴切二 䖸䖸㑩癡皃出釋典 ○鵶烏別名於加切八 鵶上同 錏錏鍜 㝞㝞窊作姿態皃窊音宅加切 椏方言云江東言

樹枝爲椏杈也 丫象物開之形 ⿰石亞⿰石亞地形不平 剄自刎 ○宊凹也說文曰汚衺下也烏瓜切六 洼深也亦渥洼水名又於佳切 ⿰目瓜⿰目瓜留地名在絳州 蛙蝦蟆屬也

窐深也說文曰清水也一曰窊也又水名 哇婬聲 ○央中央一曰久也於良切九 鴦鴛鴦匹鳥又烏郎切 殃禍也咎也罰也敗也 袂上同 鉠鈴聲又音英 秧蒔秧

又於丈切 霙霙霙白雲皃又音英 胦脖胦 泱水流皃又烏朗切 ○汪水深廣又姓汪芒氏之後姓苑云新安人也烏光切五 尣曲脛俗作尢 尫尫弱說文同上 洸水名

又音光 鴦雉鳴 鴦鴛鴦匹鳥烏郎切又一良切七 佒體不申也 咉咉噟聲 ⿰豸央貉屬 ⿰犭央上同 映映矘目皃 姎女人自稱又烏朗切 ○霙雨雪雜也於驚切七 鉠

鈴聲 䛃五䛃高陽氏樂亦作英 渶水名出青丘山 鶧鸚鶧鳥名 英華也榮而不實曰英也又英俊亦姓漢有英布 瑛玉光 蝧青皃 媖女人稱美 楧楧梅

今之雀梅 ○甖瓦器烏莖切十三 罌上同 罃說文曰備火長頸缾也 鶯鳥羽文也 嚶鳥聲 櫻含桃 嫈嫈嫇又於營切又乙諍切 䴍䴍鵡能言之鳥 譻譻謍小聲

鸎黃鸎 褮鬼衣 ⿰㷡刂艾除林木也出齊人要術 茥爾雅釋草云䕷茥涂薺 ○泓水深也烏宏切四 謍謍謍 宖屋響又戶萌切 閎試力士錘 ○嬰蒼頡篇云女曰嬰男

曰兒又姓風俗通云晉大夫季嬰之後於盈切七 瓔瓔珞 纓冠纓禮記玉藻曰玄冠朱組纓 攖亂也 郹地名又一井切 賏貝飾 蘡蘡薁藤也 ○縈繞也於營切五 褮

說文云鬼衣也 嫈小心態又烏莖切 謍聲也 ⿱𤇾巾覆也 ○膺胷也親也於陵切四 應當也又姓出南頓本自周武王後左傳曰邘晉應韓武之穆也漢有應曜隱於淮陽山中

與四皓俱徵曜獨不至時人語之曰南山四皓不如淮陽一老八代孫劭集解漢書 蠅寒蜩 鷹鳥名月令曰鸇鷙之日鷹化爲鳩 ○憂愁也又姓出姓苑於求切十七 優饒也

亦優倡又姓史記楚賢臣優孟 瀀 瀀渥 優 優游本亦作優詩云愼爾優游 麀 牝鹿 𪋮 同上 櫌 鉏也又打塊椎 鄾 邑名在鄧 𢆶 微小 怮 含怒不言 嚘 歐嚘

歎也 耰 覆種出玉篇 獶 獶獿犬名 蘷 菜名 纋 笄中 [illegible] 氣逆 妋 鼻目間恨 ○謳 吟也歌也烏侯切十六 嘔 嘔吺小兒語也 歐 歐陽複姓出長沙郡 甌

瓦器亦甌闆又姓出姓苑 區 姓也古善劍區冶子之後今郴州有之 漚 浮漚 鷗 水鳥說文云水鴞也 [illegible] 深目皃又若侯切 瞘 同上 櫙 木名爾雅曰櫙茎今之刺榆 蓲

上同 醧 酒甘 剾 剾劊又格侯切 [illegible] 小兒涎衣 鏂 鏂鉟 膒 久脂 ○幽 深也微也隱也亦州名釋名曰幽州在北幽昧之地故曰幽禹貢冀州之域舜以冀州南北廣大分燕北爲幽

州又北方曰幽都又姓出姓苑於虯切七 泑 澤在崐崘山下 呦 鹿鳴 [illegible] 上同 蚴 蚴蟉龍皃又一糾切 怮 說文憂皃 𢆶 微也 ○愔 靖也挹淫切二 韾 聲和靖也

○音 說文曰聲也生於心有節於外謂之音宮商角徵羽聲也絲竹金石匏土革木音也於金切八 陰 陰陽也說文作侌闇也水之南山之北也又姓出武威風俗通云管修自齊適楚爲

陰大夫其後氏焉 隌 爾雅云闇也注謂隌然冥貌又烏感切 瘖 瘖瘂文字曰皋陶瘖 霒 雲覆日又姓出纂文 [illegible] [illegible]豆 喑 極啼無聲又於含切 䤃 醉聲又於南切 ○諳

記也憶也烏含切十二 鶕 鶕鶉字林作雝雗 媕 媕娿不決 庵 小草舍也 腤 煑魚肉也 菴 菴蕳草又菴羅果也 [illegible] 蹇跛之皃 馣 香也 [illegible] 貪愛 韽 聲小

又於林切 盦 說文曰覆蓋也 喑 啼泣無聲 ○淹 漬也滯也久留也敗也央炎切六 菴 菴蕳草又音諳 崦 崦嵫山下有虞泉日所入又於檢切 醃 鹽醃又葅也

䣍 邑名 閹 男無勢精閹者 ○懕 安也一鹽切七 猒 飽也又於豔切 饜 上同 嬮 和靜 [illegible] [illegible]儉 稖 稖稖苗美也 㜝 含怒也又魚檢切 ○[illegible] 犬吠聲乙咸切

又乙陷切三 淊 淊没 黯 深黑也又乙減切 ○醃 鹽漬魚也於嚴切二 腌 上同 ○翁 翁鬱影烏孔切九 滃 大水皃 暡 氣盛皃 [illegible] [illegible]多皃又音邕濃

勜 勜肍屈強皃肍音軏 [illegible] 竹盛又音翁 [illegible] 臭皃出字林 塕 塕埲塵起 [illegible] 然煙氣 ○擁 手擁說文作擁抱也又擁劍蟲形似蟹崔豹古今注云一名執火其螯赤

故謂之執火於朧切三 ⿱雍手上同 壅壅堨亦塞也障也又音邕 ○慃悻慃很戾烏項切一 ○委委曲也亦委積又屬也棄也隨也任也又姓漢有太原太守委進出風俗通於

詭切五 骫骨曲又姓出纂文 ⿺丸咼說文曰鷙鳥食已吐其皮毛如丸又許以切 蜲委黍負爾雅云蛜威委黍字或從虫 䍴羊相䍴羵 ○倚依倚也又姓楚左史

倚相於綺切五 猗猗㹮猶窈窕也又於羈切 椅椅梔又於宜切 旖旖旎旌旗從風皃 輢車輢 ○㱦㱦歍驢鳴於几切一 ○譩恨也又磨也於擬切又於其切

二 醷梅漿 ○扆戶牖間也禮疏云如綈素屏風畫斧文也於豈切六 㤝痛聲 偯哭餘聲 㕈藏也 僾僾俙看不了皃又烏代切 靉靉䨴不明皃出海賦又烏

代切 ○磈磈硊石山皃又危也於鬼切二 嵔嵔崔山高曲下 ○⿰扌於擊也於許切二 ⿱於月肩骨 ○傴不伸也尪也荀卿子曰周公傴背於武切三 噢噢咻病聲 迂

曲迴皃 ○隝村隝亦壁壘說文曰小障也一曰庳城也安古切十 塢上同通俗文曰營居曰塢戴延西征記曰蠡城川南有金門塢 鄔郡名又姓鄔郡大守司馬牟之後因以爲氏

瑦石似玉也 䲸小障也出埤蒼 鴮頭巾 溩水溩 ⿰言烏相毀皃 ⿰走烏走輕 ⿰車烏車頭中骨 ○吁可也介也烏弟切二 訏磨聲 ○矮短皃烏蟹切三 ⿸广奇

坐倚皃又作矮 ⿰身委上同 ○挨打也於駭切二 唉飽聲又於來切 ○猥犬聲又鄙也烏賄切十 腲腲脮肥皃 嵔嵔嵬 鍡鍡鑸不平 ⿰女畏⿰女畏媞好皃 碨碨磊

石皃 䃳上同 ⿰歹畏⿰歹畏䃳不知人也 椳椳䃳行病 ⿰阝畏鄈鄰不平 ○欸相然譍也於改切四 㕈藏也 毐嫪毐秦人名又音哀 挨擊也 ○愇謀也議也亦厚重也

於粉切十 薀藏也說文曰積也春秋傳曰薀利生孽俗作蕴 蘊俗 韞韞櫝 縕枲麻 褞褞袿 ⿰車宛轒⿰車宛車名 賱賱賰富也 醞釀也又於問切 揾沒也

○隱藏也痛也私也安也定也又微也又姓吳志有廷尉左監隱蕃於謹切十一 磤雷聲 癮癮胗皮外小起 ⿰糸隱縫衣相著 㥯謹也 檃說文括也 嶾嶾嶙山皃

乚匿也 濦水名 㐆歸依也又於機切 ⿰車隱車聲 ○偃偃仰又息也說文僵也又姓左傳舒庸舒鳩並偃姓於幰切十二 㫃旌旗之旒 ⿰貝匽物相當也

鶠鳳也郾縣名褗衣領堰壅水也又於建切匽隱也鄢鄭楚地名左傳曰晉侯鄭伯戰于鄢陵鼴鼴鼠似鼠形大如牛好偃河而飲水也蝘

蜩蟟別名又爾雅云蝘蜓守宮也鰋魚名○婉順也美也於阮切二十菀紫菀藥名又菀茂木也又姓左傳齊大夫菀何忌苑園苑白虎通云苑囿所以在東方者

謂養萬物東方物所生也踠體屈蜿蜿蟺蚯蚓也亦作蜑蜑上同畹田三十畝王逸云十二畝也琬珪也宛宛然說文曰屈艸自覆也又姓左傳有宛春惌

說文同上又周禮注云惌小孔貌倇歡樂鞔鞔量物之鞔也韢同上䘼襪也又安院切夗臥轉兒韢鞔底履名晼晼晚睕乖也又無媚也䑱船木

䛄慰也又於万切○穩持穀聚亦安穩烏本切三噫噫嗶小口僾僾偃○椀器物烏管切三盌上同䝹睕腨小有財○綰繫也烏板切一○蝘蝘蜓

於殄切五躽身向前也䁙視也宴安也又烏見切嬿嬿婉又烏見切○㫃旌旗之兒於蹇切三𧽊走也嫣長兒○杳冥也深也寬也烏皎切十五窅

深目窈窈窱深也靜也偠偠㝹好兒騕騕褭神馬日行千里䮁上同黝黝䵴長而不勁葽廣雅云遠志也𣄃旗類鴢爾雅曰鴢頭鵁郭璞云似

鳧腳近尾略不能行又音拗㜈㜈嫋細弱皀合也宧遠也隱也說文冥也宧說文曰戶樞聲也室之東南隅也苭草長○夭屈也於兆切四殀歿也

芺爾雅曰鉤芺郭璞云大如拇指中空莖頭有臺似薊初生可食仸仸僑不伸又尪弱兒○闄隔也於小切一○抝手拉於絞切五鴢鴢頭鵁似鳧而腳近尾怮靴鞾

怮亦從革○見深目狕獸名○襖袍襖烏皓切十四跃跃跳長也懊懊惱䐿藏肉又烏到切芺苦芺䴠麇子媪女老稱燠甚熱又音郁

夭禮曰不殀夭本又於嬌切仸仸正之兒郁邑名蝹蟲名如猿常地下食人腦䯉藏骨鴁鳥名○閜閜砢欲傾兒烏可切七椏椏榴樹斜𣝈𣝈椏

婀婀娜亦作妸娿人姓莊子有娿荷甘又音痾𣄨旌旗𣄨兒又猗蟻切袲袲褭○婐婐妮身弱好兒烏果切三倭倭墮又烏戈切婑多也○啞不言也烏

下切又乙革切三 瘂癥並上同 ○鞅牛羈也說文頸靼也於兩切十一 柍木名 秧秧穰禾稠也又音央 𩚩飽皃 詇早知也 岟峡山足 駚駚騖馬皃 炴火光 眏無資量謂無極限也 怏怏悵也又於亮切 紻冠纓 ○枉邪曲也亦姓今號州有紆往切四 𢻱曲侵 𣢼使人 汪汪陶縣在鴈門又烏光切 ○坱塵埃也烏朗切十 姎女人自稱姎我又烏朗切 眏映䁝不明 泱滃泱水皃 咉咉咽悲也 醠濁酒 英竹名玉篇云英無色也 盎盆也又烏浪切 駚駚鸗馬容 軮軮軋聲也 ○汪大水烏晃切二 潢水深廣皃 ○䁝清潔烏猛切三 浻浻潒水回旋也 奣六合清朗 ○廮安也又廮陶縣名在趙州於郢切五 郺地名 瘿瘤也博物志云山居之人多瘿疾 𣤶𣤶氣 𦢫滯氣 ○濴洴濴烏迥切一 ○巊巊溟山水烟涬切三 䚆誙厭 灐灐涬大水皃 ○𩙽𩙽飂於柳切三 𩶘魚名 懮懮受舒遅皃 ○歐吐也或作嘔烏后切又烏侯切七 嘔上同 毆毆擊也俗作敺 㸸特牛又吼口二音 㞅山名在溧陽縣 塸聚沙 𧝞次衣也又於侯切 ○黝黑也於糾切又於夷切七 怮憂皃 𩙽𩙽飂風聲又於柳切 蚴蚴蟉龍皃 泑崑崙山下澤也 眑幽靜之皃 𣢝愁皃 ○𣣖說文曰歠也於錦切三 飲上同 𤁸大木至又於感切 ○晻晻藹暗也冥也烏感切九 黤黤黮 揞手覆 唵手進食也 隌隌闇 罯魚網 黤青黑色也 𡯁𡯁跛又蹇也 𤁸大水至 ○埯坑今之窞埯是烏敢切二 揜手揜物也 ○黶面有黑子於琰切八 𧟀𧟀穰 厭厭魅也又於豔切 𡾄山桑 魘睡中魘也又於協切 䣍蟹腹下䣍 擪持也又一牒切 酓酒味苦也 ○奄忽也止也藏也取也遽也說文覆也大有餘也又姓左傳秦三良奄息衣儉切十七 䨄雲狀 𨚕國名 掩掩奈 閹閹門 掩閉取也說文云斂也小上曰掩 揜說文曰自關以東謂取曰揜一曰覆也 裺衣縫緣也 晻晻晻日無光 渰雲雨皃詩云有渰淒淒 罨鳥網又於劫烏合切二 弇蓋也 𣄛掩也 媕女有心媕娿也 腌屋腌雀也 崦崦嵫山日沒處 𣄛掩光又於葉切 ○埯土覆於广切二 旑旑翳 ○黯黯然傷別皃說

文云深黑也乙減切一 ○黤青黑色於檻切二 黭黃黭人名說文曰黭者忘而息也 ○瓮說文罌也烏貢切五 甕同上 罋瓶也說文曰汲缾也 罋同上 鷱

鼻寒曰鷱 ○雍九州名雍擁也東崤西漢南商北居庸四山之所擁翳也又姓風俗通云文王子雍伯之後於用切又於容切三 灉河水決出還入爲灉又於容切 壅加土壅田

倚侍也因也加也於義切又於蟻切三 輢車輢 陭陭氏縣在上黨又於奇切 ○縊自經死也於賜切三 㱲物凋死又脚手小病 螠螠女蟲案爾雅曰蜆縊女郭璞云小黑蟲

赤頭喜自經死故曰縊女字俗從虫 ○餧餧飯也於偽切四 萎萎牛 䍴羊相䍴積又音委 𣨛禮記注益州有鹿𣨛 ○恚怒恨也於避切二 ⿰女恚說文曰不說也

○懿美也大也溫柔聖克也又姓秦錄有吏部懿橫乙冀切七 饐食傷熟也 墷陰皃 歐噫歐歎也 鷧鷧鸕鶿鳥 撎拜舉手左傳注云若今之揖 亄貪也 ○意

志也又姓於記切四 鷾鷾鴯玄鳥也出莊子 亄貪也又音乙 ⿰黑乚深黑 ○尉候也說文作㷉云从上案下也从𡰥又持火所以申繒也風俗通曰火斗曰尉俗作熨又尉氏縣鄭大夫

尉氏邑也亦云鄭之別獄又姓左傳鄭大夫尉止於胃切又紆物切十二 尉出說文 熨俗見上注 慰安慰 畏畏懼 罻罻網 犚牛也 蔚茺蔚 螱飛螱

螱同上 褽衣袵也 ⿰魚尉魚名 ○衣衣著於既切又音依一 ○飫飽也厭也賜也說文本作飫燕食也依倨切十 飫同上 瘀血瘀 鄔縣名在太原又音塢 醧

私醼 扵扵擊也 淤濁水中泥也又音於 菸臭草 棜無足樽也 [illegible]假寐也 ○嫗老嫗也衣遇切三 蓲茎也 饇飽饇 ○汙染也烏路切又音烏四 惡憎惡

也又烏各切 噁喑噁怒皃 ⿰言惡相毀說文作證 ○翳羽葆也又隱也奄也鄣也又鳥名似鳳於計切十七 曀陰風詩曰終風且曀 枍枍栺 瘱靜也安也恭也 㥋安也靜也

𡏮塵也 殪殪死 瞖目瞖 医藏弓弩矢器 嫕婉嫕柔順皃 蘙蘙薈 縊自縊 豷豕息 繄是也賴縕走絲也 墷天陰塵也 譩譩譆 殹

擊中聲也 ○𦅻急也一曰不成也於罽切五 瘞埋也 餲又於葛於介二切 𦝫𦝫臆 藹偽也又音藹 ○藹晻藹樹繁茂又姓晉南海太守藹奐於蓋切十 壒

壓也 馤香也 靄雲狀又於葛切 䁍日色 藹覆也淸也微也說文蓋也 殪死也 懎情謹 𪕓𪕓𪕓小鼠相銜而行 曖曖隱 ○噲惡也烏外切七

濊汪濊深廣又呼會切 薈草盛 嬇婦人名也 𪖐鼻息也 瞺眉目之間 黵淺黑色 ○隘陜也陋也烏懈切六 䧇古文 阨阻塞又阨嶭山形或與隘同 瘱病聲

䅬稻小把也 賹賹記人物 ○噫噫氣烏界切二 呃不平聲 ○黵淺黑色烏快切又烏外切三 𪖐喘息聲又烏外切 懀惡也 ○喝嘶聲於犗切五 餲飯臭又於

劂切 嗄聲敗又所嫁切 餀通食氣也 欬上同 ○𡰽𡰽𡰽廢風苦熱烏繢切三 㕈隱翳 隈字林云隩隈也 ○愛憐也說文作㤅行皃烏代切九 㤅惠也 𢟪古文

曖日不明又晻曖暗皃 僾隱也 薆隱也爾雅作薆 靉靉靆雲狀 薆薆對草盛 璦珠璦玉篇云美玉也 ○穢惡也於廢切六 薉荒薉說文蕪也 濊濊貊夫餘

國名或作獩貊又汪濊又烏外切 獩見上注 饖飯臭 䮹䮹驖馬怒 ○印符印也印信也亦因也封物相因付又漢官儀曰諸王侯黃金橐駝鈕文曰璽列侯黃金龜鈕文曰章御史大夫金

印紫綬文曰章中二千石銀印龜鈕文曰章千石至四百石皆銅印文曰印又姓左傳鄭大夫印段出自穆公子印以王父字爲氏於刃切四 鮣魚名身上如印 𦤧𦤧又音致 𩃑氣行 ○

醖釀於問切又於刎切四 慍怒也 緼亂麻 藴習也俗作蘊又音上聲 ○𠐿依人也於靳切八 𢡟上同 隱隈隱之皃又於謹切 檼屋脊又棟也 𤔌所依據也 㥯

說文謹也 濦水名又於靳切 𢅻𢅻裹相著 ○怨恨也說文恚也於願切二 䛩從也說文慰也又於阮切 ○堰壅水也於建切十 鄢地名在楚 郾上同 賏引與爲價又於

面切 傿上同 褗郭璞云衣領也 㰢大呼用力 漹水名在襄陽宜城入漢江也 嫣長皃 𡙝說文曰大皃也 ○搵烏困切二 𩞬相謁食又於恨切 ○𩟚𩟚飽也

烏恨切一 ○按抑也止也烏旰切七 案几屬也史記曰高祖過趙趙王張敖自持案進食又曹公作欹案卧視書又察行也考也驗也 洝說文曰渜水也 晏晚也又於諫切 䓀草也 𨜒

里名 䅁䅁禾 ○惋驚歎烏貫切六 腕手腕 𦙶上同 捥亦同 睕睕眈大目 琬琬圭又於阮切 ○晏柔也天淸也又晚也又姓左傳齊有晏氏代爲大夫烏澗切五 騴

二

馬尾白也　瞜目相戲也　鴳爾雅曰鳸鴳郭璞云今鴳雀　鷃同上　○綰鉤繫烏患切三　聽支財貨出文字指歸　𩈲面曲皃　○宴安也息也於甸切十三　驠馬名

燕說文云玄鳥也作巢避戊巳　鷰俗今通用　醼醼飲周禮云以饗燕之禮視四方之賓客詩云鹿鳴燕羣臣嘉賓也古無酉今通用亦作宴　讌讌會本亦同上　嬿嬿婉竝也

又於典切　嚥呑也　咽同上　曣星無雲出說文　洼大水皃　鄢邑名　暥視也或作䁙　○餇饜飽烏縣切四　裫廣雅云衣衿袖曲處　噮噮甘不猒也　肙小蟲也又

空也　○𡰝怒瞋於扇切三　䁏視皃又於殄切　堰堰埭　○窔隱暗處亦作窔東南隅謂之窔俗作突烏叫切八　窅窅篠幽深皃又音杳　○要約也於笑切又於招切三　葽

草盛皃又於招切　約又於略切　○𩌏靴𩌏於教切五　袎袎襪　拗很也房也出字林　箹竹節又於角切　軪車有機　奧深也內也主也藏也爾雅曰西南隅謂之奧烏

到切十一　懊懊悔　䐿藏肉埤蒼云鳥胃也　𩜩妬食　隩說文曰水隈崖也　燠燠釜以水添釜　澳語也　镺長也　墺四墺四方土又於六切　䲆小鰌名　澳澳深又水

名　○侉痛呼也安賀切一　○涴泥著物也亦作汚烏臥切又烏官切又於阮切一　○亞次也就也醜也衣嫁切十　俹倚俹　晋姓也　𣢈𣢈𣢈驢鳴𣢈乙利切　稏穲稏稻名

腣腣膪肥皃　啞啞啞鳥聲　婭爾雅曰兩壻相謂爲亞或作婭　𨑽次第行　覀覆也覂覈要賈從此又許下切　○㩇吳人云牽亦爲㩇也烏吳切三　𡧤㝉下處也　𨃚踐踏地

用力　○怏情不足也於亮切四　𩚵飽也　詇智也又早知也　𤿰青面　○盎盆也又姓出姓苑烏浪切二　醠濁酒　○汪水臭也烏浪切二　䤑醱醠酒　○映明也

隱也於敬切四　暎同上　䪻頸飾　詇早知也又音怏　○瀴瀴瀙冷也於孟切一　○𥧌小水皃烏橫切一　○𧞤文字集略云襺錯綵郭璞江賦云𧞤以蘭紅鷖爲迸切二　嫈小心態

○鎣鎣飾也烏定切四　瑩上同說文曰玉色一曰石之次玉者　𢡈志恨也　濴小水　○應物相應也說文作𤸰當也於證切又音膺三　譍以言對也　䧹同上　○𡈺

久漬也烏候切三　䙔頭衣　𡎖地名又市由切　○幼少也伊謬切一　○蔭說文曰草陰地也於禁切七　稖同上　窨地屋　喑聲也　瘖心中病亦作㾙　㾙庭㾙

飲又於錦切 ○暗日無光又默也深也含貝也不明也烏紺切二 闇冥也說文曰閉門也 ○猒論語曰食不猒精於豔切五 懨快也又於驗切 猒飽也又於廉切 饜上同

㜝㜝嬱美女 ○悘快也於驗切亦作㤿二 俺大也 ○酓苦味於念切一 ○黯下入聲俗作黯於陷切四 揞犬吠又乙咸切 湆水没 揞吳人云抛也 ○黭叫呼仿佛黭然

自得音黯去聲一 ○俺大也於劒切八 惏甘心 淹没也又纀絲一淹也 䎨䎨翎羽 媕誣挐 裺衣寬 諳諳匿 䟪䟪口墟名在富春清上也 ○屋舍也具也淮南子曰舜築牆茨屋風俗通

曰屋止也亦虜複姓後魏書官氏志云屋引氏後改爲房氏烏谷切七 屋籀文 臺古文 剭鄭玄注周禮云剭誅謂所殺不於市而以適甸師氏又音握 鄐地名 黫墨刑名又音握

䐘䐘膏肥皃 ○郁文也亦郁郅縣在北地又姓魯相有郁貢又虜三字姓二氏後魏書云蠕蠕姓郁久閭氏又北方郁原甄氏後改爲甄氏於六切二十 戫有文章也 彧同上 燠

熱也又音奥 栯栯李又音有俗作𣘗 噢噢咿悲也 墺墺壤 𦢊鳥胃 薁蘡薁 澳隈也水内曰澳 隩上同又音奥 䉛可以漉米 𢻣愁皃 𨞍姓出姓苑

黬羔裘之縫又于逼切 稶黍稷盛皃 懊貪也愛也又音奥 𣢜吹氣也 𡄚喉聲 𨭐温器 ○沃灌也說文作洪又姓太甲子沃丁之後出風俗通烏酷切七 鋈白金

䱛魚名又音候 腛膏膜又音屋 䁱瞋目 觷治角也又戶角切 䮶馬腹下聲 ○渥霑濡於角切十七 握持也 偓偓促又姓列仙傳有偓佺 箹小籥 幄

大帷三禮圖曰在上曰帟四旁及上曰帷上下四旁悉周曰幄 楃說文曰木帳也 喔雞聲又喔咿強顏皃 鷽山鵲又音學 葯白芷也 腛厚脂 黫刑也又作剭 齷齷齪

齒相近 媉好皃 蒻英蒻 龓燭蔽 㖾誇聲也 𩣺馬腹下鳴 ○一數之始也物之極也同也少也初也又虜三字姓後魏書一那婁氏後改爲婁氏於悉切三 弌

古文 壹專壹又合也誠也輩也醇也又虜三字姓後魏書云壹斗眷氏後改爲明氏 ○乙辰名爾雅云太歲在乙曰旃蒙亦姓前燕有護軍乙逸又虜複姓三氏後魏獻帝命叔父之胄曰乙旃氏後改

爲叔氏前燕錄有高麗王乙弗利後魏有都督乙干貴又虜三字姓有乙速孤氏於筆切三 鳦燕也說文本作乙燕乙玄鳥也齊魯謂之乙取鳴自呼象形本烏轄切或从鳥 乿貪也 ○鬱香草又氣

也長也幽也滯也腐臭也悠思也說文曰木叢生者又姓出姓苑紆物切十二 欝俗 灪灪滃大水 爩爩煙氣 餐飴和亙也 黦黃黑色也 礨礨礹小石 菀藥草又音苑 尉

說文作㷉从𡰥又持火所以申繒也亦姓古有尉繚子著書又虜複姓有尉遲氏其先魏氏之別尉遲部因而氏焉後單姓尉唐有將軍尉遲敬德又於魏切 熨火展帛也說文本作㷉見上注 蔚草名

又曰無子菽也亦州名春秋時屬晉後入趙秦滅趙爲代郡東魏置北靈丘郡周宜帝置蔚州也 鬱說文云芳草也 ○㜸嫗㜸婦人皃於月切四 餐飴和亙又作餩說文作𩜘 噦

逆氣又乙劣切 黦黃黑色說文作黦黑有文也 ○謁請也告也白也又姓風俗通云漢有汝南太守謁渙於歇切五 閼爾雅云太歲在卯曰單閼又於葛於連二切 暍傷熱亦作𤎖𤺌

廅說文曰屋迫也 黦色壞也又於月切又紆物切 ○頞內頭水中烏沒切九 膃膃肭肥 殟心悶 嗢咽也又虜複姓後魏書有嗢盆氏又虜三字姓嗢石蘭氏 𣢍說文曰咽中息不利

也本一滑切 榲榲桲果似樝也 搵手撩物皃 㴵水出聲 馧馧馞大香 ○遏遮也絕也止也烏葛切十一 齃鼻齃 頞同上 堨擁堨 閼止也塞也又於連切

胺肉敗臭論語作餲食臭也 餲食傷臭又於介於罽二切 靄雲狀又於蓋切 咹小語 𠪃大呼用力 廅屋迫 ○斡轉也烏括切九 焥火煙出 睕目開皃 捾

捾取也 斡同上 嬒方言云嬒可憎也或作懀又烏外切 睧目深黑皃 睕小嫵媚也 䀹說文云捾目也 ○婠烏八切六 斡斡取物也 嗢咽也又烏沒切 𣢍說文

曰咽中息不利也 穵手穵爲穴 嗗飲聲 ○軋車輾烏黠切十 圠山曲 揠拔草心也 嫼嫉怒 𧳜猰貐獸名食人迅走 猰同上 穵說文云空大也 䁄

目相戲皃 魜鱖魜魚名 窫窫窳國名 ○鷃乙鎋切五 閼門扇聲 圔駱駝鳴也 呾相呼聲又當辢切 劜[illegible]劜 ○抉抉出於決切六 𥦑穿皃 妜娟也

焆火光也 睿目深皃 𥥛說文曰深抉也 ○噎食塞又作咽烏結切六 䊦糗屬 㝣靜也又音翳 蠮蠮螉 㹢獸名似牛白首四角出山海經 咽哽咽

○噦逆氣乙劣切一 ○妜鼻目間輕薄曰妜也於悅切一 ○焆煙氣於列切二 𠯋怒𠯋 ○約約束又儉也少也又姓韓子有古賢者約續於略切又於笑切二 葯白芷葉

○嬳作姿態也憂縛切四　嬳同上　彠度也又乙虢切　臒大也善也　○惡不善也說文曰過也烏各切又烏故切四　悪俗　堊白土　蝁蛇名　○雘丹也烏郭切六
蠖蚇蠖屈伸蟲名　⿰食蒦味薄　臒羹肉玉篇云善肉　鸌水鳥　嬳恐嬳　○啞笑聲烏格切二　⿰食尼飢　○韄佩刀飾乙白切一　○擭手取也一虢切五　濩
濩澤縣在澤州又音護　彠視遽　韄刀飾把中皮也　⿰山蒦陂名又村名在吳王舊城側也　○戹災也說文隘也於革切十四　厄同上　搤持也握也捉也　扼同上　軶車軶
阸限也礙也又危也迫也塞也　豟爾雅曰豕絕有力又云豟犬五尺爲豟　呃呃喔鳥聲　⿰鼠益鼠屬　貖同上　蚅蚅烏蠋大如指似蠶　⿰食厄飢皃　啞笑聲　⿰厄見覗視　○益
增也進也伊昔切八　謚笑皃　嗌喉也漢宣帝崩昌邑王至京師不哭云嗌痛　⿰益阝地名　齸爾雅曰麋鹿曰齸牛曰齝益吞芻而反出嚼之也　膉肥也　⿱艹益益母草爾雅注只作益
⿰鼠益鼠名　○憶念也於力切十七　億十万曰億又安也度也　臆胷臆　肊氣滿　意說文曰快也　繶條繩　醷濁漿　澺水名在上蔡　薏薏苡亦蓮心　⿱艹音上同
螠小蜂　⿰革意履頭也出韻略　檍木名一名木檀也　⿰木音梓屬　抑按也說文作归从反印　⿰土卬地名　癔病也　○餩噎聲愛黑切二　⿰歹音殪　○揖揖讓又進也說文曰攘也
一曰手著胷曰揖伊入切二　挹酌也　○邑縣邑周禮曰四井爲邑又漢複姓有邑由氏楚大夫養由氏之後避仇改焉於汲切八　悒憂悒　唈短氣也　裛裛香又於怯切　浥濕潤
⿱艹邑菸茹熟　⿰食邑食⿰食邑　⿰禾邑抐　○姶美好皃烏合切十三　⿸疒盍短氣　罨網又一劫切　罯覆蓋也又烏敢切　⿰女弇女有心⿰女弇也　⿹勹合彩婦人髻飾花也　庵庵低又屋
⿰足奄跛⿰足奄　⿰革奄車具又小兒履名⿰革奄鼓　⿰青盍調色畫繒出郭調字指　搕以手盍也又搕搕糞也　⿰革弇皮裏角也　佮姓也　○唈爾雅云僾唈也烏荅切一　○鰪鰪鰨魚名安盍
切四　盦說文云覆蓋也　⿸广盍山旁穴　⿸疒盍短氣又烏合切　○敆敆歛於輒切四　裛又於及於怯二切　腌鹽腌魚　⿰糸劫紬縷補衣　○魘惡夢於葉切又於琰切七　擪
持也指按也　靨面上靨子　㜸女字　⿸㫃酉掩光名　厭厭伏亦惡夢又於琰切六　⿰木厭葉動皃　○⿰足奄蹄行皃烏洽切四　凹下也或作容　⿰氵窊波下又濕皃　⿴囗奄囗窊聲下

烏

。鴨水鳥或作鴨鴟鷗鳥甲切六 壓鎮也降也笮也壞也 庘屋壞也 窜人神脉刺穴 閘開閉門出說文 押押署文字指歸云押字书能也 。腌鹽漬魚也於業切十

四 䱘同上 罨魚網又烏合切 裛書囊也文字集略云裛衣坌衣香又於及於輒二切 稖耕種 殗殗殜不動皃 惵惵頭也 浥潤也 敏敏歠相著 錏椎錏甲器

鞥車具又於合切 䣸䣸臭也 䬴餌也粢也 䁆閉目

二。喻譬諭也諫也又姓東晉有諭歸撰西河記二卷何承天云喻音樹豫章人羊戍切七 諭同上 裕饒也道也容也寬也 褎同上 覦覬覦又音俞 籲呼也

又和也見書傳 㬰雨衣 。融和也朗也說文曰炊气上出也又姓世本云古天子祝融之後以戎切四 融同上 肜祭名又敕林切 瀜沖瀜大水皃 。容盛也儀也受也爾雅曰容謂之防郭璞云形如今牀頭小曲屏風唱射者所以自防隱司馬法云軍容不入國國容不入軍是也又州名又姓八凱仲容之後禮記有徐大夫容居餘封切三十五 溶水皃又音勇 滽水名出宜蘇山 庸常也用也功也和也次也易也又姓漢有庸光 𠅘古文 𧳜獸似牛領有肉也 𤞤 慵並上同 墉城也垣也 鎔鎔鑄 鏞大鏞上同說文鏞與鐘同 鄘國名 傭傭賃又丑凶切 鷛鷛鰈鳥名似鴨雞足也 𤭁甖也 瓰同上 鱅魚名又音慵 蓉芙蓉 螉螉蠊色如黃蛇有 傛傛華縣也又漢書婦官有傛華 褣褣襩 搈不安 瑢瑽瑢佩玉行也 䈶䈶笪又矢羽 嵱山名在容州山下有鬼市 頌形頌又似用切 宖宖盛也說文云古文容 䡝車行皃 嵱山嵱在建州 谾谾谾 鷛鷛鷛 槦槦木中箭笥 彨重影一曰形彨 戫戫戣兵器 。移遷也遺也延也徙也易也說文曰禾相倚移也又官曹公府不相臨敬則爲移書戒表之類也亦姓風俗通云漢有弘農太守移良弋支切三十二 䄬上同 迻說文遷也 㕧說文歠也 杝木名 鉹方言云凉州呼甗又音侈 衰宋地名又音侈 箷衣架 椸上同又榻前几 㥷怟㥷不憂事 訑訑訑自得皃又淺意也 簃樓閣邊小屋又音池 蓩萎蓩草 㒆

爁熸火不絶皃 扅扊扅戶扃 袘衣袖 暆東暆縣在樂浪 迆逶迆又移爾切 貖獸名似犬尾白目喙赤出則大兵 栘扶栘木名又成兮切 歋歋瘉手相弄人

亦作撤又以遮切 酏酒也又羊氏切 匜杯匜似桸可以注水又羊氏切 移加也 謻埤蒼云冰室門名 㴰上同 蛇委蛇莊子所謂紫衣而朱冠又蛇丘縣名又神

遮切 虵俗 螔爾雅曰蚹蠃螔蝓注謂即蝸牛也 歋歋瘉 歋笑歋 䬁小旋風咸陽有之小䬁於地也 ○蓷悅吹切藍蓼秀又羊箠切六 䧦說文云飛也

蠵觜蠵大龜 欈欈欈木名實可食也 𧳍小豬也 䝼上同 ○姨母之姊妹又爾雅曰妻之姊妹同出爲姨以脂切二十六 彝常也法也亦酒樽也 寅敬也

亦辰名爾雅云太歲在寅曰攝提格又引人切 夷夷猶等也滅也易也說文平也從大弓又曰南蠻從虫北狄從犬西羌從羊唯東夷從大人俗仁而壽有君子不死之國亦姓齊大夫夷仲年又漢複姓

六氏史記范蠡適齊爲鴟夷子左傳宋公子目夷之後以目夷爲氏祝融後董父之胥其後以融夷爲氏淮夷虎夷皆國名後並爲氏秦末虎夷渠帥朸番君攻秦世本云宋襄公子墨夷須爲大司馬

其後有墨夷皐 峓嵎峓山名書作嵎夷傳云東表之地 恞悅樂 眱熟視不言 𣟴木名 珆石似玉也 蕛荑瓜又羊苦弋仁二切 𡰥陽𡰥地名本古文夷字 痍瘡痍

陝隇陝險阻 荑莁荑 桋木名 蛦蟓蛦蟲名又蟛蛦山雞也 胰夾脊肉也 鮧鱁鮧鹽藏魚腸又魚名也 羠廣雅云犍羊也 羨沙羨邑名在江夏出地理志又

羊箭祥面二切 鏔戟之無刃者出方言 𢓴說文曰行平易也 鴺鴺鶘一名飛生 㢃㢃踞 跠上同 洟易曰齊咨涕洟又他計切 ○惟謀也思也以追切十二 𣄰

旌也 維豈也隅也持也繫也說文曰車蓋維也 遺失也亡也贈也加也又姓急就章有遺餘又以醉切 濰水在琅邪 壝埒也壇也又以癸切 矆目病 蓶菜名似韭而黃

𧬤就也又士隹切 琟石似玉也 唯獨也又以癸切 蟦蜸蟦神蛇一首兩身六足四翼見則其國大旱湯時見於陽山出山海經 ○飴餳也與之切二十七 𩛷籒文 飤

古文 怡和也悅也又姓周書怡峯傳云本姓默台避難改焉 弬弓名出韻略 婜說文云悅樂也 异已也又音異 瓵甂瓵甎也 栕船欹水斗 鏔戟無刃也 圯土橋名在

泗州貽䝿也遺也巸長也美也廣巸也洍水名詩云江有洍又音似毛詩作汜臣說文曰顄也𦣞籀文頤頤養也說文亦上同詒贈言珆玉名沶水名宧室東

比隅𦝫豕息肉今謂之豬𦝫鯸𩶉魚也姬王妻別名本又音基台我也又姓出姓苑又音胎眙盱眙縣在楚州瓵爾雅云瓵瓿也○余我也又姓風俗通云秦由余之後何

氏姓苑云今新安人以諸切三十蜍蜘蛛又常魚切萸茱萸香草⿰氵與水名餘殘也賸也皆也饒也又姓晉有餘頗又漢複姓三氏晉卿韓宣子之後有名餘子者奔於齊號韓餘

氏又傳餘氏本自傳說說既爲相其後有留於傅巖者因號傅餘氏秦亂自清河入吳漢興還本郡餘不還者曰傅氏今吳郡有之風俗通云吳公子夫概奔楚其子在國以夫餘爲氏今百濟王夫餘

氏也輿車輿又多也又權輿始也續漢書輿服志曰上古聖人觀轉蓬始以爲輪輪行不可載因物生智後爲之輿又姓周大夫伯輿之後旟周禮曰鳥隼白旟州里所建也爾雅曰錯

革鳥曰旟郭璞云謂合剥鳥皮毛置之竿頭鵌鳥名與鼠同穴又大都切璵魯之寶玉艅艅艎吳王船名畬田三歲也畭上同⿰氵與水名歟說文云安气也又語末之

辤亦作與與上同本又餘佇切譽稱也又音預嬩女字舁對舉擧上同妤婕妤婦人官也亦作倢伃伃上同懙恭敬⿸鹿與說文云似鹿而大又弋庶切

予我也又餘佇切⿰犭與獸名⿱與馬馬行皃⿺走與趣趣安行皃狳獸名山海經云餘我之山有獸如兔鳥喙鴟目蛇尾遇人則眠名曰犰狳見則有螽蝗爲害也鸒爾雅云鸒

斯雅烏又羊庶切雓爾雅曰鷄大者蜀蜀子雓○逾越也羊朱切四十五踰上同窬門邊小竇又穿窬也臾善也亦須臾又姓左傳晉大夫臾駢楰木名又音庾

腴肥腴諛諂諛隃隃麋古縣在扶風鄃地名在涿郡又音輸覦覬覦欲得⿵門俞窺也俞然也荅也說文作俞空中木爲舟也又姓又恥呪切愉悅也和也樂也

歈巴歈歌也歋邪歋舉手相弄或作歋歈揄揄揚詭言也又動也說文引也褕褕狄后衣又由昭切瑜玉名崳崳次山在鴈門㥚憂也羭黑羝蝓螔蝓蝸牛

榆木名說文曰白枌也春秋元命包曰三月榆莢落萸茱萸堬方言云墳堬培塿埰埌壟皆冢別名牏築垣短版渝渝變也亦州名本巴國漢爲巴郡之江州縣梁

於巴郡置楚州隋改爲渝州因渝水爲名 媮靡也又音偷 ⿰犬欠犾犾呼犬子也 ⿰氵臾汙洟 ⿰王臾美石次王 瘉病也 螸爾雅云螽醜螸 蕍澤蕮 萸草也 ⿰革俞
餘也出字林 ⿰豆俞變色豆也 萮芓萮花皃 蕍上同 舀臼也又音由又弋兆切 ⿰俞瓦瓶也 騟紫馬 ⿰彳俞行皃 ⿱竹臾黑竹 ⿰石臾石次玉也 ○寅
辰名說文作寅翼真切又以之切六 夤夤緣連也又敬惕也 ⿰月寅春⿰月寅 ⿱黃寅黃菟瓜 螾寒蟬 ⿰土寅⿰土寅場 ○匀徧也齊也說文少也从勹二羊倫切二 昀詩曰昀昀原隰又音
荀音 ○延稽也遠也進也長也陳也言也亦州漢高如縣取延川爲延安郡又姓漢有延篤南陽人爲京兆尹殺梁冀使者以然切十三 埏際也地也又墓道亦地有八極八埏又音羶
筵席也鋪陳曰筵藉之曰席 狿獌狿大獸名 郔地名在鄭 綖冠上覆也 蜒蚰蜒 ⿰衤延帑⿰衤延牛領上衣 道上同 鋋小矛又市連切 ⿰目延相顧視也 遾行皃 莚草名
○沿從流而下也與專切十二 㳂上同 鉛說文曰青金也一曰錫之類也 鈆上同 櫞枸櫞樹皮可作粽埤蒼云果名似橘 捐弃也 鳶鴟類也 蝝蝗子一曰蟻子 緣
緣由又羊絹切 ⿰魚彖魚名 蔦郭璞云蔦尾草一名射干 ⿰月旋短也 ○遥遠也行也餘昭切三十六 媱美好 傜使也役也又喜也或作傜 繇於也由也喜也詩云我歌且繇
颻飄颻 ⿰䍃欠氣出皃 窯燒瓦窯也 窰上同 䔄蒲葉也又草也 ⿱艹銚⿱艹銚芅萇楚今羊桃也爾雅作銚 珧玉珧蜃甲 鰩文鰩魚鳥翼能飛白首赤喙常游西海夜飛向北海 銚
燒器亦古田器又姓後漢衞尉潁川銚期又徒弔切 姚姚悅美好皃又舜姓今出吳興南安二望左傳有鄭大夫姚句耳 搖動也作也又姓東越王搖句踐之後 軺說文曰小車也又音韶 愮
憂也悸也邪也惑也 恌上同 謠謠歌也爾雅云徒歌謂之謠 䌛疾行又音由或作遙 陶皐陶舜臣又徒刀切 蘨草茂也又音由 ⿰䍃瓜瓜也 鷂大雉名爾雅云青質五彩皆備成章
曰鷂又音曜 洮五湖名風土記云陽羨縣西有洮湖別名長塘湖義興記曰太湖射湖貴湖陽湖洮湖是爲五湖 烑光也 ⿸广䍃座也 ⿰弓繇弓利 旐旗旐 榣木名 嗂樂也
說文喜也 䠯跳䠯行步皃 瑤美玉 猺獸名又獏猺狗種也 䬙䬙餌食 褕褕狄后衣亦作褕 ○邪瑯邪郡名俗作耶瑯亦語助以遮切又似嗟切十三 耶瑯

並見上注釾鏌釾鎁上同椰椰子木名出交州其葉背面相似擨擨歈舉手相弄斜斜谷在武功西南入谷百里而至說文抒也又似嗟切菲草名蒋木名皮可為索
䅬穗也荐梟屬𥳏竹名生臨海○陽陰陽說文曰高明也爾雅云山東曰朝陽山西曰夕陽又姓出右北平本自周景王封少子於陽樊後裔避周之亂適燕家於無終因邑命氏
秦置右北平子孫仍屬焉又漢複姓二十二氏歐陽氏越王句踐之後封于烏程歐陽亭後因爲氏望
出長沙呂氏春秋有辯士高陽魋帝顓頊高陽氏之後漢有東海王中尉青陽精少昊青陽氏之後又
有御史孫陽故秦穆公時孫陽伯樂之後魯之公族有名子陽者及衛公子趙陽之後並以名爲氏漢
有周陽由淮南王舅周陽侯趙兼之後又駙馬都尉涇陽準秦涇陽君之後世本云偪陽妘姓國爲晉
所滅子孫因氏焉左傳晉有梗陽巫皐衞有戲陽速漢有博士中山鮭陽鴻又有葉陽氏秦葉陽君之
後列仙傳有沛國陵陽子明止陵陽山得仙其後因山爲氏漢有揚州刺史鮮陽戩後漢有櫟陽侯景
丹曾孫汾避亂隴西封爲氏又長沙太守濮陽逸陳留人也神仙傳有太陽子白日升天春秋釋例
周有老陽子修黃老術漢有安陽護軍何東成陽恢何氏姓苑有朱陽氏索陽氏與章切三十五暘日出
日出暘谷楊赤莖柳爾雅曰楊蒲柳又姓出弘農天水二望本自周宣王子尚父幽王邑諸楊号曰楊侯後并於晉因爲氏也揚舉也說也導也明也又州名禹貢曰淮海惟揚州李巡曰江南之氣躁勁厥
性輕揚故曰揚州颺風所飛颺昜飛也又曲昜縣在交阯羊牛羊禮記凡祭羊曰柔毛崔豹古今注云羊一名髯須主簿又姓出泰山本自羊舌大夫之後戰國策有羊千者著書顯名又漢
複姓二氏列士傳有羊角哀左傳晉大夫有羊舌職样廣雅云样槌也方言曰懸蠶柱齊謂之样眻美目又餘亮切佯詐也或作詳詳上同本音祥徉儴徉徙倚洋
水流皃又海名又音祥烊焇烊出陸善經字林煬釋金又音恙鍚兵名又馬額飾䬗馬額上靼輰輰轢車也敭明敭瘍瘍傷也說文云瘍頭瘡也周禮療瘍以五
毒攻之鴹䴊鴹一足鳥舞則天下雨出字統鸉赤鸉鷹白鷹蛘蟲名禓道上祭一曰道神又舒羊切崵說文曰崵山在遼西諹讙也又音恙瑒玉名盪杯也
芊芊蒖藥名𦍩多也○盈充也滿也又姓出姓苑以成切十二嬴秦姓嬴美好皃瀛大海亦州名漢河間王國後魏於此立瀛州蓋以瀛海爲名籯籠也說文

笭也漢書曰遺子黃金滿籯不如教子一經亦作籯 楹柱也孔子曰夢奠於兩楹 贏利也益也有餘也財長也 𤠺似狐色黃 䕦菊花一名帝女花 𨞓姓也出姓苑 𦛙

魯大夫名 攍擔也 ○營造也度也說文曰市居也亦州名舜分青州爲營州爾雅曰齊曰營州今青州也又姓風俗通云周成王卿士營伯之後漢有京兆尹營郃余傾切六 鎣采鐵

又音營 塋墓域 䁝惑也又戶扃切 瀯波勢回皃 謍說文曰小聲也引詩云謍謍青蠅 ○蠅蟲也詩云營營青蠅余陵切一 ○猷謀也已也圖也若也道也說文曰玃

屬一曰隴西謂犬子爲猷以周切四十五 猶上同又尚也似也 悠遠也遐也思也憂也 油水名出武陵又油脂 由從也經也用也行也又姓史記有由余 攸所也又姓北燕

尚書攸邁 蕕水蕕草又臭草 浟水流皃 逌氣行皃或作逌 歈歋歈以手相弄 冘冘豫不定 𨗨行也 輶輶車又易受移授二切 蘨草盛也 秞禾盛

皃 蚰蚰蜒 蝣蜉蝣朝生夕死 櫾木名出崐崘山 楢積也又音酉 莤水草一名軒于 斿旌旗之末垂者 游浮也放也又姓出馮翊廣平前燕慕容廆以廣平游邃爲股肱

遊上同 逕古文 卣中樽樽有三品上曰彝中曰卣下曰罍 䛻從也 鮋鮂鮋小魚 鯈上同 抌抒臼出周禮 揄上同又音俞 舀上同又以沼切 偤侍也出文

字辨疑 䍃瓦器 𨣈遺玉又弋九切 邮亭名在高陵 繇猶也 洩卓也 𤵸病也又息惡肉 囮鳥媒 圝上同 庮久屋木周禮曰牛夜鳴則庮鄭司農云庮朽木

臭也又弋久切 㽕空也說文云生條也引書云若顛木之有㽕枿又胡感切 𣚙上同 䚃下視深也 𦿆說文草也 淫久雨曰淫書曰罔淫于樂傳云淫過也餘針切十五

霪久雨 婬婬蕩 䇓竹名 蟫白魚蟲 鷣鷂之別名 冘熱也 冘行皃 㣔上同 醰熟麴又昨淫切 撢探也 鄩地名 㸒貪也又延求切 鐔劍鼻

又尋覃二音 鱏魚名又徐林切 ○鹽說文曰鹹也古者宿沙初作煑海爲鹽亦州近北鹽池因以名之又姓魯國先賢傳有北海相鹽津余廉切十五 塩俗 檐木名 閻

里中門又姓出天水河南二望 壛壛㮰也說文同上 阽臨危 檐屋檐說文曰檐㮰也 簷上同 櫩亦同 欄步欄長廊也 瀶說文云海岱之間謂相汙曰瀶 鷂

鵜離鳥自爲牝牡也 鬮 語林云大夫向鬮而立說文曰鬮謂之樀樀廟門也 㾓 病走 㴦 進也 ○勇 猛也說文作勈乞也余隴切十五 恿 古文 涌 涌泉說文曰縢也一

曰涌水在楚國 甬 草花欲發皃亦甬道周禮云舞上謂之甬甬鐘柄也 踊 跳也又踊刖者以之接足晏子曰踊貴屨賤 慂 方言云慫慂勸也 ⿺走甬 說文曰喪辟⿺走甬也經典作

踊同 塎 埇塎不安 悀 心喜也又出也 埇 地名在淮泗 溶 水皃又音容 蛹 蠶化爲之 傛 說文曰不安也又音容 俑 木人送葬設關而能跳踊故名

之出埤蒼 衕 巷道出蒼頡篇 ○酏 酏酒移爾切九 迆 邐迆連接 匜 柸匜有柄可以注水又音移 袘 衣中袖也 肔 引腸莊子云萇弘肔崔譔注云肔裂也又敕紙

切 崺 峛崺沙丘狀峛音邐 扡 加也又離也又弋支切或作移 ⿰忄虒 不憂事也又弋支切 孈 多態 ○⿱艹⿰衤支 雞頭也羊捶切六 蔳 草木葉初出皃 芛 爾雅

云蕍芛葟華榮 掅 掅棄又撞 ⿰豸青 小豬亦作⿰豕蒙 𤺄 瘡裂 ○唯 諾也以水切又音惟八 蓶 草似馬韭而黃可食 鰖 蟹子又他果切 壝 埒也又音遺 遺

魚盛皃 孈 愚戇多態又尤卦切 掅 棄也 踓 走也又千水切 ○以 用也與也爲也古作㠯羊已切七 㠯 古文 巳 止也此也甚也訖也又音似 苡 薏苡

蓮實也又芣苡馬舃也又名車前亦名當道好生道間故曰當道江東呼爲蝦蟆衣山東謂之牛舌 苢 同上 佁 癡也說文讀若騃又夷在切 攺 大堅說文曰毅攺大剛卯以逐

鬼鬽也 ○與 善也待也說文曰黨與也余呂切又余與言二音七 与 同上 弆 古文 歟 數也又音余 予 郭璞云予猶與也又弋諸切 藇 蕃蕪亦作藇又徐呂

切 惥 說文曰趣步惥惥也 ○庾 倉庾又姓出潁川新野二望本自堯時爲掌庾大夫因氏焉以主切十二 窳 器空中亦病也 ⿱穴庾 同上 抌 刺也 ⿰忄臾 懼也 廋 百廋

草 愈 差也賢也勝也 瘉 病也說文曰病瘳也 㼌 微弱本不勝末 貐 獸名龍首食人說文曰貐貐似貙虎爪食人迅走也 楰 鼠梓似山楸而黑也 斞 說文量也

○佁 癡也夷在切一 ○腴 肥也與改切二 脵 同上 ○引 爾雅曰長也說文曰開弓也余忍切又徐刃切十四 弖 同上玉篇云挽弓也 蚓 蚯蚓又余刃切 螾 螾衍蚰蜒又餘刃切說文

上同 弞笑不壞顏 吲大笑又音衍 衍伸又布也 𦙍當脊肉也 濥水門又引水也說文曰水脈行地中濥濥也 廴長行之皃 戭長槍也又弋淺切 縯齊武王名

鈏爾雅曰錫謂之鈏 靷說文曰引軸也又徐刃切 ○尹正也誠也進也說文治也又姓出天水河間周有尹吉甫又漢複姓齊定王時有尹文子著書又漢書百官表曰內史周官

秦因之掌治京師武帝更名曰京兆尹應劭曰河南尹所以治周地秦兼天下置三川守河洛伊也漢更名河南太守也世祖徙都雒陽改爲尹余準切八 𩑶面斜 允信也 狁獫狁 馻

馬逆毛 玧充耳玉 𥹥進也 𧉬蟲名 ○演廣也亦水長流皃以淺切八 衍達也亦姓字統云水朝宗於海故從水行 縯長也 黃土瓜 吲大笑 戭

長槍又檮戟八元名 螾蚓蟲 衍上同 ○兗州名尚書禹貢曰濟河惟兗州武王封周公於曲阜爲魯公秦爲薛郡後魏置南兗州於譙城又置西兗州於定陶城隋改爲魯州武

德初平徐圓朗復爲兗州又姓出姓苑以轉切十 沇濟水別名出王屋山 㕣上同 抭動也 抁上同 莬草名 馻馬逆毛 㕣山澗泥也 繞絅繞 颺小風

鷕雉鳴也以沼切又羊水切七 溔浩溔大水皃 舀說文曰抒臼也 眈 抭並上同 骭肩骨 瞟眇瞟目皃 ○野田野說文云郊外也羊者切五 壄古文

也語助辭之終也 冶銷也尸子曰蚩尤造九冶又妖冶亦姓左傳衛大夫冶廑 虵羌複姓有虵咥氏又食遮切咥都結切 ○養育也樂也飾也字從羊食又姓孝子傳有養奮餘兩切七

痒皮痒 癢上同 瀁滉瀁水皃 蛘蟻名說文曰搔蛘也 勨勉也又音象 蝆蟲名 ○郢楚地以整切三 浧泥也 梬梬棗似柹而小 ○潁水名在汝

南亦州名禹貢豫州之境春秋時沈丘也秦爲潁川郡漢爲汝南郡之汝陰後魏置潁州餘頃切二 穎禾末也穗也又姓左傳有穎考叔 ○酉飽也老也就也首也又辰名爾雅曰太歲在酉

曰作噩又姓魏有酉牧與久切二十一 𨛫古文 誘導也引也教也進也說文曰相訹呼也 羑 䛆上同並見說文 牖道也向也說文曰牖穿壁以木爲交窗也

禮曰蓽門閨竇蓬戶甕牖 卣中形鐏又音由 槱積木燎以祭天也 梄上同 莠草也 羑羑里文王所囚處又有羑水並在湯陰又姓也 庮久屋木也

周禮曰牛夜鳴則庮鄭司農曰庮朽木臭也 蜏朝生暮死蟲名 㝚字書云貧病也 𣢾說文云言意也 琇玉名又音秀 楢柞楢木 璗遺玉 輶

輕車又音由 醰醰酒 羑水名 ○潭潭㵝水動搖皃以荏切又徒南切一 ○琰玉名周禮曰琰圭九寸以冉切十一 剡削也利也亦姓又時冉切 棪木名實似

柰可食 踐疾行 餤餤餤火初著也 淡澹淡水皃又徒敢切 扊扊扅戶牡所以止扉或作剡移 滔灩滔水滿 厺上大下小 敥敥邦 䋎續也 ○用

使也貨也通也以也庸也又姓漢有用虯爲高唐令余頌切一 ○易難易也簡易也又禮云易墓非古也易謂芟除草木以鼓切又以益切六 傷相輕慢也 貤物之重次也 佒情也

彘彘前面衣又失智切 敡輕簡爲敡 ○瓗玉名以睡切四 纗紘中絶也 讉讉恨也 賢賢媲也 ○肄習也嫩嫺也羊至切八 殔釋名曰假葬於道曰殔說

文云瘞也 庚倉也 貤重物次第也 勩勞也 隶本也及也又音代 希說文曰脩豪獸一曰河內名豕也又徒計切爾雅作貄 絼多重 ○遺贈也以醉切又音惟七

䜅䜅清俟出漢書王子侯表 㥽忘也出廣雅 蜼爾雅曰蜼卬鼻而長尾雄似獮猴鼻露向上尾長數尺末有岐雨中自縣於樹以尾塞鼻又余救切 瞶目疾 蟦蠐蟦 蟧

蚳蠿蟲名 ○異奇也說文分也羊吏切七 异异哉歎也退也舉也 潩水名在河南密縣出文字音義 食人名漢有酈食其又音蝕 已過事語辭又去也弃也成也 異

連翹草名 廙恭也敬也 ○豫逸也備先也辨也早也安也猒也敘也又州名尚書禹貢曰荊河爲豫州釋名云豫州在九州中京師東常安豫也秦爲三川郡漢爲河南郡後魏置司州又改爲

豫州亦獸名象屬又姓晉有豫讓羊洳切二十 預安也先也厠也樂也佚也猒也怠也 譽稱美也又姓晉書有平原太守譽粹又音余 礜礜石藥名蠶食之肥鼠食之死 䳉馬疾

行 輿車輿又方輿縣名又音余 鸒爾雅曰鸒斯鵯鶋郭璞曰雅烏也小而多羣腹下白 悆悅也 𪊨大鹿 𣝗舁食者或作轝 藇諸藇又音序 蕷署蕷俗

穥穥稌稷美也 屧履屬 忬安也 歟歎也又音余 悇憂懼 與參與也 澦灩澦水名 壂高平 ○銳利也又姓姓苑云外平中鮮卑有御史中丞銳管以芮切

六鍪銅生五色叡聖也睿同上莜草生狀蛃毒蟲又而毯切○曳牽也引也餘制切二十九裔邊也苗裔也又容裔也說文曰衣裾也俗作褻玴

石之次玉也勩勞也泄水名在九江又音薛洩同上瘈病也䎸鳥飛枻檝枻詍多言怈明也一曰習也翽鳳六翮靾以馬鞍贈亡人跇超踰又丑

例切丿施明也又身皃袣長被又衣長皃秇白秇稻名鶪鳥名澨容澨水皃衎合板衎縫抴數也𡜬婦人病胎也箷長也㹭狸子丿至地䕜

蒸也又葱䕜也䄪裂也呭呭樂說文曰多言也亦作呭蓨草名○胤繼也嗣也亦姓羊晉切十一酳酒漱口也輷引軸引又羊忍切䡅小鼓在大鼓上擊之以引樂

亦作螾演說文云水脉行地中演演然胂脊肉又直忍切𢓨伸也㴈小水釼鐵釼軸車名○掾官名以絹切四緣衣緣彖弓彖颺冊揚穀又小風也○燿

熠燿說文照也弋照切十七鷂鷙鳥也莊子曰鷂為鸇鸇為布穀此物變也摇摇動又音遥覞普視說文曰並視也䁍同上耀光耀曜日光也又照也覦視誤也瞻

上同旭行不正也䜣遺王又音由笓屋上薄也趡走也鷣一名負雀蔫蒐絲也又帝女花也艞對艞江中大船謡誤言皃○夜舍也暮也君子有四時朝

以聽政晝以訪問夕以修令夜以安身又姓羊謝切三射僕射鷂鳥名似雉○漾水名在隴西餘亮切十二恙憂也病也又噬蟲善食人心也羕長大也颺風飛煬

炙也向暴也㨾式㨾養供養眻美目皃詇謹也讙也餙飾也㺊猱獸如師子食虎豹及人瀁水溢蕩皃○孕懷孕以證切七䵮面黑子賸增益

一曰送也又物相贈媵送女從嫁倂倂送行也鰧小魚賸大視又雙也○狖獸名似猨余救切十四貁同上鼬蟲名似鼠櫾積薪燒之柚似橘而大廣志曰城

都柚大如斗爾雅注柚似橙而酢出江南蜼似獮猴鼻露向上尾長四五尺有歧雨則自縣於樹以尾塞鼻又以季切褎服飾盛皃油藋子桐花曰油猶獸似麂善登木鼬鼬鼠櫾

木名輶輶車又音由牰牛黑眥蜏不知晦朔又音酉○豔美色也以贍切九艶俗爓光也焰同上燄火華也爁爁也鹽以鹽醃也本音平聲

予

灩上同 瀲瀲灩水波動皃 ○育養也長也余六切二十四 毓稚也本亦同上 鬻賣也亦作粥亦姓周有鬻熊爲文王師案說文鬻本音糜鍵也 粥上同 鬻說文鬻也 ⿰糸育青經

白緯績陽所織 賣賣也重也長也動也說文衒也或作儥 儥上同 ⿰木育車覆欄也 錥鍑錥溫器 煜火光又燿也 焴上同 昱日光 萑爾雅云萑山韭 淯水名出攻

離山 ⿰虫育復⿰虫育蟬未蛻者出論衡 弆兩手捧物說文音匊 堉地土肥也 喅音聲 畜生田 ⿰目隹望也又目明皃 ⿺辶育步也轉也行也 ⿱艹育草名 藚茂也 ○欲

貪欲也余蜀切九 浴洗浴說文曰洒身也洒先禮切 鵒鴝鵒 𨿽上同 鋊炭鉤又銅屑也漢書曰磨錢取鋊 輍車枕前也 慾嗜慾 ⿰犭谷獨⿰犭谷獸 谷山谷爾雅曰水注谿曰谷

說文曰泉出通川爲谷亦虜三字姓吐谷渾氏又音穀 ○逸過也縱也奔也說文曰失也从辵从兔兔謾訑善逃也夷質切十二 佚佚樂 佾八佾之舞佾行列也 溢滿溢 軼車過

又突也又同結切 鎰國語云二十四兩爲鎰又禮曰朝一溢米注謂二十兩曰溢 泆淫泆 齸廣雅云麋鹿受食處 劮劮豫 昳[illegible]也 駃馬足疾 鴃鵧鴃鳥也 ○聿

循也遂也述也說文曰所以書也楚謂之聿吳謂之不律燕謂之弗秦謂之筆餘律切二十一 鴥飛快 燏火光 遹述也自也一曰遵也 鷸鳥名 驈黑馬白髀又音述 繘汲綆又音

橘 ⿰風矞疾風 潏水流皃 矞說文曰以錐有所穿也一曰滿也 霱霱雲瑞雲本亦作矞 ⿰虫矞⿰虫矞蟥也 ⿺辶聿行皃 茟草木初生 欥詞也 鱊小魚名 噊鳥鳴

⿰糸聿⿰糸聿長 銉針銉 ⿰羽矞飛⿰羽矞 ⿰鬲出⿰鬲出出 ○蒁菜似蕨生水中聿劃切一 ○悅喜也脫也樂也服也經典通用說又姓後燕錄有悅綰弋雪切七 說姓傅說之後又失爇始鋭二切

閱簡閱也又閥閱 蛻蟬去皮也又他卧他外舒芮三切 娧姚娧美好又他會切 ⿱艹閱草名似芹 梲草生而新達曰梲也 ○抴亦作拽拕也羊列切又余世切一 ○藥說文云治

病艸禮云醫不三世不服其藥又姓後漢有南陽太守河內藥崧以灼切三十一 躍跳躍也上也進也 礿祭名 禴上同 蘥燕麥 鑰關鑰 鬻內肉及菜湯中薄出之 瀹

上同又漬也 瀹上同亦水名在泚陽亦作濼 濼水名 爚煜爚光明 櫟櫟陽縣名在京兆又音歷 龠量器名 𦏵白𦏵縞也 屵岸上見也說文作屵 敫光景

流兒 籥樂器郭璞云如笛三孔而短小廣雅云七孔 崘幕崘屋也出新字林 睔矔睔視兒 蜦蛸蜦螢火別名 緰絲色 鶬鷄鶬鳥 嬫嬫媄之兒 㲊二仰也 趛趠趛行兒

瘵瘞瘵病也 闖門闖 覦視不定 踚登也履也 蹫出走也 蘥蘥蘥風吹水兒 ○繹理也陳也長也大也終也充也說文云抽絲也羊益切三十三 睪引給兒說文曰

司視也从目从㚔令吏將目捕辠人也 亦揔也俗作夊 弈弈美兒又博弈 奕大也又輕麗兒又行也盛也 帟小幕曰帟 譯傳言周禮有象胥傳四夷之言東方曰寄南方曰象

西方曰狄鞮北方曰譯 懌悅也樂也改也 斁猒也 驛驛馬 嶧山名在魯 醳苦酒 腋肘腋 掖持臂又縣名又掖庭也一曰正門之旁小門也亦姓 袘袘縫 易

變易又始也改也奪也轉也亦水名出涿郡安閻山見水經亦州名漢書趙分晉得中山秦爲上谷郡漢置涿郡隋爲易州因水名之又姓齊大夫易牙又盈義切 瘍病相染也 蜴蜥蜴 埸

壃場 液津液又姓急就章有液客調 圛說文云回行也商書曰圛圛者外雲半有半無 襗衣襦 射無射九月律 墿道也 焲火光 襗重祭名舩曰肜周曰襗亦作繹

淢淢浂水兒 燡火甚之兒 𦔷耕也又音釋 𢒚交𢒚 嚁嚁川 𤏣災也出字林 𤎼光兒 ○役古從人今從彳說文曰戍邊也營隻切十二 𧘡燕人呼共又羊捶切

疫說文云民皆疾也 𩵯魚名有四足出文字集略 坄甄家埏竈說文曰陶竈窻也 坄上同 炈亦同 𪀕𪀕鳩鳥 鈠小矛 霡霢霡大雨 豛豬之別名 蛂蛂蟿

蟲名 ○弋橜亦弋射又姓出河東今蒲州有弋氏見姓苑與職切三十四 翊馮翊郡又輔翊 翌明日 廙敬也又音異 黓早也爾雅曰太歲在丑曰玄黓 翼羽翼說文翄也又恭也美

也助也亦州名在隴右因翼水爲名又姓晉翼侯之後漢有諫議大夫翼奉 𦐊說文同上 𢑥古文 麷麥麷 隿曰射也或作弋 蘱翻蘱 㚤婦官也漢有鉤㚤夫人居鉤㚤宮漢書亦作弋

潩水名出密縣大隗山 杙果名如棃亦橜也 芅今羊桃也或曰鬼桃葉似桃而花白 𠤩說文云田器也 趩趩進趩如也 𨘙疾𨘙 𥡴黍稷蕃蕪兒亦作翼 𧌒蛂𧌒蟲行兒

㦻鈘㦻骨也 忒心動 瀷水聚 𢦚缺盆骨也 𠥯大鼎 熼火光 鉽鼎附耳在外也 瘱瘱瘱淫瘱 𧒂蟲也 耧耕也 秇秇禾 代代行 袱衣袱 酨酒色

予

熠熠燿螢火羊入切二 ○𦐇多皃 ○葉枝葉又姓吳志孫堅傳有都尉葉雄與涉切又式涉切十 楪楪榆縣名在雲中 揲度揲 鍱鍱銅 偞偞偞輕薄美好皃 業

薄也 欇𣏾端又力葉切 爗爗爚 篥篇籓書籍說文籥也 殜病也 ○殜殗殜亦作殜余業切二 謋樂器 ○衍水也溢也豐也禾綫切又以淺切八 莚蔓莚不斷

羨延也進也 挻㹞挻大獸名長八尺 延曼延不斷又其莚也 涎湎涎水流 遈移也 嗔大笑

三 ○爲爾雅曰作造爲也說文曰母猴也又姓風俗通云漢有南郡太守爲昆蒁支切又王僞切六 為俗 溈水名在新陽 隝阪名在鄭又王詭切 鄬地名

鰞大魚又許爲切 ○雄雄雌也亦姓舜友有雄陶羽弓切二 熊獸名似豕魏略曰大秦之國出玄熊亦姓左傳賢者熊宜僚又漢複姓左傳楚大夫熊率且比 ○帷說文曰在旁曰

帷釋名曰帷圍也以自障圍也洧悲切一 ○幃香囊也一說單帳也雨非切又許歸切十五 韋柔皮也又姓出自顓頊大彭之後夏封於豕韋苗裔以國爲氏因家彭城至楚太傅韋孟遷于魯

孟玄孫賢爲漢丞相始遷京兆之杜陵也 闈宮中門也 圍守也圜也遶也 褌重衣 韗束也 違背也 潿水名 口文字音義云回也象圍帀之形也 鍏方言云宋魏呼

臿也 潿水不流濁皃 媁江媁神女 褢褢裹也 䙆褢也 㪾戾㪾 ○于曰也於也說文本作亏凡從于者作亏同又姓周武王子邘叔子孫以國爲氏其後去邑單爲于漢

有丞相東海于定國又望出河南者即後魏書万忸于氏後改爲于氏凡諸姓望在後而稱河南者皆虜姓後魏孝文詔南遷者死不得還北即葬洛陽故虜姓皆稱河南焉又漢複姓五氏後漢特進

漁陽鮮于輔袁紹大將軍淳于瓊劉元海太史令宣于修之何氏姓苑有多于氏閼于氏羽俱切二十 迂遠也曲也又憂俱切 盂盤盂說文曰飯器也又姓左傳晉有盂丙 邘地名在河

內又姓漢有邘侯爲上谷太守 雩請雨祭名又況于切 翌飛皃說文曰雩羽舞也或从羽同上 竽笙竽世本曰隨作竽 玗玉名 芋草盛皃又王遇切 汙水名又屋孤烏故二

切 醧宴也 杅因杅匈奴地名 釪錞釪形如鐘以和鼓 衺衺衣 骬髃骬缺盆骨也 雩說文云草木華也本音吁 謣妄言 軒車環靶也 迂窻迂牀也 盂

菹莖似韭。筠竹皮之美質也爲贇切四 囩田十二頃說文回也 縜繩紐 蒟藕根小者 。雲說文云山川气也从雨云象雲回轉形河圖曰雲者天地之本傅子曰以雲母飾車謂之雲母車臣不得乘之又姓縉雲氏之後又後魏書有連氏後改爲雲氏王分切二十二 芸香草也說文云似目宿淮南王說芸草可以死復生雜禮圖曰芸蒿也葉似邪蒿香美可食也 蕓蕓薹菜名 𦔍說文曰除苗間穢也 𦓤上同 耘亦同 鄖國名 妘女字又姓 紜紛紜 溳水名在南陽一云在美陽 澐江水大波 云辝也言也說文古文雲字亦姓出自祝融之後 篔篔簹竹名 邧邑名 貟益也說文作員物數也又音圓又音運姓也 鼎籀文 愪憂也 沄說文云轉流也 䞫亂也 耺耳中聲 橒木名

䉙竹名 。袁姓出陳郡汝南彭城三望本自胡公之後雨元切十六 爰於也行也爲也哀也引也亦姓出濮陽亦舜裔胡公之後袁或作爰 垣垣墉也又姓漢西河太守略陽垣恭也 韗亘籀文 園園圃亦姓 援援引也又爲眷切 榬絡絲籰 轅車轅方言云轅楚衛謂之輈又姓左傳陳大夫轅濤塗之後又漢複姓有軒轅氏 鶢鶢鶋海鳥 媛嬋媛枝相連引又爲眷切 洹水名亦縣名在相州又音桓 溒纂文云姓也玉篇云水流皃 𧻚易田名也 蝯蝯猴五百歲化爲玃爾雅曰猱蝯善援 猨上同 猿俗 。貟說文作員物數也王權切又云運二音四 圜天體 圓上同 湲潺湲 。漹水名出西河也有乾切三 螞螞蠕蟲名 焉語助也又於乾切 。鴢鳥鴢于嬌切二 鄢鄉名在潁陽 。王大也君也字林云三者天地人一貫三爲王天下所法又姓出太原琅邪周靈王太子晉之後北海陳留齊王田和之後東海出自姬姓高平京兆魏信陵君之後天水東平新蔡新野山陽中山章武東萊河東者殷王子比干爲紂所害子孫以王者之後号曰王氏金城廣漢長沙堂邑河南共二十一望又漢複姓五氏左傳晉有樂王鮒小王桃甲賈執英賢傳云東莞有五王氏史記云出齊威王至建王五王之後風俗通云漢有中郎威王弼出自楚威王後漢有新豐令王史音雨方切又雨誑切四 虹虹孫蟲名又蟥蜐即今促織也 魟魟鮹魚名 往急行 。榮榮華又姓漢有榮啓期永兵切六 禜祭名又音詠 蠑蠑螈蜥蜴別名 瑩玉色詩云充耳秀瑩又烏定切 㨶拔也 嶸崢嶸又戶萌切 。尤過也甚也怨也多也說文異也

又姓出姓苑 杬木名 腄縣名在東萊 疷結病也釋名曰疷丘也出皮上聚高如地之有丘也 肬上同 黖籀文 沈水名在高密 郵境上舍亦
督郵古官号釋名曰督郵主諸縣罰負郵殿糾攝之又姓西京雜記有郵長倩 訧過也博雅曰惡也 ○炎熱也說文曰火光上也于廉切一 ○蔿草也又姓左傳晉大夫蔿伯韋
九委切 鄬地名 儰不安也 隖地名 蘤花也榮也 ⿸疒爲口咼 ⿵門爲闢也國語曰⿵門爲門與之言又姓 薳草又姓左傳楚有薳氏代爲大夫 ⿱穴爲
說文云屋皃 ○洧水名在鄭榮美切四 鮪魚名 痏瘡痏 黃有黃色 ○矣說文云語巳詞也于紀切二 苵蔿也 ○韙是也于鬼切十三 煒光煒
暐暐曄 偉大也 瑋玉名 葦蘆葦 椲木名可屈爲盂 韡華盛皃 颹大風皃 媁醜也 愇字書云恨也 鍏方言云臿宋魏
之間或謂之鍏 ⿰扌韋逆追 ○羽舒也聚也亦鳥長毛也又官名羽林監應劭漢官儀曰羽林者言其爲國羽翼如林盛也皆冠鶡冠亦姓左傳鄭大夫羽頡又虜姓後魏書羽弗氏後改爲羽氏
又音芋王矩切十五 禹舒也字林云蟲名又姓夏禹之後王僧孺百家譜云蘭陵蕭道遊娶禹氏女 雨元命包曰陰陽和爲雨大戴禮云天地之氣和則雨說文云水从雲下也一象天冂象雲
水霝其閒也 宇宇宙也又大也說文曰屋邊也易曰上棟下宇亦姓出何氏姓苑又虜複姓宇文氏出自炎帝其後以有嘗草之功鮮卑呼草爲俟汾遂号爲俟汾氏後世通稱宇文蓋音訛也代
爲鮮卑單于 寓上同 瑀石似玉也 祤殺祤縣名在馮翊又況羽切 栩栩陽地名又況羽切 鄅鄅子國在琅耶其後以國爲姓 頨孔子頭也說文云頭妍也又讀若翩
楀木名又音矩 萬說文艸也 ⿰羽阝亭名在南陽 聥張耳有所聞又音矩 ⿱雨禹雨皃 ○痏痛而叫也于罪切一 ○殞歿也于敏切七 溳瀢溳波相
次也 磒石落也 隕墜也落也 霣說文雨也齊人謂靁爲霣一曰雲轉起也 愪憂也 蒟爾雅云蒟芺蘽華根可食者曰芺芺胡狡切 ○抎有所失云粉切
四 䫇說文曰面色顚顚皃 ⿱艹䫇上同 瘨病也 ○遠遙遠也雲阮切二 顡面不正 ○往之也去也行也至也于兩切二 暀德也是也光也爾雅曰暀暀皇

皇美也○永長也引也遠也遐也亦姓出何氏姓苑于憬切二 栐木可爲笏○有有無又果也取也質也又也又姓孔子弟子有若又漢複姓有男氏禹後分封以國爲姓出史

記云久切九 右左右也又漢複姓五氏左傳宋樂大心爲右師其後因官爲氏漢有中郎右師譚晋賈華爲右行因官爲氏漢有御史中丞右行緝何氏姓苑有右閭右扈右南等氏 鴅鳥名

似友朋友同志爲友 𠭥上同出說文 𥁕器也又金救切 盍上同 栯木名服之不妬又於六切 䒳草名○爲助也于僞切又允危切一○位正也列也

雉莅也中庭之左右謂之位于愧切一○胃腸胃說文作𦞤府也于貴切十七 謂言也告也說文報也 愲悱愲不安也 媦楚人呼妹公羊傳曰楚王之妻媦 艒船 緯

經緯 彙類也說文作𢑏蟲也似豪豬而小爾雅曰彙毛刺是也 蝟說文同上 渭水名亦州名書曰終南敦物至于鳥鼠鳥鼠山又名渭所出也秦伐義渠始置隴西郡後魏莊

帝置渭州因水爲名也 煟火光 鮹魚名山海經曰樂游之山桃水多鮹魚似蛇而四足 蝟獸似鼠 緭緭繒也 萠草木萠孛也 蔚草名 颵大風 圍

繞也又音韋 芋一名蹲鴟廣雅云蜀漢以芋爲資凡十四等大如斗魁其車轂鋸子旁巨青鳥等四等多子王遇切五 雨詩曰雨雪其雱又音禹 羽鳥翅也又五聲宮商角徵

羽晋書樂志云宮中也中和之道無往而不理商強也謂金性之堅強角觸也象諸陽氣觸動而生徵止也言物盛則止羽舒也陽氣將復萬物孳育而舒生又音禹 霸說文曰水音也 吁

疑怪辭也○衞護也垂也加也亦州名殷所都也本衞國爲翟所滅齊桓公伐翟遷衞于河南秦屬東郡魏文置朝歌郡晋爲汲郡東魏爲義州周武改爲衞州亦官名漢書曰衞尉秦官掌宮門衞屯

兵又姓周文王子衞康叔之後國滅因氏焉出河東陳留二望又精衞鳥名山海經云狀如鳥白首赤喙其鳴自呼取西山木石以塡東海于歲切十三 害說文曰車軸耑也从車象形 轊

上同 璏劒鼻王莽碎玉劒璏 篲竹名 㒡豚屬 䅗上同 櫘小棺 彗日中必彗 譓寐言 讆上同 躗牛蹄 𩱨乾𩱨○運遠也動也轉輸也國語云廣運百里東西

爲廣南北爲運又姓出姓苑又漢複姓二氏史記云秦後以國爲姓有運奄氏後漢梁鴻改姓爲運期氏王問切十六 暈日月傍氣 餫野餉 韗韗理鼓工考工記云韗人爲皐陶皐陶鼓木也又況万

于

切 韗上同 鄆邑名又州名魯太昊之後風姓禹貢兗州之城即魯之附庸須句國也秦爲薛郡地漢爲東平國武帝爲大河郡隋爲鄆州亦姓魯大夫食采於鄆後因氏焉 貟姓也前涼錄有金城貟敞唐有

棣州刺史貟半千 䲨鳥名似烏一名同力 伝心悶 鶤雞三尺曰鶤又音昆 䞁物數亂也 韻韻和 䚯衆視 覞上同 瘨病也又尤粉切 緷說文緯也 遠

離也又于願切一 ○瑗玉名王眷切又于願切五 援援援救助也亦姓 媛淑媛 褑佩帶 院垣院 ○迋往也勞也于放切五 旺美光 暀上同 㤥誤人 王霸王又盛也又

于方切 ○詠歌也爲命切五 咏上同 泳潛行水中 禜祭名周禮禜門用瓢齎又永兵切 醟酗酒 ○宥寬也于救切十六 又又猶更也 佑佐也助也 右左右

又于久切 祐神助 盍抒水器也 盍上同 酭報也 頄說文顫也 疚上同 囿說文曰苑有垣一曰禽獸有囿又于目切 姷偶也 忧動也 𧻘走皃 侑勸食爾雅

曰酬酢侑報也 𦳝草名 ○顡顡齘切齒怒皃于禁切二 鼘鼓聲見兵書 ○囿園囿于六切又于救切二 哊吐聲 ○颵大風也于筆切五 汩說文曰水流也 汩上同 遹

草名 抗揘抗擊皃 ○颶風聲王勿切六 揋擲也 觱羌人吹角 抗抗捏 瞶瞶瞶見 𢔁行也 ○越墜也于也於也遠也走也踰也曰也揚也說文度也亦吳越又姓句踐之後又

虜三字姓後秦錄有北梁州刺史越質詰歸王伐切十六 𨑝說文踰也 粵辞也于也 戉說文曰大斧也司馬法曰夏執玄戉殷執白戚周左杖黃戉又作鉞 鉞上同 絨紵布說文曰采

彰也一曰車馬飾 樾樹陰 蚏蟚蚏似蟹而小 曰辝也於也之也 䢒䢒立也 娍輕也 珬劍鼻玉 𣄃暴乾 𣐥木名 蛾蟆蛾蚌出魏書 泧水大 籰說文曰收絲者也亦

作篗王縛切五 䦧上同 篗篗子楶 濩笭取魚器也 還還行不住還遶天下 ○域居也邦也界也雨逼切十四 蜮短狐蟲又音或 罭魚網 棫木叢 戫字林云大力皃

䳑鸝䳑鳥 鋮瓦器 琙人名漢有公孫琙 黬羔裘之縫又音洫 緎縫也亦同上 䮋馬走 魊小兒鬼 淢溲淢波勢 𢦜叢叢 ○煜火皃爲立切四 曅

曄曄又筠輒切 熠熠燿螢火又羊入切 騽馬豪骭又音習 ○曄光也筠輒切又爲立切七 曅上同 饁餉田 燁熚燁火盛 爗說文盛也 皣草木白華 瞱目動皃

四○曉曙也明也慧也知也馨皛切四 鐃鐵〻 皢白也 膮豕羹 ○烘火皃呼東切又音紅六 叿叿叿市人聲 魟河魚似鼈 谾谷空皃出字林

訌訌訌大聲 䫺大風 ○胷膺也亦作匈肖許容切十 凶凶禍 ⿰歹凶古文 銎懼也又斤斧柄孔又曲恭切 洶水勢也 恟懼也 詾訟也 兇惡也 訩

衆語 匈匈奴 ○肛許江切四 啌啌䁝語出聲譜 谾空谷皃 舡舽舡船皃 ○麾說文曰旌旗所以指麾也亦作麾許爲切六 麾上同 噅口不言正

撝說文曰裂也易曰撝謙注謂指撝皆謙也 鰞大魚又音爲 鄬鄭地 ○隓毀也說文曰敗城𨸏曰隓許規切九 墮上同 隳俗 眭眭盱健皃又息爲切盱音吁

觿角錐童子佩之說文曰觿角銳耑可以解結也又戶圭切 睢仰目也 讗相毀之言 鑴大鍾又戶圭切 蘳華黃也又果實也 ○犧犧牲書傳曰色純曰犧許

羈切十九 羲姓風俗通云堯卿羲仲之後 焁焁欲貪者欲食皃 桸杓也 巇嶮巇 羛地名在魏 戲於戲歎辭又姓虙戲氏之後又喜義切 ⿰氵戲水名

在新豐 曦日光 ⿰扌戲擊也 ⿰虫戲蠡名 ⿰角亘角匕又火元切 虗古陶器也 ⿰犭戲獸名又日豕也 ⿰口戲吹⿰口戲口聲 ⿸厂戲相笑之皃 ⿰土戲毀也 ⿰阝戲上同 ○詑

自多皃俗作訑香支切又湯何切二 焁焁欲乞人見食皃 ○倠仳倠醜面許維切六 婎上同 睢睢盱視皃 眭眭盱健皃 ⿸广妥姿度 ⿸广麦上同 ○咦笑皃喜夷切五

忔廣雅云喜皃 䐅醫之別名 ⿸尸矢呻吟聲 屎上同 ○僖樂也又姓姓苑云彭城人許其切十五 歖卒喜 熙和也廣也長也 嬉美也一曰游也 禧福也吉也

⿱臤女善也悅也 譆痛聲 ⿱支夕坼也 瞦目睛 ⿰火矣火盛 熹盛也博也熱也熾也或作熺 嘻噫嘻歎也 ⿰虫欠喜笑 娭婦人賤稱出蒼頡篇 誒說文云可惡之詞也

○揮揮霍亦奮也灑也振也動也許歸切十三 煇光也 輝上同 暉亦同又日色 徽美也又三糾繩也 翬飛皃又雉五色備也 褘后祭服也 ⿲彳魚攵魚有力也 楎

橛也在牆曰楎又犂頭也 幑幡也 ⿰氵暈竭也 ⿸㫃軍動旗 ⿰犭軍山⿰犭軍獸名似犬見人則笑行疾如風又胡昆切 ○希止也望也散也施也爾雅罕也又姓三輔決錄有希海字子江香衣切十二

晞日氣乾也 莃菟葵 鵗北方雉 睎視也眄也望也 稀稀踈 豨豬也又虛豈切 𧼮走皃 桸木名汁可食 悕願也又悲也 俙依俙 欷說文曰歔欷也又喜既

切 ○虛空虛也亦姓出何氏姓苑朽居切又音袪六 驉駏驉畜似騾也 歔歔欷 嘘吹嘘 䰢䰢秏鬼又蔓䰢罔象木石之怪也 𧝒上同出字書 ○訏大也況于切二十

吁歎也 雩雩婁古縣名在廬江 欨吹欨一曰笑意又況宇切 疞病也 盱舉目又盱眙縣在楚州 衱大袑衣也 煦煦㬋笑皃 姁姁婾美態 冔殷冠名又音詡 扜

說文云指麾也又憶俱切 荂草木華也 𦬼上同又音敷 忓憂也 醧宴也 盱日始出皃 靬靬鞮 㰲㰲欒 虖虎吼又虎乎切 雽亩屬又矩于切 ○呼

喚也說文曰外息也又姓列仙傳有仙人呼子先又虖虜複姓二氏前趙錄匈奴貴姓有呼延氏後漢書匈奴四姓有呼衍氏荒烏切又火故切十七 嘑哮嘑周禮曰雞人掌大祭祀夜嘑旦以嘂百官

虖姓也說文曰哮虖也 評亦喚也 歑溫吹氣息也 戲古文呼字 謼大叫又火故切 膴無骨腊又音無 幠大也 葫大蒜也張騫使大宛所得之食之損人目

眝怯也 軤姓也 虍字林云虎文也 苸草多 雐鳥名 𩴵鬼皃 滹滹沱水名周禮作虖池 ○醯酢味也俗作醯呼雞切六 [illegible]痛聲 [illegible]黃病色也 [illegible]

[illegible]赤紙出埤蒼 榼木名 㤢欺慢之皃 ○眭目瞢呼攜切一 ○竵物不正火媧切四 [illegible]舛雜之皃 嚅口偏 餥餥消食 ○[illegible]笑皃火佳切二 吹

郍欥氣逆病欸昏狹切 ○虺虺隤馬病呼懷切又灰毀二音一 ○俙訟也喜皆切一 ○灰說文曰死火也淮南子云女媧積蘆灰而止淫水呼恢切六 豗豕掘地也 [illegible]

上同 [illegible]相[illegible]擊 瘣馬病 虺虺隤 ○咍笑也呼來切三 㾂病也 𣪠毅𣪠笑聲也 ○薰香草韻略曰薰陸香出大秦國亦姓出何氏姓苑許云切十二 曛日入

也又黃昏時 勳功勳也 勛古文 熏火氣盛皃 燻上同 獯北方胡名夏曰獯鬻周曰獫狁漢曰匈奴 纁三染絳 醺著酒 葷臭菜 焄禮曰焄蒿悽愴

鄭玄云焄謂香臭也 臐儀禮鄭玄注云羊曰臐豕曰膮皆香美之名膮呼堯切 ○欣喜也亦州名本漢陽曲縣地隋置欣州因欣口為名許斤切六 忻上同 昕日欲出也 訢喜也

炘熱皃 邧邧鄉地名 ○暄溫也況袁切十九 煖上同 喛恐懼 萱忘憂草說文又作藼蕿 暖大目 諼詐也 塤說文作壎樂器也以土爲之六孔釋名曰塤喧也聲

濁喧然出本曰暴辛公作塤 壎上同 鸇鸇鶬鳥名 叩喚聲又私全切 貆獸名詩云有縣貆兮又丸歡二音 喧大語也 諠諠譁亦作喧譁 愋恨也 讙讙囂

皃也 翧飛來 ⿰角雚揮角 ⿰角亘角匕又許羈切 蝖蟦螬 ○軒軒車又姓軒轅之後漢有諫大夫軒和虛言切六 掀以手高舉 騫飛舉皃 ⿰車軍車前輕也 軒

䔿芊草名 蹇走皃 ○昏說文曰日冥也亦作昬呼昆切七 惛不明 婚婚姻嫁也禮娶以昏時婦人陰也故曰婚 棔合棔木名朝舒夕斂 閽守門人也 殙病也

又未丑名而死 ⿰昏欠不可知也 ○頇顢頇大面皃許干切二 鼾卧氣激聲 ○歡喜也呼官切十三 懽上同又音貫 驩馬名 貆貉屬 貛牡狼 鸛

鸛鷒鳥射之則銜矢射人說文爾雅並云鸛鷒 鴅鳥名人面鳥喙 酄魯郡邑名 獾野豚 犿同上 奞化也始也出方言 讙讙諠 腡腡兜四凶名古文尚

書作鴅 ○羴羊臭許閒切又失然切一 ○銷銅銚火玄切五 駽爾雅曰青驪駽郭璞云今之鐵驄 圓規也又辭沿切 梋椀屬 睊直視 ○祆胡神官品令有

祆正呼煙切二 ○訮詞也怒也 ○嘕笑皃許延切四 仚輕舉皃說文曰人在山上也 嫣長皃好皃又於建於遠二切 翧飛皃 ○翾小飛許緣切九 儇智也疾也利也慧也又舞皃

弲角弓皃 蠉蟲行皃 ⿺走睘疾走皃 嬛便嬛輕麗皃又音娟音瓊 譞智也 ⿰犭頁⿰犭頁妍美頭 ⿰目縣目童子也 ○膮豕羹也許幺切七 嘵懼聲詩曰予維音之嘵嘵

憢憢懼也 ⿱夭焦長大皃 ⿰月皋膮臊腫欲潰也 ⿰石羽⿰石羽翭毛皃 顤大額又去遥切 ○⿰頭鄉喧也許嬌切又五刀切十 枵玄枵虛危之次 歊熱氣說文曰歊歊氣出皃 毊

大磬也爾雅注云形如犁錧以玉石爲之又音喬 獢猲獢短喙犬也 獥犬黃白色 藃草皃又火交切 呺呺然大皃 ⿱吅鬲炊氣 虈白芷別名 ○虓虎聲許交切十六 猇

上同 髇髇箭 歊禾傷肥又音鄗 穘上同 窙高氣 嗃嗃嚳恚也 颵風颵颵也 哮哮闞 庨庨豁宮殿形狀 灱乾也熱也 涍水名在南郡 嘐誇語

也 顤䫌顤胡人面也 鴩鴩鴩似鳧腳近後不能行 猤豕驚 ○蒿蓬蒿又姓出姓苑呼毛切七 徫徫徫深谷皃 撓攪也又奴巧切 薧死人里又音考 嫭

除田草也 茠 拺上同 ○訶責也怒也虎何切五 呵上同 頙傾頭 岢止也 抲擔抲俗 ○韡韡鞋釋名曰韡本胡服趙武靈王所服許肥切四 靴上同 𩊲

撝也 嘩道經䟕云吐氣聲也 ○華爾雅云華荂也呼瓜切四 花俗今通用 譁諠譁 荂上同 ○煆火氣猛也許加切又呼嫁切六 呀哈呀張口皃又呀呷也 谺

云谽谺谷中大空皃 㾚㾚病 岈𡶴岈山深之狀 颬吐氣又風 ○香說文作馫芳也漢書云尚書郎懷香握蘭許良切五 皀稻香 𪏰穀氣 鄉鄉黨釋名曰萬二千

五百家爲鄉鄉向也衆所向也又姓出姓苑 䣐牛羹 ○荒荒蕪又姓呼光切十四 𧃬果蓏不熟又說文曰虛無食也 肓心上鬲下 衁血也 𩣵馬奔 鄺人姓何氏姓苑云今

廬江人 統絲曼延也 帍幭也 謊夢言 𥇶目不明又狠𥇶南夷國名人能夜市金 晃旱熱 慌蒙掩 巟說文曰水廣也 㠩上同 ○炕煮胲呼郎切又音朗切四

欶歠欶 𦝫狠𦝫南夷國名 㤺映㤺很戾 ○諻語聲虎橫切五 䎐䎐然飛聲 謍謍謍小聲 𡁡鼓鐘聲 喤喤呷也又音橫 ○脝膨脝脹也許庚切三 悙

憉悙自強 亨通也或作亯又匹庚許兩二切 ○兄爾雅男子先生曰兄說文長也許榮切一 ○轟群車聲呼宏切十 輷上同 𦑝群鳥弄翅 揈擊聲 訇

大聲又姓蜀録闢中流人訇琦訇廣 鍧鏗鍧鐘鼓聲相雜也 渹水石聲又大也 䎕飛聲 礐石落聲 𢤴㤯惽好嗔皃 ○眴眴貨也火營切一 ○馨香也呼刑

切三 郹說文聲也 蛵虰蛵 ○興盛也舉也善也說文曰起也从舁从同同力也亦州名戰國時爲白馬氐之地漢置武都郡魏立東益州梁爲興州因武興山而名虛陵切又許應切𠫓

鄓說文曰地名也 ○薨說文云公侯卒也呼肱切五 儚說文曰惛也 顭惽迷也 䴢䴢䴢大風也 𣼎水聲 ○休美也善也慶也息也又木名許尤切十三 貅貔貅

猛獸 𤞚上同 鵂鵂鶹鳥也 𩢍馬名 㾋下病 庥爾雅曰庇庥廕也郭璞曰今俗呼樹蔭爲庥 脙瘠也俗作脉又音求 𦛗上同 髤周禮駹車有髤飾注謂髤漆赤

多黑少也或作髹　髼上同　咻口病聲也　溲汗面或作溲　○齁齁鼾鼻息也呼侯切二　䳈䳈鳥青色似鵶鳩也　○飍飍風香幽切又風幽切二　休美也福祿

也慶善也出玉篇又火交切　○歆神食氣也許金切四　廞爾雅曰興也亦陳車服也亦廞巇山險皃又許錦切　㜼愛也又火甘切　歁火盛皃　○峆大谷也火含切八　䤗

面紅　酓小香　欱含笑皃　谽谽谺谷空　唅唅呀　寢不脫冠帶而寐也　寑上同　○蚶蚶蚌屬爾雅曰魁陸本草云魁狀如海蛤員而厚外有文縱橫即今蚶也亦作魽呼談切

五　𧵈戲乞人物亦作歛　㜝貪妄又一含切　歛欲也　憨癡也　○馦香氣許兼切七　𤻮瘷𤻮病也　䵡赤黃色　甉香美　欦貪慾也又笑也　𦆕堅持

意又契兼切　妗美也　○㰹笑皃許咸切五　蝛似蛤出海中也　妗喜皃又香兼切　谽谽谺谷空皃　𩈭出頭皃　○𩏫胡被也虛嚴切五　杴鍁屬古作

櫶或作欦方言云青齊呼意所好爲杴　𤸁癥瘦物在喉也　𥞊禾傷肥也　蘞芊之辛味曰蘞　○嗊羅嗊歌曲出吾均童文呼孔切二　𢤞懫懫心神恍忽皃　○洶

洶溶水皃許拱切三　訩訩嚇也又音凶　兇恐懼說文曰擾恐也左傳曰曹人兇懼又音凶　○傋虛慃切傋傋二　𢢃悄𢢃　○毀壞也破也缺也虧也許委切十　燬

火盛　檓爾雅云檓大椒　毇說文曰米一斛舂爲八斗　𥺪上同　媯又於詭切義見下文　譭謗也譖也　𢷤手擊傷也　烜周禮有司烜氏以陽燧取火於

日以鑒取水於月　婜說文曰惡也一曰人皃　○𥛚去涕也興倚切一　○䁤恚視火癸切又火季切一　○喜喜樂又聞喜縣在絳州漢武帝幸左邑聞南越破遂改爲

聞喜縣禮記曰人喜則斯陶陶斯咏虛里切又香忌切三　憙悅也又許忌切　蟢蟢子蟲俗　○虺蛇虺許偉切五　𤈦齊人云火也　𧈧震雷也　虫鱗介總名　卉

百草總名又音諱　○豨楚人呼豬亦作狶虛豈切五　俙僾俙　𪖜𪖜鼻又虛几切　𩅦霼𩅦　唏哀而不泣　○許許可也與也聽也亦州名本爲許國太嶽

之胤周武王伐紂所封漢爲潁川郡周爲許州又姓出高陽汝南本自姜姓炎帝之後太嶽之胤其後因封爲氏虛呂切二　鄦地名也出史記　○詡和也普也遍也大也禮云詡詡敏而有勇況

羽切十二 冔殷冠名 哻上同 姁呂氏春秋云姁姁然相樂也又漢高后字娥姁說文嫗也 栩柞木名說文云杼也其實皁一行橡櫟音象 郇鄉名在安邑 煦温也

又香句切 珝玉名 欨說文吹也一曰笑意本火于切 祤祋祤縣在馮翊 咻噢咻病聲 喣呈示 虎獸名說文曰虎山獸之君淮南子曰虎嘯谷風至又姓風俗通曰漢有合

浦太守虎旗其先八元伯虎之後呼古切七 琥發兵符有虎文周禮云白琥禮西方 戽戽斗舟中渫水器又音戶 滸水岸 虖地名 萀虎豆名俗加艹 虩蠅虎

蟲俗加虫 扮亂扮也花夥切一 賄財也又贈送也呼罪切七 賄上同 腇腲腇大腫皃腲都罪切 燘熟皃又亡罪切 悔悔吝 蛕土蛕毒蟲 煤南人呼火

也 海說文曰天池也以納百川者亦州禹貢徐州之域七國時屬楚秦為薛郡漢為東海郡後魏為海州亦姓呼改切六 醢肉醬亦作醢 榼楰榼木名似檀齊人諺云上山

斫檀楰榼先殫 脪腫起興脅切二 㾙上同 蟪蚯蚓也吳楚呼為寒蟪休謹切又虛偃切一 㦥蒼頡篇云帛張車上為㦥虛偃切四 攇手約物 蟪

寒蟪又休謹切 讞讞摶很戾 晅日氣況晚切又古鄧切七 䁔大目 咺見啼不止朝鮮云也 烜光明 愃寬心又音宣 䚙大視 諼詐也 綛結也虛本切二

惛惛懣忽疾皃也 罕希也亦鳥網又姓左傳鄭有罕氏出自穆公以王父字為氏代為卿大夫又羌複姓有罕井氏說文作罕或作罕呼旱切七 蔊菜味辛也 厂說文

云山石之崖巖 灘水濡而乾說文呼旰他丹二切 暵日乾也又呼旰也 焊火乾也 熯上同又呼旰人善二切 顯明也著也光也覿也又姓風俗通云有顯甫為周卿呼典

切五 韅在背曰韅在胷曰靷在腹曰鞅在足曰絆 蜆小蛤 抮引戾 㬎衆明也微妙也從日中見絲今作㬎又五合切 蠉香兖切二 趬走皃 好善也美也呼晧

切又呼号切二 㚢人姓 吙大笑虛我切五 𡀗上同 㪃擊也 敤上同 頋傾頭皃又音訶 火河圖挻左輔曰伏羲禪於伯牛鑽木作火說文曰燬也南方之行炎

而上象形呼果切二 邩玉篇云地名 𡀗大笑許下切三 閜大裂 襾說文曰覆也覆覈賈類皆從此 響聲也許兩切八 饗歆饗 蠁說文曰知聲蟲也 蚼

嚱聲也

上同 亯獻也祭也臨也向也歆也書傳云奉上謂之亯 亨上同亦作享 嚮爾雅兩階閒謂之嚮本亦作鄉又音向 鄉不久也又音向 ○怳懰怳許昉切二 詤夢中

言也又火光切 ○慌慌懭呼晃切七 爌爌朗寬明也又苦晃切 宺宺宦也 [illegible]瞡[illegible]目疾出新字林 朊𦟍朊月不明皃 㬶日旱熱也 詤夢言也

○汻姓今涇州有之呼朗切三 酐苦酒 盰盰鹵 ○苀小風許永切一 ○詗明悟了知也火迥切一 ○朽腐也許久切四 歹上同 疞病也 殠臭也

○吼牛鳴呼后切七 吽上同 呴亦同 㸴蔓牛子也 𤙴上同 蚼蚼蟳名也又渠俱切 呴厚怒聲 ○廞大喪囊也許錦切又義今切一 ○顑食不飽呼唵切一

○喊聲也呼覽切四 嚂上同 壏壏土地之堅也 㙳上同周禮注云強㙳地之堅者又音檻 ○險危也阻也難也虛檢切八 獫獫狁 玁上同 㛍㛍婍性不

端良又棄棄切少氣也 譣譣詖說文息廉切問也 憸憸詖又息廉切 𩏼胡被又音秋 嶮嶮巇 ○闞虎聲火斬切又苦暫切二 欦笑也 ○喊聲也呼豏切一

○㺂小犬吠荒檻切二 𧝐開險皃 ○趪趮趪香仲切二 䠗䠗皃又匕幼切 ○烘火乾也呼貢切二 戇悍戇愚人 ○戲戲弄也施也謔也歇也說文曰三軍

之偏也一曰兵也又姓魏志有潁川戲志才香義切二 ○毀男八歲女七歲而毀齒況僞切一 ○豷豕息也許位切二 燹火也字統音統 ○瞲恚視也香季切三 婎醜也

又許葵切 睢恣睢暴戾又許葵切 ○齂鼻息也虛器切六 屎呻也又火尸切 屓屭屓 呬息也又丑致切陰知也 豷夏后氏有澆豷寒浞子名 霼說文云見雨而止息

曰霼 ○侐靜也詩云閟宮有侐火季切又火逼切一 ○憙好也許記切二 嬉可嬉美姿顏也又音熙 ○諱說文誋也許貴切四 卉草揔名詩曰卉木萋萋又音虺 𠦄古文

泋水波汶也 ○欷歔欷許既切十八 唏唏也 塈仰塗也 愾大息也又苦愛切 氣說文曰饋客芻米春秋傳曰齊人來氣諸侯 餼槩並上同見說文 鎎怒戰 慨

息也 熂燹火 黖黖菲黑也 䨴[illegible]雲狀 摡摡拭也 㿽獸名又音氣 𧱝豕息 䮎馬走 犔牛病 忥靜也說文曰癡皃 ○噓吹噓許御切又音虛一

○昫日光說文曰日出溫也北地有昫衍縣香句切六 煦上同 酗醉怒亦作酗 呴吐沫 姁姁嫗 嫗么蠶 諕號諕亦作呼荒故切又火姑切二 戽戽斗飲水器也

○嘒聲急說文小聲也亦作嚖呼惠切三 嚖上同 暳小星詩亦作嘒 ○欰氣越名呼計切三 奞肥大 殨殨極困也 ○㹅短皃呼吠切一 ○譈衆聲呼會切六

噦鳥聲 翽鳥飛聲 鐬鈴聲 渙水名在譙又音喚 濊說文曰水多皃又烏會切 餀食臭呼艾切五 䬸上同 獡獸名出音譜 瘊病瘊 鱥魚名

○諰怒言火懈切又胡禮切一 ○諣疾言呼卦切一 譮怒聲許介切九 欯上同 喊喊喝 齂鼻息 㦎高聲皃又多言 讗譀讗 眉臥息 奊說文曰瞋大聲也

恝說文曰忽也孟子曰孝子心不若是恝 ○豩豩豥火怪切五 𧾲過也 䊈木名皮可牽船 濊水聲 咶鼻息 ○譮譀讗火犗切譀火懺切二 鰭鰭鯀臭皃 咶息聲

火夬切一 ○誨教訓也荒內切十一 悔改悔 晦冥也又月盡也 卦易卦上體 靧洗面 頮上同 秏稻名出南海又火号切 痗病也 頮面肥也 詯休市 洄

大清說文曰青黑皃今作澮 ○僾儓僾癡也海愛切又音礙一 ○喙口喙許穢切又昌芮切六 瘃困極也詩云昆夷瘃矣本亦作喙 㙗上同 趨行走之皃 餯飯臭

顪頰也 ○衅牲血塗器祭也許覲切三 釁上同人罪也瑕釁也 舋俗 ○訓誡也男曰教女曰訓又姓許運切五 爋火乾物 臐羊羹 薰葷薰香又許云切 鑎鐵類

○焮火氣香靳切六 炘上同 痛瘡中冷 㾙脪並上同 脪說文曰瘡肉反出也 ○獻進也禮云大曰羹獻又姓風俗通有秦大夫獻則許建切四 憲法也又姓出姓苑 ○漢水名又姓姓苑云東莞人

苑 遠走意 遠水名 ○楥鞾履楥又法也虛願切四 楦俗 韗攻皮治鼓工也亦作鞾又音運 韗俗 ○惛迷忘也呼悶切又呼昆切一

呼旴切九 暵日氣乾 暵耕田 熯火乾又人善切 罕抱罕縣在河州亦作罕抱音扶 㘎呼乾也 灘水濡乾也 攤多耕地 厂山石之崖 ○喚呼也火貫切八 嚾上同 嚾上同出說文

煥火光 奐文彩明皃又姓 渙水散又音觀 渙國在流沙東 ○晛恚也又虛元切 ○絢文彩皃許縣切八 絃上同 敻營求也又休娉切 眴目動又音舜 駽

青驪馬也 趨走皃 拘擊也 譹流言有所求也又古縣切 ○顯在背曰顯亦作黰呼甸切又呼典切一 ○歗說文云悲意也火弔切三 嬈嬥嬈不仁又而沼切 婞
婞娭喜皃 ○孝孝順爾雅曰善父母為孝孝經左契曰元氣混沌孝在其中天子孝龍負圖庶人孝林澤茂又姓風俗通云齊孝公之後呼教切六 哮喚也又音虓 涍水名在南陽 嗃大嗥又呼
各切 詨上同 䴝解鷹屬又音教 ○秏減也亦稻屬呂氏春秋云飯之美者南海之秏又姓出何氏姓苑俗作耗呼到切四 好愛好亦壁孔也見周禮又姓出纂文又呼老切 㺨姓也或作玕
歗歗縮也 ○呵噓氣呼箇切又呼哥切二 㰤㰤㰤大笑 ○貨財也蔡氏化清經曰貨者化也變化反易之物故字有化也呼臥切一 ○嚇笑聲呼訝切又呼格切八 鏬孔鏬 唬
虎聲 諄訲諄 埻地名在晉 謑怒言 煆赫也熱也乾也 閜訶閜責怒 ○化德化變化禮記曰田鼠化為鴽紀年曰周宣王時馬化為狐又姓呼霸切六 諣疾言 傀鬼變
匕變也從到人 魤魚名 杹木名皮可為索 ○向對也窻也說文曰北出牖也从宀口詩云塞向墐戶許亮切八 珦玉名又音餉 曏又音餉 闀門頭也說文曰門響也 蠁
蛹中蟲也又許兩切 萫萫毛食 𧬘非美言也 嚮與向通用 ○況匹擬也善也矧也說文曰寒水也亦脩況琴名又姓何氏姓苑云今廬江人許訪切四 况俗 䀮山名 貺賜也
與也 ○諱瞋語許更切一 ○轟衆車聲也呼迸切又呼宏切二 輷上同 ○敻遠也休正切四 詗自言長 醟酗酒又為命切 矎直視皃 ○欱含笑也許令切二 醒
面醒醒也 ○興許應切又許陵切三 䑏腫起 嬹悅也喜也 ○齅以鼻取氣亦作嗅許救切三 嘼嘼產亦作畜 珛朽玉 ○蔻苢蔻呼漏切十 豞豕聲 頮字統云勤作
詬怒也 詢上同 吼聲也又呼後切 歐歔欶 㖃恥辱 佝傋佝 怐上同 ○顑面虛黃色呼紺切二 𩜾食不飽也 ○𧵳乞戲物或作歛呼濫切三 蘫瓜菹也出說文 虩
虎怒 ○脅妨也許欠切二 㛍好皃 ○儉覽儉許鑑切三 譀譀譪又呼咸切 闞犬聲 ○嗀歐聲呼木切七 豰獸名似豹而小食獼猴又名黃要胥案說文作縠犬屬要胥已上黃
要胥已下黑食母猴 熇熱皃 臛羹臛又火各切 𧹞日出赤皃 𧹟上同 嚛大歡聲 ○蓄蓄冬菜也許竹切又丑六切十 稸上同 畜養也說文曰田畜也淮南

子曰玄田爲畜又丑六許救二切 畜上同説文云魯郊禮畜从田从玆玆益也 嫱婟也 鄐晉邢侯邑又姓漢有鄐熙爲東海太守 蓄羊蹄菜又丑六切 遂同上 慉

起也詩云不我能慉 䀢細視 ○熇熱也火酷切四 臛羹臛又音郝 嗅食新也 歊氣出皃又音囂 ○旭説文曰日旦出皃一曰明也許玉切五 頊顓頊高陽氏也又謹敬皃

勗勉 顱顱出聲譜 髐同上 ○吒怒聲許角切十 豞豕聲 鞏急束 鷽鳥肥澤 㱿歐吐左傳褚師聲子韈而登席公怒辭曰臣有足疾君將㱿之説文

从口 葩草聲 謞讒慝 㵎瀑水涌 醲醋味 滈水皃 ○㰺笑也許吉切五 欯訶也又丑律切 咭笑又吉切 佶怫也 䂄行也 ○肸肸蠁俗作肹義

乙切 ○獝狂也況必切一 ○䬄飛去皃許聿切四 怴狂也 颵小風皃 眓深目皃 ○飂疾風許勿切六 颮俗 欻暴起 㰲疾也 嗾訶 焱火煨

起皃 迄爾雅云至也許訖切九 仡壯勇皃又魚訖切 釳乘輿馬上插翟尾者曰方釳釳鐵也廣三寸又魚訖切 肸肸蠁又許乙切 忔喜也 芞爾雅曰藒車芞輿郭璞云藒車

香草又音乞 䜪語瞋聲 茵吳王孫休長子字也 汔水涸盡 ○颭小風許月切六 䟢走皃 泧水皃 狘獸名又走皃 䬄飛皃 㞓山皃 欨氣泄也休息也

又蠍也許竭切五 蠍螫人蟲 猲猲獢短喙犬也 獥同上 艬大船 ○忽倏忽又滅也忘也輕也忽十忽爲一絲呼骨切十七 昒尚冥也 疺病在

又音欸 匫古器 寣睡一覺 笏一名手板品官所執天子以玉諸侯以象大夫魚須文竹士木可也釋名笏忽也有事書其上以備忽忘 乾急擲也擲 㫚説文曰出气詞

也篆文本作㫚象气出形 迦遠也 啒憂皃 榾高皃 㹆寢熟 緫微也 昒冢屬 惚恍惚亦作忽 颮疾風皃 寣睡多 ○顝頰顝健也許葛切八 歇

訶也 喝上同 猲恐又音歇 鶡犬臭氣 暍白色 曷熱皃 馤香氣又呼蓋切出字林 ○豁豁達呼括切八 䛤上同 奯大開目也 濊水聲 㵨上同

㳚濊 斛欲水 䀢説文曰視高皃 ○眓呼八切二 䀑視也埤蒼云怒視皃 ○瞎一目盲亦作䁍許鎋切四 齘齒堅聲 鬝髮禿皃 勂力作勂勂 ○血釋名曰血

泧也出於肉流而泧泧也呼決切十二䘏瞲䘏惡皃⿱穴矞穿皃⿱穴皿同上閴闃閴無門戶也泬泬寥空皃疦瘡裹空也又音玦瞲驚視皃決莊子云決起而
搶榆枋決小飛皃訹怒呵⿱艹血草皃坹穴也○⿱大月肥狀虎結切六䩞急繫擷又胡結切⿰扌絜⿰扌絜束又下結切褉褉襦覔見○𥄎舉目使人許劣切六
颰小風皃⿰歹戉盡也烕威也⿰夬羽小飛鳥吷飲也說文與歠同○娎喜皃許列切二焎火氣○矆大視皃許縛切四臒同上彏弓弦急皃又居縛切
戄驚戄又曰遽視○謔戲謔虛約切一○臛羹臛呵各切又火酷切十一鄗縣名漢光武改爲高邑壑溝也谷也坑也虛也叡同上蠚螫也亦作蓋謞讒慝
郝姓也殷帝乙時有子期封太原郝鄉後因氏焉鶮爾雅云大鰕也出海中似蝗長二三尺青州有之熇熱皃又火沃切嗃嚴厲皃易云家人嗃嗃矐重目又失明也○霍
揮霍爾雅曰霍山爲南嶽又姓武王弟霍叔之後虛郭切十二靃地名說文曰飛聲也雨而雙飛者其聲靃然霩雲消皃⿰耳郭驚視藿豆葉又香草矐目開彍張也說文
曰弩滿也又郭廓二音彉同上攉攉盤手戲瀖瀖泎衆波聲劐裂也癨吐病○虩懼也許郤切一○赫赤也發也明也亦盛皃又虜複姓有赫連氏其先匈奴右賢王
去卑之後劉元海之族也勃勃以後魏天賜四年稱王於朔方國号夏都以子從毋之姓非禮也乃云王者繼天爲子是爲徽赫實與天連因改姓曰赫連氏呼格切五焃火色嚇怒也⿰忄鬩
⿰忄鬩虩赤紙𥈍目赤○謋謋然虎伯切八諕同上鄉水名在東海又音廓砉又呼具切出莊子⿰霍羽⿰或羽翻飛疾也湱淜湱波激水也硅硅破⿰忄砉心驚○剨破聲
呼麥切二十一繣徽繣乖違⿰羽或飛聲⿰忄畫不慧又⿰忄畫⿰忄畫辯使出音譜劃劃作事又音畫捇捇掘土又裂也掝裂也⿰口或大笑皃⿱殸口鞕聲又口華切⿰月畫曲脚中也
焃赤⿰扌畫擘也又于馘切⿰忄畫裂帛聲⿰辛畫辛⿰辛畫⿰辛畫⿰目畫目病澅漍澅水出西鄙⿸疒或痛⿸疒或閾閾門⿰氵閾水皃⿺風赤熱⿺風赤⿰或刂刀破○瞁驚視許役切二
眢眼也○赥笑聲許激切九鬩鬪也恨也戾也又相怨也⿰矛兮矛也左思吳都賦云長⿰矛兮短兵亦作𥎊⿰氵鬩⿰氵鬩沭遽也⿰言赤私訟⿱竹鬲籬屬⿰忄赤心不安也覤去覤⿰忄鬩惶恐

○殺矛也呼臭切七　砉砉然物相雜聲　瞁驚視　䀢眼也　狊犬視也　焱火華又火焰也　殈鳥卵破也　○赩大赤也許極切五　衋傷痛其心　𪒠赤黑兒　奭斜視

𢥞瞋怒兒　○洫溝洫況逼切十四　侐靜也　閴上同　閾門限　𨵩古文　䁤舉目使人　𢽾歘聲吹兒　𩕄頭痛　黬羔裘之縫　緎縫也亦同上　翍羽聲　嘦

嘆聲　淢疾流　䞒赭色　○黑北方色呼北切三　潶水名在雍州　𪐈唾聲　○䬍巾帛從風聲呼或切二　𥉮睡目　○吸內息許及切十二　噏上同　歙說文曰縮

鼻也後漢有來歙又許涉切州名　翕火炙一曰起也又斂也合也動也聚也盛也　譣諭評語聲也　潝水流兒　熻熻熱　嬆莊嚴　翖漢有侯翖　郃地名　闟戟名曰闟　鶲

鳥名　○欱大歠也呼合切四　𤸱病劣兒　𢿬𢿬㾑　㾑寒㾑　○㰤大啜呼盍切三　鰪魶鰪魚名出山海經　㾑肥㾑　○弽弓弽呼牒切四　䁋閉目　㛊少氣兒　偞

偞卑　○𪖐齁齁鼻息鼻呼洽切四　欱欱嗇　欸氣逆　𢿌盡也　○呷喤呷衆聲說文曰吸呷也呼甲切四　譀誇誕　𧦝諭評語聲　𣢷𣢷鼻息　○脅胷脅虛業切九　𣢐𣢐氣

𣦋上同　愶以威力相恐也　㢵弓弽兒　嗋口嗋嚇莊子曰余口張而不嗋　熁火氣熁上　𣸍水流　拹說文曰摺也一曰拉也　○嫶呼恚切過也二　○荒草多兒呼浪切一

五　○匣箱匣也胡甲切十一　狎習也說文曰犬可習也　翈翈上短羽　𩃨衆言聲又文甲切雪陽部在樂浪又音颯　㴸㴸㵗冰凍相著　柙檻也所以藏虎兕也出說文

𧆨虎習搏也　鞈鞈韘　𢘍忚喜　炠火兒又呼甲切　笚竹名　○洪大也亦姓共工氏之後本姓共氏後改爲洪氏戶公切二十二　鉷弩牙　訌潰也詩曰蟊賊內訌　紅色也

又姓　虹螮蝀也又古巷切　仜身肥大也　鴻詩傳云大曰鴻小曰鴈又姓左傳衛大夫鴻聊魋　葒水草一曰蘢古詩云隰有游龍傳曰龍卽紅草也字或從廾　葓上同　谼大壑

又谼谷寺在相州　粠陳赤米也　烘字林云燎也又呼紅切　洚說文曰水不遵道一曰下也又戶冬下江二切　浊潰浊水沸湧也　䧆從䧆山名在雲南　魟魟白魚又音烘

阦坑也　𩐋大聲　𦐌飛聲　颫大風　䂫石聲　堆鳥肥大堆堆然　○硿硿礲石落戶冬切四　洚說文曰水不遵道一曰下也孟子曰洚水警予　㗢歌也又胡宋徒

送二切颸大風。桻桻艭帆未張下江切八跭跭躞胡豇降降伏又古巷切缸甖缸瓨上同洚說文曰水不遵道一曰下也又古巷切夆服也跭跭躞堅立

也。胡何也又胡虜說文曰牛頷垂也亦姓出安定新蔡二望又漢複姓二氏齊宣王母弟別封母鄉遠本胡公近娶母邑故爲胡母氏又胡公之後有公子非因以胡非爲氏又虜複姓南涼錄禿

髮壽闐之母姓胡掖氏戶吳切三十頡牛頷垂也咽上同壺酒器也禮記投壺篇云壺徑脩七寸腹脩五寸口徑三寸半容斗五升亦姓風俗通云漢有諫議大夫壺遂狐狐狢說文

曰妖獸也鬼所乘有三德其色中和小前豐後死則首丘又姓左傳晉有狐氏代爲卿大夫瓳甗瓳博雅曰甗甈也餬寄食又糜也使餬其口於四方是也或作䬸瑚瑚璉湖江湖廣曰

湖也鶘鵜鶘鳥名猢衚猢獸名似猨醐醍醐酥屬黏黏也粘上同麴糊並俗弧弓也乎極也辝也亏古文䶂䶂䶂似猨身白臂手有長白毛善超坂絕

巉也亦作㟤瓠瓠𤬪瓢也又音護葫葫瓜又草名𤸎𤸎瘦物在喉中魱當魱魚名箶箶簏箭室又竹名箛稜也篺篺篺被也出韻略𧝝𧝝𧜭㯛

棗名也大而銳上者本作𣝂見爾雅虖歎也。奚何也說文曰大腹也又東北夷名亦姓夏車正奚仲又虜複姓後魏書有達奚薄奚統奚吐奚等四氏胡雞切十八豯豕生三月徯有所

望也又胡禮切媄女奴蹊徑路螇螇蠊似蟬榽榽蘇木名似檀騱馬前足白又驒騱野馬名驒音壇胿膍胿奊獸跡亦邑名在洛陽郋里名鼷水蟲傒東比

夷名嵇山名亦姓出譙郡河南二望兮語助鼷鼠名一名甘口鼠食人及鳥獸至盡皆不痛蒵草名貕幽州藪澤曰貕養出周禮。攜提也離也又姓出何氏姓苑戶圭切三十

三擕俗蠵大龜鑴大鐘䆩甑下孔鬹上同畦菜畦驨似馬一角巂上同又子巂鳥出蜀中酅地名在東平𢤱離心也蜀姓也梁四

公子蜀闟之後毒姓也嶲姓出纂文纗說文曰維綱中繩也讗說文曰自是也𠠊廣雅云挑剜刲𠠊削𡌴姓出說文黊說文云鮮明黃也𢋙𢊕𢋙也

眭目深惡視觽角錐童子所佩又傒規切𦕈肝能視也。㥣心不平又恨也戶佳切八鮭魚名出吳志膎脯也肉食肴也鞵屩也鞋上同㨙挾物褉袖也

楑 楑棱 ○鼃 蛙屬戶媧切一 ○諧 和也合也調也偶也戶皆切九 ⿰馬皆 馬性和也 骸 骸骨 瑎 黑石 湝 風雨不止 龤 說文曰樂和龤也 蝔 又音皆 鞋

履也又音暌 蘹 蘹蘹草 ○懷 抱也和也來也思也亦州名春秋時野王邑漢爲河内郡武德初於相崖城置懷州又姓吳志顧雍傳有尚書郎懷叙戶乖切十二 褱 俠也苞也

歸也 櫰 爾雅云槐大葉而黑曰櫰 槐 木名又音回 ⿰女褱 和也 ⿰鹵褱 戎狄鹽 ⿱山褱 巖⿱山褱不平皃 犪 似牛四角人目 淮 水名出桐栢又姓也 褢 說文藏也 ⿰衤褱

上同 瀤 北方水名 ○回 違也轉也邪也又回中地名亦姓古賢者方回之後戶恢切十三 洄 逆流 迴 還也 槐 木名五經通義曰士之家樹槐春秋說題辭曰槐木者虛星之精也又姓

晉大夫富槐之後 佪 徘佪 瑰 玫瑰火齊珠也又古回切 蚘 人腹中長蟲 蛕 上同 佪 玉篇云佪佪惛也 烠 光色 ⿰回阝 鄉名在濉陽 ⿰馬回 馬名 茴 茴香草名

○孩 始生小兒戶來切八 咳 小兒笑皃 頦 頤下 ⿰扌豈 觸也 ⿺走豈 留意 ⿰身豈 長身 ⿰魚豈 鮍⿰魚豈雄蟹也 豥 豕四蹄白 ○⿰石賁 鞭也下珍切又下憐切三 詢 誰也 ⿰口賁

難也 ○⿱云鬼 魂魄也白虎通曰魂者沄也猶沄沄行不休也魄者迫也猶迫迫然著於人也淮南子曰天氣爲魂地氣爲魄又反魂樹名在西海中聚窟洲上花葉香聞數百里狀如楓香煎其汁可爲丸

名曰震靈丸亦名反生香又名卻死香死屍在地聞氣乃活出十洲記戶昆切二十四 棞 大木未剖 ⿰馬軍 ⿰馬軍騱野馬 ⿰犭軍 似犬人面見人則笑行疾如風 餛 餛飩 ⿰食軍 上同 ⿺麥完

不破麥也 鼲 鼲名 楎 三爪犂曰楎犂上曲木也 渾 渾濁益部耆舊傳曰漢武時洛下閎明曉天文於地中轉渾天定時節亦姓左傳鄭大夫渾罕又胡本切 沄 水流皃 忶 埤蒼

云心悶也 莞 蒲也又胡官切 俒 全也 ⿰亻軍 女字又五昆切 ⿰車軍 還也車相避也 堚 里名在洛陽 ⿰忄⿱云鬼 ⿰忄⿱云鬼悶 ⿰木⿱云鬼 ⿰木⿱云鬼榾 ⿰扌圂 ⿰扌圂推 煇 赤色 顐 顐顐秃也 ⿰軍見 ⿰軍見視

琿 玉名 ○痕 瘢也戶恩切四 鞎 車革前飾 拫 急引 ⿰扌焉 所以平量斗斛 ○寒 寒暑也釋名曰寒捍也捍格也亦姓後漢博士魯國寒朗武王子寒侯之後也胡安切十又

韓 亦作韓井垣也亦國名又姓出自唐叔虞之後曲沃桓叔之子萬食邑於韓因以爲氏代爲晉卿後分晉爲國韓爲秦滅復以國爲氏出潁川後韓騫避王莽亂後居南陽故有潁川南陽二望

䕱蕱蔣草也　翰天雞羽有五色又音扞　鶾同上　邯邯鄲縣名又漢複姓漢有衞尉邯鄲義風俗通云因國爲姓也　邗邗溝水名在廣陵　虷虷蟹一名蛸蟲　汗可汗蕃王稱又音扞　韓白韓草也又何旦切　鶾駿鶾蕃大馬出異字苑　○桓桓桓武也又姓本自姜姓齊桓公後因謚爲氏望出譙郡後漢有太子太傅桓榮胡官切二十九　完全也

麀鹿一歲　鳩鳩鴿鳥烏喙蛇尾也　丸彈丸　瓛圭名說文曰桓圭公所執　紈紈素　雚雚葦易亦作萑俗作雚雚本自音灌　萑木兔鳥也　洹水名在鄴又于元切　汍汍瀾泣淚

絙緩也　芄芄蘭草名　豲豕屬又豲道縣在天水亦作獂　梡木名出蒼梧子可食　荁堇類　莞似藺而圓可爲席又音官　綄船上候風羽楚謂之五兩　羱山羊細角而形大也

萈上同見說文　貆說文曰貉之類又音歡　狟大犬也周書曰尚狟狟　峘爾雅云小山岌大山曰峘又戶登切　𤼪皮病　𠃷丸䰉　垸漆加骨灰上也

寏周垣　院上同　捖揳刮摩也　○還反也退也顧也復也戶關切又音旋二十　環玉環爾雅曰肉好若一謂之環又姓古有楚賢者環淵後有環濟撰要略一部　𠟍樸𠟍縣名在武威樸音蒲

鬟髻鬟　寰王者封畿內縣又玄甸切　闤闤闠崔豹古今注云闤市垣也闠市門也　糫膏糫粔籹　鍰六兩曰鍰鍰黃鐵也一曰錢也　圜圜圜又王權切

鐶指鐶　轘轘轅又地名也　䡝里名在洛陽　羦獸名似羊而黑色無口不可殺也　䍡上同　郇姓出絳州又音荀　澴水名　䴉䴉飛遠兒　馵馬一歲又音弦

戊屋牡瓦名　鑋堅鑋　○閑闌也防也禦也大也法也習也暇也戶閒切九　嫻嫻雅　癇小兒瘨　騆馬一目白　蛝蟲名　瞯人目多白又姓史記濟南瞯氏　鷴白鷴似雉而尾長四五尺

藖莖餘又音莧　憪心靜說文愉也　○湲水流兒獲頑切一　○賢善也能也大也亦姓胡田切十七　臤古文又口閒切　弦弓弦五經文字曰其琴瑟亦用此字作絃者非說文作弜又姓風俗通云弦子後左傳鄭有商人弦高晉有弦超

絃俗見上注　舷船舷　胘肚胘牛百葉也　蚿馬蚿蟲一名百足　慈亭名在密縣說文云急也　𠛔自刎頸也

伭說文作伭很也　𢫬縣名又音堅　𦬁草名　婱婦人守志　𧺟疾走　礥艱險又剛強也　痃痃癖病　𡅿難也　○玄黑也寂也幽遠也又姓列仙傳有玄俗河

間人無影胡涓切十三 縣說文云繫也相承借爲州縣字 懸俗今通用 眩亂也又胡練切 駭馬一歲 玹石次玉 玆說文曰黑也春秋傳曰何故使吾水玆本亦音滋按

本經只作滋 弲吴王次子名 賢目童子也 佡說文很也 盷目大見 胘牛百葉又音弦 訇說文云漢中西城有訇鄉 ○肴骨體也又葅也凡非穀而食曰肴亦啖也胡茅

切十九 餚同上 崤崤函山名在弘農 殽芋根 殽溷殽雜也和也亂也 洨水名出常山又縣名在沛郡 筊竹索 姣姣婬 虓虎聲又縣名在濟南又直支切

𣗥𣗥桃楰子 爻易卦六爻 淆混淆濁水 笅小籥一十六管 胶字書云胶聲也 䣶沽酒也 絞黃色 㤷痛聲也 恔快也 硣石名 ○豪豪俠說文曰豕鬣如

筆管者亦州名屬九江郡古鍾離國與吳爭桑而滅隋改爲州山海經云渠猪之山多豪魚赤尾赤喙有羽胡刀切十三 號大呼也又哭也詩云或號或呼易云先號咷而後笑又乎到切 毫長

毛 嗥熊虎聲 獋同上 濠城濠又水名 壕同上 顥顥顙大面兒顥音刀 號木名 崤山名在弘農又胡交切 鄗鄉名在南陽 勢健 嗥

嗥○何辝也說文儋也又姓出自周成王母弟唐叔虞後封於韓韓滅子孫分散江淮閒音以韓爲何字隨音變遂爲何氏出廬江東海陳郡三望胡歌切七 河水名出積石山海經

云河出崐崘西北隅發源注海亦州取水以名之爾雅有九河徒駭太史馬頰覆釜胡蘇溷絜鉤盤鬲津 荷爾雅曰荷芙蕖又胡哥切 菏菏澤草也 苛政煩也怒也說文曰小艸也

蚵蚵蠪 魺魚名 ○和爾雅云笙之小者謂之和和順也諧也不堅不柔也亦州名在淮南漢九江郡尉居之屬齊爲和州又姓出汝南河南二望本自羲和之後一云卞和之後晉有和嶠又

虜複姓和稽氏後改爲緩氏戶戈切九 咊古文 脉棺頭 禾粟苗 龢諧也合也或曰古和字 鉌鉌鑾亦作和 菋草名 喎小兒相應 盉調五味器 ○華草盛

也色也說文作䔢榮也崔豹古今注曰堯設誹謗木今之華表也西京記謂交午柱戶花切又呼瓜戶化二切十 驊驊騮周穆王馬 鷨鳥名似雉 𧓍蟲名似蛇字林云𧓍大蛇也出魏興咲小

蛇及蝮但張口小蛇自入也 鋘鋘鍫 鏵同上 釫亦同上 樺木名又戶化切 崋西嶽名也又戶化切 划划撥進船也 ○遐遠也胡加切十四 蝦蝦蟆 鍜錏鍜

二

霞赤氣騰爲雲又漢複姓有霞露氏 瑕玉病也過也又姓左傳周大夫瑕禽又漢複姓有瑕呂氏 騢馬赤白雜色 鰕大鯢 ⿰足叚腳下 ⿰叚頁⿰叚頁顯言語無度 碬礪石也春秋傳曰鄭
公孫碬字子石 ⿰韋叚履跟後帖 ⿰革叚同上 赮日朝赤色 蕸荷葉 ○黃中央色也亦官名有乘黃令晉官主乘輿金根車也又州名古郲國地秦屬南郡漢西陵縣也隋爲黃州取古黃城爲名
亦姓出江夏陸終之後受封於黃後爲楚所滅因以爲氏漢末有黃霸胡光切三十又 皇君也美也天也說文作皇大也又姓左傳鄭大夫皇頡 璜說文曰半璧也周禮以玄璜禮北方 惶
懼也恐也 遑急也遽也 潢說文云積水池也 堭堂堭合殿 煌火狀 餭餦餭餳也 騜馬黃白色 艎艅艎吳王舟名 篁笙簧 隍城池也有水曰池無水曰隍 癀
病也 ⿰黃阝古國名 湟水名出金城 徨彷徨 篁竹名 鰉魚名 蝗蟲蝗爲災 凰鳳凰本作皇詩傳云雄曰鳳雌曰皇 偟偟暇 媓女媓堯妻 獚犬名 蟥蛟蟥
蛢甲蟲也 韹韹樂鐘聲也又音橫 ⿰皇阝古縣名 ⿱羽皇羽舞名 ⿰禾皇⿰禾旁⿰禾皇穄名 ⿰米皇粢也 ⿱皇土同上 趪趪趪武皃又張設皃 ○航船也胡郎切十八 筕筕篖 桁械也 行
伍也列也又戶庚戶浪戶孟三切 迒獸迹又古郎切 䢚同上 頏頡頏詩傳云飛而上曰頡飛而下曰頏說文音剛與亢同 ⿰亢羽飛高下也 魧魚名又大貝 胻脛也 邟邟餘
縣名在吳興又音伉 杭州名古餘杭於潛餘邟皆別名今餘杭於潛縣並在杭州 沆渡也又胡郎切 蚢爾雅蚢蕭蠰郭璞曰食蕭葉者皆蠶類 肮肮犬脈也 苀東蠡草名 抗舉也又苦
浪切 吭鳥喉又下浪切 ○橫縱橫也又姓風俗通云韓王子成號橫陽君其後爲氏戶盲切十六 黌學也 蝗蟲又音皇 鐄大鐘 瑝玉聲說文音皇 喤泣聲 鍠和也樂也
又鐘聲說文音皇 ⿰風黃⿰風黃⿰風皇暴風 潢方舟也一曰荆州人呼渡津舫爲潢或作橫 ⿰礻皇⿰礻旁⿰礻皇祭名 ⿰衤黃⿰衤黃褡小被 ⿰黃瓦瓦也 ⿰皇黃織也 ⿰忄弘憕⿰忄弘也 諻聲也 彋弸彋帳起皃
○行行步也適也往也去也又姓周有大行人之官其後氏焉戶庚切又戶剛戶浪下孟三切十 衡橫也平也又姓風俗通云阿衡伊尹之後又云衡魯公字後乃氏焉 䯒牛脊後骨 胻
牛勢胻也 洐溝水也 筕筕篖竹笪 珩佩上玉 桁屋桁 蘅杜蘅香草大者曰杜若也爾雅注曰杜衡似葵而香字不從廾 ⿰月羹熟肉 ○宏大也戶萌切十六 紘冠卷

也又八紘 紭 網紭 閎 爾雅曰衖門謂之閎郭璞云閎衖頭門又曰所以止扉謂之閎郭璞云門辟旁長橛也又姓漢有閎孺 嶸 崢嶸山峻 嵤 同上 峪 谷中響一曰谷名也 耾 耳語 翃

蟲飛 浤 浤浤汩汩水波之勢 竑 量度周禮考工曰故竑其輻 宖 屋響又烏宏切 鋐 金聲 吰 噌吰鐘音 砿 玉篇云石聲也 彋 彋彋開張也 莖 草木幹也戶耕切三 䪫

樂名亦作莖 牼 牛膝下骨又苦耕切 荆 說文曰罰辠也今只用下文刑戶經切十七 刑 法也禮曰刑者侀也侀者成也一成而不可變故君子盡心焉說文剄也 形 容也常也

邢 池名在鄭亦州名古邢侯國也項羽爲襄國隋爲邢州取國以名之又姓出河間也本周之胤邢侯爲衞所滅後遂爲氏漢有侍中邢辟直道忤時謫爲河間鄚令因家焉 滎 小水 郱 鄉名

在密 桯 牀前長几又音聽 鉶 祭器 型 鑄鐵模也又作㓠 陘 連山中絕又姓陘晉邑也其大夫氏焉今有井陘縣 侀 成也 硎 砥石 娙 女長皃又五莖切 鈃 酒器

似鍾而長頸也 瓶 甀 並同上 鋞 說文曰溫器也圜而直上 熒 光也明也戶扃切六 褮 衣開孔也又音縈鬼衣也 螢 螢火禮記云季夏月腐草爲螢一名丹良又名蚈

滎 小水也又水名在鄭州 謍 謍惑也又余傾切 賏 貨也 弘 大也又姓衞有弘演胡肱切三 鞃 鞃鞎軾中靶也 苰 藤苰胡麻也 ○恒 常也久也亦州名春秋時

鮮虞國地漢爲恒山郡周武帝置恒州因山以爲名爾雅曰恒山爲北嶽又姓楚有大夫恒思公胡登切三 峘 古文 峘 爾雅曰小山岌大山峘郭璞云岌謂高過 ○侯 候也何也美也

辟也爾雅曰公侯君也又乃也又周禮司裘氏王大射則共虎侯熊侯豹侯諸侯則共熊侯豹侯卿大夫則共麋侯皆設其鵠鄭司農云方十尺曰侯四尺曰鵠說文本作矦从人从厂象張布之狀矢在

其下又姓出上谷河南二望亦漢複姓八氏夏侯氏出自夏禹之後杞簡公爲楚所滅其弟佗奔魯魯悼公以佗出自夏后氏受爵爲侯謂之夏侯因而命氏後有去魯之沛者分沛立譙遂有譙魯二

望羅國爲楚所滅其後号羅侯氏韓詩外傳云周宣王大夫韓侯子有賢德史記魏有屈侯鮒左傳曹有豎侯獳漢有尚書郎栢侯雋吳有張昭師白侯子安又虜三字姓二氏周書有侯莫陳氏侯崇

傳云其先魏之別部也又周有大將軍伏侯龍氏名恩戶鉤切二十四 矦 見上注 㕈 古文 帿 射侯見上注俗從巾 鄇 地名 䫛 䫛顒大言 鍭 箭鏃 銗 鏂銗鋞鍛 猴 獼猴

猴也 糇 糇粮 翭 說文曰羽本也一曰羽初生皃 鶮 上同 餱 乾食 喉 咽喉 篌 箜篌 鯸 鯸鮐魚名 𣓌 𣓌桃又𣓌欒木也 𧮫 谷名在成皐亦作䜾 瘊 疣瘊 [illegible]
蟲名 葔 葔莎草 骺 骨骺 睺 半盲又胡遘切 [illegible] [illegible]褕小衫 ○含 說文銜也胡男切二十二 涵 涵泳 䈄 實中竹名 [illegible] 上同 梒 梒桃禮亦作含 [illegible] 鎧別名孟
子云矢人豈不仁於[illegible]人哉矢人唯恐不傷人[illegible]人唯恐傷人 函 容也禮云席間函丈 顄 顄頤 [illegible] 上同 蜬 爾雅云贏小者曰蜬 頷 說文曰面黃也又胡感切 涵 水澤多皃 [illegible]
受也 硆 似瓶有耳 [illegible] 船没 䑡 鼠屬又古南切 函 銜也說文舌也 肣 排囊柄也說文同上 [illegible] 雨久 [illegible] 上同 马 說文曰嘾也艸木之華未發函然象形又下感切 [illegible]
寒 ○酣 酣飲應劭曰洽也張晏曰中酒曰酣又樂也胡甘切八 甝 白虎 [illegible] 桑蟲 魽 蚶也 [illegible] 和也又口含古三二切 [illegible] 火上行皃 炶 上同 邯 江湘人言也又音寒
○嫌 說文曰不平於心一曰疑也戶兼切二 稴 稻不黏者又力兼切 ○咸 皆也同也悉也亦姓姓苑云巫咸之後今東海有之胡讒切十一 鹹 不淡 醎 俗 函 函谷關名
又函書亦姓漢有豫章太守函熙又漢複姓漢末有黃門侍郎函治子覺又音含 [illegible] [illegible]騹古縣名漢書只作咸 諴 和也 鰜 魚名 稴 不作稻也 椷 杯也 [illegible] 上同 輱
車聲 ○銜 說文曰馬勒口中从金从行銜行馬者戶監切二 甉 乾瓦屋也 ○澒 說文曰丹沙所化爲水銀也又澒濛大水胡孔切五 鴻 鴻濛又音紅 [illegible] [illegible]蟲甲類
嗊 鳴聲嗊嗊也 汞 水銀滓 ○項 頸項說文曰頭後也釋名曰項确也堅确受枕之處又姓本姬姓國公羊曰爲齊桓公所滅子孫以國爲氏項燕爲楚將生梁梁兄子籍號霸王胡
講切二 缿 說文云受錢器古以瓦今以竹又夫口切 ○戶 說文云戶護也半門爲戶侯古切二十三 楛 木名堪爲矢榦書云荊州所貢詩疏云東夷之所貢 扈 跋扈猶強
梁也又有扈國名亦姓風俗通云趙有扈輒又虜三字姓有扈地干氏 怙 恃怙 鄠 縣名在京兆府本夏之扈國秦爲鄠縣也 帍 巾也 祜 福也 昈 文彩狀又明也 [illegible]
山甲而大曰[illegible] 岵 山多草木 芐 地黃 扈 說文曰九扈農桑候鳥扈民不婬者也春扈鳻鶞夏扈竊玄秋扈竊藍冬扈竊黃棘扈竊丹行扈唶唶宵扈嘖嘖桑扈竊脂老扈鷃也

鳭上同亦作鳥 鶚同 彪西京記云抱土含彪 婟音五婟惜又 戽抒也 居美石又丁古切 洿洿滐皃 㛿貪也 酤一宿酒又音姑 滬靈龜負書

出玄滬水 篧海中取魚竹名曰篧 ○徯待也胡禮切入 謑恥辱 䉆所以安重船又音系 艓同 淣上 淣水名在高陵 訡說文待也 匸有所藏也 睽目動

○蟹水蟲仙方云投於漆中化為水服之長生以黑犬血灌之三日燒之諸鼠畢至胡買切七 䲒上同 解說文曉也又解廌仁獸似牛一角亦姓自唐叔虞食邑於解今解縣也晉有解狐解

揚出鴈門又虜複姓魏書有解枇氏又佳買古賣二切 獬宇林字㨾俱作解廌廣雅作貐貐陸作獬豸也 澥渤澥 嶰山澗間又嶰谷名案漢書只作解谷 懈小谿 ○豸多也

懷廿切又胡果切一 ○駭驚也又九河名一曰徒駭出爾雅孫炎云禹疏九河功衆懼不成故曰徒駭侯楷切四 絯大絲又音絯 侅無侅人名又音該 駴駴擊 瘣木病無枝

胡罪切九 溾溾浽穢濁也 𩲡𩲡殘 譮列也玉篇云譯也說文胡對切中止也 匯回也 廆晉有大單于遼東郡公慕容廆 蘬爾雅云蘬懷羊又音瑰 輠

車轉之皃 鄋鄋鄉不平 ○亥辰名爾雅云太歲在亥曰大淵獻亦姓戰國策晉有亥唐胡改切四 侅奇侅非常 孩動也 䶣堅䶣神人 ○混混沐一曰混沌陰陽未分胡本

切十六 鯶魚名 渾渾元又戶昆切 緷大束 焜火光說文煌也 倱倱伅四凶之一春秋作混沌 棍木名 頣頭面形圓也 睔大目又古悶切 梱木未破也

䩵角圓皃亦上同 䤆醽酒相沃 𪒠大皁 掍同 睴視皃 煇煇煌光又音揮 ○很很戾也俗作佷胡墾切二 菔菔似蓍花青白 ○旱不雨胡笴切五

𡶰山名在南鄭 皔白皃 草草名 𧩅大言 ○緩舒也又虜姓緩稽氏後改為緩氏胡管切十四 澣濯也 浣上同 綄候風羽出淮南子又音桓 曼玉篇

云曼明也又姓晉有西中郎將曼清 暖目皆說文火晚切大目也 䚗大視 梡木名又束薪又苦管切 𣛦斷木 䁔䁔䁔小有財也 鯇魚名 峘山名 晥縣名 篹

簫簍簡也 ○僩武猛皃一曰寬大下赧切又音簡五 憪寬大 撊猛也 捍捍握摇動 橺大木也 ○睆大目也戶板切七 皔目出皃 䴷黃蒸子也 鯇魚名

又胡本切 㲜㲜子麥麴類 皖明星 莞莞爾而笑 ○限度也齊也界也胡簡切五 硍石聲 督魁督無畏視也 掔牛掔很不從牽 閬門閾又作痕臬並俗本只

作限 ○峴峻嶺胡典切十三 臔肉急 哯小兒歐乳也又不顧而吐 晛日出好皃又乃見切 垷又古典切 蜆爾雅曰蜆縊女郭璞云小黑蟲赤頭喜自經死故曰縊女 俔

譬喻又苦甸切 顅顅綴 䵱黑白 睍小目皃 詪爭語 㦡意難 媞細署皃 ○泫露光又泫然涕流皃胡畎切十四 鉉鼎耳說文云舉鼎也 琄王皃

贙獸名似犬多力出西海一曰對爭也到二虎者非也 埍女牢也亦作娹又姑泫切 繯韋昭云繯繫也 旬說文云目搖也 聯目童子又胡涓切 鞙韉鞙刀鞘也說

文曰大車縛軶靼也 䩙上同 隕坑也 軒車軒 靬上同 馽馬一歲也 ○皛明也胡了切五 㵿水渺㵿皃 芍鳧茈草又市若切 葯上同 去修續

譜云相詆也玉篇音患 ○㶀動水聲下巧切說文音學六 㺒事露又好巧切說文音哮 䔧草根亦竹筍也或作茭又音狡 佼庸人之敏說文交也又古巧切 盪溫器又公巧切

篍竹筍 ○晧光也明也日出皃也胡老切十六 昊昊天說文作昦 昦上同 皞明也旰也曜也亦太皞又姓本出武落鍾離山黑穴中者見蜀錄 鎬鎬京 浩浩汗

大水皃又姓漢青州刺史浩賞又漢複姓魯人浩星公治穀梁 顥大也又天邊氣說文曰白皃楚詞曰天白顥顥南山四顥白首人也今或作晧 灝灝漾水勢遠也 鰝大鰕 夰說文

放也昦天字從此本音杲 藃藃侯莎 鄗光武立鄗邑名 郹上同 號土釜亦作號 𦃃網綴 滈水名在京兆 ○荷負荷也胡可切又戶哥切二 何上同

○禍害也胡果切七 𥚃上同 夥楚人云多也 𡖇上同 𡯕說文云逆惡之驚詞 輠車脂角又音果 過過過也秦人呼過爲過也 ○下賤也去也後也底也降也胡雅切四

丅古文 夏大也又諸夏亦州名秦屬上郡漢分置朔方部晉末赫連勃勃於州稱大夏爲後魏所滅置鎮又改爲夏州又胡駕古下二切 廈廈屋 ○踝足骨也胡瓦切十一 稞

淨穀 𡲾青絲履又繩履 騍地名 䵷鮮明黃色 黊說文曰黃華又音壞 觟牝牂羊生角者又楚冠名 𩸞魚似鮎也 𢧵大口又聲說文曰擊踝也 輠轂頭

轉皃 麲 麪名 ○沆 沆瀣氣也胡朗切六 骯 骯髒體盤 䟘 伸脛也 魧 直項之皃 蚢 貝大者如車輞爾雅作魧 吭 聲也 ○晃 明也暉也光也亦作晄胡廣切七

幌 帷幔也晉惠起居注云有雲母幌 櫎 兵欄 榥 讀書牀也 滉 滉瀁水皃 攩 攩扌又吐朗切 皝 人名前燕慕容皝也 ○甖 大瓮似盆續漢書云盜伏於甖

下胡檻切二 㯻 大檻又下斬切 ○杏 果名廣志曰滎陽有白杏鄴有赤杏黃杏何梗切三 莕 莕菜 荇 上同 ○丱 金玉未成器也乎瞥切二 澋 㴔澋水回旋也 ○幸 說文作㚔吉

文作㚔也从屰从夭夭死之事故而免凶死謂之不㚔胡耿切四 㚔 見上注 倖 僥倖 瓡 瓡甂瓶有耳 ○迥 遠也戶頂切五 向 空也 炯 光也明也又音熲 泂 詩云泂酌

適 草名 ○婞 很也胡頂切七 涬 溟涬大水皃 鋞 魚名 鋞 似鍾而長 脛 腳脛又胡定切 悻 悻恨 緈 綷緈 ○厚 厚薄又重也廣也說文作垕曰山陵之垕

也又姓出姓苑胡口切七 垕 古文 後 先後說文遲也又胡豆切 𨒥 古文 后 君也又姓漢有少府后倉又音候 郈 鄉名在東平又姓左傳魯大夫郈昭伯 㖃 欲吐

又呼后切 ○頷 漢書曰班超虎頭燕頷說文曰面黃也胡感切十六 顄 說文曰頤也 㜝 㜝害惡姓也 撼 撼動也 淊 水和泥或作涵 菡 菡萏 欿 欲得 蜭

爾雅云蜭毛蠹 涵 水入船又胡南切 肣 牛腹又音含 马 說文曰嘾也草木之華未發函然象形 𠰩 𠰩嘾乳汁狀出莊子 㡐 纏耳 莟 花開 顄 頤也又胡南切

噞 噞喁 ○鼸 鼠名胡忝切二 獫 犬吠又胡斬切 ○豏 豆半生也下斬切八 減 減耗又古斬切 𤢄 犬齧物聲 喊 喊聲 獫 犬吠不止 㦰 健皃 黬 黬塗也

𤮍 瓦屋 ○檻 闌也說文曰櫳也一曰圈胡黤切十 艦 禦敵船四方施板以禦矢如牢 壏 堅土 糮 糟也 𠟻 利也 濫 泉正出也又盧暫切 䡲 網車 轞 車聲

𤢄 惡犬吠不止也 撖 姓出姓苑云今河內有之 ○哄 唱聲胡貢切五 烘 火皃 港 港洞開通 閧 兵鬪也又下降切俗作鬨 蕻 草菜心長 ○䃔 石聲乎宋切二 㗢

大聲 ○巷 街巷又姓詩云巷伯胡絳切三 衖 上同亦作鄉 鬨 說文云鬪也孟子鄒與魯鬨俗作鬧 ○護 救也助也胡誤切十七 瓠 匏也又瓠子隄名亦姓淮南子有瓠

巴善鼓琴 嫭美好 婳婳嫿戀惜也出聲類 護大護湯樂周禮作濩 互差互俗作手餘倣此 濩布濩 笠所以收絲 冱寒凝 枑門外行馬 頀青屬

韄佩刀飾也 諠誌也認也 鱯魚名 擭布擭猶分解也 罢兔網 芐草名 ○蒵藒蒵胡計切十四 䐡喉脈 𦞦同上 系緒也又姓楚有系益 繇籀文

妎心不了也說文妒也又音害 禊祓除不祥也又禊飲 繫易之繫辭 瘛小兒病又尺制切 㥛恨足 揳揳換 盻恨視又五計切 閕門扇又胡介切 楔

稧事換秧 慧解也胡桂切十三 憓憓愛也 潓水名 惠仁也亦惠然順也又姓出琅邪周惠王之後梁有惠施 蟪蟪蛄 蕙香草蘭屬 橞木名 繐繐帳又音

歲 㩓㩓裂 儶㒞儶 譓多謀智曰譓也 鏸鋭也又三隅矛 𦗏羽𦗏 ○害傷也胡蓋切四 夆相遮也 妎字林云疾妎妒也 㤬快也 ○會合也古作

㑹亦州秦屬隴西郡漢分爲金城郡周爲防隋爲鎮武德初平李軌置會州又姓漢有會栩黃外切又音儈五 㑹說文曰日月合宿爲㑹 逵說文云無違也 禬除殃祭也又古外切

繪繪五采也 ○邂邂逅胡懈切二 解曲解亦縣名在蒲州又古賣古買胡買三切 ○畫釋名曰畫挂也以五色挂物象也俗作畫胡卦切又胡麥切九 詿礙也 罣同上 絓

絲結 澅水名在齊 黊鮮黃色 繣繣微乖違 纗弦中絕也 孈愚戇又多態也 ○械器械又杻械胡介切十一 䪥薤菜也葉似韭 韰俗 齘類齘切齒怒類于禁切

閉門扇 ○瀣沆瀣北方夜半之氣又胡代切 㒢俠也 䖇䖇惈猶果敢也 㺔雖狢 衸補膝裙也說文袥也 𣳢水名 ○壞自破也胡怪切三 𡎋古文 蘾蘾烏蘹草

○話語話說文作諙合會善言也下快切一 𢾁繲然何犗切一 ○潰逃散又亂也胡對切十三 迴回曲也又音回又作匯 繢畫也 嬇女字 殨肉爛 闠闤闠市門

蕢草名呂氏春秋云菜之美者有雲夢之蕢 螝蟲蝙 誼胡市 膭肥大 僓長也 讀覺悟說文曰中止也司馬法曰師多則民讀讀止也 詯市詯 蚚爾雅曰強蚚胡

輩切又音析一 ○瀣沆瀣氣也胡槩切三 㤥恚苦 劾劾推 ○慁悶亂也說文憂也一曰擾也又禮云儒有不慁君王慁猶辱也亦作𢡆胡困切四 溷濁也 俒全也 圂廁也

一云豕所居也 ○恨怨也胡艮切一 ○翰鳥羽也高飛也亦詞翰說文曰天雞赤羽也又姓左傳曹大夫翰胡侯旰切二十五 捍抵捍 扞以手扞又衞也 鼾鼾睡 鶾鶾天雞爾雅注

云小蟲黑身赤頭一名莎雞 垾小堤 豻野狗又音岸 釬釬金銀令相著亦作銲 汗熱汗 悍猛悍 瀚瀚海北海 閈里也居也垣也說文曰閭也汝南平輿里門曰閈 䩐

射䩐以皮䩐臂 駻馬高六尺說文曰馬突也 雗雗鶾鸐雗別名 䮧馬毛長也 馯姓 𦼮草名又音寒 䏷臢䏷刀箭瘡藥出古兵格 忓善也 弙拒也又關名在巫縣 矸磓也

𣯁長毛 𢾍說文止也 䱚魚名 ○換易也胡玩切九 逭逃也迸也轉也步也周也 䟱上同 肒胞肒 垸漆骨垸也 䯘上同 漶漫漶不可知也 䀓睆肒轉目又大目皃

瘓癱瘓屬也 ○骭胻骨下晏切又音旰二 娨慢也 ○患病也亦禍也憂也惡也苦也又姓出何氏姓苑胡慣切九 𨳿古文 擐擐甲 宦仕宦亦閹官又學也左傳云宦

三年矣 轘車裂人又音還 豢穀養畜又牛馬曰芻犬豕曰豢 𦎞獸名似羊無口出山海經 槵無槵木名 繯縞文 ○莧菜名侯襉切三 𦼮草餘 粯粉頭粯子 ○幻

幻化胡辨切一 ○縣郡縣也釋名曰縣懸也懸於郡也古作寰楚莊王滅陳為縣縣名自此始也又姓孔子門人縣亶父黃練切十五 寰古文 袨好衣 眩瞑眩書曰若藥弗瞑眩厥疾弗

瘳 炫明也火光也 衒自媒 𧗳上同 𧵍行𧵍賣 贙獸名又音泫 𩑺顯後 迿出表辭 姰狂也又相倫切 玹玉名 旬目搖 眴上同 ○見露也胡甸切四

現俗 涀水名 違無也 ○效具也學也象也又效力效驗也胡教切八 効俗 校校尉官名亦周禮校人之後又音教 斆學也書曰惟斆學半 恔快也出孟子 傚教也

詩曰是則是傚毛萇云言可法傚也 𧬛誤也 詨詨叫 ○号号令又召也呼也諡也亦作號胡倒切六 號上同又平刀切 𤩤石似玉也 𡒽土釜 𧩼相欺 㚪女字 ○賀

慶也擔也勞也加也亦姓出會稽河南二望本齊之公族慶封之後漢侍中慶純避安帝諱改為賀氏又虜複姓九氏北俗謂忠貞為賀若魏孝文以其先祖有忠貞之稱遂以賀若為氏周書賀蘭祥傳曰

其先與魏俱起有紇伏者為賀蘭莫何弗因以為氏賀拔勝傳云其先與魏俱出陰山代為酋長北方謂本為拔為其揔有地土時人相賀因為賀拔氏後自武川徙居河南也南燕錄有輔國大將軍賀賴盧

後魏書有賀葛賀婁賀兒賀遂賀悅等氏胡箇切四 襩被袖也 袔上同 渮水名 ○和聲相應胡卧切又音禾三 盉調味 咊和也 ○暇閑也書曰不敢自暇俗作暇胡駕切

四 夏春夏又胡雅切 下行下又胡雅切 苄蒲苄草 ○摦寬也大也胡化切七 吴大口 崋崋山西嶽亦州名春秋時秦晉之分境後魏置東雍州改爲崋州又姓出平原虜湯之後宋戴

公考父食采於崋後氏焉 華上同 樺木名 鱯魚名似鮎白大 檴亦木名又胡郭切 吭鳥咽下浪切三 行次第 笐衣架 ○攩廣雅云摓打也乎曠切四 擴

上同 潢釋名曰染書也又音黄 瞆瞆明 ○蝗蟲名戶孟切又音皇三 潢說文曰小津也一曰以船渡也 横非理來又音宏 ○行景迹又事也言也下更切又胡郎胡浪胡庚三

切三 絎縫刺 胻胻也 ○脛脚脛釋名曰脛莖也直而長似物莖也胡定切二 踁上同 ○候伺候又姓周禮有候人其後氏焉胡遘切十五 鮜魚名 郈地名在晉 逅

邂逅 詬詈詬 睺半盲 后君也皇后也 後方言云先後猶娣姒 堠封堠也 鱟郭璞注山海經云形如車文青黑色十二足長五六尺似蟹雌常負雄漁者取之必得其雙子如麻

子南人爲醬 鍭爾雅曰金鏃翦羽 厚厚薄 逅蹇行又蒲北切 睺睺瞜貪財之皃 傚石蜜膜也 ○憾恨也胡紺切七 琀送死口中玉亦作含 涻水和物 唅哺唅

蜭有毛之蟲 荅苗荅心欲秀也 胎食肉不猒 ○憨害也果決也下瞰切又呼甘切六 㺂犬吠聲 譀誇誕東觀漢記曰雖誇譀猶令人熱又呼甲切 蠚蟲爪 胎炙今熟或

作焰 焰上同 ○陷入地隤也戶韽切五 鮨魚名又古念切 臽小坑 胎說文云食肉不猒也又腱胎也 錎車鐶 ○縠羅縠胡谷切十四 槲木名 斛十斗

又虜複姓二氏後魏有尚書斛斯延齊有丞相咸陽王斛律金 蝹蟳蛄 蔛水菜可食 礐說文云石聲也 觳周禮注云受三斗又苦角切 蔛石蔛 轂酒濁 穀水聲 鵠齒聲

瓦坏 觳箱觳 谷火皃 ○鵠鳥名又姓姓苑云今東海人胡沃切八 睢鳥白也 翯鳥肥澤也詩云白鳥翯翯又音學 隺高也 熇灼也 䀉鼻高皃 閤

門聲 礐石聲 ○學說文與斅同覺悟也斅今音效又姓出姓苑胡覺切九 确磽确說文曰礊石也 嶨山多大石又音殼亦作礐 嚳 鷽山鵲赤喙長尾知來

而不知往 鸒 泉鸒涸之工治角 鵠 鳥白又胡沃切 鶮 鳥肥澤 。麧 麧糏漢書云食糠麧下没切五 秳 秳也舂粟不潰也 齕 齧也又胡結切 紇 絲下也又孔子父名又虜複姓三氏北齊開府紇奚永樂又有紇干氏紇骨氏又虜三字姓後魏有賊師紇豆陵伊利又胡結切 淈 淈泥又古忽切 。搰 掘地也戶骨切十 扢 摩也 搰 果子搰也出聲譜

聏 耳聵 扫 牽物動轉 鶻 鳥名鷹屬又骨猾二音 膾 膝病 搰 手推也 䯏 䯏露出見字林 滑 滑亂也列子 。曷 何也胡葛切十一 褐 衣褐說文云編枲韤也一曰短衣 毼 毛布 鶡 鳥似雞也鬪必死至 蝎 蟲名爾雅曰蝤蠐蝎又曰蝎桑蟲 餲 餅名 頢 頢頢健也又音歌 髑 髑骻肩骨 骱 骨堅 楬 木轉皃

鞨 鞂鞨蕃人名出北土 。活 不死也又水流聲戶括切八 湉 水流聲 祮 祠也 越 鄭玄云瑟下孔又云蒲蒻爲席又音粵或作趏 髺 似組束髮 佸 佸會 秳 舂穀不潰也 姡 姡靦也又音刮 。黠 黠慧也又堅黑也胡八切四 䶤 齧聲 黠 麻莖 𨳲 門聲 。滑 利也亦州名春秋時爲衞國秦爲東郡後魏以東郡屬司州周改爲滑州因滑臺以爲名又姓風俗通云漢有詹事滑典又音骨滑稽也戶八切八 猾 狡猾書傳云猾亂也 䱻 魚名鳥翼出入有光音如鴛鴦見則天下大旱出山海經 磆 磆石藥

螖 螖蠌似蟹而小 䴳 麴名 趏 走趏 鶻 鶻鵃又音骨猾 。鎋 車軸頭鐵胡瞎切十五 舝 說文上同出 轄 上同說文車聲也一曰轄鍵也 齰 齒聲 鶷 鶷鸛鳥名似伯勞而小 砎 礣砎硬也 礣 礣墓轄切 螛 蛣螛別名 瑎 石似玉也 䔫 野蘇 䫦 凸突出也 縖 束物也 䭆 飽也 箸 箸拾 勂 用方 擖 手掔 。頡 短面皃也下刮切七 頢 言不了又不淨 絬 繒細 敨 盡皃 舌 塞口說文作𠯑話括之類从此 姡 面醜 咶 息也 。穴 窟也丹穴山名鳳皇所出胡決切四 坹 空深皃

紇 說文縷一枚也 䘰 鬼衣又長衣也 。纈 綵纈胡結切二十一 閪 閻閱義見閱字 擷 捋取又虎結切 擷 縛也 頡 頡頏詩傳云飛而上曰頡飛而下曰頏說文曰頭直項也又姓風俗通有頡衞古之賢者 頁 頭也 齕 齧也又平没切 紇 絲下也又平没切 襭 以衣衽盛物也 絜 爾雅河名郥九河之一也又古節切 瞁 瞴瞁目赤 頡

龍古草也 鼲鼠名又胡狄切 翖翖翖飛上下 䐹膜䐹 掔牛很又口殄切 叓頭邪 粐屑米 闃門聲 檄麥檄不破 㪾邀㪾 ○涸水竭也下各切十一 鶴

似鵠長喙左傳曰衞懿公好鶴有乘軒者 貈說文曰似狐善睡獸也穆天子傳曰天子獵於滲澤得玄貈以祭河宗周禮曰貉踰汶則死此地氣然也 貉 狢並上同 洛洛澤冰皃

佫人姓出纂文 騅說文曰死名一曰馬白頟 睢望也 秴似黍而小 鼦鼠出胡地 ○穫刈也胡郭切十 鑊鼎鑊 㦜心動也 檴檴落木名 𤎺𤎺熱 濩說文

曰雨流霤下皃 擭柞擭阱淺則施之 䨼霰䨼大雨 𤸱瘑𤸱 𢋻廓𢋻空遠 ○嚄嚄嘖大喚胡伯切二 嗃嗃嗃誇皃 ○垎土乾也胡格切四 趷趷趞倒地

格鞍格 輅輓車當胷橫木 ○獲得也又臧獲方言云荊淮海岱淮濟之間罵奴曰臧罵婢曰獲亦姓宋大夫尹獲之後胡麥切八 畫計策也分也又胡卦切 嫿分明好皃 劃錐刀

刻 鱯魚名 彠度也又烏號切 嚍嚍嘖叫也 咟上同 ○覈實也下革切九 繳衣繳衣領中骨又音酌 礊石地 翮鳥羽 槅木名 核果中核崔豹古今注云烏

孫國有青田核莫測其樹實之形至中國者得其核耳大如六外瓠空之以盛水俄而成酒味甚醇厚 炈燒麥 滆湖名在常州義興縣 蒚蒲臺頭名 ○檄符檄說文曰二尺書也胡狄切八

覡巫覡男曰巫女曰覡 薂的薂蓮實也見爾雅 鼲鼠名 鷊鳥似烏蒼白色 獥猳子又音叫音噭 槅鐘槅又胡老切 觳以角飾杖策頭 ○或不定也疑也胡國切五

惑迷惑 蜮蟲名短狐狀如鼈含砂射人久則爲害生南方說文云有三足以氣射害人玄中記云長三四寸蟾蜍鸑鷟鴛鴦悉食之 魊鬼魊旋風 淢水流皃 ○劾推窮罪人也俗

作𠢞胡得切一 ○合合同亦器名亦六合天地四方對也又州名秦爲巴郡宋爲宕渠郡後魏置合州蓋涪漢二水合流之處因以名之又姓左傳宋有大夫合左師又漢複姓高帝功臣表有合博虜侯閤切

又音閤十一 郃郃陽縣在同州又虜複姓後魏書大莫干氏後改爲郃氏又音閤 榙榙𣝭果名似李出埤蒼 迨迨遝行相及也 㭘㭘榙木也 詥諧也亦作合 耠耕也 𡇙

會也 𪘨𪘨齧聲也 菡草 盒盒盤覆也 ○盇何不也說文作盍覆也爾雅合也胡臘切十 闔闔闔說文云門扇也一曰閉也 閤俗 嗑噬嗑卦名 蓋苫蓋 謚

協和也合也胡頰切十　叶古文　勰思也　綊說文曰紅綊也　挾懷也持也藏也護也　俠任俠又姓靜也　篕籧篨也　㞩篆文云姓也　郟說文云地名也　熁吹火也。

戰國策有韓相俠累　浹浹渫冰凍　劦同力　恊協健　㛔束帶。洽和也合也霑也侯夾切十四　䨐上同　狹隘　陜狹　陿並上同　袷祭名　峽巫峽山名　硤硤石

縣亦州名秦將白起攻楚燒夷陵即其地魏武於此置臨江郡後魏為拓州取開拓之義周以居三峽之口因為峽州也　㕉廦也　[illegible]齒曲生又鈌也　䀹相著　烚火烚　珨蜃器　趛走兒

卷第二牙音

六○見視也又姓出姓苑古電切又胡電切二 鋻堅鐵 ○弓弓矢釋名曰弓穹也張之穹穹然也其末曰簫又謂之弭以骨爲之滑弭弭也中央曰弣弣撫也人所撫持也簫之間曰淵淵
宛也言曲宛然也世本曰黃帝臣揮作弓墨子曰羿作
弓孫子曰倕作弓又姓魯大夫叔弓之後居戎切六 躳身也親也又姓出姓苑 躬上同 涫縣名在酒泉 宮白虎通曰
黃帝作宮室以避寒暑宮之言中也世本曰禹作宮亦官名漢書曰
少府官有守宮令主御筆墨紙封書泥也又姓左傳虞有宮之奇 匑謹敬之皃又音穹 ○公通也父也正也共也官也
三公論道又公者無私也從八從厶厶音私八背意也背厶爲公也亦姓漢有主爵都尉公儉又漢複
姓八十五氏左傳魯有公冉務人公斂陽公何藐公父歜公賓庚公思展公鉏極公申叔子貴宰公山
弗擾公甲叔公巫召伯衞有公文要戰國策齊威王時有左執法公旗蕃左傳齊悼子公旗之後左傳
季武子庶子公沮後以爲氏孟子有公行子著書左傳晉成公以卿之庶子爲公行大夫其後氏焉孔
子家語魯有公冶長又公索氏將祭而亡其牲者魯有公慎氏出婬妻又有公罔之裘揚觶者孔子
弟子齊人公晳哀陳人公良孺公西赤公祖句茲公肩定漢書藝文志有公檮子著書又有公
勝生著書濟南公玉帶上明堂圖功臣表有公師壹罟穆公子成師之後又有公扈滿意後
有零陵太守公仇稱晉穆公子仇之後又弘農令北海公沙穆山陽公堵恭魏志有公夏浩晉
書有征虜長史太山公正羣成都王帳下督公師蕃本姓公師避晉景帝諱改爲公帥氏前趙
錄有太中大夫公師式子夏門人齊人公羊高作春秋傳列女傳有公乘之姒墨子魯有公輸
班衞大夫公叔文子史記有魯相公儀休孔子門人公休哀又有公祈哀禮記魯大夫公明儀
何氏姓苑云今高平人衞大夫公南文子魯有公荆皎衞大夫公子荆之後魯大夫公襄昭魯
襄公太子野之後魯大夫公伯寮何氏姓苑云彭城人趙平陵太守公休勝魯士官公爲珍魯
昭公子公爲之後楚大夫公朱高宋公子子朱之後公車氏秦公子伯車之後淮南子有公牛
哀病七日化爲虎齊公子牛之後呂氏春秋有郈大夫公息忘孟子稱公都子有學業楚公子
田食采於都邑後氏焉公劉氏后稷公劉之後古今人表有公房皮楚公子房之後郭泰別傳

有渤海公族進階衛大夫有公上王世本有魯大夫公之文晉蒲邑大夫公佗世卿秦公子金之後有公金氏齊公子成之後有公牽氏何氏姓苑云公右氏今琅邪人公左氏今高平人又有公言公孟公獻公留公石公旅公仲等氏又左傳衛有庚公差以善射聞祭公謀父出自姜姓申公子福楚申公巫臣之後衛有尹公佗楚大夫逢公子仲楚白公勝之後有白公氏文字志云魏文侯時有古樂人竇公氏獻古文樂書一篇秦有博士黃公庇古今人表神農之後有公幹仕齊爲大夫其後氏焉世本有大公叔穎又有公紀氏衛有大夫左公子洩右公子職漢四皓有園公先生尚書僕射東郡成公敞古紅切十三 功 功績也說文曰以勞定國曰功又漢複姓何氏姓苑云漢營陵令成功恢禹治水告成功後爲氏俗作切 工 官也又工巧也 疘 文字集略云脫疘下部病也 蚣 蜈蚣蟲 玒 玉名又音江 釭 車釭說文曰車轂中鐵也又古雙切 魟 鯸魟江蟲形似蟹可食又音烘 攻 攻擊 㓚 鉦穫也 愩 憒也 碽 擊聲 篢 篢笠方言 ○攻 治也作也擊也伐也古冬切二 釭 鐙也又音江 ○恭 恭敬也說文本作㳟肅也又姓晉太子申生號恭君其後弋焉出國語九容切陸以恭蜙縱等入冬韻非也十 龔 姓也漢有龔遂 供 奉也具也設也給也進也又居用切 珙 璧也又音拱 䢼 邑名出異苑又亭名出晉書 共 共城縣在衛州又渠用切 䀬 瞯也 廾 竦手也說文本居竦切 髸 髮髸 䳍 鳥似雉鳴自呼 ○江 江海書有九江尋陽記云烏江蚌江烏白江嘉靡江畎江沔江廩江提江菌江亦姓出陳留本顓頊玄孫伯益之後爵封於江陵爲楚所滅後以國爲氏古雙切十一 扛 舉鼎說文云扛橫關對舉也秦武王與孟說扛龍文之鼎脫臏而死 杠 旌旗飾一曰牀前橫 茳 茳蘺香草 釭 燈又音工 矼 石矼石橋也爾雅曰石杠謂之徛字俗從石 豇 豇豆蔓生白色 肛 胮肛脹大又許江切 玒 玉名又音工 𧣒 舉角 谾 谾谷在南郡 ○嬀 水名亦州春秋時屬燕秦爲上谷郡漢爲潘縣武德初置北燕州貞觀改爲嬀州因水爲名又姓文士傳有嬀覽居爲切二 潙 水名又音爲 ○羈 馬絆也又馬絡也居宜切九 畸 殘田 羇 寄也 掎 掎角又居綺切 攲 箸取物也說文曰持去也又起宜切 奇 不偶也又虧也又渠羈切 犄 棄也又上奇切 妓 妓妓態皃又渠綺切 躸 躸身單皃 ○蘇 說文曰小頭蘇蘇也居隋切七 頍 上同 槻 木名堪作弓材 規 圓也字統云丈夫識用必合規矩故規從夫也

鬹三足釜有柄也 雉鶅雉鳥名 摫裁摫方言曰梁益間裂帛爲衣曰摫。 飢飢餓也又姓左傳殷人七族有飢氏居夷切四 机木名似榆又音几 肌肌膚 虮蜜虮蟲名

。龜說苑曰靈龜五色似玉似金背陰向陽上高象天下平法地易号爲龜大戴禮曰田蟲三百六十四神龜爲之長居追切六 龜上同 䶈古文 跰曲脛 螝爾雅云蠶蛹 騩

馬淺黑色。 姬周姓也居之切十二 朞周年又復持也 稘上同 基經也業也址也始也設也 箕箕帚也世本曰箕帚少康作也又姓左傳晉有大夫箕鄭 萁菜似蕨又音期 ⿱𥫗匠

可以取蟣也 諅謀也說文忌也本渠記切 其不其邑名在琅邪又人名漢有酈食其 錤鎡錤大鉏 居語助見禮 諆謀也說文欺也本去其切 。機會也萬機也說文云主發

謂之機書曰若虞機張傳云機弩牙也居依切十六 譏諫也誹也譴也問也 蘄縣名在徐州亦草名又音其芹 嘰口䤄說文云小食也 ⿱艹幾蒩⿱艹幾草 磯大石激水 鞿繫馬 饑

穀不熟 禨祥也 幾庶幾又祈蟣二音 ⿺走幾走也 鐖鉤逆鋩淮南子曰無鐖之鉤不可以得魚 僟精也明堂月令曰歲將僟終 璣珠不圓也 刉斷切也刺也封傷也 ⿱幾皿血祭

。歸還也公羊傳曰婦人謂嫁曰歸亦州名古夔子國武德初割夔州之秭歸巴東二縣置州取歸國爲名也舉韋切三 ⿰山帚籀文 騩大騩山 。居當也處也安也九魚切十四 ⿱宀居⿱宀居儲

据手病詩云予手拮据毛萇曰拮据撠挶也 裾衣裾 琚玉名 ⿰貝居貝也 鶋鶢鶋海鳥 車車輅又昌遮切 蜛蜛蠩 崌崌崍山也 椐木名 涺水名 ⿱艹居苴⿱艹居草也 腒

鳥腊又音渠 。拘執也舉朱切十四 駒馬駒 䀠左右視也 眗上同 岣岣嶁衡山別名 ⿰興斗挹也酌也 ⿰興阝上同 捄盛土詩云捄之陾陾 跔手足寒也 鮈鮍鮈魚名

俱皆也具也又姓南涼錄有將軍俱延 痀曲脊 ⿱目臾說文目邪也 ⿰石瞿礈⿰石瞿碼石 。孤孤子又虜複姓有獨孤溫孤步鹿孤步六孤乙速孤氏古胡切二十八 苽說文曰雕苽一名蔣也

菰上同 胍胍肫大腹 夵大皃 姑舅姑又父之姊妹也 辜罪也 呱啼聲 泒水在鴈門 酤酤酒又胡五昆互二切 觚酒爵 蛄螻蛄蟲 箛竹名 鴣鷓鴣鳥

橭木名 𦨭漢書越王巫𦨭祠在雲陽亦小兒病鬼也 沽水名在高密 柧棱柧 𨭗字林曰鏷𨭗魯矢左傳作僕姑 觚方也本亦作觚 ⿸虒古⿸虒古息禮記作姑 盬陳楚人謂鹽池爲盬出方

言又音古 嫴 說文曰保任也 罛 魚罟 軱 大骨也出莊子又盤骨 䇹 以篗束物出異字苑 膞 膞脯也 㼌 瓜 ○雞 說文曰知時畜也易曰巽爲雞古奚切十 鷄 籀文 稽

考也同也畱也留止也又山名亦姓呂氏春秋有秦賢者稽黃 枅 承衡木也 笄 女十有五而笄也 楮 楮風扶杓木也 蛘 螢火 叶 字書云問卜也 禾 木不長也又音礙 鍇 堅也

○圭 圭璧說文曰瑞玉也上圜下方公執桓圭九寸侯執信圭伯執躬圭皆七寸子執穀璧男執蒲璧皆五寸周禮以青圭禮東方又孟子曰六十四黍爲一圭十圭爲一合古攜切十五 珪 古文 邽

下邽縣在馮翊上邽縣在隴西 閨 閨閤 袿 釋名曰婦人上服曰袿廣雅曰袿長襦也 窐 甑下孔楚詞云珪璋雜於甑窐又音攜亦作㼐 鮭 魚名又音奎 麍 鹿屬 洼 姓也漢有大鴻臚洼

丹又音哇 罣 罣谷名 [illegible] [illegible]裂也 胿 脪胿 𦓤 田器 𣢾 邪也又紆佳切 茥 缺盆草也又音睽 ○佳 善也大也好也古膎切二 街 道也說文云街四通道也風俗通云街攜也離

也四出之路攜離而別也 ○媧 女媧伏羲之妹古蛙切七 緺 青緺綬也 諣 諣情 腡 手理也 蝸 蝸牛小螺 騧 馬淺黃色 歄 歄佽 ○皆 說文作皆俱詞也古諧切十九 偕 俱也

[illegible] 麻稈 稭 上同又古八切 喈 鳥聲 階 階級也說文曰階陛釋名曰階梯也如梯之等差也 腊 瘦也 薢 薢茩藥名決明子是也又音懈 荄 草根 痎 瘧疾二日一發 堦

堦砌 楷 說文云木名孔子冢蓋樹也廣志云孔子冢上特多楷樹 鶛 爾雅云鶛鶛其雄鶛 湝 水流皃又戶皆切 街 又音佳 [illegible] 牡瓦 [illegible] 疾風 蝔 蟲名淮南子曰蝔知雨至

蝔蟲大如筆管長三寸代謂之猥犳知天雨則於草木下藏其身又音諧 鍇 鐵也 ○乖 睽也離也戾也背也古懷切四 菲 上同 乖 說文曰背呂也脊字從此 痱 瘡惡 ○傀 大皃

又美也盛也偉也亦瑰異公回切十 瓌 上同 傀 亦同 瑰 瓌瑰石次玉又音回 瓌 上同 鞼 說文云韋繡也又求位切 櫰 山海經云中曲山有木如棠而圓葉赤實如木瓜食

之多力又音懷 膭 肥皃 [illegible] 畜胎 蒐 菜名又乎罪切 ○該 備也咸也兼也皆也又軍中約也古哀切二十 豥 豕四蹄白 垓 八極又垓下隄名沛郡項羽敗處也 荄 草根又古

諧切 郂 鄉名在陳留 [illegible] 羊胎又音敳 剴 大鐮一曰摩也又五哀切 陔 殿階次序 姟 數也十秭曰姟 [illegible] 挂也出淮南子 晐 備也兼也 峐 爾雅云山無草木峐

祴祴夏樂章名 侅奇侅 賅上同又贍也 揩揩觸也 胲足大指毛肉也 餩餡也 齸牙也 腊肥也 ○巾釋名曰巾謹也二十成人士冠庶人巾當自謹修於四教居銀切一

○麏麏麠居筠切六 麇麕並上同 頵頭大 莙爾雅云莙牛藻似藻而葉大又渠殞切 沟水名 ○均平也又學曰成均亦州名春秋及戰國時並屬楚秦屬南陽郡隋爲均州取沟水以名之居勻切四 鈞三十斤也又姓風俗通云楚大夫元鈞之後漢有侍中鈞喜 袀戎衣也左傳曰均服振振字書從衣 泃水名出析縣北山入沔今作均 ○君白虎通曰君者羣也羣下之歸心也荀卿子曰君者儀也民者影也儀正則影正君者盤也民者水也盤圓則水圓又君者民之源也源清則流清源濁則流濁舉云切八 軍軍旅也周禮夏官司馬曰凡制軍萬有二千五百人爲軍王六軍大國三軍次國二軍小國一軍軍將皆命卿又漢複姓二氏禮記有將軍文子晉有大傅參軍襄城冠軍夷 皸足坼 桾桾櫏木也 莙牛藻菜也 箬竹名 宭羣居

䱍蟲名水䱍如魚乘焉 ○斤十六兩也說文曰斫木也又虜複姓二氏後魏書去斤氏後改爲艾氏奇斤氏後改爲奇氏舉欣切四 筋筋骨也說文曰肉之力也从力肉竹竹物之多筋者又姓出姓苑 筋俗 釿說文云劑斷也本宜引切 ○攑攑子撑蒲采名居言切十二 㯫上同 靬乾革又驪靬縣在張掖又下悍切又口旦切 鞬馬上盛弓矢器 𩍐上同

劇以刀去牛勢或作犍 犍犗牛名又犍爲郡 腱筋也一曰筋頭 騝騳馬黃脊曰騝 餰粥也亦作飦 䰞上同 鬻籀文 ○昆兄也後也同也又姓夏諸侯昆吾之後戰國策有齊賢者昆辨古渾切二十 昦上同 罤上同說文云周人謂兄曰罤 菎香草 幝褌衣說文惣也 褌上同 崐崐崘山名 琨琨珸玉名 鵾鵾雞 鶤上同 鯤北溟大魚 䖵說文曰蟲之總名也 蜫上同 惃亂也 𦋺𦋺于不可知也 錕錕鋙鐵赤色可爲劒 瓘玉名 䴊麛鹿屬 猑獸名 騉騉駼馬名能蹄外高山 ○根根柢也亦姓根牟子古賢者著書出風俗通古痕切四 跟足後踵也 𧿒上同 珢石次玉又音銀 ○干求也犯也觸也亦姓左傳宋有干犨又漢複姓何氏姓苑漢有干巳衍爲京兆尹古寒切十六 乾字樣云本音虔今借爲乾濕字又姓出何氏姓苑 乹古文 竿竹竿 肝木藏 奸以婬犯也 鳱鳱鵲鳥名知未來事噪則行人至鵲字或作雗雗古沃切 玕琅玕美石次玉 邗

越別名又音寒江名也　汗餘汗縣名又寒翰二音　迂進也　盂盤也又大盌名　戦戦盾　忓說文極也　鄃地名　尪尪服。官官官左傳曰黃帝以雲紀官炎帝以火紀官大皥以龍紀官少皥以鳥紀官又君也法也事也又複姓三氏左傳晉王官無地御戎魯先賢傳云孔子妻井官氏楚莊王少子爲上官大夫以上官爲氏古丸切十　悹憂也又古玩切

莞草名可以爲席亦云東莞郡名又姓姓苑云今吴人又胡官切　棺棺椁禮記曰有虞氏瓦棺夏后氏堲周殷人棺椁說文曰關也所以掩屍也　觀視也又音灌　貫穿也又音灌

冠首飾說文曰絭也所以絭髮弁冕之總名也亦姓風俗通云古賢者鶡冠子之後又音灌　涫樂涫縣在酒泉　倌倌人主駕說文曰小臣也詩云命彼倌人　毌穿物持也。關說文曰以木橫持門戶也聲類曰關所以閉也又姓風俗通云關令尹喜之後蜀有前將軍關羽河東解人古還切六　閞俗　瘝病也　擐貫也又音患出文字指歸　咱二鳥和鳴　𢇇織貫杼也。姦私也詐也古顏切俗作姧四　菅草名又姓出趙郡或作蕑　蕑香草上同。鰥鰥寡鄭氏云六十無妻曰鰥五十無夫曰寡又魚名古頑切三　鐶鐶犂釬也

綸爾雅釋草曰綸似綸東海有之說文曰青絲綬也又音倫。間隙也近也又中間亦姓出何氏姓苑古閑切又閑澗二音六　艱艱難　囏古文　靬黎靬國名在西域其人善眩幻又揵看二音　蔄蘭也　覵視皃。堅固也長也強也又姓漢二十八將有揚化將軍潁川堅鐔古賢切十七　鋻剛也又古宴切　㧡縣名在東萊又音弦　㥢布名　幵說文曰平也兩干對舉又羌名今作开同又音牽　肩項下又任也克也作也勝也又姓出姓苑　鳽䳺鳽鳥名又五堅二切　豜大豕也一曰豕三歲　豣上同　猏俗　菺戎葵也今蜀葵

麉鹿有力又音牽　䴢上同　鵳鶼鵳鴿屬　鰹鮦大曰鰹小曰鮵鮵音奪　龓說文曰龍耆脊上龍龍　緊緊也。涓說文曰小流也又姓列仙傳有齊人涓子古玄切八

睊視皃　蠲除也潔也明也說文曰馬蠲蟲明堂月令曰腐草爲蠲　菺草名　稍麥莖　鵑杜鵑鳥　焆明也　鞙鞙馬尾也又胡犬切。甄察也一曰免也居延切又章鄰切三

𦳝草名一曰豕首又名彘盧　鋧竹器。勬強健也居員切一。驍驍武也古堯切九　梟說文云不孝鳥也故日至捕梟磔之以鳥頭在木上人姓隋煬帝誅楊玄感改其姓

爲梟氏　縣到懸首漢書曰三族令先黥劓斬左右趾梟首葅其骨謂之具五刑　澆沃也薄也　儌儌幸或作儌又作僥倖　釗覿也遠也亦弩關一云周康王名又作覠又指遥切

邀遮也又於宵切　蟂水蟲似蛇四足能害人也　徼求也抄也又音叫　驕馬高六尺舉喬切九　嬌女字亦態　憍憐也恣也本亦作驕　穚禾秀　鷮鷮似雉而小走鳴長尾

蕎藥名一名大戟　喬爾雅云句如羽喬郭璞曰樹枝曲卷似鳥毛羽　簥大管名也　撟舉手　○交戾也共也合也領也古肴切二十二　蛟龍屬漢書曰武帝元封五年自於尋陽浮

江親射蛟江中獲之　茭說文曰乾芻也又爾雅曰茭牛蘄郭璞云今馬蘄葉細銳似芹亦可食　鵁鵁鶄鳥　膠膠漆亦大學也又姓史記紂臣膠鬲　鮫魚名皮有文可飾刀　咬鳥聲

郊邑外曰郊　鼓樂器以土爲之雙相黏爲鼓也　轇轇轕戟形　漻漻濁水皃　这說文會也　教效也又古孝切　筊竹圍索名　粮粮糊米餅　摎束也撓也又音留　鉸鉸刀

又古卯切　佼交也又古卯切　艽秦艽藥名　詨誇語也又音哮　嘐詩云雞鳴嘐嘐　鞹囊也　○高上也崇也遠也敬也又姓齊太公之後食采於高因氏焉出渤海漁陽遼東廣陵河

南五望又漢複姓高堂氏出泰山古勞切二十一　膏脂也元命包曰膏者神之液也又澤也肥也　皐高也局也澤也詩云鶴鳴九皐言九折澤也又姓皐陶之後左傳有越大夫皐如

皋上同　羔羊子　餻餻糜　嵲嵲崞古亭　櫜韜也一曰車上囊　咎皐陶舜臣古作咎繇　鼛役事車鼓長丈二尺詩曰鼛鼓鐘伐鼛傳云鼛大鼓也　鶾鶾鶾鳥名　篙進船竿

槔桔槔　覩見也　䓘葛之白花　悎知也局也　釋今之餹餳曰釋　榕木名　傜毀也　蓉白蓉草食之不飢　鄡鄉名在菲陽　○歌禮記曰舜作五弦之

琴以歌南風釋名曰人聲曰歌歌者柯也以聲吟詠上下如草木之有柯葉兗冀言歌聲如柯古俄切十一　謌上同　柯枝柯又斧柯又姓吳公子柯盧之後何氏姓苑云吳人也又虜姓後魏書柯拔

氏後改爲柯氏望在河南　架女師以教女子　㚉法也楷也　菏澤水在山陽湖陵縣　牁所以繫舟又牂牁郡名　牂陸云上同　哥多汁　哥古作歌字今呼爲兄也　駉䮊鵝

○戈干戈說文云平頭戟也天授年置司戈八品武職古禾切十五　過經也又過所也釋名曰過所至關津以示之也或曰傳過也移所在識以爲信也亦姓風俗通云過國夏諸侯後因爲氏

漢有兗州刺史過栩 渦亦作過水名出淮陽扶溝浪蕩渠又姓三輔決録有扶風太守渦尚 鍋溫器 輠車盛膏器 楇上同一曰紡車收絲具 瘑瘡也 [疒瓜]上同 斛說文曰秦

名釜曰斛 䰐上同 [口過]小兒相應也又音禾 緺綬名 堝甘堝 [咼鳥]鳥名 蝸螗蜋別名 ○迦釋迦出釋典居伽又音加一 ○瓜說文蓏也廣雅云龍蹄獸掌羊骹兔頭桂髓蜜筩小青大

班背瓜名亦州名本古西戎地左傳范宣子數戎子駒支曰昔秦人迫逐乃祖吾離于瓜州又漢複姓王莽傳有盜賊臨淮瓜田儀古華切七 騧黃馬黑喙 緺綬也 婐女侍又於果切

蝸蝸牛小螺 媧古女后也 抓引也擊也 ○嘉善也美也又姓左傳周大夫嘉父古牙切二十六 家居也爾雅云戾內謂之家又姓風俗通漢有家羡爲劇令 加增也上也陵也

葭葭蘆也說文曰葦之未秀者又音遐 笳笳簫卷蘆葉吹之也 麚牡鹿 麍上同 豭豕也子路佩豭說文曰牡豕也 猳俗 痂瘡痂 駕鳥 枷枷鎖

枷打穀具 袈袈裟 毠毠沙毛衣 跏跏趺坐也 迦不得進也 猲猲玃 [加虫]米中黑蟲 茄荷莖又漢複姓有茄羅氏 迦漢複姓有迦葉氏又居伽切 珈婦人首飾 瘕

病也 犌牛絕有力 幏說文曰南郡蠻夷賨布 貑貑羆又貑玃也並見爾雅注 蟼爾雅云蟼蟆蛙類也又音荆 ○薑菜名說文云御濕之菜史記云千畦薑韭與千戶侯等居良切十五

[艹畺]上同 畺說文界也 疆上同 壃俗 畕說文曰比田也 犟牛長脊一曰白脊牛 繮馬紲 韁上同 殭死不朽也 礓礓石 橿一名檍萬年木又云鋤橿

鋤柄也 姜姓也出天水齊姓本自炎帝居於姜水因爲氏漢初以豪族徙關中遂居天水也 [虫畺]蠶白僵也 僵仆也 ○岡爾雅曰山脊岡古郎切十六 崗並俗 剛強也

㓻俗 掆舉也 笐說文曰竹列也又爾雅曰仲無笐竹類也 鋼鋼鐵 綱綱紀說文曰維紘繩也 亢星名一曰亢父縣說文人頸也 犅特牛 堈甕也 瓨上同 犺

水牛 芫爾雅釋草曰芫東蠡又音杭 魧魚名爾雅云大貝本杭沆二音 迒獸跡又音杭 ○光明也亦州名漢西陽縣地屬江夏郡梁置光州因浮光山爲名又姓田光之後秦末子孫避

地以光爲氏晉有樂安光逸古黃切十四 灮上同 洸水名又烏光切 桄桄榔木名 胱膀胱水府 垙垙陌 輄車下橫木 𨍉上同 橫長安門名又戶觥切 [馬廣]決[馬廣]馬旋毛在

育也侊武也茪茪菸草名儣儣儣武皃侊盛皃○庚更也償也爾雅云太歲在庚曰上章又姓唐有太常博士庚季良又漢複姓莊子有庚桑楚古行切十二鶊鶬鶊
更代也償也改也又古孟切迒兔徑秔稻秔粳同粳俗賡續也經也償也羹羹臛爾雅曰肉謂之羹鬻古文埂秦人謂坑也浭水名出北
平○觵觵角爲酒器受七升罰失禮者古橫切六觥上同侊小皃春秋國語曰侊飯不及壺飧㝩吳主孫休二子名罣網滿橐上同○驚懼也說文曰馬駭也舉卿切七
京大也廣雅曰四起曰京風俗通曰京非人力所成天地性自然也京義亦取此公羊曰京者大也師者衆也天子之居必以衆大之辭言之又姓風俗通云鄭武公子段封於京號京城大叔其後氏
焉漢有京房荊荊楚亦木名可染又州名夏及周並爲州秦爲南郡郢都之渚宮又姓燕刺客荊軻麠獸名一角似麋牛尾麖上同鶁羌鶁鳥蟼蟼蛙○耕犂也
周書曰神農之時天雨粟神農耕田而種之古莖切一○經常也紋也徑也亦經緯又姓出何氏姓苑古靈切又音徑四涇水名淮南子云涇水出薄洛之山鵛鸒鵛鵛鳥也巠直波
爲巠說文曰水脈也○扃戶外閉關古螢切八駉駿馬也詩曰駉駉牡馬傳云良馬腹幹肥張也駫馬肥盛也坰野外曰林林外曰坰冋古文䶖䶖鼢班鼠絅引急也
檷木名○兢兢兢戒愼居陵切二矜本矛柄也巨巾切字樣借爲矜憐字○肱臂也古弘切二鞃軾中靶也○揯急也淮南子云大弦揯則小弦絶也古恒切三縆大索絚
上同○鳩鳥名又聚也居求切十丩秦丩蘩名又居由切朻大力朻高木又居虯切軓車軨長也疝腹中急痛又古巧切鬮鬮取也又音糾丩相糾繚也龜
又居危切勼說文聚也○鉤曲也又劒屬字樣句之類並無著厶者古侯切十八句說文云關西呼鐮爲句也溝溝渠爾雅云水注谷曰溝釋名曰田間之水曰溝溝搆也縱橫相交構也
褠禪衣韝臂捍又苦侯切緱緱氏縣屬河南府又姓孝子傳陳留緱氏女名玉亦刀劒頭纏絲爲緱篝熏籠筍笱箈桃枝竹名鼅鼅鼄似龜說文其俱切龜屬頭
有兩角出遼東亦作鼩㝅唱㝅軥軥瓠軥瓠軥舟區船名䡖數名十秭曰䡖枸曲木又木名也句說文曲也又高句驪遼東國名又句龍社神名亦姓史記有句疆又九遇古候

二切軥車軥心木又夏后之輅曰軥也夠多也鴝鴝鵒鳥又音衢○樛說文曰下句曰樛詩曰南有樛木傳云木下曲也居虯切五丩說文曰相糾繚也今作丩同𦬔

草之相糾繚也朻說文云高大也疝腹急病也○金金寶說文曰五色金也黃爲之長久薶不生衣百鍊不輕从革不違西方之行生於土亦州名周爲附庸國魏於安康縣置東梁州後周

改金州又金鼓釋名曰金禁也爲進退之禁也又姓古天子金天氏之後也又漢複姓有金留氏出姓苑居吟切九今對古之稱說文云是時也黅黃色衿衣小帶也又其禁切襟袍襦

前袂裣上同禁力所加也勝也又居蔭切㦗心襟皃⿰黑金淺黃色說文云黃黑也又古咸切○弇同也蓋覆也後漢有耿弇古南切又音掩五⿰鼠金鼠名淦水入船中

又最也泥也汲也又甘暗切吉州有新淦縣水所出入湖或作汵⿱咸糸持意也又呼兼切蜬蠃小者又貝居水者肉如科斗但有頭尾○甘說文作甘美也又隴右州本月支國漢匈奴觻得王

所居後魏爲張掖郡又改爲州取甘峻山名之界有弱水祁連山上有松栢五木美水茂草冬溫夏涼又有仙樹人行山中飢即食之輒飽不得持去平居時亦不可見也又姓武丁臣甘盤之後又漢

複姓有甘莊甘士甘先三氏古三切七柑木名似橘笴竹苷苷草藥出洮州泔米汁⿸广甘和也媒媒媞也○兼說文曰幷也兼持二禾秉持一禾又姓衛公子兼之後古

甜切七縑絹也說文曰幷絲繒也鶼比翼鳥䊴青稻白米蒹荻未秀䍐絲網鰜比目魚○緘緘封古咸切七⿱咸糸慳恡又堅持意口閉也瑊

美石次玉玪上同尲尲尬行不正也黬釜底黑也䵴說文曰雖晳而黑也古人名䵴字晳○監領也察也說文云臨下也古銜切又古懺切五礛礛諸青礪⿰目監視也

鑑鑑諸以取月中水又明也⿰監刂細切○拱手抱也又斂手也居悚切十八拲兩手共械周禮曰上罪梏拲而桎⿱共石水邊大石鞏以皮束物又縣名在河南隴坂也又

晉大夫鞏朔蛬蟋蟀又巨容切孑孑孓井中小蟲珙璧也廾說文曰竦手也篆文作𠬞弄具奐丞字並从此篆同而隸異也⿰手手說文曰揚雄說廾从兩手也⿰忄共

戰慄也又戶工切⿱𦥑共姓也⿵几共鉅也拲抱持說文攤也⿱共革鞹也⿰魚共鯤魚子也巩抱也說文作巩恐鞏類並从此栱爾雅云杙大者謂之栱輁

輣軸所以支棺。講告也謀也論也說文曰和解也古項切四 港水派 傋傋不媚皃又虛項切 耩耕也。詭詐也又橫財物爲詭二遇也過委切十九 垝垝垣毀垣也又作陒

陒上同 郈陸郈山名出山海經 攰枕也 ⿰金危戾鍤齒也說文曰臿屬一曰瑩鐵也 觤羊角不齊 恑變也悔也 蛫蟹也 祪毀廟之祖 庪

爾雅云祭山曰庪縣 衼庋並上同 洈水名出南郡東洈山至華容縣入江也 蟡長八尺一首二身似蛇以名呼之可取魚鼈 ⿰危鳥子規玉篇云布穀也 姽

宋玉神女賦曰既姽嫿於幽靜說文曰閑體行姽姽也 桅短矛或作⿰禾危說文曰桅黃木可染 佹戾也。掎牽一脚說文云偏引也居綺切七 剞剞劂曲刀 庋

又音詭 ⿸疒奇一足又作踦 踦公羊傳曰相與踦閭而語閉一扇一人在內一人在外 ⿰歹奇弃也又丘知九奇二切 攲持去也又。枳木名似橘居帋切又諸氏

切一。几案屬周禮司几筵掌五几凡朝覲大饗射封國命諸侯設左右玉几祀先王亦如之諸侯祭祀右彫几筵國賓于牖前左彤几甸役右漆几喪事右素几吉事變几凶事仍几或作机居履

切九 麐爾雅云麐大麕旄毛狗足 麂上同 屼女屼山名弱水所出 机說文曰木也山海經曰族䕡之山多松栢机桓 邔地名 ⿰犭几獸名如兔喙蛇尾見則有蝗災

肩赤鶡肩也 砐石墮聲也。軌法也車跡也說文曰車轍也居洧切十二 簋簠簋祭器受斗二升內圓外方曰簋 朹古文 晷日影也又規也 厬厬泉或作氿爾

雅云水醮曰厬謂水醮盡也 ⿰氵軌上同 宄內盜也 匭匣也唐垂拱元年置匭於朝令上表者投之有延恩通玄招諫申寃等四匭也 ⿷匚殳古文說文云匭皆古文簋字 頯

小頭又巨追切 氿水涯枯土爾雅曰氿泉穴出穴出仄出也 ⿴行九術跡。癸辰名爾雅太歲在癸曰昭陽古作癸又姓姓苑云出齊癸公後居誄切二 湀通流。紀極也會也

事也理也識也亦經紀又十二年曰紀又姓出丹陽居理切四 己身己爾雅曰太歲在己曰屠維 妀說文云女字也 㠱訝也。蟣蟣蝨居豨切四 幾幾何又既豨切 機

禾機 鬾鬼俗吳人曰鬼越人曰鬾又音祈。鬼鬼之爲言歸也居偉切一。舉擎也又立也言也動也說文本作擧又姓出姓苑居許切十 莒草名亦國名又姓嬴姓之

十一

後漢有緱氏令莒誦欅木名筥筐筥篆飲牛筐趄行皃弆藏也柜柜柳邱亭名在長沙郡昜共輿皃○矩法也常也俱雨切十一榘

上同說文又其呂切踽獨行又驅雨切枸木名出蜀子可食江南謂之木蜜其木近酒能薄酒味也萬姓漢有萬章又音禹聥張耳有所聞椒曲枝果也翑曲羽又求俱切

楀楀氏木名又音禹蒟蒟醬出蜀其葉似桑實似椹又音句椇枳椇○古故也又姓周太王去邠適岐稱古公其後氏焉蜀志有廣漢功曹古牧又漢複姓晏子春秋有齊勇士

古冶子又虜三字姓後漢書有古口引氏公戶切二十一鼓說文曰郭也春分之音萬物郭皮甲而出故謂之鼓周禮六鼓靁鼓靈鼓路鼓鼖鼓鼛鼓晉鼓亦作皷皷說文曰擊鼓也

瞽無目股髀股胋上同罟網罟蠱疑也又蠱毒也又卦名蠱事也估市稅鹽鹽池又左傳曰鹽其腦杜預云鹽唽也又詩傳云鹽不固也鈷鈷鏻

羖羖攊羊說文曰夏羊牡曰羖𦍩俗詁詁訓牯牯牛賈商賈又古下切夃多債利也又古乎切沽屠沽嬰人名出漢書兄壅蔽盬器也說文

作鹽○解講也說也脫也散也佳買切三蘚爾雅曰蘚若芺茺檞松樠○丫丫丫羊角開皃乖買切又工瓦切三觟觟盾屬也說文苦圭切盾握也枴老人枝杖也

○改更也又姓秦有大夫改產古亥切三顡頰顡又戶垓切絠解繩說文云彈彄也○緊糾急也居忍切四胗脣瘍也又之忍切脪瘢並俗○謹絜也愼也

居隱切十一新黏兒懂牛馴也槿木槿櫬也又名蕣一曰朝華一曰日及亦曰王蒸又曰赤堇堇菜也說文作墐黏土也又音芹墐上同瑾清也懂懇也

巹以瓢爲酒器婚禮用之也蓍上同蓮菜名○湕水名居偃切五揵矛扐扐吃語也揵難也舉也蹇跛也屯難也亦卦名又居免切○縣

禹父名亦作骸尚書本作鯀古本切十二橐大束袞天子服也緄帶也鯀說文曰魚也亦作鮌輥車轂齊等皃緷爾雅云百羽也蓘穮蓘壅養苗惃

惃亂丨上下相通硍石聲錕車釭○頣頰後古很切二詪難語皃○笴箭笴古旱切又音哿十二簳上同皯面黑又工旦切䵟上同玻亦同

稈禾莖 秆上同 仟仟長 靬衆草莖也 矸矸擊 衦摩展衣也又音幹 紆上同 ○管樂器也主當也又姓出平原周文王子管叔之後古滿切十二 筦

上同 脘胃府 輨車轂端鐵 盥洗也又公玩切 琯玉管又姓 痯病也郭璞云賢人失志懷憂病也 悹悹悹憂無告也詩傳云悹悹無所依又音灌 輨車鞁具也

錧車具 [虫官]雨下蟲名 [衤官]袴襬也 ○簡札也牒也略也釋名曰簡閒也編之篇篇有閒也又姓左氏傳魯大夫簡叔蜀志簡雍傳云本幽州人姓耿後音訛改爲簡古限切七

[氵簡]洗米 僩武猛皃 繝帬襵 柬分別也一曰縣名在新寧說文本从束八八分也 暕陰且日明 揀揀擇 ○繭蠶繭古典切十三 絸古文 蠒俗 襺

皮起 趼上同 菄小東 柬俗 垷塗泥又大坂在隴西 筧以竹通水 襺纊著衣也 擶拭面 挸上同 㨴古文 ○く水小流也深尺廣尺曰く姑泫切八

畎上同 甽古文 詃誘也 埍女牢 罥扶也 羂上同 汱爾雅墜也又伏水也 ○蹇跛也屯也難也又姓秦有蹇叔九輦切十一 謇吃又止言 搴取也

攓上同 [亻蹇]偃[亻蹇]傲也 [扌善][扌善]擑醜長皃擑丑輦切 [糹虔][糹虔]縮 [山蹇][山蹇]嵼山屈曲也 [艹搴]爾雅釋草云[艹搴]蔖 [魚蹇]魚名 [衤蹇][衤蹇]袴 ○卷卷舒說文曰膝曲也

居轉切六 菤菤耳苓耳 䡓爾雅曰革中辨謂之䡓車上所用皮也辨音片 [阝卷]河東安邑聚名 捲捲衣 埢冢土 ○皎月光詩云月出皎兮古了切十二

璬佩玉 憿行滕脛布也 鐃鐵文又呼了切 皛白也又匹白切 皦明也皎也又珠玉白皃 恔恔憭慧也 繳纏也又音酌 闋喪之降殺 晈光明 䘨

小袴 儌儌抄 ○矯詐也說文曰揉箭箝也又姓左傳晉大夫矯文居夭切十二 鱎白魚別名 [角喬]角長 敿盾也 撟說文曰舉手也一曰撟擅也 嬌女字又居喬切

䀏目重瞼也 蟜山海經云野人身有獸文說文曰蟲也又姓後漢有蟜慎字彥仲 譑多言 鄡國名 𡡋竦身 蹻驕也又其虐切 ○絞縛也又姓出何氏姓苑古巧切

十五 狡狂也猾也疾也健也說文曰少狗也匈奴地有狡犬巨口黑身 佼女字 攪手動說文亂也 䕧郭璞云江東呼藕根亦作莢又下巧切 筊竹索也又音爻 挍挍接物也

鉸鉸刀 盞器也 姣妖媚 烄烄木然也 敎同上 盪濁也說文器也又胡巧切 籢竹筍 疛腹中急痛俗作疞 ○皜明白也古老切十一 槔木名 杲

日出又明白也 稾禾稈又稾本草稾之本 藁俗 夰說文放也 縞素也又音告 槀槁木檠 臭大白澤也 菒乾草 碻女碻石似玉 ○哿

嘉也古我切四 舸楚以大船曰舸 笴箭莖也又公旱切 箇笴箇出南中 ○果果敢又勝也定也剋也亦木實爾雅曰果不熟為荒俗作菓古火切十一 菓見上注

猓猓然獸名 輠車脂角又音禍 鍋刈鉤又古臥切 划刈划 裹苞裹又纏也 蜾蜾蠃蟲也 惈蒼頡篇果敢作此惈 餜餅餜食 粿淨米 ○檟

山楸古疋切十 榎同上 嘏大也福也 假且也借也非真也說文又作假至也又姓漢有假倉 叚說文借也 賈姓也出河東本自周賈伯之後又音古 斝玉爵禮記曰夏后氏以醆

酉以斝周以爵 瘕久病腹內又古牙切 椵爾雅曰櫠椵郭璞云柚屬子大如盂皮厚二三寸中似枳食之少味 嘏好也 寡鰥寡說文少也古瓦切八 冎剮人肉置其骨 剮俗

果老人柱杖 偒倜偒行皃 丫羊角皃 筒篋筒收絲具 觹觹觹牛角開 ○繈絲有纇又孟康曰繈錢貫也俗作鏹居兩切五 鏹俗見上注 襁襁褓負兒衣博

物志云襁織縷為之廣八寸長二尺以約小兒於背上 膙筋頭 憼敬也說文音景 ○獷獷平縣在漁陽居往切又居猛切一 ○臩說文曰驚走也一曰往來皃俱往切四 迋

欺怨 儣載器也出埤蒼 俇走皃 ○廣大也闊也古晃切二 廣姓出廬江 ○䴚鹽澤也各朗切四 䣈 䀭並上同 䟘伸脛也 ○梗梗直也又桔梗藥名

古杏切九 挭挭槩大略 哽哽咽 郠邑名在莒 綆井索 鯁刺在喉又骨鯁謇諤之臣 埂堤封吳人云也 骾骨骾 蝹蟲名 ○警寤也戒也居影切八

儆上同 景大也明也像也光也炤也又姓齊景公之後後漢有景丹 境界也 璥玉名 蟼蛙屬 擏所以正弓出周禮亦作檠也 憼敬 ○憬遠也俱永切六 囧

光也 煚火光 璟玉光 臩驚走皃 憬明也曲礼悟也 ○礦金璞也古猛切七 鑛同上 釥古文 穬麥穬上 麷同 獷犬也又居往切獷平縣名在漁陽

穬穀芒又曰稻不熟○耿耿介也又耿耿不安也又姓晉大夫趙夙滅耿因封焉遂以國爲氏古幸切三㪊芋莖也䁪䁪瞌視皃○頸項也居郢切又巨成切一○熲光也

又煇也古迥切八炅光也又古惠切烱火明皃又音迥泂滄寒熲籚名餇餇飽䁝目驚皃蛕蛕蠐似蛙○剄斷首古挺切二烴焦臭○久長久

也舉有切七九數也又漢複姓二氏何氏姓苑云昔岱縣人姓九百名里爲縣小吏而功曹姓萬縣中語曰九百小吏萬功曹列子秦穆公時九方臯一名甄善相馬也玖玉名灸

灸灼也又居又切韭說文曰菜名也一種而久者故謂之韭象形在一之上一地也俗作韮姕女字也亦作㚢雀姓出纂文苟苟且又姓出河內河南西河三望國語云本自黃帝

之子漢有苟參古厚切十三玽石似玉狗犬狗垢塵垢笱笱屚縣名在交阯又魚笱取魚竹器𦊓同上耇耇老壽也詬詬恥也又呼候切枸枸杞茩

薢茩岣岣嶁山巔敂敂扣打也豿熊虎之子○糾督也恭也急也戾也俗作糺居黝切四赳武皃詩曰赳赳武夫朻爾雅曰朻者聊又居幽切鬮鬮取皃

○錦釋名曰錦金也作之用功重其價如金故字從金帛居飲切一○感動也古禫切十一䉞竹名亦作篢鰔魚名灝豆汁贛水名在南康又音紺醶

酒味淦也贛水名在豫章匱方言云箱類又云覆頭也又音貢藚薏苡䃤石篋見封禪議灨水名○敢勇也犯也說文作㪧進取也古覽切七㪧

上同𣪘籀文䵎古文橄橄欖果木名出交阯澉澉㵶無味笛竹名實中○檢書檢印窠封題也又檢校俗作撿本音斂又姓出姓苑居奄切二瞼眼瞼○嬚

嬚身皃兼玷切○鹼鹵也古斬切又七廉切四鹻鹹也減損也又姓漢有減宣𥲤竹名出玉篇○貢獻也薦也又姓漢有琅邪貢禹古送切十贛賜也湏

水名出豫章虹縣名在泗州今音絳玒至也甘宮賦云登椽欒而玒天門陎從陎山名又戶工切箵杯箵名匱小杯名又音感橨格木說文同上贛薏苡別名

○供設也居用切又居容切二龔又九容切○絳赤色又州詩譜云晉穆侯遷都於絳曾孫孝侯改爲翼翼晉之舊都後獻公又命爲絳邑秦爲河東郡後魏置東雍州周爲絳州又

姓古巷切五 虹紅又音 降下也歸也落也又音缸伏也 夅同上 洚水流不遵道 ◦䝿賭也詭偽切五 垝坫堂隅可致物 攱瘦極又去奇切 攱戴

物又居委切 庪毀也 ◦寄寄附說文託也居義切三 踦䠊 倚石杠聚石以為步渡 ◦跂強也居企切二 䳢鳥䳢說文云鳥之彊羽猛者周禮䳢氏掌攻猛

鳥又音妓 ◦䙸規恚切視也一 ◦媿慙媿俱位切六 愧聭謉並同上 騩馬色淺黑 䁛大視 ◦冀九州名爾雅曰兩河間曰冀州 續漢書安平國故信都郡光武

師薊南行太守任光開門出迎今州城是又姓左傳晉大夫冀芮几利切八 兾同上見經典省 覬覬覦希望也 穊稠也 驥騏驥 䁗同上 洎肉汁又音泉 懻強力皃

季昆季也又少也小稱也亦姓左傳魯有季友又漢複姓四氏晉有唐邑大夫季連齊有鬼方氏第六子名季連其後氏焉晉有祁邑大夫季瓜忽宋有季隨逢世本云周有八士季隨季騧之後騧

或作瓜又有魯大夫齊季季窺晉齊公子季奔于楚楚遂号為齊季氏居悸切二 覬視皃 ◦記記志也說文疏也居吏切二 貴尊也高也釋名曰貴歸也物所歸仰也說文作貴亦姓出自陸終之

後風俗通有貴還為廬江太守居胃切三 瞶極視 僪使也 既已也盡也又姓吳王夫既之後居豙切七 暨諸暨縣在越州又其冀切 禨福祥 漑漑灌又古代切 欯幸也不便

言 旡飲食逆氣不得息也 蔇說文曰艸多皃 ◦據依也引也案也亦姓出姓苑居御切十 鋸刀鋸古史考曰孟莊子作鋸 倨倨傲 踞蹲又踞大坐 椐靈壽木名又居

祛二 鐻樂器形似夾鍾削木為之出埤蒼說文与虡同 澽乾水又音遽 䲦角似雞距 鋸魚名 豦獸大如狗似猴多鬚善好奮迅其頭能投石擲人出建平山又音渠 ◦屨履屩

方言曰履自關而西謂之屨九遇切十 句章句又音溝 蒟蒟醬又音矩 絇絲絇 瞿視皃又音衢 界目驚界界然出埤蒼 怐恐怐 鴝竹名 郇邑名 眗

左右 ◦顧迴視也眷也又姓出吳郡古暮切十五 頋俗 雇本音戶九雇鳥也相承借為雇賃字 稒稒陽縣在五原 故舊也事也常也又姓出姓苑 酤賣也又音姑

沽同上 痼久病 固堅也一也常也故也四塞也 錮錮鑄又禁錮也亦鑄塞也 痞小兒口瘡 鮰魚肚中腸 罟罜罟取魚具也 棝射鼠斗也 涸凝也閉也

○計籌計說文會也筭也又姓後漢有計子勳古詣切十二 係連係 繼紹繼俗作継 繫縛繫又口奚胡計二切 薊草名爾雅曰朮山薊縣名又州開元十八年以漁陽縣爲薊州又姓後漢有薊子訓俗作蓟 髻綰髮 鄚燕都 繫爾雅曰杭繫梅說文云編耑木也 檵枸杞 蘻狗毒草也 𦪇舟中互序而行也 㲉係也盡也

○桂木名叢生合浦巴南山峯間無雜木葉長尺餘冬夏長青其花白山海經曰八樹成林又姓後漢大尉陳球碑有城陽炅橫漢末被誅有四子一守墳墓姓炅一子避難居徐州姓香一子居幽州姓桂一子居華陽姓炔此四字皆九畫古惠切九 香炅炔並見上注 筀竹名 罣挂也 畎畎田 殀殀殀極死也死皃也 鶪鶗鶪即杜鵑也

○劌傷也割也居衞切六 鱖魚名大口細鱗有斑文一曰婢魚也 剮剞剮割也 蹶爾雅云蹶泄苦棗亦作蹷 蹶行急遽皃曲禮曰足無蹶又居月切 衞踶衞牛展足

○猘狂犬宋書云張收嘗爲猘犬所傷食蝦蟆鱠而愈居例切八 罽氈類織毛爲之說文曰西胡毳布也 罽上同說文曰魚网也 瀱亦同 瀱泉出皃 訐持人短又居列切 彑彑頭說文作彑云豕之頭象其銳而上見也 薊薊蘻似芹

○蓋覆也掩也通俗文曰張帛也禮記曰敝蓋不棄爲埋狗也又發語端也說文曰苫也俗作盖古太切三 匄乞也 丐上同本又音緬

○儈合市也晉令儈賣者皆當著巾白帖額言所儈賣及姓名 膾魚膾說文曰細切肉也 鱠上同 禬說文曰帶所結也 禬福祭 檜柏葉松身又古活切 旝木置石投敵也 巜說文曰水流澮澮也方百里有巜廣二尋深二仞 澮上同爾雅曰水注溝曰澮又水名在平陽 鄶國名在滎陽 廥芻槀藏也 髺五綵束髮說文曰骨擿之可會髮者詩云髺弁如星 鬠上同 劊說文曰斷也 會會稽山名又黃外切 瞖瞖痛也 擓收擓 獪狡獪小兒戲

○卦說文曰筮也易䟽云挂也懸挂萬象於其上八卦者八方之卦也乾坎艮震巽离坤兊古賣切六 挂懸挂又剛挂弩矢鏃名潘岳射雉賦云出剛挂以潛擬 掛俗 詿誤也又胡卦切 觟盾握也 罣罣礙又胡卦切

○懈懶也怠也古隘切六 解除也 繲浣衣出埤蒼 廨公廨 薢薢茩藥名 㾏病也

○怪怪異也古壞切八 恠俗 硅硅石似玉 蔽草名 數毀也 壞上同又胡怪切 𡗝大皃 拔訬也 ○

誡言警也古拜切二十三 戒愼也具也備也警也易注云洗心曰齋防患曰戒 界境也垂也 介大也助也佑也甲也閱也耿介也說文作𠆳畫也俗作分又姓介之推是 居至也
舍也說文曰行不便也一曰極也 疥瘡疥 玠大珪長尺二寸 夰獨居 忦憒也 砎硬也 魪比目魚也 尬尲尬行不正尲音緘 价善也又佋价也 䯰髻結 悈
飾也司馬法曰有虞氏悈於中國 鴧鴧雀也似鶡而青出羌中 艐爾雅云至也亦云古屆字 䀘怒也 芥辛菜名又草芥 衸布衣幅也又胡介切 丯草介 屆屆到 ⿰馬介駱馬
馬尾結也 ○夬決也亦卦名古賣切三 獪狡獪 簸簸竹名 ○憒心亂也古對切十 幗婦人喪冠又古獲切 㓚刉刀使利 慖恨也 蔮黃色又于鄙切 ⿱旡月要脊忽
痛也 簂筐也亦作幗 篠篷也 ⿰黃或病兒 蔮儀禮注云縢薜名蔮爲頍 ○犗犍牛古喝切二 襘衣上也亦作䙌 ○溉灌也又水名出東海桑瀆縣覆甑山古代切六 槩平斗
斛也 摡滌也詩云摡之釜鬵 ⿰亶欠深堅意又偶也 㑭主也 扢磨也 ○吤唁也九峻切二 訽欺言 ○攈說文拾也居運切五 捃上同 皸足坼又居云切 豤豕求食也又 [illegible]
物切 ⿰豕軍小野豕名 ○靳靳固又姓楚有大夫靳尚居焮切五 斤爾雅曰明明斤斤察也又居勤切 抻覆巾名 ⿰扌堇說文拭也 劤多力兒 ○建立也樹也至也又木名在弱水
直上百仞無枝又姓楚王子建之後漢元后傳有建公又洲名居万切二 揵捷也 ○[illegible]𣊓物也說文曰滿也居願切二 絭弦也 ○睔大目露睛古困切七 睴視兒 琯出光也又音管
琿俗 鄆水名 諢諢摩人也 讂順言諢弄兒出聲譜 ○艮卦名也止也說文限也古恨切四 茛草名 ⿰王艮石次玉 詪語也 ○旰日晚也晏也古案切十一 榦楨榦築垣
板 倝說文曰日始出光倝倝也俗作斡 幹莖幹又強也又姓 杆檀木 榦赤色也 盱說文曰目多白也一曰張目也 骭脅也 㵎澎濞㵎㵎水流疾兒 ⿰巾干布袋 矸石淨 ○貫事也穿也
累也行也又姓漢有趙相貫高古玩切二十八 矔張目 祼祭名說文曰灌祭也 館館舍也周禮五十里有市市有館館有積以待朝聘之客俗作舘 瓘玉升左傳曰瓘斝玉瓚杜預云瓘珪也
鑵汲水器也 癨病也 痯上同 灌水名在盧江又聚也澆也漬也又姓漢有灌嬰 雚雚雀鳥 鸛上同 樌木叢生也 鏆臂鐶 爟楚人云火 懽憂無告也 錧車軸

頭鐵一曰江南人呼犂刃 爟烽火說文曰取火於日官名舉火曰爟周禮曰司爟掌行火之政令 遺行也 冠冠束白虎通曰男子幼娶必冠女子幼嫁必笄又姓列仙傳有仙人冠先又音官 觀樓觀

釋名曰觀者於上觀望也說文曰諦視也爾雅曰觀謂之闕亦姓左傳楚有觀起又音官 涫沸也 悹憂也 悺同上 盥說文曰澡手也从臼水臨皿也春秋傳曰奉匜沃盥 棺殯屍又音官

毌穿也 婠好皃 裷袴別名 ○諫諫諍直言以悟人也又姓風俗通云漢有治書侍史諫忠古晏切三 澗溝澗爾雅曰山夾水澗亦作磵嵋 鐧車間鐵也 慣習也古患切六

丱髮角也幼稚也 摜摜帶 倌主駕官也又音官 串穿也習也 矔矔眮轉目 ○襉襉裙古莧切六 豜逐虎犬 間廁也瘳也代也迭也隔也又音平聲 覵視也

䤬醎也 衦古衣 ○鰥鰥視古幻切一 ○睊視皃古縣切十一 讂流言 甋盆底孔 䣺說文曰醽酒也醽音歷 羂鳥羅 罥絹也 懁急性 衛車搖 獧躍也 狷

急也又音絹 𢐿辯也 ○絹縑也廣雅曰繁總鮮支縠絹也吉掾切五 狷褊急又古縣切 鄄鄄城縣在濮州 𥿠𥿠青木皮葉可作衣似絹出西域烏耆國 覠視也 ○眷眷屬說文顧也居倦

切十五 睠同上 捲西捲縣名在日南 弮曲也又書弮今作卷 卷同上 桊牛拘 帣囊也亦三石為一帣 絭連弩三十絭共一臂 犈爾雅云牛腳黑犈又音權 觠爾雅云羊屬

角三觠撿郭璞云觠角三帀 𧯎黃豆又求晚切 𩛽祭名 蜷蜷蝎蜘蛛別名 𠔉說文曰摶飯也隸省作龹眷字類從此俗作弄 勬勤也又居員切 ○叫呼也古弔切十二 訆說文

曰大呼也 徼循也小道也 憿行縢又古鳥切 警訏也又痛聲也 激水急又古歷切 噭噭噭深聲 䚫大塵說文曰高聲也一曰大呼 獥狼子 敫歌也 鷽爾雅云鷽鸕

似烏而蒼白色 轎轎車轎 ○教教訓也又法也語也元命包云天垂文象人行其事謂之教教之為言傚也古孝切十一 效古文 窖倉窖 校檢校又考校 鉸鉸刀又裝鉸 酵

酒酵 覺睡覺又音角 膠膠黏物又音交 較不等又音角 斈又音交 珓杯珓古者以玉為之 ○誥告也謹也古到切七 郜國名在濟陰又姓晉有高昌長郜玫 告報也說文作告又音

梏 縞白縑又音蒿 膏膏車又音高 槁苦木 烄交木然也 ○箇箇數又枚也凡也古賀切三 个明堂四面偏室曰左个也 個偏也 ○過誤也越也責也𨑒也古臥切七

裹包也又音果　鐹鎌也亦作划　划上同　蝸蝸蠰也即螗蜋　㳡水名　鐹食也出玉篇　○駕行也乘也說文曰馬在軛中也古訝切十二　稼稼穡種曰稼斂曰穡　嫁家也故婦人謂嫁曰歸　瘕腹病　架架屋亦作枷禮記曰不同椸枷　㩤㩤閣　價價數　假借也至也易也休假也又古雅切　幏蠻夷賨布　㢠㢠屋閒也　賀賀膠不密　賈賈人知善惡　○坬土堆古罵切二　諣相諣誤也　○誑欺也居況切四　𢜿𢜿惑也　俇往也又遠行也　䢃乖也　○彊屍勁硬也居亮切一　○桄織機桄古曠切又古黃切二　光上色又古黃切　○鋼古浪切又古郎切二　掆掆舁也出字林　○敬恭也肅也慎也又姓陳敬仲之後出風俗通後漢有揚州刺史敬歆居慶切四　竟窮也終也又姓出何氏姓苑　鏡拾遺錄曰穆王時渠國貢火齊鏡廣三尺六寸暗中視如晝人向鏡語則鏡中響應之晉鎮南大將軍甘卓照鏡不覩其頭視庭樹而頭在樹上　獍獸名食人　○更易也改也說文作㪅古孟切又古衡切一　○勁勁健也居正切一　○徑步道古定切七　經經緯又古靈切　逕近也　陘猿聲　俓直也　𨝕隔也　桱桱木似杉而硬　○亘通也遍也竟也出方言古鄧切六　堩路　揯急引又古登切　縆急張亦作緪　䱍魚名　𥓂石連皃　○救護也止也又姓風俗通漢有諫議大夫救仁居祐切十一　灸灼也又居有切　廄馬舍釋名曰廄聚也生馬之所聚也又灸廄並姓出姓苑俗作廐　究窮也深也謀也盡也　宄說文云貧病也　疚病也　𣪘強鏧也　𩚵說文飽也　𧧕文字音義云止也禁也助也　猶爾雅云猶如麂善登木又音由音柚　遘恭謹行也　○遘遇也古候切二十　構架也合也成也蓋也亂也　媾重婚　覯見也　姤卦名姤遇也又偶也　購購贖　眗稟給　雊雉鳴　彀張弓　㝅取牛羊乳亦作𣪍　句句當又姓華陽國志云王平句扶張翼廖化並為大將軍時人曰前有王句後有張廖俗作勾　軥軥槅挽車也　𡫸夜也　搆搆擩也　怐怐愗愚皃又苦候切　𤎖舉火也　𥓆甃井也又罰也　𦵘數也　㲉說文曰乳也一曰㲉瞀也　昫綿昫　○禁制也謹也止也避王莽家諱改曰省又姓何氏姓苑云今吳興人居蔭切三　㒽北夷樂名又居林切　㯸格也　○紺青赤色也古暗切五　淦新淦縣在豫章　贛䔥苡別名　灨灨縣名記云章貢二水合流因其處立縣便以為名在南康郡亦作贛　贛贛榆縣在琅邪

郡 。䶫 鮨鑑無味古暫切二 鹹 鹹味苦 。趝 疾行皃紀念切一 。兼 古念切又古嫌切二 鮨 魚名 。䶫 鹹味公陷切二 䫡 鬑䫡胡鬎 。鑑 鏡也誡也昭也亦作監格懺切又古銜切

五 鑒 上同 監 領也亦姓風俗通云衞康叔爲連屬之監其後氏焉又古銜切 䁪 瞻也 𥁰 利也又細切也 。劍 釋名曰劍檢也所以防檢非常也廣雅曰龍泉太阿干將鏌鋣斷蛇魚腸純鉤燕支

蔡倫屬國陳干隊堂谿墨陽巨闕辟閭並劍名也崔豹古今注云吳大皇帝有寶劍六一曰白虹二曰紫電三曰辟邪四曰流星五曰青冥六曰百里列子云孔周有三劍一曰合光二曰承影三曰霄陳吳王賜子胥屬鏤之

劍而死周穆王有錕鋙劍切玉如泥居欠切一 。穀 五穀也又生也祿也善也說文曰續也百穀之總名今經典省作穀餘從㱿者並同古祿切十七 穀 俗 轂 車轂 穀 木名 瀔 水名 谷

山谷亦養也窮也又姓漢有谷永又欲鹿二音 瑴 玉名又音角 鷇 布穀鳥案爾雅只作穀 殈 殈殊死皃出廣雅 鼤 鼠名 豋 豆名 觰 觰觰多也 㱿 足跗 豰 獸如赤豹五尾

又音欲 䀹 目動 䀰 大目 嗀 鳥鳴又作唃 。菊 草名禮記季秋之月菊有黃華說文曰大菊蘧麥也居六切三十三 鞠 推窮也養也告也盈也禮記曰天子乃薦鞠衣於先

帝鄭玄云鞠衣名蓋黃桑之服又姓出東萊風俗通曰漢有尚書令平原鞠譚又音麴又渠六切 蘜 爾雅曰蘜治牆郭璞云今之秋華菊也 蘜 說文曰日精也似秋華 𢡆 謹慎 𥷚 說文

椈也 掬 上同 匊 物在手 鞫 說文曰窮治辠人也 𥷚 上同 鞫 上同 𥨪 說文窮也 𤞞 石獨獸名食猴 𥨪 上同 鵴 說文曰秸鵴尸鳩爾雅作鳲鳩郭璞云今

之布穀也 鵴 上同 陱 曲岸水外曰陱 𡍬 上同 𤱯 非田畦 鮂 郭璞云魚名有兩乳 椈 爾雅曰柏椈禮云苞曰以椈 𡶇 山高皃 臼 兩手奉物 鵴 鳥名 𩞄

饘也 諊 法用 𩫔 亂髮 踘 蹴踘也 𨳊 開閧 椈 木名 踘 足也 淗 水文 趜 困人又巨竹切 。梏 手械紂所作也古沃切九 牿 牛馬牢也 䧊 鵠鳥名似鵠

𥞊 禾皮又地名 告 又音誥告上曰告發下曰誥 郜 國名又音誥 祰 說文云告祭也 𨸶 說文云大阜也 䶜 治象牙也 。輂 禹所乘直轅車說文曰大車駕馬也居玉切十二

絭 纕臂繩也又居願切 鋦 以鐵縛物 挶 持也 臼 斂手 梮 輿食器也 輂 說文曰直轅車轒縛也 𣌅 舉食者名 𣌅 靴暴子纏連者說文約也 拲 兩手共梏又已

奉切 絭 素屬 觷 曲角 ○覺 曉也大也明也寤也知也古岳切又古孝切十八 斠 平斗斛 角 芒也競也觸也說文曰獸角也又角抵戲漢武故事曰未央庭中設角抵戲角抵者六國時所

造也使角力相抵觸亦大角軍器徐廣車服儀制曰角前世書記所不載或云本出羌胡以驚中國之馬也又姓後漢有角善叔 桷 椽也 較 車箱又直也略也又古孝切 較 說文曰車輢上曲銅

也 觳 上同 鷽 馬腹下聲 珏 二玉相合爲一珏 觳 飾杖頭骨又胡歷切 榷 以木渡水今之略彴也 捔 掎捔 搉 揚搉大舉又音確 嚳 明也 梏 直也又古沃切 傕

後漢有李傕 䮳 馬白額 鱳 樂器 ○吉 吉利又姓出馮翊尹吉甫之後漢有漢中太守吉恪居質切八 趌 趌趨怒走也 狤 狂也 拮 拮据手病詩傳云拮据撠挶也又音結 趨

走意 郜 郜成山 洁 水名 詰 黑詰 ○暨 姓也吳尚書暨豔居乙切又泉既二音一 橘 果名周禮云橘踰淮而北爲枳居聿切八 蕎 草名 繘 汲綆又餘律切 趫 走意

趫 上同 醑 醬也 肸 姓也出韻譜 膥 月在乙也 ○孓 無左臂也九勿切又九月切十 孑 上同說文作此 緭 翟衣 厥 夏曰獯鬻殷曰鬼方周曰獫狁漢曰匈奴魏曰突厥出漢

書音義 屈 屈產地名出良馬亦姓楚有屈平又音詘 鶌 爾雅曰鶌鳩鶻鵃郭璞云似山鵲而小短尾青黑色多聲 趉 走皃 豩 豕豩土也 剧 剖剧曲刀 踊 律踊多力 ○

訖 止也居乙切五 吃 語難漢書曰司馬相如吃而善著書也 扢 摩也 暨 姓也吳有尚書暨豔 鮀 魚游 ○厥 其也亦短也說文曰發石也又姓京兆人也漢賜衡山王妾厥氏居

月切十九 氒 古文 蹶 失腳又走也速也嘉也說文僵也一曰跳也亦作蹷又音橛 蹶 說文上同 趣 跳趣 趣 上同 瘚 氣逆 劂 刻刀 蕨 蕨菜 蟨 獸名走之則顛蛩蛩前足

高不得食而善走蟨常爲蛩蛩取食蛩蛩負之而走也 蟩 蟩蛶蟲 橜 杙也又其月切 礹 發石 勞 強力 欮 發也 撅 撅撥物也 鱖 魚名 孓 短也 乚 說文曰鉤識也

从反亅象形 ○訐 面斥人以言論語注云訐謂攻發人陰私也居竭切又居列切六 趨 走皃 羯 犗羯 揭 揭起說文曰高舉也 撅 俗 鍻 金鍻 骨 說文曰肉之覈

也戶子曰徐偃王有筋無骨亦見史記又姓古忽切十六 縎 縎結 鶻 鶻鳩又揞猾二音 滑 滑稽謂俳諧也 驓 驓䮭獸出北海 啒 憂也 淈 說文濁也一曰泥又水出皃

汨汨没 愲心亂 菁不實草 膭膝病 膌上同 棤枸棤木也 藍刷也或從竹 扢摩也 奃出也 ○葛葛藟廣雅云苑童寄生葛也一名寓木又名寄屑亦姓

後漢有潁川太守葛興古達切十 篙篙簸桃枝竹名 獦獦狚獸也 割剝也害也斷也截也 駒焉走疾也 匄乞也亦作丐又音蓋 輵轇輵戟形也又轇輵驅馳皃 鄗鄉名在南陽

穞禾長也 灪水名又膠灪波勢也 ○括檢也結也至也古活切二十一 活水流聲又平括切 濄上同 髻結髻 檜木名柏葉松身又工外切 栝上同見書 聒聲擾 苦

說文曰苦蔞果蓏也 菰菰蘈同上 鴰鶬鴰韓詩云孔子渡江見之異衆莫能名孔子嘗聞河上人歌曰鴰兮鶬兮逆毛衰兮一身九尾長兮鶬鴰也 萿爾雅曰萿麋舌郭璞云今麋舌草春

生葉有似於舌 适疾也 銛說文曰斷也 佸會計曰佸 頢小頭皃 劊斷也 萿菝萿瑞草 䯏骨端 懖愚懖無知說文曰善自用之意也引商書曰今汝懖懖 聒

古文 筈箭筈受弦處 ○劀說文曰刮去惡創肉也周禮曰劀殺之齊古滑切 劀俗 [illegible]魚名 ○戛揩也常也禮也說文戟也古黠切十八 扴揩扴物也 圿垢圿

秸說文曰禾藁去其皮祭天以為席也 鴶鴶鵴鳲鳩 楔櫻桃又先結切 秸秸藁 骱骱䯀小骨 鞂草鞂 砎礣砎小石 忦恨也 戞戛戞鳥聲 契刮也利也

鶷鶷鸛鳥又音絜 袺執衽又音結 樺鼓也 磍轄磍搖目吐舌又感恕皃 頡漢書有䕺頡侯 ○刮刮削古頒切五 鴰鶬鴰鳥毛逆九尾又音括 劀利也又古滑切

祮禳祠名 趏走皃又枯鎋切 ○鶛鶛鶡鳥名似鶡古鎋切四 擖刮聲也又揵也架也折也 鬝禿皃 楔雜也 ○結締也古屑切十五 絜說文曰麻一耑也

潔清也經典用絜 鍥鐮別名也 鍥上同 桔桔梗 榤榤槔汲水具也 趨走皃 鶛鶛鶡鳥名鶛古轄切 桔詩傳云執衽曰桔 拮手口共有所作詩曰予手拮据

狤狤狤獸名 魝割治魚也 [illegible]頭傾皃 蛣蟷蛣蟲名 ○玦珮如環而有缺逐臣賜玦義取與之訣別也古穴切二十六 潏泉出皃又水名在京兆又音聿 䀗目患 譎

譎詐 訣訣別 觖環有舌也 觼上同出說文 鐍亦同又扃鐍出莊子 駃駃騠良馬生七日超母也 蒛蒛明菜花黃 芵上同 赽馬疾行也 鴂鶗鴂鳴鳥名關西

曰巧婦關東曰鶗鴂春分鳴則衆芳生秋分鳴則衆芳歇　鈌刺也又乙穴切　㚄獸名似狸　決流行也廬江有決水出大別山又斷也破也俗作决　觖觖望怨望也又羌瑞切　駃

爾雅馬回毛在背曰駃驥驥音光亦作闋廣　𣏓椀也又小盂也　疦說文瘍也　蚗蛁蚗蟪蛄蟲名　趹足疾　憰憰妄語也　襔衣袖　肤孔肤　抉縱弦彄也　○孑單也居列

切六　訏訏發人私　釨句孑戟也　趌趌趨跳皃　秸長禾　揭揭起　○蹶有所犯灾紀劣切又居月又居衞二切五　𧲜豕發土也　觼角觸　𧽶小跳　罬罟也又陟劣切

○腳釋名曰腳卻也以其坐時卻在後也居勺切五　脚俗　蹻走蹻蹻皃　卻節也又去約切　屩草履也　○玃大猨也說文曰大母猴也居縛切十一　貜上同說文曰貑貜也

趯大步　钁說文曰大鉏也方言云關東名曰鹵斫也　攫搏也　矍說文云隹欲逸走也从又持之矍矍也一曰視遽皃　𡚁健皃　彏弓弦急皃　躩盤辟皃　鸔

三首鳥　轛車輞　○各說文云異詞也古落切五　閣樓閣亦舉閣漢宮殿疏曰天祿閣騏驎閣蕭何造以藏祕書賢才也又姓急就章有閣并訢　格樹枝　胳胳腋　袼袼袩也又

袂也　○郭城郭也釋名曰郭廓也廓落在城外也世本曰鯀作郭亦姓出太原河南潁川東郡馮翊五望本自王季之後又云氏於居者城郭園池是也案說文作𩫏爲居𩫏作郭郭氏也古博切十　𩫏

𨞰並見上注　崞縣名在代州又山名　椁禮曰殷人棺椁又木名　槨上同　彍弓張說文曰弩滿也　彉上同　埻埻端國名又音蟈　𦗻耳𦗻　○戟說文作𢧢有枝兵也

釋名曰戟格也傍有枝格也典略曰昔周有雍狐之戟屈盧之矛狐父之戈几劇切八　撠持也　𦮷大戟藥名　犱犱獸　谻相踦　丮持也　㤩勞也又其戟切　𩭐鬚𩭐　○格式也

度也量也書傳云來也爾雅云至也亦格五博屬行箭但行梟以格殺漢吾丘壽王善之又姓東觀漢記有侍御史東平相格班古伯切十四　佫至也亦作假　茖山葱　骼骨骼　觡鹿角　鮥

鮥鯨魚名　鵅鵋鵙鳥名　挌擊也鬪也止也正也　㪾擊也鬪也亦作斱　蛒蟦蛒別名　䴡麪麥　敋擊也　鮥海魚似鯾肥美　鉻陳公鉤也　○虢國名周封虢仲於西虢秦屬三

川郡義寧元年爲鳳林郡武德初爲鼎州又爲虢州亦姓左傳晉大夫虢射也古伯切五　𢽤手打之類　漷水裂　䛨讗讗多言皃　唬鳥啼　○蟈螻蟈蛙別名古獲切十六　馘截耳

十一

又獲也或作馘 聝上同 幗婦人喪冠 膕曲脚中也 䐸上同 埻埻端國名出山海經 摑打也亦作敋 漍水 擓擬擓 䃁䃁破 慖悖也 嘓口嘓嘓煩也 颾颾颾赤氣

熱風之怪 讗讗嘐疾言 䘍䘍犬血 ○隔塞也古核切十六 膈胷膈 搹扼也出儀禮 鬲縣名在太原又鬲津九河名又姓殷末賢人膠鬲之後又音歷鼎屬也 槅車槅

革改也獸皮也兵革也亦姓漢功臣表有煮棗侯革朱 篇篇子竹障出通俗文 愅智也 諽謹也 䩐轡首 䖇虎聲 䨣雨也 䁹䁹瞶 䩯翅也 䰙魚也 嗝雉鳴

○激疾波又姓淮南王傳有激章古歷切九 擊打也 墼土墼 轚車舟 獥狼子也 敫歌也 薂草名 竅揚皃 鷔鳥名似烏 ○郹邑名在蔡古闃切七 狊說文云犬

視皃亦獸名猨 鶪伯勞 湨水名在温縣 鼳爾雅曰鼳鼠身長須秦人謂之小驢郭璞云似鼠而馬蹄一歲千斤為物殘賊 犑爾雅云犑牛 㑛㑛黠 ○殛誅也紀力切十一

㥛急性相背說文曰疾也一曰謹重皃 襋衣領 棘小棗亦越戟名又箴也羸瘠也又姓文士傳曰棘祗本姓棘其先避難改為棘氏衛大夫棘子成之後也 亟急也疾也趣也又音氣

𤩍埤蒼云垂𤩍地名出美玉案左傳只作棘 悈急也又音戒 䞳去也 蕀遠志別名 茍說文曰自急敕也 𧦝訥 ○國邦國又姓太公之後左傳齊有國氏代為上卿古或切七

祴釋典有衣祴古得切三 𣚰𣚰耨草生 𡡾婐身皃出玉篇 ○急急疾說文作𢘓褊也居立切十七 彶彶引也又縣名在衛州又姓漢有中尉彶黯河東人 給供給又姓出姓苑 伋

孔伋字子思 級等級說文云絲次序也亦階級禮曰拾級聚足俗作伋 芨烏頭別名 蒛上同 疲病也 彶彶遽也 皀穀香 鵖鵖鴔鳥名 ○閤爾雅曰小閨謂之閤

古沓切十九 鴿鳥名 合合集又音洽 敆合會也 鉿二尺鋌 鮯魚名六足鳥尾出山海經 蛤蚌蛤 郃水名又縣名又音洽 浩浩亹地名亹音閤 匌周帀也

頜頜頜頤傍 佮併佮聚 㞹閤戶曰㞹 𣬉毷𣬉目睫長 柗劒柗又巨業切 帢以席載穀 韐防捍 鞈鞈韐大帶 袷袷口亦同上 ○頡頡車領骨古盍切八 諡多言

又音盍 嗑上同 蓋姓也漢有蓋寬饒字書作𨝱 闔閉門 鉀鉀鑪 蠤蠤蠟 𨝱地名 ○磕石聲居盍切二 鷱鳥名 ○緁縫也居輒切二 鶪鳥名 ○頰面頰也古

協切九蠟籀文鋏長鋏劒名筴箸筴又古洽切梜上同見禮莢莢又姓出平陽出本有晉大夫莢成僖子也蛺蛺蝶也亦作詼唊唊唊多言秧秧梼音斛○夾持也古洽切十五

郟郟鄏地名也又郟城縣在汝州又姓左傳鄭大夫郟張筴箸也鋏箭具又音頰韐韎韐韋蔽膝袷上同跲躓礙袷複衣說文曰衣無絮也裌上同晗眼細暗

餄餄餅瘞瘞啼足病鹹噍聲也又苦洽切鵊鳥名鞅履根韐又公合切○甲甲兵又狎也鎧也亦甲子爾雅曰太歲在甲曰閼逢又姓左傳鄭大夫甲石甫古狎切十胛背胛梜

木理押押籬亂壓也砷山側鉀鎧屬今單作甲玾玉名迎漢書人名㕁㕁廦鞈鞈靿胡履○劫強取也說文曰人欲去以力脅止曰劫或曰以力止去曰劫俗作刼居怯切九

衱衣領袷上同蛪南越志云石蛪生石上形如龜腳得春雨則生也跲躓也又巨業切鉣帶鐵砝硬石也紬紬纈縫也勬視兒

七○溪苦奚切八谿爾雅曰水注川曰谿嵠磎並上同鸂鸂鶒水鳥蹊爾雅云杭蹊梅子如小柰也蟋土螽似蝗貕豕○穹高也去宮切七悹憂也

焪乾也芎芎藭香草根曰芎藭苗曰蘼蕪似蛇牀营上同穹譟藭之兒銎銎籠也又去龍切○空空虛書曰伯禹作司空又漢複姓有空桐空相二氏苦紅

切十箜箜篌樂器釋名云師延所作靡靡之音出桑間濮上續漢書云靈帝胡服作箜篌也崆崆峒涳器物朴也矼碙又丘江切硿硿青色也稑稈信也

四

愨也埪土埪鼋也倥倥侗涳涳濛小雨又口江切鵼怪鳥出字統䓯䓯心草也悾衣袂也䗦蟬脱蛀皮銎斤斧受柄處也曲恭切又許容切二螢

籠蠥○腔羊腔也苦江切十二㗇上同羫古文控打也又苦貢切椌椌揭悾信也愨也又音空跫蹋地聲涳直流崆崆峴山兒髈髈髖尻骨

痓喉中病瓶瓶甑也○虧缺也俗作虧去爲切一○闚小視去隨切二窺上同○攲不正也去奇切十一觭角一俯一仰也踦腳跛又居綺切倚

死也說文棄也俗語謂死曰大徛崎崎嶇騎一隻碕石橋猗虎牙㥦㥦倚儉急蛣長腳鼅鼄敧宗廟宥座之器說文又居宜切持去也○崎小山而衆

丘追切又丘誄切二 䶑 龍古大者曰䶑 ○欺 詐也去其切十一 娸 姓一曰醜也 䫏 大頭 䫋 方相說文曰醜也今逐疫有䫋頭 䫑 上同 魌 亦同 僛 醉舞皃 鶀

頡鶀鶮鶀鳥亦作鵙 鵸 廣雅云多 䳢 齹也 袪 把也又丘之切 ○抾 挹也丘之切一 ○䶑 馬蓼似蓼而大也丘韋切又丘追丘誄二切二 𩓸 視也 ○虛 說文曰大丘也去魚切

又許魚切十二 墟 上同 笑 飯器 袪 袖也舉也 阹 依山谷為牛馬之圈 椐 木名又音居 胠 腋下又胠篋莊子篇名 魼 比目魚又他合切 嘘 嘘崎山路 攎 擊也 祛

板置驢上負物 筁 草器 ○區 具區吳藪名又禮曰草木茂區萌達注云屈生曰區亦姓後漢末有長沙區景豈俱切八 鰸 魚名出遼東似蝦無足 驅 驅馳也 毆 古文

嶇 崎嶇 軀 身也 摳 褰裳又苦侯切 𨹔 𨹔隅不安皃 ○枯 枯朽也苦胡切十一 刳 剖破又判也屠也 挎 揚也 郀 地名 軲 車也又山名亦姓出字統

殆 殆瘁說文枯也 跍 跍蹲皃 挎 空也坼也 𣧛 又注乎切 桍 木四布也 鮬 魚名 ○睽 異也乖也外也說文云目少睛苦圭切十五 奎 星名 湀 泉水通川又古比切

刲 割刺又作刲 刲 上同 茥 缺盆草 骺 肩骨 聧 說文云耳不相聽方言云聾之甚者秦晉之間謂之聧 鮭 漢複姓漢有博士鮭陽鴻 畫 䖒也 蝰 蝙也 䖑 中鉤

楏 欀也 瓠 瓠瓢亦作瓠 觟 說文曰盾握也 ○咼 口戾也苦緺切六 喎 上同 絓 惡絲 菲 菲雜斜絕 葵 斜 闚 斜開門國語云闚門而與之言又王詭切 滙 澤名

苦淮切又胡罪切三 擓 揩摩 㔞 劾勳人有力也 ○揩 揩摩拭口皆切四 䋦 大絲 偕 俳偕行惡 粡 米之別名 ○恢 大也苦回切八 詼 詼調 悝 病也憂也一曰

悲也亦大也又音里 魁 魁師一曰北斗星 䉅 箭竹 䫌 多也 顝 大頭 盔 盔器盂盛者也 ○開 開解亦州名本漢朐䏰縣地蜀置漢豐縣後魏置開州領東關東岡二郡又

姓呂氏春秋云開方衛公說文作閞經典亦作闓苦哀切五 豥 豥豛 侅 奇侅非常又古哀切 奒 大皃 䫱 多也 ○攑 舉也丘言切二 騫 走皃又虛言切 ○坤 乾坤

苦昆切七 巛 古文 髠 去髮 顐 頤顐 髖 髀也 𩪹 上同 狠 齧也 ○看 視也苦寒切七 𢿢 古文 栞 槎木也 栞 上同 靬 干弓衣 䵍 竪也又口間口耕二切

刊削也剟也○馯姓也漢書有江東馯臂字子弓傳易丘姦切一○豻胡地野犬似狐而小黑喙可顏切又我悍俄寒二切二 鬜鬢秃皃○慳悋也苦閑切八 覵人名

出孟子齊景公勇臣成覵說文曰很視也○顅頭鬢少皃○掔爾雅云固也莊子注牢也○鬜鬢秃皃又苦八切○羥羊名○㲏堅也又口耕切○鏗堅破聲○權跪頭切一○牽

引也挽也連也亦姓晉有牽秀何氏姓苑云武邑人苦堅切九○縴縴縹惡絮○邢地名在河內○汧水名在安定說文曰水出扶風西北入渭爾雅云汧出不流又苦薦切○蚈螢火又古奚切

麉鹿之絕有力者亦作麉○掔固也厚也持也又音慳○岍山名在京兆書曰導岍及岐○雃說文曰石鳥一名雝鶏一曰精列又秦公子名士鴈○愆過也去乾切十○辛古文

諐籀文○僁俗○褰褰衣○騫騫少一曰馬腹縶亦姓風俗通云閔子騫之後吐谷渾視熊博士金城騫包○攐齊魯言袴又已偃切○𧽊蹇跟足也○攓縮也○嗟

方言曰嗟嗟歎皃○弮古縣名在滎陽丘圓切五○𢍰小幘○棬器似升屈木作○鬈髮好皃○鄻鄉名在聞喜○鄡鄡陽縣名在鄱陽又姓出何氏姓苑苦幺切五○郻縣名

在鉅鹿郡○鼔玉篇云擊也○墽地名說文磽也○寫寫寥空也○蹻舉足高去遙切又其略切六○繑說文云絝紐也○趬行輕皃○蹺揭足○顤額大皃又火幺切○奃長大皃又

火條切○趫善走又緣木也起嚻切又巨嬌切四○憍紆也○橇蹻橇行又禹所乘也○轎上同○敲擊頭也口交切十一○跤脛骨近足細處○骹上同○膠面不平也○㤥恐悴

伏態皃○磽石地○砓砓礉戍名今濟州是也出音譜○礉上同○鄗邑名又杜預云山名在滎陽縣西北又音郝○墝墝埆墝土○頝頝顱頭不媚也○尻說文脽也苦刀切二○諕

戲言○珂馬腦苦何切四○呿開口聲○𩨷膝骨○軻又苦賀切○科程也條也本也品也又科斷也苦禾切又苦臥切十四○窠窠窟又巢○薖草名又寬大皃○稞

青稞麥名○萪萪生海邊葉肕可爲篋也○蝌蝌蚪蟲名爾雅曰科斗活東蝦蟆子也字林從虫○牠牛無角也○犐上同○課課差又苦臥切○簻簻軸又陟瓜切○䈖竹名

痾秃瘡又古禾切○髁膝骨說文口臥切髀骨也○過美也○䯞手足疾皃去靴切二○骩上同○佉丘伽切四○呿張口皃○𣢐欠去○佢䬴恒○誇大言也苦瓜切八

骻骻骴體柔也爾雅作夸毗夸奢也姱姱奢皃跨吴人云坐胯兩股間也伭伭邪離絶之皃髂額上骨也○齣大齧也苦加切三㤉恐㤉伏態之皃恐苦交切

𡝐𡝐𡝐女作姿態○傢乞加切一○羌章也強也發語端也說文云西戎牧羊人字从人羊又姓晉有石冰將羌迪去羊切四猐上同或從犬𦍲古文蜣蜣蜋○匡輔助也正

也又姓風俗通云匡魯邑也句須爲之宰其後氏焉漢有匡衡去王切十三邼邑名說文曰河東聞喜鄉也筐筐籠[虫匡]海中大蝦框門框恇怯也劻劻勷[髟匡][髟匡]鬤洭水名

出桂陽含洭縣軭車戾眶目眶[艹匡]草名[馬匡]耳曲○康和也樂也又姓衞康叔之後亦西胡姓苦岡切十四穅穀皮糠俗𣢼穀不升謂之𣢼㝩㝩康宦良槺槺梁

虛梁也見文選賦[阝康]爾雅云虛也本亦作漮[虫康][虫康]蚜蜻蛉䁍眏䁍目皃邟邟城在陽翟漮說文云水虛也[瓦康]瓦也[瓦康]上同躿躿躴身長○[骨光][骨光]髍苦光切一

○阬爾雅曰虛也郭璞云阬壍也客庚切六坑上同硎亦同䁘䁘矘視不分明砊砊硠石聲劥劥勍有力○卿說文章也六卿春秋漢含孳曰三公象五岳九卿法河海

三公法三台九卿法北斗釋名曰漢置十二卿正卿九太常光祿衞尉太僕廷尉鴻臚宗正司農少府又姓風俗通云趙相虞卿之後去京切一○鏗鏗鏘金石聲也口莖切十五銵上同[殸車]車[illegible]

又車堅牢鵛鶄渠鳥名誙莊子曰誙誙如也牼牛膝骨又人名宋有司馬牼[山巠]或作硎谷名在驪山昔秦密種瓜處硻說文云餘堅也殸敵也[扌殸]琴聲輷車聲硜硜硜

小人皃摼撞也[开欠][开欠]欣羥羊名○輕輕重去盈切三[巠足]一足跳行[巠金]說文曰金聲也○傾側也伏也敧也去營切二頃西頃地名出地理志說文曰頭不正也又去潁切

○硱硱磳石皃綺兢切又苦本切一○恘戾也去秋切三惆上同[皀殳][皀殳]屈○丘聚也空也大也又丘陵爾雅非人爲之曰丘郭璞云地自然生說文作丠亦姓出吴興河南二望風俗通

曰魯左丘明之後又云齊太公封於營丘支孫以地爲氏代居扶風漢末丘俊持節江淮屬王莽篡位遂留江左居吴興也又漢複姓四十四氏左傳齊有耤丘子鉏梁丘據閭丘嬰莒有著丘公渠丘公後

並因邑爲氏晉有虞丘書爲乘馬御祖氏家記有太中大夫東安於丘淵史記有狐丘子林楚有莌丘先生齊桓公至麥丘麥丘人年八十三祝桓公封於麥丘其後氏焉孟子齊有曼丘不擇又有咸丘

蒙隱居列仙傳有浮丘公梁州刺史莊丘黑魯莊公庶子食采於瑕丘其後氏焉齊有勇士菑丘訢神
仙傳漢有穋丘子又有廪丘充隱居齊魯之閒楚有列威將軍何丘寄楚文王庶子食采於軒丘其
後爲氏周宣王支庶食采於謝丘其後爲氏漢有趙人吾丘壽王又有曹丘先生侍御史余丘炳鉅鹿
太守壯丘勝以勇力聞安丘望之注老子列仙傳有高邑人商丘子胥藝文志有桑丘公漢有吳人龍
丘萇隱居不屈齊北蛇丘惑爲河內太守魏有幽豫二州刺史毋丘儉吳有平原陶丘洪晉有雍丘洛
以武力聞何氏姓苑云漢有司隸校尉水丘岑古有蔡丘欣喪馬淮陽東海北丘氏又有羌丘常丘
嶠丘獻丘陽丘逢丘厚丘泥丘等氏又虜複姓二氏後魏獻帝次弟丘敦氏後改爲丘氏丘林氏後改爲林氏去鳩切六 㐀古文 蓲烏蓲草名 蚯蚯蚓蟲名禮記孟夏月蚯蚓出 邱地名 ⿺尢言
追也 ○彄弓彄恪侯切八 摳摳衣挈衣也 剾剜裏也又乙侯切 韝射韝臂捍也又古侯切 怐怐指 滱水名在北地又音寇 夠多也 瞘目深瞘瞜 ○欽敬也又姓
何氏姓苑云吳人也去金切五 菳草名似蒿 衾被也 嶔嶔崟 顉曲頤又五感切 ○龕塔也亦曰龍皃又云塔下室口含切十 戡殺也剌也 顩醜皃 堪任也勝也
克也說文曰地突也又姓風俗通云八元仲堪之後 戡勝也克也 ⿸厤甘和也又紅談古三二切 嵁嵁嵃又五男切 ⿰土瓦瓦器 撖拄也 鈘敲多也 ○坩坩甒苦甘切一 ○⿰忄咸
⿰忄咸悋意不安也丘廉切二 鈐鈐曲頭鑿 ○謙敬也讓也苦兼切二 ⿱咸糸堅持意又呼廉切 ○鵮鳥鵮物苦咸切五 ⿰飠攵同上 嵁嵁巖不平正皃 ⿸厂僉山崖空穴閒皃
⿰兼咸⿰兼咸顲長面 ○嵌巖山也口銜切一 ○鈘鈘歁不齊丘巖切又丘广切二 ⿸厂僉山側空㕡也 ○孔孔穴也又空也甚也亦姓殷湯之後本自帝嚳次妃簡狄吞乙卯生契賜姓
子氏至成湯以其祖吞乙卯而生故名履字天乙後代以子加乙始爲孔氏至宋孔父嘉遭華父督之難其子奔魯故孔子生於魯康董切二 倥倥偬事多 ○恐懼也丘隴切又丘用切三
忎古文 慈蘭蕩也 ○跪拜也去委切又渠委切二 ⿰尢危刖一足 ○綺文繒又姓漢四皓有綺里季墟彼切七 婍好皃 碕碕礒石皃又起宜巨支二切
⿺走支行皃 ○⿰忄奇憾倚又去奇切儉意也 觭牛角又丘奇切 ⿸疒奇痤也瘦也又於蟹切 ○跬舉一足丘弭切四 ⿺走圭同上 頍舉頭皃又弁皃 ⿰足奎蹞踽開足之皃 ○企

企望也丘弭切又去智切二 跂蹑跂山海經云有跂踵國人行腳跟不著地如人之跂足也又去智巨支二切 ○巋巋然高峻皃又小山而衆曰巋丘軌切二 蘬龍古大者曰蘬

○起興也作也立也發也又姓出何氏姓苑墟里切六 邔縣名在南郡又渠記切 杞木名又苟杞春名天精子夏名苟杞葉秋名卻老枝冬名地骨根又國名夏之後也亦姓杞梁

是也 屺山無草木 玘佩玉 芑白粱粟也 ○豈安也焉也曾也祛狶切二 豈菜似蕨生水中 ○去除也說文从大口也羌舉切又丘據切五 麩麥粥汁 弃

藏也又音茝 蚨蚑 綻繼入也又音踈 ○齲齒病後漢梁冀妻能爲愁眉啼粧齲齒笑折腰步驅雨切三 踽踽又獨行皃 竘巧也又音口 ○苦麤也勤也患也說文曰大

苦芩也康杜切二 筈竹名 ○啓開也發也別也刻也說文教也俗作啓康禮切十二 棨兵欄說文曰傳信也 綮戟支一曰戟衣 卟問卜也又工兮切 䭫首至地也

稽上同又古兮切 啓說文云雨而晝姓也又姓後燕有將軍啓倫或作啓 闙埋蒼與啓亦同 启說文開也 肻肥腸又口系切 㒃開衣領也 軫至也礙也 ○芋戾也

苦蟹切三 毄意難 䐤瘦皃 ○楷模也式也法也說文曰木也孔子冢蓋樹之者又姓苦駭切四 𠝹劉𠝹 𥐯鑼𥐯 鍇鐵好 ○䫥大頭說文曰頭不正也口猥切五 𩔇

𩔇𩔇多皃 傀俗作傀儡字也 顝首大骨又口瓦切三 磈磈礧石也 ○愷樂也康也左氏傳云八愷苦亥切九 凱上同 颽南風亦作凱 塏爽塏高地爽明塏燥也

暟美 鎧甲之別名 闓開也亦音開 䐩肉美 輆輆軻不平 ○麇束縛丘尹切一 ○螼蚯蚓也爾雅曰螼蚓豎蠶弃忍切三 𤿍皮厚皃 趣行皃

又去刃切 ○𧼯走皃丘粉切二 麇左傳云無勇麇之束縛也 ○赾跛行皃丘謹切一 ○言言言脣急皃去偃切一 ○䅚相近皃去阮切六 綣繾綣謹慎

虇蘆筍 裷幟也 𥻿粉也 𪏯黏𪏯 ○閫閫門限也苦本切十 壼居也廣也又宮中道 𡚇篆文 稛成熟又縛衣也 裍成就 悃至誠 𩑔禿頭

又口沒切 梱橛弋門橛 齫齫齦齒起皃 硱硍硱石落皃 ○墾力也耕也治也康很切四 懇懇惻至誠也又信也 齦齧也 豤豕食皃 ○侃強直也又侃侃

和樂皃空旱切二　衎信言又苦汗切　○款誠也叩也至也重也愛也苦管切八　款同上　欵俗　窾空也　鍁鍁鏠　梡虞俎名形有足如案　棵斷木也　鱇魚名
○齦齦齒聲起限切一　○犬狗有懸蹏者曰犬廣雅云殿虞晉獒楚獚韓獹宋猔並良犬苦泫切一　○壂不動牽繭切四　豤齧也　𪏭穄別名也　蜸蜸蚕蚯蚓
○遣送也縱也去演切八　繾繾綣不相離皃又黏也　饋乾麪餅也　䈼䈼䉾戶籍　掔牛很不從引也　𡋯小塊說文作𡋯　䛄見上注　𩞁黏也　○磽
山田亦作磽苦皎切二　磽同上　○巧好也能也善也苦絞切又巧僞苦教切二　𪀔𪀔婦鳥案爾雅注云鷦鷯桃雀也俗呼爲巧婦字俗從鳥　考校也成也引也亦瑕釁淮南子云夏
后氏之璜不能無考是也又姓出何氏姓苑苦浩切十　攷古文　栲木名山樗也　槁木枯也說文作槀　祰禱也說文曰告祭也　洘水乾　熇火乾　丂氣欲舒皃
𩓥𩓥領大頭　薧乾魚周禮曰辨魚物爲鱻薧注云薧乾也亦作槁又薧里字音蒿　○可許可也又虜複姓三氏周太保王雄賜姓可頻氏梁有河南王可沓振又有可達氏又虜三字姓
三氏後魏書可地延氏改爲延氏又并州刺史男可朱渾買奴前燕慕容儁皇后可足渾氏枯我切四　岢岢嵐鎮在嵐州　軻轗軻又音珂　坷坎坷　○顆小頭苦果切三　堁
堀堁塵　敤研理又音課　○跒跒跒行皃苦下切一　○髁䯊骨苦瓦切七　跨䯊跨又苦化切　骻上同　㡁㡁衿袍也　銙帶飾　𢅋帛衣　𡗿跨步又口化切
○慊慊慨竭誠也苦朗切七　忼上同　嵻嵻㟟山空　骯骯髒體盤　䡉車䡉之名　𡩖㝩㝩空虛　懭大也又丘廣切說文又口謗切　○懭大也寬也怨也
丘晃切三　䡉䡉䡉輔也　爌爌朗寬明也又火光　○䀮䀮然舉目也苦礦切又音句一　○頃田百畝也去潁切六　𩑤古文　擳音也　檾枲草　苘　𦽌並上同
○謦謦欬也去挺切一　○褧褧衣說文䌹也口迥切六　檾枲屬　苘上同　烓行竈又烏圭切　顈禪也　絅衣　○肯可也說文作肎骨閒肉肎肎著也一
日骨無肉苦等切二　肎上同　○糗乾飯屑也孟子曰舜糗飯茹草又姓風俗通漢有糗宗爲嬴長去久切一　○口說文曰人所以言食也亦姓今同州有之苦后切九　扣扣擊也亦

作叩𤙖牿𤙖𤘽同上鉫金飾叩叩頭訂先相訂可卭郷名竘健也又驅甫切〇坅坎也丘甚切一〇坎險也陷也又小罍也形似壺苦感切十歁食未飽也

惂憂困也又恨也輡輡轗車行不平錎字書云瑣連環也轗轗軻多迍埳埳陷顑顑頷瘦也竷舞曲名臽小穽名也〇厰厰嶮側穴口敢切二

𧆂虩屬〇顩顩頷不平上撿切二嵰山高〇脥腹下謙珍切一〇嗛猿藏食處苦蕈切四歉食不飽又苦減切慊慊恨膁脅左右虛肉處〇欿欠崖

丘广切三頤頤醜笑小竹〇㞀牖也一曰小戶苦減切七㦗㦗意不安也歉食不飽撖撖危䫡靣長槏不安槏牖傍柱也〇顩長面皃丘

檻切又五減切一〇凵張口皃丘犯切二扣以手扣物〇控引也告也苦貢切六倥倥偬困皃悾誠心又苦紅切鞚馬鞚空空缺又苦紅切腔穿垣出文字集略

〇焪火乾物也去仲切三誇誇多言也又詢問也䡖使役也亦作倥〇恐疑也區用切三忑古文慈蘭蕩〇企望也去智切六跂頸也跂垂足坐又舉足望也迲

避蟲也蚑蟲行吱行喘息皃〇觖望也窺瑞切又音決一〇踦跛也卿義切二掎跛也說文曰偏引也又居綺切〇喟大息也丘愧切又苦拜切九嘳同上樻樻梧木腫

節可爲杖髖膝加地也鬢髻屈髮也腃筋節急也襀細也俗又作𧞤尯尯也𡎊地名在洛陽〇棄說文捐也詰利切五弃古文鞊鞊多㞜身欹坐一曰尻

蟿蟿螽蟲名〇器器皿史記曰舜作什器於壽丘又姓出姓苑去冀切一〇亟數也遽也去吏切又紀力切三唭唭疑無聞見也監鑑居獸名似蝟而赤尾〇𥻃細米

丘畏切三襀襀細䙡俗〇氣氣息也去既切說文本音欷五炁同上出道書气与人物也說文曰雲气也今作乞又去訖切䔄姓也出纂文盬盬居獸似蝟毛赤也

〇𣢏欠劫丘倨切四去離也又卻呂切麮麥汁呿卧聲鼁鼁鼀似蝦蟆居陸地胠脅也又去魚切㞗閉也又口荅切𦰡草名鴍鳥名〇驅區遇切又羌愚切二

犚牛名〇絝說文曰脛衣也苦故切七袴同上庫貯物舍也又姓風俗通云古守庫大夫之後以官爲氏後漢輔義侯庫鈞亦虜複姓二氏周有少師庫狄峙又有庫門氏亦

虜三字姓前燕錄有岷山桓公庫傉官泥胯股也韓信出於胯下䤻醋䤻苦困也今之苦辛是跨踞也○契契約苦計切又苦結切十挈刻也罊說文云器中盡

膌字林云腨腸蠜蠜螽蟿蚸艓舟名䫔劇也又怖也⿱毄女難也⿰契頁恐也⿱肎目省視○憩息也去例切五⿸厂既同上藒藒車草揭褰衣渡水由膝巳下曰揭

甈爾雅康瓠謂之甈郭璞云壺也賈誼曰寶康瓠是瓠也○⿰犬卷⿰犬卷𥠭短皃丘吠切一○⿰禾會麤糠苦會切一○磕砐磕石聲苦蓋切九鶡鶡鴡鳥又音渴轄車聲愒

貪也公羊傳云不及時而葬曰愒愒急也溘船著沙也⿰礻吉矛屬⿱士夫擊也⿰壴攴伐也擊也⿰吉阝地名或作鄯○⿱毄女難也苦賣切又音契二⿰丳阝鄉名○蒯茅類又姓出襄陽漢

有蒯通或作蒯苦怪切九喟歎也又丘愧切嬇女字⿰朩又太息⿰侖攵箭竹名也簣籠也嘳譏他人也蕢杜蕢蕢尚並見禮記墤俗云土塊本音隤○烗熾也盛也苦戒

切四⿰火戒同上劾勤力作也揩鼓名又客皆切○快稱心也喜也可也又姓漢有快欽苦夬切五噲咽也又人名漢有樊噲又姓孝子傳有噲參鵠銜珠與之⿰禾會麤穅駃

駃馬日行千里璯姓也晉有錢璯○塊土塊苦對切三凷上同說文曰墣也禮曰寢苦而枕凷堁塵起又於卧切○慨慷慨苦蓋切六愾大息欬欬嗽鎧甲也管子曰葛盧之

山發而出黃金蚩尤制以爲鎧也闓開也又音開嘅嘅歎○菣香蒿可煑食去刃切又苦見切三⿺走臤行皃臤堅也○螼螼蚓一名蜸蚕蚯蚓也羌印切蜸苦典切一○困亂也逃也病之

甚也悴也極也苦悶切四朱古文涃水名顐耳門又苦根切○侃正也苦旰切又苦旱切六偘上同靬乾革看又苦干切衎樂也鳱鳱鴠鳥名○⿰金款燒鐵炙也口喚切二⿰魚款

魚擅罟聲○俔譬也譬言也苦甸切八牽牽挽也又苦堅切菣爾雅曰蒿菣又去刃切蜆爾雅曰蜆縊女郭璞曰小黑蟲赤頭喜自經故曰縊女又音睍⿰木牽橫⿰木牽木涀水名汧泉出

不流緊綮也又口典切○譴問也責也怒也讓也亦姓去戰切五遣人臣賜車馬曰遣車又去𨙨切⿰車遣鞶帶晵雨而晝止繾又去演切○⿰祟巴祭祀區去倦切三⿱龹食臂繩⿰足巽罥網

○竅穴也苦弔切二⿱敫手旁擊亦作撽○趬行輕皃丘召切五⿰喬亢⿰喬亢⿰喬亢不安⿸广喬玉篇云高屋譑譑弄⿰堯高高⿰堯高○敲擊也苦敎切又苦交切三礉礉磽又口交切

巧巧僞山海經曰義均始爲巧倕作百巧也又苦絞切○鎬餉軍苦到切五犒同上槀槀飫書篇名靠相違也顱顱顟大頭○坷坎坷不平也口箇切四軻轗軻不遇

也孟子居貧轗軻故名軻字子居又苦哥切蚵爾雅蛃蚵蠱一名蚪又胡哥切艘船著沙不行也○課稅也試也第也苦卧切七敤研治髁髀骨也堁堀堁塵起皃

㞀同上瘬秃瘬科滋生也又音窠○髂要骨枯駕切六骻同上痾小兒𤸫謑謑詬巧言才也歌大笑𡋭歎聲○跨越也又兩股間苦化切三胯兩股間也干

一步也又口瓦切○咣咣喨小兒啼也丘亮切三眖瞭眖目病㩟陳恒子名○抗以手抗舉也縣也振也苦浪切十二閌閌閬門高炕火炕犺犺不順伉伉儷敵也又姓

漢有伉喜爲漢中大夫出風俗通亢高也旱也亦姓出姓苑蚢蟲名爾雅云蚢蕭繭砊砊磤石聲邟邑名黋黃色阬門也又口庚切頏頏咽○曠空明也遠也大也久

也又姓苦謗切五爌同上矌目無眸也壙墓穴纊絮也又細緜也禹貢厥篚纖纊又作絖○慶賀也福也亦州名周之先不窋之所居春秋爲義渠戎國城本漢郁郅

縣魏文置朔州隋爲慶州州立嘉名也亦姓左傳齊大夫慶封又漢複姓有慶師慶忌慶父三氏出姓苑丘敬切一○輕墟正切又去盈切一○罄盡也說文曰器中空也苦定切七窒說文空也

磬磬石樂器周禮曰磬人爲磬殸籀文麖爾雅云鹿絕有力又堅牽二音䟫䟫定行鏧金聲○𪖐𪖐鼻仰鼻丘救切一○寇鈔也暴也又姓出馮翊河南二望陳留風俗傳

云浚儀有寇氏黃帝之後風俗通云蘇忿生爲武王司寇後以官爲氏苦候切十滱水名在代郡怐怐愗愚皃扣扣擊鷇鳥子亦作𪇾生而須哺曰鷇自食曰鶵㲉㲉瞀無暇

㱿說文曰未燒瓦器也簆織具瞀瞀瞀詬詬罵又巧言○𨇧𨇧蹌行皃丘謬切一○勘校也苦紺切七𧖺凝血䘓同上𪉟鹹味轗轗軻坎壈也戡擊也

磡巖崖之下○闞魯邑亦視也又姓左傳齊大夫闞止苦濫切五瞰視也矙日出皃嚂可也又工覽切鹼味苦○傔傔從苦念切一○㲈匡下也丘䤈切二䃔似瓶有耳○

欿欿㰝口陷切又口感切二顑顑顲面長皃又公陷切○欠欠伸說文曰張口气悟也今借爲欠少字去劒切二俽俗○哭哀聲空谷切八嗀瓦朱燒𣪌卵也麧餅麴嚳大皋

䋲枲未績者 𣪊土擊 穀麻穀 ○麴麴蘖又姓出西平漢有麴演驅匊切五 䊯上同說文曰酒母也 鞠上同 鞠姓也又居六切 𦂺曲脊又渠六切 ○酷虐也說文曰酒
味厚也苦沃切六 焅熱氣 秙禾熟 嚳帝嚳高辛氏也說文曰急告之甚也 硞磙硞石狀 嶨山皃 ○曲委曲說文作𠚕象器曲受物之形又姓晉穆侯子成師封於曲沃後氏焉漢有代郡太
守曲謙上 鰅魚名 茴䔞薄漢書周勃織薄茴爲生亦作笛 匡匩匣 ○殸皮甲又說文曰从上擊下也一曰素也苦角切十九 敲敲打頭 慤謹也善也愿也誠也 搉擊也又音
角 確靳固也或作碻 碻上同 皵麌皵皮乾 鷇鳥卵 㲉盛脂器也 燩廣雅云火乾物 嶨爾雅云山多大石嶨 礐上同 塙高也 㱿上同 㪾至也高也 硞
固也 肎說文曰幬帳之象隸省作肯 埆墝埆不平 圎鞕聲 ○詰問也責讓也去吉切四 蛣蛣蟯蜋又蛣蝠蝎也 䮗馬色 趌趌趨怒走也又音吉 ○屈拗曲亦姓又虜
複姓屈突氏又羌複姓有屈男氏區勿切三 詘辭塞 蝠蛣蝠蟲 ○乞求也說文本作气音氣今作乞取之乞又虜複姓晉有乞伏國仁太元十年稱秦王於金城去訖切三 芞又許訖切
契契丹夷名出字林 ○闕門觀也廣雅曰象魏闕也釋名曰闕在門兩旁中央闕然爲道也又失也過不供也又姓出下邳漢有荊州刺史闕翊去月切三 㵐水名在義陽 䋚
䋚狄衣周禮作闕禮記作屈 ○窟窟突苦骨切十五 䯊大頭皃 泏淈泏 頢皃 矻用心矻矻 堀宋玉云堀堁揚塵又音掘 窡說文曰因突出也本胡八切 揔擊也 圣汝穎
間謂致力於地曰圣 𣪠殷𣪠不穩 𡎺土塞 䯚力作 崛嶇坑禿山皃 䁊目突 䐈腊臀俗又作𦠺 ○渴飢渴又虜複姓二氏後魏書渴侯氏後改爲緱氏渴單氏後改爲單氏亦虜三字
姓後魏書北方渴獨渾氏後改爲朱氏苦曷切八 𣢑古文 𤸷內熱病也 鶡鶡鳴 嵑嵑𡾊山皃 磕石聲 䯦肩髆 稭禾長也 ○闊廣也遠也疏也苦括切六 蛞
蝦蟆子名 筈箭筈又音括 适疾也又音括 跍就跍 䏭瓜䏭 ○𠢑勁也恪八切十二 擖說文刮也一曰撻也 劼用力又固也慎也勤也 髺禿髺也 鬠上同
扴巧判 剖剝剖 硈石狀說文堅也一曰突也 菰菝菰草 鴶鈌鴶短人 咭鼠鳴 敁擊也 ○勓力作也口滑切又音窟 鶻止樂器亦名木虎敔也枯鍇切四 楬

上同見禮磍剥也趌走兒○闋終也苦穴切四湀爾雅云湀闢流川又揆圭二音鈌器破闋闕閉無門戶也○猰猰犺不仁苦結切九䫏頵䫏短兒挈提挈

又持也觢觢瓶受一斗也奊奊多節目也奊練結切契契闊又苦計切栔爾雅云栔滅殄絕也鍥刻也又斷絕也又古屑切蛪蛪蝁蟲又蛪蝻似蟬而小○朅

說文去也丘謁切又去謁切五揭高舉也又擔也藒藒車香草愒息也㙞玉篇云一㙞界也○鈌少也說文曰器破也傾雪切二蒛蒛盆草也○卻退也去約切四却俗

鄐地名在河東瘚瘚食瘚疾○躩說文云足躩如也丘縛切二玃往也○恪敬也又姓晉有中郎令恪啓若各切三㤩愙並上同廓空也大也虛也亦州

名漢西羌地前涼湟河郡周為廓州也苦郭切六鞹皮去毛漷水名在魯又許號切⿰廓刂解也裂也篧爾雅注云捕魚籠亦作籗又仕角切嗀敲嗀嘔聲也亦作𣪊○隙壁孔

也怨也隙也綺戟切七郤姓出濟陰河南二望左傳晉有大夫郤獻子俗從𢓜綌絺綌谻廣雅云勞也極也疲也又大笑⿰谷兼嫌恨⿱尚京西方小兒⿰谷阝火笑○客賓客苦格

切四喀吐聲礊堅也挌手把著也○⿰虫卻天神蟲上擭切二劇上解擊鞭兒楷擊革切六⿰衤鬲說文曰衣裏也褔同上緙紩也又織緯罊器空也諽謹也○

燩乾燥也苦擊切九擊傍擊毄攻也漢書云攻苦毄淡喫喫食⿰口毄同上⿰矛毄矛也鷇鸄也㲉敂吹鈙器○闃寂靜也苦鶪切二⿰足睘踞也○鞟皮鞭

見上力切一○刻刻鏤又剥也苦得切五克能也勝也說文作𠅞肩也剋剋已又必也殺也急也勊用力𧆸黑女老嫗亦作𡞋○泣無聲出涕去急切三㬤燥欲湆羹汁㴔

至也奄也依也口荅切七溘溘死見楚詞本作溘𡲘屋聲峆山左右有岸⿱宀容容合相當也匌匌帀也欱歁歁癡兒○榼酒器也苦盍切六磕石聲⿰衤盍榼襠廅

匼崩損也磕鼓聲磕磕轄車聲㾑少氣也去涉切一○愜心伏也又快也苦協切八㥦上同㥦快㾜病息也說文曰匧藏也篋箱篋悏說文曰思兒婡

得志婡婡又呼協切○恰用心苦洽切十掐爪掐𥈠目眶㓣入也鹹鹵又嘶聲帢古皮弁裁縑帛以為帢合乎簡易隨時之義以色別其貴賤本施軍飾非士服狀如弁缺四角魏武

欽

帝製魏志注云太祖以天下凶荒資財乏匱擬爲國容 帢並上同 帢亦上同埤蒼云帽也 㪷斜斫 ○怯畏也去劫切九 狜上同 抾挹也 呿臥聲又音去 魥以竹貫魚

爲乾出復州界 胠胠篋見莊子 厺厓厺 㾀病劣 疢欠氣 ○猲恐受財史記云恐猲諸侯起法切又呼葛切二 姂好皃 ○寬愛也裕也緩也苦官切二 髖髖兩股間也

○囷倉圓曰囷去倫切又谷倫渠殞二切七 箘桂又竹名又渠殞切 箟箭竹 輑車軸相逢 蜠大貝又渠殞切 峮嶙峮山相連皃 壼說文曰宮中道又苦本切 ○頵頵顅

醜皃鈐錦切二 顉曲頤之皃又五感切 ○劵劵約說文契也釋名曰劵綣也相約束繾綣爲限也去願切六 絭束腰繩也 勸獎勸也勉也助也教也又姓 虇萌筍又蘆牙 綣

繾綣志盟又去阮切 韏曲也又革中辨也說文又九萬切

八 ○羣羣隊也說文輩也亦作群渠云切五 帬說文曰下裳也釋名曰帬羣也連接羣幅也 裠上同亦作裙 宭羣居也又音君 [illegible]癰也 ○窮窮極也又窮奇

獸名聞人鬭乃助不直者渠弓切三 藭芎藭 竆邦所封國 ○蛩蛩蛩巨虛獸也說文云一曰秦謂蟬蛻曰蛩渠容切十六 邛勞也病也又臨邛縣亦邛棘又姓列仙傳有周封史

邛䟽 舼舼船 䑳上同 筇竹名可爲杖張騫至大宛得之 輂輂軸所以支棺也又音拱 𢀜𢀜拱實也 䉲籠䉲 蛩水鳥出石也又居勇切 蛬蟋蟀又音拱

倛倛倯可憎之皃 䰋䰋鬆髮亂也 杛柜柳 渠稽也又巨隴切 [illegible]佩 𩣡獸如馬而青一走千里也 ○奇異也說文作奇又虜複姓後魏書奇斤氏後改爲

奇氏渠羈切又居宜切十 琦玉名 騎說文曰跨馬也又其寄切 鵸鵸鵌鳥似烏三首六尾自爲牝牡善笑鵸音余出山海經 弜強也又其丈切 鬾小兒鬼 碕曲岸又巨

支切 枝木別生也 𣏂上同又横首皃 錡釜屬又魚綺切 ○祇地祇神也巨支切二十五 示上同見周禮本又時至切 衹衹衼尼法衣 岐山名亦州春秋及戰

國時爲秦都漢爲右扶風魏置雍城鎭又改爲岐州因山而名又姓黃帝時有岐伯 歧歧路 郊邑名在扶風 馶馶勁皃 疧病也詩云俾我疧兮 蚑蚑蚑蟲行皃又長蚑蠨蛸

別名出崔豹古今注 怟爾雅云怟怟惕惕愛也 趆說文曰緣大木也一曰行皃 翍翍翍飛皃 敧引硬皃 軝說文曰長轂之軝以朱約之詩曰約軝錯衡 軧上同

芪藥草說文曰芪母也 汥說文曰水都也又音支 跂行皃又音企 鴟雞又云鴈 蚔蟲也 粎赤米 䓆繰絲鉤緒 伎舒散又音技 鼓長鼓國名

髮長於身 忯參差也 ○鬐馬項上鬐也渠脂切十一 耆方言云長也說文云老也左傳云強也禮記音義云至也言至老境也 耆上同 愭畏也敬也 覩視也

睹上同 稽麥下種也 祁盛也縣名在太原左傳晉大夫祁奚之邑因以名之又姓出太原黃帝二十五子之一也何氏姓苑云今扶風人 鍺衛軸鐵也 鰭魚脊上骨 鮨

鮓也 ○葵說文曰菜也常傾葉向日不令照其根渠追切八 鄈鄈丘地在陳留又在河東漢祭后土處 楑楑柊 ⿰魚癸魚名 ⿰忄癸悸也又祇癸切 ⿰月癸臞⿰月癸醜也 ⿰癸鳥⿰癸鳥鳥

⿱癸虫蟲名 ○逵隱也爾雅曰九達謂之逵渠追切十九 夔夔龍亦州名春秋時魚國漢爲魚復縣梁隋皆爲巴東郡唐初改爲信州又改爲夔州取夔國名之又獸名似牛一足無角其

音如雷皮可以冒鼓 夒俗 馗說文曰九達道也與逵同又鍾馗俗以辟惡 戣兵器戟屬 鍨上同 騤強也盛也又馬行皃 犪犪牛出岷山肉重數千斤出山海經

躨躨跜見文選 ⿰月癸臞⿰月癸醜皃 艽埤蒼云遠荒又音求 ⿰足癸左脛曲也 ⿰亻癸左右視也 ⿱癸具顧皃 頯小頭也 ⿰亻歸使也 ⿰歸見瑤視又丘韋切 ⿱夂廾持也 頄面顴也又音求

○其辝也亦姓陽阿侯其石是也又漢複姓六氏左傳邾庶其之後以庶其爲氏世本楚大夫涉其帑漢清河都尉祝其承先王儒孺百家譜蘭陵蕭休緒娶高密侍其義叔女何氏姓苑有行其氏

令其氏渠之切又音基三十 期期信也會也限也要也又姓風俗通有期思國又漢複姓二氏後漢梁鴻改姓運期氏古仙人有安期生賈執英賢傳云今琅邪人 旗旌旗釋名曰熊

虎爲旗將軍所建象其猛如虎與衆期之於下也戰國策曰建七星之旗天子之位也又姓齊卿子旗之後漢有九江太守旗光 綦履飾又蒼白色巾也詩曰縞衣綦巾又姓何氏姓苑云義興人

綨上同 ⿱其巾俗 萁豆萁 諆上同 蜝蟚蜝似蟹而小晉蔡謨食之殆死也 琪玉也 麒麒麟 騏騏驥 淇水名出沮洳之山說文曰淇水出河內共北山東入河 鵙

鳥名 鉷鋋鉷鉚別名也 綦紫綦似蕨菜 棊博物志曰舜造圍棊丹朱善之 檨上同 碁亦同 瑧弁飾 璂上同 鯕魚編 蘄州名漢蘄春縣也晉孝武鄭后

諱春改爲蘄陽周平淮南改爲州因蘄水以爲名又姓也 祺祥也吉也 禥籀文 踑踑跔也 䑴䑴艃舟名 䑴上同 舁舉也 齮齧也◦ 祈求也報也告也渠希切十

九 頎長皃 旂爾雅曰有鈴曰旂釋名曰交龍曰旂旂倚也畫作兩龍相依倚也通以赤爲之無文彩諸侯所建也 䰻鬼王俗 𢆻𢆻 㙨同 崎岸 碕同 圻上亦

同又書傳爲京 刉以血塗門又居依切古對二切 譏危也說文曰誹事之樂也又公哀切 𦡜類 俟虜複姓北齊有特進万俟普万音墨 幾近也又居依居豈二切

蚚蟲也爾雅云強蚚 玂犬生一子 蟣爾雅云蛭蟣又居豈切 岓山傍石也 𪘏齒危◦ 渠溝渠也亦州名宋置宕渠郡周仍爲郡武德初改置州亦有宕渠山又姓

左傳衛有渠孔御戎強魚切二十六 𨏥車輞 繅飾履 璩王也 磲硨磲美石次王 蕖芙蕖 蘧蘧篨 籧牛筐 渠渠挐方言云杷宋魏之間謂之渠挐 醵合錢

飲酒又巨略切 腒鳥腊 鶋鶢鶋鳥 𧍧說文云𧍧蟟也一曰蜉蝣朝生暮死者爾雅作渠略 蟝上同 貗貗獸名食猛獸出山海經 豦獸名說文曰鬬相丮不解

也从豕虍豕虍之鬬不相捨司馬相如說豦封豕之屬一曰虎兩足舉又音據 蘧蘧麥又姓 鐻鐻耳之傑 璩環耳 𨞚聚名 𣟷𣟷枯藩籬名 𧍯小走皃 藘藘菜似蘇又音

巨 窶宄類 㩴繫 㨿怯也又音遽◦ 衢街衢爾雅曰四達謂之衢其俱切三十六 劬勞也 軥車軛 氍聲類曰氍毹毛席也風俗通云織毛褥謂之氍毹亦作毹

朐脯也一曰屈也亦山名在東海又姓出姓苑 朐地名在河東 臞瘠也 癯同 鴝鴝鵒亦作鸜周禮曰鸜鵒不踰濟 鸜上同亦鸜鵒又漢複姓莊子有鸜鵒子

濯水名在汝南 躣行皃楚詞曰右蒼龍之躣躣 𦒾上同 𩦺馬左足白爾雅云馬後足皆白本作駒 鼩鼩鼱小鼠 蘧蘧麥又巨居切 斪鉏屬 句冤句縣名

在曹州又九遇古侯二切 蠷蠷螋蟲 瞿鷹隼視也又姓王僧孺百家譜曰裴桃兒取蒼梧瞿寶女又有瞿曇氏西國姓又九遇切 欋釋名曰齊魯間謂四齒杷爲欋 斪爾雅

云鶇芊熒鴝鳥羽翑上同蚼蚼蟓蚍蜉鼩鼅鼄說文云頭有兩角出遼東亦作鼅鼄音奚趯走顧之皃趜上同朐脯名絇屨頭飾也痀上同䇓聲類云樹種也礭

磤礭青礭戳戟礭鑺上同姁姁然樂也又況羽切○䅵矛柄也又鉏耰也古作矜巨巾切五墐拭也堇黏土墐上同鈐蟲魚連行又力丁切○趣行也渠人切又去忍切一

○勤勞也盡也巨斤切八芹水菜食之宜丈夫呂氏春秋曰菜之美者雲夢之芹懃慇懃慬憂哀懄上同瘽病也穫矛柄古作矜蘄草也又巨希切

○䈞筋鳴也巨言切二赶獸舉尾走○乾天也君也堅也渠焉切又音干九虔恭也固也殺也說文曰虎行皃又姓陳留風俗傳云虔氏祖於黃帝犍犍為縣在嘉州鰬

魚名鄿聚名在河東聞喜也騝騮馬黃脊榩㯺也構木為之鍵鑰也又音件揵舉也○權權變也反常合道又宜也秉也平也稱錘也又爾雅曰權黃華又姓出天

水本顓頊之後楚武王使鬬緡尹權後因氏俗作權巨員切二十三拳屈手也廣雅云拳拳憂也又拳拳奉持之皃又姓衛大夫拳彌狋狋氏縣在代郡氏音精觠曲角顴

頰骨踡踡跼不行婘美皃孉上同䟃曲脊行也[疒卷]手屈病也犈牛黑耳又音卷蠸食瓜葉黃甲蟲齤曲齒卷曲也又九免九院二切鸛鸛鵒也

𡗫大視皃又音倦盔盌也彉弓曲鬈髮好也又胡人鬈也又音捲趯曲走皃臛臛䐣醜皃蜷蟲形詰屈捲說文云气勢也國語曰有捲勇○喬

高也說文曰高而曲也又虜姓前代錄云匈奴貴姓喬氏代為輔相巨嬌切十六橋水梁也又姓出梁國後漢有太尉橋玄趫善走又去遙切僑寄也客也嶠上同鐈似鼎長足

鷮雉名又音驕嶠亦作嶠山銳而高又其廟切𥗚大磬又虛驕切轎小車嬌廣雅云禹妃之名又音驕蕎蕎麥又音驕蟜蠪蟜蟲也蠪音龍蹻驕也慢也又巨

虐切翹飛皃盉盂也○翹舉也懸也危也又鳥尾也渠遙切六荍草名今荊葵也[艹翹]蓮[艹翹]草也嘺不知翗側飛䏧几也○伽伽藍求迦切三茄茄子菜可

食又音加枷刑具又音加○瘸腳手病巨靴切一○強健也暴也說文曰蚚也又姓後漢有強華奉赤伏符巨良切四彊與強通用說文曰弓有力也[魚畺]鯨魚別名又其京切

勥迫也。狂病也韓子曰心不能審得失之地則謂之狂也巨王切五 軖紡車也 軭說文曰車戾也又去王切 鵟鴟屬 㞷草木妄生狂匡往皆從此。擎舉也渠京

切十一 勍強力 黥黑刑在面 剠剽並上同 鱷大魚雄曰鱷雌曰鯢 鯨同上 檠所以正弓 樈鑿柄 勢山巇 頃頸成也。瓊玉名渠營切十七 璚上同

煢獨也一曰迴飛也 焭上同 睘驚視 惸無弟兄也 𢹂博𢹂子一名投子 藑藑茅草也 嬛好也 𡟯上同 赹獨行皃 憌憂也 㤏上同 䔛草旋

檾上同 𨊧車輮規一曰輪車也 𠐊特也。頸項也頸在前項在後巨成切又居郢切四 𩵰魚名 勢鼠尾草又山薤又音擎 𠟱上同。殑殑殑欲死狀其矜切又其拯切

二 䓖草名根可緣竹器又音琴。裘皮衣詩云取彼狐狸爲公子裘又姓本作仇避讎改作裘巨鳩切四十四 𧚩上同 仇讎也又姓左傳宋大夫仇牧之後又漢複姓有章仇仇尼

二氏隋有章仇大翼善天文 叴漢書地理志叴猶縣屬臨淮郡又詩曰叴矛鋈錞傳云叴三隅矛又說文曰氣高也 厹上同 求索也又姓三輔決錄云漢有求仲 𡧋上同 頄頰間

骨也又求龜切 蛷蛷螋蟲 𧑓上同說文云多足蟲也 逑匹也 球美玉說文曰玉磬也 璆上同又渠幽切 艽遠荒之地詩云至于艽野又獸蓐也 鼽月令云人多鼽嚏說

文云寒鼻塞也 莍椒也 𨚮地名 脙財賄 殏殁也 梂說文曰櫟實也一曰鑿首 朹爾雅曰朹檕梅郭璞云朹樹狀似梅子如指頭赤色似小㮈可食 𣏓荆梵亭名 俅

戴也 賕瘠也又音休 胳上同 馗爾雅曰中馗菌今土菌可食又音逵 紈急引也 絿上同 𧮫谾𧮫亭名 扏緩也 銶鑿屬 𩓨廣蒼云戴也 𥰂籠也 毬毛毬

打者 𨁲踆踘也 犰犰狳獸似魚蛇尾豕目見人則佯死 𧺫違也 訅安也謀也 釚弩牙 捄長匕皃詩曰有捄棘匕傳云捄長皃 肍乾肉醬也 𢗽怨仇也又其九切 芁白芷

訄迫也又去牛切。虯無角龍也渠幽切又居幽切七 觩匕曲皃 璆玉名 觓角皃 鷚爾雅云鷚天鸙郭璞云大如鷃雀色似鷃好高飛作聲又音繆 蟉

幽蟉龍皃 𤚮角皃。琴樂器神農作之本五弦周加文武二絃白虎通曰琴禁也以禁止淫邪正人心也又姓左傳琴張也巨金切二十二 𢹿急持 捦上同 擒亦同 黔

黒而黃亦姓齊有黔敖又巨炎切 禽二足而羽者曰禽又姓高士傳有禽慶 芩黄芩藥名 郃亭名 檎林檎果名 㕂說文云石地也 鵭鶔鳥亦作鳹 琹草名根可緣竹器出玉篇 澿水名 凜寒狀又力甚切 庈人名庈父 雂鳥名又巨炎切 𢻹持也 𣪘禁也又竹甚切 黚黃黑色又巨炎切 䅦禾欲秀也 䎦音也 靲靲鞻四夷樂也。箝鎖頭亦作鉗晉律曰鉗重二斤翅長一尺五寸又羌複姓有鉗耳氏說文籋也巨淹切十二 鉗上同說文曰以鐵有所劫束也 帢絹帢 鉆持鐵者說文又敎淹切鐵鉗也一曰膏車鐵鉆 黚淺黃黑色又古黚陽縣在武陵又巨今切 拑脅持也 黔黑黃色說文曰黎也秦謂民爲黔首謂黑色也周謂之黎民又音琴 羬羊六尺爲羬 鳹白喙鳥 雂上同 鍼鍼虎人名又之林切 鈐兵鈐以開房神府以備非常又鈎鈐星名說文曰鈐鏅大犂也。鍼巨鹽切又音針一。渠穫也渠龐切又渠恭切一。技藝也說文巧也渠綺切六 妓女樂 徛立也 伎侶也 錡釜也又魚綺切 蟜蟬也。跪跽跪亦作趫渠委切又去委切一。揆度也求癸切五 楑木名又音葵。㥍悸也又巨隹切 嫢細也又聚惟切 湀泉出也說文曰湀辟深水處也。邔山名暨執切一。跽長跽暨几切一。巨大也亦姓漢有巨武爲荆州刺史其呂切十八 拒拒捍也又格也違也 秬秬黑黍也 距鷄距 𧤯上同 炬火炬 粔新字解訓曰粔籹膏環 虡飛虡天上神獸鹿頭龍身說文曰鐘鼓之柎也飾爲猛獸釋名曰橫曰栒縱曰虡 虡上同俗作簴 鐻上同 鉅澤名又大也 苣苣藤胡麻 駏駏驉 蘧苦蘧江東呼爲苦蕒 𦊜罟也 詎豈也又音遽 岠書傳云至也 齟齗腫。窶貧無禮也其矩切二 貗爾雅云貒子貗。筥竹具用之魚笱竹器也求蟹切二 拐手腳之物枝也。窘急迫渠殞切十 僒上同 著牛藻也 𡅏吐皃 𤩰玉名 箘竹名 菌地菌又姓出姓苑 䐃腸中脂也 蔨爾雅曰蔨鹿蘿郭璞云今鹿豆也葉似大豆根黃而香蔓延生 蜠爾雅曰貝大而險者曰蜠又音囷。近迫也幾也其謹切又其靳切二 瘽病也。𡣶女字亦姓今蜀人有之其偃切四 楗楗閞 鍵上同 健倨也。巻

黃豆求晚切四 圈 獸闌又姓後漢末圈稱字幼舉撰陳留風俗傳圈氏本氏於其國又其巻切 菌 蕈也又求敏切 巻 風俗傳云陳留太守琅邪徐焉改圈姓巻氏字異音同

件 分次也其輦切四 𡾊 𡾊嵼又音蹇 鍵 管籥 鑳 同上 ○圈 說文曰養畜閑也渠篆切又求晚切三 菌 爾雅曰菌鹿藿 莬 爽也 ○蛸 爾雅曰蛸蠉郭璞云井中小蛣蟩赤蟲一名孑孑又姓漢藝文志有老子弟子楚人蛸淵著蛸子十三篇狂兗切一 ○蟜 蹻蟜長皃巨夭切一 ○勥 迫也勉力也其兩切五 彊 說文云弓有力也或作強又姓前秦錄有將軍強求又其良切 弜 弓有力也 誩 競言 ○滰 乾米之皃 ○徦 楚詞注云徦徦遑遽皃求往切一 ○痙 風強病也巨郢切二 涇 玉篇云寒也

○殑 殑殑欲死也其拯切一 ○舅 夫之父也亦母之兄弟又姓左傳秦大夫舅犯其九切十一 倃 說文毀也 臼 杵臼世本曰雍父作臼又姓左傳宋華貙家臣曰任 齨 齒齨亦馬八歲俗作𩧐 麔 牝麋 鵂 鳥名似鴝有冠 咎 愆也惡也過也災也從人各各者相違也 杲 糗米也 痓 病也 慦 怨慦也 諮 毀也 ○蟉 蚴蟉龍皃渠黝切一

○噤 寒而口閉渠飲切四 顩 切齒怒也 禁 玉篇云寒極也 唫 說文云口急也 ○儉 約也少也 鐱 鑯也又姓出姓苑巨險切二 芡 說文云鷄頭也方言曰南楚謂之鷄頭北燕謂之葰青徐淮泗之間謂之芡 ○共 同也皆也渠用切六 芰 菱也奇寄切八 騎 騎乘又姓燕有騎 鬾 鬼服又音奇 輢 枕輢又於綺切 ⿰貝支 貝四向用也

芈 積也又前智切 汥 水戾 諆 謀也 ○匱 竭也乏也說文曰匣也又姓何氏姓苑云今廬江人求位切十一 蕢 草器也 臾 上同今作由 饋 餉也 餽 上同 繢 織餘 櫃 櫃篋 樻 木名又腫節名又口愧切 鞼 繡韋也盾綴革也亦作韇 簣 土籠 騩 馬驑 ○臮 衆與詞也其冀切七 曁 及也至也与也 鱀 魚名鼻在額上又音忌 ○洎 潤也及也 垍 堅土 塈 息也又仰塗也 臮 水名 ○悸 心動也其季切五 ⿰亻癸 左右兩視也 ⿰犭癸 壯勇皃 痵 病中恐也 寱 熟寐也 ○忌 諱又畏也敬也止也憎惡也亦姓周公忌父之後出風俗通渠記切十三 邔 古縣名在襄陽 惎 教也一曰謀也說文毒也 ⿰糸忌 連針 鱀 魚名又音臮 鵋 鵋鶀鵂鶹鳥今之角鵋

隸狸子也又音四　記告也信也說文誡也　惎志也說文忌也周書曰上不惎于凶德　梞梞柎　畁舉也說文音其　惧繫也又音其　笸竹名　醆秋酒名其既切

二　幾未已又音幾蟣音機　遽急也疾也亦戰慄也窘也卒也其據切五　勮勤務也又懼也疾也　詎又其呂切　醵斂錢飲酒又音渠又其虐切　濾乾濾　懼怖懼其遇

切四　具備也辨也又姓左傳有具丙　埧堤塘　臞瘦又音瞿　偈偈句其憩切一　衛牛觸人渠穢切一　僅餘也纔也劣也少也渠遴切十一　覲見也　殣埋也

瑾美玉名　饉無穀曰飢無菜曰饉　勤少也　廑小屋　瘽病也　墐塗也詩曰塞向墐戶　劃割也又去權切　歎欠　郡說文曰周制天子地方千里分爲百縣縣有四

郡故春秋傳曰上大夫受郡是也至秦初置三十六郡以監其縣釋名曰郡羣也人所羣聚也渠運切一　近附也巨靳切又巨隱切一　健伉也易曰天行健渠建切二　腱筋本也　圈邑名

曰万切一　倦疲也猒也懈也說文又作勌券勞也或作勌渠卷切五　綣繾綣縫也　拳上重同　䙡綰　惓水名　嶠山道又山銳而高渠廟切又音喬二　轎輣車也又音喬

翹尾起也巨要切又巨堯切一　弶張取獸也其亮切又魚兩切一　狂輒爲也渠放切二　誑言謬　競爭也強也遂也高也遽也渠敬切七　竸俗　誩爭言

倞強也　檠檠子疊名　儆儆慎又音警　䁟明也　殑釋典殑伽其矜切又其陵切一　舊故也亦姓出苑巨救切三　柩尸柩禮注曰在牀曰尸在棺曰柩　匶

古文　斛斛䟺醜行之皃巨幼切一　矝牛舌下病巨禁切十　齡齡同　噤上並　噤說文曰口閉也　舲蜀人呼舟　紟紟帶或作襟又音今　鈙說文云持止也

讀若琴亦作襟　襟寒襟　笒笒籤　齡齒向裏　驎馬跳躍也說文曰馬曲脊也渠竹切十二　騳上同　趜趜趚　鮉魚名　鵴鵴鳩鳲鳩又音菊　鵴上同

鞠蹋鞠以革爲之今通謂之毬子又菊麴二音　匊皮毛丸也　蝌說文曰蝌鼀龍蟾蠩以脰鳴者也　踘蹋也　谷名在上艾　䛮曲脊皃　局曹局又分也說

文促也渠玉切五　跼跼蹐又曲也僂也促也　駒馬立不定　侷侷促短小　耦耕也　姞姓一曰宰史記云姞氏爲后稷元妃巨乙切五　佶正也閑也　結說文云蚌也漢律會

稽獻鮚䵺二外 趌直行 狤狂狤 ○倔倔強儸物切九 踊足多力也 崛山短而高 屈短尾鳥 袦衣短 𡱖短尾犬 堀說文曰突也引詩曰蜉蝣堀閱 豩豕豩地 掘

掘地 ○趉行皃其迄切二 㽶䥇也 ○觼以角發物其月切十三 鷢白鷢一名揚鳥似鷹尾上白善捕鼠也 橜說文杙也一曰門梱亦作橛 蹶採蹶亦樗蒲三采名 蹷又音

厥 掘穿也 赶舉尾走也 瘚強也 鐝磨鐝 趰行越 橛橛株山名 臜尾本 亅說文曰鉤逆者謂之亅象形 ○撅擔撅物也本亦作揭其謁切五 揭上同 竭盡也

碣碣石海中山名今爲碑碣字李斯造 楬表楬閥閱自序名 ○傑英傑特立也又俊也渠列切十四 桀磔也又夏王名 竭盡也舉也 碣說文曰特立之石也東海有碣石山

楬有所表識說文檕也春秋傳曰楬而書之 榤鷄栖於杙 揭高舉又揭許二音 渴水盡也 嵥嵥峊高皃 滐水激迴出海賦 櫭木釘名 偈武也 杰梁四公子名䰟

杰也 桀強暴 ○噱噱噱笑不止其虐切九 蹻舉足高又居勺切 卻倦也須臾亦 蝍天神蟲又丘良切 谷說文曰口上阿也一曰笑皃 䣢 臄說文並同上

醵合錢飲酒 腠腠腠大笑也 ○懼大視具矍切五 趯大步又居縛切 钁健皃又居縛切 鄒鄉名 玃大猨又居縛切 ○劇增也一曰艱也又姓史記燕有劇辛奇逆切六 屐

屩屐 輾車輾 𡇽倦𡇽 𢤱勞也 噱戲噱 ○躩躩蹂足長皃求獲切一 ○極中也至也終也窮也高也遠也說文棟也渠力切一 ○及至也逮也連也䛟也其立切七 䓙古文䓙

冬瓜 苙白苙又力急切 鴔鴔鳩鳥 笈負書箱又其劫切 扊戶鍵 ○衱禮記注云衱交領其輒切五 极驢上負版 笈負書箱也 拾劒柙 駆鴔鶪戴勝別名亦作鵖

○跲躓也巨業切五 拾劒匣 吸嗫吸 极极插 笈書笈又初洽其輒二切

九 ○疑不定也恐也惑也嫌也語其切三 嶷九嶷山名亦作疑又魚力切 觺觺觺獸角 ○峣崆峣山皃五東切又魚江切 ○偈偈偈不著事也五盍切二 瞸睫睡

○䁆埤蒼云視皃五夾切一 ○顒仰也爾雅云顒顒卬卬君之德也說文云大頭也魚容切四 顒上同見廣蒼 鰅魚名說文曰皮有文出樂浪又音隅 喁喁噞

○嶷岐嶷詩曰克岐克嶷魚力切又 薿茂盛 㘈說文曰小兒有知也引詩云克岐克㘈 懝有所識也 礐礐岳角皃 ○危疾也隤也不正也不安也魚爲切四 㕒厜㕒 洈水名

在南郡 峗三峗山名 ○狋犬怒皃牛肌切又巨圓切一 ○沂水名出泰山魚衣切二 溰溰溰霜皃 ○巍高大皃語韋切二 犩爾雅云犩牛郭璞曰即犪

牛也如牛而大肉數千斤 ○魚說文曰水蟲也亦姓出馮翊風俗通云宋公子魚賢而有謀以字爲族又漢複姓二氏左傳晉有長魚矯史記有修魚氏語居切十 𩺰說文曰二魚也 漁

說文云捕魚也尸子曰燧人之世天下多水故教民以漁也又水名在漁陽 瀛上同 魰上同 𢿞𢿞獵亦上同 齬齒不相值又魚舉切 鋙鉏鋙又音語 䱥爾雅曰馬二目白魚

字或從目 衙說文曰衙衙行皃又音牙 ○虞度也說文曰騶虞仁獸白虎黑文尾長於身不食生物俗作虞又周禮有山虞澤虞掌山澤之官也亦姓出會稽濟陽二望風俗通云凡氏之興九事

一氏於號唐虞夏殷是也虞俱切二十 𩦲上注 愚愚惷說文曰戇也从心禺禺母猴屬獸之愚者 娛娛樂 澞齊藪名亦作隅爾雅曰齊有海澞又水名在襄國 堣

堣夷日所出處書亦作嵎 鸆鳥名狀如梟人面四目而有耳見則天下大旱出山海經 嵎山名在吳 髃骨名在髆前又五苟切 禺番禺縣在南海亦姓出姓苑本又音遇母猴屬也

隅角也陬也 鸆鳥似禿鶖 鰅魚名有文出樂浪 鍝鋸也 澞爾雅曰山夾水澗陵夾水澞 蝺搜神記曰䗃蝺似蟬而長味辛美可食一名青蚨異物志云䗃蝺子如蠶子著草

葉得其子母自飛來就之 㷒拔器煑食 齵齵齒重生 鸆鸆虞一名婟澤 鄅地名 ○吾我也漢改中尉爲執金吾吾御也執金革以御非常亦姓漢有廣陵令吾扈又漢複姓五氏鄭公

子有食采於徐吾之鄉後以爲氏左傳有鍾吾子其後氏焉昆吾氏昆吾國之後由吾氏秦相由余之後古有肩吾子隱者五乎切二十一 鼯似鼠一曰飛生亦作䳶蜈 䳶 蜈並上同

吳吳越又姓本自太伯之後始封於吳因以命氏後季札避國子孫家于魯衞之間今望在濮陽 浯水名 䓊草名似艾 㹳猨屬 𤦆琨珸美石 珸上同 蜈蜈蚣 郚鄉名

在東莞 齬齟齬又音語 䱷魚名 娪美女 鋘鋘鋙山名出金色赤如火作刀可切玉出越絕書 梧梧桐木名又姓 峿嶇峿山名 麌牝麛也又音俁 䑤船名 𧜘

福也。倪莊子云天倪自然之分亦姓後漢有揚州刺史倪諺五稽切十八蜺似蟬而小霓雌虹又五結五繫二切郳郳城在東海齯老人齒落復生婗嬰婗輗車轅
端持衡木棿上同猊狻猊師子屬一走五百里麑上同貎亦同鯢雌鯨兒姓也漢御史大夫兒寬千乘人掜衣褫謂之掜也又妍啓切伈伈伻伴不知皃觬角不
正皃又研啓切棨棨撕弩擬䰩䰩䰩皃又五禮切。崖高崖也五佳切七涯水際啀犬鬭𪘏齒𪘏雅說文云鳥名又水名在睢陽厓山邊𩁹雨聲。𩁹
雨聲擬皆切二娾醜女皃。鮠魚名似鮎五灰切五桅小船上檣竿也嵬崔嵬磑磨也又五內切嵦高皃。皚霜雪白皃五來切七嵦崍嵦敳有所理又隤敳
八元名殪殺羊出胎隑企立剴又音塏獃獃㺷象犬小時未有分別。銀周禮荆州其利銀爾雅曰白金謂之銀鍾山之寶有銀燭謂有精光如燭銀重八兩為一流也語巾
切十六𤝃犬聲狺上同𧭼兩虎爭聲𣟣木名色白鄞縣名在會稽又音斷圁圁陽縣名在西河誾和也又誾誾中正之皃又姓何氏姓苑云今廣平人訔上同
嚚愚也蘄亭名在江夏琂說文云石之似玉者麐獸名似貉而八目出山海經垠垠岸也𪊨大麃泿水名。虓虎聲語斤切十二犾犬相吠也圻
圻堮又岸也垠上同齗齒根肉也齦上同麐獸似貉也斦二斤𪊨大麃蘄亭名在江夏郡狺犬爭鄞縣名在會稽郡。元大也始也長也氣也又姓左傳
衞大夫元咺又後魏孝文改拓拔為元氏望在河南愚袁切二十二原廣平曰原亦州名漢高平縣魏為鎮州又改原州蓋取高平曰原為名又姓孔子弟子有原憲說文本作邍原即與𠫐同邍
周禮有邍師注云邍地之廣平者源水原曰源又姓禿髮傉檀之子賀入後魏魏太武謂之曰與卿同源可為源氏說文本作𠫐篆文省作原後人加水𠫐上同杬木名出豫章煎汁藏果及
卵不壞嫄姜嫄帝嚳元妃沅水名在象郡鐔涇城西亦云在牂牁騵赤馬白腹黿似鼈而大紀年曰穆王十七年起師至九江以黿為梁羱羱羊角大者可為器又五丸切
蚖蠑蚖蜥蜴也一名守宮字林云在壁曰蝘蜓在渊曰蜥蜴螈晚蠶周禮禁原蠶鄭注云原再也俗從虫芫草名有毒可為藥也邧地名榞實如甘蕉而皮可食謜

徐語孟子云故源源而來 犪獸如牛也 䬻䬻餌又五丸切 獂豕屬又音桓 阮五阮郡出史記又元遠切 蒝莖葉布也 ○言言語也字林云直言曰言荅難曰語釋名

曰言宣也宣彼之意也又姓孔子弟子有言偃語軒切五 琂石似玉 甗無底甑也又語戰切 䇾大簫 蔫草名 ○傎女字又姓出纂文牛昆切又戶昆切四 㾕癡皃 顐

顚顐禿無髮也 梱爾雅釋木曰髡梱 ○垠垠堮五根切又語斤切三 圻上同 泿水名 ○豻胡地野狗似狐而小或作犴俄寒切又音岸四 犴上同 鳽鳽鴨鳥一名雝

鶄鳽音石 [山言]山形也 ○岏巑岏五丸切十 刓圓削 园上同 忨貪也 蚖毒蛇 䯊骫䯊 羱羱野羊角大又語袁切 黿黿似鼈又音元 抏挫也 [兔元]

[兔元]鼉 ○顏顏容亦顏額又姓出琅邪本自魯伯禽支庶有食采顏邑者因而著族又邾武公名夷字曰顏故公羊傳稱顏公後遂爲氏五姦切二 㦣木名似橦 ○[疒需][疒需]㾾五還切二

頑頑愚 ○訮爭也五閑切四 㺋犬鬬聲也亦作狠 㘖訟詞 虤虎怒 ○妍淨也美也好也五堅切八 䳡鳽䳡也又古賢五革二切 研磨也 硯上同 揅研破

[开皿]酘也 趼獸跡 俓急也又牛耕切 ○堯至高之皃謚法曰翊善傳聖曰堯五聊切五 嶢嶕嶢山危 僥僬僥國名人長一尺五寸一云三尺 垚土高皃 顤頭高長皃

○聱不聽也五交切又五勞切語彪切四 謷不肖也又五勞切 磝磝䂭 [敖皮]蒼頡篇云擊也 ○敖游也說文作敖亦姓顓頊大敖之後或作遨五勞切二十五 遨上同 翱翱翔

聱不聽又五交切 驁駿馬 熬煎也 嶅山多小石 獒犬高四尺 滶水名出南陽魯陽縣 蔜蘩縷草旻生或曰雞腸草也 鷔不祥鳥白身赤口也 鼇海中大鼇 螯

蟹屬 謷不省語也又哭不止悲 嗸衆口愁也 嗷上同 [敖頁]高頭也 [敖戈]戟鋒 摮擊皃 嫯慢也 [長敖]長大皃 [敖木]船枻頭木 [敖舟]上同 螯蟹大腳也 鰲

魚名 ○莪莪蒿似斜蒿詩云蓼蓼者莪五何切十三 哦吟哦 娥美好也又姓後魏將軍娥清 䄉上同 峩嵯峩 䳘說文曰䳘鵝也 俄俄頃速也 䫸齊也 蛾蠶蛾

又姓左傳晉大夫蛾析禮記又音蟻 睋視也 涐水名在汶江 誐嘉善也詩云誐以謐我 硪說文曰石巖也 ○訛謬也化也動也五禾切七 譌吪並上同 鈋刓也去角也

囮網鳥者媒 魮魚名 厄木節。牙牙齒又牙旗吳志曰孫權因瑞作黃龍大牙常在軍中諸軍進退視其所向又姓風俗通云周大司徒君牙之後五加切七 衙縣名在馮翊亦衙府

又姓秦穆公子食采於衙因氏焉蜀志有晉督護衙傳又音語音魚 芽萌芽 齖齵齖齒不平正 呀吧呀 枒杈枒 吾漢書金城郡有允吾縣允音鉛。俹歇俹猶歇婭也五瓜切二

𩨬𩨬𩨬髂骨。卬高也我也又姓漢有御史大夫卬祗五剛切又魚兩切七 駒千里駒說文又五浪切駒駒馬怒皃 柳繫馬柱也劉備縛督郵者又五浪切 昂舉也 茚

昌蒲別名又魚兩切 棉飛棉斜桷 鞾履頭。迎逢也語京切一。娙身長好皃漢書曰娙娥婦官也武帝邢夫人號娙娥五莖切二 陘急也。凝水結也又成也魚陵切一。

牛大牲也世本曰黃帝臣胲作服牛史記曰紂倒曳九牛又姓出隴西本自殷周封微子於宋其裔司寇牛父帥師敗狄長丘死之子孫以王父字為氏風俗通云漢有牛崇為隴西主簿馬文淵為太守

羊喜為功曹涼部云三牲備具語求切一。齵齵齵五婁切又牛俱切一。聱聱取魚鳥狀語虯切又五苞切一。吟歎也說文云呻吟也魚金切十 訡上同 訡古文 唫

亦古吟字說文又巨錦切 崟嵚崟 吟水菜似蒜 碞僭差 霠霠雨又牛皆切 㐺衆立皃 厰崟厰山崖狀也又口敢切。譀不惠也又譀弄言五含切三 [illegible]寐中

語言 嵁嵁嵒又苦男切。𪘁齒差語廉切一。嵒巖也又嶄嵒山高皃亦地名五咸切十 顩面長皃又丘檻切 黬釜底黑也又音緘 羬山羊 麙熊虎絕有力也

巖上同 𪘁齒皃 喦僭差又牛金切 㺂羊有力也 諴和也又戲言也。巖峯也險也峻廊也五銜切三 礹上同 嚴呻吟。嚴嚴毅也威也敬也說文曰

嚴令急也亦姓本姓莊避漢明帝諱改姓嚴語驗切二 巖射翳。螘爾雅曰蚍蜉大螘小者螘魚倚切十二 蟻上同 蛾上同見禮 錡三足釜一曰蘭錡兵藏又姓武

王分殷人六族有錡氏後漢有錡嵩 礒碕礒 齮齧也 艤整舟向岸 檥上同說文魚羈切榦也 㠖岌㠖山高皃 轙說文曰車衡載轡者 羛羛陽

鄒名在魏郡 [illegible]釜也亦作鈘說文曰三足鍑也一曰滫米器也。硊磈硊石皃魚毀切四 頠閑習容止 姽好皃又過委切 䳄布穀鳥。擬度也魚紀切六 儗

僣也 薿草盛皃又魚力切 孴盛也 譺議也欺也調也又魚記切 擬禾盛 ○顗請也樂也說文曰謹莊皃魚豈切二 螘蟻子 ○語說文論也魚巨切十

二 篽說文曰禁苑也 籞上同又池水中編竹籬養魚 圉養馬又姓左傳有大夫圉公陽 敔柷敔樂器釋名曰敔衙也衙止也所以止樂也 圄囹圄周獄名又

守 衙行皃楚詞云導飛廉之衙衙又音牙 齬齟齬不相當也或作鉏鋙說文曰齬齒不相值也 鋙鉏鋙不相當也 鋤上同 禦禁也止也應也當也說文祠也

蘌蘌蘩 ○麌牡鹿又麌麌羣聚皃虞矩切三 俁俁俁容皃大也詩曰碩人俁俁 噳噳噳笑皃 ○五數也又姓左傳有五奢亦漢複姓四氏漢有五鹿充宗風俗通

云氏於職焉三烏五鹿是也趙有將軍五鳩盧國語云楚昭王時有五參蹇姓苑有五里氏疑古切五 午交也又辰名爾雅云太歲在午曰敦牂 旿明也 伍行五說文曰相參伍也周禮曰

五人爲伍 仵偶敵又伍仵皆姓出姓苑 ○堄埤堄女墻研啓切六 䝟戰䝟擊聲 挸不從也 䚷角曲 䙷褯䙷袿衣飾也 睨明也亦作眬 ○騃癡也五駭切又音俟

四 瘊瘊瘊 娾喜樂 覞笑視 ○頠頭也一曰閑習五罪切又五毀切七 顡聉顡說文音聵癡頭不聰明也 隗隗隗高也亦姓出天水後漢有隗囂 峞峞嵬山皃

嵬山皃又五回切 䫥頭不正也又口猥切 磈磈衆石皃 ○釿劑也說文曰劑斷也宜引切五 磭大脣 𪘏齒齊 齗犬爭皃 听口大皃 ○齳無齒魚吻切五

齫上同 夽大也 喗口大 趣走皃又上粉切 ○听笑皃牛謹切一 ○阮姓出陳留虞遠切三 䘼小皃 邧秦邑名說文云鄭邑也 ○言語偃切四

巘山形如甑 齞露齒說文作齗 屵屵𡵂又大脣皃礥音綽 ○齗五板切一 ○眼眼目也五限切一 ○齞開口見齒研峴切一 ○齴齒露魚蹇切七 巘山峯

𨕣行皃 嵃巘嵃山形 讞議獄 瓛玉甗 甗瓦器也周禮曰陶人爲甗甗無底甑也 ○齩齧也五巧切一 ○䓊瓜蔓苗頭五老切二 頶顲頶大頭 ○我己稱又姓

我子古賢者著書五可切五 騀騀騀馬搖頭皃 䫏側弁也 𢬌差也 硪破硪山高皃 ○娿好皃五果切二 厄木節也亦作戹 ○雅正也嫺雅也說文曰楚烏也一

名鸒一名卑居秦謂之雅五下切五 疋 正也待也說文所葅切足也古文以爲詩大雅字又山吕切 房 廡也說文曰廡也周禮曰夏房馬 厏 厏厊不合 盄 酒器 ○瓦 古史考曰夏時昆吾

氏作瓦也五寡切二 邛 地衛 ○仰 偃仰也說文舉也魚兩切三 茚 昌蒲別名 卬 望也欲有所度 ○駒 馬怒驁龍駒也五朗切一 ○睚 直視皃也五剄切二 枖 小皃

○藕 爾雅曰荷芙蕖其根藕五口切六 蕅 上同 偶 合也匹也二也對也諧也 耦 耦耕也亦姓風俗通云宋卿華耦之後漢有侍中耦嘉 髃 肩前髃也 甌 瓦盎名 ○僸 仰頭

皃牛錦切又音禁二 趛 低頭疾行 ○鍞 鍞頷五感切三 嬸 含怒皃 嵁 嵁嶆山形 ○顩 預顩魚檢切七 广 因巖爲屋 嵰 山形似重甑 嬐 嬐然齊也 鰜

鰜鰅魚名出樂浪 嶮 嶮巇山不平 噞 噞喁魚口上下皃 ○儼 敬也說文曰昂頭也一曰好皃魚掩切七 广 因巖爲屋 庍 掩庍癡 店 陵店 礹 礹嶄 庈

齊庈 曮 日行 ○議 謀也擇也評也語也宜寄切六 誼 人所宜也又善也 竩 上同 䇺 正也止也 䤁 䤁醢面皃出新字林 義 仁義釋名曰義者宜也裁制事物使合宜也又姓漢

有義縱又複姓西戎義渠爲秦所滅後因氏焉漢有光祿大夫義渠安國 ○僞 假也欺也詐也危睡切一 ○劓 割鼻漢文帝除肉刑劓者笞三百魚器切一 ○魕 恐也魚記切六 豙 豕怒

毛豎也出說文 嶷 嶷嶷無聞見也 譺 啁譺 𩮡 大𩮡 儗 佁儗不前 ○魏 魏闕又州名夏觀扈之國春秋時晉地秦爲東郡隋爲武陽郡武德初平竇建德改置魏州亦姓本自周

武王母弟受封於畢至畢萬仕晉封魏城後因氏焉出鉅鹿任城二望魚貴切二 犩 犪牛肉重千斤又魚歸切 ○毅 果敢也魚既切七 忍 怒也 豙 豕怒毛豎也 藙 說文曰煎

茱萸 藙 上同 顡 說文曰癡頭不聰明也 [竹毅] 竹名 ○御 理也侍也進也使也又姓左傳有大夫御叔牛倨切三 馭 使馬也 語 說也告也又魚巨切 ○遇 不期而會又姓

何氏姓苑云東莞人風俗通云漢有遇沖爲河內太守牛具切七 寓 寄也 庽 上同 嫗 嫗姁也女子姁男子 㾐 疣病 禺 獸名母猴屬也又音愚 鸆 鸆鼠鳥名 ○誤

謬誤五故切十四 悮 上同 寤 覺寤 忤 逆也 啎 上同 迕 遇也 遻 上同 晤 明也朗也 悟 心了 逜 干逜 𥨊 廣雅云竈名 捂 斜柱也又枝捂也 娛

娛樂也又五于切 聕聽也 ○詣至也五計切十一 羿古能射人名說文曰帝嚳射官也夏少康滅之 羿上同 羿說文曰羽之羿風亦古諸侯也一曰射師 睨睥睨

指枍指殿名 盻恨視又下戾切 覞視 甈破罌 垷埤垷女牆也見博雅 霓虹又音倪 ○藝才能也靜也常也準也又姓出姓苑魚祭切八 埶說文種也周禮音世 蓺

上同 寱睡語 讛上同 囈亦同 槸樹枝相摩 褹字林云複襦也 ○劓去鼻也牛例切一 ○艾草名一名冰臺又老也長也養也亦姓風俗通云龐儉毋艾氏五蓋切三

豙豕 豛豭 鴱鴱巧婦別名 ○外表也遠也五會切一 ○睚目際又睚眦怨也五懈切又五佳切一 ○聧不聽五介切四 譺誡譺 懝忺懝懝恃人也 螘蟲名吚食草木葉也 ○

聵聾也五怪切三 聧說文同上 纇說文曰頭蒯纇 ○磑磨也世本曰公輸般作之五對切一 ○礙止也距也五溉切七 硋上同 㝵釋典云旡㝵也 閡外閉 儗儓儗 懝騃也

憖且也一曰傷也又曰閑也魚覲切三 猌犬張齗怒皃 垽滓也 ○垽爾雅曰澱謂之垽吾靳切一 ○願欲也念也思也說文云大頭也魚怨切四 顚上同說文云顛頂也 傆

朩木曲頭不出又音稽 ○刈刈穫魚肺切八 乂才也 汉水名 忿困患 鴱爾雅云桃蟲鷦其雌鴱俗呼為巧婦亦作鴱又音艾 艾治也見詩 虓虎皃 㜸才人名 ○

說文黠也 愿謹也善也謹也 ○甗甑也語堰切二 鬳鬲屬 ○顐禿也五困切二 諢玉篇云弄言 ○岸水涯高者五旰切九 犴獄也又五干切 豻野狗 頇頭無髮也 駻

騂騂馬行又馬白額至脣 屵說文云火色也讀若鴈 喭脣 喭弔失容又五弁切 㟜長大 ○玩弄也五換切五 貦說文上同 翫習也 妧好皃 忨忨貪 ○鴈禮曰孟春之月

鴻鴈來賓白虎通曰贄用鴈者取其隨時五晏切六 鳫上同 雁鳥也出說文 贗偽物 偐上同 犴逐獸犬 ○薍菼薍五患切一 ○硯筆硯釋名云硯研也研墨使和濡也吾甸切六

研磨研又音平聲 趼行不正也 豣逐虎犬也 豣爾雅云麔絕有力豣 趼趼胃 ○彥美士魚變切六 唁弔失國說文曰弔生也詩白歸唁衛侯 喭上同 甗甗也 諺俗言

這迎也 ○顤五弔切五 獟狂犬 嶢韓浞子名又音梟 鼼仰鼻又牛㪽切 嘄叫也 ○虤虤虤牛召切一 ○樂好也五教切又岳洛二音三 磽磽磽又五交切 䰧醜皃 ○傲

慢也倨也說文作敖餘傲此五到切八 嫯慢也 顤頭長也 鏊鏊餅 驁馬名 奡陸地行舟人也 謷志遠皃 鰲鰲魚鳥狀也 餓不飽也五个切一 ○臥寢也釋名

曰臥化也精氣變化不與覺時同也說文曰休也从人臣取其伏也吾貨切一 ○迓迎也吾駕切六 訝嗟訝亦上同 犽獸名 齖齗齖不相得也 枒木名一云車輞合處 砑砑碾 ○瓦

泥瓦屋五化切一 ○軏轎軏魚向切二 仰又魚兩切 ○枊繫馬柱五浪切三 [illegible]馬怒又五郎五勛二切 岇山名在越剡縣界 ○迎迓也魚敬切一 ○鞕堅牢五爭切二 硬

上同 ○凝牛餧切又牛淩切一 ○鼽仰鼻牛救切一 ○偶不期也五遘切一 ○吟長詠冝禁切一 ○㒛偶㒛五紺切一 ○驗證也徵也效也說文云馬名也魚窆切三 噞噞喁魚口 [illegible]

證也 ○釅酒醋味厚魚欠切二 [illegible]齒皃 ○顩顩長面也五陷切一 ○砡齊頭皃魚菊切一 ○𤛓白牛五沃切又音岳一 ○玉白虎通曰玉者象君子之德燥不輕濕不重是以君

子寶之禮記曰執玉不趨又烈火燒之不熱者眞玉也說文本作王隷加點以別王字魚欲切四 獄皐陶所造說文确也从㹜从言二犬所以守也 鳿鳥鸀鳿 頊人項煩又音勗 ○嶽嶽

也五角切八 岳上同 樂音樂周禮有六樂雲門咸池大韶大夏大濩大武又姓出南陽本自有殷微子之後宋戴公四世孫樂莒爲大司寇 鸑鸑鷟鳳屬國語曰周之興也鸑鷟鳴于岐

山俗作鸑 ○䫑說文云面前岳岳也 礐爾雅云角謂之礐治角也或作礐又音學 捔抨捔 㩧說文曰白牛也 ○耴耴魚鳥狀也魚乙切又女涉切七 聉無知意也 𠜺斷也 𡕒水流皃

圪高皃 舠舟行 勁動勁 ○崛危崛山皃魚勿切一 ○疙癡皃魚迄切五 屹屹崒山皃 圪高士皃 虎虎皃 仡壯勇皃 ○月范子計然云月者尺也尺者紀度而成數

也王子年拾遺錄曰水精爲月魚厥切十 刖絕也斷足刑也又五刮切 跀跀上同見說文 軏車轅端曲木也又五骨切 扤折也 扤動也又五骨切 枂枂輍 鈅兵器 玥神珠 朋山

山 ○钀馬勒旁鐵語許切一 ○兀高皃又姓後漢改樂安王元覽爲兀氏五忽切十六 扤動搖 杌樹無枝也 屼嵣屼禿山皃又五屼山名在犍爲 矹矹硉不穩皃 ○閞閞括也又

云牵者 ○鼿鼻也 刖說文曰船行不安也 舤俗 䑽䑽舤不安也 ○瘛說文曰病也 疙俗 ○靰靰靰又音月 蚏蛤蟹 刖刮刖又音月 ○芃芃艾 ○䕏五割切又五結

切十三　巘車載高也　屵高山狀　𣙩伐木餘𣙩　巘頭戴皃說文曰伐木餘也　櫱上同書作蘖　不古文從不無頭　哳毀讀曰哳　𢷎擊也又才割切　哰哰哰嘈嘈戒也說文曰語

相訶距也　歺說文曰𣦼骨之殘也凡從歺者今亦歺　頁無髮　齾獸食之餘曰齾　○枂去樹皮又柮枂柱頭木五活切一　○[鼻出]屈也五骨切三　聉無知之意　[耳闌]無耳吴楚語也　○齾

器缺也五鎋切四　聐聐顤無所聞也　髺禿髺　[山齧]山中絶皃　○刖去足亦槷刖危之皃五刮切又音月四　明說文曰墮耳也　𣧹獸食殘皃　訐訶也　○齧噬也亦姓

莊子有齧缺五結切十三　霓虹又音倪　蜺寒蜩又音倪　嵲嵽嵲　槷危槷　臬禮注云門橛也爾雅云在牆者曰楎在地者曰臬　嶭巀嶭又五割切　臲臲卼不安書作

杌隉　隉見上注　視裖視　岜山高皃說文作岜本音櫱　闑門闑中也　嵲屼嵲山皃　○孽臣僕庶孽之事謂賤子也猶樹之有孽生也說文曰庶子也魚列切十二　櫱麴櫱說文

曰牙米也　讞正獄說文作讞議辠也與法同意　讞上同　蠥妖蠥說文曰衣服謌謠艸木之怪謂之祅禽獸蟲蝗之怪謂之蠥　蘖俗　闑門中礙也　岜山高皃說文作岜危高也

又藝哲切　钀馬勒傍鐵　櫱木餘又姓何氏姓苑云東莞人本姓薛避仇改之　龘龍鬐脊上龍又丁篋切　轍高皃　○虐酷虐說文作虐殘也魚約切三　磿大脣皃又音綽

瘧病也　○咢徒擊鼓謂之咢詩云或歌或咢說文作咢譁訟也五各切二十五　愕驚也　鄂國名在武昌又姓漢安平侯鄂君　諤謇諤直言　㓵說文曰刀劍刃也　[虫咢]

說文曰似蜥蜴長一丈水潛吞人即浮出日南　[虫咢]上同　遻心不欲見而見曰遻　萼花萼　鍔劍端　[illegible]籀文　崿崖崿　鶚鳥名　鰐魚名　噩爾雅曰太歲在酉曰

作噩亦作咢　噩口中斷咢出字統　齶上同　顎嚴敬曰顎　[山噩]山峯　鑩以鐵作鉤物也　偔多也　堮圻堮　[土噩]上同　[木咢]穽也　[氵咢]水名　○瓁扑瓁

五郭切一　○額釋名曰額鄂也有垠鄂也說文作頟額也五陌切六　頟上同　[魚契]鰅[魚契]魚名　峉岝峉或作嶨　詻鄭玄云詻詻教令嚴　[革鬲]補履　○逆迎也卻也

亂也范曄漢書周防字偉公少孤微常修逆旅以候過客而不待其報宜戟切六　屰說文曰不順也　縌漢書古佩縌也　[口嚴]說文云神也　[糹屰]紱維　[口屰]嘔[口屰]　○鷊爾雅云鷊綬鷊

小草雜色似綬五革切又五狄切四 鳽 鵁鶄又音堅 鞷 履頭 彄 彄強補也 ○鷁 水鳥也博物志曰鷁雄雌相視則孕或曰雄鳴上風雌鳴下風亦孕五歷切五 鶂 上同說文又作鶃鷊 鷁

艗舟舟頭爲鷁首 砨 石地惡 虉 綬草 ○岌 高皃魚及切二 岋 危也 ○㬎 曰中見絲凡作㬎同五合切十 礏 礏碟 哈 魚多皃 儑 傝儑 嚈 衆聲 砐 砶砐 礘

動礘礘亦作硆 㾑 寒㾑 䑧 船皃 魥 魚名 ○業 事也大也敘也次也始也㪍也嚴也說文作𦘤大版也所以飾縣鐘鼓捷業如鋸齒以白畫之象其鉏鋙相承也詩曰巨業維樅又爾雅

曰大版謂之業郭璞云築牆版也俗作牒魚怯切十五 牒 見上注 鄴 縣名在相州又姓風俗通云漢有梁令鄴風 驜 驜驜馬高大 嶪 岌嶪山皃 𠞵 續也 𨽒 危皃 𡂝 𡂝動

皃 𠃵 引也 䜅 樂也 𩹶 魚盛也 𢥍 懼也 鰈 魚名 鸈 鳥名知人吉凶 𣽚 橫水大版 ○𡼵 五江切一 ○宜 說文本作宐所安也俗作冝亦姓出姓苑魚羈切十一

宐 上同 𡧯 並古文 儀 儀容又義也正也亦州名本漢涅縣地秦爲上黨郡武德爲遼州又爲箕州今爲儀州亦姓左傳徐大夫儀楚 𡑞 上同 鄬 地名在徐 鸃 鵔鸃

神鳥 轙 車上環轡所貫也又音蟻 涯 水畔也又五佳切 崖 崖岸又五佳切

卷第三舌音

十。端正也直也緒也等也亦姓出姓苑又漢複姓孔子弟子端木賜也多官切十一褍衣長也又衣正幅也剬齊也觿角觿獸名狀如豕角善為弓李陵以此遺蘇武

耑說文曰物初生之題也上象生形下象其根也鍴鑽也篅竹名出南領竱齊也又之耎切[艹耑]草名[禾耑]禾垂皃又丁果切偳抄偳又音端。東春方也說文曰

動也从日在木中亦東風菜廣州記云陸地生莖赤和肉作羹味如酪香似蘭吳都賦云草則東風扶留又姓舜七友有東不訾又漢複姓十三氏左傳魯卿東門襄仲後因氏焉齊有大夫東郭偃又

有東宮得臣晉有東關嬖五神仙傳有廣陵人東陵聖母適杜氏齊景公時有隱居東陵者乃以為氏世本宋大夫東鄉為賈執英賢傳云今高密有東鄉姓宋有貟外郎東陽無疑撰齊諧記七卷昔

有東閭子嘗富貴後乞於道云吾為相六年未薦一士夏禹之後東樓公封于杞後以為氏莊子東野稷漢有平原東方朔曹瞞傳有南陽太守東里昆何氏姓苑有東萊氏德紅切十七菄

東風菜義見上注俗加廾鶇鶇鶏鳥名美形出廣雅亦作鶇䍶獸名山海經曰泰戲山有獸狀如羊一角一目目在耳後其名曰䍶又音陳音棟倲儱倲儜劣皃出字諟倲

上同鍊地理志云東郡館名[忄東]古文見道經涷瀧涷沾漬說文曰水出發鳩山入於河又都貢切蝀螮蝀虹也又音董凍凍凌又都貢切鯟魚名似鯉徚

行皃崠崠如山名埬上埬地名𧓕𧓕螽科斗蟲也案爾雅曰科斗活東郭璞云蝦蟆子也字俗從蚰䰤醜皃。冬四時之末尸子曰冬為信北方為冬冬終也又姓前

燕慕容皝左司馬冬壽都宗切七㚵古文苳草名鴤鴤鳥好入水食似鳧形小笗竹名零雨皃𧕒獸如豹有角[木冬]椶也都江切二[氵冬]深水立[氵冬]

。胝皮厚也俗作眡丁尼切四疷上同秪穀始熟也氐氐池縣名又音低。都都猶揔也尚書大傳十邑為都帝王世紀曰天子所宮曰都又姓有臨晉侯都稽何氏姓苑云今吳興

人當孤切七箌竹名闍闉闍城上重門又市遮切肚肚胍大腹䣜賭勝出新字林醏醲醏醬也[革都]折皮具牛牽船出通俗文。低低昂也俛也垂也都奚切俗作仾二十六

氐氐羌說文至也 衹衹裯短衣 磾漢有金日磾說文云染繒黑石出瑯邪山 鞮革履 腣腣胵胅腹胵音奚 羝羝羊也 眡視也 隄防也 堤同上 岻山谷 啶篆文

云姓也 㚖大也 趆趍也 䞶說文云趆䞶不能行爲人所引曰趆䞶 鍉歃血器 柢木根也又音帝 䏲脣腯強脂 觝獸角不正 紙絲滓也 揥指也 剔刲剔以刀解物

䬾䬾餬○ 磓落也亦作䃀都回切十五 塠同上 頧毋頧夏冠名禮記作追 䭔餅也 堆聚土 䳠雀屬 厜厜撲物也亦作捶 鎚治玉也周禮作追 搥擿也 [illegible]

同上 崔高也 䩞䩞酟醜面 𠂤說文曰小阜也 敦詩曰敦彼獨宿 [illegible][illegible]坐皃出聲譜 ○黱黕黱大黑皃丁來切二 懛懛劃失志皃 ○敦迫也亦厚也又姓敦洽衞之醜

人也都昆切七 惇厚也 弴畫弓也天子弴弓又丁僚切 弤同上 驐去畜勢出字林 墩平地有堆 [illegible]器似甌甂 ○單單複也又大也亦虜姓可單氏後改爲單氏都寒

切又常演切十 禪禪衣 鄲邯鄲 丹赤也說文曰巴越之赤石也亦州名春秋時白翟所居後魏置汾州廢帝三年以河東汾州同乃改爲丹州亦姓晉有大夫丹木出風俗通 殫

盡也 簞簞笥小筐 匰宗廟盛主器出字書 嘽嘽孤山名 癉火癉小兒病也 [illegible]大腹 ○顛頂也又姓左傳晉有顛頡都年切十五 巔同上 齻牙齻儀禮曰右

齻左齻鄭玄云齒堅也 [illegible]馬額白令戴星馬 槙木上 瘨病也 癲上同 滇滇池在建寧 [illegible]走頓 巔山頂也 驒驒騱野馬 傎傎隕也又倒也 傎

同上 蹎蹎仆說文跋也 槇槇冢 ○[illegible]行不正皃丁全切一 ○貂鼠屬出東北夷又姓出姓苑都聊切二十二 髫小兒留髮 刟斷穗 刁軍器纂文曰刁斗持時鈴也又

姓出渤海風俗通云齊大夫豎刀之後俗作刀 琱琱琢 凋凋落 鯛魚名 𥎊短尾犬也 雕鷻屬又姓漢武帝功臣表有雕延年 鵰籀文 蛁蛁蟟茆中小蟲 彫彫刻亦作雕

裯說文云短衣也 [illegible]死人衣 芀葦華也又音調 [illegible][illegible]芺實 [illegible]吳船 鳭鳭鷯剖葦求蟲食似雀青斑色 [illegible]大也多也 奝同上 弴天子弓也說文曰畫弓也詩又

作敦又丁昆切 瞗熟視 ○刀釋名曰刀到也以斬伐到其所也說文云兵也都牢切七 魛魚名 忉憂心皃 裯說文曰衹裯短衣又直流切禪被也 舠小船 [illegible][illegible]大面皃

杒木心。多衆也重也又貝多樹名葉如枇杷葉得何切三 移姓也漢有移宗 㑬上同。陎陎堆丁戈切二 棙木株 。當敵也直也主也值也亦州木羌地周置同昌郡

隋改爲嘉城鎮貞觀中改爲當州蓋取燒當羌以名之又姓也都郎切十一 鐺鐺鋃 簹篔簹竹名 襠兩襠衣 璫耳珠 轜車轜 檔木名出文字音義 儅止也又丁宕切

䁢耳䁢耳下 𤓭瓜𤓭瓜中 蟷蟷蠰螗蜋別名亦作蟷 。丁當也亦辰名爾雅云太歲在丁曰強圉又姓本自姜姓齊太公子伋謚丁公因以命族出濟陽濟陰二望當經切八

釘又都定切 玎玉聲 靪上名 靪補履下也 虰爾雅曰虰蛵負勞郭璞云或即蜻蛉也 仃伶仃獨也 叮叮嚀 。登成也升也進也衆也說文曰上車也亦州名漢

文帝封悼惠王子爲牟平侯即此地也周爲登州取文登山而名又姓蜀有關中流人始平登定都滕切八 璒石似玉也 燈燈火 簦長柄笠也 毲毲毲 䔲金䔲草 瓾瓦器

䲳䲳鶬鳥也 。兜兜鍪首鎧也當侯切十 佔佔垂下皃丁兼切 吺輕出言也 篼飼馬籠也 䀘䀘眵目汁凝眵赤支切 剅小穿又音婁或作𠜕 䜊說文

云目蔽垢也 玽小裂皃 郖說文云弘農縣庾地 䯦䯦鬣白頭 耽說文曰耳大垂也又耽樂也詩云士耽或作躭丁含切九 湛湛樂亦見詩 眈視近而志遠也

酖嗜酒 妉妉樂 甔大甖可受一石 媅媅過說文樂也 覘內視又大含切 躭多也 。擔擔負釋名曰擔任也任力所勝也都甘切五 儋說文何也亦姓左傳周有大夫

儋翩 聸說文曰垂耳也南方有聸耳之國 頕頕緩 甔小甖 。髧髧鬖髮踈薄皃丁兼切八 敁敁敠稱量 佔佔侸輕薄也 詀轉語 㡇衣領又丁頰切

衴上同 聑耳垂 貼目垂又丁念切 。董督也正也固也又姓飂叔安裔子董父實甚好龍帝舜嘉焉賜姓曰董出隴西濟陰二望多動切七 蝀螮蝀虹也又音

東 箽竹器也亦姓又 懂懵懂心亂 蕫鼎蕫草似蒲而細又藕根 鶇鶇鶇不上 鼕鼕鼕鼓鳴也 。湩都鵠切又多也此是冬字上聲一 貯

居也積也丁呂切九 宁上同 帄同 褚裝衣 𥮵說文曰䉛也所以盛米也 紵上同 著著任又張慮切直略切 詝有所知也 衼衣 。覩見也當古

一切十　睹上同　睹詰朝欲明　賭戲賭　堵垣堵又姓左傳鄭有堵叔又音者　肚腹肚又徒古切　帾幡也標記物之處也　居美石又音怙　楮木名

又音褚　⿰者皮桑皮又音杜　⿱者目梁公子名仉⿱者目　邸舍也又姓風俗通云漢上郡太守邸杜俗從互餘同都禮切十三　底下也止也作底非也　詆呰也訶也　聜耳朧

坻隴阪又支氏切　抵擠也擲也　牴角觸　觝上同　柢本也根也　弤埤蒼云舜弓名　⿰氐攴隱也　堤滯也　軧大車後也　⿰月鬼[illegible]亦作[illegible]都罪切五

⿰立尃木實垂皃　郵陲郵重皃　頣頭不正皃　謉謉諈諉言缶聲譜　等齊也多改切又多肯切一　亶信也厚也大也多也穀也俗作亶多旱切又遮

連切八　癉病也　嬗媛也　亶持也笞也又都達切　疸黃病又音且　觛小觶又音但　狚獦狚獸　担笞也　短促也不長也都管切四　扭上同

斷斷絕俗作断又徒管切　⿰扌㡭轉籛　典主也常也法也經也又姓魏志有典韋多殄切五　蕇葶藶　⿰典頁頰後也又古很切　錪小釜又他典切　篹大簏

鳥說文曰長尾禽總名也象形都了切九　⿰巾勺絹布頭也　⿰忄勺垂心　蔦寄生樹上　釣釣鈇帶頭飾出聲譜　扚擊　⿰衣鳥短衣　⿰禾勺禾穗垂皃　乚懸皃

倒仆也都晧切十一　擣築擣　搗俗　島說文曰海中往往有山可依止也又音鳥　禂牲馬祭也　⿰馬壽上同　檮說文曰斷木也又音陶　禱請也求福也

⿸疒壽病也　壔高土也　懤憂也　⿰革單垂下皃丁可切五　嚲古文　哆語聲又昌者切下唇垂皃　癉勞也又怒也　⿰多頁醜皃　埵土埵丁果切十五　鬌

小兒翦髮為鬌　挆稱量　⿰糸朵冕前垂也　朵木上垂也　朶上同　綞綞子纓出字林　揣搖也又初委切　鍺車鐗　⿰阝朵小崖也　⿰金朵鈇也　⿰禾耑禾垂皃又

丁官切　⿰耑攴試也又初委切　⿰革朵履跟緣也　褍衣正幅也　觰牛角橫都賈切又竹加切一　黨釋名曰五百家為黨黨長也一聚所尊長也又輩也美也累也說文

日不鮮也多朗切五　讜直言　欓木名　⿰黨阝地名說文作[illegible]　⿱艹黨草名　打擊也德冷切又都挺切一　頂頂顛頭上說文顛也都挺切十三　⿰丁首上同　⿰鼎頁

籒文奵 娗 町 耵耵聹耳垢 鼎說文云鼎三足兩耳和五味之寶器禹收九牧之金鑄鼎荊山之下 鼑草名 酊酩酊 濎濎濘水皃 葶葶藶毒草 靪

補履又音丁 打擊也又都冷切 㞟㞟展也 ○等齊也類也比也輩也多肯切一 ○斗說文作㪷十升也有柄象形石經作斗當口切八 㪷俗 枓柱上方木 蚪

蝌蚪蟲也 阧阧峻 陡上同 抖抖擻舉皃 襡衣袖又音蜀 ○黕滓垢也黑也都感切十 眈虎視又丁含切 紞玉篇云多也又丁含切 衴埤蒼云被緣也

頍顐頍醜也 冄姓也 瓬瓦屬 抌刺也擊也音由 箈箈屬又作簹 簹上同 ○膽肝膽都敢切六 紞冕前垂也說文曰冕冠塞耳者 礑

石礑藥名出玉篇 黵大污垢黑 菵蕁菵藩又音沈 鷉鷉鷹鳥名 ○點點畫多忝切五 玷玉瑕 者老人面黑子 㓠斫 鉆說文鈌也 湅

瀑雨又水名出發鳩山多貢切又音東七 涷冰涷又音東 棟屋棟爾雅曰棟謂之桴 湩乳汁匈蒐民取牛馬湩以洗穆天子之足 𤭛𤭛甗 鬉鬉鬆髮皃 羪獸名似羊一角

一目出秦戲山又音東 ○妒妒忌當故切十二 妬上同 秅禾束又縣名在濟陰或作秺 秺上同 奼美女 肚肚胍腹大 疕乳病 託飲酒爵也 蠹食木蟲也 蠧

古文殬敗也 斁上同 ○帝說文曰諦也王天下之號也爾雅曰君也都計切二十三 諦審也 嚏鼻氣也 嚔俗 柢木根柢也 蔕草木綴實 螮螮蝀

蝃上同見詩 揥揥撮取 𦨣𦨣艦水戰船出字林 䟡姓也漢書王莽傳有中常侍䟡惲 遰遰柢也爾雅棗曰遰之謂去柢也 骶背也 僀俊也 摕兩手急持人也 𧿹

蹢躍也 瓺瓺甍大瓮也 偙偙儶 腣胅腹皃又當兮切 趆趆走皃 蝭寒蟬又音啼 鞮補履下也 渧埤蒼云渧瀝漉也 ○帶衣帶說文曰紳也男子鞶革婦人

鞶絲象繫佩之形帶有巾故从巾易曰或錫之鞶帶又蛇別名莊子云蝍蛆甘帶也當蓋切七 跢倒跢 𤸷𤸷下病也 蹛匈奴傳有蹛林又音滯 嵽帶方山名 艜艇船也 摕搥也

○祋祋祤縣名在馮翊又祋殳也丁外切一 ○對荅也當也配也揚也應也古作對漢文責對而面言多謂非誠對故去其口以從士也都隊切六 對注見上 碓杵臼廣雅曰磓碓也

通俗文云水碓曰轓車杜預作連機碓孔融論曰水碓之巧勝於聖人之斷木掘地 樹 車箱考工記云立曰樹橫曰軹 轛 同上 懟 市懟 戴 荷戴又姓出濟北本自宋戴穆公之後風俗通云凡

氏於謚戴武宣穆是也都代切一 ○頓 說文云下首也亦姓魏志華佗傳有督郵頓子獻都困切三 扽 扽撼 敦 豎也又都昆徒官二切 旦 早也得按切八 疸 黃病 鴠 鴠鴠鳥名 觛

小觶又丁但切 狚 獦狚獸名似狼 怛 傷也 笪 笞也 亶 小舍 ○鍛 打鐵丁貫切六 腶 腶脯 碫 礪石 斷 決斷俗作斷斷 瑖 石之似玉 踹 足踹 ○弔 弔生曰唁弔死曰弔多嘯

切又音的七 伄 伄儅不當兒 瘹 瘹星狂病 釣 釣魚淮南子曰詹公釣千歲之鯉詹公古善釣者呂氏春秋曰太公釣於滋泉以遇文王 寫 寫窅深也 蔦 寄生草 迊

至也又音的 罩 竹籠取魚具也都教切五 箌 同上 翟 說文曰覆鳥令不得飛走也 趙 趙趞跳兒 鵃 鵃雗今白雗也 ○到 至也又姓出彭城本自高陽氏楚令尹屈到之後漢

有東平太守到質都導切六 禱 祭也請也文字音義云得福曰祠求福曰禱又當老切 倒 倒懸又當老切 㚋 姓也出河內 襠 衣背縫 菿 大也 ○跢 小兒行也丁佐切四

癉 勞也 疼 病也 哆 語助聲 ○椓 木本都唾切四 姝 量也 剁 剁斫剉也 桗 落帆 ○譡 言中理丁浪切六 儅 不中 瓽 大甕一曰井甃說文云郎切也又姓姚弋仲將

瓽耐虎 當 主當又底也亦音璫 擋 擋擋 闣 閃闣人 ○矴 矴石丁定切九 釘 又得庭切 訂 字林云逗遛也 定 題額詩云定之方中定營室也又徒徑切 飣 貯食

奠 上同 酊 亦同 題 題題 錠 豆有足曰錠無足曰鐙 ○嶝 小坂都鄧切八 鐙 鞍鐙 隥 梯隥 橙 几橙 凳 牀凳出字林 豋 蘴豋 [illegible] 祭食 磴 巖磴

○鬥 說文曰兩士相對兵仗在後象鬥之形凡從鬥者今與門戶字同都豆切九 鬭 鬭競說文遇也又姓左傳楚有大夫鬭伯比 鬪 俗 噣 鳥口或作咮又丁救切 [illegible] [illegible]譳

不能言也 狣 狣尾張衡東京賦云日月會於龍狣 斢 斢也角力走也又相易物俱等 襡 衣袖又時燭切 餖 飣餖 ○馾 冠幘近前丁紺切三 [illegible] 頑劣面兒 [illegible] [illegible]鳥 ○擔

負也都濫切二 甔 甔石大甖又都甘切 ○店 店舍崔豹古今注云店置也所以置貨鬻物也都念切十一 坫 壇也屏也 沾 水名在上黨說文他兼切 痁 病也又式詹切 墊 下也又墊江在巴陵

三

又徒協切 霡早霜寒 唸呻吟 䆮窮也說文曰屋傾下也 埝下也 耇老人面黑皃 貼目垂皃又丁炎切 ○𣪊𣪊𣪊丁木切八 啄啄木鳥 豚尾下竅也 𠮷俗 斲

衣至地也說文音斲 𣪘擊聲 竺竺厚 剢刀鋤 ○篤厚也說文曰馬行頓遲冬毒切十一 竺地名說又厚也 督率也勸也正也說文察也一曰目痛也又姓風俗通云漢有五原太守督瓚俗作𢼄

𧞣衣背縫也 𧜟𧝎並上同 𥁕𥁕舌 𤿎瓠𤿎 砮砮砫玉篇云落石也 𧜵新衣聲又先篤切 𠮷尻𠮷俗 ○蛭蛭蝚丁悉切又之日切一 ○咄呵也當沒切四 柮

榾柮木頭又五括切 䯷䯷䯷獸出北海 䮸鳥鳴豫知吉凶也 ○怛悲慘也當割切十 𢘋𢘋驚 妲妲己紂妃 呾相呵 炟火起 黖莫黖縣在五原 狚獦狚獸名似狼

而赤出山海經 笡竹䉛 苴蕈苴 靼柔革也又之列切 ○掇拾掇也丁括切八 剟削也擊也 鵽鵽雀又當刮切 䐑挑取骨閒肉也 祋祋祤縣名又都外切 咄又都骨切

裰補裰破衣也 敠敁敠知輕重也又敠敠食不嗅自來 ○窡說文曰穴中見也丁滑切五 𥨁說文曰口滿食 娺婠娺好皃 鵽黃雀 聉無所聞也 ○鵽爾雅曰鵽鳩寇雉郭

璞云鵽大如鴿似雌雉鼠腳無後指歧尾爲鳥憨急羣飛出北方沙漠地丁刮切又下括切三 窡穴中出皃 錣策端有鐵 ○窒塞也丁結切又陟栗切七 膣膣䏿 蛭水蛭又音質

喹喹咄 咥蛇咥氏蕃姓 閨門閉 国下入 ○的指的又明也說文作的都歷切二十六 適從也又之石始石二切 嫡正也君也 甋瓴甋塼也 靮馬韁 鏑箭鏃 馰

馰顱馬白額又作的 滴水滴也亦作澹 肑腹下肉也 弔至也又音釣 芍蓮中子也亦作的見爾雅 蹢蹄也詩云有豕曰蹢 鼩鼠名又音灼 玓玓瓅明珠色出說文 樀屋梠

鸐雉屬 罥魚擊網也 礴礴磓 矵上同 扚引也 斢量也 啇本也 魡魚名 怕怕痛 迅至也 杓柄末橫木 ○䵠丁力切又丁六切 𣯃毛少𣯃𣯃 得

𤄯得𤄯水少 ○德德行又惠也升也福也亦州名秦爲齊郡地漢爲平原郡武德初爲德州因安德縣以名之多則切九 悳古文 㥁𤅰㥁縣名在張掖漢書作得 㝵說文取也今作㝵同

得得失 淂水皃又丁力切 𨁂行𨁂 韄約也 𣋀取也 ○荅當也亦作荅都合切十二 畣爾雅曰畣然也 踏跛行皃 搭打也出音譜 荅小豆正名云

褡橫褡小被 㜓面㜓姶皃 瘩肥瘩疲出字林 嗒舐嗒 狧犬食 餄皮餄 榙榙㯓木名 ○皶皶皶都榼切十一 耷大耳 搨手打也 搭上同 砬擲地聲又

竹亞切 剳相著聲一曰剳鉤也亦作㓣 笚竹相擊 荅菜生水中又荷覆水 褡橫褡小被 鎉鎉鎉 鞳熱鞳 ○耼耳垂皃丁𢘅切十二 呫多言 扟打也 笘折竹箠也

喋血流皃又田叶切 窚下也 跕墮落 鞊鞊鞢鞍具 衹衣領 佤低佤也 迌迌遝走也 渉血流皃又時㘸也 ○殿軍在前曰啓後曰殿又殿最漢書音義云上功曰最下功

曰殿都甸切又堂練切三 唸唸吚呻也亦作㕦及經典又作殿屎 㕦見上注

十一 ○透跳也他候切又書育切五 咅說文作否相與語唾而不受也隸變如上 歆說文同上俗又作㰯 毀索殭毀也 𣪅自投下或作毀 ○通達也三禮圖曰通天冠一名高

山冠上之所服也亦州名本漢宕渠縣內有地萬餘頃因名爲萬州後魏以萬州居四達之路改爲通州又姓出姓苑他紅切九 蓪蓪草藥名中有小孔通氣 侗大也 恫痛也

痌同上 曈曨曈欲明之皃 俑偏偶人又音勇 狪獸名似豕出泰山又音同 峒走皃 烔火色他冬切一 ○瑹美玉他胡切十二 稌稻也又他古切 悇

廣雅云懷憂皃 嵞山名 瑹玉名 峹山名 庩庯庩屋不平也 𧼮𧼮𧼮伏地 梌鍬也 瑹瑹玗玉名 捈臥引 䩣鞢轢 ○梯說文云木階也土雞

切九 睇視也又徒計切 䴘鷉鷈似鳧而小 䖙臥也 𧈪上同 㔸匾㔸薄也 蹄蹄䠆 謕轉相誘語 䴘一遍 ○𨌲車盛皃他回切七 輴上同 㯓㯓㯓毛出

字林 蓷草名 推又昌隹切 蘈牛蘈草也 㞂屜屬也頭曰㞂 ○胎始也說文曰婦孕三月也土來切七 珆上同 鮐魚也 台三台星又天台山名 邰地名后稷

所封在始平或作斄 蛤說文云黑貝亦作鮐 鬐鬐鬐婦人偽髻出證俗文 ○暾日出皃他昆切七 燉火色 涒涒灘歲在申也 黗禮記孺子黗之喪也魯公子名亦黃色也

噋詩云大車噋噋重遲皃 蜳蜳蝺蟲名 黗黃黑色也 ○吞咽也吐根切又音天一 ○灘水灘爾雅云太歲在申曰涒灘他干切十 嘽馬喘 嘆長息與歎同又

音炭 攤攤蒱賭博 譠譠慢欺慢言也 㾀力極 擹開也亦緩也 彈彈誕言不正也 嬗緩也 揣擊揣婉轉 ○湍急瀨也他端切又音專六 貒似豕而肥又他

畔切 𪎭黃黑色 䵎黃色又湯門切 煓火盛 偳人名又多丸切 ○天上玄也說文曰顚也至高無上从一大也爾雅曰春爲蒼天夏爲昊天秋爲旻天冬爲上天他前切六 兲 [illegible]

並古文 𡕥誕譂語不正也 吞姓也漢有吞景 訮訮訶皃 ○祧遠祖廟也吐彫切十一 佻輕佻爾雅曰佻偷也 挑挑撥 朓月出西方又吐了切 恌薄轉

斛斗旁耳又爾雅云斛謂之䨏古田器也郭音鏊 庣不滿之皃 銚田器 趒雀行又他弔切 聑耳疾 蓧苗也 ○饕貪財曰饕土刀切二十八 洮水名出西羌又清汰也

韜藏也寬也說文曰劒衣也 縚上同 謟疑也 滔漫也又水流皃 叨叨濫 弢弓衣 駋馬行皃 犞牛羊無子又昌來切 牧牛行遟皃 慆悅樂 絛編絲繩也

幍上同 [illegible]目通白也 槄木名爾雅云槄山榎今山楸也 蜪爾雅曰蝝蝮蜪郭璞曰蝗子未有翅者又音陶 夲說文曰進趣也从大十大十者猶兼十人也 丰上同 綢爾雅曰素

錦綢杠郭璞曰以白地錦韜旗之竿又音紬 搯搯捾周書云師乃搯搯捾搯烏活切 翢羽葆幢又徒刀切 瑫玉名 𡵒𡵒滑也又䩞鼓大頭名 筶牛篆器 𠤱古 詉

詜詢言不節 挑挑達往來相見皃詩曰挑兮達兮又條了切 ○佗非我也亦虜三字姓後魏書佗駱拔氏後改爲駱氏託何切七 他俗今通用 拕曳也俗作拖 它說文曰虫

也从虫而長象冤曲垂尾形上古艸居患它故相問無它乎 蛇說文同上今市遮切 㾃馬病又力極也又叨丹切 駝鼠名 ○詑欺也說文曰兗州謂欺曰詑土禾切五 訑俗 涶

水在西河 誘誘詆 譆退言 ○湯熱水又姓宋有沙門湯休有文集吐郎切十一 簜水名在鄴今簜陰縣單作湯 鏜以鐵貫物說文曰鼓鐘聲也 闛盛皃又音唐 趟

趨走皃 踼踼跌又杜郎切 盪盪突又徒郎切 蝪蛈蝪蟲名 鼞鼓聲 蕩遠蕩馬尾 募上同 ○汀水際平沙也他丁切十四 訂平議也又徒頂他頂二切 桯

碓桯 綎絲綬帶綎 聽聆也又湯定切 廳廳屋 町田處又徒頂切 芋草名 罜罟也 鞓皮帶鞓也 鞮上同 縕紹屬說文緩也 緹上同 庁平庁 ○鼟鼟鼞

鼓聲他登切四 膯 飽也吳人云出方言 澄 小水相添益皃 𩐂 上同 ○偷 盜也爾雅云佻偷也謂苟且託侯切四 鍮 鍮石似金陶之則分 鋀 上同 婾 薄也又巧黠也 ○探
取也說文作撢遠取之他含切三 撢 周禮有撢人 貪 貪婪也釋名曰貪探也探入他分也 ○䑽 吐舌也他酣切九 聃 耳漫無輪又老氏名又姓左傳周大夫聃啓 舑 俗
緂 色鮮 坍 水衝岸壞 𦺊 蒸別名 䆱 䆱䆱薄大 㳝 㳝㳝波也 菼 蘿菼瓜菹 ○添 益也他兼切四 沾 說文曰水出壺關東入淇一曰沾益也 黇
黃色 舚 舚舑吐舌 ○侗 直也一曰長大他孔切四 桶 木桶又音動 曈 曈曨欲曙又音童聾 捅 捅進前也 ○土 釋名曰土吐也吐萬物也文字指歸無點他魯切四
吐 口吐亦虜複姓三氏後魏書有吐奚吐難吐萬氏又虜三字姓三氏慕容廆庶長兄吐谷渾後將所部居西零以西甘松之南極平白蘭數千里其孫葉延曰禮云孫子得以王父字爲氏遂以吐谷渾爲氏又後魏書吐伏盧氏 稌 稌稻 芏 草名似莞生海邊可爲席 ○體 體身也又生也他禮切八 軆 俗 醍 醍酒又音啼 涕 目汁 鞮 鞮鞻鞻皃 梯
緹 纁又去音啼 䟴 橫首杖名 ○骽 骽股也吐猥切八 腿 俗 聉 聉頪癡瘨皃說文無知意也頪五滑切 僓 長好皃 腇 腲腇 崣 崣巋山高皃 殨
㥆 㥆㥆行病 ○嚺 嚺嗑言不止他亥切一 ○畽 畽疃行無廉隅他袞切四 腞 腞肉 吨 氣相衝也 黗 黃黑狀 ○坦 平也安也明也寬也他但切二 閆 闖也門傍
之檻阱 ○疃 說文曰禽獸所踐處也詩曰町疃鹿場毛萇云町疃鹿迹也亦作畽吐緩切四 暖 上同 㿸 㿸㿸皃 䠊 行速 ○腆 厚也善也忘也至也他典切十五
㾓 㾓瘓病也 㙉 坦也 淟 淟涊熱風 町 町疃田鹿迹 晪 同上 錪 小釜 靦 面慙 㥏 說文曰青徐謂慙曰㥏 琠 玉名 蚕 爾雅曰螼蚓螼蚕郭璞云即蛩蟺也
江東呼寒蚓 䟔 行跡 𨆗 行皃 賟 富 睓 明也玉篇云 ○朓 月行疾出西方土了切三 窱 窈窱深遠皃 䠷 身長皃 ○討 治也誅也他浩切三 套
長也 槄 山楸又他刀切 ○袉 長衫皃吐可切又徒可切一 ○妥 安也他果切九 嫷 好也 隋 裂肉也又徒果切 鰖 魚子已生 㛂 山長皃 墮 倭墮髻也

又徒果切　橢器之狹長　墮山皃　鵽鳥名　○曭日不明他朗切十二　儻倜儻不羈又他浪切　傷長皃　㒆㒆慌失意皃　矘矘䁢目無精　篡說文

曰大竹箒也　帑金帛舍又音奴　爣爣朗火光寬明　䑗䑗䐬月不明也　𤬪大瓜名又𤬪𤬪長皃　⿰白黨白曭　攩攩提打　○珽玉名說文曰大圭長三尺抒上

終葵首他鼎切十二　圢平也　脡脯朐　侹長也直也代也勑也　頲直也　徎徑也　壬善也　町田區　艼荊也又禿鈴切　甼田器　罜罜䍐小網　閅門上關

○黈黈黈天口切九　飳上同　妵人名左傳有華妵說文女字也　黈冕前纊也　鴸水鳥黑色又大口切　黈好皃又木苗出　斢斢斢兵奪人物出字書　鈄

姓出姓苑　鮏魚名　○襑衣大他感切五　監監醓亦作醓　肬肉汁　嗿衆聲　黮黮䵵黑也又徒感切　○菼說文曰萑之初生一名薍一名鵻吐敢切八　菼

緂青黃色說文充三切白鮮衣皃　舕上同　毯毛席　緂毳衣說文曰帛騅色也引詩曰毳衣如緂　裧俗　厱厱嶮也又五今切　○忝辱也他玷切五

栖鄉名在濟北蛇丘縣　栝說文云炊竈木也　銛取也又銛屬又音纖　㥏㥏弱　○痛病也傷也姓出姓苑他貢切一　○統揔也紀也又姓他綜切二　⿰黃充黃色　莵

莵絲草名又虜複姓後魏書有莵賴氏湯故切四　兔獸名崔豹古今注云兔口有缺尻有九孔論衡曰兔舐毫而孕及其生子從口而出說文云象踞後其尾形兔頭與㲋頭同　吐

歐也又湯古切　鵵木鵵鳥有毛角　○替廢也代也滅也說文本作普廢一偏下也他計切二十　普　普並上同出說文　鬀說文曰鬄也大人曰髡小兒曰鬀盡及身毛曰鬄

剃上同　戾輜車　殀殀殃　楴楴枝整髮釵也　涕涕淚　洟鼻洟　⿰耒帝不耕而種　屜履中薦也亦作屧屜　达足滑　薙除草　悿寍悿心安　褅補也　殢

極困　欶唾聲　笑車節　○泰大也通也古作大他蓋切四　忲奢也又逝大二音　太甚也大也通也周禮曰太史掌建邦之六典宋書曰太史掌曆數靈臺專候日

月星氣焉經典本作大亦漢複姓六氏漢有尚書太叔雄古今人表有大師庇何氏姓苑云太征氏下邳人太士氏永嘉人又有太室氏太祝氏　汰太過也　○蛻他外切五　蜕蛇易皮又

音稅駾奔突也詩云昆夷駾矣䮶鳥易毛又音唾裞送死衣也○退卻也說文作復他內切五復同上退古文㥆肆也又他沒切尵魋尵貸借也施也假也

他代切四儓儓儗癡皃態意態亦作𢜬𥇦曖𥇦不明皃出玉篇○炭火炭又姓西京雜記有長安炭虯他旦切六歎歎息嘆同上㳉㳉漫水廣皃出字林㪚𢿙㪚無文章皃

𡟰𡟰婆無宜適也彖易有彖象通貫切四褖后衣貒野豕名湪水○瑱玉名說文曰以玉充耳也詩曰玉之瑱也他甸切又音田四顛同上滇滇㴐大水又音田睼

迎視又音啼○糶賣米也他弔切十粜谷眺視也覜周禮曰大夫衆來曰覜寡來曰聘趒越也咷叫咷楚聲又音桃頫薛琮云低頭䫂聽本又音府窱窅窱深邃皃

錪銋錪絩綺絲數也○拕牽車吐邏切一○唾說文云口液也湯臥切七涶同上䮶鳥易毛也蛻蛇去皮媠好皃毤落毛也袉無袂衣也儻倖也他浪

切六𢯷排𢯷湯熱湯也又他郎切蕩莨蕩渠又土郎徒朗二切盪盪行又度朗切鐋工人治木器○掌邪柱也他孟切一○聽待也聆也謀也他定切又音廳三

汀汀瀅不遂志又音廳侹極侹直也代也𠊱也○澄小水相益台鄧切一○僋僋俕癡皃他紺切八瀾瀾沉水浮皃潭深取西無光又舌出皃又吐念切倜倜儻

不自安又吐盍切賸食味美憛憛悇懷憂諳競言也又渠仰渠政二切○㮇火杖他念切六舚舌出皃忝辱也又他玷切㼖亭名在京兆㸃火光西無光說文

曰舌皃○禿說文云無髮也从人上象禾粟之形文字音義云蒼頡出見禿人伏於禾中因以制字又國語云史伯曰祝融之後八姓已董彭禿妘曹斟芊是也又虜複姓有禿髮氏其先壽闐之在

孕其母胡掖氏因寢而產於被中朝鮮謂被為禿髮因而姓焉禿髮烏孤以後魏元興元年稱王遷于樂都号涼及國滅入魏賜姓源氏他谷切五禿籀文誘詆誘狡猾桃杖指鵚

鵚鶖鳥也○夂入水又出皃土骨切一○宊出皃他骨切六柷大杖也又音拙𠫓不孝之子說文曰不順忽出也籀文从到子㐬說文同上或从到古文子㥆㥆忽不悵也說

文肆也䟻䟻也跊䟻前不進也○闥門內他達切十三㒓休㒓撻打撻躂足跌澾泥滑獺水狗鰨魚名𣥂文字音義云蹈也從反止羍小羊也亦作羍

幸上同達佻達往來皃又唐割切汏汏過噧多言也○侻侻可也一曰輕他括切五捝除也誤也遺也又解捝或作脫脫骨去肉又徒活切莌又徒活切棁
大棒亦木棁又音拙○獺獸名他鎋切又他達切一○鐵說文云黑金也神異經云南方有獸名曰齧鐵大如水牛色如漆食鐵飲水其糞可作兵器其利如鋼也又虜複姓赫連勃勃
改其支庶爲鐵伐氏云庶朕宗族子孫剛銳如鐵皆堪伐人也又作鐵俗作鐵他結切八銕古文僣僣侻狡猾餮貪食說文作飻貪也飻上同蛈爾雅曰王蛈蝪郭璞云即螲蟷
似鼅鼄在穴中有蓋今河北人呼蛈蝪擮捅擮皃出字林驖馬赤黑也○託寄也他各切十八袥開衣領也橐無底囊魠魚名籜竹籜柝擊柝漢書
曰宮中衞城門擊刁斗傳五更衞士周廬擊柝也亦作柝欜上同拓手承物又虜複姓二氏周書王秉王興並賜姓拓王氏又有拓跋氏初黃帝子昌意少子受封北土黃帝以土德王北俗謂
土爲拓謂后爲跋故以拓跋爲氏跋亦作拔或說自云拓天而生拔地而長遂以氏焉後魏孝文大和二十年改爲元氏也馲馲駝驝上同跅跅弛不遵禮度之士蘀葉落胉
胉脅也滴也澆也侂毀也說文寄也飥餺飥魄落魄貧無家業出史記本音拍沰赭也又磓也矺儀禮注云王棘矺鼠○逖遠也他歷切又本逷古文倜
倜儻不羈趯跳皃𨘋上同剔解骨㓭上同詆詆誘狡猾惕怵惕憂也又愛也鬄骨間黃汁硩周禮硩蔟氏掌覆妖鳥之巢又丑列切摘發也動也說文曰拓果樹
實也一曰指近之也又張革切踢跊踢獸名左右有首出山海經覿說文云目赤也又前歷切鬄說文云鬄髮也焬望見火皃蓨苗蓨草籊竹竿皃惄勞也愸敹也
瞻失意視皃○忒差也他德切六㩆打也慝惡也貣從人求物也聽聽欺貪欲臥也㥀㥀得也○錔器物錔頭他合切二十二遝歡也沓菜生水中媘安皃
說文曰傀伏也一曰意伏也踏著地幍帳上覆鞜革履翗翗翗飛皃漯水名在平原濕上同狧犬食䑙上同䵺鼓聲也佮合也䵵晉書有兗州八伯太
山羊曼爲䵵伯齡食也輡車釭輡也楷柱楷頭罯相罯罯出字林䪁積厚鶕鳥名箸竹名○榻牀也吐盍切十九橧上同艏兩槽大船毾毾㲪鯜

比目魚別名 魼上同 鰨魚名似鮎四足 䍀䍀布 傝傝隷亦傝媷偗劣又傝偄不謹皃 𤜣犬食 䎓上同 譶譶諕多言諕古盍切 𦐇飛皃 鞳鞈鞳鐘聲又他荅切 塔

浮圖 搭摸搭 嗒嗒然忘懷也 遝遝遝不謹事 騔騔騔馬行不進。怗安也服也靜也他協切十一 帖券帖又牀前帷也 聳鼓無聲或作聳 鉆鉆著物 鞊鞊鞍 貼

以物之質錢 跕跕屣又丁協切 蝶蝶蝑 諜小舐曰諜 呫嘗也 𧝓衣領

十二○定安也亦州名帝堯始封唐國之城秦為趙郡鉅鹿二郡漢為中山郡後魏置安州又改為定州以安定天下為名徒徑切四 掟天掟出道書 廷朝廷又音亭 錠錫屬 同

齊也共也輩也合也律歷有六同亦州春秋時晉夷吾獻其西河地於秦七國時屬魏秦并天下為內史之地漢武更名馮翊又有九龍泉泉有九源同為一流因以名之又羌複姓有同蹄氏望在勃海徒

紅切四十五 仝古文出道書 童童獨也言童子未有室家也又姓出東莞漢有琅邪內史童仲玉 僮僮僕又頑也癡也又姓漢有交阯刺史僮尹出風俗通 銅金之一品 桐

木名月令曰清明之日桐始華又桐廬縣在睦州亦姓有桐君藥錄兩卷 峒崆峒山名 硐磨也 舸舸船 狪獸似豕出泰山 筒竹筒又竹名射筒吳都賦曰其竹則桂箭射筒

瞳目瞳 瓺瓺上同 罿車上網又音衝 犝犝牛無角 筩竹筩 潼水名出廣漢郡亦關名又通衝二音 曈曈曨日欲明也又他孔切 洞洪洞縣名在晉

州北又徒弄切 侗楊子法言云倥侗顓蒙 橦木名花可為布出字書又鐘幢二音 烔熱氣烔烔出字林 鶇鶇鶇水鳥黃喙喙長尺餘南人以為酒器出劉欣期交州記 挏

引也漢官名有挏馬又音動 酮馬酪又音動 鮦爾雅云鱧大鮦又直冢直柳二切 甋井甓一云甃也 䍶無角羊 𦍻上同 眮目眶又徒揔切 蕫草名又多動切

穜穜稑先種後熟謂之穜後種先熟謂之稑又音重 衕通街也 𨎮轂具飾也 𢈉地下應聲 𥦗通窗也 哃哃嘈大言 弜弓飾 絧布名 𨛱鄉名 鄭

地名又姓 鼕鼓聲 鼟黑虎 黸黑皃○彤赤也丹飾也亦姓彤伯為成王宗枝徒冬切二十二 疼痛也 佟姓也北燕錄有遼東佟萬以文章知名 炵火盛皃又

他冬切　⿰虫鳥鳥名⿰虫鳥渠狀如山雞黑身赤足出山海經也　鼕鼓聲　⿰忄蟲⿰忄蟲⿰忄蟲憂也出楚詞　⿰鼓攴擊空聲　爞旱熱　⿰忄冬惶也　痋動病　⿰豸虫刺　鉵大鉏

赨赤色　虪黑虎　浵水名亦水皃　⿰冬龜龜名又音終　⿸尸冬楚云深屋　鉖鈎鉖　⿰冬阝古國名　⿰巾冬戎云幡也　⿱冬虫赤蟲　○徒黨也又步行也空也

隸也同都切三十一　迏上同　屠殺也裂也刳也尸子曰屠者割肉知牛之長少史記樊噲少屠狗亦姓左傳晉有屠岸賈又音除　瘏病也　塗塗泥也路也亦姓風俗通云漢諫議大夫塗

禪　途道也　酴酒名　駼騊駼馬山海經曰北海有獸狀如馬名曰騊駼　䅷黃牛虎文　鵌鳥名與鼠同穴　涂水名在益州　梌木名　⿰木兔上同　荼苦菜　圖爾雅曰謀也說

文曰畫計難也　啚俗本　⿸疒屠廜廯草菴通俗文曰屋平曰廜廯　⿰屠阝鄉名　菟菟上地名又音吐　捈引也　⿰余阝下邑地名　稌穗也　嵞嵞山古國名禹所娶也說文云會稽山也一曰九江

當嵞也亦作峹又書作塗　⿰金余上同　楾楸木別名　鍍以金飾物又音度　醶醬醶醬也　潳虎　䖘虎䖘楚謂虎也左傳作於菟　鷋爾雅曰鵌鷗鷜郭璞云似烏倉白色　筡爾雅曰篨

筡中言其中空竹類　唬泣也說文曰號也杜奚切六十　嗁啼同　蹏足也　蹄上同　⿱竹遞竹名　提提攜　詆訶也又音底　瑅玉名　隄隄封漢書作提　楴擿之

長條　題書題說文頟也　媞美好皃爾雅云媞媞安也說文又時尒切諦也一曰妍黠　䪘現也說文顧也　綈厚繒　罤兔網　䃥研米槌也　梯上同　䋣結又音悌　禘

爾雅曰蕛英也郭璞云蕛似稗布地生穢草也或作稊　稊易曰枯楊生稊稊楊之秀也　苐草也　鵜鵜鶘　醍醍醐　禔衣服好皃又是豸二音　鶙鶙鵊　荑荑秀也　禔福也

鯷魚黑色　崹崹㠏山皃　緹周禮注緹衣古兵服之遺色又音體　鶗鶗鴂鳥又音遰　鷈爾雅曰鷈鳧夏小正曰鷈則穴又音斯　騠駃騠馬名又丁奚切　折禮記云吉事欲

其折折爾謂安舒貌　⿱雨弟霘霽雲出　銻字林云鐵名又說文云古鐵字　鮷魚四足者　䶏臥也又音梯　睼睼視目皃　䬾字林云寄食　觝獸角不正又音低　徥

夊待　謕轉語又他今切　䠆越行皃　厗㡗厗石也　鶗鶗鴂鳥春三月鳴也　鴺鴺鳥　⿸厂虒又音低　蝭蝭蟧又音帝　⿰虎虒器也　鷉鷙鷉山雞名　嗁帷　銻

鎕銻火齊鮷大鮷趧趧鞻四夷樂也蝭蝭蟟小蟬鮧鮎也鯷上同睼遠視也又坐見○隤杜懷切二頹頭秃也出聲類○穨暴風也杜回切十三頹上同
瘨陰病也隤下墜也墤上同雇獸也魋獸似熊而小又人名𢈉虺𢈉蘈爾雅曰蘈牛蘈郭璞云高尺餘許方莖葉長而銳有穗穗間有華紫縹色讙謀也
𧝐棺覆蹪蹪仆膭膗膭屋破狀○臺土高四方曰臺又姓漢有侍中臺崇徒哀切十五擡擡舉菭魚衣濕者曰濡菭亦作苔說文曰菭水衣苔上同又蘚也
炱炱煤嬯鈍劣薹蕓薹箈竹萌儓輿儓檯木名駘駑馬黱黮黱大黑之皃又都來切䨞可禦雨也跆蹹跆連手唱歌鮐鳥名○屯聚也
又姓後蜀錄有法部尚書屯度徒渾切二十二豚豕子㹠豘並上同窀火見穴中又音迍臀廣雅云臀謂之脽亦謂之髀也說文作屍髀也屍脽臋並同
上見說文軘兵車飩餛飩簸榜也坉以草裹土築城及塡水也沌水勢邨地名亦音村燉火熾又燉煌郡燉大煌盛也忳悶也啍口氣芚菜似莧也
庉風與火爲庉又徒損切黗黃色㼊瓝㼊瓜名○壇封土祭處徒干切十五檀木名亦州名春秋時及戰國並爲燕地漢屬漁陽郡隋置檀州取白檀縣爲名又姓太公爲
灌檀宰後氏焉禮記魯有檀弓今檀城在瑕丘瑕丘屬山陽魯改山陽爲高平郡檀氏望在高平也鷤鷤鷤如鵲短尾射之銜矢射人說文爾雅並作鷤鶾癉風在手足病又都彈切撣
觸也太玄經云撣繫其名彈糾也射也亦彈棊梁冀傳云冀好彈棊也又徒案切驒連錢驄一曰青驪白文又丁年切驒騱駒奴畜似馬而小驙白馬黑脊又知連切但語辭亦姓何氏
姓苑云漢有但巴爲濟陰太守又徒旱切又徒旦切胆胆口脂澤出證俗文繵寬緩儃態也又市連切䏙軍法以矢貫耳曰䏙𨁂歎也貚貙屬○團團圓度官切十二
慱詩云勞心慱慱篿竹器剸截也鄟邾鄟之邑鱄魚似鮒而豕尾敦詩云有敦瓜苦又都昆切漙詩云零露漙兮鷒爾雅曰鸛鷒鶝鶔如鵲短尾射之銜
矢射人鷻鵰之別名詩亦作鶉傳云雕也摶說文曰圜也禮云無摶飯𩃬露皃○田釋名曰土已耕者曰田田塡也五稼塡滿其中也又姓出北平敬仲自陳適齊後改田氏

九代遂有齊國徒年切十九　佃作田也說文云中也春秋傳曰乘中佃一轅車古輕車也又音甸　畋取禽獸也又音甸　甸地名在絳　填塞也加也滿也又陟陳切　窴上同字統

云窴顏府在北州　闐轟轟闐闐盛皃　𨁒𨁒蹋地聲　譂譂䜕語不正也又他丹切　鈿金花又音甸　𨋱𨋱𨋱衆車聲　沺字林云沺沺水勢廣大無際之皃　磌柱礎

鷆蚊母鳥也　嗔說文曰盛气也　䡘呂氏春秋云天子䡘䡘敐敐莫不載悅敐音軫　滇滇汙大水皃又都年切　貚貙屬　搷擊也　迢迢遰徒聊切二十二　條小枝也貫

也教也爾雅云柚條似橙而實酸又姓左傳殷人七族有條氏後趙録冉閔司空條攸姓苑云安定人　樤柚條或從木　髫小兒髮俗作齠　跳躍也　鋚絛頭銅飾　𧒒𧒒蠨狀如黃蛇

魚翼出入有光見則大旱出山海經　蜩大蟬　佻獨行皃詩曰佻佻公子　趒說文曰雀行也　苕苕菜詩云卭有旨苕　芀葦華　調和也又姓周禮有調人其後氏焉又徒料切

鮡魚名　岧岧嶢山高皃　𩬆多髮皃又音凋音綢　鞗革轡詩云鞗革沖沖　嬥聲類云細腰皃　㽔田器　㲏㲏毛皃　卣草木實垂卣卣然也　鰷白鰷魚名

陶陶甄尸子曰夏桀臣昆吾作陶周書神農作瓦器又陶正官名齊職儀曰左右甄官署掌摶瓦之作也又喜也正也化也亦姓陶唐之後今出丹陽徒刀切二十五　謟謟詾言不節說文曰往來

言也一曰小兒未能正言也一曰祝也　詾上同　咷號咷　桃果木名鄴中記石虎苑中有句鼻桃重二斤又姓何氏姓苑云今西陽人後趙石勒將有桃豹　綯爾雅曰綯絞也謂糾絞繩索也　燾

覆燾也又徒到切　逃去也避也亡也　鼗大者謂之麻小者謂之料又小鼓著柄者　鞀鞉並上同　濤波濤　掏擇掏　檮春秋傳云檮杌杜預曰凶頑無儔匹之皃　騊

說文曰騊駼北野之良馬又山海經曰北海有獸狀如馬名騊駼　萄蒲萄　翿纛也亦作翢舞者所執也又音導　𩙶大風　匋養也　啕多言　翢羽葆幢又音叨　錭鈍也

駣馬四歲也　蜪蝗子　裪裪褕衣袖　駝駱駝外國圖云大秦國人長一丈五尺好騎駱駝俗從𠂉餘同徒河切二十三　駞俗　鼉說文曰水蟲也似蜥蜴而長大　䡐䡐負

紽絲數詩云素絲五紽　鮀魚名　陀陂陀不平之皃陂普河切　驒連錢驄說文曰驒騱野馬也又丁年切　羘四耳似羊九尾　沱滂沱大雨也詩云月離于畢俾滂沱矣又

四十

爾雅云江爲沱謂江水出別爲沱也 跎蹉跎 詑欺也 池虖池水名在并州界出周禮又音馳 酡飲酒朱顏皃 瓵瓦瓵也 駄駄騎也 迱逶迱行皃 鮀鼠名

又託何切 袉裾也又達可切 鞉鞉繬 乾疾馳 鼉如人羊角虎爪 佗委委佗佗美也又託何切 ○牠牛無角也徒和切三 碢碢碾 墥飛墥戲也 ○唐

說文曰大言也又州春秋時楚地戰國時屬晉後入於韓秦屬南陽郡後魏爲淮州隋爲顯州貞觀改爲唐州因唐城山爲名即高鳳隱所亦姓唐堯之後子孫氏焉出晉昌北海魯國三望徒郎切

暘 並古文 煻 火煻煨 糖 飴也 糛 上同 堂 堂除亦屋白虎通曰天子之堂高九尺天子尊故極揚之數九尺也堂之爲言明也所以明禮義也禮記曰天子之

堂九尺諸侯七尺大夫五尺士三尺又姓風俗通云堂谿邑大夫五尚爲之其後氏焉 坣古文 鷉鷉鼠一月三易腸 棠棠棃又牪棠木生崐崘山黃色赤實味如李食之使人不溺

亦姓左傳齊大夫棠無咎又漢複姓吳王闔閭弟夫㮣奔楚爲棠谿氏 搪搪揬 蓎蓎蒙女蘿案爾雅作唐蒙不從艸 瑭玉名 餹餹餳黍膏餳杜兮切 篖符篖竹笪

螗蜩螗 犝犝牛 螳上同 螳螳蜋禮記仲夏月螳蜋生 塘塘陂 碭芒碭山名又音宕 鶶鶶鷞鳥名似烏蒼白色 䱶魚名 踼踼跌頓伏皃又吐郎切 闛說文

曰閶闛盛皃又他郎切 糖糖赤色 磄磄岸石也 溏溏池也 鄌地名 傏傏偯不遜 隚殿基 䧜隄塘 闛高門也 鎕鎕銻火齊 篖罩也 轄轄輡軘軨

樘樘車樘 榶棠棣木名案爾雅曰唐棣移不從木 氃氃毾罽也 瓳瓷器 ○庭門庭又直也亦州名即漢車師後王庭之地本烏孫國土也其前王庭即交河縣是也特

丁切二十一 停息也定也止也 鼮鼮鼠豹文漢武帝得此鼠孝廉郎終軍識之賜絹百匹 莛草莛 葶葶藶 筳竹筳 亭今亭子名釋名曰亭停也人所停集也漢典

職曰洛陽二十街街一亭十二城門門一亭也 聤耳出惡水 霆雷霆 渟水止 鯙魚名 綎綬也 娗好皃 㼗甎也 甹定息 挺縣名在膠東又徒頂切 楟

山棃 蜓蜻蜓亦蟌姑別名 廷風俗通云廷者平也又正也國家朝廷也釋名曰廷停也人所停集之處漢書曰廷尉秦官也應劭曰古官也 狿猑狿猨屬 蝏埤蒼云蟚蟲

二

二眼○騰馳也躍也說文曰傳也一曰犗馬也徒登切十八 滕國名亦姓滕侯之後以國爲氏 縢行縢 幐囊可帶者 螣螣蛇或曰食禾蟲 藤藤苰又藤蘿 謄移書謄上 𧇾黑虎也 儯倰儯長也 𤸞𤸞痛 鰧魚名蒼身赤尾 𥋓美目皃 ○頭說文云頭首也釋名云頭獨也於體高而獨也度侯切十五 𠚫𠚫剅足節又刀剅物 投託也弃也合也說文擿也亦姓郇伯周畿內侯桓王伐鄭投先驅以策其後氏焉漢有光祿投調又漢複姓有投壺氏風俗通云晉中行穆子相投壺因以氏焉姓苑云東莞人也 𩱦字書云甂一絜說文云𩱦屬或作𢊱 骰骰子博陸采具出聲譜 𣪠遥擊皃 坄陶竈 牏築垣短版又羊朱切 𨡔醬𨡔醬也 𢈔廁行圊廁 揄引也又欲朱切 窬穿也又羊朱切 緰布也 歈歌也又羊朱切 𪀄鵃頭鵲似梟脚近尾

二十

○覃及也延也又姓梁東監州刺史覃元先徒含切廿九 𨞞鄿城縣名 潭水名出武陵郡潭成縣東入鬱林又深水皃 曇雲布 䙺水衣 橝木名灰可染也 蟫白魚蟲又音淫 譚大也又姓漢有河南尹譚閎 䞡趁䞡走皃 燂火爇 壜甒屬 鐔劍口又音尋 耽視近而志遠又音耽 歁歁歁室深皃 𦗢聒也 𩡌馣𩡌香氣 蕁草名爾雅曰蕁莐藩 蕁上同 𥽑糝也 𤯣長味又徒紺切 ○談談話又言論也戲調也又姓蜀錄云晉有征東將軍談巴徒甘切十一 郯國名其後以國爲姓春秋時郯子入魯辨古官與孔子相遇姓苑云沛人 惔憂也 錟長矛 淡水皃又徒覽徒濫二切 痰胷上水病 澹漢複姓孔子弟子有澹臺滅明又徒覽徒濫二切 倓恬也安也靜也又徒監徒坎二切 餤進也詩曰亂是用餤又徒濫切 剡刮馬篦也 灭小熱 ○甜甘也徒兼切五 恬靖也 湉水靖 菾菜名 𦶀藥名 ○動躁也出也作也搖也徒揔切九 迵古文 酮酒壞又音同 㛚項直皃 眮瞋目 詷訂詷訂音挺 桶木器又他孔切 挏推引也漢有挏馬官作酒又音同 硐安硐磓硐見馬融長笛賦 ○杜甘棠子似棃又塞也澀也又杜仲藥名亦姓本自帝堯劉累之後出京兆濮陽襄陽三望漢有御史大夫杜周以南陽豪族徙茂陵始居京兆徒古切九 靯鞴靯別名一云靯鞴 𤬦瓶也 𡍦塡也 𢿔塞也閉也 肚腹肚又當古切 𤿯桑皮 荰杜衡香草似葵山海經云可以治癭帶之

令人便馬馬亦善走味似細辛而氣小異字俗從廾 土 土田地主也本音吐 ○弟 兄弟爾雅曰男子先生爲兄後生爲弟徒禮切又特計切七 娣 娣姒 悌 愷悌詩作豈弟毛萇

云豈樂也弟易也 艬 艬船 遞 更代也又亭鑑切 題 小瓮 媞 好人安詳之容皃又啼是二音 ○錞 矛戟下銅鐏或作鐓徒猥切又徒對切五 蹪 蹪沱水汎沙動皃 陮

陮隗不平狀 鐩 鏮鐩車轄 薙 草名 ○駘 疲也鈍也駘蕩春色皃亦宮名徒亥切又音臺十一 殆 危也近也 待 待擬也俟也 怠 懈怠 迨 及也 隸 上同 紿 欺言

詐見又絲勞也 箈 竹筍 詒 相欺 軩 輆軩不平 [口怠] 言不止 ○囤 小廩也徒損切九 [竹屯] 籧也說文篅也 盾 趙盾人名 沌 混沌 坉 上同 庉 樓牆

遁 遁逃又音鈍 遯 上同 㡓 貯也又張倫支旬二切 ○但 語辭又空也徒旱切十一 蜑 南方夷 袒 袒裼又除鴈切 襢 上同又陟扇切 誕 大也育也欺也

信也 潬 水中沙爲潬今河陽縣南有中潬城 䡀 馬帶 繵 束帶大帶 膻 說文云肉膻也 僤 疾也本音去聲 觛 小觶 ○斷 絕也徒管切三 䩢 履後帖也

緞 上同 ○殄 絕也俗作殄徒典切三 蜓 蝘蜓一名守宮博物志云以器養之食以朱沙體盡赤重七斤擣萬杵以點女人體終身不滅婬則點滅故号守宮漢武試之驗也又音廷 跈

蹈也 ○窕 美色曰窕詩云窈窕幽閑也徒了切八 㸖 㸖牀子 眺 眺䁘中宂 誂 弄也俗作挑說文曰相呼誘也 掉 摇尾又動 嬥 嬥嬥往來皃韓詩云嬥嬥歌巴人歌也

挑 挑戰亦弄也輕也 [石卓] 磽[石卓] ○道 理也路也直也衆妙皆道也說文曰所行道也一達謂之道徒晧切七 衜 衟 並古文 稻 秔稻禮記曰凡祭宗廟之禮稻曰嘉蔬又

姓何氏姓苑云今晉陵人 駣 馬四歲又音兆 䆶 禾一莖六穗也出字林 䠷 䟫䠷長皃又奴晧切 ○爹 北方人呼父徒可切九 柁 正舟木也俗從㐌餘同 舵 上同 陊

下坂皃 袉 裾也 拕 引也 沱 濆沱沙水往來皃又徒河切 沲 上同 詑 輕也 ○墮 落也徒果切又他果切十四 垛 射垛亦作垜 [瓦朵] 長沙呼甂也

種 小積 笶 竹名 箐 上同 䩮 履跟緣也或作䩮 錆 車轄又舝鎋出玉篇 惰 嬾惰也說文曰不敬也 憜 上同 婧 美也說文曰南楚人謂好曰婧又吐臥切

鬄又丁果切 鮹魚子已生又他果弋水二切 隋山高 ○蕩大也又水名出湯陰又姓宋之公族也徒朗切十二 崵山名漢高帝隱處 婸婬戲皃 簜大竹箭

潒水大之皃又洸潒也 像放像或作婸 愓不憂 璗玉名說文曰金之美與玉同色者也 盪滌盪搖動皃說文曰滌器也又吐浪切 暘春也持米精也 簜大竹

螗螗崵山皃 ○瑒祀宗廟圭名長一尺二寸徒杏切又音暢一 ○挺挺出說文拔也徒鼎切十二 艇小船 鋌金鋌 梃木片 娗長好皃 町田畝又音汀

霆疾雷又音庭 莛草莖又音庭 涏涇寒 蜓蟲名又徒典切 訂平議 誔詭言 ○蘣圓草蓐也徒口切六 鋀酒器也或作鍮 毭水盥也說文

揄揄引上同 鴸水鳥又他口切 䙫短衣 禫除服祭名徒感切十六 橝橝橡也 霮霮䨴雲皃 黮黮䨴雲黑又他感切 窞坎傍入也易曰入于坎窞

髧髮垂 菡菡萏荷花未舒 萏同上 倓安也 窔窔突說文深也 覘徐視 醰長味 嘾莊子曰大甘而嘾說文曰含深也 贉買物先入

直也 譚大也又姓 橝木名 ○噉噉食或作啖又姓前秦錄有將軍噉鐵徒敢切八 啖上同 啗亦同 澹澹淡水皃又音淡又恬靜又徒濫切 篸竹名 淡

淡水滿皃又薄味也又徒濫切 憺安緩又徒濫切 惔上同 ○簟竹席徒玷切六 扂閉戶 非上同 驔驪馬黃脊 潭水滿 橝屋梠名又音潭

湛水皃又沒也安也亦姓後漢有大司農湛重徒減切又直心切三 澹古文 偡偡然齊整 ○洞空也又洞庭湖徒弄切十六 恫懅恫不得志 眮轉目 絧相通

洞泠洞之皃 峒深峒 詷詷謥 胴大腸 慟慟哭哀過也 筒簫達又音同 駧馬急走也 衕通街 迵過也說文迭也 㓊舩纜所繫 㖦大歌聲出埤蒼又戶冬戶宋二切

䪜鐘聲 ○地土地說文曰元气初分輕清陽爲天重濁陰爲地萬物所陳列也元命包曰地者易也言養萬物懷任交易變化含吐應節故𠀉字亦從水土者爲地又虜複姓有地連氏地倫氏徒四切二

墜籀文 ○渡濟也過也去也徒故切五 斁猒也一曰終也詩云服之無斁又音亦 鍍金飾物也 度法度又姓出後漢荊州刺史度尚又徒各切 篋籃篋 ○第次第

說文本作弟韋東之次弟也今爲兄弟字又漢複姓二氏後漢書第五倫傳云齊諸田徙園陵者多故以次第爲氏有第五第八等氏特計切二十九 弟 見上注又音上聲 遰 迢遰又底

隸切去也避也 鬄 髮也 鬀 上同說文音剃 締 結也 睇 睇視 悌 孝悌又音上聲 娣 娣姒 禘 大祭五年一禘 軑 說文曰車轄也 釱 以鐵加足說文鐵鉗也又音大 鷤 鷤鴂

馬又音啼 棣 車下木又常棣子似櫻桃可食又姓王莽司馬棣並 杕 木盛皃 踶 蹋 題 又徒雞切 遞 更遞 䚬 視皃 㣇 說文曰脩豪獸也一曰河內名豕也 ⿱折手 兩手急持

人 摕 取也 諦 諦審 慸 極也又恥厲切 鯷 鮎魚別名 騠 騠鵜鳥又音啼 墆 墆貯也又墆翳隱蔽皃又徒結切 ⿱竹遈 竹名 逮 逮及也又徒戴切 ○大 小大也說

文曰天大地大人亦大故大象人形又漢複姓五氏晉獻公娶大狐氏楚襄王時有黃邑大夫大心子成史記秦將軍大羅洪周禮大羅氏掌鳥獸者其後氏焉又大庭氏古天子之号其後氏焉又有大叔

氏又虜複姓後魏末有南州刺史大野拔又虜三字姓周書蔡祐賜姓大利稽氏周末有尉回將軍大莫干玄章後魏書南方大洛稽氏後改爲稽氏徒蓋切八 汏 濤汏說文曰淅瀾也 軑 車轄 釱

鉗也又大計切 䭾 鳥也 ⿰黑大 黑跡 忕 奢忕 仸 地名在海中 ○兊 突也又卦名說文本作兊說也又姓杜外切五 ⿰革兊 補⿰革兊 綐 細紬 鋭 矛也又弋稅切 ⿰山兊 山名 ○隊 羣隊

徒對切十二 䨴 黮䨴雲狀 薱 草盛 憝 怨也惡也周書曰元惡大憝 憞 上同 譈 亦同 鐓 矛下銅也曲禮曰進矛戟者前其鐓 錞 上同 磓 礧磓物墜也 ⿰骨彖 ⿰骨彖愚人

鐜 鐜也 濧 漬也濡也 ○代 更代年代亦州名春秋時屬晉其後趙襄子以銅斗擊殺代王取其地至秦隸太原郡漢置雲中鴈門代郡魏爲州又姓史記趙有代舉徒耐切十三 岱

泰山 黛 眉黛 黱 上同 逮 及也又徒帝切 埭 以土堨水 ⿰土彔 上同 帒 囊屬 袋 上同 ⿱大甘 甘也 酨 醋也又昨代切 瑇 瑇瑁亦作蝳蝐異物志云如龜生南海大者如蘧篨

背上有鱗鱗大如扇有文章將作器則煮其鱗如柔皮俗又作玳又徒督切 靆 靉靆雲狀 ○鈍 不利也頑也徒困切五 遁 逃也隱也去也 遯 上同 鶨 癡鳥 ⿰彖頁 ⿰彖頁顡 ○憚 難也又忌

惡也徒案切六 彈 行丸又徒丹切 澶 澶漫 僤 疾也周禮云句兵欲無僤 但 舜也又徒亶切 撣 撣觸也又徒干切 ○段 分段也又姓出武威本自鄭共叔段之後風俗通云段干木之後段氏有出

遼西者本鮮卑檀石槐之後晉時段匹磾徒玩切三　毈夘壞　椵木名　○電陰陽激燿釋名曰電殄也乍見則殄滅也堂練切十八　殿宮殿風俗通曰殿堂象東井形刻爲荷菱荷菱水物所以

厭火又都甸切　奠設奠禮注云薦也陳也書傳云定也　畋平皃　澱澱滓亦藍澱也　淀陂淀泊屬　甸郊甸書曰五百里甸服　佃營田　鈿寶鈿以寶飾器又音田　闐于闐國在

西域闐或作窴又音田　娗美好皃　黰藍黰滓者也　填塞填　寘上同　壂堂基　屓待也又音項　屍髀也　⿺走眞走也　○達通達亦姓出何氏姓苑又虜複姓三氏後魏憲

帝弟爲達奚氏又達勃氏後改爲襄氏周文帝達步妃生齊煬王憲唐割切二　達草名　○藋藜藋也徒弔切七　銚燒器又音姚　掉振也搖也又徒了切　調選也韻調也又音苕　莜

草田器又音苕　蓧上同　嬥嬥嬈不仁又徒了切　○導引也徒到切十四　翿舞者所執　纛左纛以犛牛尾爲之大如斗繫於左騑馬軛上　悼傷悼　蹈踐也　盜盜賊　燾覆也

又徒刀切　幬上同　䆃嘉禾一莖六穗　儔隱也　跳長皃　耋年九十或作耊　⿰米壽黏也　⿰糸翟不青不黃　○惰惰懈也徒臥切四　嫷嬾婦人也　⿰衤隋無袂

衣也　⿰豕隋猪別名也　○宕洞室一曰過也亦州名禹貢梁州之域秦漢魏晉諸羌處之後魏內附置蕃鎮周爲宕州也徒浪切七　踼跌踼行失正又音唐　碭石又山名又縣名在梁郡

又音唐　逿過也　蕩藺蕩毒藥　囥碎石聲　嵣嵣碭山皃　○鄧國名周爲申國平王母申后之家戰國時地楚昭襄王取韓置南陽郡釋

名曰在南中而居陽地故以爲名始皇三十六郡即其一焉隋以南陽爲縣改爲鄧州取鄧國名之又姓出南陽安定二望殷王武丁封叔父於河北是爲鄧侯後因氏焉徒亘切六　蹬蹭蹬　僜倰僜

不著事　⿰歹登殘殑困病　䮴行欲倒也　幐囊屬　○豆穀豆物理論云菽者衆荳之名也又姓後魏有將軍豆代田候切十六　竇空也穴也水竇也又姓出扶風觀津河南三望風俗通云

夏帝相遭有窮氏之難其妃方娠逃出自竇而生少康其後氏焉　窬禮曰蓽門圭窬又音俞　逗逗遛又住也止也　酘酘酉　荳荳蔻　脰項脰　郖地名　梪籩豆或作梪古

食肉器也　餖飣餖　浢水浢　裋祭裋　毭氍毭　䡨車鞁具　⿰氵窬水名　⿰女豆嫗婭語帖也　○醰酒味不長徒紺切又音譚五　⿰貝覃買物預付錢也　潭沈水底沒潭

瞫括也又徒南切 盦羊血凝 ○憺恬靜徒濫切又徒敢切入 惔上同 澹水搖動皃 腅相飯也或作啖 淡水味 啗噉也食也 啖誑也 倓安也靜也恬也亦作憺

○磹徒念切二 斻支也出通俗文 ○獨說文曰犬相得而鬬也羊爲羣犬爲獨一曰獨狢獸名如虎白身豕鬣馬尾出北郷山狢音欲亦單獨又虜複姓有獨孤氏後魏書云西方獨孤渾氏後

改爲杜氏徒谷切三十 黷垢也蒙也黑也 讟誹讟 髑髑髏 顕上同 殰殤胎 讀讀誦 櫝函也又曰小棺 牘簡牘 儥見也動也又音育 痼字書云怨痛也

殰卵敗 碡碌碡田器 遺遺也 騳騼騳野馬 皾滑也 豄獸名如鼠 襡襡韜藏又音蜀 韣弓衣又之蜀切 瓄圭名 瀆說文曰溝也一曰邑中溝爾雅曰江河淮濟爲

四瀆 隫說文曰通溝以防水 續古文 韇箭韇 嬻媟嬻慢 犢牛犢 鸀鸀鳿鳥也 罜罜麗魚罟 獨獨倈短醜皃。 匵匵匵 ○毒痛也害也苦也憎也說文作毒厚也害人

之草往往而生徒沃切八 毒注見上 薵薵竹草 蝳蝳蜍 瑇瑇瑁又音代 纛左纛又徒号切 㥲上同 碡碌碡田器 ○突觸也欺也說文曰犬从穴中暫出也一曰滑也陀骨切十四

揬搪揬 腯說文曰牛羊曰肥豕曰腯 鼵鳥鼠同穴其鳥曰鵌其鼠曰鼵鼵如人家鼠而短尾 葖爾雅曰葖蘆萉郭璞云萉宜爲菔蘆菔蕪菁屬紫華大根俗呼雹葖 鶟鶟鶥鳥名

似雉青身白首 堗竈堗漢書作突云曲突徙薪亡恩澤 䑀艒䑀釣船 鈯鈍也又小刃也 𦓤耕耒間也 㮧瑣植又傳者 凸凸出皃 ○宊說文本他忽切義見上文 鍎覆鍎

疺馬脛傷也

○奪左傳曰一與一奪徒活切八 奪上同 敓強取也古奪字古周書曰敓攘矯虔亦姓 脫肉去骨亦姓出姓苑又土活切 挩解挩 茷活茷草名生江南高丈許大葉莖中有瓤正白 鮵

爾雅曰鱦大鯛小者鮵 ○姪姪娣公羊傳云兄之子徒結切三十五 眣目出 昳日昃 胅骨胅 凸高起 垤蟻封又曰冢前闕也 耋老也八十爲耋亦作耊 迭

遞也更也道也 跌跌踼又差跌也 絰縗絰 驖馬赤黑也 嵽嵽嵲高山 軼車相過又音逸 駃馬行疾也 闋閶闋鄭城門也左傳作桔柣 瓞瓜瓞 咥

笑也又齧也易云履虎尾不咥人亨又火至丑栗二切 墆貯也止也 戜剔也又國名在三苗國東出山海經 茇爾雅曰蒤茇郭璞云蒤似稗布地生穢草 跌爾雅跌蛩注云蝗屬

大眼最有毒今淮南人呼蚻子　鴩爾雅云鴩餔敊　荎刺榆又音治　⿰齒至齧堅聲又竹一切　⿰扌窒擿也　恎惡性　詄忘念　摕捎取　駤鳥名　⿰口⿱至土齧堅　⿱山⿱至土

⿱山⿱至土崑山皃　泆泆蕩　⿰石失砲⿰石失　趃大走　怢怢怢不自安也　○馱負馱唐佐切二　大又唐蓋切　○鐸大鈴也軍法用之又木鐸金鈴木舌釋名鐸度也號令之限度也又姓左

傳晉大夫鐸遏寇徒落切十五　剫治木也說文判也爾雅曰木謂之剫　度度量也又音渡　⿰忄度忖⿰忄度　踱跣足蹋地　凙楚詞云冬冰之各凙　襗褻衣　⿰乇頁⿰乇頁顱　⿰言度

斁也　⿰韋睪⿰韋索⿰韋睪胡履也　⿰月睪胣⿰月睪無撿限也　⿰忄乇徵也亦作侂　嗖口嗖嗖無度　仛他也　⿰革度⿰革度輅　○特特牛又獨也亦姓左傳晉大夫特宮徒得切九　貣

假貣謂從官借本賈也亦從人求物也又音忒　蟘食禾葉蟲　蟘上同　樴杙也　⿰牛㝵鈍也　⿰木㝵木名　鴏鴏鴨又徒戴切　螣螣蛇　荻藋也徒歷切二十九　狄北狄

又姓春秋時狄國之後漢有博士狄山　敵匹也當也輩也主也　篴竹竿皃又他歷切　翟翟雉又姓漢有上蔡翟方進　迪進也道也蹈也　覿見也　覿上同　笛

樂器風俗通云武帝時丘仲所作也晉協律中郎列和善吹笛也　篴上同出周禮　糴市穀米又姓國語有晉大夫糴茷　釆俗　邮鄉名在高陵　滌洗也除也淨也　蓧盛種器也

蔋草木旱死也　踧詩曰踧踧周道　⿰糸翟⿰糸翟綠色　鰍東海有馬鰍魚　⿰麥啇⿰麥啇麩　樀屋梠又音的　頔好皃　⿰木狄臧槔爾雅釋木曰狄臧槔是也　糴穀粟之名　⿺辶甬甬也　⿰牛啇特牛

苖苖蓨草　滷鹹也　⿰彳由說文曰行⿰彳由⿰彳由也　○沓重也合也又語多沓沓也又虜複姓後魏書沓盧氏後改爲沓氏徒合切十八　誻譐誻亦作沓嗒　遝迨遝　⿰扌沓指⿰扌沓　榙

柱上木也　涾沸溢　⿰馬沓馺⿰馬沓馬行　龖龍飛之狀　⿰亻沓儑⿰亻沓不著事也　譶疾言　⿺走沓榙⿺走沓　蹹齧蹹　⿰石沓春已復擣之爲⿰石沓　⿰言遝妄言　⿰糸度⿰糸度子絹出字林　遬東魯

人呼蘆菔曰菈遝　蝔蛙蝔蟲　眔目相見　○蹋踐也徒盍切十　躢上同見公羊傳　闒門樓上屋說文曰樓上戶也　⿰火闒⿰火闒也嗑也　⿰言闒⿰言闒諡忘語也　誻多言又作課　錔甁

⿱罒鳥⿱罒鳥鳥飛　⿱罒翁窻扇　⿱罒羽⿱罒羽⿱罒羽　○牒書版曰牒又虜姓後魏書牒云氏後改爲牒氏徒協切三十　喋便語　蹀躞蹀　諜及間又譜諜也　堞城上垣　⿰足疊小走聲　㲲細毛布

諾

𣀔上同 褺重衣 曡重也曡也明也累也積也說文云楊雄說以爲古理官決罪三日得其宜乃行之从晶从宜亡新以爲曡从三日太盛改爲三田亦州名禹貢梁州之域自秦至魏諸羌據焉周武帝始逐

諸羌乃置疊州蓋以山重疊而名之 疊上同 鐷廣雅鍱也 慴慴也說文懼也 𨁋說文曰𨁋足也 惵安也又幽廉切 韘韘韄 牃牀版 褋禪衣 墊地名在巴中 惵思懼皃 褶

袷也又似入切 ⿰車疊車聲 蝶蛺蝶 渫㳘渫又丈甲切 疊 ⿰疊鳥鳥名狀如鵲赤黑色兩首四足可以禦火出山海經 揲摺揲 攂掛攂 ⿰黑枼點首出音譜 ⿰目枼目⿰目枼 ⿰月習⿰月習治

十三 ○泥水和土也說文云水出郁郅北蠻中詩疏云泥中衞之小邑又姓出姓苑奴低切又奴計切四 埿塗也俗 屔受水丘也爾雅曰水潦所止爲屔丘郭璞云頂上汙下者亦作泥

臡雜骨醬也 ○農田農也說文作䢉耕也亦官名漢書曰治粟內史秦官也景帝更名大司農又姓風俗通云神農之後又羌複姓有蘇農氏奴冬切十二 䢉上同 辳古文 ⿱林農

籀文 ⿰食農⿰食農強食⿰食農女耕切 噥多言不中 ⿱雨農露多 憹懊憹悅也 ⿰犭農多毛犬也又乃刀切 儂我也 𧖼說文曰腫血也 膿上同 ○奴人之下也乃都切七

伖古文 砮礪 駑体馬字林曰駘也 帑說文曰金幣所藏也又他朗切 孥妻孥書傳云孥子也 笯籠鳥 ○搙諸皆切一 ○⿰羊見糯⿰羊見胡羊妳佳切三 挸

挸搦皃 說言不正也 ○⿰忄夒古之善塗者乃回切三 捼手摩物也又奴和切 䤦一醱飯出字林 ○能爾雅謂三足鼈也又獸名禹父所化也奴來切又奴登切三 ⿸疒能病也

○⿸麻香香也亦人名姚興太史令郭⿸麻香奴昆切一 ○難艱也不易稱也又木難珠名其色黃生東夷曹植樂府詩曰珊瑚閒木難又姓百濟人說文作鷬鳥也本又作難那干切又奴肝切四

鷬見上注 難難並古文 ○渜水名出涿郡乃官切一 ○奻訟也奴還切一 ○秊穀熟曰年奴顚切三 年上同 ⿰秊阝鄉名在馮翊 ○猱猴也奴刀切八 獶

長毛犬又音鐃 獶上同 巎山名 ⿰山農平⿰山農山名在齊出地理志 猱上同 瓇玉名 ⿰犭夒獸名 ○那何也都也於也盡也詩云受福不那那多也亦朝那縣名在安定又姓西魏揚州刺

史那椿諾何切九 ⿰難能獸名似鼠斑題食之明目 ⿰牛冄似牛白尾 挪搓挪 儺驅疫 ⿱罒那上同 ⿰那多多也 ⿰鬼那篹文云人值鬼驚聲 ⿰難肉麋鹿骨醬 ○捼捼莏說文曰摧也一曰兩

二

手相切摩也俗作挼奴禾切二 𢫨丸熟 ○囊袋也說文曰囊橐也又姓楚莊王子囊之後以王父字爲氏奴當切二 蠰蟷蠰即螗蜋也 ○鬤鬡鬤亂髮皃乃庚切六 𣯷犬多毛皃 [illegible]

說文云亂也一曰室[illegible] 獰惡也 穃觳芒長也 薴說文曰䔰薴可以作縻綆 ○寧安也說文曰願詞也亦州名禹貢古西戎地秦爲北地郡亦爲豳州又爲寧州奴丁切九 寍說文曰安

也从宀心在皿上皿人之食飲器所以安人也 鸋爾雅曰鸋鴂鴟鴞又曰鴽子鸋 寘天也 聹告也又乃定切 郱鄉名在馮翊谷口又奴顛切 𧍢螻蛣 嚀叮嚀 聹耳垢又乃

鼎切 ○能工善也又獸名熊屬足似鹿亦賢能也奴登切又奴代奴來二切一 ○糯糯羖胡羊奴鉤切四 獳犬怒 䨲兔子 䰭鬼䰭聲䰭不止也出說文 ○南火方亦果名臨

海異物志云多南子大如指紫色味甘似梅又姓魯大夫南遺也又漢複姓九氏左傳齊有南史氏其後爲姓又魯有南宮敬叔晉國高士全隱於南鄉因以爲氏六國時有南公子著書言五行陰陽事莊

子有南郭子綦又有南榮趎古有善暴背於南榮之者獻之於君其後爲氏又有南伯子葵姓苑有南野氏又有南門氏那含切七 男男子也又所封爵也環濟要略曰男任詔事受王命爲君 枏

木名又人詹切 楠俗 抩併持也又他含切 䶲龜有距也又如詹切 𢵤同上 ○鮎魚名奴兼切三 䬯說文曰相謁食麥也 拈指取物也 ○貜奴動切一 ○伱

秦人呼傍人之稱乃里切二 聻指物皃也 ○怒恚也奴古切又奴故切五 弩弓弩古史考曰黃帝作弩 砮石可爲矢鏃又乃胡切 努努力 蛪水弩蟲俗從虫

○禰祖禰亦姓出平原魏有禰衡亦作祢餘同奴禮切十三 嬭楚人呼母又奴蟹切 闟智少力劣 苨薺苨 𩋀韉靳輭皃 泥濔泥濃露也亦作泥 瀰水流也

坭地名 髶髮皃也 薾華茂 檷絡絲柎也 鑈同上 韉轡垂也 ○嬭乳也奴蟹切又 妳上同 ○餧飢也一曰魚敗曰餧奴罪切八 餒同上 浽

渨浽 娞娞皃 𩙧風動 鮾魚敗 腇同上 𤬸瓜傷瓜 ○乃語辭也汝也奴亥切三 迺古文 鼐鼎大者曰鼐又奴代切 ○焫焫熱也乃本切一 ○煗

說文曰溫也乃管切七 㬉上同 暖亦同 煖火氣亦上同又音暄 餪女嫁三日送食曰餪 渜湯也 稬方言云沛國呼稻也 ○攤按也奴但切一 ○赧慙而面赤俗作赧奴

板切四 醂醂酢 㬎溫濕 戁懅懼又音戁 ○撚以指撚物乃殄切四 涊淟涊 蹨蹂蹨又而善切 跈蹈也 ○嬲戲相擾奴鳥切九 嫋長弱皃 䠟跼跡

㒟便㒟 褭腰褭 嬈苛酷也又擾戲弄也又音遶 嬝嫋嬝 䃕䃕礇 擾擿也 ○獿擾亂奴巧切三 撓撓亂又音蒿 獶犬驚說文又奴交切 㺀

頭瑙奴晧切九 腦上同或從𡿺 𠜎亦同出周禮 惱懊惱 碯碼碯寶石 䠧䟦䠧長皃 猺狢 㺀同 嫍相嫍亂也說文曰有所恨痛也 ○橈棖橈衣盛

皃奴可切六 娜婀娜美皃 㛂㑷也 㦬同上 那俗言那事本音儺 衺衺衺衣好皃 ○妮奴果切二 㧏㧏擿 ○㛊奴下切一 ○曩奴朗切二又也 灢

泱灢水不淨見海賦 顫項顫乃挺切五 聹耵聹 蠕似蛙 濘泥也又乃定切 葶葶葶 ○能夷人語奴等切一 ○㲋乳也乃后切六 湪說文水也

陾泉陾 娚娚婷女肥皃 㖠㖠乳食物出新字林 ○乳小皃 ○腩煮肉奴感切六 湳水名在西河又姓 ○萳竹弱 㨨羽弱 揇㨨揇 萳草長弱皃

○淰水流皃乃玷切四 嬋弱也 冉亭名在鄭 姌纖細又音冉 ○䶲多涕鼻疾奴東切二 癑痛也 ○䨄盛鳥籠也乃故切又音奴二 怒恚也又音努

○泥滯陷不通詩云致遠恐泥奴計切又奴低切五 埿俗 懦懦恇音慢又相懦摩也 迡近也 濘溋陷 ○柰果木名廣志曰柰有青赤白三種俗作㮏奴帶切五 奈

如也遇也那也本亦作奈又致箇切 毦毦毦多毛 鰊魚名 㮏說文曰沛之也 ○內入也奴對切一 ○耐忍也奴代切七 ○鼐小蟲蟲也 鼐大鼎 能技能又姓何氏姓苑云長

廣人 佴姓也山公集有佴湛 暔日無光也 㸉頷也又如之切 ○嫩弱也奴困切四 㬉同上 腝肉腝 抐搵抐按物水中 ○攤按攤也奴案切 灘水奔又他丹切

難患也又奴丹切 䌾組也 㬮㬮溫也 ○㜷說文曰安㜷巾㜷又塗著也 晛日光奴甸切四 䁥同上 㬗姓也 㳮說文曰水也 ○偄偄弱也奴亂切五 愞同上 稬稬稻

也 渜浴餘汁也 麇說文曰麃麛也 ○尿小便也或作溺奴弔切二 㞙古文 橈木曲奴教切又如昭切四 淖泥淖 恧不靜又猥擾也 鬧同上 ○臑臂節那到

切三⿰镸兆長皃腦優皮也 ○奈奈何奴箇切又奴帶切二 那語助又奴哥切 ○愞弱也或從需下文同乃卧切又乃亂切四 堧沙土又而緣如兗二切 稬秫名 ⿰日耎

城下田又隍池內也 ○肜臑也乃亞切二 絮絲結亂也 ○儾緩也奴浪切三 灢泱灢濁 ⿰土囊坱⿰土囊塵 ○甯邑名亦姓說文作甯所願也乃定切四 佞諂也一曰才也俗作

佞 濘泥濘 鸋爾雅鸋鴂鴟屬也楚詞云鸋鴂之鳴 ○槈說文曰薅器也篆文曰槈如鎒柄長三尺刃廣二寸以刺地除草奴豆切六 鎒上同亦出說文 㝅乳也 擩

搆擩不解事 譳詛譳 耨上同五經文字云經典相承從耒久故不可改 ○賃傭賃也借也乃禁切一 ○妠取也奴紺切一 ○念思也又姓西魏太傅念賢奴店切二 ⿰糹念字林

云挽船篗也 ○褥小兒衣也內狀切又而蜀切四 傉虜三字姓有庫傉官氏 耨釋典云阿耨 搙捻搙 ○訥謇訥內骨切五 㕯㕯口又女滑切 肭膃肭 抐內物水中 ⿰歹內殟⿰歹內

○捺手按奴葛切三 㾎痛也 ⿰虫圼蠚螫 ○涅水名出東郡又水中黑土奴結切十二 揑揑捺 ⿱艹圼菜似蒜生水邊 ⿰土圼塞也 圼上同 篞爾雅云大管曰簥其中曰篞小者曰

篎 苶苶然疲役又乃叶切 ⿰石圼礬石別名 ⿸疒圼疾病 ⿰口圼哩呵 ⿰月圼腫也 ⿱苶心草也 ○諾說文應也奴各切一 ○惄心之飢也憂也思也奴歷切四 ⿰魚思古文 溺溺水古作

休又音弱又姓也 愵憂皃 ○⿱髟蟲蟲名似蚕而小青斑色齧人奴勒切三 ⿰耒尋穀耨見齊人要術 [illegible]字統云埃也又日光也 ○納內也又姓出何氏姓苑奴荅切八 ⿰韋內腝皃

蒳字統云香草異物志云葉如栟櫚而小子似檳榔可食 軜驂馬內轡繫軾前者 衲補衲紩也 魶魚名似鼈無甲有尾口在腹中 妠婠妠娶物 𢭃打𢭃 ○⿰魚內魚名奴盍切三

笝纜舟竹索也 䭆餲䭆 ○苶病劣皃莊子曰苶然疲役奴協切又音涅十五 埝陷聲 ⿱執日晦冥又私列切 ⿰音念聲絕 捻指捻 錜小釘 ⿱埶心不動皃又之涉切 敜說文云塞也書

曰敜乃穽 攝攝然天下安出漢書 ⿰土內深也 籋小箱亦作鑈 鑈上同 惗相憶 ⿰革念鞍⿰革念韉也出字林 ⿱艹念草

十四 ○來至也及也還也又姓後漢來歙光武姑子蜀志云荆楚名族有黃門侍郎來恒俗作来洛哀切二十五 萊藜草亦州名漢掖縣屬東萊郡秦屬齊郡後魏分青州置光州取界

内光水爲名隋改爲萊州又姓左傳晉與秦戰于郩萊駒爲右 郲地名 騋馬高七尺 崍崍嵦山也 斄鄉名在扶風又力知切 𤥂說文云瓄玉也亦作琜 𧳋貍也 猍
同上 淶水名出涿郡 鯠魚名 鶆鶆鳩鷹出埤蒼 秾秾麳之麥一麥二稃周受此瑞麥出埤蒼 ⿰毛來毛起 ⿰糸來同上 徠舍也 ⿸疒來惡病 棶棶椋木名 犛關西有長
尾牛又音氂音茅 逨至也又力代切 𪋒小麥 麳同上 ⿰田來耕外舊場 ⿰黑來黸大黑 徠還也又力代切 ○隆盛也豐也大也力中切六 癃病也亦作瘽 ⿱隆鼓鼓聲
俗作窿穹隆天勢俗加穴 霳豐隆雷師俗加雨 夅多夅礼天 ○籠西京雜記曰漢制天子以象牙爲火籠盧紅切又力董切二十七 豅大谷 龔說文云房
室之跡也亦作櫳 朧朦朧 ⿱龍言大聲 櫳櫳頭 ⿰革龍同上 瀧瀧涷沾漬說文曰雨瀧瀧也 聾耳聾左傳云不聽五聲之和曰聾釋名曰聾籠也如在蒙籠之内不可察也
⿰車龍軸頭 礱磨也 ⿰禾龍禾病 ⿰歹龍同上 嚨喉嚨 蘢蘢古草名又音龍 櫳檻也養獸所也 ⿱龍瓦字書云築土龒穀 巃巃嵸山皃從祖紅切又音寵揔 襱襱褶
⿰衤同同上 瓏玲瓏玉聲 曨日欲出也 鸗鳥名 鑨鑨餅 蠪蠪蛭如狐九尾虎爪音如小兒食人一名蚳蠪又爾雅曰蠪朾螘郭璞云赤駁蚍蜉 ⿰山兒崆⿰山兒山皃 ⿰山工山形
○⿱隆言力冬切三 鼕鼓聲 鼕聲也 ○龍通也和也寵也鱗蟲之長也易曰雲從龍又姓舜納言龍之後力鍾切九 ⿰圭龍圭爲龍文 躘躘踵 鸗鳥名 驡野馬
⿱龍皿巫也 籠簦籠竹車轝亦籦籠竹又力東力董二切 ⿰舟龍小船上安蓋者 蘢蘢古草 ○瀧南人名湍亦州在嶺南呂江切又音雙二 ⿰馬龍茺塞之皃 ○羸
瘦也力爲切二 ⿸疒羸膝病 ○離近曰離遠曰別說文曰離黃倉庚鳴則蠶生今用鸝爲鸝黃借離爲離別也又姓孟軻門人有離婁呂支切三十七 籬笊籬又爾雅曰樊藩也郭璞云
謂藩籬也 醨酒薄 罹心憂 璃琉璃 酈魯地名又音歷 ⿰麗攵陳也又力米切 驪馬深黑色又姓驪戎國之後 ⿰鼠離鼲鼺小鼠相銜行也 樆山梨 鸝鸝黃
鵹同上 ⿰離鳥上同又鷯鷯自爲牝牡 縭婦人香纓 褵玉篇云衣帶也 蘺江離蘼蕪別名 ⿱艹麗草木附地生也 麗東夷國名又盧計切 离明也又卦名案易本作離又丑

知切　䍦接䍦白帽　欐柴欐也　蠡匈奴傳有谷蠡也又音鹿　穲長沙人謂禾二把爲穲　孋孋姬本亦作驪　漓水滲入地　灕淋灕秋雨也　蠬蜓蚰別名　⿰火离
帷中火也又丑知切　蠬蟖蠬蟲名　攡太玄經云張也　黐黏也又丑知切　矖矖瞜也　欐欐欐黍穲行列　⿰忄离多端又思之也　⿱離心上同　謧弄語　劙分破也
○黎果名魏文詔云眞定御黎大如拳甘如蜜力脂切十四　梨上同　剓直破　秜稻死來年更生　蜊蛤蜊　蔾蒺藜　犂牛駁又郎奚切　刕姓也出蜀刀逵
之後避難改爲刕氏也出字書　⿱黎心說文恨也一曰怠也　鯬魚名　鑗金屬　⿱黎麥麩麥餅也　蟍蒺蟍蝍蛆蜈蚣　⿰黎阝國名　○纝水名在鴈門力追切十三　纍纍索
也亦作縲又姓晉七輿大夫纍虎　虆蔓草　欙山行乘欙亦作樏　⿰牛纍求子牛　嫘嫘又力罪切　⿰山畾上同　嫘嫘祖黃帝妃亦作嫘　瓃玉器　矋視皃　鸓
飛生鳥也　儽嬾懈皃亦作儽又力水切又力罪切　纝網絡論語注云黑索也亦作縲　○釐理也一曰福也里之切二十　貍野貓　狸俗　氂十豪　嫠無夫　剺剝也
埋從土釐出六韜又都皆切　犛犛牛又音茅　斄字統云微畫也　倈倈來見楚詞　艃艃艃船名　氂毛起也又音來　孷孷孳雙生子也　⿱犛心愁憂之皃　⿱髟里
𩬃鬁髮起　⿸疒里病也又音里　⿱竹利竹名　斄說文曰強曲毛也可以著起衣　𠩺古文　斄引也　○臚皮臚腹前曰臚又鴻臚寺漢書曰典客秦官武帝更名大鴻臚韋昭曰鴻大也臚陳序也
欲以禮大陳序賓客也力居切十七　閭侶也居也又閭閻周禮曰五家爲比使之相保五比爲閭使之相受也又姓出衞國頓丘二望又漢複姓四氏凡閭氏出自晉唐叔賈執英賢傳云今東莞有之林
閭氏出自嬴姓文字志云後漢有蜀郡林閭翁孺博學善書藝文志云古有將閭子名菟好學著書晉有富州刺史樂安辟閭彬　⿱髟盧毛也說文鬣也　廬寄也舍也周禮曰凡國十里有
廬廬有飲食亦州名春秋時舒地秦爲合肥縣梁以爲合州隋爲廬州又山名廬山記云周威王時有匡俗廬君故山取其號　蘆漏蘆草又音盧　櫚栟櫚木名有葉無枝博雅曰栟
櫚椶也　驢畜也　藘茹藘草　蕳菴蕳草　爈火燒山界　⿰氵閭渥潤海水洩處案莊子作尾閭　⿰山盧山名　櫖諸櫖山櫐爾雅作慮　⿰王數字林云玉名

駸傳馬名 簡簡簹竹名 憫憫憂也 ○慺悅也力朱切又落侯切十六 蔞蔞蒿又虜姓官氏志云一那蔞氏後改爲蔞氏 氀毛布 瞜瞴瞜又落侯切 䱾

魚名 蔞山頂 䅹求子豬也 僂同上 摟曳也 鷜鷜鶔野鵝又落侯切 鏤屬鏤劍名又盧豆切 𨝧鄉名又落侯切 婁詩曰弗曳弗婁傳曰

婁亦曳也又落侯切 瘻瘻痀曲脊 𤗚𤗚膢所以過水 膢飲食祭也冀州八月楚俗二月 ○盧說文曰飯器也亦姓姜姓之後封於盧以國爲氏出范陽又漢複姓八氏

列子有長盧子孟子有屋盧子著書古尊盧氏後氏焉古蒲盧胥善弋亦姜姓左傳齊大夫盧蒲嫳後漢諫大夫東郡索盧放何氏姓苑云盧妃氏濟陽人又有湛盧氏亦虜複姓五氏周書豆盧寧傳

云其先慕容氏支庶後魏書有吐盧沓盧呼盧東盧等氏又三字姓有叱伏盧奚計盧莫胡盧三氏俗作盧落胡切三十四 鑪酒盆又鑪冶也 壚土黑而疏 籚籚西竹出會稽 蘆

蘆葦之未秀者又蘆菔菜名亦虜姓後魏書莫蘆氏後改爲蘆氏 顱頭顱 髗上同 鱸魚名 攎攎斂 櫨欂櫨柱也又木名 轤轒轤圓轉木也 黸黑甚 獹韓獹犬名

鸕鸕鶿 艫舟艫 纑布縷 瀘水名亦州名在蜀 瓐玉名 爐火牀出玉篇漢官典職曰尚書郎給女史二人著潔衣服執香爐燒熏也 玈黑弓也 𢐗俗 虜廡也

又力古切 𤮐酒器 嚧呼豬聲也 矑目童子也 𤺊集略云癱類 枰黃枰木可染也 𩯁鬚𩯁 𠙷飯器說文曰瓻也 𠙷上同 鑪籀文 蠦蠦蜰一名

蜚又名蛗蠜 𢿦敂也敂音邸 蘆蘆會藥名 ○黎衆也又姓黎侯國之後郎奚切二十一 犂墾田器亦耕也山海經曰后稷之孫叔均所作魏略曰皇甫隆爲燉煌太守教民作樓犂

也 𥝢上同 莉茈莉織荆 黧黑而黃也 藜藜藿 鯬鯬鯠 𦃇綈𦃇惡絮 蠡以瓢爲飲器也 邌徐行皃 𨞰亭名在上黨 廲廲廔綺窗 蔾

蔾蘆藥名 𥬒竹名 驪穆天子駿馬名盜驪緑耳又力知切 瓈玻瓈寶玉 𥌴𥌴視 𩧄馬屬亦作驪 𢡃𢡃拙欺慢之語出方言 謧弄言又力支切 鵹鵹黃鳥

○唻唱歌聲頼諧切一 ○𦢊𦢊膗形皃惡力懷切一 ○雷說文作靁云陰陽薄動靁雨生物者也又姓後漢有雷義魯回切十三 靁古文 儡同 勵勉也又盧對切 瓃

玉器 櫑說文曰龜目酒尊刻木作雲雷之象象施不窮也 罍上同 鐳劒首飾也亦作櫑 𦉪百囊魚網 鑘瓶也壺也 㽰屋棟瓦也 畾田間 轠轠轤不絕

○粦鬼火說文曰兵死及牛馬之血爲粦今作燐同力珍切又力刃切二十三 燐上同 鄰近也親也說文曰五家爲鄰俗作隣 轔車聲 嶙嶙峋深崖狀也 潾水在石間亦作磷又

力刃切 磷上同 疄田壟 麟仁獸爾雅云麐身牛尾一角 麐上同 鱗魚甲又姓左傳宋大夫鱗朱 璘璘玢文皃 驎馬色 翷翷翂飛皃 獜獸名似豕黃身白首

出埤蒼 潾水名 瞵視皃 獜獜犬健也出說文 驎騏驎白馬黑脊 壣菜畦 鱗魚名 鏻健皃又力丁切 繗紹也 ○淪沒也力迍切十五 倫等也比也道也

理也又姓風俗通曰黃帝樂人伶倫氏之後 論有言理出字書又盧昆切 䑳船艑 輪車輪周禮曰軫之方以象地蓋圜以象天輪輻三十以象日月 崙山阜 陯陷也 鯩魚名 蜦

神蛇能興雲雨文字集略云蝦蟆大如屨能食蛇也又力計切 棆木名 綸絲綸又姓魏志孫文懿臣綸直又音鰥 惀欲曉知也 侖說文思也 踚行也 掄擇也周禮曰凡邦工入山

林掄材而不禁又力昆切 䈁篇子船具 ○論說也議也思也盧昆切又力旬盧鈍二切四 崘崐崘 掄說文擇也一曰貫也 菕菕蘆草也 蘭香草亦州名古西羌地隋

文帝置蘭州取皋蘭山爲名又姓漢有武陵太守蘭廣落干切十二 闌大晚也牢也遮也希也 瀾大波又飲酒半罷曰闌 讕逸言又力誕切 欄階際木句欄亦作闌 闌妄入宮門

籣盛弩矢人所負也 韊上同 欗木名 躝踰也 幱幱衫 襴襴裙 㘓㘓哰儜拏語不可解 ○鑾鑾鈴崔豹古今注云五輅衡上金雀者朱鳥也口銜鈴鈴謂之鑾也或謂朱鳥

鸞也鸞口銜鈴故謂之鸞落官切十四 鸞春秋元命包曰離爲鸞孫氏瑞應圖曰鸞者赤神之精鳳皇之佐也山海經曰女牀山有鳥狀如翟而五采文名曰鸞見則天下太平安寧 巒小山而銳

欒木名說文曰木似欄禮天子樹松諸侯柏大夫欒士楊又曲枅亦姓代爲晉卿出左傳 羉彘罟 虊鳧葵一曰茆也 䜌南䜌縣在鉅鹿 𣀤迷惑不解理一曰欠皃 臠

臠臠病瘠皃 灤水名 灓說文曰漏流也水汱也漬也 圝團圝圓也 癵病也瘦也 曫日夕昏時 ○孄孄媥力閑切四 斕上同 戀地名出玉篇 潾

水皃又力入切。[illegible]瀘櫂䁲膝痛也力頑切一。蓮爾雅云荷芙蕖其實蓮落賢切八憐愛也又哀矜也怜俗嗹嗹嘍言語繁拏皃縺縺縷寒具䴘䴘𪎆餅也謰謰謱

縣在交趾零漢書云先零西羌也本力丁切。連合也續也還也又姓左傳齊有連稱又虜複姓六氏西秦丞相出連乞都後魏書官氏志云南方宥連氏後改爲雲氏是連氏改爲連氏費連氏改爲費

氏綦連氏改爲綦氏又有赫連氏力延切十三聯聯綿不絕說文作聯漣漣漪風動水皃翴翴翩飛相及皃鰱魚名𤢃𤢃猭兔走皃令漢書云金城郡有令居縣顏師古又

音零鏈鉛礦又丑延切𥓊上同㦁說文曰泣下也槤簃也又横關柱又木名䶑齒露也瀶瀶水名出王屋山。攣攣綴呂貟切三癴病也亦作癵癵

南𪊲縣在鉅鹿。聊語助也亦姓風俗通有聊倉爲漢侍中著子書又有聊氏爲潁川太守著萬姓譜落蕭切四十二膠耳中鳴也又力刀切膋腸間脂也膫上同飉風也

遼遠也又水名憀無憀賴也寮穿也寥空也又寂寥也寥廓也料料理也量也又郎弔切㙩周垣橑蓋骨亦椽也又力道切撩取物又理也摷擊也

又側交切廖人名左傳有辛伯廖又力救切僚同官爲僚又姓左傳晉陽氏大夫僚安寮上同鐐有孔鑪又紫磨金也爾雅曰白金曰銀其美謂之鐐簝宗廟盛肉方竹器

磟空谷鷯鷦鷯䉍竹名璙玉名嫽相嫽戲也又力弔切漻水清也蟟蛁蟟瞭目明也[illegible]谷名[illegible]草木疎莖镽細長嵺嵺巢山皃

翏高飛皃繚繚綾經絲出字林憭空皃獠夜獵也又知卯盧皓二切髎髖骨名嵺崖虛蟧馬蟧大蟬[illegible]草器又力戈切敹揀擇嘹嘹亮聞遠聲又

力弔切熮說文曰火皃。燎庭火也力昭切又力照切二髎髖骨也又音聊。顟顤顟胡人面狀力嘲切四僇盛也窌深空之皃膠謎語云錢又力絞切。勞

倦也勤也病也又姓後漢有琅邪勞丙魯刀切二十二澇水名在京兆又郎到切牢養牛馬圈亦堅也固也又蒲牢獸名又姓孔子弟子琴牢之後漢石顯之黨有牢梁窂上同

簩竹名一枝百葉有毒[illegible]野豆[illegible]上同蟧小蟬一曰蛁蟧蟪蛄也醪濁酒撈取也[illegible]嶗峍嘮嘮嘈聲也髝髝髞高皃憥苦心皃[illegible]耳鳴又力彫切

[谷牢] 䜰䜰深谷皃 [金牢] 鉡鑪鉀也 [王勞] 玉名 嫪 妬也又力報切 哰 嘮哰拏挐 挪 木名 簝 宗廟盛肉竹器又音寮 ○羅 羅綺也古者芒氏初作羅爾雅鳥罟謂之羅又姓出
長沙本自顓頊末胤受封於羅國今房州也爲楚所滅子孫以爲氏魯何切十 蘿 女蘿 籮 篩籮 儸 僬儸出玉篇 饠 饆饠 [氵羅] 汨[氵羅]水名屈原沈處 欏 杪欏木名出崐崘山
囉 囉歌詞又嘍囉也亦小兒語也 鑼 鈔鑼器也 [良刂] 擊也 ○蠃 獸名魚身鳥翼落戈切十六 摞 理也 騾 騾馬也蜀志云後主乘騾車降鄧艾也 蠃 上同 蔂 盛土
草器 蠃 桑飛鳥也 蠃 木名可爲箭笴 螺 蜯屬 蠃 上同 蠃 穀積也或作稞 稞 上同 蠃 草名生水中 鏍 銼鏍小釜也或作鏍 覶 覶縷委曲 腡 手指文也 蠡
瓠瓢也又禮鹿二音 ○臠 臚腸胃也縷骫切一 ○良 賢也善也首也長也又姓左傳鄭大夫良霄鄭穆公之子子良之後呂張切十八 梁 梁棟又州名書曰華陽黑水惟梁州晉太康記
云梁者言西方金剛之氣強梁故因名之舜置也秦爲漢中郡後其地入蜀魏末克安定天水河南三望
本自秦仲周平王封其少子康於夏陽梁山是爲梁伯分廣漢三巴涪陵以北七郡爲梁州梁大同年復
移在南鄭亦姓出梁伯後爲秦并子孫奔晉以國爲氏又漢複姓十二氏左傳有梁其踁魯伯禽庶子
梁其之後又魯有仲梁懷晉有梁餘子養梁由靡秦有強梁皐莊子有卜梁倚楚文王庶子有食邑諸
梁者其後爲氏魯有穀梁赤治春秋史記有將梁氏漢光武時
有侍御史梁垣烈新垣衍之後漢明帝時有梁成恢善歷數 粱 稻粱廣志曰遼東有赤粱魏武以爲粥也俗作粱 粮 粮食 糧
上同 涼 薄也亦寒涼也又州名禹貢雍州之域古西戎地也六國時至秦屬戎狄月氏居焉秦置三十六郡西北唯有隴西北地二郡於漢屬涼州部至武帝改雍州爲涼州後獻帝分渭川河西四
郡爲雍州建安十八年復改爲涼州又姓魏志有太子太傅山陽涼茂 凉 俗 䬟 北風也又力向切 量 量度又力向切 蜋 蜣蜋蟲一名蛣蜣又音郎 踉 跳踉也又音郎 椋 木名
[目京] 賦也 綡 冠纚 瘬 薄也又力尚切 [牛京] 犆牛駁色 [酉京] 漿水 輬 轀輬車名 ○郎 官名又魯邑又姓出中山魏郡二望魯當切三十 蓈 說文曰禾粟之穗生而不成者謂之蕫蓈
稂 草名似莠說文同上 桹 桄桹木名 廊 廡也文穎曰廊殿下外屋也 榔 檳榔 鋃 鋃鐺鎖頭一曰鐘聲 硠 硠磕石聲 [良鳥] [良鳥]鶊鳥名 浪 滄浪水名又盧宕切 [骨良]

骯髒股肉骯苦光切 蜋螳蜋 鰁魚脂 琅琅玕玉名爾雅曰西北之美者有崐崘墟琳琅玕焉又琅邪郡名今沂州也又姓齊有大夫琅過 㝗㝗㝗宮室空皃 瑯琅邪郡名俗作瑯琊

狠犲狠說文曰犲似犬銳頭而白頰高前廣後帝王世紀曰有神牽白狠銜鉤入殷朝又姓左傳晉有大夫狠瞫 敓敓敓貪皃 蓈蓈毒藥名 踉踉蹡行皃 莨草名 峎峻峎山名冬日所入

⿰車艮轒⿰車艮軶軨 𦨶海中大船 ⿰馬艮馬尾白 ⿰身艮⿰身艮⿰身兼身長皃 ⿱竹艮車籃一名笭笭音替 ⿰禾艮短 閬高門又盧宕切 哏哏吭吹皃 ○跉跉跕呂貞切二 令使也又呂

鄭郎丁切二 ○靈神也善也巫也寵也福也亦州名漢北郡富平縣地赫連敦敦之果園也後魏置靈州取靈武縣名爲之又姓風俗通云齊靈公之後或云宋公子靈圍龜之後晉有餓者靈輒郎

丁切八十七 霝霝並古文 靈廣雅曰王名說文曰巫以玉事神也與靈同 舲舟上有窻 齡年也 麢大羊 ⿰羊靈上同 囹囹圄 鴒鶺鴒 笭竹名 蛉蜻蛉 鈴

似鍾而小 零落也墮也說文曰雨零也从雨㗊象雨零形或作零 醽醽淥酒 苓茯苓 櫺窻櫺又櫺檻階際欄木也 柃說文木也 ⿱霝而空也 伶樂人 泠清泠水也又水名出丹陽又姓

左傳周大夫泠州鳩 瓴瓴甋一曰似甖有耳 ⿰虫霝說文曰蜻⿰虫霝桑蟲也或作蛉 拎手懸捻物 刢刢利使性人也 䖅似虎而小出南海 ⿰豕令通俗文云冥豬糞曰⿰豕令 ⿰令瓜小瓜名出安南

玲玲瓏玉聲 ⿰金霝似瓶有耳 ⿰霝頁瘦也 ⿸疒令上同 聆以耳取聲 竛竛竮 ⿰令丁字類撞打 蘦菜名似葵可食 軨車闌 ⿰車霝上同 笭笭箵小籠 零落也說文

曰徐雨也又姓出姓苑 孁女字 令漢複姓有令狐氏本自畢萬之後國語云晉大夫令狐文子即魏顆也自漢已後世本太原至邁爲王莽所誅邁少子始居燉煌也 ⿰鼠令鼩⿰鼠令班鼠

灵字類云小熱皃 ⿰食霝食飽 ⿰霝鬼山海經曰神名人面獸身或作靇一曰龍名 龗說文龍也 翎鳥羽 閝門上小窻出崔浩女儀 ⿰鹵令壛⿰鹵令 ⿰霝鳥⿰霝鳥鳥鶴別名也 昤

昤曨日光出道書 駖駖蓋車騎聲 ⿰虫霝螢蟲也 ⿱霝器器名又人名也 蕶草蕶落也 酃地名在湘東 詅詅音相次出異字音 彾彾徫行皃 ⿰骨令骨䯼 吟埤蒼

云吟吟語也 跉徐行不正皃出異字音 狑犬名 ⿰犭霝上同 ⿰火霝火光皃 冷冷澤吳人云水凌又力頂切 怜心了黠皃 㗊眾鳥也從三口 ⿰舟霝⿰舟霝艦有屋舟名 ⿰扌霝空插

又力定切 澪水名 鏻健也 ⿰禾靈草莖踈也 秢穗熟玉篇云年也 ⿱艹領鼠耳草也本亦作苓 獜玉篇云獜獜犬聲又力仁切 岭山深皃 魿魚連行皃 ⿰令毛
毛結不理玉篇云長毛也 ⿰食令餌也 紷緶絲一百升又絮名 ⿱竹靈竹名 砱砱石 阾阪名 羚羊子 姈女字 ⿰牛令牛名 ○陵大阜曰陵釋名曰陵崇也體崇高也又犯也侮也侵
也遲也又漢複姓六氏吳延陵季子之後有延陵氏高士傳有於陵子仲戰國策有安陵丑呂氏春秋有鈆陵卓子漢有高陵顯秦昭王弟高陵君之後楚有公子食采於鄢陵後以爲氏力膺切十八 淩
歷也又水名出臨淮亦姓吳將有淩統 夌說文越也 綾綾紈 凌冰凌 ⿰月夌上同 蔆芰也 菱蔆並同 㥄怜也 鯪臨海風土記曰鯪魚腹背皆有刺如三角菱也
崚崚嶒山皃 ⿰歹夌殑鬼出皃 ⿰止夌去也 ⿰食夌說文曰馬食穀多氣流四下也本力甑切 掕止也又力證切 祾祭名神靈之福 ⿰夌攵欺夌俗 ○楞四方木也魯登切六
棱上同又㭁棱木也 稜俗 輘車聲 倰倰傷長皃 祾祭也福也靈也 ○劉剋也陳也殺也亦劉子木名實如梨核堅味酸美出交阯又姓出彭城沛國弘農河間中
山梁郡頓丘南陽東平高平東莞平原廣陵臨淮琅邪蘭陵東海丹陽宣城南郡高堂高密竟陵長沙河南等二十五望並自陶唐氏既衰其後劉累學擾龍事孔甲范氏其後也唯河南一望即虜姓
也後魏書官氏志獨孤氏後改爲劉氏力求切四十四 留住也止也說文作畱亦姓出會稽本自衛大夫留封人之後後漢末避地會稽遂居東陽爲郡豪族吳志有左將留贊 蒥蒥莢藥名
勠并力也又力逐切 摎絞縛殺也又姓魏有河內太守摎尚 鶹鶹離鳥名少美長醜亦作流 騮驊騮周穆王馬 駠赤馬黑髦尾 ⿰田翏田不耕而火種 䊍粰䊍饊也 流
演也求也覃也放也說文曰水行也 㳅古文 飂高風 飀上同 瘤肉起疾也釋名曰瘤流也流聚而生腫也 榴石榴果名博物志云張騫使西域迴所得 鎏美金說文曰垂
玉也冕飾今典籍用下文旒 旒旗旒廣雅天子十二旒至地諸侯九旒至軫大夫七旒至轂士三旒至肩 瑠瑠璃 ⿰鼠留食竹根鼠又音柳 𤢍上同 劉說文云竹聲也又音
柳 䉧竹名出玉篇 瀏水清又音柳 飀風行聲又音柳 ⿰魚丣魚名 鰡上同 嵧岣嵧羅君山峯 橊扶橊藤名緣木生其味辛可食其花實似蒟醬 鎦殺也 ⿰糸留

綺別名也摎斬刺閿殺也懰烈也餾飯氣蒸也又力救切蜦蜉蝣蟲本作蜉蝣蝣音游裗爾雅曰衣裗謂之視郭璞云衣縷也齊人謂之攣或曰袿衣之飾鷚飛鷚鳥名

㽌㽌也硫石硫黃藥名遛逗遛觩觩觺角皃憀悲恨也又音聊鏐美金曰鏐即紫磨金也○樓亦作婁重屋也亦姓夏少康之裔周封爲東樓公子孫因氏焉漢末

樓秦自譙徙居會稽因以東陽爲望也又虜複姓有蓋樓氏賀樓氏落侯切二十九婁空也又星名亦姓郱婁國之後漢有婁敬又漢複姓五氏左傳齊大夫工婁灑漢書藝文志有齊隱士𩓢婁子著書

何氏姓苑云毋婁氏今琅邪人又有精婁氏郱婁氏又虜複姓二氏後魏獻帝次弟爲伊婁氏又有匹婁氏後並改爲婁氏說文作𡝤今作婁並同郻鄉名又力于切𨻰縣名𤬏菰𤬏土瓜

蔞爾雅曰購蔏蔞蔞蒿也生下田初出可啖詩云言采其蔞又力朱切𠟜頭𠟜小穿貗求子豬也䍡土䍡似羊四角其銳難當觸物則斃食人出山海經僂軀僂又力主切艛

舟名耬種具髏髑髏膢八月祭名又力于切𤬏瓠𤬏苦𤬏廔麗廔綺窻剅小穿又音兜摟探取嘍嘍唳鳥聲瞜視皃螻螻蛄一名仙蛄一名石鼠爾雅曰螜天螻

又曰蟓蛖螻簍籠也鞻鞮鞻氏掌四夷之樂慺慺慺謹敬之皃鷜爾雅曰鵱鷜鵞即今之野鵞𩺰魚名褸衣襟又力主切遱說文曰連遱也謱說文云謰謱也

○鏐紫磨金也又力幽切二蟉蛐蟉又翹糾切○林林木爾雅曰野外謂之林說文曰平土有叢木曰林又姓風俗通曰林放之後力尋切八琳玉名淋以水沃也臨莅也大也監也

又姓後趙錄有秦州刺史臨深也痳痳病箖箖箊竹名瀶水出皃說文云谷也一曰寒也霖久雨○婪貪也盧含切六惏上同燣焦色嵐州名近太原因

岢嵐山爲名有渥洼池出良馬亦山氣也葻草得風皃啉酒巡匝曰啉出酒律亦作䢖○藍染草又姓戰國策有中山大夫藍諸魯甘切十一襤襤褸䰐鬑鬖鬑皃擥

擥持籃籃籠𩈣監𩈣長面𪇰𪇰䳺鳥名今俗呼郭公也懢懢貪皃𥨶𥨶䆞薄大儖儖儳形皃惡也灆瓜菹○廉廉儉也釋名曰廉斂也自檢斂也亦姓趙有廉

頗力鹽切二十鐮刀鐮也釋名曰鐮廉也薄其所刈似廉也鎌上同䨬久雨㡘幃㡘帷也簾簾箔釋名曰簾廉也自障蔽爲廉恥也三秦記曰明光宮以金玉珠璣爲簾箔

蘞薑也說文兼也蘞白蘞藥又音斂蘞蔓草說文同上又音斂匳盛香器也又鏡匳也俗作奩籢同上磏赤礪石獫犬長喙又力劒切又音險獫狁也蠊蜚蠊蟲名
說文作蠊海蟲也長寸而白可食𥡦禾名䡲車輞敿敿鼓初打也帘青帘酒家望子䮠驤也一曰長皃覝察也○鬑髻鬑勒兼切六薕薕蒹秀了荻草
熑熑朝說文曰火熑車網絕也溓大水中絕小水出也說文曰薄水也一曰中絕小水濂薄也熑火不絕皃○矓曨曨力董切九襱袴也又直隴切龍龍從
竉孔竉籠竹器又龍聾二音攏攏略又拗攏籌也謂酒律儱儱倲不調儱儱侗未成器也龓兼馬又牽也說文兼有也隴說文云天水大坂也亦州漢汧縣後魏
置東秦州又改爲隴州因山名之力踵切三壠說文曰丘壠也方言曰秦晉之間冢謂之壠亦作壟書傳曰畝壟也塗塗也○絫說文曰增也十黍之重也力委切六累上同又良僞切
樏似盤中有隔也又音纍箂法者箂可以網人心厽說文曰絫坺土爲牆壁垒說文曰絫墼也○邐邐迤力紙切三峛峛崺㸚㸚尒布明白象形也
○履踐也祿也幸也福也字書云草曰扉麻曰屨皮曰履黃帝臣於則所造又姓出姓苑力几切一○壘說文曰軍壁也又重壘亦姓後趙錄有壘澄本姓裴氏力軌切十四蜼似猴仰鼻
而尾長尾端有歧說文惟季切又音袖猚上同虆藤爾雅曰諸慮山虆蘽上同灅水出鴈門𡾋嵔崋山皃轠轠轤車屬鸓飛生鳥名飛且乳一
曰鼺鼠毛紫赤色似蝙蝠而長藟葛藟藥似艾或作蘽誄銘誄誄壘也壘述前人之功德周禮曰小史掌卿大夫之喪讀誄也說文曰誄謚也耒田器又盧對切讄禱也
[illegible]飛[illegible]獸○里周禮五家爲鄰五鄰爲里風俗通云五家爲軌十軌爲里里者止也五十家共居止也又姓左傳晉大夫里克又漢複姓有相里氏良士切十裏中裏說文曰衣內也
鯉魚名悝憂也詩云悠悠我悝又口回切李果名亦行李又姓風俗通云李伯陽之後出隴西趙郡頓丘渤海中山襄城江夏梓潼范陽廣漢梁國南陽十二望[illegible]病也理料理
義理又正也文也說文曰治玉也亦姓皐陶爲大理因官氏焉房有理徵娌妯娌俚賴也聊也又南人蠻屬也𨛫亭名在西鄂一曰邑名○呂字林云脊骨也說文作呂又作膂亦

姓太嶽爲禹心呂之臣故封呂侯後因爲氏出東平力舉切十七 膂上同 旅師旅說文曰軍五百人也亦姓漢功臣表有旅卿封昌平侯俗作挔 [竹旅]筲器 祣祭山川名案論

語只作旅 穭自生稻也 梠桶端連綿木名說文楣也 儢儢拒心不欲爲也出文字指歸 侶伴侶 [木旅]木名可爲箭笴 郘亭名 絽紩也 [戶呂]晉大夫名

○縷絲縷力主切十三 [阝婁]嬴[阝婁]縣名在交阯 僂僂傴疾也 褸襤褸衣敝說文衽也 簍小筐 嶁峋嶁衡山別名 謱謰謱委曲 慺姓出纂文 漊說文

曰雨漊漊也一曰汝南人謂歙酒習之不醉爲漊 鷜鷗鷜鳥今云郭公也 [女婁]女人惡稱 [辶蒿]小蒿草 蔞草可亨魚又力俱切 ○魯鈍也又國名伯禽之後以國爲姓出扶風

又羌複姓有魯步氏郎古切十七 櫓城上守禦望樓釋名曰櫓露也露上無覆屋也說文云大盾也 滷鹹滷 虜虜掠又獲也服也 擄虜掠或从手 [广虜]庵舍

[扌鹵]搖動 樐彭排 艣所以進船 [金虜]釜屬 蓾杜衡別名 [艹魯]上同 卤鹵簿令 [勹鹵]匋也 鑥鑥以木爲刀柄 [木乎]木名可染繒 [魚虜]魚名

○禮說文曰履也所以事神致福也釋名曰禮體也得其事體也又姓左傳有衞大夫禮孔盧啓切十六 礼古文 [竹豊]竹名 蠡蠡吾縣名在涿郡又彭蠡澤名 [舟蠡]小船補也 澧

水名在武陵又水名出衡山亦姓出何氏姓苑 醴醴酒亦醴泉縣屬京兆府本漢谷口縣也屬馮翊至後魏置寧夷縣隋改醴泉因周醴泉宮名也 鱧說文鱯也 鱺上同 [魚蠡]說文

銅也 欚江中大船名 蠡簞也 劙刀剌又力移切 豊行禮之器 [麗攴]布也說文數也又音離 欐小船又力計切 ○磥衆石皃落猥切十六 磊上同 癗

痱癗皮外小起 [山畾][山畾]峞山狀 礧礧硌大石 [畾阝][畾阝]陽鄉名在桂陽 鑘鍡鑘 [氵畾]水名在右北平 [畾阝][鬼阝][畾阝]不平 [山累][山累]嶵山狀又力水切 蕾蓓蕾花綻皃

儡傀儡戲 [阝壘][阝壘]𨻳果實垂又力追切 [月畾][月畾]腲腫皃 頪頭不正皃 櫑櫑劒古木劒也 ○釓連絲鈎曰釓出字苑來改切二 唻囉唻歌聲又力諧切 ○嶙嶙

山高皃良忍切五 僯憖恥 [粦頁]少髮皃 橉門限也又牛車絕橉又力進切 撛扶也 ○[耒侖]束也力準切二 [耒囷]上同 ○怨睴怨行無廉隅盧本切四 惀心思

求曉事 睔睔目皃 碖碖硱石落皃 ○嬾惰也落旱切五 懶俗 糷飯相著也 𥻨同上 讕讒讕 ○夘說文曰凡物無乳者夘生盧管切一 ○輦
人步挽車又姓出何氏姓苑力展切九 𪎭大麥𪎭䴷 爀小然火也 璉瑚璉 䡫擔運在周 僆生子 摙運物也 蓮蓮芍縣名在馮翊又音憐 膦膦輾無力
○臠肉臠說文曰臞也一曰切肉也力兖切四 孌美好 嫋從也 脟割也 ○了慧也訖也盧鳥切十四 蓼辛菜 瞭目睛明也 镽镽𨱔長皃
夭切 鄝地名 繚繚繞纏也 憭照察 舠了玉篇云小船也 鐐火炙 燋拭也 𥗽𥗽帊垂皃 撩挑也又力凋切 潦水清又小水也 𧘇袴也 ○繚繚繞
力小切九 燎說文曰放火也左傳曰若火之燎于原 敹長皃 璙好皃 憭慧也又音聊 鐐鐐炙也 僚朋也又音平聲 𨡕𨡕醩面白 嫽嫽嫽好皃 ○老
耆老亦姓左傳宋有老佐盧晧切十四 獠西南夷名 𤡹同上 轑車軸 橑屋橑簷前木一曰蓋骨一曰欄也說文曰椽也 潦雨水 藔乾梅 栳栲栳柳器也 欏
木名 顟大廣皃 憥憭憥心亂 嘐嘐嘐無人 顟黃色 澇水名又力到切 櫑櫑栓樹斜來可切九 鉚鉚釣出異字苑 攞裂也 砢磊砢石皃 爛
爛𤓮也玉篇又作𤓮爉 矖色光明出釋典 斫相擊也亦斫也 剆同上 哆哆脣垂皃 裸赤體說文曰袒也郎果切九 躶羸贏並上同 夘力
管切 瘰瘰癧病 𧕅同上 蓏果蓏說文曰木上曰果地上曰蓏應劭云木實曰果草實曰蓏張晏云有核曰果無核曰蓏 蠃蜾蠃蒲盧郭璞云細腰蜂也負螟蛉之子於空
木中七日而成其子法言云螟蛉之子殪而逢蜾蠃祝曰類我類我久則肖之 𥖞玉篇云磊硌泥不熟皃盧下切一 ○兩說文曰再也易云參天兩地今通作兩良獎切八 兩上同說文曰二
十四銖爲一兩 脼膢脼 㮲松脂 緉雙緉履 蜽蝄蜽蟲名說文曰蝄蜽山川之精物也國語曰木石之怪夔蝄蜽亦作魍魎 魎見上注 𠡍𠡍勞力拒 ○朗明也亦姓出姓苑盧黨切
七 𦡶誏並上同 俍俍傷長皃 崀㟟崀山空 桹木名 㝗㝗㝗空虛 ○冷寒也魯打切又魯項切一 ○領理也錄也說文項也良郢切六 嶺山坂也裴

潛廣州記云大庾始安臨賀桂陽揭陽爲五嶺輿鄧德明南康記云別也 阾古文 柃木名可染 衿衣衿禮左執領不從衣 蘦草名 笭篝笭籠也力鼎切三 䍅罒罟小網

冷寒也又姓前趙録有徐州刺史冷道字安義又盧打切 ○柳木名說文作桺小楊也从木丣聲丣古文酉餘倣此又姓出河東本自魯孝公子展之孫以王父字爲展氏至展禽食采於柳

因爲氏魯爲楚滅柳氏入楚楚爲秦滅乃遷晉之解縣秦置河東郡故爲河東解縣人力久切十四 罶魚梁 罶上同 懰好也 珋石之有光璧珋也說文本音留 飀颼飀風皃 蟉

妖美又婁婦也 劉竹聲 鼬似鼠而大又音留 熮火爛 瀏水清 綹十絲爲綹 𨋳載柩車也 茆蒐葵水草詩云言采其茆即蓴菜也又莫飽切 ○塿培塿郎斗

切十 嘍連嘍煩皃又力侯切 簍籠也周禮作蔞 甊甂甊 麳麵餅 嶁文字音義云山巔也 斢斢兵奪人物出新字林 謱謰謱小兒語又力侯切

溇溝通水溇也 耬耕畦 ○廩倉有屋曰廩力稔切八 㐭上同 懍敬也畏也 菻菻蒿 凜寒凜 顲顲然作色皃 燣火舒 癛栗體

壈坎壈盧感切八 懍黃焦 轗轗轗 涞藏梨汁也出字林 醂桃菹 顲面黃醜說文曰面顑顲也又力稔切 𠓭愁皃 漤鹽漬果 ○覽視也又姓何氏

姓苑云彭城人盧敢切六 爁火爁 擥手擥取 攬上同 欖橄欖 罱罱網 ○斂收也又姓姚秦録有輔國將軍斂憲良冉切十三 撿說文拱也 蘞

白蘞藥名又力瞻切 歛上同 瀲瀲灩水溢皃或作溓 獫犬長喙也又音險 溓薄水也 嬚女字 𩜻𢙼也又小食也 羷羊角三觠羷也 𦈬懸蠶簿也

𨒹善美之名 𨔈功勤之稱 ○稴禾稀力忝切三 溓薄水 𤬄瓜名 ○臉臉臘羹屬也力減切二 醶醶醷醋味 ○弄說文玩也盧貢切七 𢘉悷贛愚也

梇梇棟古縣名在益州 礱磨礱又音聾 哢郭云鳥吟 㟖㟖屛 㳥水名 ○贚貧也良用切三 躘躘踵 儱儱偅 ○詈罵詈力智切六 荔荔支樹名葉綠

實赤味甘高五六丈子似石榴出廣志又音隸 離去也又力知切 癧瘦黑又力計切 珕刀飾也又力計切 綟篤綟 ○累緣坐也良僞切一 ○類善也法也等也種也說文

云種類相似唯犬爲甚从犬類力遂切九 淚涕淚俗作淚 瓃玉器又力追切 膟血祭說文音律 垒垒塹也出字林 蘱爾雅曰蘱薡董郭璞云似蒲而細 纍係也 𨽾臨也又力地切 禷祭名

○利吉也說文銛也亦州名華陽國志昔蜀王封弟於漢中号曰苴侯因命其邑曰葭萌秦滅蜀置巴蜀二郡先主改葭萌爲漢壽屬梓桐郡晉爲晉壽南齊分置東晉壽郡於烏奴今州城是又於其郡置西益州梁改爲黎州元帝又改爲利州又舍利獸名亦姓風俗通云漢有利乾爲中山相力至切八 秎古文 颲烈風說文音栗 莅臨也亦作涖 涖涖涖水聲 痢病也 𧢄求也 𨽾臨也

○吏說文曰治人者也力置切二 慗憂也

○慮思也又姓良倨切九 勴助也 艫舟中簀艫見方言 勴助也導也 鑢錯也 櫖林櫖山林又山欙也 䮑傳馬 𡼲山名 䍡網罟

○屢數也疾也良遇切二 嘍嘍嘍吳人呼狗方言也

○路道路亦大也周禮曰合方氏掌達天下之道路爾雅曰一達謂之道路又姓本自帝摯之後出陽平襄城陳留安定東陽河南等六望洛故切十三 露說文曰露潤澤也五經通義曰和氣津凝爲露也蔡邕月令曰露者陰之液也又露見也亦姓風俗通云漢有上黨都尉路平 潞水名又州名春秋時初爲黎國後爲狄境古黎亭也周爲潞州隋爲韓州又爲上黨郡唐爲潞州開元中陞爲天都督府又縣名在幽州 輅車輅釋名曰天子乘玉輅以玉飾車也輅亦車也謂之輅者言行於道路也 鷺爾雅曰鷺舂鉏郭璞云白鷺也頭翅背上皆有長翰毛江東人取以爲睫攡名之曰白鷺縗 璐玉名 賂遺賂也 簬竹名 簵上同 蕗蔠葵蘩露 𤺊瘻𤺊痞病 𤸇上同 䍡䍡罟取魚具也

○麗美也著也又姓出姓苑郎計切三十三 戾乖也待也利也立也罪也來也至也定也又很戾說文曲也从犬出戶下戾者身戾曲也 𠈷很𠈷俗 隸僕隸 隷上同俗作隸 儷伉儷 盭綠色又綬名或作綟又云弼也 綟草色衣也 劙割破 𠠐上同 唳鶴鳴曰唳 蜧大蝦蟆也 䓞紫草 沴妖氣說文曰水不利也 荔薜荔香草又羌複姓有荔非氏 捩琵琶撥也 欐梁棟之名也又師禮二音 𤄷埤蒼云淚漉也 𥷘札也 涖沆也又力二切 悷𢡉悷多惡又懍悷悲吟也 栛小棟木名 丽本也又鹿皮 蜦神蛇又音倫 㸚止也系也 珕刀飾又力智切 䚕視也 𤻖瘦黑又力翅切 𧢄求視又師蟻切

蘿草木生亞土也 颲急風颲 離漢書云附離著也 棣木名 ○例比也皆也力制切二十五 厲惡也亦嚴整也烈也猛也又姓漢有魏郡太守厲温 礪砥石 勵勸勉

禲無後鬼也 癘疫癘 痢同上 鮤魚名又音列 濿以衣渡水由膝已上爲濿亦作厲詩曰深則厲淺則揭說文又作砅履石渡水也 砅義見上注 蠣牡蠣蚌屬 蠇同上

欐木名 䮥馬馳 駠同上 秝黍穰 䅻同上 贎貨 糲麤也又力達切 㠣巍也 犡牛白脊 栵栭栗又音列 㤡帛餘亦作裂 㦒恐人 洌清水又音列

○酹以酒沃地郎外切五 頪說文曰難曉也一曰鮮白 毦馬色班也 餟門祭 殲疫病又力卧切 ○賴蒙也利也善也幸也特也又姓風俗通云漢有交阯太守賴先落蓋切十四

籟簫三孔也 癩疾也說文作癘惡疾也今爲疫癘字 瀨湍瀨 糲麤米又力達切 襰墮壞 藾藾蒿 剌同上 犡牛名說文曰牛白脊 鰊魚名 䟏跛䟏行皃 㸊火之毒

鶆鳥名 嚦聲嚦 ○纇麤絲也盧對切十四 耒耒耜世本曰倕作耒古史考曰神農作耒說文云耕曲木也 儽極困也 擂擂鼓 酹酹酒 藾草名似蒲一云似茅

勔推也 𦔧耕多草 䅒秝䅒稻名 𡓔壘塊土皃 礧礧磙重也 郲郲陽縣漢書作耒 銇銇鑽 鍭平板 ○賚與也賜也洛代切九 萊草也又音來 睞傍視

倈勞也 勑上同 瘷惡病 誺誒也 覼內視 逨就也又音來 ○遴行難也又姓良刃切二十八 吝悔吝又惜也恨也俗作恡 悋鄙悋本亦作吝 磷薄石 閵

閵鶹鳥名似鴝鵒而黃 簅竹名堅中 粦說文作𡿨鬼火也兵死及牛馬血爲之 燐上同 藺草名莞屬亦縣名在西河又姓出西河本自有周晉穆公少子成師封韓韓獻子玄

孫曰康食邑於藺因氏焉 轥轔轢車踐 轔上同 𧍠螢火 𩕊須𩕊一曰頭少髮 𪊨獸名似豕身黃尾白 麐牡麟又音鄰 䉮損也 𦾕草名 瞵視不明皃 橉

木名 鏻鏻健 甐器也 賂貪也 䦨蟲也 𨶓火皃 疄田壟 撛扶也又力盡切 𠛱水在石間 躪躪蹂 ○論議也盧困切又盧昆切三 淪水中曳船曰淪

碖大小勻皃又盧本切 ○爛火熟又明也郎旰切七 爤上同見說文 瀾波也又音闌 𢒼粲𢒼文章皃 糷飯相著爾雅曰摶者謂之糷 鑭光鑭 讕逸言又蘭嬾二音

里

○亂理也又兵寇也不理也俗作乱郎段切四 𤔲絶水渡也亦作亂 敽煩也 𤔔理也 ○練白練又姓何氏姓苑云南康人郎甸切十五 湅水疾流皃 鍊鍊金 揀揀擇 楝

木名鵷鶵食其實 瓠瓜瓠 鰊魚名似鱦 僆雞未成也 萰草名 堜堜塘墟名在吳郡 湅熟絲也周禮曰慌氏湅絲 潄熟潄 敕揀打物也 𣠮奧木解蠹 𤗇理也

○戀慕也力眷切四 䜌又音亂 䜌何承天云姓也漢有䜌秘為南郡太守 孌順也 ○𤻖痓𤻖惡病也連彥切二 𨖸按𨖸之皃 ○𩔵𩔵顛長頭力弔切九 尥牛脛交

嫽嫽悢又音僚 料料度量也又音僚 嘹病呼 鐐美金又音僚 璙玉名 罶魚網 炓火光 ○尞說文曰柴祭天也凡從尞者作尞同力照切八 燎照也一曰宵田又放

火也又九小切 𡏅周垣 𤻲𤻲病說文治也 療上同 熮火皃 膫炙也 鷯爾雅云鶉一名鷯其雄曰鶛又音僚 ○嫪悋物又姓郎到切八 澇淹也又水名或作潦 潦上同

勞勞慰又郎刀切 僗俗 髝髝髞高急皃又音牢 癆癆痢惡人說文曰朝鮮謂飲藥毒曰癆 鐒施絞於鐘也 ○邏遊兵也郎佐切三 䙉婦人衣 𤺊病也

○𤹷瘦病也魯過切七 攞擊物之名 纙不細也又不均也 𤘩畜產疫病 𤸫膝病 㑩理也 儸儸弱也 ○亮朗也導也亦姓出姓苑力讓切十五 諒信也相也佐也

又姓後漢有諒輔 掠笞也奪也取也治也 悢悢悢悲也 緉履緉雙也 㹁牛色雜也 兩數 踉踉蹡行不迅也 量合斗斛 涼字統云事有不善曰涼薄 𩗬北風

又音涼 晾目病 眼上同 哴哴嗁也 涼薄也又呂張切 ○浪波浪謔浪遊浪又姓晉永嘉末張平保青州為其下浪逢所殺來宕切又魯當切五 閬高門又閬中地名在蜀又

閬風崑崙峯名也 埌冢也 蘭蘭蕩 茛茛蕩渠名在譙 ○令善也命也律也法也力政切又力盈切又歷丁切二 詅自衒賣也 ○零零落郎定切又魯丁切三 櫺

插空皃又魯丁切 令令支縣在遼西郡 ○䬆馬食穀多氣流四下也黑飤切一 ○倰倰蹬行皃魯鄧切二 𣩘𣩘殑 澑水溜力救切十九 廖姓周文王子伯廖之後後

漢有廖湛 霤中霤神名 嬼美好 鶹雞子一曰鳥子 餾餾飯 瘤赤瘤腫病也出文字集略 窌地名左傳云與之石窌之田 留宿留停待也宿音秀 塯聯土曰塯 僇

瘻行皃**廇**屋梁宎也**畂**百畂**䆧**留祀祝䆧**飂**高風又古國在南陽湘陽**勠**併力又力竹切**翏**高飛皃又力幺切**塯**瓦飯器也**瓃**㼦也又力回切○**陋**踈惡也說

文曰阸陝也盧候切十三**漏**漏刻說文曰漏以銅受水刻節晝夜百刻爾雅曰西北隅謂之屋漏又禹耳三漏**鏤**彫鏤書傳云鏤剛鐵也又鏤漏並姓出何氏姓苑又力誅切**屚**說文曰屋

穿水下也从雨在尸下尸屋也一曰笱扁縣名在交阯**瘻**瘡也**萹**萹蘆**䝏**䝏䝏貪財**鍽**鍽鐵鍽**蔄**姓也**數**數欶小皃兇惡**謱**謱詬忽怒**劅**劅劅細切**僂**僂佝短醜皃

○**臨**哭臨又偏向良鳩切又音林二**𠐩**𠐩䏲侈頭向前○**顲**面色黃皃郎紺切三**儖**儖伸皃又儖傺不淨**灆**灆瀾浮皃○**濫**叨濫汎濫盧瞰切九**𠟲**刀利**𨢟**𨢟醶說文曰泛

齊行酒也**纜**維舟吳書曰甘寧常以繒錦維舟去輒割弃以示奢**爁**火皃**㜮**貪也失禮也過差也俗作從水**懢**貪也**𥩥**𥩥𥧌不平**嚂**食皃○**殮**殯殮力驗切七**斂**聚也又力

琰切**瀲**泛瀲一曰水波也亦作澰**爁**爁焱火延**䝻**市先入直也**𩅢**小雨**獫**長喙犬名○**稴**稴纖力店切一○**祿**俸也善也福也錄也又姓紂子祿父之後盧谷切四十七

鹿獸名國語曰周穆王征犬戎得四白鹿四白狼而荒服不至又姓風俗通云漢有巴郡太守鹿旗**漉**滲漉又瀝也說文浚也一曰水下皃**淥**說文同上**觻**觻得縣名在張掖

睩視皃**䚄**笑視**觮**東方音**轒**轒轤圓轉也或作樚**轆**上同**甂**甂甂**艫**舟名**琭**玉名老子曰琭琭如玉注云琭琭喻少**簏**箱簏說文云竹高篋也**箓**

說文同上**螰**螇螰蟲螻蛄也**䍡**罜䍡**麓**山足穀梁曰林屬於山曰麓**𣘻**古文**碌**多石皃**盝**去水也瀝也竭也或作漉**漉**上同**騼**野馬**磟**磟碡又音六逐**簶**

弧簶箭室也出音譜**䎼**䎼聽似蜥蜴居樹上輒下齧人上樹垂頭聽聞哭聲乃去出字林**谷**漢書匈奴傳有谷蠡王蠡音離**娽**埤蒼云顓頊妻名說文云隨從也史記毛遂入楚謂十九

人曰公等娽娽可謂因人成事耳又力玉切案史記亦作錄**𦗎**𦗎𦗎眼淨也**摝**振也周禮曰摝鐸鄭玄云掩上振之爲摝**䘄**祭也**𦊔**捕魚具也**𥁕**吳王孫休三子名**觮**白獸

廘賈逵曰廘庾也**角**角里先生漢時四皓名又音覺**𥪹**見鬼**录**本也亦刻木也**濼**水名又音朴**鏕**鉅鏕郡名案漢書只作鹿**趢**趢趗局小**𦑣**水上飛也**𨌬**車聲

㪖剝聲 靂大雨 蘼蘼葱草 酈地名 ○六數也力竹切二十二 陸高平曰陸又高也厚也亦陸離參差也又姓出吳郡河南二望本自古天子陸終後 戮刑戮說文殺也爾雅
病也 剹上同 勠勠力併力也又音留 稑種稑先種後熟曰種後種先熟曰稑 穋上同 鵱鵱鷜野鵝 蓼蓼莪詩傳云蓼長大貌 蔆上同 騼騼良健馬 鯥魚名似牛
蛇尾出山海經 陸蔏陸 磟磟碡 螰魁螰 淕凝雨澤也 輂轓輂車箱 坴大塊 兴地蕈 踛翹踛也 僇癡行又音溜 𧜗見也 ○濼水名在濟南盧毒切又力各切一
○錄采錄說文曰金色也又錄事職官要錄云總錄衆事力玉切十七 淥淥水名在湘東又姓何氏姓苑有淥圖爲顓頊師 䚄眼曲䚄也 綠青黃色永徽二年始七品六品服綠飾以銀八
品九品服青飾以鍮石至文明元年又改青服碧色 醁美酒 騄騄駬駿馬名 娽隨從又音鹿 菉菉蓐草 逯謹也又姓風俗通云漢有大司空逯並後趙錄有金紫光祿大夫廣平逯
明西征記有逯明壘云是石勒十八騎中人 䱚魚名 籙圖籙 碌碌石綠色本又音祿 䟿恭䟿也 𧨘謔也 趢趢趗兒行 睩日晤 㪖剝㪖又聲㪖 ○犖駁犖牛雜色又
卓犖也呂角切三 礐礐確石相扣聲 嚛嘷嚛有才辯俗 ○栗堅也又果木也漢書曰燕秦千樹栗其人與千戶侯等又姓漢長安富室有栗氏力質切十九 㮚上同說文作此
𠧪古文 慄戰慄懼也 溧溧水縣在宣州 颲颲颲暴風 𠛾斷也削也 鷅鶹鷅流離鳥 凓凓冽寒風 篥觱篥胡樂 麜麢囷牡麜牝麜也 𨍭利也 瑮玉之
英華羅列皃 𦄟蒸栗色絲 塛塞也 擽以手理物 䔁草名 嘌嘍嘌言不了也 㟳山名 ○律律呂又律法也呂卹切八 寽持取今寽禾是 繂繩船上用亦作䋩
膟腸間脂說文曰血祭肉也又作膟 𦼭音譜云草子甲 葎葎草有刺 𥫱竹𥫱也 嗶鳴也亦作嵂 ○𣀷箭射勒沒切五 䟴䟴肆前不進也 硉硉矹 䂵䂵矹崖狀
㪐㪐鈙不穩又不利也 ○剌僻也戾也盧達切十六 𠞰研破 辢辛辢 莿莿蒿 瘌癆瘌不調 攋撥攋手披也 糲蠣糲 癩疥癩又音賴 康廣雅曰庵
也亦獄室也 轢車轢著又歷洛二音 𢃳拂著 𪘲齧齒聲 𤩮玉名 𥇜目不正 楋木名 蝲蝲蛛 ○捋手捋也取也摩也或作寽郎括切五 𠟍削寽也 蛶蚵蛶蟲又音劣

㸹駁㸹㧜木名又音劣 ○㑀㑀奊多節目也練結切七 戾罪也曲也戾至盭並又力計切 捩拗捩出玉篇 綟綟麻 唳嘹唳鳥聲 盭綬色也 矢左曰矢也 ○列

行次也位序也又陳也布也說文作𠛱分解也亦姓鄭有列禦寇著書十八篇良辥切二十 𠛱同上 迾遮過 蛚蜻蛚蟋蟀 鮤刀魚也一名鱴刀今鮆魚也 烈光也業也又忠

烈又猛也熱也火也 洌水清也潔也 冽寒也 裂擘裂破也左傳曰裂裳帛而與之 茢禮注云桃茢可以爲帚除不祥說文芀也 颲風雨暴至 鴷啄木 栵細栗爾雅云栵

栭今江東呼爲栭栗楚呼爲茅栗也 烈憂心 挒埤蒼云捩也 鴷次第馳馬 埒也 𡿪水流皃 㛹美也 秼說文曰黍穰也 ○劣弱也鄙也少也力輟切十三 㤡上同

埒馬埒亦庢也還也堤也爾雅山上有水埒又孟康云等庳垣也 跲蹶跲跳踉皃出字統 鋝說文曰十一銖二十五分之十三周禮曰重三鋝又音刷 脟脅肉 犳牛白脊出字林

蛶爾雅曰蛶蟰何 毦毛色斑也 浖㬒隅也 哷鷄鳴 㧜木名又音捋 秝秝禾麥知多少 ○略簡略謀略又求也法也要也又姓何氏姓苑云零陵人離灼切九 畧

鉄也 擽字統云擊也 掠抄掠劫人財物 䂮爾雅云利也晉有褚䂮 䂮同上 蛒渠蛒蛒蝣蟲朝生暮死亦作蟼 䀩說文曰眄也方言云視也 䛚約䛚歡美也 ○落

零落草曰零木曰落又始也聚落也左傳注云官室始成祭之爲落亦姓出姓苑又漢複姓二氏漢有博士落姑仲異益部耆舊傳有閬中落下閎善歷也盧各切三十四 絡絡絲又姓 烙

燒烙 洛水名書曰導洛自熊耳漢書作雒 珞瓔珞也 酪乳酪 樂喜樂又五角五教二切 零說文云雨零也 轢陵轢又音歷 笿籠笿 硌磊硌 駱白馬黑鬣曰駱又姓

出東陽吳有駱統 雒太白 鞈生革 𠜱去皮節又則也 鉻說文鬄也 馲馲駝又音託 驝上同 鮥魚名又五格切 𪕒鼠名又下各切 雒字林鵋鶌鳥又姓駱絡雒並出姓苑

𣓌欜𣓌出音語 謋謋謔狂言 躒晉大夫名輔躒本又音歷 鵅烏鵅水鳥 𤻲治病又音料 𣧌殂也 皪大皃 挌打也 鸈似鶂黑文赤頭 濼水名在濟南又音祿

袼福袼 䀩大目 轠磟轠車聲 礐礐硞水石聲也力摘切二 礭礭礫打草田器出字林 靂霹靂郎擊切四十五 𧽢𧽢趚行皃七昔切 酈縣名在南陽亦姓又

力知切 癧瘵癧 轢車踐又音洛 鎘鎘鎘 鑩上同 礫釋名曰小石曰礫 瓅珠瓅 秝稀疏 櫪馬櫪 攊殺攊 櫟木名柞屬又音櫟陽縣名 鱳魚名亦作鰯

歷經歷又次也數也近也行也過也又歷日續漢書律歷志云黃帝造歷世本曰容成造歷尸子曰羲和造歷或作曆 曆見上注 藶葶藶子 瀝滴瀝 磿石聲 寥寂寥無人

又深也又音聊 鬲爾雅曰鼎款足者謂之鬲說文作鬲鼎屬實五觳斗二升曰觳象腹交文三足今亦作鬲 甗瓦器說文同上又作甗 蒚山蒜 皪的皪白狀 ⿰目歷瞷䁝視明皃 ⿸尸歷

羃䍥煙狀 躒動也 ⿺辶樂上同 ⿰齒歷齒病 ⿰王毄說文云玉名 厤治也 攊擊也 ⿰馬鬲馬色 褱纏裹 ⿰酉蠡醨醍酩醉 ⿸尸歷履下 曆膟腿強脂 ⿰酉鬲下酒 ⿰鬲刂劙開 劙

鳥名 觻角鋒 ⿰米樂雜糅食名 擽捎也 濼一名貫衆葉圓銳莖毛黑布地生冬不死一名貫渠又音藥 蝷爾雅曰蟿螽蟿蝷亦作蚸 ○力筋也又姓黃帝佐力牧之後林直切九 朸

縣名在平原 岃岃崱山皃 仂不懈 ⿰鳥力似鳧而小亦作鳨 ⿰朿力趙魏間呼棘出方言 泐水凝合皃 ⿺尢力脛交 ⿰豸力遼東犬名 ○勒鄴中記曰石虎諱勒呼馬勒爲轡盧則切十二

肋脅肋釋名曰肋勒也所以檢勒五藏也 扐筮者著蓍指間 仂禮祭用數之仂 艻蘿艻香草 朸說文曰木之理也平原有朸縣 ⿰王勒美石次玉 玏上同 泐凝合 ⿰十力功大說文曰材十人

也 阞地脉理坼 竻竹根 ○立行立又住也成也又漢複姓魯有賢人立如子力入切九 ⿰齒立齧聲 粒米立 笠雨笠本草呼破笠爲敗天公也 鴗水狗爾雅謂之天狗注云小鳥

青似翠食魚江東呼爲水狗 苙白芷又其立切 ⿰立隶臨也 岦岦岌山皃 砬石藥 ○拉折也敗也摧也盧合切十一 搚上同 ⿰扌翕亦同 摺敗也 翋翋䎇飛 磖磖礏

⿰鬲鳥⿰鬲鳥鷚初飛皃 菈菈蓮秦人呼蘿蔔 ⿰立欠⿰立欠歃不滿 ⿸厂砬石聲 ⿰牛習⿰牛習犆 ○臘臘蜡盧盍切十四 臈俗 ⿰齒巤齧聲 ⿰齒立上同 鑞錫鑞 蠟蜜蠟 ⿰虫葛俗

擸折也又擸擸破壞也 ⿰巤皮皺皴皮皃 ⿰巤鳥⿰巤鳥鸜鳥飛 搚搚擸相和 ⿰羽巤⿰羽巤翺飛初起皃 ⿰糸鳥繪⿰糸鳥 邋邋遢行皃 ○獵取獸白虎通曰四時之田揔名爲獵爲田除害也尸子曰虙羲氏之

世天下多獸故教人以獵也良涉切二十⚹ 鬣須鬣說文曰髮鬣鬣也 ⿺辶巤長毛說文同上又作獵 躐踐也 ⿰目巤目暗 ⿰日巤日暗 擸說文曰理持也 儠說文云長狀儠儠也 ⿰牛巤

牛牡又犣牛名⿰革巤⿰革巤馬靼也⿰巤瓦蹈瓦聲⿱竹巤編竹爲之鱲魚名⿰口巤齧聲⿰立夾⿰立巤峽⿰巤刂削也擇也邋遢也⿰木巤栖端木也⿰谷巤谷名⿰石巤⿰石巤崥山之連接⿱巤毛本也又⿱巤毛

獦戎姓俗作田獦字非◦⿰巤瓦蹈瓦聲也盧協切四⿰黑巤竹裏黑也⿰口⿰巤耳⿰口⿰巤耳⿰口瓦多言⿰巤耳耳垂◦⿰石巤礫⿰石巤石聲盧穫曰礫音廓一

十五◦知覺也欲也陟離切六⿱知黽說文曰⿱知黽⿱朱黽蝱也⿱知黽上同蜘亦同⿱知酉酒也⿱知貝質當也亦作䝷◦腄瘢胝竹垂切三箠節也又之壘切⿰垂攴敍⿰垂攴不齊

◦中平也成也宜也堪也任也和也半也又姓漢少府卿中京出風俗通又漢複姓有七氏漢有諫議大夫中行彪晉中行偃之後虞有五英之樂掌中英者因以爲氏古有隱者中梁子漢書藝文志有室

中周著書十篇賈執英賢傳云路中大夫之後以路中爲氏張晏云姓路爲中大夫何氏姓苑有中壘氏中野氏陟弓切又陟仲切四衷善也正也適也中也又衷衣褻衣也忠無私也敬也直

也厚也亦州名本漢臨江縣屬巴郡後魏置臨州貞觀爲忠州茚草名又音沖◦豬爾雅曰豕子豬陟魚切六賭上同猪俗瀦水所停也櫫揭櫫有所表識藸

藸蘈草又音除◦株木根也陟輸切十一誅責也釋名曰罪及餘曰誅如誅大樹枝葉盡落邾國名鼄鼅鼄䋝蟲亦作蜘蛛蛛上同跦行皃袾字統云朱衣曰

袾又昌朱切列列殺字從歹又五割切⿰朱戈上同鴸鳥名似鵄人首⿰黍朱黏皃◦⿰齒朱齧也草皆切二⿰木里枯木根出聲類◦珍貴也重也寶也俗作珎陟鄰切三鍞成也

又陟刃切填壓也又音田◦屯難也厚也陟綸切又徒渾切四窀窀穸下棺迍迍邅本亦作屯易曰屯如邅如帾布貯◦譠謾也陟山切又他單切二儃廣蒼云走

也藏也◦邅迍邅也又移也張連切又直連雉戰二切五⿺走亶同行難也說文曰趁也又直然切驙馬載重行難又白馬黑脊曰驙又徒安切鱣詩云鱣鮪發發江東呼爲黃魚鱣上同

◦朝早也又旦至食時爲終朝又朝鮮國名亦姓左傳有蔡大夫朝吳陟遙切又直遙切二⿰卓舟古文◦嘲言相調也陟交切五⿺走周⿺走周趫跳躍趫竹宵切啁說文曰啁嘐也鳭鳭鷯

黃鳥鵃鶻鵃似山鵲而小短尾至春多聲◦檛捶也左氏傳曰繞朝贈之以策杜預云馬檛也或作簻陟瓜切四簻上同⿱竹朶亦同⿰月過腿也◦奓張也陟加切八譇譇詉語不

正也觰角上廣也秅開張屋也又縣名瘃瘡痕咤達利咤出釋典本音去聲醬嗻聲膠不密又黏也○爹羌人呼父也陟邪切一○張張施也又姓出清河

南陽吳郡安定燉煌武威范陽犍為沛國梁國中山汲郡河內高平十四望本自軒轅第五

子揮始造弦寔張網羅世掌其職後因氏焉風俗傳云張王李趙黃帝賜姓也陟良切四餦餦餭餳也粻

食米漲水大皃又音帳○趟趟趙躍跳竹盲切趟陟交切二䬃䬃䬃狂風○朾伐木聲也中莖切七丁上同詩曰伐木丁丁玎玎玲玉聲又齊大公子伋謚玎公出說文也

僜僜偶不仁也出聲譜𤼷𤼷設幕出字林䟓跉䟓脚細長也竳竳宏閎大皃○貞正也陟盈切六楨楨幹題曰楨旁曰幹又女楨冬不凋木也禎善也祥也鄭

地名又直貞切湞湞陽縣名湞水所出隕上名○徵召也明也成也證也經典省作徵又姓吳太子率更令河南徵崇陟陵切四𨞟古國名癥腹病㫃旌旗柱說文本丑善切旌

旗杠皃○輈車轅也張流切十一盩盩厔縣在京兆府水曲曰盩山曲曰厔又云引擊也啁啁噍鳥聲譸譸張誑也爾雅亦作侜侜壅蔽也騆騆騪蕃中大馬

調朝也詩云惄如調飢本又音條咮曲喙又張救切趙趙趄行不進也䑟射鳥箭也䑭上同○碪擣衣石也知林切五砧上同椹鈇椹斫木質文字指歸俗用為

桑椹字非枮上同坫權安瓳也○霑霑濕也又濡也漬也張廉切三沾水名在上黨說文他兼切黇黃也○詀詀諵語聲竹咸切又尺涉切四䩞䩞酟出頭皃鵮

鳥啄物也又苦咸切𪉟鹹味○冢大也周禮天官冢宰說文曰高墳也釋名曰冢腫也象山頂之高腫起知隴切二塚俗○𢶡指也說文刺也陟侈切二䙀衸䙀

黹鍼縷所紩周禮祭祀稷五祀則用黹冕也豬几切四𪓉刺夂後至也𢶡挃也○徵五音配夏亦作徵見經典省陟里切又竹凌切三𧩼識言也出方言𢶡

指也○拄拄從旁指知庚切四柱柱夫草一名搖車也丶說文曰有所絕止丶而識之也黖黖黖義與上同○鬜陟賄切假髮髻也一○屒重脣黏好說文伏皃一曰

屋宇珍忍切一○展舒也整也審也適也說文作㞡轉也又姓魯孝公之子子展之後知演切十㞡上同搌束縛又丑善切皽皮寬輾輾轉又虜複姓後魏輾遲氏改

迭

鳶展氏 紾轉繩也又音軫 琎極巧視之又視戰切 娠娠妒好皃 蜃蟲名 襢襢衣皃 轉動也運也陟兗切二 朿乘朿 縿縿緊相著皃竹下切一

瘬赤白痢亦作滯竹例切又音滯一 長大也又漢複姓晉有長兒魯少事智伯智伯絶之三年其後死智伯之難知丈切又直張切一 盯盯矖張梗切一 肘臂肘陟柳

切四 疛說文曰小腹痛 痸同上 扭扭按也又音紐 戡少斫也張甚切又音堪二 煅深擊手說文曰下擊上也 中當也陟仲切又陟沖切二 衷又陟沖切 湩

乳汁竹用切又都貢切三 堹池塘隄埂 諥言相觸也 戇愚也陟降切一 智知也又姓晉有智伯知義切三 智古文 潪水名 娷竹恚切又㲃聲二 諈諈諉累也

致至也說文曰送詣也陟利切十五 懫止也 疐礙不行也又頓也詩曰載疐其尾疐跲也 摕䠦並俗 躓礙也頓也說文跲也 輊車前重也 輊上同 鷙

馬䮄屈也 賥賑也亦貝也 㷞赴也文於進切 懥怒也恨也 擿刺也又劫財也 質交質又物相贅又之日切 騺䮄騺 轛車横軨追萃切一 置安置也驛也設也說

文赦也陟吏切二 弡青州呼彈弓 著明也處也立也補也成也定也陟慮切又張略長略二切二 箸上同 註解也中句切又音注九 鉒置也又送死人物也 駐

止馬 軴車軴 佳停手又長句切 邁不行 壴說文云陳樂也 咮鳥聲 亍步止也 綴連綴陟衛切又丁劣切十一 醊祭也 啜禮注云井田間道吳都賦云畛

畷無畷又張劣切 笍小車具也 裰重祭 叕當也 餟說文曰祭酹也司馬禎曰漢志作腏字通 腏上同又皮腏著也 錣鉗也 釓鈎也 䡵車小缺也 追逐也隨也

陟佳切三 違雷也出韓詩 娺疾也 膪亦作脑腏肉也竹賣切又竹亞切脛膪肥皃二 㨰㨰步立皃 䛿出聲譜 顡顏惡也被怪切說文五怪切癡顡不聰明也一 鎮

壓也周禮有四鎮揚州之會稽青州之沂山幽州之醫無閭冀州之霍山又姓出姓苑陟刃切三 瑱玉充耳又吐甸切 塡定也亦星名又音田 䝤獸別名張絞切又盧晧切二 獠上同

陟外也進也竹力切二 稙早種禾 輒專輒說文曰車相倚也陟葉切八 耴耴耳國名說文曰耳垂也 褶衣褶又之涉切 䎖爾雅釋草云䎖小葉 㧜拈也 鮿鯫鮿魚即

青衣魚 帆說文曰衣領耑也 杫木小棐 ○騡馬上浴陟扇切三 褎周禮王后之六服其一曰褎衣 襢上同 ○囀韻也又鳥吟知戀切三 傳郵馬釋名曰傳傳也人所
止息去後人復來轉轉相傳無常人也又直專直戀二切 轉流轉又張兖切 ○吒吒歎說文曰噴也叱怒也陟駕切十二 咤上同禮記曰無咤食 奼美女又丁故切 烢火聲 哆哆吴
大口 奓張也開也又陟加切 𦜆𦜆䏧相黏也 僠僠步肥也 膪腟膪肥也 𡛟𡛟蒼黃芩別名 詫祭奠酒爵又丁故切 閜上同 ○帳帷帳釋名曰小帳曰斗帳形如覆斗也漢
書曰東方朔云陛下誠能用臣朔之計推甲乙之帳知亮切五 脹脹滿 瘬上同 漲大水又陟良切 張張施又陟良切 ○倀𠐍倀失道猪孟切又丑良切五 趟趟趟行皃 偵廉視 [illegible]
開張畫繒也出文字指歸 鞥張皮也 ○晝日中又姓晝邑大夫之後因氏焉出風俗通陟救切三 咮鳥口又闘卓二音 噣上同 ○椹椹擊史記曰右手椹其胷知鴆切二 鈂揺也鈂又
赤黑色 ○𪉭鹹多陟陷切三 站俗言獨立又作𥪠 浧江岸上地名也出活州記 ○竹說文作𥫗冬生草也象形下垂者箁箬也史記曰渭川千畮竹其人與千戶侯等亦姓本姜姓封爲孤竹
君至伯夷叔齊之後以竹爲氏今遼西孤竹城是後漢有下邳相竹曾張六切六 竺天竺國名又姓出東莞後漢擬陽侯竺晏本姓竹報怨有仇以謂始名賢不改其族乃加二字以存夷齊而移
於琅邪莒縣也又冬毒切厚也俗作竺 筑筑似箏十三弦高漸離善擊筑說文曰以竹爲五弦之樂也又爾雅曰筑拾也又音逐水名 築擣也 篁古文 茿萹茿也似藜赤莖生道傍可食
○瘃寒瘡也陟玉切七 𤸒上同 𡤍謹也又陟角切 斸斫也又钁也 钃上同 欘枝上曲一曰斤柄 豩豕行皃又丑足切 ○斲削也竹角切十九 涿郡名 諑訴也王逸注楚
詞云諑猶譖也 椓擊也推也 琢治玉 孎孎謹 卓高也又姓蜀有卓王孫 𠧪古文 𣥜說文曰特止也 啄鳥啄也又丁木切 斀說文云去陰刑 啅衆口 噣鳥生子能自食
豝龍尾 𧱆上同 倬大也 晫明也又敕角切 㪙打也 菿說文云草大也本音到又陟孝切 ○窒窒塞也陟栗切又丁結切十二 挃撞挃 厔盩厔縣在京兆 銍刈也說文
曰獲禾短鎌也又古縣名在譙 秷刈禾聲 侄傺侄愛觸忤人也 眣手拔物也 㗧嗤咄吐呵也 䶍齧聲 𨗸近也 螲蟷蛣 𥏝短也 ○茁草牙也徵筆切又鄒律莊月二切一

〇怞憂心也竹律切八 窋物在穴皃 絀縫也 炪短皃 咄上同 逫走皃 嬱面短皃 𣲷水出皃 〇哳嘲哳鳥鳴也陟鎋切四 𠑺𠑺好出證俗文 䝷

貨也 胅目露皃出聲類 〇哲智也陟列切五 悊 喆並上同 嚞古文 蜇螫也亦作蛆 〇輟止也已也陟劣切十五 畷田間道又竹芮切 惙

疲也憂也 餟祭酹也又竹芮切 罬捕鳥覆車罔一名罦 剟說文刊也 醊醊連祭也 啜言多不正 𨃗跳也 綴連補也又竹芮切 掇拾取又丁活切 腏

骨間𩪘也 轛車〃 叕車也 𧑓茅蜘蛛說文曰𧑓蝥作罔蛛蝥也又壯殺切 〇芍芍藥香草張略切七 著服衣於身又直略張豫二切 䃼說文云斫也

櫡說文曰斫謂之櫡 鐯钁也 斱上同 擆置也擊也 〇磔張也開也爾雅曰祭風曰磔陟格切十一 虴虴蜢 舴舴艋小船 犳犳狛 䲪䲪鳥商鶺屬 馲

馲駱 頊頊顱腦蓋 黐黏皃 嫡嫷嫡 窩窩也 杔杔櫨酒器也 〇縶馽馬陟立切四 霸小溼 馵馬絆 嗎口嗎 〇黐黏黐竹益切一

〇摘手取也陟革切又他歷切九 謫責也又丈厄切 讁上同 犻犬怒張耳 榑鬣榑或作檍 圁硬皃 糲黏糲 厇張厇 矺磓也 〇劄刺著竹洽切三 偺偺䏧

忽觸人也 蛔蛔蛽身小蟲

十六〇徹通也丑列切七 屮草初生皃 撤抽撤 㯙摘也周禮有㯙蔟氏 䤬䤬㪙 聅司馬法曰小罪聅聅謂以箭貫耳 艥船行 〇忡憂也敕中切三 沖

沖瀜水平遠之皃又音蟲 盅器虛也又音蟲 〇蹱蹱蹱丑凶切七 傭均也直也又音容 牗上同 遳馬不行也 𧊒土精如㹠在地下也 𡍙地名又直容切 驡深尣

中黷黑也 惷愚也丑江切又丑龍切又抽用切五 䚒視不明也一曰直視又丑巷切 䅵黍䅵不實也 𥛵祠不敬也 𧞣短衣也 〇摛舒也丑知切九 螭無角如龍而

黃北方謂之地螻 誺不知又洛代切 魑魑魅 黐所以粘鳥又呂支切 熻火焱 离猛獸說文作㒿山神獸也又呂知切 㒿上同 彲獸名文王卜獵于渭陽所獲非龍非彲

○絺細葛也丑飢切七 𩌉笑皃又敕㞮抽敵二切 郗邑名又姓出高平 篅竹器 䐡䏲䐡牛馬子腸 瓻酒器大者一石小者五斗古之借書盛酒瓶 訵

陰知也出字林 ○癡不慧也丑之切四 齝牛吐食而復爵也 笞捶擊 痴痴癡不達之皃 ○攄舒也丑居切四 樗惡木 篨竹篾名也 摴摴蒲戲又姓史記秦

相摴里疾 貙獸名似貍敕俱切二 䝙俗 ○扠以拳加人亦作搋丑佳切一 ○搋以拳加物丑皆切一 ○獙犬走草狀丑人切三 胂申也 縝縝紛 ○椿木名丑倫

切八 楯木名 輴載柩車也 𨊴上同 鶥爾雅云春鳸鳻鶥鳻音汾 杶書曰杶榦栝柏 橁說文同上 瑃玉名 ○脠魚醢也說文云肉醬丑延切四 梴木長 鋋鉛鑛也又力延切

延說文曰安步延延也 ○猭㹮猭兔走皃丑緣切二 剶去木枝也 ○超說文曰跳也又姓漢有太僕超喜敕宵切六 怊悵恨 欩健也 帩細絲也 㕾鳴也 颵涼風

○颮熱風敕交切二 嘮嘮呶讙也 ○侘侘傺失意敕加切傺丑例切四 哆張口也 痆痆瘂皃也 [illegible]緩口又厚脣也 ○[illegible]草名褚羊切三 倀失道皃又狂也 [illegible]鼓聲

○瞠直視皃丑庚切五 橕撥也又橕柱也 樘上同說文曰衺柱也 𧿒字書跉𧿒行遅皃 竀正視 ○檉木名說文云河柳也丑貞切八 偵偵候又丑鄭切 赬

赤色俗作頳 䞓上同 𧿒跉𧿒行不正 竀正視 蟶蛘屬 虰螘也 ○僜醉行皃丑升切三 庱亭名在吳興孫權射虎處又丑拯切 睖睖瞪直視 ○抽拔也引也或作

紬紬引其端緒也丑鳩切八 𢭏上同 㨨上同見說文 婤好皃又音周 [illegible]失意視皃 惆惆悵 瘳病愈 妯詩曰憂心且妯妯動也悼也 ○琛琛寶也丑林切七

棽木枝長又林森二音 肜船行 䁂私出頭視也又丑鳩切 綝繕也 郴縣名在桂陽又姓陶侃別傳有江夏郴寶 賝賝賮也 ○覘闚視也丑廉切又丑豔切二

姕姕妗喜皃 ○寵寵愛也丑隴切三 趍小兒行皃 埫埫壥不安 ○褫敕豸切衣絮偏也又池豸二音一 ○[illegible]移蠶就寬楮几切一 ○恥慚也敕里切三

祉福也祿也 褫徹衣又奪衣又直追池耳二切 ○楮木名丑呂切三 柠上同 褚姓出河南本自郡後宋恭公子石食采於褚其德可師号曰褚師因而命氏也又張呂切

○齔大笑丑忍切一○偆厚也富也癡準切一○搌搌揺丑善切七鍿鍿物令長㫃旌旗柱又幢徽二音蒧備也一曰去貨蚩神行延安步行之又丑

延切䩶驂具又丑井切○𥽪意氣息皃丑小切一○穮穮粟穀南人食之或云菽葵丑寡切一○奼嬌奼也丑下切又陟嫁切一○昶通也明也舒也丑兩切二鋹利也

○逞通也疾也盡也丑郢切六騁馳騁又走也裎襌衣悜愼悜意不盡也䩶驂具又丑善切睈視也又意不盡○庱亭名在吳晉陵丑拯切又恥陵切一○丑

辰名爾雅曰太歲在丑曰赤奮若敕久切三杻杻械杽古文○踸踸踔行無常皃丑甚切三鍖鍖銋䫖顛顛自愼劣皃○諂諂諛丑琰切二讇同上○㒄

癡也丑減切二𣅝日光照也○㒩㒩行丑犯切二躝跧足望○蹱蹱蹱行不正也丑用切二惷愚也又丑江切○䁪直視丑絳切二䚒視不明也又丑江切

○屎篗柄也又屎嚜多詐丑利切八𡲧同上誎不知𪏭吅𪏭也訵四陰知亦作呬䵑分蠶跮跮𨁨乍前乍卻謶笑也○貽任視丑吏切五佁佁儗不前魅

癘鬼𪏭忿戾誎不知○絜和調食也抽據切三悇憛悇愛也瘀痴瘀不達○閐直開也丑注切二㞙同上○遂胡竹名也杖也丑戾切一○踢跳也踰也丑例

切十二趩上同傺侘傺又敕加切𢥞習也懘困劣也㣙㣙偍哲㬪也䱨魛也又丑列切揥揥佩飾跇踊躍皃𨅫渡也蹛視也○蠆毒蟲丑犗切二

懘極也劣也又懘芥○疢病也俗作疹丑刃切二趁趁逐俗作趂○䑲亦也丑晏切二瘬牛馬病○猭獸走草丑戀切二䳂鳥名又音彖○𦙈祭也丑召切一○趠

行皃丑教切二踔跳躍○詫誇也丑亞切三侘侘傺失志見楚詞謨相誤○悵失志丑亮切十暢通暢又達也亦姓陳留風俗傳曰暢氏出齊鬯匕鬯又香草韔

弓衣韔同上蕩草盛逴逴也日長也通遠也又丑兩切暘不生也穋穋也脹失志○遉邏候也丑鄭切三偵偵問䚖覘也○䚒直視丑證切一○畜六畜

丑救切又許宥許六丑六三切二俞姓漢有司徒掾俞連文羊朱切○闖馬出門皃丑禁切二䚹私出頭視○覘候也說文云闚視也春秋傳曰公使覘之丑豔切二貼視也○蓄蓄冬

菜詩曰我有旨蓄鄭玄云蓄聚美菜以禦冬月乏無時也本亦作畜丑六切十 蓨同上 滷水聚 苗蓨也又他六徒歷二切蓨音挑又音剔 蓫羊蹄菜 遂同上 莜病兒 傗

傗佩不伸 鄐地名在晉 矗直也齊也 ○棟棟樗木名丑玉切七 亍彳亍 糠字書曰糠糠損米 趚趚趚兒行 豖豖行兒又知足切 埱牛馬所蹈之處 豖說文曰豖

絆足行豖豖也 ○逴遠也一曰驚走又作趠敕角切五 趠同上 晫明也 踔跛也 戳授也刺也戳敊痛也敊丑六切 ○扶打也丑栗切四 咥笑也 眣目不正也 跮蹠也

又丑利切 ○黜貶下也亦作絀丑律切八 怵怵惕也 趉走也 炪火光 跊獸跡 怞憂心也又音蚰 犾獸名 欪訶也又許吉切 ○頷頷頷強可兒丑刮切二 䫄䫄 [illegible]

皮破丑悅切一 ○㲋說文曰獸也似兔青色而大象形頭與兔同足與鹿同丑略切六 㲋上同 婼叔孫婼魯大夫說文曰不順也 逴略逴行兒 辵說文云乍行乍止从彳止聲 蠚

蠚行毒亦作蠚又火各切 ○坼裂也亦作垿餘倣此丑格切六 趠半步 頙蓋腦 皴皴皮 [illegible]開 靳鞻靳 ○彳說文云小步也象人脛丑亦切二 瓻瓶也 ○歡痛也

丑歷切又丑力切二 禴福禴 ○敕誡也正也固也勞也理也書也急也今相承用勑勑本音賚耻力切十四 勅上同 飭牢密又整備也 湢水名 趩行聲 栻局又木名 侙

意慎侙又惕也 鶒鸂鶒 鷘上同 恜從也慎也 憝從也 遫張也 䓯蔏藋別名 畢田器又地名 ○湁湁潗沸兒丑入切三 霅大雨兒 漐汗出兒 ○鍤綴衣鍼丑

輒切六 煠爚煠 㤴㤴休也出字書 霅霅霎小雨 箑箑篇葉 笛竹葉 ○畜五味調肉菜出文字音義丑囚切一 ○插插揷飛上兒丑法切一

十七 ○澄水清定又音澂直庚切七 棖門兩旁木 盯瞪盯視兒 棖振觸 堂距也周禮曰唯角堂之 揨舉也 憕憕悵失志又音懲 ○蟲爾雅曰有足曰蟲無足曰

豸又姓漢功臣表有曲成侯蟲達直弓切七 沖和也深也 种稚也或作仲亦姓後漢司徒河南种暠 盅器虛也又敕中切 爞爾雅云爞爞炎炎熏也 苹草名又音中

翀直上飛也 ○幢幡幢釋名曰幢幢也其兒幢幢然也宅江切六 撞撞突也學記曰善待問者如撞鐘撞擊也 橦木名又音鍾童 㫗旌旗杠兒出說文又丑善切 噇喫兒

三

髗髗髐尻骨。祖衣縫解又作袒文莧切三綻上同組補縫。馳馳鶩也疾驅也又姓出姓苑直離切十四趍說文曰趍趙夊也池停水曰池廣雅曰沼也又姓漢有中

牟令池瑗出風俗通又有池仲魚城門失火仲魚燒死故諺曰城門失火殃及池魚篗連閣又音移篪樂器以竹爲之長尺四寸小者尺二寸七孔世本曰蘇成公所作也鷈上同踟

踟躕褫蓐衣又曰褫甂說文曰奪衣也又敕爾直爾二切馳咸馳黃帝樂名樂記作池齝齝齣誃別也亦作誃傂仳傂參差也又息移除爾二切趍輕薄皃墀

說文云墀塗地也禮天子有赤墀漢典職曰以丹漆地故稱丹墀漢書曰王根作赤墀直尼切十五墀上同坻小渚俗從互餘同泜水名在常山陳餘死處也又旨夷切遲

徐也从也緩也亦姓晉湘東太守遲超又虜姓後魏書尉遲氏後改爲尉氏又音稺遅上同蚳蟻卵岻山名衹衹徊猶徘徊也阺字統云秦謂陵阪爲阺也茌爾雅云蘢

茬今之刺榆也治水衣也又徒來切謘語謘謘也莉姓也出淮南貾貝之黃質有白點者。鎚金鎚又權也文字音義云從垂亦通直追切五椎椎鈍不曲橈亦

棒椎也又椎髻槌上同又直畏切梠俗顀項顀。治水名出東萊亦理也直之切三持執持莉姓也姓苑云淮南人。除階也又去也直魚切十三躇躊躇儲

儲副又姓後漢有儲太伯涂水名在堂邑又直胡切篨蘧篨蘆蔭也藸蒢藸葱名宁門屏間又音佇瘀瘀也著爾雅云太歲在戊曰著雍又直略陟慮陟略三切

滁水名出皾箕山入海亦州春秋時楚地梁爲南譙州齊改爲臨滁郡開皇改爲滁州蒢草名可染又蘧蒢口柔也屠匈奴傳有休屠王又音徒藸爾雅曰蒢荎藸郭璞云五

味也蔓生子叢在莖頭。廚說文曰庖屋也俗作厨直誅切五蹰踟蹰行不進皃趎人名莊子有南榮趎幮帳也似廚形也出陸該字林裯襌衣也又直休切。陳陳列

也張也衆也布也故也亦州名本太昊之墟畫八卦之所周武王封舜後胡公滿於陳楚滅陳爲縣漢爲淮陽國隋爲陳州又姓胡公滿之後子孫以國爲氏出潁川汝南下邳廣陵東海河南六望又

虜三字姓後魏書有侯莫陳氏直珍切又直刃切五敶古文說文本直刃切列也[illegible]獸名似羊目在耳後趁越履塵說文本作䴪鹿行揚土也。酏純美酒也直倫切又

常倫切二 㡖布貯曰㡖 。窀穴中見火墜頊切又陟倫切一 。獵獸走皃直開切又丑連切一 。纏繞也又姓漢書藝文志有纏子著書直連切十 緾俗餘皆倣此 躔

日月行也說文曰踐也 瀍水名在河南 鄽市鄽 䦲市門 邅移也又張連切 蟺守宮別名 廛居也說文曰一畮半也一家之居也 壥同上 。椽屋椽也直攣切二

傳轉也又持戀切又丁戀切 。鼂蒼頡篇云蟲名亦姓風俗通云衞大夫史鼂之後漢有鼂錯直遥切又陟遥切五 晁同上 鼂古文 朝朝廷也禮記曰諸侯於天子五年一朝又姓唐

有拾遺朝衞 潮潮水 。䄻禾穭生直交切穭音呂一 。荼筳箾宅加切十五 䠡䠡跱行難皃 茶苦菜音徒 鄗亭名在邰陽 樣春藏葉可以爲飲巴南人

曰蔎茶 秅俗 秅說文曰秭也周禮云聘禮曰十斗曰斛十六斗曰籔十籔曰秉四秉曰筥十筥曰稯十稯曰秅 嵞美也 瘵瘢瘵瘡痕皃 䤵含舌 䆛䆛䆛深皃 塗塗飾又音徒

陼丘名 捈吳人云刺木曰捈也 秺開張屋也又縣名說文作庑 。長久也遠也常也永也直良切又直向丁丈二切八 萇萇楚薁生如桃又姓左傳周有大夫萇弘 腸腸胃釋名曰腸暢也

通暢胃氣也二 場祭神道處又治穀地也 踼踼跪方言曰東齊北燕之間謂跪曰踼 ⿰土長道也 蝪蛐蜴別名 瓺瓺瓶也又除向切 。橙柚屬宅耕切十二 摚撞也觸也 敞

數並上同 湞水名出南海 朾爾雅曰蠪朾螘郭璞云赤駁蚍蜉 虰同上 憕失志皃又音澄 瞪直視皃 䆵宬窒響也 聤安審視也 㝉小突 。呈示也

平也見也直貞切七 程期也式也限也品也又姓出廣平安定二望本自顓頊重黎之後周宣王時程伯休父入爲大司馬封于程後遂爲氏與司馬氏同 酲病酒 䣐地名又音貞 珵

玉名 㢓延也 裎佩帶又恥領切 。澂清也直陵切五 澄同上 瞪直視也又直庚切 憕平也又竹萌切 懲戒也止也 。儔儔侶也直由切二十七 檮剛木也

躊躊躇 幬說文作幭襌帳也 惆同上 裯襌被 𠷎咨也說文誰也又作𠷎 疇誰也等也壅也田疇也又疇昔說文作𤰜耕治之田也 紬大絲繒又音抽 綢

綢繆猶纏綿也 稠概也多也 燽著也 薵薵藸葱名 鯈魚子又魚名也 籌籌筭 鵃雉爾雅云南方曰翿字或從鳥 䳩同上 椆字統云姓也又側鳩切 椆

木名不凋柚朗也膈膈腊脯也懤愁毒皃鮋魚名又音由飍風颸蕕茶菜鄗蜀江原地又上牛切篙說文云籌箸也。沈沒也說文曰陵上滈
水也又漢複姓魯有沈猶氏常朝飲其羊何氏姓苑云今泰山人直深切又尸甚切九沉俗犹水牛莸爾雅曰蕁莸藩郭璞云生山上葉如韭耽上同又羊針都敢二切霃久陰
湛漢書曰且從俗浮湛又徒減切枕繫牛杙也鈂鍤屬。㶾字林云小熱也直廉切三黇埤蒼云赤黃色[言利]言利美也又人名字書無。重多也厚也善也慎也
直隴切又直龍直用二切四慬遲也襱袴也又來公力董二切又作裥鮦魚名又直柳切。豸蟲豸爾雅云有足曰蟲無足曰豸說文云獸長脊行豸豸然欲有所伺殺形池
爾切十二褫奪衣易曰以訟受服終朝三褫之陊山崩也說文大可切落也䊓黏也踶踶跂用心力皃莊子曰踶跂為義傂佌傂參差皃杝析薪又敕氏切
阤落也說文云小崩也[角虒]角端不正說文敕豕切角傾也廌解廌又宅買切又作[角豸]褆好衣徥行皃朝鮮語也。雉爾雅曰雉絕有力奮謂最健鬬也又陳也
度也王肅云城高一丈曰堵三堵曰雉直几切三滍水名在魯陽薙芟草又辛薙辛夷別地又音替。峙說文踞也峙躇不前也直里切九跱上同峙具也又峻
峙痔病也徛待也儲也具也又看所望而往洔水中高上又音止時儲秲稻名秲穲庤詩曰庤乃錢鎛庤具也亦作時。伫久立也直呂切九
竚上同苧草也可以為繩苎上同紵麻紵杼說文曰機之持緯者又神與切羜生羔五月宁門屏之間禮云天子當宁而立眝說文曰長眙也一曰張眼也
。柱廣雅曰楹謂之柱又姓出何氏姓苑直主切三跓勇足[山柱]天柱案爾雅曰霍山為南嶽郭璞云即天柱山字俗從山。廌解廌宅買切三豸[豸弟]上同。挐
攙挐挐物出聲譜丈夥切一。紖牛紖直引切四[月引]杖痕腫處說文音酳瘢也一曰遽也[目引]瞋怒目皃眣目童子也又吉凶形兆謂之兆眣。篆篆書持兖切七瑑
壁上文也沌水名在江夏又徒混切摶周禮百羽為摶十摶為縳縳音渾又音鯀縳上同亦作縳[阝彖]道邊埤也[土彖]耕土卷也。邅移行除善切一。肇

始也正也敏也長也治小切十一**肁**開也又姓戰國策趙有大夫肁賈**兆**十億曰兆說文分也又姓**趙**少也久也字林云趍也亦州名春秋屬晉秦屬邯鄲郡後魏以廣阿城置殷
州至齊改爲趙州又姓本自伯益孫造父善御幸於周穆王賜以趙城因封爲氏簡襄始大列爲諸侯今出天水南陽金城下邳潁川五望**旐**旗旐爾雅曰長尋曰旐郭璞云帛全幅長八尺釋名
龜蛇爲旐旐兆也龜知氣兆之吉凶建之於後察事宜之形兆也**狣**犬有力也**羘**羊子**䱜**魚名似鮎而大**駣**馬四歲**垗**葬地**兆**灼龜坼出文字指歸○**丈**說苑曰十
尺爲丈直兩切四**杖**說文曰持也大戴禮曰武王踐阼爲杖之銘曰惡乎失道於嗜慾惡乎相忘於富貴呂氏春秋曰孔子見弟子抱杖而問其父母拄杖而問其兄弟曳杖而問其妻子尊卑之
差也禮曰苴杖竹也削杖桐也**仗**憑仗本又音去聲**疢**病也**徎**雨後徑也丈井切二**侱**通也○**紂**殷王号也方言云自關而東謂緻曰紂俗作緧除柳切六**葤**
竹易根而死也**鮦**鮦陽縣在汝南又直冢切**葤**褭也**聚**姓也襄州有之又音籌**腨**小腹痛又腿後○**朕**我也秦始皇二十六年始爲天子之稱直稔切六**𦨣**
古文**賸**魚名似鮾赤文出廣雅**螣**螣蛇**栚**說文曰槌之橫者關西謂之撰**頌**頌顛醜皃○**仲**中也爾雅曰中篇謂之仲亦姓風俗通云凡氏於字伯仲叔季是也湯左相有
仲虺又漢複姓四氏左傳衞大夫仲叔圉魯有仲顏莊叔宋有司馬仲行寅後漢有山陽仲長統直衆切三**蟲**蟲食物又音沖或作蚛**鳭**鳥名○**重**更爲也柱用切又直容切三**緟**
增縷**緟**婦人娠也○**䡴**衝城戰車直絳切六**憧**戇憧皃頑見又尺容切**慸**同上**幢**后妃車幰又宅江切**撞**撞鐘又直江切**艟**短船名○**縋**懸繩也馳僞切
七**膇**重膇病或作瘇**槌**蠶槌**錘**稱錘或作鎚又直危切**腄**縣名在東萊**甀**小口甖**硾**鎮也呂氏春秋云硾之以石○**緻**密也直利切十二**稚**幼稚
亦小也晚也又姓史記云湯後因國爲姓**遲**待也又直尸切**稺**晚禾**紩**刺紩鍼縫也**鮧**魚名**治**理也又直之切**㣔**會物**樲**當也對也**謘**語謘**鞁**履鞁底也
紩同上○**墜**落也直類切三**懟**怨也**鎚**好銅半鰍○**值**持也措也捨也當也直吏切五**植**種也又市力切**治**理也又丈之切**植**植投**筫**或也○**箸**匙箸遲倨切四

三

筯上同　瘀痴瘀不達又丑御切　除去也見詩　○住止也又姓出姓苑持遇切三　牏築垣短板　逗姓也出何承天纂文又音豆　○滯廢也止也凝久也直例切七　彘

豕也又姓左傳有彘恭子　蹛蹛林又音帶　銐除利也　璏劍鼻玉也　茜草補缺　鯯魚名　○鏏曲刃也削竹也除芮切一　𦤥大臭又事露也除邁切一　○嗽

列也直刃切五　陳上同見經典　陣俗今通用　診候脉又之忍切　冑登也　○牒細切肉也直葉切三　墊下入又直立切　殜殗殜病　○傳訓也釋名曰傳傳也以傳示後人也直戀

切又直專丁戀二切二　縳縳繞也　○邅逐也持碾切又張連切二　纏纏繞物也　○召呼也直照切一　○棹擢也直教切四　櫂上同　濯浣衣又直角切　焯火急前皃

○蛇水母也一名蟦形如羊胃無目以蝦爲目除駕切二　秅開張屋皃　○仗器仗也又持也直亮切三　長多也又直良切　瓺瓶也又音腸　○鋥磨鋥出劍光或作碾除更切　瞠住視　碾

塞也　○鄭鄭重慇懃亦州名秦屬三川郡史記管叔鮮之所封也宋武置司州於武牢後魏爲北豫州周爲滎州隋罷滎州於管城置鄭州又姓滎陽彭城安陸壽春東陽五望本自周宣王封母弟友

於鄭及韓滅鄭子孫以國爲氏今之望多滎陽直正切三　呈自媒衒又音程　甀甖也　○瞪直視皃陸本作瞪　黱米黑壞　黥雲色　○胄胄子國子也說文曰裔也又姓

出姓苑直祐切十三　冑介冑說文曰兜鍪也　䩜古文　酎三重醸酒　宙宇宙　繇卦兆辭也　籀史籀周宣王太史名造大篆　伷系也　詋詶也　疛心腹疾也

𤻤上同　馳競馳馬也　懤愁毒　○鴆鳥名廣志云其鳥大如鶚紫綠色有毒頸長七八寸食蛇蝮雄名運日雌名陰諧以其毛歷飲食則殺人直禁切三　沈又直壬切　酖青皮

爪名　○賺重買陷切三　詀被誑　譧俗　○逐追也驅也從也疾也強也走也直六切十二　軸車軸　碡磟碡田器又音祿獨　妯妯娌　舳舳艫　鱁鱁鮧　蝃馬蚿蟲

筑水名出房陵漢有筑陽縣蕭何妻封邑也　蓫馬尾草　柚杼柚機具又由舊切　䮱馬騷獸名　遂竹名　○躅躑躅直録切三　躅上同　蠋蠾蠋蟲名　○濁不清也又姓漢

書貨殖傳云濁氏以胃脯而連騎直角切十六　擢拔也抽也出也　濯澣濯又姓風俗通云濯輯之後　鸐白鸐鳥　嬥直好皃　藋蒴藋　鐲似鈴又音蜀　擉爾雅云拘擉謂之定

斸鋤也拘音劬本亦作斫斸斸陟玉切 玃獸名 鸀小鳥似烏赤喙出西方 蠗小蜃名 鸐山雉長尾 𧬪龍𧬪 𢥞不安 灟大雨灟灟 斀築也舂也本又敇角切

○秩積也次也常也序也書曰望秩于山川直一切十二 紩縫紩 帙書帙亦謂之書衣又姓出纂文 袠上同 柣門限 翐翐翐飛皃 姪兄弟之子又音迭 妷上同 豑說文云爵之次弟也 鉄帆索 𧼒走皃 𢧵大也 ○术藥名直律切三 茦上同 炢煙出 ○轍車轍直列切五 徹通也明也道也達也又丑列切 撤發撤又去也經典通用徹

澈水澄 㯙橐也 ○著附也直略切一 ○宅居也說文云宅託也人所投託也釋名曰宅擇也擇吉處而營之也場伯切十三 厇古文 擇選擇 澤潤澤又恩也亦陂澤釋名曰下有水曰澤又州名秦為上黨郡後魏為建興郡周為澤州取濩澤以名之亦姓出姓苑 𪀉𪀉鸆鳥名毛備五色 翟陽翟縣名亦姓唐有陝州刺史翟璋又音狄 蘀蘀蔦藥草車前別名

檡檡棘善理堅刃者可以為射決出儀禮 鸅鸅鸆即護田也 韠韠鞿刀飾 蠌蜡蠌 襗衫襗 𣿝土得水也 ○擿投也搔也振也直炙切七 擲上同出說文 𪌭麩𪌭

躑躑躅行不進也 蹢上同 𧓎蠋蜀虫名 潪土得水也 ○直正也又姓楚人直弓之後漢有御史大夫直不疑除力切四 犆犆牛也 𦙍肥腸 𡽉山直 ○蟄蟄蟲又藏也直立切六 𦙲肉半生半熟 佀佀佀然耕皃出莊子 𡑶下入又直輒切 𡰪屆𡰪前後相次也屆初立切 譶譶言不止也 ○鬌髮落直垂切又大果切 錘八銖又馳偽切 甀甖也

○渫淡渫丈甲切六 喋啑喋鳧鴈食也啑所甲切 𢷾押𢷾重接皃 霅霅陽縣名又水名在吳興 𣽥水名 鞢鞢鞢 ○重複也疊也直容切又直勇直用二切六

種先種晚熟曰種 緟說文云增益也 種複也 鶫鶫鷜鳥名 蝩螽蝩晚生者

十八 ○娘少女之号女良切四 孃母稱 瓤瓜實也又音穰 鑲兵器 ○醲厚酒女容切八 繷纜繷 濃厚也 襛襛華又衣厚皃又而容切 穠花木厚又而容切 𣞗木名 𪑊䵝䵝 𨲍多也 ○聹耳中聲也女江切八 𣰶毛髮多 涳姓出纂文又音椊 噥噥嗅語出字林 𩟾強食 鬞髮亂 矃目不明

十一

鸗鴻鸗尼和也女夷切八柅木名又女履切怩忸怩心慚也蚭字林云北燕人謂蝘蜓爲蚭蚭也跜蠼跜虯龍動皃見文選呢言不了呢喃也鈮餌鈮貎

獸名○籹易曰繻有衣籹女余切又音如六帤幡巾毠犬多毛也蕠藸蕠草名㮝㶖㮝杷名挐牽引○絮單繩女鄰切一○䋈語聲女閑切二鼐腸鼐

㜲狀○鐃鐃似鈴無舌女交切九呶喧呶譊爭也又恚呼也怓心亂鴑鴑鷀鳥名也鴑音嘲洶洶沙藥名𥗬上同巎巎捽也獿犬多毛又力刀切○拏

牽也女加切九詉譇詉語皃譇張加切絮絲絮相牽又女書切摣取也䕈藸䕈草䘐衣敝設絲設語不解也㕟爬㕟以收除也笯鳥籠又乃胡切○儢困也弱也

女耕切七䀛華䀛鬡髩鬡䜜詈䜜𨮨鐵𨮨饐元食嬬嬬侔○誑誑謏喉聲女心切三縬縬織也齊也或作紝鵀戴勝○黏黏麴女廉切三粘

俗䬯南楚呼食麥粥○諵詀諵也女咸切二喃上同○狔猗狔從風皃女氏切三旎旖旎抳抳掎○柅絡絲柎易曰繫于金柅女履切又音尼一○女

禮記曰女者如也如男子之教尼呂切又尼慮切二籹粔籹○趁踐也亦作碾尼展切三輾車轢物或作碾反柔弱○橣木皮入酒浸治風拏梗切一○狃相狎

也女久切十紐結也鈕印鼻又姓何氏姓苑云今吳興人東晉有鈕滔也杻木名莥玉篇云鹿豆也厹爾雅云貍狐貒貈跡也扭扭手轉皃𢓜習也䏔食肉

𨙻地名莥藺賓亦作莥○拰拰搦尼凜切一○罱捕魚網也女減切三䍲上同淰水無波也又乃玷切○㧱推也穠用切一○諉誣諉累也女恚切三

抐內也又姓𢐆𢐆彼弓皃○膩肥膩女利切四𦢆上同出道書䁥目深皃又一活切䣵重釀酒也○女以女妻人也尼據切二絮姓也漢有絮舜○褹紩布襦女

介切一○㚢訟也女惠切二㜛㜛㜛也○輾水輾女箭切二碾上同○釀醞酒女亮切三𥽬雜也䪥菜也又如養切○糅雜也女救切五䬲雜飯亦作粈腬嘉膳

猱爾雅曰猱蝯善援又奴刀切狃習也就也又狐狸也○諵尼賺切一○肭朔而月見東方謂之縮肭女六切八恧慙也聏上同忸忸怩衄鼻出血又挫也又音肉蚎

蚰蜒即蚰蜒也 衵刺也 汨蹜汨水文聚 ○搦持也女角切又女厄切六 掉正也又杖弔切 鰯屋角一曰調弓也 觮同上 搙搦也 䚢握也 ○暱近也尼質切七 昵

同上 衵近身服 䵒膠黏 䵑同上 蠠小蟲 㥾愧㥾 ○豽獸名似貍蒼黑無前足善捕鼠說文作貀女滑切四 貀同上 㕯言遲下也又女骨切 肭膃肭肥皃 ○痆

瘡痛女黠切三 𤸷同上 䘘奴人衣 ○妠婠妠小肥皃女刮切三 䖓甋也亦作㼚 䙾下人帶襦名 ○吶嘒吶聲不出女劣切一 ○逽走逽女略切三 閪閪閪牽引

也 踖踐也 ○蹃踐也女白切二 搦捉搦又正也 ○疒疾也尼戹切又仕莊切三 䭆䭆炙餅餌名 眲耳目不相信出列子 ○匿藏也微也亡也隱也陰姦也女力切六 䘌

蟲食病 蠠同上 㥾愧也 惄憝也又女六切 鰯魚名 ○孨戢孨聚皃尼立切五 㵫潗㵫水文皃 洇濕洇 囡囡囡私取皃又女洽切 䒣䑐䒣 ○聶姓也楚大

夫食采於聶因以爲氏尼輒切十六 躡蹈也履也登也急也 鑷鑷子 𨑫纖𨑫 㚔說文曰所以驚人也一曰大聲今作幸同睪圉報執之類從此 睪伺視也說文云令吏將目捕罪人本羊益切

聿說文曰手之捷巧也 䮕馬步疾也 籋箝也 緤紩緤補衣 䀴小瘦也 㸎同上 踂足不相過 䇽竹䇽 𪀄鳥飛 𢿐敤𢿐 ○囡手取物俗作圉女洽切四 㜸

㜸㜸美皃 嗕唔嗕小人言薄相 㑥唔㑥 ○𢪢飛上皃女法切三 㴪㵰㴪水皃 岊靜岊

卷第四 齒音

十九。精 明也正也善也好也說文曰擇也易曰純粹精也子盈切十五 氏 狋氏縣名狋音權 菁 蕪菁菜也 鶄 鵁鶄鳥也 蜻 蜻蛉蟋蟀也 晶 光也 鼱 鼱鼩小鼠

婧 竦立也又慈性切 睛 目珠子也 㴿 水名在南郡 旌 旌旗周禮曰析羽為旌爾雅曰注旄首曰旌 旍 上同見禮 箐 笭箐小籠 䪫 顱䪫頭也 聙 聰聽也

。葼 木細枝也子紅切二十一 鬷 釜屬又姓左傳鄭大夫鬷明 嵕 九嵕山名 猣 犬生三子 豵 豕生三子 鯼 石首魚名 椶 椶櫚一名蒲葵 騣 馬鬣 鬉 上同 蝬

蜙蝑蟲名 摐 龍摐又作孔切 艐 書傳云三艐國名說文云船著沙不行也 蝬 三蝬蛤屬出臨海異物志 堫 種也 䃚 石也 ⿰耳㚇 聳翅上皃 緵 縷也又作弄切 㚇 飛而斂足

又子貢切 傯 數也 稯 禾束 鬆 毛亂 。宗 眾也本也尊也亦官名漢書宗正秦官也掌親屬亦姓周卿宗伯之後出南陽又漢複姓二氏前漢有宗伯鳳南燕錄有宗正謙善卜相

作冬切二 倧 上古神人 。縱 縱橫也即容切又子用切九 ⿰毛從 毴毷也 蹤 蹤跡 ⿰車從 車跡 樅 木名又七恭切 磫 磫礭礪石 ⿰豸從 豕生三子 ⿱從火 火行充中 ⿺走從

急行也又此從切 。貲 貨也財也即移切十六 頾 說文云口上須俗作髭 鴜 鸂鴜又疾移切 ⿱此鼠 鼠名似雞 鮆 魚名又才禮切 訾 思也又姓何氏姓苑云今齊人本姓蔡氏漢

元帝功臣表有樓虛侯訾順 鄑 鄑城名在海北 ⿱此巾 布名 媊 說文云甘氏星經曰大白上公妻曰女媊居南斗食厲天下祭之曰明星又音前 ⿰此阝 谷名 ⿰此欠 歐也又子賜切

鍫 鍫鉀斧也又千支切 ⿱此女 婦人皃又疾支此移二切 ⿱艹貲 菜名 ⿱此虫 蟲似蟬 觜 觜觿星爾雅曰娵觜之口營室東壁也又遵誅切。 厜 厜㕒山巔狀姊宜切六 觜

星名 纗 ⿱此心 善也說文曰心疑也又桑果才捶二切 嫢 盈姿皃 ⿱此朿 鳥喙 。劑 券也遵為切又在細切六 ⿱此朿 廣雅云石鍼也 ⿱艹⿱此朿 地葙 ⿰月觜 臢臜也又子充切 ⿰火雋

⿰火兾 並上同 。⿰馬垂 馬小皃子垂切又之壘切一 。咨 嗟也謀也即夷切十五 資 助也機也化貨也又姓陳留風俗傳云黃帝之後 粢 祭飯 齍 上同 齎 齍繢經典

祖

通用齋 穧同上 諮同諮謀 姿姿態 齍黍稷在器 瀆水名在部陵又音茨 湙具湙山在滎陽出山海經 齎齎持也又子今切 薺蒺薺實也 醑雨聲

貢同上 ○嶉高皃醉綏切二 檇以木有所擣又地名左傳越敗吳於檇李又音醉 ○茲此也又姓左傳魯大夫茲無還子之切十四 孳孳息 嵫崦嵫山名日所入處 孜

處也力篤愛也 滋水名出高麗山又旨也蒔也多也蕃也液也 嗞嗞嗟憂聲也 鼒染黑 鎡鎡錤 孖雙生子也 鼒小鼎 鯔魚名 仔克也 鶿鸕鶿鳥 磁

禾生見 ○且語辭也說文薦也子魚切又七也切四 蛆蝍蛆食蛇蟲蜈蚣是也爾雅曰蒺藜蝍蛆郭璞云似蝗大腹長角能食蛇腦 苴苞苴亦姓漢書貨殖傳有平陵苴氏又音疽

沮虜複姓有沮渠氏其先世爲匈奴左沮渠遂以官爲氏沮渠蒙遜以後魏天興四年僭號於張掖稱北涼 ○諏謀也子于切又子侯切七 㖩㖩不廉 崛崛嵎 娵娵訾星名 陬

陬隅又子侯切 嗺高皃 掫擊也又子侯切 ○租積也稅也則吾切二 菹茅藉籍封諸侯菹以茅又子余切 ○齎持也付也遺也裝也送也將稽切十五 賫俗 韲韲蒜

爲之 齏同上 韲俗 鉓利也又祖今切 櫅櫅榆堪作車轂爾雅云白棗也 妣妣排 櫅櫅排 齌炊餔疾也又丰細切 躋登也升也又音霽 隮同上 麡

又音齊音牸義見齊字中 懠懠疑人方言云吳人云之 呰弱也又茲比切 ○嗺字書云口嗺頹瀨回切四 脧赤子陰也 峻老子 鋑上同見 屡上同見聲類 ○㦲天火曰栽祖

才切十二 灾同上 災籀文 扻古文 栽種也 哉語助 㦳說文曰害也 菑上同亦作甾見經典 𢦏說文曰傷也𢦏字類從之省文 䓒蒔䓒 識水名出蜀 職聯也或作

載 ○津說文作𣶒水渡也將鄰切五 離古文 璡美石次玉 濜氣之液也本亦作盡 𦘔飾也 ○遵循也率也行也習也將倫切五 跧蹙也又阻圓切

僎鄉飲禮僎者降席而遵法也或作遵又音撰 嶟山皃 鷷西方雉名 ○尊尊卑又重也高也貴也敬也君父之稱也說文曰酒器也本又作䵴周禮有司尊彝從山從缶從木後人所加

亦姓風俗通云尊盧氏之後祖昆切五 罇樽並見上注 嶟山皃 繜衣也 ○鑽刺也借官切又借玩切六 欑說文曰車衡三束也曲轅欑縛直轅䡪縛 欑攢並上同

戩姓出姓苑 翦剃髮 ○箋說文曰表識書也則前切十五 牋上同 菚古文 濺水名說文曰水至也又才薦切 帴小兒䩌也 韀鞍韀 淺淺淺流疾皃又倉剪切

湔水名出蜀郡玉壘山 ⿱前巾幡幟 櫼小栗名趙魏間語也 轃大車簀也 濺濺疾流皃又子賤切 籛楚人華馬薦鞍韉又彭祖姓 棧香木 𨕖埤蒼云至也說文云自進極也 ○煎熟煮子仙切四 湔洗也一曰水名出蜀玉壘山 葥草戔皃出字林 鬋女鬋垂皃 ○鐫鑽也斲也子泉切四 鋑古文 朘縮朒 剶剶也又丑全切

○焦傷火也又姓周武王封神農之後於焦後以國爲氏出南安即消切十七 ⿱雥火籀文 ⿰焦毛兜鍪上毛飾 蕉芭蕉 膲人之三膲 鷦鷦鵬南方神鳥似鳳又鷦鷯小鳥 鳭上同 椒木名爾雅云椴大椒又椒椒醜菉菉實也應劭漢官儀曰皇后稱椒房以椒塗壁取其溫也又山巔亦姓楚有大夫椒舉 茮上同 噍啁噍聲 鐎刁斗也溫器三足而有柄 蟭螵蟭螗蜋卵也 醮面醮枯也 𪓌灼龜不兆也亦作𤒎 僬義見僥字 燋傷火說文曰所以然持火也 ⿰糸焦生枲也 ○糟粕也作曹切九 ⿱艹酒上同 醩俗 遭遭逢 ⿰火曹火餘木也 槽果華實相半也又才刀切 傮終也 𣩀上同 慒耤也 ○侳安也子髃切二 銼骨銼出異字苑 ○嗟咨也子邪切十二 ⿱𦍌言上同 罝兔罟也詩有兔罝篇

蒫薺實又昨何切 謯說文詠也 瘥爾雅云病也又在何切 ⿰髟差長歎 租縣名又似與切 ⿰女虘嬌也 怚上同 ⿰歹差小疫 鹺鹺上山在東海 ○將送也行也大也助也辞也又姓後趙録有常山太守將容即良切又子諒切六 漿漿水 鱂鱸鱂魚名鱸烏盡切 蔣菰蔣草又音獎 螿寒螿蟬屬 牂說文云扶也字林又作㩆 ○臧善也厚也又姓出東莞本自魯孝公子臧僖伯之後則郎切六 ⿷匚⿰丬土古文 牂牝羊 戕戕牁亦作牂 贓納賄曰贓 样槌也出廣雅 ○增益也加也重也又埋幣曰增作滕切十二 憎憎疾 磳磳磳石皃又土殑切 曾則也亦姓曾參之後漢有尚書曾偉古作曾又音層 矰弋射矢也 罾魚網 熷蜀人取生肉於竹中炙一 䎖舉也又飛鳥皃 竲巢高 橧禮運曰夏則居橧巢 譄加言也 ⿱艹曾莨草 ○遒盡也即由切又自秋切十一 鰌鳥化爲魚頂上有細骨如禽毛 𦗨耳鳴聲 蝤蝤蛑似蟹而大生海邊也又自秋切 啾

三

啾唧小聲　遒縣名在燕又迫也促也　䰯接髮　揂聚也　揫束也聚也　湫水名又子小切　鰌聚也又束枲也　○鯫麻幹也子侯切五　緅青赤色也再染曰緅三入成纁

陬隅也又聚居　棷薪別名　掫說文云夜戒守有所擊也　○稵禾生也子幽切一　○祲日傍氣也子心切又子禁切九　梫木名　兟銳意　埐說文地也又昨淫切　雥

雞之別名　[illegible]高鼻　綅縫線　[illegible]錐也　[illegible]魚名　○簪作含切又側岑切七　撍盡也　篸所以綴衣又作感切　蠶蠶簍　䐶膭膭　[illegible]羊腌　鐕無蓋釘也　○尖

銳也子廉切十八　殲盡也滅也　瀸漬也沒也洽也又泉水出微皃　[illegible]拭也　[illegible]曦呷不廉又將鹽切呷子俱切　漸入也漬也又慈染切　[illegible]百足草　[illegible]火滅　笺刺也

銛意也又持戈說文絕也　䨘小雨又霑也　鑯說文曰鐵器也一曰鑴也　鋟以爪刻櫝版也　[illegible]漬也或作[illegible]又所咸切　○緫聚束也合也皆也眾也作孔切十五　揔上同

惣俗　嵷巃嵷山皃　[illegible]眾立　騣鬃角本亦作緫　葼華葼草皃　鬷爾雅云軌鬷一名素華　猣犬生三子　[illegible]鳥飛竦翅上下也所謂鶬鶊醜

其飛也[illegible]　䁓方言云南人竊視　熜煴也說文曰然麻蒸也又青公切　[illegible]屋會又且公切　[illegible]關西呼輪曰[illegible]　傯倥傯　○縱子冢切禪衣又息拱切一　○

觜喙也即委切二　柴上同說文識也一曰藏也　○紫間色也又姓出何氏姓苑將此切九　訿訿毀　訾上同　呰窳也又子西切　泚水名在長沙　跐行皃

茈茈薑又茈草也　呰口毀說文苛也　批捽也又子禮側買二切　○姊爾雅曰男子謂女子先生為姊將几切二　秭千億也亦秭歸縣在歸州袁山松云屈原此縣人被放姊

來因名其地姊與秭同音風俗通云千生万万生億億生兆兆生京京生秭秭生垓垓生壤壤生溝溝生澗澗生正正生載載地不能載也　○濢汁漬也遵誄切四　噿鳥噿　嶉山狀

臎肥皃　○子子息環濟要略曰子猶孳也孳孳恤下之稱也亦辰名爾雅云太歲在子曰困敦又殷姓又漢複姓十一氏左傳鄭大夫子人氏魯大夫子服氏子家羈莊子有子桑扈皇子告

敖何氏姓苑有子乾子仲子工子華子臧子師等氏即里切八　[illegible]古文　仔說文克也本又音玆　虸虸蚄蟲　耔擁苗本也　秄上同　梓木名楸屬　杍工木匠或作梓　○

苴 履中草子與切又子余切三 咀 咬咀脩藥也又慈呂切咬音甫 䃣 硧䃣塲外名也 ○祖 祖禰又始也法也本也上也又姓祖巳之後出范陽則古切六 珇 珪上起又美好 組
組綬又綸組東海中草名 葅 茅藉 菹 說文菜也 䩞 鞄勒名 ○濟 定也止也齊也亦濟濟多威儀皃又水名出王屋亦州本齊地秦屬東郡宋於此置碻磝戍後魏於此置濟北郡
周武帝置肥城郡武德改爲濟州或作泲又姓出姓苑襄城人也子禮切又音霽五 批 殺也又側買切 𪗉 手擠酒又作擠 癠 生而不長 㚨 事之制也說文音卿 ○宰 冢宰又制
也亦姓孔子弟子宰予作亥切四 縡 載也 䏁 半聾字林云秦晉聽而不聰聞而不達曰䏁 載 年也出方言又音再 ○㯳 埤蒼云盂也即忍切二 盡 曲禮曰虛坐盡前又慈忍切
○剸 剸減也玆損切六 撙 挫趨禮曰恭敬撙節鄭玄云撙猶趨也 噂 噂喈 譐 上同 蕁 草叢生皃 僔 衆也 ○䞨 款皃作旱切一 ○纂 集也作管
切八 欑 鋋也又子筭切 纘 繼也 儹 聚也 籫 竹器 酇 五百家也又五鄉爲酇周禮曰四里爲酇五酇爲鄙又子旰切 纂 纂組本亦作纂 纗 古文 ○翦 戩也齊也
殺也勤也俗作剪即淺切十四 剪 俗 揃 揃搣 戩 福祥也 錢 錢銚田器 媊 明皃又子離切 俴 淺也 帴 狹也 蕑 王彗草名 鬋 鬢垂 箭 箭辮
進 竹名 籛 竹名又姓 擶 切也俗 ○臇 臇少汁也子兖切三 ⿰火雋 上同 ⿱雋蟲 蟲食 ○湫 湫隘子了切又子攸切五 剿 截也說文絕也 杪 木忽高也 ⿱秋巾
凶首飾 ⿱艹操 似薺菜 ○劋 絕也子小切八 剿 上同出說文 勦 勞也又音巢 漅 水名 鄛 魯地 潐 盝酒 膘 又符小切 ⿰巾焦 拭也 ○早 晨也子晧
切十 澡 澡洗 藻 文藻說文同下 藻 水草也 蚤 齧人跳蟲抱朴子曰蚤蝨攻君臥不獲安 蚤 上同又古借爲蚤暮字 鰈 魚名似鯉雞足 璅 玉名 璪 石次
王者 棗 果名史記曰楚莊王時有所愛馬啖以脯棗漢書曰安邑千樹棗等千戶侯又姓出潁川文士傳云棗氏本姓棘避難改焉 繰 紺色日繰 繅 雜五綵文 ○左 左右也亦姓齊
之公族有左右公子後因氏焉又漢複姓二氏左傳宋公子目夷爲左師其後爲氏秦有左師觸龍晉先蔑爲左行其後爲氏漢有御史左行恢臧可切三 佐 𢘁佐又子賀切 ナ 手也說文曰左

手也象形〇砦砦石地名作可切一〇蛆蛆蛆好皃銼瓦切一〇姐羌人呼母一日慢也兹野切三柤取也又才也切䬿無食味也〇奨勸也助也成也譽也屬也即兩切六
奬上同說文本作獎嗾犬厲之也蔣剖竹未去節也又秦杖切槳檝屬槳上同蔣國名亦姓風俗通云周公之胤又漢複姓漢有曲陽令蔣匠熙又子羊切〇駔
會馬市人又牡馬也子朗切三驡駚驡馬容髒骯髒體盤〇井說文曰八家一井象構韓形·罋之象也古者伯益初作井今作井見經典省又姓姜子牙之後也左傳有井伯子郢
切二䢼䢼邪地名〇酒酒醴戰國策曰帝女儀狄作而進於禹亦云杜康作元命包曰酒乳也又酒泉縣在肅州匈奴傳云水甘如酒因以名之亦姓也子酉切一〇走趣也子苟
切又音奏一〇䣯小甜也子朕切四寁漸也漬也又子鴆切䤞瀸通上也䐶䐶脣病也〇昝姓也子感切三疌速也揝手動〇䭕䭕暫子敢切一
䰤食薄味也子冉切一〇糉蘆葉裹米作弄切七粽俗䁓竊視憁倥憁㚇斂足又子貢切鯼石首魚又子工切緵小魚罟也天子工切〇綜織縷
子宋切三豵牡豕鍐金毛〇縱放縱說文緩也一曰舍也子用切又子容切二瘲病也〇積委積也子智切又子昔切四㰒歐也蕡草名羢羊相𦏧羢〇
醉說文曰醉卒也各卒其度量不至於亂也將遂切二檇左氏傳曰越敗吳於檇李又遵爲切〇恣縱也資四切二𣨛說文曰戰見血曰傷亂或爲惛死而復生爲𣨛又七利切〇
怚憍也將預切二沮沮洳漸濕亦作𣸂〇緅青赤色子句切又子侯切二足足添物也本音入聲〇作造也臧祚切一〇霽雨止也子計切八隮升也又子奚切
躋上同濟渡也定也止也又卦名既濟又子禮切擠排擠又將西反鬄婦人束小髻也又音祭音節懠懠緝麻紵名出異字苑穧穫也又音劑〇祭享也祀也
薦也至也察也子例切七際邊也畔也會也穄黍穄呂氏春秋曰飯之美者有山陽之穄說文曰穈也穈音糜鰶魚名鬄露髻又音霽𢡺寐言穧穫也又才計切〇蕝
束茅表位子芮切又子悅切三蠽蟲名又作會切擑裂也〇最極也祖外切三俗作㝡綷五色采也蠽蟲也又山芮切〇晬周年子也子對切七祽月祭名也䘹

說文曰會五綵繒也 綷上同 倅亦同 捘推也 㚇失容節拜又子臥切 ○載年也事也則也乘也始也盟辭也又姓風俗通云姬姓之後作代切又材代切六 再重也兩也 縡

事也出字林 𢦏古國名 䵧說文曰設飪也 戴㳅戴 ○晉進也又州名堯所都平陽禹貢冀州之域春秋時晉地秦屬河東郡後魏爲唐州又爲晉州爾雅晉有大陸之藪今鉅鹿是也亦姓本自

唐叔虞之後以晉爲氏魏有晉鄙即刃切十 晉上同出說文 搢搢紳之士搢笏而垂紳又插也 縉淺絳色又古有縉雲氏 [虫進]蟲名又蛤屬 進前也善也外也登也又姓出何氏姓苑

枃凡織先經以枃梳絲使不亂出埤蒼 瑨美石次玉 璡上同又音津 [埶羊]羊名又亭名 ○儁智過千人曰儁又羌複姓有儁蒙氏子峻切十二 俊上同 晙早也 餕食餘 畯田畯農夫

詩傳曰田大夫也 駿馬之俊周穆王有八駿驊騮騄駬赤驥白兔䮫渠黃踰盜驪山子又音峻 [夋兔]鵕古東郭之狡兔名又音逡 [鼠夋]石鼠出蜀毛可作筆 雋人中最才 焌然火 葰

獵之韋袴說文曰柔韋也又音耎 [夋韋]上同又而隴切 ○焌然火周禮云遂龡其焌子寸切三 [髟尊]婁髮也 捘左傳曰涉佗捘衛侯之手 ○贊佐也出也助也見也說文本作賛則旰切

十一 讚稱人之美 酇縣名在南陽 饡羹和飯也 趲散走 灒水濺 [賛食]食也 [女贊]女從 [髟贊]髮光澤也 [衣贊]衣好皃 攢訟也 ○穳鋋也子筭切二

鑽錐鑽 ○薦薦席又薦進也說文曰獸之所食艸古者神人以廌遺黃帝帝曰何食何處曰食薦夏處川冬處松柏又姓出姓苑作甸切廌丈買切二 薦畜食 ○箭箭竹高一丈節間三尺可

爲矢爾雅曰東南之美者有會稽之竹箭子賤切九 箾古文 鬋女鬢垂皃 葥草名 湔水名在蜀 榗木名 籛陸終子名又子田切 濺濺水又作甸切 煎甲煎又將仙切 ○醮祭也

子肖切十二 [示焦]上同 釂飲酒盡也 皭白色 潐盡也 爝火 [面焦]面不光 僬行容止皃禮曰庶人僬僬 趭走皃 穛走皃 穛物縮小又作㷟 [目爵]目瞑 ○竈

淮南子曰炎帝作火死而爲竈則到切三 躁動也 趮疾也 ○佐助也則箇切六 左左右又作可切 [方左]副也 [尢左]行不正也 袏襌衣 作造也本臧洛切 ○挫摧也則臥切三

夎拜失容又詐也經典作蓌 侳安也有也 ○唶歎聲子夜切二 借假借又將昔切 ○醬說文作醬醢也漢書武帝使唐蒙風曉南越南越食蒙蜀蒟醬子亮切四 [illegible]籀文

牆古文將將帥○葬葬藏也則浪切一○精強也子姓切又音旌一○甑古史考曰黃帝始作甑子孕切四鬵上同籀文䙢汗襦○增剩也子鄧切一

○僦僦債即就切三⿰禾曾稻稔實又稅也⿰女曾醜老嫗皃○奏進也說文作㚖則候切二走釋名曰疾趨曰走又祖苟切○浸漬也漸也子鴆切四濅上同出說文寖上同出字

林祲祆氣也又子心切○篸以針篸物作紺切二撍手撼○囋囋嗷不廉子鹽切又子廉切一○僭擬也差也子念切一○覱覱儼高危皃子鑑切三⿱斬面長面皃又

昨三切⿱雨晉以物內水中出晉譜○鏃箭鏃作木切二鎐姓也出彭城○蹙迫也促也近也急也子六切十七踧踧踖行而謹敬蝛蝍蝛蚑蠖也⿰口叔說文嘆也本音寂

慼慼咨憝也噈歗噈口相就也摵到也槭木可作大車輮殧殄也歠取氣皃說文本才六切歠歠也⿱竹宜笪也縬縮也又縬文也又側六切捄欵悲皃䐑腳䐑

膏澤也顣顣頞鼻顣促皃䙯好衣皃蹴蹋也又七六切○傶邑名又姓將毒切三⿰戚殳穿也錊姓也○足爾雅云趾足也又滿也止也從口止即玉切又將喻切二哫楚詞云哫

訾慄斯王逸謂承顏色也○堲夏后氏堲周燒土葬也資悉切八嘁鼠聲唧啾唧聲沏水濱扻扻摘⿰虫止蜻蛚別名蝍蝍飛蟲又音即楖楖栗木名○卒終也盡也

子聿切又倉沒切又則骨切五⿰歹卒終也⿰魚卒鰿鰂別名⿰卒欠飲也玉篇云吮也啐啐律聲○卒說文隷人給事者衣爲卒卒衣有題識者臧沒切又將聿切三倅百人爲倅周禮

作卒稡秭稡○⿱髟卒妹末切六摻逼摻滲滲濈㓷刺㓷不淨也踤蹙踤行皃出新字林濈水湍頭起○繓結繓也子括切三撮撮挽牽也又七活切攥手把

○節操也制也止也驗也說文曰竹約也子結切十三卩說文曰瑞信也凡從卩今作卪癤瘡癤蝍蝍蛆蜈蚣又音即楶屋梁上木瀐小灑爝燭餘岊高山

皃⿰髟截說文曰束髮少小也⿰魚節魚名幯幯拭𠬛說文治也本房六切⿰衤截小衣○蕝束茅表位子悅切又子芮切三⿰絕力⿰絕力斷物也隵隔隵○蠽茅蠽似蟬而小

姊列切八蠿上同鷑小鷄𣥂說文少也扻扻摘去也⿰歹止夭死⿰髟截說文曰束髮少小也⿰口止嗚⿰口止○爵封也禮含文嘉曰殷爵三等周爵五等白虎通曰三等法三光

五等法五行也淮南子曰爵祿者人臣之銜轡也文字音義曰爵量也量其職盡其才也又禮器周禮曰享先王以玉爵即略切七 𪇰古文 雀雀鳥禮記云雀入大水爲蛤 爝炬火莊子云日月出

矣而爝火不息又音爵 燋火未然也 擳捎也 鼩鼠似兔而小也 ○作爲也起也行也役也始也生也又姓漢有涿郡太守作顯則落切又則邏臧路二切六 迮起也又仄格切

柞木名又音昨 糳精細米也說文曰糲米一斛舂九斗曰糳 鑿詩曰白石鑿鑿 嘄強嘄又祖郭切 ○嘄鳴嘄嘄亦作嗽祖郭切二 ○積聚也資昔切又資賜切十八 脊背脊釋名曰脊

積也積續骨節終上下也說文作𦟘背呂也 蹐蹐地小步 借假借也又資夜切 迹足迹 跡上同 速籀文 踖跛踖敬皃又秦昔切 鶺鶺鴒一名雝鶏又名錢母大於燕頸下有

錢文亦作鴲 鰿爾雅曰貝小者鰿郭璞云今細貝亦有紫色者出日南 蟦上同 鰭魚名 鯽上同 蹟詩傳云不蹟不循道也 濈小水 襀襞也 磧磧礭 唶

縣在臨邛 ○績緝也功業也繼也事也成也則歷切四 勣功也 樍樫木別名 鶺鳥也 ○即就也今也舍也半也說文作卽食也亦姓風俗通有單父令即賁又漢複姓有城陽相齊人即墨

成子力切十六 卽上同 稷五穀之總名一曰粢屬周禮注云社稷土穀之神有德者配食焉共工氏之子曰句龍食於社有厲山氏之子曰柱食於稷湯遷之而祀棄俗作稷亦姓后稷之後 㮨木名

似松 㹅牛名 蝍蝍蛆蟲名又子結切 郥郥裴縣在魏郡裴房非切 畟又初力切 堲堲讒迫急 鯽魚名 稷犬生三子 聖風聖又子栗切 脚膏脚 唧唧聲也 鶺鶺鴒亦作

鵬 楖梓也 ○則法則子德切三 𠟭古文 䏌籀文 ○帀遍也周也子荅切十 迊上同 咂入口 噆蚊蟲噆人 㱚歡歟聲 鰤魚名 䐶羊䐶 𠻞㰦嘁 沛

湒沛𣽂濈 趣趣趣急走 ○接交也持也合也會也又姓三輔決錄有接昕子即葉切十一 椄木續 睫目睫釋名曰睫插也插於眶也說文作䀹目旁毛也 䀹上同 楫舟楫

𣁽上同 婕婕好亦作倢伃 萎菨萎水草可食 倢倢𣵿繞有水皃 鯜魚名 篓竹篓又所甲切 ○浹浃也通也徹也浹辰十二日也子協切三 㚒㚒㴽又音狎 婡

半瓦 ○𩠂長面皃昨三切一 ○㠗噂㠗嗟皃子入切噂音博十一 潗泉出 雧合也又鏶夷仁貝名 湒雨皃 咠又七入切 𦼂草生多皃 褋襟緣 葺茨也 䁒

眼眼 稩稠稩稩 𡾋負秦山名 ○摧山林崇積皃子罪切二 洅說文云雷震洅洅本作代切

二十 ○清山海經曰太畤之山清水出焉釋名曰清青也去濁遂擬色如青也又靜也澄也潔也七情切二 圊廁也 ○怱速也倉紅切十五 悤俗 葱葷菜

楤尖頭擔也 𨎮轞車載囚 聰聞也明也察也聽也殷仲堪父患耳聰聞牀下蟻動謂之牛鬬出晉書 緫色青黃文細絹 璁石似玉也 驄馬青白雜色 蟌蜻蜓

淮南子曰蝦蟆為鶉水蠆為蟌 囪竈突 𨡹醲醲濁酒 鍯大鑿平木器 熜熅也又子孔切 𢈢屋中會又子孔切 ○樅木名松葉柏身七恭切又音蹤十二 鏦

短矛又音總 從從容又疾容從用二切 瞛光也張景陽七命云怒目電瞛是也 蟌蝓蝑小蜂生牛馬皮中也 瑽瑽琤佩玉行皃 摐打也又音窻 𦢊肥病 穟總沿禾縱移

𧺤急行也又音蹤 鬆髮亂又皃息恭切 𨑩遷 ○雌牝也說文曰鳥母也此移切五 胔小腸 𡜋婦人皃又即移疾移二切 鈭鈭錍斧也又即移切 𦍩說文曰羊

名蹏皮可以割黍 ○郪縣名在梓州取私切又七西切九 趑趑趄趦不進也 𨋽說文作𨋽連車也一曰郤車抵堂又士佳疾資二切 趀說文云倉卒也 趦同上 𧡰

盜視 屒上同亦此也 𡲧此也 蠀蝎化也 ○疽癰疽也七余切十六 岨石山戴土 砠同上 䢐鄉名在鄆縣又子余切 趄趑趄 苴履中藉又子魚切 沮

止也非也又水名在晉及所謂沮洳亦云漸溼沮既從並在此地又子魚側魚疾與子預四切 狙猨也又七預切 胆蟲在肉中 蛆俗 鴡鴡鳩鳥 葅菹也葅又則吾切 𣽸說文云水

出北地直路西東入洛 伹拙人 坥螾場又七預切 𡰪此也 ○趨走也七逾切三 趍俗本音池 𩛀餕鯫小人不耐事皃又士后切 ○麤說文云行超遠也又字統云警

防也鹿之性相背而食慮人獸之害也故從三鹿倉胡切六 麁踈也大也物不精也本亦作麤 蔍說文云草履也 䊪米不精也 觕公羊傳曰觕者曰侵精者曰伐 皻皮皺

惡也 ○妻齊也七稽切又七計切十 萋草盛皃 淒雲皃又千弟切 凄寒也 悽悲也痛也 鶈鳥名 郪縣名在梓州 緀緀緀文章相錯皃 齎說文云炊

餔疾本子兮切又才細切 霎說文云霽謂之霎 ○崔姓也齊丁公之子食采於崔因以爲氏出淸河博陵二望倉回切六 催迫也 縗喪衣長六寸博四寸亦作衰 陮陮崩隤也 催行急皃 趡逼也 ○猜疑也恨也倉才切四 偲多才能也 睵瞭也 䞗說文曰疑之等䞗而去也 ○親愛也近也說文至也七人切三 寴𡪀並古文 ○逡逡巡退也七倫切十 竣止也倨也一曰改也 皴皮細起也 㕙東郭㕙古之狡兔也又音俊 墫舞皃 捘推也左傳云捘衛侯之手又子寸切 竴喜也 踆退也 匑同上 夋倨也 ○村墅也此尊切一 ○千十百也又漢複姓有千乘氏出何氏姓苑蒼先切九 圱三里爲圱 阡阡陌南北爲阡東西爲陌 汘水名 仟千人長也又仟眠廣遠也 芉草盛 谸說文曰望山谷之谸青也 迁伺候也進也又迁葬又標記也 杄木名 ○遷去下之高也詩云遷于喬木七然切八 𨔣古文 䙴上同 𨟰地名 櫏棍櫏木名 䉦箬䉦竹名 韆鞦韆繩戲 𤸁痛也 ○詮平也說文具也此緣切十九 銓銓衡也又量也次也度也 硂上同 痊病瘳 佺偓佺仙人 悛改也止也 駩白馬黑脣 筌取魚竹器 絟細布 譔善言 謜言語和悅 縓爾雅曰一染謂之縓今之紅也又采選切 恮謹皃 荃香草 𠛣剶也 峑山巔 圌篅也又竹器名 鐉說文曰所以鉤門戶樞也一曰治門戶器也 拴揀也俗 ○鍫臿也亦作𣂖七遙切七 鍬上同 篍吹竹筩又音秋 幧斂髮謂之幧頭亦作幓 𥞿上同 𪍨生麻 𣓓抄飯匙也 ○操操持七刀切又七到切四 幧所以裹髻又七摇切 𢿃平持 𢄡糟也 ○蹉蹉跎也七何切七 瑳玉色鮮白也又七可切 搓手搓碎也 磋治象牙曰磋 溠水名在義陽 傞舞不止皃又素何切 齹齹跌出字統 ○遳脞也七戈切一 ○脞脞也醋伽切二 𡞹訬疾 ○鏘鏗鏘七羊切十二 瑲玉聲 槍稍也通俗文云剡葦傷盜謂之槍說文曰歫也 蹌說文曰動也詩曰巧趨蹌兮 蹡行皃 𨇨上同 斨斧斨說文云方銎斧也 牄說文云鳥獸來食聲 嶈山高皃 閶門聲和也 𥏫傷也又式羊切 搶拒也突也 ○倉倉庾也亦官名齊職儀曰大倉令周司徒屬官有廩人倉人則其職也釋

名曰倉藏也藏穀物也漢書曰耿壽昌奏設常平倉又姓黃帝史官倉頡之後七岡切七 蒼 蒼色也又姓漢江夏太守蒼英 鶬 鶬鶊鳥名 雂 鶬雖說文同上 滄 滄浪亦州後魏

所置蓋取滄海爲名 凔 寒見 匱 古器也出說文 ○青 東方色也亦州名九州之一禹貢曰海岱惟青州又男青女青昔木名出羅浮山記亦姓出何氏姓苑又漢複姓三氏風俗通

云漢有青烏子善數術又有青牛氏青陽氏倉經切五 鶄 鶄鶄鳥也出南海又音精 鯖 魚名又諸盈切 蜻 蜻蛚蟲方言曰蜻蛉謂聖蛉也六足四翼又音精 靘 靘靘

無色 ○秋 春秋說文曰禾穀熟也又姓宋中書舍人秋當七由切十七 秌 古文 鞧 車鞧 緧 上同說文曰馬紂也 緅 上同周禮曰必緅其牛後 鞦 亦上同又鞦韆繩戲古今藝術圖曰

鞦韆北方山戎戲以習輕趫者 湫 水池名北人呼 鶖 禿鶖鳥亦作鵚 鰍 魚屬亦作鰌 楸 木名 萩 蕭似蒿也 鼀 爾雅曰鼀鼀蟾諸郭璞云似蝦蟆居陸地淮南謂之去蚥

[illegible] 上同 [illegible] 爾雅曰次[illegible]鼀鼀 [illegible] 雞鶖 篍 說文云吹筩也王篇云吹簫也 趥 說文曰行見 ○譙 就也千侯切一 ○侵 漸進也說文作㑴又姓三輔決錄有侵恭

七林切七 㑴 上同 駸 馬行疾也 浸 浸淫也又子鴆切 [illegible] 野生豆也 祲 鋅也 綅 說文曰綫綫也詩曰貝冑朱綅又子心息廉二切 ○參 參承參覲也俗作叅

倉含切五 驂 驂馬 [illegible] [illegible] 傪 好兒 嫪 玉篇云婪嫪也 ○籤 說文驗也一曰銳也貫也七廉切十 臉 臉臁也 [illegible] 上同 鹼 水和鹽又工斬切 槧 削皮又才

敢七豔二切 憸 憸憸詖也 僉 咸也皆也 劍 劗割也 懺 憸懺記出字林 譣 譣詖 ○此 止也雌氏切九 跐 蹈也又阻買切 佌 小舞兒 玼 玉色鮮又

千禮切 泚 水清又千禮切 鴜 馬名 佌 小兒 趀 淺渡也 柴 直大也說文火介切瞋大聲也 ○趀 走也又倉地名千水切三 [illegible] [illegible] [illegible] 細顆 [illegible]

皴皺皮裂 [illegible] 取 收也受也七庾切一 ○蘆 草死爾雅曰菌蘆郭璞云作履苴草采古切二 蔍 草履 ○泚 水清也千禮切四 玼 玉色 縒 帛文兒 [illegible] 白色

○[illegible] 霜雪白狀七罪切八 漼 新水狀也 㵽 同上 漼 水深兒 璀 玉名 [illegible] 物粗也 [illegible] 赤米 [illegible] 錯鏻甲兒 ○采 事也又取也亦姓風俗通云漢

千

有度遼將軍采晧倉宰切七 採 取也俗 綵 綵綾 寀 寮寀官也 彩 光彩 𩭤 髮𩭤又七代切 崍 恨也 笉 笑皃七忍切一 忖 思也倉本切三 扌寸 截也 刌

細切又割也 悄 悄悄憂皃親小切三 愀 容色變也 釥 好也又淨 草 說文作艸百卉也經典相承作草采老切七 艸 篆文隸變作艹 懆 憂心 慅 上同 騲

牝馬日騲 嘷 嘷嘐無人 愺 愺恅心亂 瑳 玉色鮮白千可切三 䰈 髮好皃也又昨何切 砦 砦石地名 脞 書傳云叢脞細碎無大略也倉果切二 硰 碎石

且 語辭七也切又子余切一 搶 七兩切又初兩七羊二切二 搡 上同 蒼 莽蒼麁朗切一 請 乞也求也問也謁也七靜切又疾盈疾姓二切二 睛 睸睛

不悅目皃出字林又音精 趣 趣馬書傳云趣馬掌馬之官也倉苟切又七屢切三 取 又七庾切 棷 棸也又側溝切 寢 室也卧也七稔切九 寢 上同見說文

寑 上同見經典 梫 木名桂也 㾛 㾛痛又皃醜也 寢 說文曰病卧也 䓟 覆也 鋟 爪刻鏤版又子廉切 醋 小甜 慘 憯感也說文毒也七感切八

憯 痛也 朁 說文曾也 黲 暗色說文曰淺青黑也又倉敢切 嫪 說文婪也 傪 好皃又音平聲 噆 銜也又子盍切 顲 顉顲搖頭又素慘切 黲 日暗色倉

敢切一 憸 憸詖七漸切二 醶 醋味 憯 憯悽青黍切又七感切一 謥 謥詷言急俗作謥千弄切二 憁 憁恫 刺 針刺爾雅曰刺殺也釋名曰書姓名於奏白曰

刺漢武帝初置部刺史掌奉詔察州成帝更名牧哀帝復爲刺史七賜切又七亦切十 刾 俗 庛 偏庛舍也 朿 木芒 庢 人相依庢 諫 數諫也 莿 草木針也

庛 周禮車人爲耒庛長尺有一寸鄭玄云耒下前曲接耜者 蛓 毛蟲 誎 謀也 趥 行皃采仲切一 翠 字林云青羽雀又翠微亦姓急就章有翠鴛鴦七醉切三 濢 下溼 臎

鳥尾上肉 次 次第也亦三宿曰次又姓呂氏春秋荆有勇士次非七四切九 鴜 鳥名似梟人面山居所經國國必亡出山海經 佽 佽飛漢武官名又助也利也代也遞也及也 髤 以漆塗器

絘 績所未緝者 鴜 鳥名 螆 蟲似蜘蛛 𣦶 又資四切載見上文 鬏 髮也 蛓 蛓毛蟲有毒七吏切四 蚝螆𧍝 並上同 覰 伺視也七慮切六 䁦 上同 刞

耕土起亦作粗　坥蝜塲又七余切　胆蝇胆又七余切　蜡周禮有蜡氏又音乍　○娶說文曰取婦也七句切二　趣趣向又親足七俱倉茍三切　○厝置也倉故切五　措

舉也投也說文置也　醋醬醋說文作酢　錯金塗又姓宋太宰之後又千各切　濌水　○砌階砌也七計切八　切衆也又千結切　䀹視也　妻以女妻人又七兮切　擦

挑取　聬耳聽　眑目眑　聊耳瞷　○毳細毛也又姓出姓苑此芮切又楚稅切十二　䡵囊屬以盛賊頭又音遂　脃說文曰小耎易斷也　膬上同又七劣切　脆　帨佩巾

又音稅　竁葬穿壙也又楚稅切　斷斷也　𧐠蟲名　劘小割　毳重擣又是稅切　濢飲也　○襊衣游縫也𧝐最切三　蹳蹳行　竄塞外道也　○蔡龜也亦國

名又姓出濟陽周蔡叔之後也倉大切三　𩿪古文　鶔鳥鶔鳩　○𣊬𣊬小春也七外切一　○啐咱也倉夬切一　○倅副也七內切五　淬染也犯也寒也　焠作刀堅也天官書曰

火與水合爲焠　碎碎磨　啐嘗入口又先對切　○菜草可食者皆名菜倉代切五　埰古者卿大夫食采地郭璞云采地葬之因以名　棌木名　𩯁髻也　䏁大腹　○親親家

七遴切又七鄰切四　寴屋空皃說文至也　儭至也又貝也　瀙水名　○寸說苑曰度量衡以粟生之十粟爲一分十分爲一寸十寸爲一尺家語云孔子曰布指知寸倉困切二　鑴左器

又于見切　○粲鮮好皃又優也察也明也亦作㛑又姓出姓苑蒼案切六　㛑詩傳云三女爲㛑又美好皃詩本亦作粲說文又作𡡕　燦明淨皃　璨美玉又璀璨　䅑草可爲席　鶵鳥名

○竄逃也誅也放也藏也匿也從鼠在穴中七亂切五　鑹小矟　爨炊爨又姓華陽國志云昌寧大姓有爨習蜀志云建寧大姓蜀錄有交州刺史爨深　殩殩孝秦人云饋喪家食　𥢄錢也

本音鑽俗爲檢攢字　○蒨草盛倉甸切十三　茜草名可染絳色　䡲載柩車蓋大夫以布士以葦席　綪青赤色　倩倩利又巧笑皃　芊芊蔯草木相雜皃　謥謥散

棈木名　帣帣也又幓頭　𥡦䅣也又器也又七鈍切　鵸紡鎚說文曰瓦　䑶輕舟　篟青竹　○綪絳色七絹切又七金切三　謓相責　䁍更視見皃說文作道相顧視而行也又弋綃切

○陗山峻亦作峭七肖切八　峭上同　箾竹箾所吹又七流切　鞘洛陽亭長又七流切　㲖峻波　哨壺口䁍者名也　俏俏醋好皃　帩帩縛　鞘䵲䵲　○操持也又志操七到切又七刀切七

七

造至也又昨早切 艁古文 慥言行急 糙米穀雜 糙上同 鄵鄭地名 ○剉破也麤卧切三 莝斬草 銼蜀呼鈷鉧 ○諎諎磨千過切二 措拭措 ○磋磨磋治象

牙七過切一 ○逪斜逆也遷謝切二 逝逝脚立也 ○蹡跟蹡行不正皃七亮切一 ○倩假倩也七政切又七見切二 凊温凊 ○靘靘靘青黑千定切二 掅捽也 ○蹭

蹭蹬千鄧切二 剸刀割過也 ○趍進也七溜切一 ○輳輻輳亦作湊倉奏切八 腠膚腠 湊水會也聚也 嗾使犬 鱫南夷名鹽 蔟太蔟律名又倉谷切 楱橘屬 ⿰豕奏温豕

○沁水名在上黨亦州名本漢穀遠縣後魏置沁源縣武德初置州因沁水以名之七鴆切四 沁沁冷 吣犬吐 䈼䈼墨工人具 ○謲伺也七紺切三 參參鼓俗作叅 ⿰田參田隴黲也

○塹坑也遶城水也七豔切四 塹上同出說文 槧插也論衡曰斷木為槧釋名曰槧版長三尺者也槧漸也言漸漸然長也又七廉切又才敢切 ⿱漸女⿱漸女婁美女皃 ○瘯瘯瘰皮膚

病也千木切六 ⿰石族碌⿰石族石皃 蔟蠶蔟又千候切 趗趗趗局小皃 ⿰木束短椽說文丑錄切 簇小竹 ○⿱大龍蝲⿱大龍七宿切三 蹴蹴踏 殧終也 ○促近也速也至也迫也七玉切六

誎飾也 趗趗速 ⿸尸足迫也 ⿰夋束弗⿰夋束炙具 ⿰犭足宋良犬又七雀切 ○七數也親吉切十 漆水名在岐又姓古有漆沇為魯相何氏姓苑云今豫章人又漢複姓孔子弟子漆彫開

柒俗餘傚此 郪地名在齊 鶔鳥名 桼膠桼說文曰木汁可以髹物从木象形桼如水滴而下也經典通用漆 ⿱艹桼俗 楖木名可為杖也 ⿱艹桼草似蘇也 㯃秦有㯃娥臺

○焌火燒亦火滅也倉聿切一 ○⿺辶參褭⿺辶參女合切一 ○囃助舞聲也倉雜切三 ⿰石雜石多皃 ⿱雜鼓鼓聲 ○猝倉猝暴疾也倉沒切五 卒急也遽也又子沒切又將律切 ⿰歹卒

亡也 㧗摩也 ⿰糸切素也 ○⿰扌桼足動草聲七畾切三 ⿰糸桼穀屬出淮南子 ⿰石桼麤⿰石桼 ○撮六十四黍為圭四圭為撮撮手取倉括切二 ⿰衤最緇布冠詩作撮 ○切割也刻也

近也迫也義也說文折也千結切八 ⿰口祭小語也 ⿸厂齒⿸厂齒齒也 竊盜也又淺也 柣爾雅曰柣謂之閾又音秩 沏水聲 ⿰足切跌⿰足切 詧說文曰言微親詧也又音察 ○膬

耎而易破七絕切四 絟細布別名 ⿰石毳石破 ⿰毳攵斷毳絕 ○鵲淮南子云鵲知太歲之所字林作䧿七雀切十 舄人姓纂文云古鵲字 趞行皃 ⿰犭足宋國良犬 碏敬也又人名衛大夫

石磧芍陂名在壽春皵皮皵爾雅云棤皵謂木皮甲錯踖陵也駁也䇌驚也鯌魚名出東海○錯鑢鑢別名又雜也摩也詩傳云東西爲交邪行爲錯說文云金涂也倉各切七

厝礦石鯌魚名逪說文云逪遝也剒爾雅云犀謂之剒縒縒綜亂也莡草聲○皵皮細起七迹切八磧砂磧刺穿也又七四切趚趚趚行皃涑

水名在北趞倉卒裓裓膝帬衸嫧嫧妹齊謹○𡕢小動七役切二復小小行○戚親戚又姓漢有臨轅侯戚鰓倉歷切十一慼憂也懼也鼜說文曰夜戒守鼓也𪔛上同

鏚干鏚斧鉞本亦作戚䵻黷顛色敗䫔䫔䫔面柔詩本或作戚施慽慽痛鼀蟾蜍別名蕆草也磩磩石次玉也○堿階齒七則切一○緝績也七入切六葺修補

諿和也褄襟緣亦作緁𪔂鼓無聲咠咠咠譖言也說文曰聶語也○𧾍七合切二𡢟婪𡢟○妾不娉七接切十緁連緁說文曰緶衣也緝說文同上

𠞃續也鏶灸鐵湒水名鯜魚名檝飯臿穕土穕農具也踥踥踥往來皃○淺不深也七演切一

二十一○從就也又姓漢有將軍從公何氏姓苑云今東莞人疾容切又即容七恭秦用三切三从古文說文曰相聽也𨾊方言云南楚人謂雞○叢聚也徂紅切五

藂俗叢草叢生皃潀水會也篵籠篵取魚器俗○賨戎稅說文曰南蠻賦也藏宗切十一琮說文云琮瑞玉大八寸似車釭周禮曰以黃琮禮地

悰慮也一曰樂也潨小水入大水也又徂紅職戎二切淙水聲又士江切慒謀也又似由切鬃高髻又士江切鬉鬉屬又士江切孮族盛孮鄉誴謀誴

樂也𢄃帛𢄃布名又○疵黑病疾移切八骴殘骨又音自玼玉病又七禮切茈鳧茈草𣐤無𣐤木一名榆胔人子腸名飺嫌食皃鴜鸕鴜水鳥

似魚虎蒼黑色又即知切○茨茅茨又姓後漢有茨光亦漢複姓晉有茨芘仲疾資切十三薋蒺藜詩作茨說文又作薺薺上同又才禮切餈飯餅也餎上同

垐以土增道穦積禾齎齎蠐又疾兮切瓷瓦器澬水名在常山郡又涔澬久雨又音資絧絧補𨋳連車又七茨切又士佳切𩂣涔𩂣久雨○慈

愛也亦州名春秋時晉之屈邑夷吾所居西魏改爲汾州開皇初爲耿州武德改爲慈州因慈氏縣名之疾之切五 磁 磁石可引針也 鷀 鸕鷀鳥亦作鶿不卵生口吐其鶵又子之切

滋 潤水名也 茲 龜茲國名龜音丘 ○徂 往也昨胡切四 退 上同 殂 死也 𣧪 古文 ○齊 整也中也莊也好也疾也等也亦州名春秋時齊國秦爲郡後魏置

州因齊地以名之又姓風俗通氏姓篇序曰四氏於國齊魯宋衛是也徂奚切九 臍 肶臍說文作𦟘 麡 麡麢很似鹿而角向前入林則挂其角故常在淺草中逐入林則搏之出異

物志又嚌䶒二音 蠐 蠐螬蟲 齌 等也 懠 詩云天之方懠懠怒也又音劑 𪗉 好皃又子兮側皆二切 癠 病也又音劑 鑇 利也又子兮切 ○摧

折也阻也昨回切五 崔 崔嵬又音催 慛 傷也憂也 槯 木名堪作杖 檇 木有所擣也 ○裁 裁衣昨哉切九 纔 僅也又藏代切 財 貨也賄也 才 用也

質也力也文才也說文作才艸木之初也 材 木挺也 麲 麲也 溨 水名 鼒 爾雅注鼎斂上而小口又音茲 芓 蔽前草箭 ○秦 州名古西戎地春秋時爲秦國後并

天下爲隴西郡漢武分置天水郡後魏改爲秦州因邑以爲名又姓秦自顓頊後子嬰既滅支庶以爲秦氏也匠鄰切三 螓 螓蜻似蟬而小 犃 牛名 ○鷏 西方雉名昨旬切一

○存 在也察也恤問也徂尊切五 蹲 坐也說文踞也 拵 拵据也 郁 郁鄢縣在戎州 袸 爾雅云衿謂之袸袸小帶也又音荐 ○殘 餘也說文賊也昨干切七 𦠆

禽獸食餘又徂贊切 㱚 上同 戔 傷也又戔戔束帛皃易曰束帛戔戔 盞 盞醆大盂 𠭥 穿也 㥶 帴也 ○欑 木叢也在丸切九 巑 巑岏小山皃 轒 車縛

軋也又借官切 菆 菆塗見禮 穳 穳稱 酇 酇聚也又音篹音贊 穳 稱也又刈禾積也 篹 上同 劗 剃髮也又子贊切 ○虥 虎淺毛皃昨閑切

二切 塼 門聚 ○前 先也昨先切六 歬 古文 騚 馬四蹄皆白也 湔 湔葫藥名 𥰭 說文曰蔽絮簣也或作𣵀 籛 上同 ○錢 周禮注云錢泉

也其藏曰泉其行曰布取名泳行無不徧也又姓晉有歷陽太守錢鳳昨仙切二 䗲 方言云鳴蜩也 ○全 完也具也又姓吳有全琮疾緣切七 仝 上同見說文 泉 水源也又

錢別名 蟟 貝也白質黃文 牷 牛全色書傳云體完曰牷 眭 目眇視皃 菒 莘菒草也 ○樵 柴也說文木也昨焦切十五 藮 上同 劁 刈草 憔 憔悴瘦也
顦 上同 ⿰耳曹 耳中聲又音曹 譙 國名又姓蜀有譙周 嶕 嶕嶢 巢 嶕巢山高皃又音巢 鐎 又音焦 鄵 縣名 僬 又音焦 醮 面枯皃又音焦 撨
取也 落 草名 ○曹 曹局也又輩也衆也群也亦州名蓋取古國以名之又姓本自顓頊玄孫陸終之子六安是爲曹姓周武王封曹挾於邾故邾曹姓也魏武作家傳自云曹叔振鐸之後周武王
封母弟振鐸於曹後以國爲氏出譙國彭城高平鉅鹿四望昨勞切十四 𨄅 古文 槽 馬槽 螬 蠐螬蟲 嘈 喧嘈 鏪 鐵刪折也 褿 祭豕先也 艚 船艚 ⿰耳曹 耳鳴 鶮
高也 ⿰月曹 ⿰月曹肥 蓸 草名 漕 衛邑名又水運曰漕又昨到切 褿 帬也 ○醝 白酒也昨何切十九 暛 殘薉田也 瘥 病也又初介切 鄌 鄌縣名在譙郡或作鄼酇本音
贊 瘥 小疫病也 鹺 禮云鹽曰鹹鹺 嵳 嵳峩 蒫 薺實又子邪切 ⿱竹差 籠屬 艖 小舸 蔖 爾雅曰蔖蘆郭璞曰作履苴草又采古切蔖音魯 虘 虎不柔也
又才都切 齹 齒跌 齹 齒本 ⿰髟差 髮多皃 ⿰麥差 穀麥淨也 ⿰目差 擣也 蹉 蹋也 躦 上同 ○矬 短也昨禾切五 痤 癤也 銼 銼鑹小釜 ⿰木坐 爾雅云座椄慮
李今麥李也或從木 睉 小目 ○査 大口皃才邪切一 ○牆 墻牆爾雅云牆謂之墉說文曰牆垣蔽也在良切十 廧 上同 墻 俗 ⿰亻爿 弱也 嬙 嬪嬙婦人官名
檣 船檣 薔 薔薇又東薔子十月熟可食出河西子虛賦云東薔彫胡 蘠 上同 戕 殺也又他國臣來殺君也 奘 妄強犬也又徂朗切 ○藏 隱也匿也昨郎切又
徂浪切一 ○情 靜也說文曰人之陰气有所欲也疾盈切五 晴 天晴 請 受也又在性七井二切 殅 說文曰雨而夜除見星也 ⿰貝青 ⿰貝青受賜也 ○繒 繒帛又姓漢功臣表
有繒賀疾陵切六 鄫 國名也在琅邪 驓 馬名四骹皆白 橧 豕所寢也 竲 高皃 嶒 崚嶒山皃 ○層 重屋也昨稜切又作滕切三 曾 經也又作滕切 䁬
目小作態曹䁬也 ○酋 長也說文曰繹酒也禮有大酋掌酒官也自秋切十 ⿰忄酋 慠也 遒 盡也又即由切 ⿰耳秋 耳中聲也又即由切 崷 崷崒山峻皃 鰌 魚名二月有之

蝤蝤蠐蝎也熷熷爒觰雉射收繳角也蕕蕕酒液周禮音糟○剩細斷徂鉤切二鯫魚名又士茍切又小人之皃也○鯦大魚曰鮓小魚曰鯦一曰北方曰鮓
南方曰鯦昨淫切十魿上同見說文鬵說文曰大釜也一曰鼎大上亦下苦甑曰鬵嶜嶜嵒梣木名埐地名又子心切就擬也灊水名出巴郡鈂
上同又直林切酙熟麴又餘針切○蠶吐絲蟲俗作蚕昨含切四撏取也鄑亭名[足朁]止也○慚愧也昨甘切五慙上同鏨小鑿⿱斬鳥鶚別名
⿱斬手說文暫也○潛水伏流又藏也亦水名又姓姓苑云臨川人昨鹽切九朁於朁縣名屬杭州今作潛鬵甑也又才林切箈漂絮簀又音前灊水名在巴郡宕渠又
古縣名在廬江又才林切䁮閉目內思燂周禮注云炙爛也毿古文螹螹離蟲名○惢疑也才捶切一○⿱山非⿱山累⿱山非山皃徂累切一○咀咀嚼慈呂切六沮止也
又七余子預二切怚憍也又子據切袓攢也說文曰事好也又子邪切跙行不進皃趄邪出前也又前結切○聚衆也共也斂也說文會也邑落云聚慈庾切二郰
亭名在新豐○粗麤也略也徂古切又千胡切五麆大也駔駿馬又徂朗切伹淺也⿰牛角牛角直下○薺甘菜徂禮切五鮆魚名常以春時出九江鱭上同
⿸广齊病也方言曰生而不長也呰弱也又子西茲此二切○辠文字音義云辠從自辛也言辠人蹙鼻辛苦之憂始皇以辠字似皇乃改爲罪也徂賄切三罪上同嶵
⿱山累⿱山非山皃○在居也存也昨宰切一○盡竭也終也慈忍切又即忍切二濜濜湏水流急皃○鱒說文曰赤目魚也才本切一○瓚圭瓚秬鬯宗廟之盛禮周禮云祼圭有瓚
以肆先王藏旱切三趲散走又則捍切禶祭○踐蹋踐慈演切七諓諂也餞酒食送人又疾箭切俴淺也㾯小瘁⿴行戔蹈也㣤跡也○雋
鳥肥也又姓漢有雋不疑徂兖切五隽俗⿸疒雋大瘁吮敕也又徐兖切⿱艹雋葍⿱艹雋菜名○皁皁隸入槽屬亦黑繒俗作皂昨早切四草草斗櫟子造造作又七
到切○艁船以舟爲橋說文云古文造○坐釋名曰坐挫也骨節挫屈也徂果切二㘴古文○奘大也徂朗切一○靜安也謀也和也息也疾郢切十睜眳睜不悅

視也 彰 倩飾 靖 立也思也理也審也又姓齊靖郭君之後風俗通云單靖公之後 姘 女人貞絜也 婧 上同 穽 坑也 阱 上同 猙 獸如狐有翼又音爭

竫 停安 ○洴 洴澄小水皃祖醒切一 ○湫 湫水濆也在九切又子由子小切二 愀 變色也又鍬小切 ○蕈 菌生木上慈荏切二 ○歜 昌蒲葅徂感切四 潛

弓弦潛又作建 魿 大魚又才枕切 朁 朁朁又割剪出也 ○槧 削版牘才敢切又七廉切七豔切四 鏨 鏨鑿也又音慙 嶄 開張山皃出蒼頡篇 揝 上同 ○漸 漸次

也進也稍也事之端先觀之始也地理志有漸江今之浙江也慈染切十 磛 磛礹 蔪 說文曰艸相蔪苞也 𪎭 埤蒼曰麥秀皃 𧻓 說文進也 嚵 小食又初咸切

𨡍 𨡍醬味薄 鏨 小鑿名 螹 說文曰螹離也 槧 說文曰牘樸也 ○𣀔 𣀔𣀔不迎自來徂送切二 𠐣 聚也 ○從 隨行也疾用切又才容切一 ○漬 浸潤又漚也疾

智切八 眥 目眥又在計切 羵 羵羵 㧘 說文積也一曰摵頰旁也 殨 骨也又獸死 髊 髊枯骨見呂氏春秋 骴 鳥鼠殘骨 胔 上同又骨有肉也 ○萃 集也

聚也秦醉切六 顇 顦顇 悴 憔悴憂愁 崒 止崒 積 稻禾黏也 瘁 病也 ○自 從也用也由也率也疾二切二 嫉 妒也又音疾 ○字 春秋說題辭曰字者飾也說文乳也

又愛也疾置切六 牸 牝牛 孳 孳尾乳化曰孳交接曰尾 䔂 爾雅曰䔂麻母郭璞云苴麻成子者 芓 上同 孖 雙生子又音咨 ○堲 媬也才句切二 聚 又秦雨切 ○祚

福也祿也位也昨誤切七 胙 祭餘 阼 阼階東階 䱧 魚醬 飵 相謁食也 䖪 往也 秨 禾稼皃又音昨 ○嚌 嘗至齒也在詣切十 劑 分劑又子隨切 穧 刈禾把數

𨣩 𨣩醎也 眥 目際又才賜切 齊 火齊似雲母重沓而開色黃赤似金出日南又齊和又徂兮切 齌 吹餔疾也 𤺓 病也 懠 怒也 齌 齌齌齒齒 ○蕞 小皃才外切二 蕞

蕞 蕞篦 載 運也昨代切七 裁 製裁 纔 僅也 在 所在 酨 醋醬 栽 築牆長板 𤄯 測也 ○鐏 說文曰秘下銅也曲禮曰進戈者前其鐏徂悶切五 𤯷 人名魏時張𤯷

又至也 栫 木名 艀 船底孔也 鱒 魚名又魚入泥 ○嫧 不謹也一曰美好皃徂賛切五 殘 禽獸食餘 㱢 同上 穳 禾肥死又在丸切 囋 讚囋嘲也又才葛切

攢聚也在玩切一○荐重也仍也再也在甸切七洊水荒曰洊亦再也易曰洊雷震臶重至又魏有高士張臶戴鵀焉之鳥巢其門陰者又徂悶切栫圍也左傳云栫之以棘瀳
水名袸小帶闁門次○賤輕賤又姓風俗通云漢有北平太守賤瓊才線切三諓巧讒皃餞酒食送人○噍嚼也才笑切又子幺子由二切四誚責也劁刈也趭走也
○漕水運穀在到切二𢯱手攬也○座牀座徂臥切二坐被罪又藏果切○褯小兒褯慈夜切五藉以蘭茅藉地又慈亦切躤踐也𨧰鏡𨧰䣢亭名在貝丘
○匠工匠漢書曰將作少府秦官掌理宮室又姓風俗通云凡氏於事巫卜陶匠是也疾亮切三𧺆行皃䲔自關以東謂桑飛爲女䲔郭璞云工雀今謂之巧婦也○藏通俗文曰庫藏曰帑
徂浪切又徂郎切三奘說文曰駔大也䡴修車○淨無垢也疾政切八瀞古文穽陷穽又音靜䝼賜靚裝飾也古奉朝請亦作此字請延請亦朝請漢官名
張禹首爲之又秦盈親井二切婧竦立䫇䫇首說文好皃○贈玩也好也相送也昨亘切二䵞奸䵞○就成也迎也即也說文曰就高也从京尤尤異於凡也又姓後漢書蒐賴氏改爲
就氏疾僦切四鷲鳥名黑色多子殧殧殄又子六切𡾰山名又嶺名○暫左傳云婦人暫而免諸國暫猶卒也藏濫切三蹔上同鏨鑴石又音鏨○潛藏也慈鹽切一
○䁮閉目思也漸念切一○族宗族昨木切三銼銼鑹釜屬鑿鑿鏤花葉又音昨○𪚭說文曰歔𪚭也才六切一○疾病也急也秦悉切十一𤵸籒文嫉嫉妬
楚詞注云害賢曰嫉害色曰妬蒺蒺藜㑵廣雅云賊也螏爾雅云蒺藜蝍蛆郭璞云似蝗大腹長角能食蛇腦亦作螏蛆揤揤拭愱愱毒苦也槉屋枅𠲓就𠲓𧩓語急
○崒山高慈卹切四踤摧踤又觸也駭踴也誶讓也捽把捽○捽手捽也昨沒切六椊椊杌以柄內孔䶑䶑也觪角始生也崪崪屼山皃𩩖小骨
○巀巀嶭山名在右扶風才割切又才結切四囋囋囋鼓聲或作啐𡅇同上𢸕擊也○柮藏活切一○截廣雅云盛也斷也或作截餘傚此昨結切七𧾁傍出前也岊山峯
又子結切巀巀嶭山名又藏活切蠽蠽似蟹生海中䕚草䕚䬞食○絕斷也作絶非情雪切一○皭靖也埤蒼曰白色也在爵切三嚼噬嚼爝炬火

○昨 昨日隔一宵又羌複姓有昨和氏在各切二十 酢 酬酢蒼頡篇云主荅客曰酬客報主人曰酢 莋 縣名在越巂 怍 慙怍 鑿 穿鑿 鏨 鏨也古史考曰孟莊子作 筰 竹索西南夷尋之以渡水 筰 上同 柞 木名又音作 [牛乍] 山牛 岝 岝崿山高 [米斬] 地名在蜀亦姓出蒼頡篇 飵 楚人相謁食麥饘曰飵 [糹昔] 草繩 [巾乍] 帓幘 [糹乍] 絙也

秨 禾稼動搖 砟 石上又人名 葃 茹草又士革切 鈼 鈼也吴人云也 ○籍 簿籍秦昔切十三 踖 踧踖也 蹐 上同 耤 狼耤又姓左傳晉大夫耤談又慈夜切 藉 耤田耤借也說文曰帝耤千畮也古者使民如借故謂之耤也宋書耤田令古官也於周爲甸師氏 塉 薄也 瘠 病也瘦也 厝 縣名在清河又七削切 猎 獸名似熊出山海經 葃 茹草

膌 膌腹 [耤阝] 地名在蜀 [金耤] 打也 ○寂 靜也安也前歷切五 宊 上同 宗 亦同 㗱 㗱嗼無聲 覞 目赤又音遊 ○堲 疾也秦力切又將七切又牆資切三 垐 以土增道 揤 打也

又音側 ○賊 盜也說文作賊也昨則切七 賊 上同 鱡 烏鱡魚崔豹古今注云一名河伯度事小史 鰂 上同 蠈 食禾節蟲亦作賊 [氵賊] 博雅云[氵賊]側也 [艹賊] 草

○集 聚也會也就也成也安也同也衆也本作雧字林云羣鳥駐木上亦州名漢宕渠縣梁爲東巴州恭帝爲集州以有集水名之又姓風俗通云漢有外黃令集一秦入切九 輯 和也 檝 舟檝又音接 ○亼 說文云三合也从入一象三合之形合僉之類皆从此又子入切 咠 說文云詞之集也 [艹集] 喜也 鏶 鏶鐷 慹 怖也 葺 葺覆也又子立切 ○雜 帀也集也穿也說文曰五綵相合也徂合切七 [齒雜] 齰聲 磼 磼嶫山高 雥 羣鳥 [艹雜] 戶簾 [足昝] 止也又才合切 [雥阝] 亭名在貝丘 ○[大奎] 惡也又姓出纂文今北海有才盍切二 [扌奎] 擸[扌奎]和雜 ○捷 獲也佽也疾也剋也勝也成也說文曰獵也軍獲得也春秋傳曰齊人來獻戎捷又姓漢書藝文志捷子齊人著書疾葉切八 疌 說文疾也 寁 速也亟也 倢 斜出也又利也便也 崨 崨嶫山連延也 踕 足疾 [糹集] 合也遠方物也 [言疌] 多言也又口[言疌] ○[艹雜] 草藂在協切一

二十二○心 火藏釋名曰心纖也所識纖微無不貫也息林切四 經 久緩皃 [車心] 車軥[車心] 杺 木名其心黃 ○嵩 山高也又山名又姓史記有嵩極玄子或作崧息弓切九

崧上同 䳋似鷹而小能捕雀也 娀有娀氏女簡狄帝嚳次妃吞乙卵生契 菘菜名 硹地名在遼 倯姓也 蜙蟲名 駥細毛 鬆鬔鬆髮亂皃私宗切二

鬆上同 ○蜙蜙蝑蟲名息恭切六 淞水名在吴又音松 凇凍落之皃 鬆髮亂皃亦作鬆 㥍㥍恭怯皃 傱小行恐皃 ○斯此也說文曰析也詩曰斧以斯之姓吴志賀齊傳有剡縣史斯從息移切二十六

虒似虎有角能行水中 䴁小雨 榹榹桃山桃 [氵虒]涯也又水名出趙國 廝廝養也役也使也 㒋上同 澌凌澌 磃館名

𤸎瘦𤸎疼痛又斯齊切 傂傂祁地名在絳西臨汾水本亦作虒 謕數諫也諒也 鼶鼠名又音啼 鷈鸊鷈雅烏 蟴爾雅曰螺蛅蟴郭璞曰蛓屬也今青州人呼蛓

為蛅蟴蛓音刺 䙅破聲 螔守宮別名 𩕁顣𩕁頭不正也顣音精 [糸虒]經緯不同又式支切 菥草生水中其花可食 蒠葴蒠草似燕麥 磃磃磨 蟴爾雅曰蟴螽蜙蝑郭

璞云蜙蝑也俗呼蟠蟀 燍火焦臭也 禠福也 鐁平木器名 ○眭姓也出趙郡息為切一 ○私不公也說文曰禾也息夷切五 鋖平木器也亦作鐁 厶自營為厶也說

文曰姦衺也 [艹私]說文曰茅莠也 [王厶]石似玉者 ○綏安也說文曰車中靶也又州名春秋時為白翟所居秦并天下為上郡後魏廢郡置州取綏德縣以為名息遺切十二 雖語助也本蟲名

似蜥蜴而有文 荽胡荽香菜博物志曰張騫西域得胡荽石虎鄴中記曰石勒改胡荽為香荽 葰上同 芆亦同 䔹亦同說文曰薑屬可以香口 浽浽溦小雨 奞說文曰鳥

張毛羽自奮奞也又戌閏切 夊行遲皃又楚危切 睢水名在梁郡又許葵切 濉上同 䅗禾四把長沙云又儒佳切 ○思思念也息茲切又息吏切十五 恖上同 司

主也亦姓左傳鄭有司臣又漢複姓八氏司馬氏本自重黎程伯休甫之後出河內世本士丏弟佗

為晉司功因官為氏及司徒司寇司空並以官為氏漢有朝議郎司國吉諫議大夫司鴻儀左傳宋

大夫司城子罕其後氏焉 罳罘罳屏也崔豹古今注云罘罳復思也謂臣來朝君行至內屏外復思惟故曰罘罳也 伺伺候又息吏切 絲說文云蠶所吐也又一蠶為忽十忽為絲淮南子曰

蠶餌絲則商弦絕 緦緦麻 𥴧竹名有毒傷人即死 禗不安欲去 覗覷覗也 犾辯獄相察 眮姦皃 蕬菟蕬草名案爾雅云女蘿菟絲字不从艹 偲論語曰朋友切切偲偲

偲

楒相楒木 ○胥相也說文曰蟹醢也又姓晉有大夫胥童何氏姓苑云琅邪人也俗作胥相居切又息呂切十一 鰖魚名 箸竹名 稰落也 楈木名 㜌姓出纂文

本又音序 諝有才智稱又息呂切 惰上同 湑露皃又息呂切 蝑蜙蝑蟲 揟取水具也 ○須意所欲也說文曰面毛也俗作鬚又姓風俗通云太昊之後史記魏有須賈又漢複姓左

傳遂人四族有須遂氏又虜複姓匈奴貴姓有須卜氏相俞切十四 鬚俗 嬃女字 䇓待也 竧上同 繻傳符帛 𢄼頭須帚 麌鹿子也 需卦名又音儒 㜍荀卿

子曰問㜍之媒又七句切 緰彩緰帛也 蕦蕦蕪別名 鑐鎖中鑐也 隃北陵名又式注式朱二切 ○蘇紫蘇草也蘇木也滿也悞也又姓出扶風武邑二望素姑切四 穌息也

舒悅也死而更生也 蘇磨蘇草菴又磨蘇酒元日飲之可除温氣 酥酥酪 ○西秋方說文曰鳥在巢上也日在西方而鳥西故因以爲東西之西篆文作卤象形亦州名本漢車師國之地至

貞觀討平以其地爲西州亦姓又漢複姓十一氏左傳秦師西乞術宋大夫西鉏吾西鄉錯出世本又黃帝娶西陵氏爲妃名纍祖史記魏文侯鄴令西門豹周末分爲東西二周武公庶子西周爲氏晉有

北海西郭陽何承天以爲西朝名士慕容廆以北平西方虔爲股肱何氏姓苑有西野氏西宮氏王符潛夫論姓氏志曰如有東門西郭南宮北郭皆是因居也先稽切十六 卤籀文 𠧧古文

棲鳥棲說文曰或从木妻 栖上同 甊瓦破聲 犀犀牛似豕角生鼻上又姓秦有犀首 嘶馬嘶 撕提撕 𤸰瘦𤸰疼痛亦作嘶 澌上同 㯕椑㯕 屖瓠屖說文

遲也 𧮂悲聲 粞碎米 ⿰屖刂剌⿰屖刂 ○脽脽隤素回切六 挼擊也 韉鞍邊帶也 毸毰毸鳳舞出楚詞 嗺嗺送歌 蓑蓑蓑衣下垂皃本又音莎 ○鰓魚頰

蘇來切八 揌摣揌 粞碎米 䚡角中骨 顋顋頷俗又作腮 愢意不合也 䰄鳥名 毢毸毢 ○新新故也亦姓國語晉大夫新穆子又複姓二氏何氏姓苑有新和氏陳留風俗

傳云畢公封於新垣後因氏焉魏將新垣衍改爲梁垣氏息鄰切三 辛薑味也爾雅云太歲在辛曰重光又姓夏啓封支子于莘莘辛聲相近遂爲辛氏漢初辛蒲爲趙魏名將及徙家隴西便爲隴西人

薪柴也周禮委人掌祭祀之薪詩云翹翹錯薪 ○荀草名又姓本姓郇後去邑爲荀今出潁川相倫切十四 郇地名在河東解縣周文王子封於郇郇以爲氏王莽時有郇越 詢咨也 眴

眩又音舜 峋嶙峋 珣玉名 栒說文曰大木也可以爲鉏柄又祥勺切 洵水名在晉陽 恂信也 昀爾雅曰昀昀田也謂墾𤱶也又音勻音旬 槂承食案也 楯杶木別名 姰狂也
又縣 欨氣逆也又信也 ○孫爾雅釋親曰凡子之子爲孫孫之子爲曾孫曾孫之子爲玄孫玄孫之子爲來孫來孫之子爲晜孫晜孫之子爲仍孫仍孫之子爲雲孫又岱岳謂之天孫又姓周文王子康叔封于衞至武公子惠孫曾耳爲衞上卿因氏焉後有孫武孫臏俱善兵法各撰書凡太原東莞吳郡安樂四望又漢複姓二十三氏左傳秦大夫逢孫氏魯卿有臧孫辰仲孫何忌魯桓公之子慶父之後有孟孫氏叔孫氏季孫氏同出桓公号爲三桓子孫代爲魯之上卿秦下大夫楊孫氏齊大夫長孫脩世本云食邑於唐其孫仕晉後号唐孫氏衞有王孫賈出自周頃王之後王孫賈之子自以去王室久改爲賈孫氏晉濟南太守魚孫瑋出自宋魚石奔楚其孫在國者因以魚孫爲氏漢有烏孫昆彌後漢有士孫瑞古封公之後自皆稱公孫故其姓多非一族也孔子弟子有顓孫師國語晉公子利孫夫之後以利孫爲氏何氏姓苑有經孫新孫古孫牟孫室孫長孫叔孫等氏望稱河南之者是虜姓也思渾切六 蓀香草 飧說文餔也 飱烏飱草又飱蕪酸可食也 猻猴猻 搎捫搎摸捼也 ○䐑脂肪蘇干切五 跚蹣跚跛行皃 珊珊瑚廣雅曰珊瑚珠也說文曰珊瑚生海中而色赤也 姍誹也 䈀竹器 ○酸醋也素官切五 狻狻猊師子猛獸 狻上同 痠痠疼 霰小雨 ○先先後也又姓左傳晉有先軫蘇前切又蘇薦切四 蹮蹁蹮旋行皃 躚上同 珗石次玉也 ○仙神仙釋名曰老而不死曰仙仙遷也遷入山也故字從人旁山相然切十二 僊上同又僊僊舞皃 僊古文 𣭈秈廷𠜮也 䉳竹名又音癬 苮草名似莞 蹮舞皃 秈私稻 鮮鮮潔也善也又鮮卑山因爲國号亦水名水經曰北鮮之山鮮水出焉又姓後蜀錄李壽司空鮮思明又漢複姓鮮于氏 硟衦繒石也 鱻說文曰新魚精也 廯倉廩 ○宣布也明也徧也通也緩也散也須緣切九 揎手發衣也 摶上同 䳦鴝䳦小鳥音旬 愃吳人語快說文曰寬嫺心腹皃 圓面圓也 顴頭圓也 瑄爾雅曰璧大六寸謂之瑄郭璞曰漢書所云瑄玉是也 䳦䳦額 ○蕭蒿也詩云采蕭穫菽亦縣名在沛郡新語云蕭斧名又姓出蘭陵廣陵二望本自宋支子食采於蕭後因爲氏漢侍中蕭彪始居蘭陵彪玄孫望之居杜陵望

之孫紹復還蘭陵紹十一代孫整始過江爲廣陵人風俗通云宋樂叔以討南宮
萬立御說之功受封於蕭列附庸之國漢相國蕭何即其後氏也蘇彫切十六 簫樂器風俗通云舜作簫其
形參差以象鳳翼 彇弓弭 蠨蠨蛸蟲一名長蚑出崔豹古今注 橚橚槮樹長皃 潚水名 飉涼風 踃跳踃 撨擊也又把也 箾舞箾說文云以竿擊人也又音朔
翛羽翼敝皃 毹上同 艘船總名又音騷 瞍目無眸子曰瞍又音藪 翛翛翛飛羽聲 樵擇也 ○宵夜也相邀切二十 消滅也盡也息也 霄近天氣也
捎搖捎動也又使交切 逍逍遙 痟痟渴病也司馬相如所患 綃生絲繒也 銷鑠也 焇上同 硝硝石藥名 蛸螵蛸蟲也爾雅注云一名蟳蟭亦姓南齊武帝改其子巴
東王子響爲蛸氏又所交切 莦草名又使交切 哨口不正也又七笑切 𦒉鳥毛羽也 鮹魚名又所交切 狷狂也出文字集略 鹹煎鹽 𢱢長皃色交色角二切 奞
張羽又先準切 魈山魈出汀州獨足鬼 ○騷愁也蘇遭切十三 搔爬刮 繅繹繭爲絲 繰上同俗又作縿縿本音衫 臊腥臊 鱢魚名 溞淅米聲 颾風 鱢鮏臭 㮴
說文曰船總名也亦作椶 艘上同亦作艘 慅騷也 慅恐懼 ○娑婆娑舞者之容素何切十一 抄摩抄 挲上同 傞舞不止皃又千何切 𩊱鞦韆樂器亦謂馬尾
獻獻罇見禮記亦作䰎 莎莎蘧草木盛皃 仯行也又舞不正 桫桫欏木名出崐崘山 鈔鈔鑼銅器也 睃偷視 ○莎草名亦樹似桃榔其樹出麪蘇禾切十二 魦魚名
挱手挼挱也 𡷊𡷊題縣名在涿郡 趖趖疾 蓑草名可爲雨衣 唆嗢唆小兒相應 誜俀也 髿鬖髿鬖皃 梭織具晉書陶侃少時漁於雷澤嘗網得一梭以挂於壁上
須臾雷雨暴至乃化爲龍而去 𣕕上同 娑女字穆天子傳云盛姬喪天子三女叔娑爲主也 ○些少也寫邪切一 ○襄除也上也駕也返也亦州名本楚之西津魏武置襄陽郡西魏改爲襄州
因水立名又姓魯莊公子襄仲之後子孫以謚爲氏後漢有襄楷息良切十三 廂廊也亦曰東西室 湘水名在零陵 相共供也瞻視也崔豹古今注云相風烏夏禹作亦相思木名又姓出姓苑
又息亮切 緗淺黃 纕馬腹帶國語云纕按纓纕 欀欀祥 驤馬騰躍又速也低昂也馳駕也 鑲兵器又女羊切 瓖馬帶飾東京賦曰鉤膺玉瓖 欀欀木皮中有如白米屑擣

之可爲麪 箱 箱籠 稍 青稍子也 ○桑 木名史記曰齊魯千畝桑麻其人與千戸侯等又姓秦大夫子桑之後漢有御史大夫桑弘羊息郎切六 桒 俗 喪 亡也死喪也又姓楚大夫喪左

又息浪切 喪 上同 縔 淺黃 騻 馬色 ○騂 馬赤色也息營切四 𤚩 上同 垶 赤土 觲 角弓 ○星 星宿說文曰萬物之精上爲列星淮南子曰日月之淫氣精者爲星辰也又姓

羊氏家傳曰南陽太守羊續娶濟北星重女桑經切十二 曐 上同出說文 腥 豕息肉又先定切 胜 犬膏臭也 鮏 說文云魚臭也 鯹 上同 𥠶 稀𥠶 醒 酒醒又思挺先

定二切 鉎 鐵鉎 篂 箳篂別駕車轓 猩 說文曰猩猩犬吠聲又音生 惺 惺憽了慧皃出聲類 ○僧 沙門也梵音云僧伽蘇增切三 鬙 鬅鬙髮短 𦫶 𦫶飯神不爽也

○脩 脯也又長也又姓漢有屯騎校尉脩炳姓苑云今臨川人息流切七 修 理也說文飾也 羞 恥也進也又致滋味爲羞 𩛑 𩛑饋 饈 上同 𨎮 𨎮輂載喪車 樇 木名 ○涑

澣也速侯切八 鏉 刻鏤 鞖 鞍皮 𩍀 上同 鬉 鬉皃鬉白頭人也 擻 摟擻取也出陸氏字林 漱 冷漱 婺 女字 ○毿 長毛皃蘇含切三 蔘 蔘綏垂皃 犙 牛也 ○三

數名又漢複姓五氏三閭氏三閭大夫屈原之後也沛上計三烏群三烏大夫之後也三飯尞之後有三飯氏三州孝子之後有三州氏後單姓州蜀志有三丘務蘇甘切五 參 上同又七南所今二切俗作叅

弎 古文 帴 衣破襤帴 鬖 鬛鬖毛垂 ○銛 銛利也說文曰臿屬纂文曰鐵有距施竹頭以擲魚爲銛也息廉切十三 暹 日光進也 枮 木名 綅 白經黑緯 𦄼 上同 韱

韱細又山韭也今通作韱凡從韱者倣此 襳 小襦 纖 細也微也 憸 利口 孅 銳也細也 𩯊 髮也 彡 毛飾又所銜切 恖 疾利口也 ○敾 搏擊先孔切三 鏓 箸桶 檧

又蘇公切 ○悚 怖也息拱切十 竦 敬也國語云竦善抑惡 慫 驚也 聳 高也說文曰生而聾曰聳 縱 絆前兩足 摗 執也 駷 何休云馬搖銜走也 愯

懼也亦作𢥞 傱 傱傱走意又先項切 縱 襌衣 ○髓 說文作䯝骨中脂也息委切五 巂 越巂郡 靃 靃靡草木弱皃 䭕 䭕餅方言云餅 瀡 滑也 ○徙

移也斯氏切五 璽 說文曰王者印也所以主土从土爾聲 壐 籀文 佌 佌小皃詩云佌佌彼有屋本亦作仳仳又音此 姕 小皃又千禮切 ○死 說文曰澌也人所離也息

姊切一 ○枲麻有子曰枲無子曰苴也胥里切七 葈葈胡 偲不安皃又作偲 葸竹萌也又音待 葸質慤皃又畏懼也 諰言且思之 㕁説文曰石利也

○諝才智之稱私呂切九 胥上同又思余切 偦上同 稰熟穫 醑麓酒 湑露皃 糈説文云糧也又音所 楈木也 禑祭具 ○縃絆前兩足相庚

切二 積草名 ○洗洗浴又姓先禮切又音銑二 洒上同又所賣切 ○笱竹萌思尹切九 笋俗 [illegible]驚詞 鵻説文曰祝鳩也 隼鷙鳥也說文同上 簨

簨簴 簨簴釋名曰所以懸鼓者橫曰簨簨峻也在上高峻也縱曰虡虡舉也在旁舉簨也 箕上同 栒亦同又作栒 ○損減也傷也蘇本切四 痽痽瘵惡寒 䐹

腝屬 膞切熟肉更煑也 ○散散誕説文作㪔分離也又作㪚雜肉也今通作散又姓史記文王四友散宜生蘇旱切又蘇汗切十一 㪔㪚並見上注 饊饊飯 糤上同

鏾弩牙緩也 繖繖絲綾今作繖蓋字 𥲤葛薇桃支竹名 傘傘蓋 䉈鳥形又思肝切 㩻㩻扇 ○筭物之數也蘇管切三 匴器也冠箱也 篹籮屬 ○銑

説文曰金之澤者一曰小鑿一曰鐘兩角謂之銑蘇典切十一 洗姑洗律名 跣跣足 毨書曰鳥獸毛毨傳云毨理也毛更生整理 姺古國名 燹字統云野火也 筅洗帚飯具

筅上同 桄棗木 𦬊草名 銑魚名 ○獮秋獵曰獮獮殺也息淺切十三 𤣎禰並上同見説文 鮮少也 尟俗 尠寡也 癬癬疥 燹字林

云逆燒 又音銑 㶦上同 蘚籥蘚今人戶版籍也籥音牽上聲 廯屋廩 蟮蛇蟮 蘚苔蘚 ○選擇也思兗切又思絹切又思管切三 巽罟也 選竹緣

○篠細竹也先鳥切七 筱上同 魡魚名 謏誘爲善也又小也 謏上同 磃黒砥石也又思六切 𢹂打名 ○小微也私兆切三 魦小魚名 芯芯草

遠志也 ○嫂兄嫂蘇老切七 嫂上同 嫂俗 燥乾燥 埽埽除 掃上同 嫂藪嫂草 ○縒鮮潔皃也蘇可切又楚宜切三 娑駊娑殿名又蘇哥切 磋

衣長皃 ○鎖鐵鎖也俗作鏁 瑣青瑣漢舊儀曰黃門令日暮入對青瑣門拜名曰夕郎又瑣小皃 溑水名 䓘䓘人縣在上黨又蘇瓦切 簑竹名

𪌉說文曰小麥屑之覈 鰿魚名 磧小石 鄭亭名在河南 㥲心疑也又醉心隨㞢棰二切 揁動也 貟貝聲 ○寫憂也除也程也盡也又轉本曰寫悉姐切四
樆案之別名 瀉瀉水 象獸名 ○想思想也息兩切二 鮝乾魚腊也 ○顙領也蘇朗切四 𪔹鼓匡木也 𪔹上同 磉柱下石也 ○省察也審也
息井切六 渻說文曰少減也一曰水門又水出丘前謂之渻丘 睲睲睲照視 惺惺悟出字林 楈組几名 㥠惰悟皃俗 ○醒醉歇也蘇挺切二 箵箵笭籝籠
○滫溲麵說文曰久泔也息有切四 糔糔溲 醙白酒 綇絆前兩足又相主切 ○叜老叜蘇后切十五 叟上同 傁上同亦從叟餘倣此 嗾使犬聲 㗒上同
瞍瞽瞍舜父 謏謏訹誘辟 擻抖擻舉也 藪藪澤爾雅有十藪魯有大野晉大陸秦楊陓宋孟諸楚雲夢吳越具區齊海隅燕昭余祁鄭圃田周焦護又十六斗曰藪
籔漉米器也 𦖰字林云聰摠名也 廋廣雅云隈也 棷薪也 駷馬搖銜走又思隴切 橾車轂空中 ○䅵積柴取魚斯甚切二 伈伈伈恐皃 ○糂羹糂
墨子曰孔子厄陳蔡藜羹不糂也或作糝桑感切八 糝上同 糣糣糟滓也 傪顉傪 摻摵摻搖動也 椮郭璞云藂取木於水中魚寒入其裏因以箔取之 顲顉顲
搖頭 粽蜜藏木瓜 ○送遣也蘇弄切三 鬆鬆鬆髮皃 淞凍淞冰也 ○宋州也即閼伯之商丘也微子封宋二十餘世爲齊楚魏所滅魏得其梁陳留齊得濟陰東平楚得沛
梁即今郡地是也隋置宋州爾雅曰宋有孟諸之藪今爲睢陽縣也又姓取微子之所封遂爲氏出西河廣平燉煌河南扶風五望蘇統切一 ○賜與也惠也又姓世本云齊大夫簡子賜之後斯義切
六 𧄔草名 澌盡也禮注云死之言澌也 𣩵上同 儩上同 杫肉机後漢之亂尚書郎無被枕杫也 ○䅗禾四把也思累切二 澻滑也 ○邃深也遠也雖遂切九
祟禍祟 誶言也詩云歌以誶止 粹易曰純粹精也 睟視皃又潤澤皃 㪔說文云楚人謂卜問吉凶曰㪔 賥貨也 譢讓也諫也告也問也 㥞意思深也
○四說文曰陰數也象四分之形息利切十四 亖籀文 𦉭古文 肆陳也恣也極也放也說文从隶極陳也又姓何氏姓苑有漁陽太守肆敏 𨽾上同 柶角匕大喪用之 泗水名

在魯說文曰受沛水東入淮又涕泗也 牭牛四歲 隸爾雅云貍子隸 豨鼠名說文曰希屬希羊至切俗作肆 駟四馬一乘 膟脂膟蓋 蕼菫也說文曰赤蕼也 殔埋棺

坎下 笥篋也圓曰簞方曰笥竹器也相吏切四 伺伺候也察也 思念也又音司 覗覗覷也 絮說文曰敝緜也息據切又抽據尼恕二切一 勘思句切少也又息淺切一

訴訟也毁也說文作𧪡告也桑故切十五 愬譖也說文同上 𧩸向也說文同上 泝逆流而上廣雅曰泝斗舟中抒水斗 遡說文同上 素列子曰太素者質之始也又空也故

也帛也說文作𦂀白緻繒也又虜複姓二氏後趙錄有宜陽公素和明又後魏書云素黎氏後改爲黎氏 傃向也 嗉鳥嗉 膆同上 璛玉名 塑塑像也出周公夢書 𡒗埋土容出古今

奇字 𧬮語諫 𤛓牲白也亦作素 𢱨暗取物也 細小也蘇計切六 𦂢古文 些可也此也辞也何也楚音蘇箇切 栖雞所宿也又先奚切 壻女夫 洒水出汝南

新鄭入類 歲釋名曰歲越也越故限也從步戌相銳切四 檅小棺又篲衞二音 繐布縷細也 繐上同 䃂小石先外切三 𣩵病瘦 𥈞眄流 碎細破也蘇內切五

䃔說文破也 誶告也 啐送酒聲 縩繸縩說文曰著絲於筝車 賽報也先代切四 簺格五戲說文云行棊相塞故曰簺也 塞邊塞又蘇則切 𡩋寬也實也 信忠信

又驗也極也用也重也誠也又姓魏信陵君無忌之後又漢複姓何氏姓苑有信都信平二氏息晉切十一 訊問也告也 訙上同 迅疾也又私閏切 囟說文曰頭會腦蓋也 顖上同 卂

疾飛而羽不見 汛說文灑也 𤝞小獸有臭居澤色黃食鼠 奞奮奞毛 阠八陵名爾雅曰東陵阠又所臻切 陖高也長也險也峭也速也私閏切十三 峻上同 濬深也

浚水名在衞亦浚儀縣名 陖亭名在馮明說文曰陗高也 埈上同 迿音信 鵔鵔鸃似鳳說文曰鷩也漢初侍中服鵔鸃冠 𢏗弓彄 奞奮奞鳥張羽毛也 瞚

䁵益 晙早也又音俊 迿出表詞也 巽卦名說文具也亦作巺蘇困切六 顨說文云巽也此易顨卦爲長女爲風者 潠潠水噀 噀上同 遜遁也從也伏也恭也 愻順也 𦆽

蓋也蘇旰切又蘇旱切六 散分離也布也說文作㪔分離也散雜肉也今通作散又蘇旱切 散見上注 帴二幅說文帬也 𥳡說文曰竹器也 𢿛說文曰㪔散也一曰飛散也 筭計也數也

說文曰筭長六寸計歷數者也又有九章術漢許商杜忠吳陳熾魏王粲並善之世本曰黃帝時隸首作數蘇貫切四 蒜葷菜也張騫使西域得大蒜胡荽 筭竹器也 祘明也 ○霰雨雪

雜又作霓霹釋名曰霰星也水雪相摶如星而散說文云霰稷雪也蘇佃切九 霓霹並上同 𢿱散也 㪚舍也亦作㪘 先先後猶娣姒又姓出河東又蘇前切 汛灑汛又所監息

進二切 軓轉軓車迹 𨏙紡𨏙也 ○線線縷也周禮云縫人掌王宮縫線之事以役女御縫王及后衣服私箭切四 綫細絲出文字指歸說文同上 惍思惍 鮮姓也

本音平聲 ○選息絹切八 潠飲也 潠口含水潰 巽羊也 𦌀罥獸足網 䠣上同 繏索也 渲小水 ○嘯說文曰吹聲也蘇弔切五 歗籀文 𢹷打也 䐹切肉合糅

熽火皃 ○笑欣也喜也亦作咲私妙切五 咲俗 肖似也小也法也像也 鞘刀鞘 鞩上同 ○喿羣鳥聲蘇到切九 譟羣呼 噪上同 瘙疥瘙 𤺋上同 髞

髝髞 埽埽灑說文棄也又桑道切 掃上同 㒒情性踈皃 ○些楚語辭蘇箇切又音細一 ○𦢊臂膏也先臥切一 ○蝑鹽藏蟹司夜切又司余切四 卸卸馬去鞍 瀉吐瀉

又音寫 篤笞篤 ○相視也助也扶也仲虺為湯左相漢書曰相國丞相皆秦官金印紫綬掌丞天子助理万物亦州名春秋時屬晉秦邯鄲郡地魏初以東部為陽平郡西部為廣平郡兼魏王都

為三魏後魏置相州取河亶甲居相之義周自故鄴移於安陽城也又姓後秦錄有馮翊相雲作德獵賦又漢複姓三氏前趙錄有偏將軍相里覽又務相氏廩君之姓也晉惠時空相機殺平南將軍

孟觀息亮切又息良切一 ○喪亡也蘇浪切又音桑二 𠸶上同 ○性性行也息正切二 姓姓氏說文云姓人所生也古之神聖母感天而生子故稱天子从女生聲又姓漢書貨殖傳臨菑姓偉

貲五千万 ○腥豕息肉肉中似米蘇佞切又音星三 醒酒醒又蘇丁先頂二切 睲目睲 ○𥨈𥨈瞢睡覺思贈切一 ○秀出也榮也息救切五 繡五色備也尚書大傳曰未命為

士不得衣繡又姓漢書游俠有馬領繡君賓 𧊔蟲名 琇玉名 宿星宿亦宿留又音夙 ○瘶欬瘶蘇奏切七 嗽上同 欶上氣 潄潄又音瘦 鏉鏽利 謏諭謏怒言也

嗾使狗 ○倸偗倸蘇紺切四 閷閷覆蓋也 憏憛憏失志 頪頷頪搖頭皃 ○三三思蘇暫切又蘇甘切一 ○𥗊𥗊磹電光先念切二 穖禾草不實穖纖之皃 ○速疾也召也

戚也徵也桑谷切十八　遬籀文　謷古文　蔌郭璞云菜茹之揔名也詩云其蔌維何傳謂菜肴也　餗鼎實　𩞁說文同上　蟔蝶蟔蟲　樕槲樕木　觳觳觳動物觳丁

木切　倲儱倲又音東　棟赤棟木名　𨘋麋鹿跡也　藗白茅也　殐殏殐　嗽吮也　鋉鏅鋉多也　棣棣常樹名　涑水名在河東　○肅恭也敬也戒也進也

疾也又州名古月氏國地漢匈奴昆邪王殺休屠王幷其衆來降遂置酒泉郡後魏以酒泉爲甘州隋分福祿縣置肅州亦姓出姓苑息逐切二十三　宿素也大也舍也說文作宿止也左傳曰一宿爲

舍再宿爲信又姓風俗通云漢有鴈門太守宿詳又虜複姓後魏末有賊帥勤宿明達又虜三字姓後魏書宿六斤氏後改爲宿氏又息救切　蓿苜蓿史記云大宛國馬嗜苜蓿漢使所得種於離宫

夙早也說文作𡖋早敬也从丮持事雖夕不休早敬者也丮音戟又姓魯大夫季孫夙之後　㑉𠈇並古文出說文　玊朽玉又琢玉工又姓後漢有玊況字文伯光武以爲司徒　鷫說文曰鷫鷞也五方

神鳥也東方發明南方焦明西方鷫鷞北方幽中央鳳皇　𪇉同上　蟰蟰蛸俗呼喜子詩曰蟰蛸在戶又音蕭　驌驌騻馬名　䎘䎘䎘鳥羽聲又音縮　𩙴風聲　鱐魚腊　䃤黒砥石又

音篠　𤦢朽玉又姓也　潚深清也亦姓漢有潚河　橚木長皃　𢹇擊也　𦩛𦩛艏船名　㑉偪㑉不伸　璛姓也　𢿣打也　○𣳚雨聲先篤切三　𧜧新衣聲　○粟禾子

也淮南子曰昔蒼頡作書而天雨粟又姓袁紹魏郡太守粟舉相玉切七　㮚同上見說文　慄慄斯　涑水名在河東又蘇侯切　𣰈𣰈毦罽毛　玊西番國名亦姓又香救切又新菊切　𠜂細切

○悉說文云詳盡也息七切九　厀說文曰脛節也　膝同上　蟋蟋蟀蛬也　藤牛藤又作𦺓本草作膝　𦺓同上　𥼶𥼶𣛻聲　僁僁偦動也　窸從穴出也

○卹分賑辛聿切十五　恤憂恤　戌辰名爾雅太歲在戌曰閹茂又滅也　訹謏訹誘也謏蘇了切　珬珂屬　諡靜也又音盍　𪀁小鳥名　賉賑賉　泧水流泧泧　㖅口㖅

鳴㖅　蛓海蟀　鉞鋸聲　䘏鳴䘏　𪏽不能行也　䣝頹下　○窣勃窣穴中出也蘇骨切七　𪌉麥屑　𪌂同上　𣰉毳毦毛皃　䶑鼻鳴　𪁽𪁽鶉鳥　𡲬動進皃說文本

先節切　○躠跛躠行皃桑割切九　薩釋典云菩薩菩普也薩濟也能普濟衆生也　摋抹摋公羊傳曰宋萬臂摋仇牧碎首何休云側手曰摋　𣛻放也若𣛻蔡叔是也說文曰𥼶𣛻散之也

𠰏音變聲 攃攃攃 篋篤篋桃枝竹也 𦮃失𦮃 緈俗云緈緈 ○屑動作屑屑又清也勞也顧也說文作屑先結切十 楔木楔 揳攕揳不方正也 躃躄躃旋行

楄木名說文限也 糏米麥破也 僁動草聲又云鷙鳥之聲又僁僁呻吟也亦作偰 偰僁偰淨也 㴽㴽㴽水皃 薜草名 䐑䐑中脂 揟揳揟 ○薛

國名亦姓出河東新蔡沛國高平四望本自黃帝任姓之後奚仲居薛歷夏殷周六十四代為諸侯周末為楚所滅後遂氏焉說文作薛艸也私列切十九 𥂫田器 紲繫也左傳曰臣

負羈紲杜預云紲馬韁也亦作緤俗作䩛 緤同上 褻衷衣 辥說文辠也凡從辥者經典通作辟 泄漏泄也歇也亦作洩又姓左傳鄭大夫洩駕又餘制切 渫治井亦除去又

姓渫子古賢者出韓子 禼字林云蟲名也又殷祖也或作偰又作契 离古文 媟狎也慢也說文嬻也 齛亦作齥爾雅云羊曰齛 䊵糱䊵 潰注潰 晢瞬也 結

堅結 㯂殘帛又音雪 𤸫痢也亦作𤵸 䂊斷也 雪凝雨也元命包曰陰凝為雪釋名曰雪綏也水下遇寒氣而凝綏綏然下也又拭也除也相絕切四 䨮說文上同出 㯂

縷桃花今製綾花 揲揲滅 ○削刻削息約切一 ○索盡也散也又繩索亦姓出燉煌蘇各切又所戟切六 捒擇捒 涑水名在滎陽又所戟切 䔨䔨䔨 𧄍草名 㯂

白㯂水名 ○昔往也始也為一昔之期明日也說文作㫺乾肉也又姓漢有烏傷令昔登思積切十四 𦡾籀文 腊乾肉見經典 惜悋惜說文痛也 潟鹹土 磶柱下石 舄履也

崔豹古今注云以木置履下乾腊不畏泥濕故曰舄也 鞜同上 䓭草 䯋說文䯋髆也 𩪿䯋骨間也 䳻水鳥 焟火乾 㭨皮甲錯也 ○錫賜也與也亦鉛錫玄中記曰鉛

錫之精為婢又姓吳志云漢末有錫光先擊切十三 析分也字從木斤破木也又爾雅曰析木謂之津注云即漢也亦姓風俗通云齊大夫析歸父 㭊俗 裼袒衣 晳人白色也 緆細布

𩭧說文同上 蜥蜥蜴 菥菥蓂大薺 淅淅米也 惁敬也 蜤蜤螇 㱤𣦵㱤死之皃 ○息止也又嬔息也說文喘也亦姓姓苑云今襄陽人又漢複姓前漢書有河內息夫躬相即

切十一 榽木名 鄎新鄎縣在豫州 瘜惡肉 葸菲葸菜 熄蓄火 䐟䐟肉 𩞁食也 𤅢水 蒠蒠菜 鵖鳥 ○塞滿也窒也隔也蘇則切又蘇載切五

塞上同見說文 寨安也 寒實也書曰剛而寒 𡨄上同見說文 ○𩋃小兒履也先立切五 卌字統云插糞杷說文云數名今直以爲四十字 霫字林云雨皃又爲霫東北夷名
趿趿㬥坐 㬥㬥忍寒聲 ○趿進足蘇合切十一 颯風聲 𩋃小兒履或作靸 靸上同 馺馬行疾 雪廣雅曰雨雪雪又音龍 卅說文云卅三十也今作卅直爲
三十字 姎婚姎女字 㲚毿㲚眼睫長 𨖍衆行皃 鈒鈒鏤 ○偛偛偛不謹皃私盍切七 䐑䐑䐑食皃 插揷插糞又丰盍切 卅三十 蹅蹅蹅行皃 𩋃𩋃鞋 㪔
𪗊鼓起也出新字林 ○燮和也說文从言又炎蘇協切十六 屧屐也履中薦也 屟上同 躞躞蹀 韘韘韝射具 㻶石似玉 燮熟也文字指歸从辛又炎 韘鞊韘鞍具出新字林
徒徒行走皃 耵使也又人耵切 㑢㑢㑢小契 蜨蛺蜨蟲名 蝶上同 䕭草名 婕婕妤 艓艓舟行也 ○迣遁迣走也先頰切一 ○檧小籠蘇公切又先孔切 檧
惺憽了慧人也 噌噌白皃出聲譜
二十三○邪鬼病亦不正也論語曰思無邪似嗟切四 衺不正也 斜上同 𦼮𦼮蕮 ○松木名玄中記曰松脂淪入地千歲爲伏苓亦州舜竄三苗於三危河關之西南羌是
也後魏末始統其城改置州焉祥容切四 窯古文淞 凇凍落皃又先恭切 訟爭獄又徐用切 ○隨從也順也又姓風俗通云隋侯之後漢有博士隨何後漢有扶風隨蕃旬爲切三
隋國名本作隨左傳曰漢東之國隨爲大漢初爲縣後魏爲郡又改爲州隋文帝去辵 篋篋籠 ○詞請也說也告也說文曰意內而言外也似茲切七 祠祭名 柌鎌柄 辭
辭訟說文曰辭說也 辤上同說文曰不受也受辛宜辤之 辝籒文 絧補也 ○徐緩也說文安行也亦州名古之彭國禹爲徐州秦屬泗水郡漢爲郡復置徐州又姓自顓頊之後春秋時徐偃
王行仁義爲楚文王所滅其後氏焉出東海高平東莞琅邪濮陽六望似魚切四 郝地名又音徒 羭野羊 俆說文緩也 ○旬十日曰旬詳遵切十七 㽙古文 巡遂巡說文曰視
行也 馴擾也從也善也 循善也 揗手相安慰 㸯牛行遲又音脣 紃環綵絛又食倫切 緧縫也 鴝鴝鶌小鳥出字統 洵均也龕也 楯楯闌檻也 䲘三泉相通

甾均也趨說文曰走皃也畇墾田蚼蟲名。旋還也疾也似宣切十七檈圜案璿玉名琁上同叡籀文蜁螻蜁沙蝨漩回漩琁美石次玉璇

上同檈說文曰檈味稔棗也蜁蜁蝸螺也匴漉米竹器還還返圓規也又火玄切璇好皃嫙上同鏇圓轤也。次口液也夕連切二涎上同。詳

審也論也諟也似羊切八洋水名出齊郡臨朐縣北亦州名本漢成固縣秦爲漢中郡魏置洋州翔翺翔庠說文曰禮官養老夏曰校商曰庠周曰序祥吉也善也⿰⻊羊趨行⿰歹羊女鬼

古作祥禫字痒病也。餳飴也徐盈切一。囚拘也繫也似由切六泅人浮水上汓古文苬苬芝瑞草一歲三華又音由慒慮也又在冬切䲡白鯈。尋

長也又尋常六尺曰尋倍尋曰常山海經曰尋木長千里生河邊又姓晉有尋曾字子貢徐林切十六燖說文上同出鐔劍鼻又姓漢有鐔顯又覃淫二音潯傍深又水

涯鱏魚名口在腹下又音淫樳木名似槐鄩地名在鞏又姓左傳有周大夫鄩肝⿰阝尋小堆阜也⿰月尋姓也出纂文⿰尋風姓也姓苑云汝南人襑衣博大也枔

木葉撏取也灊水名出巴郡又才心昨鹽二切鬵鼎大上小下又才心昨鹽二切縙續也。燅說文曰湯中爚肉也徐鹽切九⿰尋炎說文同上燖爓⿰月閻並同上⿱艹燅

山菜⿱尋手攀摘物出字諟及聲類⿰木燅木細葉也⿱燅巾小巾。⿰犭遀犉豚或作⿰犭遀隨婢切二。兕爾雅曰兕似牛郭璞曰一角青色重千斤徐姊切七⿱罒豕上同兕古文

光俗羠犍羊又以脂切薙燒草又直履他計二切苵蕮也。似嗣也類也象也詳里切十五佀上同祀年也又祭祀祀禩並上同姒

夏姓一曰娣姒長婦曰姒幼婦曰娣巳辰名爾雅曰太歲在巳曰大荒落耜耒耜世本曰倕作耜古史考曰神農作耜⿰耒巳上同汜水名在河南成皋縣說文曰水別復入水也一曰汜窮

瀆也詩曰江有汜洍說文曰水也一曰詩曰江有洍似上同改又羊己切鈶鋌鈶麀鹿一歲曰麛二歲曰麀。敍次弟爾雅曰敘緒也又姓徐呂切十一緒

基緒說文曰絲耑也亦姓藇姓也已上三字並出何氏姓苑序庠序又爾雅曰東西牆謂之序漵水浦也抒渫水俗作汿又神呂切嶼海中洲也鱮魚名䣁

酒之美也本亦作萸詩云醨酒有萸 穥矛也 屖屧屬 ○鄹字林云亭名在新豐辝纂切一 ○綫緩也徐翦切一 ○灺燭㶳徐野切三 担取也 䵘䵘㥪汙也出文字辨疑
○像似也徐兩切十一 象說文曰象長鼻牙南越大獸三季一乳象耳牙四足之形爾雅曰南方之美者有梁山之犀象 蟓桑上蠶 橡櫟實 襐未笄冠者之首飾也
勨勉也又音養 鱌魚名似鮔白鼻長也 潒潒逺 蟓草名 逯行也 嵺山名 ○頌歌也詩云吉甫作頌穆如清風又姓出何氏姓苑似用切四 誦讀誦 訟爭罪曰獄爭財曰訟 吅爭言也出文字音義又宣喧二音 ○遂達也進也成也安也止也往也從志也又州名又姓出姓苑徐醉切二十四 彗帚也一曰妖星又音歲又囚芮切 隧埏隧
墓道也俗作墜 襚贈襚 旞羽繫旌上 璲玉也詩曰鞙鞙佩璲鄭玄謂以瑞玉爲佩 檖陽檖木名一曰赤羅子似梨小酢可食詩云隰有樹檖 樣上同 䉌說文曰塞
上亭守逯者 隧上同 燧上同又論語云鑽燧改火 澻田間小溝 轊䡵軫䡵車也 鐆陽鐆可取火於日中 鐩上回 穟禾秀說文曰禾穗之皃 蓫上同 蔧
王彗草 繸佩玉繸也 㒸從意也 采禾穟成皃說文曰禾成秀人所收从爪禾 穗上同 䔹蘧䔹 韢橐組名或作轊 ○寺寺者司也官之所止有九寺釋名曰寺嗣
也洽事者相嗣續於其內又漢西域白馬駝經來初止於鴻臚寺遂取寺名刱置白馬寺祥吏切五 嗣繼也又姓風俗通云衛嗣君後 孠古文 飤食也 飼上同 ○屣履屬徐預切一
篲埽帚爾雅曰葥王篲本亦從卝祥歲切九 篹古文 鏏大鼎 彗星名又音遂 鏸小鼎 槥小棺 軎車軸頭也又音衛 轊上同 幓布巾 ○賮琛賮又財貨也會禮
也徐刃切又疾刃切六 燼燭餘 㶳上同 藎進也詩云王之藎臣一日草名 濜水名 壗石似玉 ○殉以人送死辭閏切四 徇自衒名行 侚以身從物 袀巡師宣令又從也或作徇
○漩回泉辝戀切九 鏇轉軸裁器 縼長繩繫牛馬放 㨨上同 旋遶也 嫙好皃 羻羊也 趨走也 脠脠短者 ○羨貪慕又餘也又姓列仙傳有羨門似面切二 遳
遮也 ○謝辭謝又姓出陳郡會稽二望辝夜切三 榭臺榭爾雅曰有木者謂之榭 澍水名 ○岫山有穴曰岫似祐切四 㽕籀文 袖衣袂也亦作褎褏 䄈牛黑皆 ○續繼也

連也又姓舜七友有續牙似足切四 俗風俗說文習也 蕢蕢斷藥名一曰牛脣又名水蕮 䳭白䳭鞮也 ○菝枯也寺絕切六 蜥江蜥似蜴蜥生海中 ○席薦席又藉也大戴禮曰武王踐阼有席銘

亦姓出安定其先姓籍避項羽名改姓席氏晉有席坦祥易切六 夕暮也字從半月又姓漢書巴郡蠻渠帥七姓有羅朴督鄂度夕龔也朴普卜切蜀有尚書令夕斌 穸窀穸窀厚也穸夜也

汐潮汐 鄐鄉名 蓆大也 ○習學也因也說文作習數飛也又姓出襄陽晉有習鑿齒似入切十三 襲因也及也重也合也入也又掩襲說文曰左衽袍也 隰原隰亦州名左傳曰重耳居蒲

即隰川縣故蒲城是也漢爲蒲子縣後魏齊周之間爲汾州隋爲隰州以州前有泉下濕蓋取下濕之義名之又姓齊有大夫隰朋 鰼爾雅云鰼鰌今泥鰌也又山海經云鰼魚狀如鵲而有十翼鱗在翼端

聲如鵲 騽馬豪骭又驪馬黃脊 飁颯飁大風 槢堅木名 鳛鴔鳛鳥名 䓘䓘菌水草出埤蒼 䈜簪䈜修舩具也 䑿上同 褶袴褶 霫雲霫大雨

二十四 ○莊嚴也又莊田爾雅曰六達謂之莊亦姓莊周著書也側羊切五 庄俗 妝女字又飾也 裝裝束又側亮切 粧粉飾也 ○眨目動側洽切六 届薄楔

偛偛㑊小人皃又楚立切 插插略絜束皃 𥀲皺𥀲皮老 𧦴譇𧦴多言 ○菑說文曰不耕田也爾雅曰田一歲曰菑側持切又音栽十五 甾上同又說文曰東楚名缶曰甾 葘

亦同 淄水名亦州名春秋時屬齊漢爲濟南郡宋文帝改淸河郡隋置淄州因水以名焉古通用菑 𤶷手足生皮堅也 茌茌丘名案漢書地理志泰山郡有茌縣顏師古又士疑切亦姓

輜輜軿車 錙錙銖 鶅東方雉也 緇黑色繒也 紂上同 椔木立死 鯔魚名 𦓔耕也 鄑鄉名 ○菹說文曰酢菜也亦作葅側魚切四 𦵚上同

齟齒不齊皃 沮人姓世本云沮誦蒼頡作書並黃帝時史官 ○㑊纂文云偛㑊小人皃莊俱切偛側洽切二 𢴚解也 ○齋齋絜也亦莊也敬也經典通用齊也側皆切一 臻

至也乃也側詵切十二 蓁草盛皃 搸聚也又琴瑟音 溱水名在河南 潧水名在鄭國出說文此水南入洧詩作溱洧誤 亲亲栗 榛上同 樼亦同 瀙字林云水名在豫州 𨪕埤蒼

云小鑿 轃說文曰大車簀也 ○跧跧伏阻頑切一 ○恮曲卷也莊緣切四 跧屈也伏也蹴也 䀈目眇視也 蟤蜿蟤蛇名 ○䝖耳中聲側交切五 罺抄網 抓

抓招　⿰口愁小兒聲　摷擊也　○樝似梨而酸或作柤側加切十二　柤上同又煎藥滓　藉芐楚葵生水中　䶥以指按也　齇齇齱　皻皰鼻　抯說文挹也　溠水名出義陽又

側稼切　渣上同　𤸱瘡痂甲也　穐赤穐稻名　⿰氵赤棠汁　○髽婦人喪髻莊華切一　○爭競也引也側莖切七　箏樂器秦蒙恬所造　埩理也治也　綪禮云

齊則綪結佩　⿰糹爭縈也　猙獸名似豹一角五尾又音淨　⿰魚爭魚名　○鄒縣名屬兖州又姓漢有鄒陽側鳩切十四　鄹上同　郰說文云孔子之鄉也論語作鄹　騶廐御

亦騶虞仁獸又姓越王之後　齱齱齺齒偏　陬鄉名一曰隅也　緅青赤色也又子侯切　⿰舟芻艆⿰舟芻海船名　⿰足芻獸足也　菆草名又矢之善者說文曰麻蒸也一曰蓐也　棷薪之別名

又又茍切　箃竹柴別名　⿰口愁小兒聲　⿸麻取取麻　○兂說文曰首笄也側吟切四　簪上同　⿰王朁石似王也　撍速也　○⿰扌此拳加人也側氏切又音紫二　跐蹈也又音紫

○滓澱也阻史切五　笫牀簀又側几切　胏脯有骨曰胏易曰食乾胏　芓說文云蘘葉也　朿止也從市一横止之出文字音義說文即里切　○阻隅也憂也側吕切二

俎俎豆　○⿰魚桼角齊多皃仄謹切二　耒草木叢齊本又音臻　○酢酢䤋面皺側板切三　拃拃模　⿰飛戔鷙飛　○醆酒濁微清阻限切四　琖玉琖小杯　盞　⿰角戔

竝上同　○爪說文曰丮也覆手曰爪象形丮音戟側絞切八　叉古文說文曰手足甲也　⿰豕爪⿰豕爪獠　瑵玉名說文曰車蓋玉瑵　笊笊籬　⿰巾爪⿰巾爪頭　抓亂搔掐也　⿱艹爪草也

○鮓釋名曰鮓菹也以鹽米釀魚以爲菹側下切五　厏厏厊不合　謯謯訝訶皃　䇞炭籠也又音齹　痄痄瘡不合　○掫持物相著側九切三　㨌㨌扇別名　⿰虫取

蟲名　○斬周禮曰秋官掌戮掌斬側減切一　○⿱爭衣爭義切衣不展也二　⿱爭皮⿱爭皮皺皮不展也　○胾大臠也側吏切六　椔木立死亦作檣　事事刃又作剚傳　剚

上同　倳上同又置也　鶅東方雉名又音甾　○詛呪詛亦作禮莊助切二　阻馬阻蹄又莊所切　○債徵財側賣切一　○瘵病也側界切三　祭周大夫邑名又姓周

公第五子祭伯其後以爲氏　⿰祭阝說文曰周邑也　○孨謹也莊眷切一　○抓爪刺也側教切三　⿸广焦縮也小也亦作瘷　笊笊籬　○詐僞也側駕切六　溠周禮職方氏云河南曰豫

州其侵波漾春秋傳云楚子除道梁漾 咋 咋語聲 筰 筰酒器也 醡 壓酒具也出證俗文 榨 打油具也出證俗文 ○壯 大也側亮切三 裝 行裝又側良切 粃 粃米 ○諍 諫諍也止也亦

作爭側迸切一 ○皺 面皺俗作皺側救切五 㿈 縮小 㲪 并㲪 縐 衣不申又絺之細者 膶 字書云膶脯也 ○譖 讒也毀也莊蔭切一 ○蘸 以物內水莊陷切一 ○縬

縬文也側六切二 堲 塞也 ○捉 捉搦也側角切七 穛 早熟穀 糕 上同 穱 稻處種麥 斮 斬又側略切 篧 魚罩 蕉 葵毒 ○黜 吳人呼短側律切二 貉 雞見出殼聲

○櫛 梳也阻瑟切六 楖 上同見周禮 瀄 瀄汨水聲 喞 喞喞 稯 稀楖禾重生稀音鬻 擳 擳揤 ○札 簡札釋名曰札櫛也編之如櫛齒相比也又牒也署也側八切六

𣦼 瘡疾 蚻 小蟬 紮 纏弓弝也 𪀉 鳥雜蒼色 扎 扎拔也出家語 ○茁 草初生皃鄒滑切一 ○茁 草生皃側劣切又側滑切二 䵵 短黑皃也 ○斮 斬也側略

切 ○嘖 側伯切八 迮 迫迮 窄 狹窄 笮 矢箙又屋上版又迫也又姓吳有笮融亦作迮 㳻 遮水 諎 大聲亦作唶 舴 舴艋 蚱 蚱蟬 ○責 求也側革切十一 䪖

䪖䪖頭不正皃 簀 牀簀 幘 冠幘漢書曰幘古卑賤執事不冠者所服之說文曰髮有巾曰幘 嘖 大呼聲 謮 謮怒說文同上 債 負財也 蟦 小貝 䐿 䐿子魚子脯出

新字林 婧 鮮好 咋 大聲 ○𢺞 裂聲也簪摑切一 ○稄 稫稄阻力切十一 稷 一本作此 昃 日昃又傍也傾也不正也 𢱍 打也 仄 仄陋說文云側傾也 庂 日在西方 汄

湢汄水勢 萴 廣雅云附子一歲曰萴子二歲曰烏喙三歲曰附子四歲曰烏頭五歲曰天雄 側 傍側 夨 說文云傾頭也 仄 籀文 ○戢 止也斂也阻立切九 䁒 淚出皃 𧣾 角多皃 艥 上同

㗊 衆口 蕺 草名 濈 和也 㗱 喻也 霵 雨下又士邑切 ○齜 開口見齒側宜切一

二十五 ○初 舒也始也從刀衣裁衣之初楚居切二 𠶊 呵叱人也 ○差 次也不齊等也楚宜切又楚佳楚懈二切四 嵯 嵯嵯山不齊又在河切 齹 齒參差 縒 參縒

也 ○衰 小也減也殺也楚危切又所危切二 夂 夂行遲皃 ○輜 楚持切又側持切義見下文二 颸 風也 ○囪 說文曰在牆曰牖在屋曰囪楚江切九 窻 說文作窗通孔也釋

叉

名曰窻聦也於內見外之聦明也　憁上同　窓俗　𢰲種也　𡐲上同　摐打鐘鼓也　鏦短矛也　𥟖上同　○芻芻豢說文云刈草也俗作蒭亦姓出何氏姓苑

測隅切二　犓養牛曰犓　○釵婦人岐笄也楚佳切九　靫鞴靫盛箭室鞴音步　頝頷頝頤傍　叉兩枝也說文曰手指相錯也　艾鬼艾草名　䐤䐤服脯腊　甀甀甀屑瓦

洗器　差差殊又不齊　剗小矛又㔍剗也　○差簡也楚皆切又楚宜楚牙楚懈三切二　赿起去也　○譟代人說也楚交切六　抄略也又初敎切　鈔上同　摷摷取

訬健也　䞦疾皃　○叉交手初牙切九　杈杈杷田器說文曰杈枝也　差擇也又差舛也　靫靫鞴弓箭室也　鎈錢異名出字諟　䐤服䐤脯也　𠛼㔍物　舤小船名　艖上同

○創說文曰傷也禮曰頭有創則沐今作瘡初良切又初亮切三　瘡上同　刅俗　○鎗鼎類楚庚切四　鐺俗本音當　槍欃槍祆星　琤玉聲　○琤玉聲楚耕

切五　錚金聲　淨冷也出字書　琤木束　噌噌吰鐘音　○𢷾手𢷾楚鳩切七　搊俗餘倣此　篘酒篘　䈧上同　𪀦板木不正　𥺸𥺸粉　謅謅謏私小言　○嵾

嵾差不齊皃亦作參楚簪切六　參上同　梫梫桂木花白也又音寢　穇字書云禾長皃　駸馬行疾皃　槮木長皃　○欃欃槍祆星爾雅作欃槍楚銜切又士咸切一　○揣

度也試也量也除也初委切又丁果切二　敊試也　○剩割聲初紀切三　𪗦齧也　𪗵上同　○楚萇楚亦荆楚又州本漢射陽縣地春秋時屬吳秦屬九江郡晉為山陽縣

武德初改為楚州又姓左傳趙襄子家臣楚隆創舉切八　礎柱下石也　齭齒傷醋也　齼上同　𪓐說文曰會五綵鮮皃引詩云衣裳𪓐𪓐　䙘珅蒼云鮮也一曰美好皃

憷痛也出音譜　濋水名　○齔毀齒俗作齓初謹切又初靳切一　○㹽齧也初板切一　○剗削初限切六　鏟平木器也　弗炙肉弗也　羼說文曰羊相厠

也从羴在尸下尸屋也一曰相出前也　㦃全德　𦢊皮𦢊　○㦃全德初綰切二　𩋾䩷栗　○煼熬也初爪切七　𪌆𪍑炒並上同　謅相弄也　𩱼乾也　吵聲也本音

眇　○𪑿黑也初刮切二　𠞰斷也又之芮切　○硰好雌黃又瓦切又七火切一　○䃸瓦石洗物初兩切六　𤭛上同　剏傷　搶頭搶地見史記又七良七養切　瀼淨也

愴愴怳失意皃又音創 ○䫒醜也初丈切二 傸惡也 䩨輙束初九切二 𩌏上同 ○墋土也初朕切三 醦酢甚 磣食有沙磣 黲初減切二 醶酢味

○醶酢漿初檻切一 ○耰不耕而種楚絳切一 ○敊粟體楚愧切一 廁說文圊也釋名曰廁雜也言人雜廁其上也又間也次也初吏切一 ○楚楚利又木名出歷山

瘡㨿切又瘡所切二 傸傸不滑也 ○菆鳥窠芻注切三 敊敊勇也 𦢊膳也 𣞸重擣楚稅切四 斷斷也 䆺葬穿壙也 毳細毛 差病除也楚懈切又楚宜楚皆初

牙三切七 瘥上同又音醝 衩衣衩 杈杈杷平田具也又音叉 涩涩浦 訍訍持短又疑心名也 䛽異言 ○嘬一舉盡臠曲禮曰無嘬炙楚夬切四 齜南方呼醬 歠也

𣯊上同 ○櫬空棺也初覲切七 瀙水名 嚫親施 䞋上同 襯近身衣 儭裏也 齔說文曰毀齒也男八月而齒生八歲而齔女七月而齒生七歲而齔俗作𪘏又初忍切 㪚

小春也亦作難麥万切一 ○篡奪也逆也初患切一 ○抄略取也初教切八 鈔上同 縐惡絹也又初爪切又側救切二 耖重耕田也 仯仯仯小子 觘角上浪也 舥船不安也

罺小網 ○剿割斷聲廁列切一 ○刱初也說文曰造法刱業也初亮切四 創上同又初良切 愴悽愴 滄寒也 瀙冷也楚敬切一 ○造造倅一曰齊也初救切三 遳

上同又草根 𨕜不進 ○讖讖書釋名曰讖纖也其義纖微楚譖切一 ○懺自陳悔也楚鑒切六 儳雜言又食陷切 㩥投也 𩑶擧屬 𢿎小犬聲 嚵試人 ○柵村柵說文曰堅編木

測戟切三 䃊磨䃊 矠剌也國語曰矠魚鼈也 ○珿齊也初六切六 矗直皃又敕六切 蹜廉謹皃 閦衆也出字統或作閦 𤗓小飛 䟉飛皃 ○娖𡢃也測角切八 𥕞

礩碌 蹜齒相近聲 𡠄恭謹皃 擉司馬彪注莊子云擉鼈刺鼈又音斲 齪漢書云握齪急促也 䇧帶具 𪘆開孔 ○㓤割聲也初栗切四 率上同 齺齚也 謾

謲譖陰私語也 ○齺齒利又磣齺初八切七 蔡草蔡 ○察監察也諦也知也至也審也案說文云察覆也詧言微親詧也今通用亦姓出何氏姓苑 詧上同 𢶢木名 䁟視䁟

䑛羅䑛鬼亦作𡖉 ○刹刹柱也初鎋切二 𦻐掃地惡草 ○屆屆尸初戰切四 揷揷塌重累土也 䙊重緣 𥿻行皃 ○策謀也籌也釋名曰策書教令於上所以驅

策諸下也又馬箠也楚革切十四 冊簡冊說文曰符命也諸侯進受於王也象其札一長一短中有二編之形 笧古文 嫧健急皃 齰齒相值也 筴卜筮筴也 ○簎告也
稓寺也 憡憡痛 皟淨也 情耿介 䟄正也 捒扶捒也 栅豎木立栅又村栅 ○測度也初力切六 惻愴也 畟畟畟陳器狀說文曰治稼畟畟進也詩云畟畟良耜又音
即 稷耜也 [土則]過遮也 薂草名 ○插刺入楚洽切十 臿舂去皮也或作鍤俗作臿 [金疌]上同爾雅曰斛謂之[金疌]郭璞云皆古鍫鍤字 鍤上同 扱取也獲也舉也引也說文收也
笈負書箱又其劫切 㛼疾言失次也 [火叉]火乾 喢口喢 [犭及]狗食
二十六 ○牀簀也易曰遜于牀下士莊切三 床俗 疒病也又女厄切 崇高也敬也就也聚也又姓鋤弓切四 崈上同 [崇刂]鍾屬 [食崇]饞[食崇]貪食也出古今字音
○淙水流皃士江切又才宗切四 鬃髻高皃 [從瓦]甖也出方言 䭑饞䭑愛食 ○齹士宜切齒參差亦作[齒差]又楚宜切一 ○茬說文曰草皃濟北有茬平縣俗
作茬士之切一 ○漦涎沫也又順流也俟甾切一 ○鉏誅也又田器釋名曰鉏助也去穢助苗也說文曰立薅斫也又姓左傳有鉏麑士魚切六 鋤上同 耡周禮曰以興耡利甿又音助
豠豕屬 [豕助]上同 [鉏鳥][鉏鳥]鳥白鷺也爾雅作舂鉏 ○[犭芻]攫攫仕于切四 雛鶵雛爾雅曰生噣雛謂鳥子能自食俗作雛噣音卓 鶵籀文 媰崔子玉清河王
誄云惠於媰孀說文曰婦人姙娠也本側鳩切 ○柴薪也又姓高柴之後士佳切八 祡祭天燔柴 齜齜齬齒不正也 茈茈葫藥 㧘積也詩云助我舉㧘 瘵瘦也 [柴車]
連車也一曰部車抵堂也 査査郎又七瑕切 ○豺狼屬禮記云仲秋之月豺祭獸士皆切四 儕等也輩也類也 [齊广]又音齊音臍義見齊字中 [山豺]山名在平林 ○膗仕懷
切二 [扌罪][扌罪]倒擠出方言 ○蓁木叢生士臻切三 殿呂氏春秋注云殿殿動而喜皃又音眞 帘幕也又音廉 ○餐說文吞也士安切三 湌上同俗作飡 [𣦼食]
[𣦼食]笇出異字苑 ○犳獸似豹而少文崇玄切一 ○潺潺湲水流皃士連切五 孱不肖也漢書曰吾王孱王也 [金孱]小鑿 轏軒輣 [土孱]門聚 ○巢說文曰鳥在木上曰巢在穴曰

窠爾雅曰大笙謂之巢又縣名在廬江亦姓有巢氏之後左傳楚有巢牛臣鉏交切八 轈兵車若巢以望敵也 勦輕捷也又子小切 巢山高皃 轈菲束 樔說文曰澤中守

艸樓 𡐦地名在聊城 鄛鄉名在南郡 楂水中浮木又姓出何氏姓苑鉏加切六 查 槎二同 𪘏齟齬又音摣 䖒壞也淮南子云䖒屋之下不可坐也 苴詩傳云水

中浮草也 ○傖楚人別種也助庚切五 𧗿角長皃 鬇鬇鬡亂髮皃 𩯄上同 崢崢嶸山皃 ○崢崢嶸士耕切六 𦱊𦱊薴草亂皃 鬇鬇鬡毛髮亂皃 埩

魯城北門池也說文作淨 鏳鏳鎗玉聲 崝淮南子云崝峭也 ○磳磳𥕢仕兢切一 ○愁憂也悲也苦也士尤切二 𤃀腹中有水氣也 ○岑山小而高又姓出南陽風俗通云古岑子

國之後後漢有岑彭鋤針切九 涔涔陽地名又管涔山名又蹄涔不容尺鯉蹄牛馬跡 𡵓入山深皃 梣青皮木名又子心切 橬上同 𩃬雨聲 𩺪魚名 𥢑禾欲秀 笒

竹名 ○讒譖也士咸切又士銜切十三 獑獑猢似猨而白又士銜切 鑱小鑿又才三切 饞不廉 毚狡毚 㺗上同 𪖨鼻高皃 欃檀木別名 攙刺也

又楚銜切 𪕮鼠名又埤蒼云鼠皃 𢾅鳥𢾅物也 儳儳儳皃惡也又仕陷切 𨞫宋地名 ○巉險也鋤銜切八 嶄嶄嵒山皃 𨞫剗也說文曰斷也一曰剽也 艬

合木船 ○鑱吳人云犁鐵說文銳也又士懺切 獑獑猢又士咸切 毚又士咸切 嚵嚵氣說文曰小啐也一曰喙也又音懺 ○士說文曰事也數始於一終於十从一十孔子曰

推十合一爲士又姓左傳晉大夫士蒍又漢複姓二氏古今人表有士思癸又士貞氏晉康公庶子士貞之後鉏里切五 仕仕官 柹果名 𡰥砌也閾也 戺上同 ○俟待也亦作

竢又姓風俗通云有俟子古賢人著書又虜複姓二氏後魏書云俟幾氏後改爲幾氏俟奴氏後改爲俟氏又虜三字姓三氏俟力伐氏後改爲鮑氏俟伏斤氏後改爲伏氏周書太祖賜韓褒姓俟呂

陵氏牀史切又音祈七 竢上同 涘水岸也 騃趨行皃西京賦曰羣獸駓騃又吾駭切 𦁌纚縻 𥝢不來也說文引詩曰不𥝢不來从來矣聲 俟說文同上 ○齟

齟齬牀呂切二 鉏鉏鋙不相當也 ○𧲄小毋豬也鶵禹切二 豵上同 ○濜濜湞水勢鉏紖切一 ○齴齴齗齒不正士板切二 𧍞蟲名 ○撰撰述雛鯇切二 饌

士　士

孱轏下補「初鴈切」並移初母

盤饌○棧閣也亦姓魏有任城棧潛士限切八峩山皃也棧上同轏車名士所乘也孱孱陵古縣名在武陵又士連切僝書傳云見也說文云具也輚埤蒼云臥

車也亦兵車又儀禮注云載柩車也虥虎竊毛謂之虥○齺齒聲崱瑟切一○撰述也定也士免切五僎具也數也又子倫切頙具也見也[魚巽]魚名譔

專教也○棧棚也士免切一○虥黠也士綾切二僝僝僝長皃出聲譜○槎逆斫木士下切又仕加切二厏厏厊○鯫魚名一曰姓漢有鯫生又淺鯫小人

仕垢切又七溝切一○頙頙顲醜皃士瘁切一○瀺瀺灂士減切三嶄高峻又士減切嵁嵁絕山皃○巉峻巉皃仕檻切一○剗䥯屬仕仲切一○漴水所

衝也士絳切一○事使也立也由也鉏吏切又側吏切二餕玉篇云嗜食○助佐也益也牀據切三耡又士魚切麆爾雅云麕牡麌牝麜其子麆○瘵疾也士懈切二

眦睚眦○寨羊栖宿處犲夬切二砦山居以木柵○輚卧車又寢車亦作轏士諫切五羼羊相間也棧木棧道士限切虥虎淺毛士限切[谷戔]谷在上支[虫戔]馬[虫戔]蟲名○篹說文

曰具食士戀切九饌上同䉵上同見儀禮襈緣也僎具也譔專教[王巽]珍[王巽]僝見也具也巴具也○乍鋤駕切五䄍年終祭名或作蜡廣雅曰夏曰清祀殷曰嘉平周曰大䄍

秦曰臘也蜡上同齰齰齚詐說文曰慙語也○狀形狀鋤亮切一○驟馬疾步也奔也鋤祐切三㑳任身人也僽僝僽惡言罵也○剩細切才奏切三榛鍬榛鐵齒杷名[足聚]

醉倒皃出埤蒼○儳輕言仕陷切三[阝詹]陷也[革毚]鞴之短也○鑱鑱士具士懺切又士銜切六[革毚]鞴攙水門又作纔[斬鳥]似雕而班白出音譜讒譖也又士衫切艬艬船

[禾聚]聚名士九切一○浞水濕士角切十二丵叢生草鋜鎖足灂瀺灂鸑鸑鷟捔攙捔組織亦作敊澩山夏有水冬無水○篧魚罩音捉汋說文曰激

水聲也一曰井一有水一無水爲瀱汋齺齒相近皃䳂速也或作遄簎取魚箔也○[齒出]齧齒聲仕吒切一○巢棧閣也又士稍切又士交切一○鏨秦人云切草查鎋切三[耒責]農具也

[氵札][氵札]水流也○[門戔]城門中板也士列切○齚齧也鋤陌切五齰同上咋咬咋多聲咬烏交切泎瀺泎水落地聲岞岞崿山皃○賾探賾士革切七鰿爾雅曰貝小者鰿郭

璞云今細貝亦有紫色者出日南又音迹　䔛茹菜又音耤　債容𡬶常人　稓以叉寻取物也　積灰中種也　嘖嘖嘖叫也　○䟄急走也出字林查獲切二　趞趞黠皃出方言

○崱崱𡶸山皃士力切四　𡶸崱𡶸　浸浸減水勢　萴草也　○霻暴雨皃仕戢切二　驫盛眾皃　○𨖼行書士洽切六　煠湯煠　騒騒騒馬驟　渫水名出上黨郡

牐下牐閉城門也　𧼮行疾也

二十七○䟽通也除也分也遠也窻也又姓漢有太子太傅東海踈廣或作延俗作踈所葅切又所助切十一　梳梳櫛說文曰理髮也　綀綀葛　蔬菜蔬　踈稀踈

綖綖纚　釃下酒　籭上同　𨇯通也　脠青疏　疋足也古爲雅字　○雙偶也兩隻也又姓出姓苑後魏有將軍雙仕洛所江切七　艭艓艭船名　𩀱帆也　愯懼也左傳

云駟氏愯　𨇦豆也　瀧水名在郴州界　𨆹踜𨆹立也　○釃下酒所宜切又山爾切七　簁下物竹器又所綺切　欐梁棟別名又禮麗二音　䙰襹䙰毛羽衣皃　褷上同

䗝蛐蜒別名　籭籃也又山佳切　○韉鞍韉一曰垂皃山垂切二　鑴小餟之皃　○師師範也眾也亦官名大戴禮曰昔者周成王幼在襁褓之中太公爲太師也又姓晉有師曠又

漢複姓十二氏左傳衛大夫褚師圃馬師頡鄭有鄉校子產云是吾師也其後以校師爲氏陳悼太子偃師其後以王父字爲氏扶風傳有范師利　蔓世本云鄭有子師僕郘時掌樂有大師摯少師陽

宋有樂人師延世掌樂職後有宋大夫師延宜風俗通云有牧師氏春秋釋例楚有師祁黎後漢末有南陽師宜官善爲篆疏夷切六　鰤老魚　蒒草名出玉篇　篩篩竹一名太極長百丈南

方以爲船出神異經又竹器也　獅犬生二子　螄螄螺　○衰微也所追切三　榱屋橑說文曰秦名爲屋椽周謂之榱齊魯謂之桷　㾵病也說文減也一曰耗也　○毢毸毢也山芻切

四　愉裂繒　橾說文曰車轂中空也　螋蠷螋蟲又所留切　○崽呼彼之稱山佳切又山皆切三　籭竹名　諰語失也又思耳切　○崽方言云江湘間凡言是子謂之

崽自高而侮人也山皆切又山佳切二　簁簁籭古以爲玉桂故字從玉今俗作簁　○莘地名在虢又姓所臻切二十　𨙸有𨙸國名　扟從上擇取物也　駪馬多　籸粉滓

驫衆盛皃 甡衆多皃 兟進也 詵衆人言也 侁行皃詩云侁侁征夫 鮮魚尾長也詩云有華其尾字書從魚 屾說文云二山也 紆多也 桀熾也 辡

羽多 洗往來之皃 樺方言云杠東齊海岱之間謂之樺杠牀前橫也 卂八陵東名卂又息進切 姺女字 痒寒病 ○刪除削也又定也所姦切又所晏切五 訕謗也

潸出涕皃 殅單于別名 狦說文曰惡健犬也又所晏切 ○櫦關門機出通俗文數還切一 ○山廣雅曰山產也能產萬物說文曰山宣也宣气散生萬物又姓周有山師之官

掌山林後以官爲氏或云古烈山氏之後望出河內所閒切三 疝疝疝病也 邖地名出地理志 ○栓木丁也山貟切二 篹篹車軸也 ○梢船舵尾也又枝梢也所交切十七

捎蒲捎良馬名也亦芟也又音宵 髾髮尾 輎兵車 旓旌旗旒也 弰弓弰 筲飯帚 箾斗箾竹器 鞘鞭鞘 蛸蠨蛸喜子 鮹海魚形如鞭鞘 袝衣袝

綃帆維又音宵 颵風聲 莦說文惡草皃又音消 娋小娋婾也 㛖齊人呼姊 ○鯊魚名今之吹鯊小魚是也所加切十一 魦上同 沙沙汰說文曰水散石也爾雅曰潁爲

沙謂大水溢出別爲小水之名亦州取沙角山爲名即三秦記鳴沙山也又姓何氏姓苑云東莞人又漢複姓二氏左傳齊有夙沙衛神農時夙沙氏之後漢書功臣表有昭沙掉尾又百濟有沙吒氏

砂俗 裟袈裟 毟毟毟毛衣 桬桬棠木名出崐崘山 紗絹屬一曰紡纑也 髿髮髿垂皃 䩖鞵䩖素鞵屧也 硰硰石地名見漢書 ○霜凝露也又姓色

莊切七 鸘鷫鸘 鷞上同 孀寡婦 驦驌驦良馬 騻上同 蠰爾雅云齧桑蝎也又傷餉二音 ○生生長也易曰天地之大德曰生又姓出姓苑所庚切十 笙

樂器也禮記女媧造笙簧釋名曰笙生也象物貫地而生也又簧也吳都賦曰桃笙象簟 牲犧牲 猩猩猩能言似猿聲如小兒也 狌上同 鉎鐵鉎 甥外甥又姓風俗通云晉大夫呂

甥之後 麈獸名大如兔也 鼪鼪鼬鼠也 珄金色 ○殅殅山矜切一 ○搜索也求也聚也所鳩切十七 捜上同凡從叜者作叟同 餿飯壞 颼颼颼風皃 溲小便

鎪馬金耳飾 廋匿也論語曰仁焉廋哉 蒐茅蒐草又春獵曰蒐 蓃雞腸草也 獀獿獀南越人名犬 鱐乾魚 鄋北方國名 螋蛷螋蟲亦名蠷螋 騪駟騪蕃中大馬

犙牛三歲也又息含切 醦白酒 趍趍趍不進 ○犙牛三歲山幽切一 ○森長木皃所今切十 參參星亦姓世本云祝融之後又蒼含切 曑上同 蔘人蔘藥也

蓡古文 槮樹長皃 襳襳䙈毛羽衣皃 𥦗突也 穼上同 棽木枝長也又丑林切 ○襳襳褷毛羽衣史炎切一 ○攕女手皃所咸切十一 摻上同詩曰摻摻

女手又所減切 檆木名似松爾雅又作煔 杉上同 櫼上同說文音尖楔也 霎雨皃說文曰微雨也或作䨿又子廉切 雺微雨 䀐瞻見又所儳切 𨏥車聲 鞻鞍鞻垂皃

𤢅犬容頭進也 ○衫衫衣所銜切八 纔帛青色又音裁 髟屋翼也又長髮皃 縿絳帛說文曰旌旗游也 三毛長 芟刈草 穇䅉穇穗不實見齊人要術 鞻

又所咸切 ○躧躧步也又作蹝說文曰舞履也所綺切十 韆上同 灑灑埽又所買切 纚韜髮者又颯纚長紳皃 縰上同 釃分也見漢書溝洫志說文

曰下酒也一曰醇也 韆韈屬 屣履不躡跟 曬視也 簁簏也說文曰簁箄竹器也 ○史史籍說文作史記事者也亦姓周卿史佚之後出建康又漢複姓五氏世本衞

有史朝朱駒漢書藝文志有青史氏著書又有新豐令王史音吳有東萊太守太史慈晉有東萊侯史光疎士切四 使役也令也又疎事切 駛疾也又音去聲 𩓡香之美者 ○所

說文云伐木聲也詩曰伐木所所又處所也詩曰獻于公所亦姓漢有諫議大夫所忠疎舉切七 糈祭神米也 齭齒傷醋也說文音楚 疋記也又山於切 盨說文

曰獮盨負戴器也 䝐齎財問卜 ○數說文計也所矩切又所句所角二切二 籔䉤籔四足几也 ○灑灑水爾雅云大瑟謂之灑長八尺一寸廣一尺八寸二十七弦所蟹切又

所綺切三 韆履屬 躧颯躧 ○潸涙下皃數板切又音刪一 ○產生也又大簫似笛三孔而短又姓何氏姓苑云彭城人所簡切十 簅大簫或從竹 摌以手拔物 𤛓

畜㹽畜牲 嵼巉嵼 汕魚浮水上 滻水名在京兆 㦃全德又音剗 䊲粟䊲 驏馬名 ○𢿱擊也一云攪也亦作數山巧切一 ○灑灑水也砂下切一 ○葰

葰人縣名沙瓦切三 謏強事言語 傻傻俏不仁 ○爽明也差也烈也猛也貴也疎兩切九 漺上同 縔屩中絞繩 鷞鷞鳩 塽塽塏高也 樉木名 瓾半瓦

溹淨也又初兩切 䫕醜皃 ○省省署漢書曰舊名禁中避元后諱改爲省中又姓左傳宋大夫省臧所景切又息井切九 眚過也災也 瘠瘦瘠 媘減也 [illegible]

觀脚露也 闇闇府今爲省字 甑甑甑有耳瓶 渻水名亦邑名 [illegible]上同 ○殑殑殑色廢切一 ○浚浚麪亦作溲踈有切一 ○瘁寒病踈錦切三 瘮

上同 槮木實名也 ○摻摰也詩曰摻執子之袪兮所斬切四 犙犙獵犬吠又山檻切 醦醋味 䕢芟林木也 ○嶄斬取山檻切二 犙獵摻犬聲 ○淙水出

見色緈切二 截捍船木也 ○屣屣不躡跟孟子曰舜去天下如脫敝屣所寄切又所綺切五 灑灑埽說文汎也 [illegible]靴屬 襹襹纚毛羽衣皃 曬暴也 ○帥將帥也曹

憲文字指歸云佩巾也所類切又所律切二 率鳥網也又所律切 ○駛疾也踈吏切七 使又色里切 洓水名在河南 [illegible]郭璞曰今江東呼貉爲[illegible] [illegible]列也 [illegible]山皃突也

[illegible]穴也 ○疏記也亦作踈所去切三 捒裝捒又色句切 [illegible]明也 ○捒裝捒色句切又所據切三 數筭數周禮有九數方田粟米差分少廣商功均輸方程贏不足旁要也世

本曰隸首作數又色矩色角二切均又音速 [illegible]裁殘帛也 ○[illegible]小歡也山芮切一 ○[illegible]殘帛所例切三 鎩矛戟類又所戒切 蔱椒蔱又所八切 ○曬暴也所賣切又

所寄丑離二切五 [illegible]不黏之皃或與曬同 [illegible]簀酒 汛水皃說文灑也本又音信 洒洒埽又先禮切 ○鎩翦翮說文曰鈹有鐔也所拜切又所八切四 [illegible]衣衸縫也 殺

殺害又疾也猛也亦降殺周禮注云殺衰小之也又所八切 [illegible]上同亦見周禮 ○[illegible]喝[illegible]所犗切一 ○訕謗也所晏切又所攀切七 汕魚乘水上 狦獸名似狼說文曰惡健犬也

[illegible]取魚網也 疝病也又所姦切 柵籬柵又叉革切 [illegible]餅麴 ○孿雙生子亦作孿生患切又所眷切二 涮涮洗也 ○篡篡車軸所眷切二 [illegible]一乳兩子亦作孿又生患切

○稍均也小也說文曰出物有漸也所教切七 潲豕食又雨濺也 [illegible]木上小或作[illegible] [illegible]上同 娋小娋侵也 鄁大夫食邑 [illegible]耰種 ○[illegible]怒也一曰牽也色夜切又丑格切二 斥

山名爾雅曰東方之美者有斥山之文皮焉又音尺 ○[illegible]枉也所化切二 傻傻偢不仁 ○嗄老子曰終日號而不嗄注云聲不變也所嫁切又於介切三 茸姓也 沙周禮云鳥皫色而沙鳴注云沙

蟖也又所加切 ○生 所敬切又所京切三 鼪 鼪鼠 貹 財富 ○瘦 瘦損說文臞也所祐切四 瘦 同上 漱 漱口 鏉 鐵生鏉 ○滲 滲漉所禁切二 罧 爾雅曰槮謂之涔郭璞云

今之作罧者聚積柴木於水中魚得寒入其裏藏隱因以簿圍捕取又息甚切槮與罧同也 ○釤 大鎌所鑑切三 彡 暫見 𢒉 相接物也又利也出字諟 ○縮 斂也退也短也亂也所六切十

三 茜 說文曰禮祭束茅加于祼圭而灌鬯酒是爲茜象神歆之也一曰榼上塞也 飌 風聲 趚 趨趚體不伸也趨渠六切 樎 馬櫪 謖 起也 䎘 鳥飛 𢹃 擊聲 蹜

丈字音義云烏鵲醜其飛掌蹜在腹下也 摍 抽也顏叔子納鄰之嫠婦執燭燭盡摍屋以繼之 𧍬 蝍𧍬尺蠖 摵 到也又子六切 謏 小也又蘇了切 ○朔 月一日又幽朔也命和叔宅朔方北

方也又姓何氏姓苑云南陽人俗作朔所角切十二 欶 口噏也 嗽 上同 矟 矛屬通俗文曰矛丈八者謂之矟 槊 上同 蒴 蒴藋藥也 數 頻數 箾 說文曰以竿擊人又舞者所執又蘇彫切

⿱削糸 緘也 㮶 木名 ⿱削聿 纖也又長臂皃又相邀切 ⿱罒削 𢹃⿱罒削罜不罜 ○瑟 樂器世本曰庖犧作瑟所櫛切六 飋 飋飀風也 蟋 蟋蟀又音悉 蝨 蟣蝨淮南子云大廈成而燕雀相賀湯沐

具而蟣蝨相弔俗作虱 璱 玉鮮絜皃今爲之璱璱者其色碧也 ⿰糸瑟 ⿰糸瑟色也亦作⿱瑟糸 ○率 循也領也將也用也行也說文曰捕鳥畢也象絲罔上下其竿柄也俗作𢖬所律切十 帥 佩巾又將帥亦姓本

姓師晉景帝諱改爲帥氏晉有尚書郎帥昺又所類切 蟀 蟋蟀 𧐥 上同 𨓈 先導也 ⿰率刂 劃也斷也出埤蒼 䘹 裩䘹短衣 ⿰口率 ⿰口率飲酒皃 ⿰亻率 行皃 ⿴行率 循也說文曰將衛也 ○殺 殺命說文

戮也所八切七 煞 俗 鎩 鳥羽病又長刃矛也 ⿰氵殺 水也 ⿰巾戔 二幅 蔱 莖萸 榝 似茱萸而實赤又山列切 ○刷 刷拭也數刮切又所劣切一 ○㕞 埽也清也所劣切又刷

上同 ⿰口殺 鳥理毛也 ⿰口率 小飲 ○榝 茱萸山列切又音殺一 ○索 求也山戟切又蘇各切六 索 上同 ⿺走索 僵作 溹 水名 ⿰石索 碎石殞聲 ⿰米索 煮米多水 ○⿰木索 木名山責切十

四 ⿰氵索 小雨 ⿸疒索 瘆瘯寒皃 ⿱雨索 霰皃 摵 殞落皃 愬 驚懼皃又音素 ⿰扌索 穱擿捕鳥 捒 捒擇取物也 索 求也取也好也 索 上同 溹 溹溹雨下皃 ⿰革索 堅硬 虩

虎驚皃又許逆切 措 說文曰所以攤水也 ○㨘 拂著又捎摵也出通俗文砂矱切一 ○色 顏色所力切十五 ⿰嗇欠 小怖皃 嗇 愛惜也又貪也慳也又積也亦姓說文作𠾂愛濇也从來

亩來麥也來者亩而藏之故田夫謂之嗇夫亩音廩 轖車馬絡帶 穡稼穡種曰稼斂曰穡 薔薔虞蓼也 轖字書云車藉交革 繬緯也縫也 濇不滑 篫篩篫 嬙女子 蟐蟲也 懎

悲恨 額頞也 勆助也 ○翜譅文曰不滑也色立切八 澀上同 澁俗 鈒戟也鋋也 雭小雨聲 濇不滑 澀不及 翜疾飛 ○萐萐莆瑞草山輒切萐箑歃霎並

又所洽切六 箑扇也 歃歃血 霎小雨 唼多言又齧涉切 歃喝欲 ○霎小雨山洽切七 歃歃血又山輒切 箑扇之別名 篓上同 萐萐莆瑞草王者孝德至則萐莆

生於廚其葉大如門不搖自扇飲食 唼唼喋小人言也 貜獸名 ○翣翣形如扇以木爲匡禮天子八諸侯六卿大夫四士二世本曰武王作翣所甲切八 貜豕毋 唼唼喋 倢面衣 翜捷也

颰風疾 屆薄屆 趀行趀趀 ○敪擊也一云攪也亦作敪山巧切一

二十八

○照明也之少切五 炤上同 詔上命釋名曰詔照也照人暗不見事以此示之使照然也又告也敎也 垐隄也界也 卧卜問也又音卲 ○鍾當也酒器也又量名

左傳曰釜十則鍾亦姓出潁川又漢複姓有鍾離氏世本云與秦同祖其後因封爲姓職容切十八 鐘樂器也呂氏春秋云黃帝命伶倫鑄十二器世本曰垂作鐘 蚣蟲螽 蚣 忪

心動 笒長節竹也 蹱蹱蹱小兒行兒 松征松行兒 衳小褌也 伀志及衆也 橦字樣云本音同今借爲木橦字 鐘籠鐘竹名廣志云可爲笛 妐夫之兄也 㕬

衆口 舡工舟也 角皐角也 烾熱化也 芯草名 閟門外開閟 鈆鐵鈆 ○支支度也支持也亦姓何氏姓苑云琅邪人後趙錄有司空支雄又漢複姓莊子有支離益善屠

龍章移切二十九 紋縴紋挽船繩也 只專辭又之爾切 汥水名 毴毴毲者毴毛皃 巵酒器 梔梔子木實可染黃 枝枝柯又漢複姓左傳楚大夫枝如子弓

祇適也又巨支切 疧疾也 衼衹衼尼法衣也衹音岐 肢肢體 胑䏶並上同 禔福也又是支切 馶馬強 氏月氏國名又閼氏匈奴皇后也又精是二音

疷毀傷 㱨多也又音眞 鳷鳥名漢武帝造鳷鵲觀在雲陽甘泉宮外 雉上同 觶本音眞今作奉觶字 榰爾雅曰榰柱也謂相榰柱也 楚玉篇云木盛

鵟土精如鴈一足黄色毀之殺人 蟼蟲名似蜥蜴能吞人 眵目汁凝又尺支切 軙軙軵長轂 輪皮轂 。呪呪詛職救切四 騎髮多 椆木椆船篙木也 祝
說文曰祭主贊詞又音粥 。脂脂膏也釋名曰脂砥也著面軟滑如砥石也說文云戴角者脂無角者膏又姓魏略有中大夫京兆脂習字元升旨夷切十 祗敬也俗從互餘同 泜水名又音
遲 砥石細於礪又音旨 栺栺栭木名亦栺栭柱 鴲小青雀也 渚水名 疷積血腫皃 蚳蚳蝱也 盬上同 。錐說文銳也職追切八 隹說文曰鳥之短
尾者總名 䧳鹿一歲 騅馬蒼白雜毛又姓左傳晉七輿大夫騅歂也 奞木名似桂 䳡鼠名 萑萑蓷茺蔚又名益母 鵻鳥名 。之適也往也閒也亦姓出姓苑 止
而切四 䟡到也又如一也 芝芝草論衡曰芝生於土土氣和故芝草生古瑞命記曰王者慈仁則芝草生也 㞢篆文象芝草形蚩從此也 。諸之也旃也辯也非一也又姓漢有洛陽令
諸於出風俗通又漢複姓有諸葛氏吳書曰其先葛氏本琅邪諸縣人徙陽都先姓葛時人謂徙居者爲諸葛氏因爲氏焉風俗通云葛嬰爲陳涉將有功而誅孝文追録封諸縣侯因并氏焉章魚切七
櫧木名 渚水名在北嶽 藷藷蔗甘蔗 儲薯預別名 礵磄礵青礪也 蠩蝍蠩一頭數尾長二三尺左右有脚狀如蠶可食也 。朱赤也說文曰赤心木松柏屬也
又姓出沛國義陽吳郡河南四望本自高陽後周封于邾後爲楚所滅子孫乃去邑氏朱焉亦漢複姓莊子有朱泙漫郭象注云朱泙姓也章俱切十 珠珠玉白虎通曰德至深淵則珠出明
珠 侏侏儒短人 絑縉絑赤色 祩詛也又音注 咮龍言咮多言皃 鴸鳥名似鴟人首 鮢似蝦無足 袾袾襦 硃硃研朱砂 。貞貞僞也又姓風
俗通云漢有太尉長史貞祐俗作貞 陟鄰切十六 甄姓也陳留風俗傳云舜陶甄河濱其後爲氏出中山河南二望又舉延切 振又之刃切 禎以貞受福 稹說文云穜穊也又之忍切
磌柱下石也 畛田界又之忍切 籈爾雅云所以鼓敔 侲字林云養馬者 桭屋梠也 蒖茾也 唇驚也 㖘上同 帪馬皃囊褱也 甄菿甄豕首草也 殿擊也又音
辰 。諄至也誠懇皃也章倫切五 惇心實也又音敦 盹鈍目也又音稕 肫鳥藏 訰亂言之皃 。饘厚粥也諸延切八 饘上同 旃之也爾雅曰因章爲旃郭璞云

職

以帛練爲旒因其文章不復畫之也丗本曰黃帝作旃亦曲柄旗以招士衆也或作旜又姓出姓苑 旜同上 栴栴檀香木 氈席也周禮曰秋斂皮冬斂革供其毳毛爲氈 鸇晨風鳥

旃江湘間人謂額也 ○專擅也單也政也誠也獨也自是也亦姓吳刺客專諸職緣切十二 甎甎瓦古史考曰烏曹作甎 顓顓頊又姓神仙傳有大玄女姓顓頊名和 篿楚詞

云索瓊茅以筳篿王逸云折竹卜曰篿又音團 嫥可愛之皃 諯說文曰數也一曰相讓又尺絹市專二切 湍水名在鄧州又音端 膞膞鳥胃也 鱄魚名專諸吳刺客或作鱄

鷒鳥名又徒端切 䳠䳠鶒首出玉篇 鄟邾鄟邑名 ○昭明也光也著也覲也又姓楚詞昭屈景三族戰國策楚有昭奚恤止遥切七 鵃鶻鵃鳥也又竹交切 鉊淮南呼鎌

招招呼也來也又姓漢有大鴻臚招猛 釗遠也見也勉也亦弩牙又周康王名 盄玉篇器也 皽皮上䐢膜 ○遮斷也正奢切四 庶庶儸健而不德 奢吳人呼父 諸姓也漢有

洛陽令諸於何氏姓苑云吳人又職余切 ○章篇章又章甫殷冠名禮記曰孔子長居宋冠章甫之冠又明也采也程也又姓秦將有章邯諸良切十五 漳水名山海經曰漳水出荊山南注于沮水

樟豫樟木名 慞慞惶也 璋半珪曰璋詩云乃生男子載弄之璋 彰明也 墇壅也又之尚切 障隔也又丘山頂上平又音去聲 麞鹿屬 獐同上 鄣邑名在紀

蔁蔁柳當陸別名 鶁吳人呼水雞爲鶁鶁渠 韖韖泥鞍飾 暲日明 ○征行也諸盈切十三 延同上 鯖煮魚煎食曰五侯鯖又倉經切 䰳 胵並上同

鉦鐃也似鈴 怔怔忪懼皃 正正朔本音政 䳌方言云齊魯間謂題肩爲䳌鳥 [糸正]馬飾 眐獨視皃 裎裎松小兒衣出字林 佂佂伀遽行皃 ○烝衆也進也君也

又麄曰薪細曰蒸說文曰析麻中幹也又爾雅曰冬祭曰蒸經典亦作烝者貞仍切七 𦳝說文同上 烝說文曰火氣上行也 脀熟也 䔲蒩也 篜玉篇云竹也 脊癡皃 ○周周币

也又至也備也徧也密也又姓出汝南廬江尋陽臨川陳留沛國泰山河南等八望本自周平王子別封汝川人謂之周家因氏焉一云赧王爲秦所滅黜爲庶人百姓稱爲周家因而氏焉魏官氏志獻帝次

兄普氏後改爲周氏又漢複姓魏初徵士燉煌周生烈晉武帝中經簿云周生姓烈名職流切十 州州郡周禮曰五黨爲州又姓左傳晉大夫州綽 粥粸粥米粉餅出字林 輈重載也 洲

洲渚也爾雅曰水中可居曰洲　賙賙贍也　喌呼雞聲又音祝　舟舟船墨子曰工倕作舟呂氏春秋曰虞姁作舟世本曰共鼓貨狄作舟二人並黃帝臣又姓左傳晉大夫舟之僑　鄅黃帝後所封國
婤女字左傳衛襄公有嬖人婤姶又音抽　○斟斟酌也益也又姓國語云祝融之後侯伯八姓斟姓無後賈逵注云斟姓是曹姓之後又漢複姓有斟戈氏出史記職深切九　針針線　鍼
上同說文曰所以縫也　䳕䳕鷲鳥名　箴箴規也又姓風俗通云有衛大夫箴莊子　葴酸蒔草也　瑊廣雅曰瑊石次玉也郭璞云瑊玏似玉之石司馬相如子虛賦曰其石則瑊玏玄礪
鱵魚名　斟斟鄩古國名　○詹至也應劭漢官曰詹事秦官也又姓楚詞有詹尹俗作詹職廉切六　瞻瞻視　占視兆也亦姓陳大夫子占之後又章豔切　蟾蟾蠩蝦蟆也張衡靈
憲曰羿請不死之藥於西王母姮娥竊之奔月宮遂託身於月是爲蟾蠩抱朴子云蟾蠩壽三千歲者頭上有角頷下有丹書八字玄中記云蟾蠩頭生角者食之壽千歲也　譫譫言語也　厃
說文云仰也一曰屋梠也秦謂之桷齊謂之厃本魚毀切　○腫疾也說文癰也釋名曰腫鍾也寒熱氣鍾聚也之隴切六　種種類也又之用切　踵足後又繼也趾也頻也說文追也一曰往
來見　歱說文跟也　𨀁相跡也　喠喠嗒欲吐　○愡說文曰懼也職勇切二　忪上同又且勇切　○紙釋名曰紙砥也平滑如砥石也後漢蔡倫以魚網木皮爲紙又姓後
魏書官氏志云渴侯氏後改爲紙氏諸氏切十六　帋上同　只語辝　坻隴坂也又直尼當禮二切　軹縣名在河內又字書云車輪之穿爲道緫子嬰於軹途是也　枳
木名周禮曰橘踰淮北而爲枳又居帋切　咫咫尺賈逵云八寸曰咫　抵抵掌說文云側手擊也　汦水名出拘扶山　砥平也直也均也礪石也書傳云砥細於礪皆磨
石也　坻說文云坻著也　汦著止　抧開也　恀怙也又音是　秓曲枝果也　鴲鴲鳥如烏赤足可以禦火見山海經　○捶擊也之累切五　箠策也　巵
小巵出說文　䮔馬小兒又子垂切　沝二水又音貲　○旨說文云美也从匕甘又志也亦作㫖見經典職雉切八　指手指也又示也斥也　恉意也　祁地名　訨許發人之
惡　厎平也致也說文云柔石也　砥砥礪也說文同上　茋茋葥小草　○跱止姉切一　○止停也足也禮也息也待也留也諸市切十　時說文云天地五帝所基止祭地

与

右扶風有五時又時止切 沚 釋名曰沚止也小可以止息其上說文曰小渚曰沚 洔 上同說文曰水暫益且止未滅也 茝 香草字林云蘪蕪別名又昌待切 趾 足也 址 基址

阯 交阯郡劉欣期交州記云交阯之人出南定縣足骨無節身有毛臥者更扶始得起山海經云交脛國為人交脛郭璞曰腳脛曲戾相交所以謂雕題交阯也 芷 白芷藥名又芷陽縣名 厎

定也又厎注也 鬻 說文曰鬻也章亦切亨普庚切四 煑 上同 陼 上也說文曰如渚者陼丘水中高者也 渚 沚也釋名曰小洲曰渚渚遮也能遮水使旁迴也又水名出常

山 主 掌也領也典也守也君也說文曰鐙中火主又姓出姓苑之庾切五 麈 鹿屬華國志曰郪縣宜君山出麈尾 枓 斟水器也 宔 說文曰宗廟室祏或作砫 炷 燈炷又音注

軫 動也車後橫木也又姓今吳縣有之俗從尔餘同章忍切二十三 縝 結也單也又丑珍切 胗 瘾胗皮外小起說文曰脣瘍也又音緊 袗 籀文 畛 田間道又音眞 賑

隱賑說文富也又之刃切 㐱 說文曰稠髮也引詩曰㐱髮如雲亦作鬒 鬒 上同 稹 木密又丁堅切 紾 單衣或作縝 縝 上同 眡 告也 診 候脈又視也驗也 袗 說文

云玄服也亦作裖 裖 上同 啟 輴輴啟啟喜悅皃輴音田 眕 目有所恨而止又厚重也 畛 頭色畛䪾 䪾 黑皃 駗 馬色 縝 纑也 稹 緻也又聚物 㐱

新生羽而飛也 準 均也平也度也又樂器名狀如瑟長丈而十三弦隱九尺以應黃鍾之律之尹切又音拙四 准 俗 埻 射的周禮或作準 純 緣也又音淳 瞦 耳門

旨善切十七 剶 以槌去牛勢 樿 木名禮記用之爲杓 顫 說文曰倨視人也 饘 饘粥又音饘 戭 杯又限切 皽 皮寬又知善切 燀 又昌善切義見下文 襢 束也

軆 裸形無可蔽也 䁪 說文曰視而不止 膳 上同 樿 木瘤 㦃 武也又鷙鳥擊勢也 剷 擊也 饘 上同 嬗 偏伎 剸 細割旨兗切九 剬 上同 孨

孤露可憐說文曰謹也又莊眷切 鱄 魚名美也出洞庭湖 竱 等也 膞 切肉又市兗切 闡 開閑門利 囦 因刑圓出古今音字 腨 小卮也又之累切 沼 池沼之少切三

落 落子草 箬 竹緣 者 語助章也切三 赭 赤土 堵 縣名又姓左傳鄭有堵女父堵狗又音覩 掌 手掌又姓晉有琅耶掌同前涼有燉煌掌據諸兩切三 仉 梁姓

公子仉脊後也𠂢反爪○整正也齊也之郢切二整俗○拯救也助也無韻切音蒸上聲五拼撜並上同見說文[illegible]輤車後登出字林承晉譙王名

○帚少康作箕帚之九切五箒俗鯞鰍鯞魚名睭明睭[illegible]猛獸○枕枕席又姓出下邳章荏切又之賃切三[illegible]頭骨後[illegible]頭銳長也○颭

風吹落水占琰切一○衆多也三人爲衆又姓左傳魯大夫衆仲之仲切又音終一○種種埴也之用切又之隴切三偅儱偅不遇皃甄甕屬○寘止也置也廢也支義

切八忮㥂忮害心說文很也伎傷害也詩云鞫人伎忒亦作忮觶爵受四升或作觗觝伿惰也又以智切詨快也[illegible]多也[illegible]山名○惴憂心也之睡切三[illegible]

杵擊[illegible]上同○至到也說文曰鳥飛从高下至地也篆文象形脂利切十三摯國名亦持也又姓左傳周禮有摯荒贄執贄也周禮云以禽作六贄以等諸臣孤執皮帛卿執羔大夫

執鴈士執雉庶人執鶩工商執雞夲亦作摯鷙擊鳥礩柱下石又音質[illegible]田器說文曰羊箠也端有鐵又先列切鴲雀鶩懥怒也[illegible]魚名[illegible]杠絲名亦作輊

輊上同[illegible]禮巾[illegible]至也○志意慕也詩云在心爲志爾雅曰骨鏃不翦羽謂之志職吏切七娡有莘氏之女骵要之謂之女娡[illegible]遠悊誌記誌痣黑子織織文錦綺

屬又音職識標識見禮本音式○[illegible]飛舉也章恕切九翥上同[illegible]笮[illegible]犬糜又豕食蟅蟲名爾雅云蟅䗪[illegible]剖母背而生或作[illegible]庶周禮有庶氏掌除毒蠱又

音恕[illegible]蕃也[illegible]山番[illegible]斫也○注灌注也又注記也之戍切十六疰疰病罜小罟[illegible]黃犬黑頭鑄鎔鑄又姓堯後以國爲氏馵馬後左足白註註射出埤蒼又音駐

炷燈炷澍時雨又殊遇切霔霖霔[illegible]鄉名在河南[illegible]聉[illegible]又音趣祩詛也祝也[illegible]邑名[illegible]皮袴蛀蛀蟲○贅贅肉也又最也聚也又贅衣官名也之芮切二

㲉卜問吉凶○制禁制又斷也止也勝也說文作利裁也从刀从未物有滋味可裁斷也征例切十八利見上注鯯魚鮨亦作[illegible]淛水名製製作又裁也[illegible]

入意一曰闇也晢星光也亦作晣又音折[illegible]方言云自關而西謂篳或謂之[illegible][illegible]婦孕病皃[illegible]蝗子[illegible]魚名可爲醬晢目光也又丑世切狾狂犬[illegible]豸也[illegible]

刀鞞餈臭敗之味燹古人姓迣迾也度也○稕東稈也之閏切六䈽上同諄告之丁盌䪏鈍目盹上同訰訰訰亂也○戰懼也恐也又性之膳切二顫四支寒動

○剸切肉皃之轉切一柘木名亦姓之夜切七樜上同鷓鷓鴣鳥似雉南飛蟅蟅蝗蟲名亦作蟅嗻多語之皃炙炙肉周書曰黃帝始燔肉爲炙又之石切蔗甘蔗

○障界也隔也又步障也王君夫作絲布步障三十里石崇作錦障五十里以敵之之亮切五瘴上同墇墇塞嶂峯嶂瘴熱病○政政化釋名曰政正也下所取正也亦姓出姓苑之盛

切四正正當也長也定也平也是也君也亦姓左傳宋上卿正考父之後魏志有永昌太守正帛又漢複姓漢有郎中正令宮又之盈切証諫証鴊鷄也又之盈切○證驗也諸應切二烝

熱又音蒸○執持也操也守也攝也說文作執捕辠人也之入切六汁瀋也液也瓡縣名在北海蟄廣雅云羊箠也贄字統云至也慹怖也○賧夷人以財贖罪止濫

切七鹼鮨鹼無味䆣窨䆣不平𪉖無味睒候視澉薄味舕舑舕舌出○占固也章豔切又職贍切一○粥糜也之六切五喌呼鷄聲亦作咮祝巫祝又太祝令官名

周禮曰太祝掌六祝之辭以事鬼神祈福祥求永貞亦貞亦音呪又姓後漢有司徒中山祝恬柷柷敔又音俶又爾雅曰柷州木髦柔英本亦作祝琡璋大八寸又音俶○燭燈燭也禮曰嫁女之

家三日不息燭世本曰石季倫以蠟燭炊又姓左傳秦大夫燭之武之欲切十三屬付也足也會也官衆也儕等也經典作屬又音蜀属俗矚視也韣綴帶囑託也鸀鸀鳿

鳥趨小兒行皃歜吹氣也噣噣鳿鳥名蠋蚕也方言云䗪蠾自關而東趙魏之郊或謂之蠾蝓又音蜀韣弓衣又之欲切蠾蠾蝓○質朴也主也信也平也謹也正也

又姓漢書貨殖傳云質氏以洒削而鼎食注云理刀劍也之日切又音致十五晊大也郅郁郅古縣名又姓漢有郅都桎桎梏在足曰桎櫍椹櫍行刑用斧櫍蛭水蛭博物志曰水蛭三斷

而成三物騭騭馬又書曰惟天陰騭下民傳云騭定也劕劕劑券也長曰劕短曰劑周禮作質劑銍縣名臏臏脾刀箭瘡藥鑕斧也嚌野人之言懫止也礩柱下

石也挃堅也又牢也○晢光也旨熱切九晣上同浙江名在東陽一曰浙米也折拗折又虜複姓南涼秃髮傉檀立其妻折屈氏爲皇后又常列切靼柔皮䩢古文𩋆俗

胻胻皮也 䀹目明 ○拙不巧也職悅切十一 炪說文曰火光也 䂐短也 棳梁上楹 蝃蜘蛛 準應劭云準頰權準也李斐云準鼻也又章允切 頊頭短 𩨸倔𩨸短皃

頢面秀骨 醊蘩醎菹 蚍蟲 ○灼燒也炙也熱也之若切十六 斫刀斫又漢複姓有斫胥氏何氏姓苑云今平陽人 彴橫木渡水 灼痛也 勺挹取也又周公樂名又音杓 酌

酌酒又益也挹也行也取也霑也 繳繒繳說文作繁生絲縷也 焯火氣 穛五穀皮又音梏 妁媒妁說文曰酌也斟酌二姓也又音杓 譙欺也 䈾萆䈾玉篇云盛米具 犳獸名 䶂

鼠屬 袀玉篇云禪衣 禚齊地名 ○隻一也說文曰鳥一枚也从又持隹持一隹曰隻二隻曰雙之石切十三 適往也又施隻切又都歷切 炙說文曰炮肉也从肉在火上 墌基址 摭

拾也 拓上同 蹠足履踐也楚人謂跳躍曰蹠 跖上同說文曰足下也 蟅蟅負蠜亦作䗪又音柘 䨋䨋䨌大雨 䟡行也 廦仄也 襫袯也 ○蟙蟙蟔卷之役切一 ○職爾雅云職

主也常也博雅云業也字林云記微也又姓周禮有職方氏其後因官爲姓風俗通云漢有山陽令職洪之翼切九 軄俗 戠說文云闕職識字从此 織組織說文曰作布帛總名 膱

油敗 蟙蟙蠌蟲蝙蝠別名也 蘵草名似酸漿亦作蘵 膱脯長尺有二寸曰膱儀禮作膱 樴杙 ○枕枕頭也論語曰飲水曲肱枕之之任切又之稔切二 鈂又之林切 ○震雷震

也又動也懼也起也威也章刃切十一 振奮也裂也舉也整也救也又之人切 賑贍也 娠妊娠又音身 侲侲子逐厲鬼童子也 挋說文云給也一曰約也又爾雅曰挋拭刷清也 袗

玄服 須須頰頭少髮說文曰顏色㐱𩔊順事也頁皆在左 䟴動也 郰地名又音辰 鷙摯鷙 ○譫多言也章盍切一 ○讋多言也之涉切十二 聶口動又而涉切 懾

怖也心伏也失常也失氣也亦作慴 慴伏也懼也怯也 慹司馬彪莊子注云慹不動皃又音捻 讋說文云讋讋震電皃又蘇合胡甲文甲三切 摺摺疊也 𩗴風動皃 讋言疾 讋

拾人語也 襵襞也 𧲽粱之良豕 ○終極也窮也竟也又姓漢有濟南終軍又漢複姓二氏東觀漢記有終利恭何氏姓苑云今下邳人也左傳殷人七族有終葵氏職戎切十五 眾又之

仲切 潀小水入大水又徂紅在冬二切 𣧩殁也 螽螽斯蟲也 𧒂上同 鼨豹文鼠也 蔠蔠葵蘩露也 柊木名又齊人謂椎爲柊楑也 𩆵小雨 䶱字書

尺

云龜名也 [鳥彡]鳥名 䈽篪䈽戎人呼之 泈水名在襄陽 貙獸如豹

二十九 ○穿通也孔也昌緣切三 川山川也蔡邕月令章句曰衆流注海曰川釋名曰川者穿也穿地而流也 灥三泉 ○充美也塞也行也滿也昌終切七 珫珫耳玉名

詩傳云充耳謂之瑱字俗從玉 茺茺蔚草也 恗心動 䘪䘪襌衣也 黈黃色又音統 浺水聲 ○衝當也向也突也說文曰通道也尺容切十一 衝上同 罿

縱也又音童 憧憧憧往來皃 幢陷陣車 艟艟艨戰船 潼河潼又音同 [衤童]種褣衣也 [童刂]剌也 [重刂]同上 [矛童]短矛也 ○吹吹噓昌垂切又尺僞切三

炊炊爨 龡習管古文作歛又尺僞切 ○眵目汁凝也叱支切二 纚祖緒又式支息移二切 ○鴟一名鳶也處脂切七 [氐隹]上同 鵄亦同 胵膍胵鳥藏

[魚氐]魚名 諸怒也 [辶至]走皃 ○推排也又佳切又湯回切二 摧崔摧又湯回切 ○蚩蟲名亦輕侮字從㞢赤之切七 嗤笑也俗又作歎 妛輕侮 媸嫙妍 [山羽]羽盛

聲告也又乃經切 [目蚩]目汁凝 ○樞本也爾雅曰樞謂之椳郭璞云門戶扉樞也昌朱切五 姝美好 䯌軀骨 袾朱衣 [竹朱]筞策 ○[牛壽]昌來切牛羊無子一 ○瞋怒也

說文曰張目也又作嗔昌眞切六 嗔上同本又音塡 謓亦上同說文恚也 䐜肉脹起也 [魚眞]鱸也 縝上同 ○春四時之首尚書大傳曰春出也萬物之出也春秋說題曰春蠢

也蠢興也春秋繁露曰春喜氣又姓何氏姓苑云春申君黃歇之後昌脣切一 ○[犭單]噬也充山切 ○燀火起皃尺延切一 ○怊奢也尺招切又敕朝切二 弨弓弛皃詩云彤弓弨兮 ○車

古史考曰黃帝作車引重致遠少昊時加牛禹時奚仲加馬周公作指南車又姓出魯國南平淮南河南四望本自舜後陳敬仲奔齊爲田氏至漢丞相田千秋以年老得乘小車出入省中時人謂之

車丞相子孫因以爲氏漢末避地於魯又複姓二氏世本有齊臨淄大夫車遽氏又有車成氏亦虜複姓魏獻帝命疏屬車焜氏後改爲車氏尺遮切又音居二 硨硨磲 ○昌盛也說文曰美

言也一曰日光也又姓後漢有東海相昌狶尺良切八 裮衣披不帶 倡樂也優也又音唱 猖猖狂 閶閶闔 琩耳璫 鯧鯧鯸魚名 菖菖蒲藥也 ○稱知輕重也說文

曰銓也又姓漢功臣表有新山侯稱忠處陵切又昌證切三 爯并舉也 偁宣揚美事又言也好也揚也舉也足也 ○犨白色牛說文曰牛息聲也又姓風俗通云晉大夫郤犨之後呂

氏春秋云陳有惡人焉曰敦洽犨糜狹顙廣額顏色如漆陳侯悅之赤周切二 犨上同 ○覘說文云內視也充針切一 ○譫屏也處占切十一 姑姑㣫輕薄皃又尺涉切 幨幨幃

釋名曰牀前帷曰幨 襜襜褕蔽膝 棪上同 緂緂緂衣動皃 ⿸疒冉皮剝也 緂衣色鮮 妗妗婡善笑皃又許兼切 怗怗懘音不和也禮記作怗 惔惉也 ○⿰章隹小鳥飛也

充隴切二 噇氣急之皃 ○侈奢也泰也大也尺氏切十五 姼姑姼輕薄皃又美也姑吐涉切 ⿰女氏上同 鉹甑也 誃說文曰離別也 ⿸广多廣也國語曰俠溝而⿸广多我

⿸厂多上同 垑恃土地也 懘又昌厲切 ⿰火多盛也 袳衣長亦作袲又宋地名 袲上同 彖豕也 恀恃也又音帋 哆張口又丑加昌者二切 ○齒

齒錄也年也又牙齒昌里切二 紕繢苎一紕出新字林 ○杵世本曰羅父作杵臼昌與切二 處居也止也制也息也留也定也說文又作処亦姓風俗通云漢有北海太守處興 ○茝香草

也昌紿切一 ○蠢出也爾雅云作也動也蠢不遜也尺尹切九 截古文 䐇肥也 踳踳駁相乖舛也 惷惷惷擾動皃 朐漢朐䏰縣名在巴東郡地下濕多朐

䏰蟲䏰音閏 偆厚也富也又癡準切 僢相背也 ⿰春攴亂也 ○闡大也明也開也昌善切九 燀說文曰炊也春秋傳曰燀之以薪又然也又章善切 繟寬綽 ⿰黃單

黃色 幝車蔽詩曰檀車幝幝 ⿰阝單魯邑名 灛汶水爲灛 嘽寬綽名也樂記曰其聲嘽以緩 ⿰糸羨偏緩又徐翦切 ○舛剝也說文曰對卧也從夊㐄相背久中几切㐄

口瓦切昌兖切四 喘喘息說文曰疾息也 荈茗草名 歂揣也又初委切 ○⿺麥酋糗也尺沼切五 麨上同 弨弓反曲又昌招切 楢赤木名又音猶音酉 昭弄人昭目

也 ○⿰奢單寬大也昌者切五 撦擊也 䰩醜䰩 哆脣下垂皃又當可切 ⿰扌奢裂開 ○敞高也昌兩切七 ⿰忄敞⿰忄敞怳驚皃 氅鷩鳥毛也 ⿱敞鳥上同 廠

屋也出方言又音唱 ⿱尚足踞也又主尚直庚二切 僘僘寬也 ○醜類也䆀也釋名曰醜臭也如物臭穢也又虜複姓西秦錄有下將軍醜門于弟昌九切三 魗瑞草也

醜弃也惡也又市籌切 ○瀋汁也昌枕切一 ○銃銎也充仲切一 ○吹鼓吹也月令曰命樂正習吹尺僞切又尺爲切三 龡古文 秞秞糶 ○㚇充政切有大慶也一
○出尺類切又昌律切一 ○痓惡也充自切一 ○熾盛也昌志切八 饎方言云熟食也說文云酒食也 𩞁說文同上 糦大祭亦稷也說文同上 幟又音試音志 戠赤土
哆哆聲 埴黏土 ○處處所也昌據切又音杵二 處俗 ○掣掣曳尺制切又尺折切八 瘛小兒驚 懘惉懘音不和也惉樂記作怗 瘈郭璞云瘛瘲病 𤸇上同
恎說文曰小怒也 銐除利也 㺃狂犬別名 ○釧鐶釧續漢書曰孫程十九人立順帝各賜金釧指鐶尺絹切四 𥨍穿也又初稅切 穿貫也又音川 諯相讓也 ○硟展繒
石昌戰切一 ○唱發歌又導也亦作誯倡尺亮切四 䎂籀文 敞露舍 倡導引先又音昌 ○稱愜意又是也等也銓也度也俗作秤云正斤兩也昌孕切又昌陵切二 秤俗
○臭凡氣之揔名俗作臰尺救切二 殠腐臭 ○䠱音譜云馬急行昌䵘切八 幨披衣或作襜褋 襜褋並上同 韂鞍小障泥 韂上同 𡒄蔽也 闟闚闚 ○俶始也
厚也作也動也昌六切五 柷柷敔柷作樂也俗作柷又音祝 琡璋大八寸曰琡又音祝 俶至也 埱氣出於地一曰始也 ○觸突也尺玉切四 觕古文 歜怒氣亦人名齊宣王時有
高士顏歜或作臅 臅瘢臅膏也二 ○叱呵叱也又虜複姓九氏夏錄有將作大匠叱干阿利西魏有開府叱奴興南陽公叱羅協後魏官氏志有叱呂叱門叱利叱李叱列叱盧等氏亦虜三字姓周有侍中叱伏列龜其
傳云代郡西部人昌栗切一 ○出進也見也遠也赤律切又赤季切一 ○歠大歓昌悅切二 啜茹也 ○掣挽也昌列切又昌制切二 瘛瘛瘲小兒病又昌制切 ○綽寬也昌約切四
䵵古文 婥婥約美皃 䃰大脣𡴭𡴭䃰皃𡴭魚偃切 ○尺家語曰布手知尺舒肱知尋說苑曰度量衡以粟生之十粟爲一分十分爲一寸十寸爲一尺昌石切十一 赤南方色又姓出姓苑又漢
複姓二氏莊子有赤張滿稽郭象注云赤張姓也韓子曰智伯以鍾遺仇繇赤章枝諫仇繇令不受 蚇古文 蚇蚇蠖蟲名易亦作尺 㡿逐也遠也又㡿候說文曰卻行也从广屰屰音逆 斥上同
臭白澤 郝鄉名 滷滷鹵 卤姓也 臭獸也 ○瀷水潦積聚昌力切又音翼二 𣛮字統云耕也 ○斟字統云會聚也昌汁切一 ○謵小語吒涉切九 槷樹葉

動皃 姡輕薄 詀詀讘細語 陾女子態又前卻陾媚也 哂多口 [忄瓦]価[忄瓦]小人皃 [氵瓦]漣[氵瓦]纔有水皃 [月瓦][月瓦]臘

三十○神靈也易繫辭曰陰陽不測之謂神亦姓風俗通云神農之後漢有騎都尉神曜何氏姓苑云今瑯邪人食鄰切二 晨又植鄰切 ○脣口脣食倫切五 漘水際

[艹脣]牛蓴草似蘭青黑色 [牛川]牛行遲也又音巡 紃環綵條也又音巡 ○船方言曰關西謂之船關東謂之舟又姓出姓苑食川切二 舩上同 ○蛇毒蟲又姓後秦錄姚萇后

蛇氏也南安人食遮切又音它三 虵俗 荼爾雅云蘩荂荼即芀也又音徒荂音吁 ○繩直也又繩索俗作縄食陵切十二 譝稱譽 憴上同 鱦魚小 乘駕也

勝也登也守也說文作椉覆也又姓漢有乘昌爲袁秉侯 椉上同 兖古文 澠水名在齊左傳云有酒如澠又泯緬二音 溗波前後相凌也 塍稻田畦也畔也 堘上同

騬犗馬 ○舓以舌取物神帋切四 䑛上同 舐俗 𤜹獸名似狐出則有兵 ○紓緩也神與切又音舒三 抒左傳云難必抒矣抒除也又音序 杼橡也 ○盾

干盾也食尹切四 揗摩也 吮吮舐 楯欄檻 ○葚說文曰桑實也食荏切二 椹上同俗又作椹本音砧 ○示垂示神至切五 謚易名又申也說文作諡 諡

上同又音益 眎呈 貤重物也次第 ○順從也食閏切一 又揗說文摩也 ○射射弓也周禮有五射白矢參連剡注襄尺井儀又姓三輔決錄云漢末大鴻臚射咸本姓謝名服天子以爲將軍出

征姓謝名服不祥改之爲射氏名咸 神夜切又音石又音夜僕射也四 䠶上同見說文 麝獸名爾雅曰麝父麕足又華山之陰多麝 貰貰賒也貸也 贖說文貿也神蜀切又音樹三

鸀鸀鳿也又似足切 𢧵姓也梁四公子𢧵䴈之後 ○實滿也誠也神質切一 ○術技術說文曰邑中道也又姓食聿切十一 述著述說文循也又姓風俗通云魯大夫仲述之後也 秫

穀名 朮上同 沭水名在琅邪今沭陽縣在海州 噊爾雅曰危也又音聿 䘻爾雅䘻謂之褮謂衣開孔也褮音塋 潏爾雅曰小沚曰坻人所爲潏謂人力所作又音聿音譎 鱊小魚名爾

雅曰鱊鮬鱖 驈黑馬白骨又音聿 [虫矞][虫矞]蟥也又音聿 ○舌口中舌也山海經云長舌山有獸名長舌狀如禺而四耳出則郡多水又姓左傳越大夫舌庸也食列切四 揲數蓍又思

脂

類切 蛉 蛉蚗蟪蛄別名 鞨 治皮亦作鞨 ○麝 麝香也食亦切又食夜切二 射 世本曰逢蒙作射又姓吳有中書郎射慈又神柘切又羊謝羊益二切 ○食 飲食大戴禮曰食穀者智惠而
巧古史考曰古者茹毛飲血燧人鑽火而人始裹肉而燔之曰炮及神農時人方食穀加米于燒石之上
而食之及黃帝始有釜甑火食之道成矣又獻名博屬又用也僞也亦姓風俗通云漢有博士食子公河
內人乘力切二 蝕 日蝕也說文云敗瘡也釋名曰日月虧曰蝕稍小侵虧如蟲食草木之葉也 乘 車乘也實證切又食陵切七 鱦 魚子 媵 又音孕 䵶 孕也 賸 又音孕
嵊 山名在剡縣也 剩 剩長也
三十一○審 詳審也說文同宷亦姓漢有辟陽侯審食其式任切十四 沈 國名古作邥亦姓出吳興本自周文王第十子聃季食采於沈即汝南平輿沈亭是也子孫以國爲氏又
丈林切 邥 古文 宷 說文曰悉也知宷諟也 檆 木名山海經云青其汁味甘可爲酒 瞫 竊視又姓後漢書云武落鍾離山有黑穴出四姓瞫氏相氏樊氏鄭氏也
諗 告也謀也深諫也又知甚切 魿 大魚 魫 魚子 淰 淰淵水動也禮運曰龍以爲畜故魚鮪不淰淰之言閃也 嬸 志下 眹 瞋也 鯞 大魚 蓍 草名 ○舂
世本曰雍父作舂呂氏春秋曰赤冀作舂書容切六 蝽 蝽蝑俗呼蝽蟒 摏 撞也 踳 蹋也 鶶 鷫鶶鳥名 惷 愚也 ○纏 縉似布說文曰粗緒也式支切十二 絁 俗施
施設亦姓左傳魯大夫施伯何氏姓苑云今沛人又式豉以寘二切 葹 卷葹草名拔心不死 䩓 靦面柔也本亦作戚施 鍦 短矛 鉈 上同說文本食遮切 鸍 似鴨而小又音彌 鼅
鼊鼁蟾蜍別名 蛬 米穀中蟲 䚇 䚇誘 敱 說文敱也 ○尸 主也陳也利也又姓秦有尸佼爲商君師著書式之切四 鳲 鳲鳩鴶鵴今布穀也詩疏云鳩之養其子朝從上下暮從下上食之
平均如一也 屍 禮記曰在牀曰屍在棺曰柩 蓍 蒿屬筮者以爲策說文云蓍生千歲三百莖易以爲數天子蓍九尺諸侯七尺大夫五尺士三尺 ○詩 說文曰志也詩序云發言
爲詩釋名曰詩之也志之所之也書之切六 邿 地名 齝 說文曰吐而噍也又敕釐切 齝 呞 同並上 眹 眹的也見聲類 ○䀵 眴也式其切一 ○書 世本曰沮誦蒼頡作

書釋名曰書庶也紀庶物也亦言著也著之簡紙永不滅也傷魚切七 鵨鳥似鳧也 瑹美玉名案禮記注云笏也本亦作荼 舒緩也遲也伸也徐也敘也亦州名春秋時晥國晉於

晥縣置懷寧縣武德改爲舒州亦姓何氏姓苑云廬江人 舒蕃魚 紓緩也 ⿰舍阝地名在廬江 ○輸盡也寫也墮也說文曰委輸也式朱切又式注切三 鄃縣名在貝州 隃

北陵名又相俞式注二切 ○申身也伸也重也容也篆文作申又辰名太歲在申曰涒灘亦州名春秋時屬楚秦南陽郡後魏爲郢州周爲申州又姓出魏郡亦漢複姓四氏莊子有申徒狄

漢丞相申屠嘉長沙太傅申章昌左傳齊有申鮮虞失人切十六 伸舒也理也直也信也 紳大帶 娠孕也又脂刃切 呻呻吟 ⿰車申 ⿰口身並上同 眒鳥獸驚皃 胂䏰也 ⿰亻身

說文曰神也又姓出姓苑 ⿰革申革帶 ⿸尸申引也 身親也躬也 栣爾雅木自斃曰栣謂斃踣也 䰠山海經云青要山䰠也說文曰神也 訷訷說信也 ○羶羊臭也式連切八 埏打瓦

也老子注云和也 挻柔也繫也和也取也長也或作煽 扇扇涼又式戰切 煽火盛也又式戰切 鯅魚醬 脠生肉醬又丑延切 䘰帒䘰牛領上衣又音延 ○燒火也然也式招

切又式照切二 ⿰瓜系瓜名 ○奢張也侈也勝也式車切三 賖不交也 畬燒榛種田又音余 ○商金音也度也張也降也常也亦州名即古商國後魏置洛州周爲商州取商於地爲名又姓

家語有商瞿式羊切十八 ⿱商貝說文曰行賈也典籍通用商漢書曰通財鬻貨曰商白虎通云居賣曰賈通物曰商俗作⿱商貝 傷傷損 ⿰矢易傷也又且羊切 殤殤夭 慯憂皃 觴

酒器俗作⿰酉商 湯湯湯流皃本他郎切 蔏蔏陸草也 ⿰商鳥鴹又⿰商鳥鷞也 蟵蟵羊蟲 汈水名 ⿰黑易說文云赤黑色又餘諒切 禓道上祭也又以章切 饟饋也又式尚切

鬺煑也亦作⿱艹商 場耕塲 暘上同 ○聲聲音又姓左傳蔡大夫聲子書盈切一 ○升十合也成也又布八十縷爲升識蒸切五 昇日上本亦作升詩曰如日之升升出也俗

加日 陞登也躋也 勝任也舉也說文本从舟經典省作月他皆倣此又漢複姓何氏姓苑有勝屠公爲河東太守又書證切 抍上舉易曰抍馬壯吉說文音蒸上聲 ○收斂也捕也

又夏冕名史記曰堯黃收純衣俗作収式州切一 ○深遠也又水名出桂陽南平式針切二 蓡蓡蒲蒻 苫草覆屋又凶服者以爲覆席也又姓左傳魯季氏家臣苫夷失廉切三 痁

病又音店 婩 姈婩善笑皃又丑兼切 ○弛 釋也說文云弓解也施是切三 豕 豬也 阤 壞也又音豸 ○矢 陳也誓也正也直也說文曰弓弩矢也古者夷牟初作矢式視切四

矢 又作笑並俗 菡 說文曰糞也本亦作矢俗作屎 屎 俗本許伊切 ○水 說文曰準也北方之行也釋名曰水準也準平物也式軌切一 ○始 初也詩止切一 ○暑

熱也舒呂切五 鼠 小獸名善爲盜說文曰穴蟲之總名也 黍 說文云禾屬而黏也引孔子曰黍可爲酒故从禾入水也 蟀 蟀蟀 瘋 病瘋 ○矤 說文曰況也詞也从矢取

詞之所之如矢也式忍切六 矧 訠 並上同 哂 笑也 弞 笑不壞顏 頣 舉眉視人 ○賰 賰賰富有貝式允切一 ○燃 說文曰意膬也式善切三 嬈 女恣態又奴見

切 瞫 視面色變也 ○少 不多也書沼切又式照切三 䖃 草名 𨚍 說文地名 ○捨 釋也書冶切五 舍 止息亦上同又音赦 騇 牝馬 餘 餰飫 䤴 上同

○賞 賜也又吳姓有賞氏書兩切五 餉 日西食 餳 上同 饟 周人呼餉食 鄉 少時也又火亮切 ○首 頭也始也書九切六 𩠐 上同 百 人頭象形 手

手足 ○守 主守亦姓出姓苑 顫 人初產子 ○潚 果決勇也賞敢切 ○陝 縣名在弘農亦州名周爲二伯分陝之地即虢國之上陽也秦屬三川郡漢弘農之陝縣後魏改爲陝州

失冉切八 睒 暫見 閃 出門皃 貢 蕃姓亦作貧 覢 蒼頡篇云覢覢視皃 㶒 水動皃 夾 盜竊懷物 䀹 不媚 ○翅 鳥翼施智切十三 翄 狓 並上同

施 易曰雲行雨施又式支切 駊 馬強 啻 不啻 鍦 短矛 螿 爾雅曰蛅蟴強蝆郭璞云今米穀中蠹小黑蟲是也建平人呼爲蝆子 雉 鳥名本又音支 [illegible] 有大慶也

㣇 几也 㞾 屍屍雨衣 是 鳥翮又居跂切 ○屍 似皴皃也矢利切二 訣 訣忘 ○痲 病皃釋類切二 㴸 方言云深也趙魏間語 ○試 用也式吏切四 弑 大逆亦作殺

幟 旗幟又音熾 僿 史記云小人以僿 ○恕 仁恕商署切四 庶 衆也冀也侈也幸也又庶幾也亦姓 樜 木名 潕 水名 ○戍 遏也舍也從人荷戈也傷遇切八 腧 五藏腧也

輸 送也又式朱切 趨 馬趨前也 鞧 刀鞘 隃 鴈門 軄 射軄 毹 毼毛 ○税 斂也舍也又姓盛弘之荊州記云建平信陵縣有税氏舒芮切九 説 說誘 裞 衣送死也又禮注云

日月已過乃聞喪而服曰稅又他活切又他外切 蛻蛻皮又他臥切又他外切 帨佩巾也又音䏰 [illegible]說文曰禮巾也 涚温水又清也 䬇小餟也又郎外切 鑴同上 ○世

代也又姓風俗通云戰國時有秦大夫世鈞舒制切三 勢形勢 貰賖也貸也又時夜切 ○眒張目試刃切三 阠東方陵名 抻抻物長也 ○舜虞舜仁聖盛明曰舜說文作䑞艸也

楚謂之蕾秦謂之藚蕢地連華象形舒閏切八 䑞見上注 蕣木槿 瞬瞬目自動也 瞚 瞤並上同 眣亦同見公羊傳 鬊毛皃禮注云亂髮也 ○扇崔豹古今注舜作五

明扇說文扉也式戰切四 煽火盛皃又音羶 傓熾盛 蝙蝙動翅也說又曰蠅醜蝙 蕑草名 篇竹 ○少幼少漢書曰少府秦官掌山海池澤之稅以給供養又漢複姓五氏說苑趙簡子御有少

室周魯惠公子施叔之後有少施氏家語魯有少正卯孔子弟子有少叔乘何氏姓苑有少師氏失照切又失沼切二 燒放火又失昭切 ○舍屋也又姓古作舍始夜切五 赦赦宥 騇牝馬

涻文字音義云涻水出北䣙山也 厙姓也出姓苑今台括有之又昌舍切 ○餉餉饋式亮切十 傷未成人或作殤又音商 向人姓出河內本自有殷宋文公子向文盱盱孫戌以王父字

爲氏又許亮切 蟓桑繭即桑蠶也 曏少時也不久也 慯憂也 瘍上同 饟爾雅曰饁饟饋也又自家之野曰饟 蠰食桑蟲似天牛 珦玉名 ○聖生也通也聲也風俗通云聖者

聲也言聞聲知情故曰聖式正切一 ○勝勝負又加也克也亦州名春秋時戎狄地戰國時晉趙地漢雲中五原也隋置榆林鎮屬雲州唐武德中改爲勝州詩證切又詩陵切四 賸美日 藤

苣藤胡麻 縢織機縢也 ○狩冬獵舒救切五 獸說文曰守備者周禮曰獸人掌罟田獸爾雅曰兩足曰禽四足曰獸 守太守 首自首前罪 收穫多 ○深不淺也式

禁切又式今切二 𢉆廞𢉆大屋 ○閃說文曰闚頭門中也舒贍切又舒斂切四 煔火行炎皃 苫以草覆屋 掞舒藻 ○叔季父亦姓左傳魯公子叔弓之後光武破虜將軍叔壽又

漢複姓二氏後漢有揵爲叔先雄左傳魯有大夫叔仲小式竹切十三 儵青黑繒 倏倏忽犬走疾也 透驚也又他豆切 䱙爾雅云䱙黑虎又音育 倐疾也長也 鮛爾雅曰鮥

鮛鮪郭璞云鮪鱣屬也大者名王鮪小者名鮛鮪 掓拾也 儵疾也 翛飛疾之皃又音蕭 尗豆也 菽上同 潚水波 ○束縛也又姓本自疎氏避難除足姓束左傳

晉有東晳書王切二 倲倲儞 ○失錯也縱也式質切三 室房也易曰宂居而野處後世聖人易之以宮室釋名曰室實也又物實滿其中也周書曰黃帝始作宮室呂氏春秋曰高元作宮室二 鞋
刀鞋室 ○說告也釋名曰說者述也宣述人意也失爇切又悅稅二音一 ○設置也陳也合也識列切二 蔎香草 ○爍灼爍書藥切七 鑠銷鑠 猲犬驚 爍美好也 爚
儵爚光皃又音藥 [目+樂]美目 [走+樂]動也又音擽 ○釋捨也解也散也消也廢也服也又姓施隻切十六 釋說文曰漬米也 檡椑棗 適樂也善也悟也往也又姓 奭盛也又驚視皃
又邵公名說文作奭 郝人姓又呼各切 睗睒睗急視 睗日無光 嫡嫁也 釋耕皃 螫蟲行毒亦作蠚 鬄鬀髮又音逖 夾盜竊懷物也從兩入弘農陝字從此 [illegible]餅堅
柔相著 睪視皃 襫襏襫雨衣 ○識說文云常也一曰知也賞職切十 式法也敬也用也度也又姓出何氏姓苑 拭拭刷 恜上同 軾車前 飾裝飾 [糸+式]方言云趙魏閒呼經
而未緯者曰機[糸+式] 鉽鼎鉽也 烒火皃 蘵草名 ○溼水霑也失入切三 濕上同見經典 [耳+濕]牛耳動也 ○攝兼也錄也書涉切八 灄水名在西陽 葉
縣名在汝州又余涉切 歙黙歙又許及切 欇爾雅欇虎櫐郭璞云今虎豆纏蔓林樹而生莢有毛刺又音涉 [目+聶]目動之皃 韘射決張弓又童子佩之 韘上同
三十二 ○禪靜也市連切又以然切又市戰切九 鋋小矛方言曰五湖之間謂矛爲鋋 單單于又丹善二音 蟬蜩也禮記仲夏之月蟬始鳴季秋之月寒蟬鳴援神契曰
蟬無力故不食也 撣撣援牽引 儃儃態也 僤上同 澶杜預云澶淵地名在頓丘縣南又音纏 嬋嬋娟好皃 ○鱅魚名似牛音如豕蜀庸切又音庸三 慵嬾也 鏞
通俗文云牽乾也 ○埀幾也疆也說文曰遠邊也是爲切十 垂上同 陲邊也說文危也 倕重也黃帝時巧人名倕 甀小口罌也 [垂+隹]雅鳥 圌山名在吳都又市緣切
篅盛穀圓笔 [竹+圌]同上 [illegible]草木葉縣 ○提羣飛皃是支切又弟泥切十二 題上同 [口+是]鳥鳴 匙匕也 [竹+是]說文曰簀屬 堤堤封頃畝漢書作提顏師古曰
提封者大舉其封疆也提音題 禔福也亦安也喜也又音支 [艸+是]蒫母即知母草出字林 忯愛也 姼姼母也又尺氏切 眂眂眂役目 柢碓衡 ○誰何也視隹切三 [illegible]

就也又以隹切脽說文尻也亦汾脽巨靈所坐也○時晨也廣雅曰時伺也又善也中也是也又姓良吏傳有時苗何氏姓苑云今鉅鹿人市之切七旹古文塒空垣棲雞鼭鼠名

榯樹木立也蒔蒔蘺子又音示鰣魚名似魴肥美江東四月有之○蜍蟾蜍也署魚切又音余二蠩似蟇背而大或作蜍○殊異也死也市朱切十二銖錙銖八銖爲錙

二十四銖爲兩洙水名在魯茱茱萸⿰朱瓦小甖殳兵器釋名曰殳殊也長一丈二尺無刃有所撞挃於車上使殊離也詩云伯也執殳又姓舜典有殳斨兮上同出道書陎

陎膢所以過水殳八觚杖也陎陎膢縣名几說文云鳥之短羽飛几几也象形杸說文曰軍中士所持殳也司馬法曰執羽從杸○栘棠栘木也成𩏀切又余氏以支二切一

○辰辰象也又辰時也爾雅曰太歲在辰曰執徐植鄰切十三晨早也明也曟古文⿸辰攴擊聲宸屋宇天子所居鷐鷐風鸇也麎牝麋桭兩楹間又音真茞草名

脣重脣臣伏也男子賤稱春秋說曰正氣爲帝間氣爲臣孝經說曰臣者堅也⿰辰阝地名⿰臣阝姓也○純篤也至也好也文也大也常倫切十三蓴蒲秀蒓水葵醇

厚也醲也鶉鶴鶉也莊子曰田鼠化爲鶉淮南子曰蝦蟆化爲鶉字林作䳽𦎫說文曰孰也凡從𦎫者今作享同陙小阜名也忳憂悶錞樂器鳴之所以和鼓淳清也

朴也又姓何氏姓苑云今吳人⿱大屯大也焞明也又他昆切⿰酉屯美也○遄速也疾也市緣切八篅說文曰以判竹圜以盛穀也圌上同諯又職緣尺絹二切輲無輻車名

輇上同椯木名歂字林云口氣引也又姓史記有歂師○韶舜樂也紹也市昭切十䪰上同佋廟佋穆也或作昭父昭子穆孝經跡云昭明也穆敬也故昭南向穆北向孫從父坐

又市沼切苕草名卲卜問玿美玉⿱召殸擊也軺使車又音遙招說文曰樹皃又射的也沼沼林別名○闍闉闍城上重門也視遮切又德胡切五佘姓也見姓

苑出南昌郡鉈短矛又音夷鍦鉇並上同○常倍尋曰常又官名漢書曰奉常秦官掌宗廟禮儀景帝六年更名太常也釋名曰九旂之名日月爲常謂畫日月於其端

天子所建言常明也亦姓出河內漢有常惠市羊切十尚尚書官名又時仗切裳上曰衣下曰裳甞試也曾也說文本作嘗口味之也又姓風俗通云齊孟嘗君之後嘗上同

鋿車鋿輪鐵 鱨魚名 償報也還也當也復也又音尚 鸘鷫鸘鳥名 徜徜徉猶徘徊也 ○成畢也就也平也善也亦州名古西戎地州南八十里有仇池山晉改爲仇池郡

後爲南秦州梁廢帝改爲成州又姓出上谷東郡二望本自周文王子成伯之後又漢複姓十五氏莊子有務成子廣成子顏成子游伯成子高韓子有容成子列子有考成子國語晉郤犨食采苦成後因

以爲氏世本曰宋有大夫老成方盆成括仕於齊晉有英成僖子漢有廣漢太守古成雲古音枯高祖功臣有陽成延後漢有密縣上成公白日外天晉戊已校尉燉煌車成將古成氏之後史記有形

成氏是征切十 戚古文 城城郭崔豹古今注云城者盛也所以盛受民物也又淮南子曰鯀作城亦姓風俗通云氏於事者城郭園池是也 誠審也敬也信也 宬屋容受也 郕

地名也在東平 筬筬筐織具 盛盛受也黍稷在器也又時正切 珹珠類 頳頸也 ○承次也奉也受也又姓後漢有承宮署陵切三 丞佐也翊也物理論曰高祖定天下置丞相

以統文德立大司馬以整武事爲二府也 𨍰軺車後登也出字林 ○讎匹也仇也市流切十 𣪫懸擊 𣫐上同說文棄也 鮋魚名又直留切 酬周也報也以財貨曰酬又酬酢

醻上同說文本作洲以言荅之 雔說文曰雙鳥也又爾雅曰雔由樗繭郭璞云食樗葉俗作犨 魗惡也棄也又音醜 𨛜蜀江原地 ○諶誠也爾雅

云信也氏任切七 愖上同 訦上同說文曰燕代東齊謂信曰訦 忱上同 煁煁烓行竈烓烏珪切 㾕腹內故病 疣上同 ○椹果名似柰而酸視占切三 擣擣取也

蟾蟾光月彩又職廉切 ○尰足腫病亦作尰時冗切三 瘇上同出說文 𢖶自要𢖶出聲譜 ○是是非也說文曰直也又姓吳志云是儀本姓氏孔融嘲之曰氏字民

無上乃改爲是焉又虜複姓四氏西魏有開府是云寶後魏書又有是連是婁是賁三氏承紙切十 氏氏族又支指二音 媞江淮呼母也又音啼 諟理也正也諦也審也

恀爾雅曰恀怙恃也一云恃事曰恀 徥行皃又池爾切 衪衪狠 褆衣服端下 姼方言云南楚人謂婦妣曰母姼也 𧿹𧿹封也謂立也積聚也 ○菙

周禮有菙氏燋焌用荊菙之類時髓切二 嫢嫢不悅也 ○視比也瞻也效也承矢切三 眡眎並古文 ○市說文云買賣所之也周禮曰司市掌市之治教政形量度禁令大市日側

而市百族爲主朝市朝時而市商賈爲主夕市夕時而市販夫販婦爲主古史考曰神農作市世本曰祝融作市時止切三 恃依也賴也 時又諸市切 ○野田野承與切又與者切二

墅田廬 ○豎立也又童僕之未冠者又姓左傳鄭有大夫豎拊臣庾切四 竪俗 樹扶樹 裋敝布襦也 ○腎五藏之一也時忍切六 蜃大蛤說文曰雉入水所化又時

刃切 裖祭餘肉說文云社肉盛之以蜃故謂之裖天子所以親遺同姓 脤上同 敐指而笑也 鋠玉篇云圓鐵 ○善良也大也佳也說文作譱吉也又姓呂氏春秋云善卷堯師常演切

十 譱見上注篆文又作善 墠除墠地名 鱓魚名異苑云死人髮化也 蟺蛩蟺蚯蚓 單單父縣名亦姓出周卿士單襄公之後又丹禪二音 僐說文云作姿也 鄯

州名本漢之破羌縣地屬金城郡後魏孝昌二年置鄯州又鄯善西域國也本名樓蘭又音擅 墡白土 磰上同 䵹大麥新熟作䵹麵也 ○腨切肉市兗切七 腨腨腸 鄟地名 㡘

說文曰小卮有蓋也 㰒口氣引皃 踹腳跟 䕉草名生處無魚 ○紹繼也又姓出何氏姓苑市沼切五 綤古文 佋佋介 袑袴上 𥈞玉篇云見也 ○社社稷又漢

複姓二氏風俗通云齊昌徙居社南因以爲氏何氏姓苑云右扶風有焉又有社北氏常者切三 蓋器名 檞宜檞善夢神見仙經 ○上登也升也時掌切又音尚二 上古文 ○受

容納也承也盛也得也繼也殖酉切五 壽壽考又州名楚孝烈王自陳徙都壽春号曰郡秦爲九江郡魏爲淮南郡梁爲南豫州周爲楊州隋平陳爲壽州亦靈壽木名生日南又姓王

莽兗州牧壽良又漢複姓前漢燕王遣壽西長之長安蘇林云壽西姓也又承呪切 𨛶水名在蜀亦地名也 璹玉名又音孰 綬組綬禮云天子玄公侯朱大夫純世子綦士緼應劭

漢官曰綬長一丈二尺法十二月廣三尺法天地人也 ○甚劇過也說文曰尤安樂也常枕切二 諶信也又市林切 ○剡縣名屬會稽時染切一 ○䜴鹽䜴廣雅云苦李作䜴是

義切六 𢐗上同 𢐗青州人云彈𢐗 鯷魚名重千斤郭璞云鮎之別名又音提音是 䩶䩶醍面皃出新字林 䊓黏皃 ○睡眠睡是僞切四 瑞祥瑞也符也應也說文曰

以王爲信又姓出姓苑 䳠雅鳥別名又音垂 種小積 ○嗜嗜慾常利切六 鰭鮨並上同 視看視又音是 眎眂並古文 ○侍近也從也承也時吏

切三 蒔種蒔 秲上同 ○署書也又部署也常恕切四 諸諸蔗又音諸 薯薯蕷俗 曙曉也 ○樹木揔名也立也又姓姓苑云今江東有之後魏官氏志樹洛于氏後

改爲樹氏常句切五 耈老人行皃 澍時雨又音注 尌立也又音住 侸上同 ○逝往也行也去也時制切十三 忕忕習 觢牛角豎也 噬齧噬 誓誓約 [illegible]

古文 筮龜曰卜蓍曰筮巫咸作筮筮決也 簭上同見周禮 澨水名書曰過三澨 [illegible]車𨏔結一曰銅生五色又音鋭 遾逮也 [illegible]喻也 [illegible]割肉 ○啜嘗也嘗芮切又臣劣切一

○慎誠也謹也亦姓古有慎到著書又漢複姓家語魯有慎潰氏奢侈踰法時刃切三 昚古文亦姓 蜃蛟蜃又縣名 ○繕補也時戰切十二 鄯鄯善西域國名 擅專也 膳

食也 饍上同 僐廣雅云僐姿態 禪主禪又禪讓傳受 襢古文 單單父縣亦姓 [illegible]器緣 [illegible]上同 嬗說文緩也一曰傳也漢書霍去病子名嬗 ○[illegible]縣繩望時釗切二

叀說文曰專小謹也 ○邵邑名又姓出魏郡周文王子邵公奭之後寔照切七 召上同 劭自強也 卲卜問也又音韶 [illegible]倒懸鉤也 [illegible]小食又尺邵切 卲高也 ○尚庶幾亦高

尚又飾也曾也加也佐也韻略云凡主天子之物皆曰尚尚醫尚食等是也又姓後漢高士尚子平又漢複姓有尚方氏時亮切四 上君也猶天子也又時兩切 丄古文 償備也還也又音常 ○盛

多也長也又姓後漢西羌傳有北海太守盛苞其先姓奭避元帝諱改姓盛承正切又音成三 墭墭器 晟明也熾也器也 ○丞縣名在沂州臣衡所居常證切又音承一 ○授付也又姓出何氏姓苑承

呪切六 詶荅也又市州切 [illegible]口受 壽壽考 售賣物出手 綬綵衣皃 ○甚太過時鴆切二 侺儋侺 ○贍賙也時豔切一 ○熟成也殊六切八 孰誰也 淑

善 塾門側堂崔豹古今注云臣來朝君至門外更詳熟所應對之事塾之言熟也 闍上同 璹玉名 婌後宮女官名 [illegible]石聲 ○蜀巴蜀說文曰葵中蠶也淮南子云蠶與蜀相類

而愛憎異也亦作蠋市玉切十二 韣弓衣又徒谷切 蠾蠾蝓蜘蛛 檲木似柳葉大也 襡玉篇云長襦也連要衣也 襩上同 [illegible]動皃 [illegible]短衣又大口切 屬附也類也又音燭

屬俗 [illegible]玉 钃溫器又直角切 ○折斷而猶連也說文斷也又作斲常列切一 ○啜說文曰嘗也爾雅曰茹也禮曰啜菽飲水姝雪切一 ○妁媒妁市若切又音酌六 勺

殊

周禮梓人爲飲器勺一升又漢複姓勺人六族有長勺尾勺二氏又音酌 汋瀱汋又土角切 杓杯杓 仢流星仢約 芍芍藥蕭該云芍藥香草可和食芍張略切藥良約切又芍陂在淮南七削

切又蓮芍縣名在馮翊之若切又蔦芷草名胡了切 。石釋名曰山體爲石亦州名秦伐趙取離石周因邑以名州又姓左傳有衞大夫石碏又漢複姓二氏孔子弟子有石作蜀何氏姓苑有石牛氏常隻

切七 碩大也 祏說文云宗廟主一曰大夫以祏爲主 鉐鍮鉐 䄷說文云百二十斤也 鼫鼫鼠螻蛄 䳭鳥名 。寔實也是也常職切八 湜水清也 殖多也生也 植

種植也立志也置也 埴黏土 戠古文 搘拄杖曰搘 遈流行 。十數名是執切四 什篇什又什物也 拾收拾又掇也斂也 褶袴褶 。涉歷也徒行渡水也亦漳水別名

涉縣是也又姓左傳晉大夫涉佗時攝切四 𣓗上同出說文 欇虎櫐也又書涉切 鉪鐵鉪

三十三 。日說文曰實也大陽精不虧从口一象形人質切五 馹驛傳也 衵女人近身衣又女乙切 𢁶枕巾也 𦤶到也 。戎戎狄亦助也說文作戒兵

也又姓漢宣帝戎婕妤生中山哀王竟如融切九 戒上同 茙茙葵蜀葵也又虜姓後魏書官氏志云南方有茙眷氏改爲茙氏也 㭜木名 駥馬八尺也 𥫔小竹可爲矢

㑜㑜人身有三角也 狨細布 絨上同 。茸草生皃而容切十 䩸毴飾 髶髮多亂皃 䇯竹頭有文 襛華皃又厚衣皃又女容切 穠花木厚也又女容切

搑擣也 [illegible]矛也 榵木名似檀 穁禾梢 。兒嬰兒又虜姓官氏志云賀兒氏後改爲兒氏汝移切四 皃上同 唲曲從皃楚詞云喔咿嚅唲 婼前漢

西域傳有婼羌 。痿濕病一曰兩足不能相及人垂切又於佳切二 𩗢風緩之皃 。蕤葳蕤草木華皃又蕤賓五月律儒佳切七 甤說文曰草木實甤甤也 緌緌纓 擩

染也又而樹切 桵白桵木也 䅗禾四把也又息遺切 捼摧也又奴禾切俗作挼 。而語助說文曰頰毛也如之切二十一 栭木名似栗而小一曰梁上柱也 檽木耳別名 隭地名又蒦

險也 陾上同又音仍 陑上同 髵須也髮髵也 峏山名 轜喪車 輀上同 臑煮熟 胹𤆍並上同 䰰籀文 洏漣洏涕流皃 鮞魚子 耏

獸多毛亦作髵又姓左傳宋有耏班 咡吻又音餌 [illegible]丸之熟也又音丸 誀誘也又音餌 鴯莊子云鳥莫智於鷾鴯鷾鴯玄鳥也 ○如而也均也似也謀也往也若也又姓晉中
經部魏有陳郡丞馮翊如淳注漢書又虜姓後魏書如羅氏後改為如氏人諸切八 蒘蒘藘草也亦作茹 郍地名 洳水名在南郡又人慮切 鴽鴽鴾也 [illegible]上同 [illegible]假寐
也又如與切 茹恣也相牽引皃也易曰拔茅連茹又虜復姓後魏書普陋茹氏後改為茹氏又如慮切又而與切 ○儒柔也人朱切十六 獳朱獳獸名似狐而魚翼出則國有恐又女侯切
濡水名出涿郡又霑濡 襦說文云短衣也俗作䙇 懦弱也又乃亂切 嚅囁嚅多言 鱬朱鱬魚名魚身人面 麢鹿子又相俞切 嬬妻嬬名 繻易曰繻有衣袽亦見
周禮注 顬顳顬耳前動 𧹍火色 臑嫩耎皃 醹厚酒又音乳 [illegible]柔皮又而兖切 [illegible]鬼魅聲[illegible][illegible]不止又乃侯切 ○[illegible]有骨醢也人兮切又音泥一 ○仁仁賢
莊子曰愛人利物謂之仁釋名曰仁忍也好生惡殺善惡含忍也又姓姓苑云彭城人也如鄰切三 杁屋上間杁 人天地人為三才亦漢複姓十氏左傳有寺人披齊有徒人費周有王人子突魯
有雍人高宋有廚人僕鄭有大夫子人九國語吳有行人儀孔子弟子左人郢漢司空掾封人嬰後漢司徒閻人襲 ○犉黃牛黑脣如勻切四 [illegible]鷚鶉晚生者 瞤目動 眴上同 ○然
語助又如也是也說文曰燒也俗作燃又姓左傳楚有然丹何氏姓苑云今蒼梧人如延切九 燃俗見上注 𤡮猓𤡮獸名似猿白質黑文 [illegible]姓也 肰犬肉 繎絲勞皃 䕼竹名 蘳草名
[illegible]陸佐公石闕銘云刑酷[illegible]炭 ○堧江河邊地又廟垣或從需餘同而緣切六 緛促衣縫也 𤳡城下田也 瑌瑌珉也士佩也 撋摧物也 繎繎絲難理 ○饒益也飽也又姓
風俗通云漢有饒斌為漁陽太守如招切六 橈楫也又女教切 襓劍衣 犪牛馴伏又而紹切 蟯人腹中蟲 蕘芻蕘 ○若蜀地名出巴中記人賒切又悲弱二音二 婼婼羌西域
國名 ○穰禾莖也又姓齊將穰苴之後何氏姓苑云今高平人汝陽切十七 禳除殃祭也 攘以手禦又竊也除也逐也止也揎袂出臂曰攘又音讓 𢿭盜也 鑲鉤鑲兵器又息羊切 𨞰
縣名在南陽 躟疾行皃 瀼露濃皃 𩆍上同 獽戎屬 儴爾雅曰儴因也 蘘蘘荷 䉴䉴籅盛米竹器 鬤髻鬤亂毛 勷劻勷迫皃 瓤瓜實也又女良切

孃亂也又女良切。仍因也就也重也頻也又姓出何氏姓苑如乘切七 艿草名謂陳根草不芟新草又生相因艿也所謂燒火艿者也 訥厚也 迈往也 礽福也 扔引也 杒木名。柔順也說文曰木曲直也耳由切十六 鍒鐵之耎也 䐓田 騥馬青驪也 蝚爾雅云蛭蝚至掌又云蝚蛖螻蛭音質 蹂踐蹂又而九切 葇香葇菜

鞣熟皮 鰇魚名 瑈玉名也 腬肥皃 鶔鷗鶔鳥 揉捻也又順也詩曰揉此萬邦又汝又切 鬆馬之繁鬣 鄈鄉名 腝面和 任堪也保也當也又姓出樂安黃帝二十五子十二人各以德爲姓第一爲任氏如林切七 鵀戴勝鳥也頭上毛似勝又女今切 恁信也又音荏 壬佞也又辰名爾雅曰太歲在壬曰玄黓 紝織任亦作絍

銋銋濡廣雅鍪也 ⿰言壬信也念也。䫇說文曰頰須也汝鹽切十二 髯上同 蚺大蛇 呥噍皃 柟梅也子如杏而酢 ⿰言冉多言 蛅爾雅曰螺蛅蟴郭璞云載屬也今青州人呼蛓爲蛅蟴 冄說文云毛冄冄也亦作冉 袡衣緣 ⿰冄龜龜有距冉龜 ⿸疒冉皮剝又處占切 ⿰言冉諵⿰言冉長舌 冘冘散也亦官名續漢志曰先臘一日大儺逐疫鬼冘從僕射將之逐鬼于禁中俗作冗而隴切十二 内上同 ⿰禾冗稍⿰禾冗 ⿰女冗不肖也一曰傝⿰女冗劣也或作搑茸又作㩳茸 氄鳥細毛也 毦上同 軵推車或作搑

⿰牛冗水牛 ⿰鼠冗鼠 ⿰扌戎拒也亦作軵 ⿰車茸軵也 搑推擣皃也又而容切 蘂花外曰萼花內曰蘂如累切四 惢生皃 蕊草木叢 甤說文曰草木實甤甤也又人隹切 繠垂也又佩垂皃。爾汝也說文作尒云麗爾猶靡麗也兒氏切四 尒義與爾同說文曰詞之必然也又虜姓二氏尒朱氏本北秀容人也居尒朱川因以爲氏後魏書官氏志尒綿氏後改爲綿氏也 邇近也 迩上同。蕊草木實節生如壘切三 甤說文曰草木實甤甤也 繠垂也。耳聽也而止切五 洱水名出罷谷山又而志切 駬騄駬周穆王馬名 䋙䋙纚盛皃 䶊鼠名。汝尒也亦水名山海經曰汝水出天息山亦州名春秋時爲王畿及鄭楚之地左傳楚襲梁及霍漢爲梁縣後魏屬汝北郡隋移伊州於陸渾縣北遂改爲汝州又姓左傳晉有汝寬人諸切六 肗魚不鮮 茹乾菜也臭也貪也雜糅也又而恕切 ⿰瓜女乾菜 ⿰黍女黏也 ⿱穴婁楚人呼寐

乳柔也而主切三　擩擩取物也　醹厚酒　○疓病也見尸子如亥切一　○忍強也有所含忍而軫切三　荵說文曰荵冬草也爾雅曰蔓隱荵郭璞云似蘇有毛　涊

水名在上黨　○蝡淮南子曰蠉飛蝡動或作蠕而允切又而兖切一　○毴毛聚而尹切一　○蹨蹨也續也執也緊也人善切五　橪橪棗木名　戁懼也又音赧　熯乾皃

又音漢　然意肥也又式善切　輭柔也或从需餘同而兖切十七　軟俗　蝡蟲動　梗紅藍又梗棗也　萸木耳　碝碝石次玉　瑌同　愞

愞弱又奴亂反　腝脚疾　腝腝小有財物也　耎說文曰稍前大也　恨弱皃　艮弱也又尼展切　偄敬也亦弱也　甍柔韋又作甍見經典　堧城下田也

緛衣縫也　擾亂也順也說文作擾煩也而沼切七　擾上同　繞纏繞又姓左傳秦大夫繞朝　遶遶圍　嬈亂也　憂牛馴說文作擾牛柔謹也　蕘爾雅注云即蒙

貴也狀如蜼而小紫黑色可畜之健捕鼠亦作猱又諾高切　○若乾草又般若出釋典又虜複姓二氏周書若干惠傳曰其先與魏俱起以國為姓後燕錄有步兵校尉若久和人者切又人勺

切三　惹亂也　唹唹聲也　壤土也書傳曰無塊曰壤風土記曰擊壤者以木作之前廣後銳長尺三四寸其形如履臘節僮少以為戲也逸士傳曰堯時有壤父擊於康衢藝經曰擊

壤古戲又漢複姓孔子弟子有壤駟赤如兩切八　釀釀菜為菹　膿肥蜀人云　穰豐穰又汝羊切　蠰蟲名似雞而小　攘擾攘又汝羊切　躟躟躟行疾皃　礦惡黃

○蹂踐也人九切十　楺屈木　煣同上　輮車輞　沑說文曰水吏也又溫也　厹獸跡又女九切　葇葇釀菜不切也　糅禾糅　輮車軔　粈粽粈　○荏

菜也又荏苒如甚切十四　飪熟食　餁同上　䭃亦同又玉篇云飽也　稔年也亦歲熟廣雅曰稔秋穀熟也　栠木弱皃　恁念也　衽文字音義云臥席也　𦙶肉汁

荏字書云單席　棯果木名爾雅云還味棯棗　羊稍甚　銋鍖銋　腍味好　○冉冉冉行皃又姓孔子弟子冉有而琰切十　姌長好皃也又奴簟切　苒草盛皃又

荏苒猶展轉也　染染色周禮染人掌染絲帛又姓石勒時有染閔　𩄎濡也　䎃䎃弱羽也　柟木名　𨡎醬味薄　䇉竹弱之皃　媣諟也　○𩊠毛毳飾而用

切三毴上同鱇鮐魚○枘內也而瑞切一○二說文云地之數也而至切五弍古文貳副也亦攜貳變異也疑也敵也又姓後秦錄有後魏平陽太守貳塵樲酸棗

髶髮飾○餌食也說文粉餅也仍吏切十六鬻上同珥珥飾衈開刑書殺雞血祭名周禮注云割牲耳血及毛祭以爲刏衈毦氅毦羽毛飾也咡口咡刵截耳佴次也

誀誘也洱水名聏以牲告神神欲聽曰聏也㜨女字胹筋健酮重釀眲耳目不相信也䎶聽音不敢言也○洳沮洳說文作㴸漸溼也人恕切三茹飯牛

又茹菜茹也如又介諸切○孺稚也爾雅曰屬也說文曰乳子也一曰輸孺尚小也而遇切四𥠖俗擩擩莝手進物也𤜂牛莖○芮草生狀又姓周司徒芮伯之後而銳切六

汭水曲說文曰水相入皃枘柄枘蜹蚊蜹又音爇笍竹名鈉鋭鈉○刃刀刃而振切十一認識也肕牢肕韌柔韌亦與肕同仞七尺曰仞軔礙車輪木牣

滿也詩曰於牣魚躍杒木名訒難言㤛枕巾脤眩懣○閏閏餘也易曰五歲再閏史記曰黃帝起消息正閏餘漢書音義曰以歲之餘爲閏如順切三潤潤澤也又益也肕漢朐肕縣

名地下濕多朐肕蟲音蠢○㬉城下田人絹切又而兗切一○饒益饒人要切又人招切二繞卷取物皃○讓退讓責讓又交讓木名兩樹相對一枯則一生岷山有之人樣切四欀木

攘文字指歸云揖攘又音穰懹憚也○認認物而證切又而振切四扔強牽引又音仍艿草不翦朷上車又木名○輮車輞人又切四蹂蹂踐煣蒸木使曲也

鞣柔皮又音柔○妊妊身懷孕汝鴆切五紝織紝亦作紝絍鵀戴鵀鳥任已上四字並又音壬衽衣衿○染而豔切又如檢切二髯髯領毛又人占切○肉骨肉

如六切俗作宍三衄鼻出血俗作衂又尼六切鮞魚子一曰魚名○辱恥辱又汚也惡也又姓出姓苑而蜀切十一蓐草蓐又薦也說文曰陳草復生也一曰蔟也褥氈褥鄏

郟鄏地名在河南縟文采溽溽暑濕熱𢧵矛戟枝也媷嬾惰也嗕嚅嗕憐皃又西羌名𪐝黑垢𩱠大鼎鼒○𩬰細毛也而轄切○熱釋名曰熱爇也如火所燒

爇如列切二苶疲役皃○爇燒也如劣切五焫上同見禮蜹蚊蜹又如銳切㨎拈也肉言遲聲○若如也順也汝也辝也又杜若香草亦姓魯人也又虜三字姓後魏書若

口引氏後改爲寇氏而灼切十一 弱劣弱 鄀地名在襄陽 箬竹箬 蒻荷莖入泥之處又菜名 楉楉榴安石榴也 溺水名出龍道山其水不勝鴻毛又奴歷切 䐞脆腝

說文曰肉表革裏也 惹諵惹 叒榑桑叒木 𨂂足下文 ○入得也內也納也人執切二 廿說文云二十并也今作廿直以爲二十字 ○讘詀讘又孤讘縣名在清河而涉切五 顳

顳顬鬢骨 喦多言 囁口動 䐑動䐑

卷第五唇音

三十四。幫衣治鞋履出文字集略博旁切五 綍上同 幇捍也衞也 醻加杯上酒 鞤鞋革皮用 。邦國也又姓出何氏姓苑博江切四 畕古文 梆木名 垹上精如手在地中食之無病 。陂書傳云澤障曰陂彼爲切十一 詖辯佞又音祕 碑釋名曰本葬時所設臣子追述君父之功以書其上 羆爾雅曰羆如熊黃白文孝經援神契曰赤羆見則姦宄自遠也 㲌古文 鑼玉篇云鞨屬也 犤牛名又音皮 鎞鎞鉏也 籭竹名 襬關東人呼裙也 蘢草名又彼義切 。卑下也賤也亦姓蔡邕胡太傅碑有太傅椽鴈門卑整府移切十一 鵯鵯鶋鳥又音匹 椑木名似柹荆州記曰宜都出大椑潘岳閑居賦云烏椑之柹 箄取魚竹器 裨裨補也增也與也附也助也又音陴 鞞牛鞞縣在蜀又薄迷脯鼎二切 顊須髮半白 痺下也又音婢 渒水名 錍鍫錍斧也 崥崥崥也 。悲痛也府眉切一 。逋逋懸也悑孤切十三 餔說文云申時食也又音步 䴢籒文 晡申時 庯屋上平 陠上同 鵏鸍叔鳥名 逋趆逋伏也 峬峬峭好形皃出字林 誧諫也 秿刈禾治秿 鯆鯆鮃魚名亦作鯆 抪展舒也又布也 。豍豆名邊兮切十六 𨏔𨏔車 螕牛蝨 榑榑㯕小樹又樹栽也 䔥䔥麻 䈾上同 縪謬也又芳脂切 篦眉篦 梐門外行馬又防啓切 䍤䍤羝短皃 陛說文曰牢也所以拘罪也 狴上同又狴犴獸也 箄冠飾 鎞鎞釵 性誤也 䚔橫角牛名 。栝說文曰䉼也布回切三 杯上同 盃俗 。賓敬也迎也列也遵也服也說文作賓所敬也又姓左傳齊有大夫賓須無必鄰切十 賔古文 濵水際 檳檳榔 𧢻𧢻𧢻暫見 顮頭憤懣也 儐敬也又音殯 鑌鑌鐵爲刀甚利 矉說文曰恨張目也 𩴼鬼皃 。彬文質雜半說文云古文份也府巾切十三 斌上同 份說文曰文質備也 玢文采 豳地名本豳國之地又有豳城公劉所邑蓋此地也因以名州亦作邠又姓出姓苑 邠州名 汃西方極遠之國 霦璘霦玉光色 玢上同 𥄎大目皃 攽說文分也博雅減也彪虎文俗作虨又普巾方閑二切砏水名又石○奔奔走也說文作奔博昆切四賁勇也周禮有虎賁氏掌先後王而趨以卒伍軍旅會同亦如之舍則守王閑閑梐枑

也書云武王伐紂戎車三百兩虎賁三百人亦姓古有勇士賁育又肥秘墳三音鷶鷶如鵲三目六足白身犇牛驚出文字集略○䵚部黨北潘切四般般運䈲補魚筍其

門可入不可出華弃糞器名又姓出姓譜○班說文曰分瑞玉俗作班亦姓出扶風風俗通云楚令尹鬭班之後布還切十三頒布也賜也又音汾鳻大鳩朌大首又音汾

螌螌蝥毒蟲斑駁也文也辬上同見說文𩭛髮半白又音盤般還師亦作班師又盤鏺鉢三音斒斕斒鯿魚名又音編扳挽也公羊傳云扳隱而立又音

攀[illegible]賤事之皃○斒斒斕色不純也方閑切二虨虎文又甫巾切○邊畔也又邊陲也近也厓也方也又姓出陳留北平二望陳留風俗傳云祖于宋平公布玄切十四

籩竹器𨘢水名出番侯山甂小盆蝙蝙蝠仙鼠又名伏翼猵獺屬[illegible]籬上豆也又北典切編次也又方泫切萹萹竹草又北泫切䟍足趾不正𠑹

身不正也牑牀上版也𨘢說文走意蹁行不正皃又薄邊切○鞭馬策也卑連切六鯾魚名鯿上同編次也又布千方典二切箯竹輿揙揙擊○飆

風也俗作飈甫遙切十五標舉也又木杪也又必小切猋群犬走皃杓北斗柄星天文志云一至四為魁五至七為杓又音漂瘭瘭疽病名幖頭上幟也熛火飛𡾰山峯

𧽏輕行蔈爾雅曰黃華蔈郭璞云苕華色異名也驫衆馬走皃膘膘脾腫欲潰也旚旌旗飛揚皃贆貝居陸也髟髮長皃又所銜切○鑣馬銜甫嬌切七

[illegible]上同臕脂臕肥皃儦行皃詩云行人儦儦瀌雪皃詩云雨雪瀌瀌穮除田薉也亦作穮藨萑葦秀爾雅云猋藨芀○包包裹亦姓楚大夫申包胥之後後漢有大

鴻臚包咸布交切五胞胞胎又匹交切枹爾雅注曰樹木叢生枝節盤結詩云枹有三桝又楊枹菜苞叢生也豐也茂也又苞筍又姓勹包也象曲身皃○褒進揚美也說文作襃

衣博裾也又姓禹後因國為氏博毛切四裦俗[illegible]吳主四子字名盟也[illegible]地名○波波浪博禾切六皤老人白皃又音婆紴錦類又絛屬也嶓嶓冢山名番書曰

番番良士爾雅曰番番矯矯勇也 碆石可爲矢鏃也 〇巴巴蜀又州取國以名焉三巴記云閬白水東南流曲折三迴如巴字亦蟲名又姓後漢有楊州刺史巴祇伯加切八 鈀兵車又音

葩 笆有刺竹籬 豝豕也 芭芭蕉 疤疤皻鼻病 蚆又匹加切義見上文 吧吧呀小兒忿爭 〇閍宮中門也一曰巷門甫盲切六 祊廟門傍祭 𥛱上同 騯騯騯馬行

又音傍音彭 嗙喝聲 㔙大也 〇兵戎也周禮有司兵掌五兵五盾世本曰蚩尤以金作兵器也甫明切一 〇浜布耕切安船溝又布耿切二 ⿰扌兵家口究也 〇綳束兒

衣墨子云禹葬會稽桐棺三寸葛以綳束也北萌切五 絣振繩墨也 幽上同 拼爾雅云使也又從也 ⿰舟并艕⿰舟并舟具 〇并合也亦州名舜分冀州爲幽州并州春秋時爲晉國

後屬趙秦爲太原郡魏復置并州又姓出姓苑府盈切四 栟栟櫚木名 箳箳篂車轓 屛屛盈徬徨又餅萍二音 〇冫水凍也說文本作仌筆陵切三 冰上同說文

本魚陵切 掤說文曰所以覆矢也詩云抑釋掤忌 〇崩說文云山壞也北滕切一 〇彪虎文也甫烋切三 髟髮垂皃又標彡二音 驫馬走皃又音標 〇砭以石

刺病府廉切又方驗切二 ⿰石巴古文 〇琫佩刀飾也邊孔切四 菶草盛 ⿱奉系小兒皮屨又巴講切 俸屛俸又扶用切 〇⿱奉系小兒皮屨巴講切又補孔切一 〇彼對此

之稱甫委切五 ⿰歹卑相分解也 柀木名爾雅云柀煔 佊埤蒼云佊邪也 ⿰亻罷停罷 〇⿰彳卑使也從也職也并弭切十 俾上同說文曰益也一曰俾門侍人 鞞

刀鞞又蒲迷補茗二切 箄竹器又卑篦二音 䵗黍屬又蒲賣切 髀股也又步米切 崥山足 萆爾雅曰萆鼠莞郭璞曰亦莞屬纖細似龍須可以爲席 埤

客 捭扶持 〇鄙陋也又邊鄙也方美切四 啚說文嗇也 娝姓出何承天纂文 痞病也又音否 〇匕匕匙通俗文曰匕首劍屬其頭類匕短而便用故曰匕首

畢履切十 妣爾雅曰父曰考母曰妣又甫至切 秕穅秕 比校也並也爾雅曰北方有比肩民焉迭食而迭望蓋半體人也又毗鼻必三音 ⿰礻比以豚祀司命也 沘水名出廬江灊縣入

芍陂今謂之淠水也 枇禮記注云所以載牲體 朼上同 疕頭瘍 髀股外又旁禮切 〇補補綴說文曰完衣也博古切三 譜籍錄 圃園圃說文種菜曰圃

餅

亦姓又博抜切 ○䩑補米切二 䏟明白 ○擺擺撥北買切二 捭上同鬼谷子有捭闔篇 ○本木末又治也下也舊也說文曰木下曰本从木一在其下俗作夲夲自音叨布

忖切大 畚草器 畚上同 笨竹裏又蒲本切 庨戎姓 苯苯䔿草叢生也 ○粄屑米餅也博管切五 𥹇上同 甋牡瓦也又音板 昄均大也 ○版

說文判也布綰切六 板上同 蝂蝂蝜蟲 瓪瓪瓦 眅大也又扶板切 鈑鉼金 ○編編緝方典切一曰次第也又卑連切十一 匾匾㔜薄也㔜湯奚切 編褰裳 𦅈上同

萹萹茿草 稨豆名 𥣬上同 惼㥯惼性狹 碥乘車石也 扁扁署門戶 𥽂燒稻作米 ○褊衣急方緬切二 𢆉憂也亦曰急也 ○辡罪人相訟方免

切又符蹇切四 𥈅蔽目說文曰兒初生蔽目者 䦲視皃 鴘埤蒼云鷹鷂二年色又云人姓 ○表明也亦箴表釋名云下言於上曰表說文作褾上衣也古者衣裘以毛爲表也又姓

出姓苑陂矯切四 𧘂上同 䙳古文 菼草名 ○褾袖端方小切四 𧢄字林云目有所察 標標杪木末 𡻤峯頭 ○飽食多也博巧切三 𩜉餐

並古文 ○寶珍寶又瑞也符也道也禮正曰地不藏其寶又天寶晉灼云天寶雞頭人身又姓出何氏姓苑博抱切十五 珤古文 保任也安也守也說文作俫養也亦姓呂氏

春秋云楚有保申爲文王傅 呆古文 堢堢障小城 堡上同 褓襁褓 緥說文曰小兒衣 鴇鳥名亦作鳵鴇鶹 葆草盛皃羽葆 𩢟郭璞云今烏驄 枹

木片北助切六 牓牓題 毴毛毴罽文 螃陸居蝦蟆 蒡牛蒡菜 鬔鬔鬆亂毛 ○丙辰名爾雅云太歲在丙曰柔兆又光也明也又姓風俗通云齊有大夫丙歜兵永切

九 昞亮也亦作昺 怲憂也 邴邑名在泰山又姓左傳晉有大夫邴預又音柄 炳炳煥明也 秉執持又十六斗曰藪十藪曰秉又漢書有秉漢 寎爾雅云三月爲

寎夲亦作寎又兄病孚命區詠三切 苪著也 蛃蛃蟲名 ○浜浦名布梗切又布耕切三 𠐍詐偽人也 𧛎𧛎急皃 ○餅必郢切五 屏蔽也爾雅曰屏謂之

樹又廣雅曰罘罳謂之屏風俗通云卿大夫帷士以簾以自鄣蔽 鉼鉼金謂之鈑周禮祭五帝則供鉼金 併併合和也又必姓切 𩟼索𩟼出食苑 ○鞞刀室補鼎切一

摒衣上擊也方垢切二 掊擊也 ○稟供穀又與也筆錦切一 貶損也方斂切二 㝃說文曰傾覆也或同上 賁卦名賁飾也亦姓漢有賁赫彼義切

又肥墳奔三音七 彼哀也論語云子西彼哉 詖諂詖又慧也佞也 貱益也 陂傾也易曰無平不陂又音碑 跛偏任又波我切 䆊草名又旄牛尾舞者所執又音陂

臂肱也卑義切一 ○祕密也神也視也勞也又姓西秦錄有僕射祕宜俗作秘兵媚切十五 毖告也慎也一曰遠也 閟閉閟 轡馬轡說文作䜌 柲戟柄左傳有鍼柲

鉍同上 泌泉皃 鄪邑名在魯 費同上 䀣直視也 𢐀弓洩 邲好皃 䊐惡米又魯東郊地名說文作䊐 䊐同上 妼女子 ○痹脚冷濕病必至切六

畀与也 庇庇廕 蓽鼠莞可爲席 袐以豚祠司命也 比近也併也 布布帛也又陳也周禮錢行之曰布藏之曰泉又姓陶侃列傳有江夏布興博故切六 圃園圃說文

曰種菜曰圃又音補 佈佈徧也 抪抪持 刜刜裁 蝂蝂蝜蟲也 ○閉掩閉說文曰闔門也博計切五 閇俗 嬖愛也卑也妾也 箅甑箅也說文蔽也所以蔽甑底

又必至切 敝敝敗毁也又補米切 ○蔽掩也必袂切四 䔽縣名在牂牁又音鼈 鷩爾雅曰鷩雉郭璞云似山雞而小冠周禮云王享先公饗射則鷩冕又音鼈 彆弓彆

○貝說文曰海介蟲也居陸名猋在水名蜬象形古者貨貝而寶龜亦州名春秋時屬晉七國屬趙秦爲鉅鹿郡漢爲清河郡周置貝州以貝丘爲名博蓋切十四 沛郡名又姓出姓苑又匹蓋

切 郝同上 鋇鋇柔鋌也 芾小皃又方味切 跟步行躐跋 狽狼狽 犻牛二歲也爾雅云體長犻 伂顛伂本亦作沛 魳魚名食之殺人 茷草木葉多 〔巿毛〕

毴〔巿毛〕多毛 眛目不明皃又音霈 柿行皃 ○庎到別方卦切一 ○嶭阬嶭山形方賣切一 ○𢷾周禮曰大祝辨九𢷾一曰稽首二曰頓首三曰空首四曰振動五曰吉𢷾六曰凶𢷾七曰

奇𢷾八曰褒𢷾九曰肅𢷾博怪切三 拜同上 扒拔也詩云勿剪勿扒案本亦作拜 ○敗破他曰敗補邁切又音唄一 ○背脊背補妹切三 輩等輩又比也類也俗作輩 誖亂也

○儐儐相也說文導也必刃切七 擯斥擯 殯殯殮 鬢鬢頰上髮也 覢不相見也 矉上同 觀觀見又匹人切 ○奔甫悶切又音犇一 ○半物中分也博慢切七 絆
羈絆 靽上同 姅傷孕 騈騈馬行 料五升 吺吺喑失容 ○扮打扮晡幻切一 ○變化也通也易也又姓出姓苑彼眷切一 ○徧周也說文布也方見切二 遍俗
○裱領巾也方廟切二 俵俵散 ○豹獸名崔豹古今注曰豹尾車周制也象君子豹變尾言謙也古軍正建之今唯乘輿建焉廣志曰狐死首丘豹死首山又姓風俗通曰八元叔豹之後北教切五
謈謈謈惡也 儤儤直史官 爆火裂又音駁 䶂鼠屬能飛食虎豹出胡地又音酌 ○報報告又下婬曰報博耗切一 ○播揚也放也弃也說文種也一曰布也又姓播武殷賢補過
切五 𢿱古文 簸簸揚又布火切 番獸走 譒敷也謡也 ○霸國語曰霸把也把持諸侯之權又姓益部耆舊傳有霸相必駕切七 覇俗 弝弓弝 欛刀柄名 靶轡革
灞水名 垻蜀人謂平川爲垻 ○螃蟲名似蝦蟆補曠切四 搒棹舩一歇 艕艕人習水者也 謗誹謗 ○柄本也權也柯也陂病切六 棅同上 怲說文憂心也 邴
邑名又姓左傳魯大夫邴洩子 鈵堅鈵 寎驚病 ○榜榜人船人也北孟切三 𧼿走也 跰史記云歲星晨出爲跰踵 ○迸散也北諍切一 ○摒摒除也畀政切三 併兼也
竝也皆也 并專也 ○逼迫也彼側切十 偪上同 皕二百 幅行縢名 楅束也又音福 騙驒騙 湢湢汳水驚 颵風也 圀姓也又閉也 皀皀粒 ○𥧚
東棺下之說文作堋喪葬下土也方隥切二 堋上同又壅江水灌溉曰堋 ○窆下棺方驗切又方亙切二 砭石針說文曰以石刺病也又甫廉切 ○卜卜筮龜曰卜蓍曰筮又姓孔子弟子卜商
博木切十四 濮水名出陳留郡入鉅野亦州名古昆吾之墟左傳齊桓公會諸侯於鄄今鄄城縣是後漢獻帝時兗州刺史治於此後魏爲濮陽郡隋初置濮州又姓出何氏姓苑 僕
彭濮蠻夷國名 轐車伏兔 𡡾目意妻也 樸棫樸叢木又音濮樸樕小木也 僕僕鉛南極之夷尾長數寸巢居山林出山海經 蹼足指間相著爾雅云鳧鴈醜其足蹼 纀
爾雅曰裳削幅謂之纀郭璞云削殺其幅深衣之裳 襆上同 𩯁鬚髮 䪁襆絡頭繩 鳪鳪雉 鸔烏鸔水鳥似鶂而短頸腹翅紫白背上綠色又音剝 ○襮黼領博沃切三

犦犎牛出合浦郡鸔鴇烏鸔水鳥名。剥落也削也割也傷害也北角切十四駮六駮獸名似馬鋸牙食虎豹駁馬色不純㪍指聲䮳皮破㬥李頤注莊子云
曝放杖聲又伻邈切箹箹手足指筋之鳴者亦作肑肑同上爆火烈又北教切鸔鳥鸔鳥又博沃切髉骱髉皺皺皮起䑹䑹犖亂雜趵足擊。必審也然也
說文曰分極也从八弋卑吉切二十七畢竟也說文作畢田罔也又姓出泰山本畢公高之後晉有畢卓篳織荊門也說文曰藩落也春秋傳曰篳門圭窬蓽同上韠胡服蔽膝說文
曰紱也所以蔽前也下廣二尺上廣一尺其頸五寸一命縕韍再命赤韠俗作韡蹕上同趩漢書曰出稱警入言趩顏師古曰警者戒肅也趩止行人也蹕上同滭滭沸泉出皃亦作觱見詩
俗作觱⿰畢攴盡也鷝鷝鳩鳥名白面青色觱觱篥或作篳說文作𧮙云羌人所吹角屠觱以驚馬也珌佩刀上飾滭寒風熚火皃⿰女畢母也彃廣雅云彃射也⿰木畢木名縪冠縫
也說文鮅爾雅曰鮅鱒郭璞云似鱓子赤眼饆饆饠飷也鏎簡鏎爾雅曰簡謂之畢注謂簡札也俗從金𠦒弃糞器說文方干切箕屬⿰山畢道邊堂如牆也⿰畢攴畫韋曰⿰畢攴
⿰示畢竈上祭罼兔罟。筆秦蒙恬所造爾雅曰不律謂之筆韓詩外傳周舍爲趙簡子臣墨筆操牘從君之後伺君過而書之鄙密切九潷去滓鉍矛柄柲柄也泌泌瀄水流
⿰扌畢方言刺也亦作柲咇咇嘟多言⿰王筆青白玉管天之所授⿰足筆走也。撥理也絕也除也北末切十六癶足刺癶也袚蠻夷蔽膝茇華茇鉢鉢器也亦作盋顏師古注
漢書曰盋食器也盋上同⿰犮鳥鳥名又音拔鱍魚掉尾也⿺辶犮急走⿱髟發⿱髟發鬢多鬢皃襏襏襫蓑雨衣也帗一幅巾⿰忄巿意不悅皃⿰舟發大船名驋馬怒筏
箄筏。八數也博拔切十⿰馬八馬八歲朳無齒把也捌上同扒破聲玞玉名釛金類哵哵哵鳥聲玐玉聲釟治金。捌方言云無齒杷百鍇切二⿰木別
木名。⿰弓㒳弓戾或作彆方結切九⿱折木鞔又普蔑切閉閴也塞也俗作閇又博計切⿰革㒳刀飾⿱大㒳大也⿱敝糸繩編紉帶⿰木別⿰木別柲也⿰衤㒳⿰衤㒳袖襟袂也⿰㒳力大力
之。鷩雉屬似山雞而小周禮有鷩冕并列切七鼈魚鼈俗作鱉鼈虌蕨菜鄨水名在牂牁⿱敝土大阜憋急性皃⿰㒳鳥⿰㒳鳥鷅。䇷分䇷一云分契方別切五

䇷上同 荊種槪移 扒擘也 別分別 ○博廣也大也通也從十尃亦州名春秋時齊之聊攝也秦爲東郡地隋爲博州因博平縣以名焉又姓古有博勞善相馬也補各切二

十 髆髆肩 搏手擊 爆迫於火也 鎛鐘磬上横木也又田器也詩曰庤乃錢鎛 嚩嚩嘄嘄皃 鑮上同 襮衣領 鑮大鐘 簙六簙棊類出說文世

本曰烏曹作簙書本多單作博 蟳蟳蛸蟰蛸卵也 猼犬名 䍸䍸羘獸名似羊九尾四耳其目在背出山海經羘徒何切 欂欂櫨枅也 轉車下索也 溥水名 䫄䫄颹風 餺

餺飥 襏短衣衫 䥬鑮䥬具名吳人用 伯長也又侯伯周書曰率衆時作謂之伯亦姓左傳晉有大夫伯宗又漢複姓二氏韓子有伯夫氏墨家流莊子有伯成子高博陌切八 迫逼也近也急也

附 敀上同 百數名又姓秦有大夫百里奚 柏木名五經通義曰諸侯墓樹柏又姓晉趙王倫母曰柏夫人亦作栢 洦洦淺水 䒰藍之別名 甋甋瓸井甃 檗黃檗俗作蘗博

厄切五 擘擘分 薜爾雅云山芹當歸也又曰山蘄也 擗豆中小硬者出新字林 糪飯半生皃 ○辟爾雅皇王后辟君也亦除也又姓漢有富室辟子方又有辟閭彬必益切七

璧白虎通曰璧者外圜象天內方象地爾雅曰肉倍好謂之璧肉邊好孔也 鐴鐴土犂耳 躄跛躄說文作壁人不能行也 壁上同 襞襞衣說文曰韏衣也 𢍰治也 ○碧色也

說文曰石之青美者又八品九品服色代青也紀年曰惠成王七年雨碧于郢彼役切一 ○壁說文云垣也釋名曰壁辟也辟禦風寒也漢官典職曰省中皆胡粉壁紫素界之畫古烈士亦州名本漢宕渠地武德

初爲壁州北激切六 鼊鼊鼊似龜而漫胡無指爪其甲有黑珠文如瑇瑁可飾物 䍭爾雅䍭謂之罿今覆車鳥網也又敕極切 廦屋室 綼綼給絜也 𧰇𧰇邪獸獸身鳥喙 ○北

南北亦奔也又高麗姓又漢複姓七氏左傳衛大夫北宮貞子莊子有北門成漢有北唐子眞治京氏易世本云晉有高人隱於北唐因以爲氏晏子云齊有北郭先生名騷古有北人無擇倩身絜已疾世之濁

自投淸泠之淵姓苑有北鄉北野氏博墨切二 䖹蟲似蟹四足 ○鵖鵖彼及切二 皀穀香也

三十五 ○滂滂沱普郎切七 鎊鎊削 霶霶霈大雨 雱雨雪盛皃詩曰雨雪其雱 霶上同 磅磅石聲 𣄃量溢也 ○胮胮脹匹江切又音龐五 [illegible]

上同 鞞鼓聲 鼙上同 黖黑皃 ○鈹大針也又劒如刀裝者敷羈切十二 帔又芳髮切 鮍魚鮍 披又作翍開也分也散也 畯耕也 耚上同 狓

彼倡皃出新字林 翍翍張之皃 旇旗靡 秛禾租 岥器破而未離又皮美切 㱟開肉又匹靡切 ○岥器破也匹支切一 ○丕大也亦姓左傳晉大夫丕鄭敷悲切

十二 平上同 伾有力 秠黑黍一稃二米又匹几切 䪹大面 駓桃花馬色 怌怌怌恐也 [illegible]短須髮皃 豾貍子 髬髬髵猛獸奮髮鬣皃 魾大鱯 鉟刃戈

○紕繒欲壞也匹夷切六 [illegible] [illegible]二同 諀謬也 [illegible]上同 [illegible]惡性也 ○稃豆稃也普胡切十二 鋪鋪設也陳也布也又音悑 鯆魚名又江豚別名天欲風則見 鱄

上同 [illegible]馬蹀跡也 痡病也又音孚 誧諫也又音普 豧豕名 陠衺也 墲規墓地也 [illegible]馬名 [illegible]敷[illegible]屋壞 ○磇磇霜石藥出道書匹迷切七 陛

牢也所以拘罪人也 [illegible]剕斫 鵧鵧鴮鳥名 錍錍斧又方支切 批擊也推也轉也示也 鈚鈚箭 ○胚懷胎一月芳杯切八 坯未燒瓦也 痞弱也 醅酒未漉也 衃說文

曰凝血也 魾魚名 [illegible]瓜[illegible] 抔披抔 ○娝好色皃普才切一 ○繽繽紛匹賓切五 [illegible]飛皃 [illegible]說文云鬼皃又音頻 [illegible]敬也 [illegible]爭說文作[illegible]鬭也 ○砏

砏磅大雷普巾切又布巾切二 虨虎文也俗作虨 ○濆潠也普魂切三 噴上同 歕吐也又吹氣也 ○潘淅米汁又姓周文王畢公之子季孫食采於潘因氏焉出廣宗河南二望普官

切六 [illegible][illegible]坻大甎 番番禺縣在廣州 拌弃也俗作拚 [illegible]峙居也 [illegible]弃[illegible] ○攀引也普班切三 扳上同又音班 眅目多白皃 ○篇篇什也又姓周大夫

史篇之後芳連切七 偏不正也鄙也衺也又姓急就章有偏呂張 翩飛皃 媥身輕便皃 [illegible]身枯 艑小舟 萹萹茿可食又補殄切 ○胞胞胎匹交切九 [illegible]邑名說文布交

切地名 罦覆車網也又縛謀切 脬腹中水府 拋拋擲 泡水上浮漚說文曰水出山陽平樂東北入泗又音庖 僇盛也 [illegible]擊也 [illegible]藥名 ○票說文曰火飛也周禮

注云輕票土地之輕脃也今作票同撫招切二十一 漂浮也亦作漂 杓北斗柄星 飄飄颻風吹皃 嫖身輕便皃 旚旌旗動皃 犥牛黃白色也又敷沼切 鏢刀劒鞘下

飾也僄輕也又匹妙切鶓鳥飛飄飄飄慓急也影影影長組之皃摽字統云擊也䙚說文曰輕行也䴩上同翲鳥飛瞟瞟睽明視螵螵蛸嘌疾吹

之皃膖膖脝腫欲潰也○櫜囊張大皃普袍切四藨藨莓可食颮輕皃毲毛起皃出聲譜○頗說文曰頭偏也滂禾切又匹我切四坡坡坂陂陂陀不平玻玻璨

玉西國寶○葩花也又草花白亦作葩普巴切七鈀方言云江東呼鍦箭妑字林云女字也蚆貝也爾雅曰蚆博而頯郭璞云頯者中央廣兩頭鋭吧吧呀大口皃舥舥腳

船也舥牛角闊也○磅小石落聲撫庚切四怦滿也亨煑也俗作烹又許庚許兩二切澎澎湃水皃又音彭○怦心急又中直皃普耕切十一姘齊與

女交罰金兩曰姘蒼頡篇曰男女私合曰姘閛門扉聲𤚩牛色駁如星也伻使人弸弸彋也䍈使羊姘急也匉匉訇大聲抨彈也砰砰磕如雷之聲

○竮竛竮行不正亦作俜普丁切八俜見上注又匹正切甹甹夆掣曳說文曰亟詞也或曰甹俠也三輔謂輕財者爲甹𢕄使也艵縹色頩面色又普冷切姘

男女會合覺淮南子云覺然能聽○砯水擊山巖聲披冰切一○漰漰渤水擊聲普朋切二堋堋振動皃○颮風吹皃匹尢切七秠一稃二米又芳鄙切痮寐作聲衃

凝血肧孕一月又普回普來二切紑說文云白鮮衣皃又甫鳩切醅醉飽又普裴切○芝草浮水皃匹凡切二欲多智慧也○破枝折匹靡切三紴水波錦文又補柯切

披開也又偏羈切○諀諀訾惡言匹婢切六庀具也疕瘡上甲亦頭瘍又卑履切仳仳離別之意𧦧具也吡呰也出莊子○嚭大也匹鄙切五秠

一稃二米又孚悲切疕頭瘍嶏崩也岥又匹支符鄙二切○普博也大也徧也又姓後魏十姓獻帝次兄爲普氏亦虜複姓周書辛威賜姓普屯氏又虜三字姓周書楊

忠賜姓普六如氏後魏書有普陋如氏滂古切五溥大也廣也誧大也助也浦文字音義云風土記云大水有小口別通曰浦說文瀕也又姓晉起居注有浦選烳火行皃

○頩傾頭匹米切一○啡出唾聲匹愷切一○俖不肯也普乃切二朏說文云月未盛之明又音斐○翉飛起又走也普本切一○坢平坦坢也普伴切二䞱

走皃。䀡目中白皃普板切一。鴘埤蒼云鷹鷂二年色披免切一。縹青黃色也敷沼切八醥清酒犥牛黃白色顠髮白皫鳥變色也篻竹名實中

瞟埤蒼云一目病膘脅前又音芆麃蒼頡篇云鳥毛變色本作皫滂表切又經典釋文云徐房表切劉普保切一。叵不可也普火切四駊駊騀頗又普波切

巔巔峩山皃。䴵䴵䴵薄皃普幸切一。頩斂容匹迥切一。倗不肯也普等切二崩穆天子傳云西征至崩郭璞云國名也前漢書有崩成侯剖判也破也

普后切五婄婦人皃蔀小席又音部䳝䳝雀名髻髮皃。品官品又類也衆庶也式也法也二口則生訟三口乃能品量又姓出何氏姓苑丕飲切一。肨

脹臭皃匹絳切一。帔衣帔披義切三秛禾租也襬衣。譬說文諭也匹賜切二濞蜀漢又呼水洲曰濞。濞水聲匹備切六嚊喘聲膞盛肥𤸷氣滿

䲕敗皃又魚名淠水名在汝南。屁氣下洩也匹寐切二𥻦同上。怖惶懼也普故切五悑上同見說文鋪設也又普胡切誧謀也痡瘏痡

瘖病又音步。媲配也匹詣切七䴙上同見管子睥睥睨渒水名在汝南濞水名又芳備切淠水聲劓劓斫。嫓魚游水也匹蔽切一。霈霶霈

普蓋切五浿水在樂浪沛流皃亦滂沛又水名出遼東又音貝昁昁昧目不明也怖恨怒。派分流也俗作派匹卦切七𠂢說文曰水之衺流別也紪未緝麻也說文

曰散絲也𣏟麻紵𣸣說文曰水在丹陽𣏴藤屬蜀人以織布出埤蒼朮分臬皮也又匹刃切。湃滂湃普拜切二浿水名在樂浪配匹也合也滂佩切四朏向曙

色也妃妃偶也又匹非切崩崩聲。𣏟麻片撫刃切三闅闅觀也觀暫見。湓含水濆也匹問切四忿怒也魵小魚濆水浸也又音奮。噴吐氣普悶切三

歕上同湓水聲。判剖判又分也普半切八泮泮宮禮記作頖頖見上注沜水涯畔性之半體姅傷孕又音半泮氷散牉牉合夫婦也本亦作判周禮云

媒氏掌萬民之判。襻衣襻普患切一。盼美目匹莧切二𥈈小兒白眼視也。片半也判也析木也普麪切三胖半體也辨爾雅革中絕謂之辨革車轡勒也本亦作辨

娉 聘問也說文 匹正切三

匹

○騗 躍上馬匹戰切二 偏 又音篇 ○剽 強取又輕也匹妙切十一 彯 彯畫 嘌 置風日中令乾 漂 水中打絮韓信寄食於漂母又撫招切 僄 僄狡輕迅 翲 飛皃

聽 聽纔聞出字林 勡 劫也 摽 摽落 嫖 身輕便也 慓 急疾 奅 起釀亦大也匹皃切六 窌 上同說文窖也 炮 灼皃又步交切 拋 拋車又普交切 皰 面生氣也又旁教切

礮 礮石軍戰石也 ○破 破壞又虜三字姓三氏北齊書有破六韓常後魏書有北墳賊破六汗拔陵又西方破多羅氏後改爲潘氏普過切二 頗 又普禾切 ○帊 帊幞通俗文曰帛三幅曰

帊帊衣幞也普駕切二 怕 怕懼 ○聘 娉也 俜 伶俜 ○仆 倒也匹候切又匐覆二音五 踣 上同 趠 僵也 欸 語而不受 豧 豕息 ○扑 打也普木切十一

醭 醋生白醭 濼 齊魯間水名左傳云公會齊侯于濼 墣 說文云塊也又匹角切 穙 草生穙也 麖 麖鹿名 攴 擊也凡從攴者作攵同 撲 拂著 骲 骨鏃名也

黙 淺黲黑也 鷡 鳥也 ○璞 玉璞匹角切十五 擈 擊聲又蒲角切 樸 木素 朴 上同又厚朴藥名 撲 牛未劇 攴 楚也又普木切小擊也 墣 說文塊也淮南子曰

水勝土也非以一墣塞江 圤 上同 颮 颮風紛紛眾多皃 鞄 攻皮之工 髻 自冤本蒲角切 炇 火裂 覩 玉篇云久視 玐 玐批 肞 盈肞 ○匹 偶也配也合也二也說文

云四丈也从八匸八揲一匹俗作疋譬吉切四 鴄 鴄鳥 吅 唖吅 肶 肶牝 ○䬂 桲物聲或作竡普沒切五 晀 明且日出皃 哼 吹氣聲 婷 婷乳女字 馞 香皃 鏺

兩刃刈也普活切說文又讀若撥十三 撥 苃撥 蹳 蹳草聲 㧊 推㧊 醱 醱酒氣 醱 醱醅酘酒 潑 水潑 眥 目瞢昧不明皃 鱍 魚掉尾又音撥 袚 衣袂也

癶 癶艳無色 犻 牯羊 嚫 譈嚫人言 ○覆 匹北切三 蠹 蠹蝗蟲名 匐 匐匐 ○髈 髈吳人云髈囚朗切二 艴 艴艴無色 ○擎 小擊又略也引也亦作撇

普蔑切十 丿 左戾 懒 懒然嗔也 瞥 暫見亦作覕又芳滅切 䬃 小香也 虌 韻略云駁右迴又方結切 蹩 輕薄之皃 颰 颰小風皃 鐅 江南呼鐅刃 瞥 瞥日

落勢也 ○瞥 暫見亦作覕說文曰過目也又目翳也芳滅切又芳結切四 潎 漂潎又匹蔽切 憋 怒也又卑列切 瘍 枯病 ○顏 面大皃匹各切十五 畚 俗 濼 陂濼

霏上同 粕糟粕 膊說文曰薄脯膊之屋上 䐋割肉 䪐車覆軶 搏擊也 胉脅也 䒄䒄苴大蘘荷名 䪙䪙齒相䪙也 䒰䒰䒰也 菑舂也

䂍飛去也又步各切 ○拍打也普伯切十 魄魂魄 怕憺怕靜也 皛亦打出蜀都賦又胡了切又莫百切 敀大打也 䨗䨗疾也又音赴 珀琥珀 趙風入水皃 脈

𣐃破物也 洦淺水 ○擗射中聲也普麥切二 檗飯半生熟爾雅云米者謂之檗 ○僻誤也邪僻也芳辟切四 辟上同見詩 癖腹病 廦牆也 ○霹霹靂普擊切七

劈剖也裂也破也 澼莊子洴澼絖漂絮者 憵急速 鎃裁木為器 癖痃癖病 僻邪僻 ○堛土田芳逼切十三 愊悃愊至誠 踾踾地聲 㿿坼也 鶝鶝鵖

揊擊聲 稫稫稜禾密滿也 副析也禮云為天子削瓜者副之巾以絺 畐道滿也 𨹖地裂也亦作堛 𢼄𢼄皷 畐畐多也密也 疈周禮曰以疈辜祭四方百物 ○汃

西極水名普八切四 𪗎八齒聲 矶石破聲 𨊻車破聲

三十六 ○並比也蒲迥切四 竝上同 鮩白魚名也 併並立又必姓切 ○蓬草名亦州名周割巴州之伏虞郡於此置蓬州因蓬山而名之薄紅切十 篷

車篷 篷織竹夾箬覆舟也 鬔鬔鬆髮亂皃 蜂蟲名出蒼頡篇又音峯 芃芃芃草盛皃又音馮 稯爾雅曰困稯亦作稯又音降 韸韸鼓聲 韼充塞

皃又音龍 颿風皃又步留切 ○皮皮膚也釋名曰皮被也被覆體也亦姓出下邳符羈切六 疲勞也乏也 郫郫縣名在蜀 罷倦也亦止也又音𥧎 椑木下交皃又符

支切 䍦下小牛也 ○龎姓也出南安南陽二望本周文王子畢公高後封於龎因氏焉魏有龎涓薄江切五 逄姓也出北海左傳齊有逄丑父 肨肨肛脹大皃 鼙鼓聲 艂

艂舡船皃 ○陴城上女牆也符支切十五 𩎟籀文 焷無也 脾說文曰土藏也釋名曰脾裨也在胃下裨助胃氣主化穀也 麪餅麴 埤附也增也又音婢 裨副料

又姓鄭有大夫裨竈 蜱爾雅曰蟷蠰其子蜱蛸郭璞云蟷蠰螗蜋別名 螷上同 蠯爾雅曰蜌蠯即蚌屬也又薄佳切又薄猛切 𧓘上同 椑木枝下也 郫邑亦姓

出姓苑　麲麰麥麪　紕飾緣邊也○齜說文曰人齎也今作毗通爲齜輔之毗房脂切二十三　毗義見上注　比和也並也又匕鼻𨙸三音　琵琵琶釋名曰推手爲琵引手爲

琶取其鼓時以爲之名也　榌榍又方奚切　茈藙茈荆蕃　沘水名在楚　貔獸名　豼上同　膍牛百葉也又鳥膍胵也又步迷切　肶上同　蚍蚍蜉大螘　𧖅上同

枇枇杷果木冬花夏熟　仳仳倠醜女　䠋䠋躰體柔　魮文魮魚名狀如覆銚鳥首而翼魚尾音如磬生珠玉出山海經　鈚犂錧別名　蓖蒿也　毘箄笭　阰山名

在楚南　螕蟲名　鵧鳥名○邳下邳縣名在泗州又姓風俗通云奚仲爲夏車正自薛封邳其後爲氏後漢有信都邳彤符悲切六　鉟刃戈又音丕　鴀鷚也　岯山再

成也　魾大鱯也又音丕　髬說文云短須髮皃又音丕○酺大酺飲酒作樂周禮注云蓋爲壇位如雩禜云族長無飲酒之禮因祭酺而與其民以長幼相獻酬焉又漢律禁三人以上羣飲酒

故賜酺得會聚飲食也薄胡切十　匍匍匐　蜅蛤蜅　荹荹蘆收亂草也　樸樸劚縣名在武威劚音還　菩梵言菩提漢言王道　䐹膞魚亦雉有䐹肉也　蒲草名似藺

可以爲席亦州名舜所都蒲坂秦爲河東郡後魏爲雍州又改爲秦州周改爲蒲州因蒲坂以爲名又姓風俗通漢有詹事蒲昌又苻洪之先家池中蒲生長五丈如竹形時咸爲之蒲家因以爲氏又漢複姓有

蒲姑蒲城蒲圃三氏出何氏姓苑　蒱摴蒱戲也博物志曰老子入胡作摴蒱　𥳇竹笪沈水取魚之具○鼙騎上鼓釋名曰鼙裨也裨助鼓節也呂氏春秋曰帝嚳令人作鼙鼓之樂也部

迷切七　鞞上同　椑圓榼漢書云美酒一椑　膍膍𦢊說文曰牛百葉也一曰鳥膍胵也亦作肶又音毗　崥崥㠷　𤭞瓦器　箄取蝦竹器○牌牌牓也薄佳切七　鯙

魚名廣雅云黑鯉謂之鯙　篺大桴曰篺　郫縣名在蜀又音皮　螷江東呼蚌長而狹者爲螷　棑棑筏又音敗　犤牛也○排推排釋名曰彭排軍器也彭旁也在旁排敵禦攻也步皆

切六　俳俳優　輫車箱　簰又薄佳切　猈短頭狗也　顊曲頤皃○裴衣長皃又姓伯益之後封于𨛬鄉因以爲氏後徙封解邑乃去邑從衣至燉煌太守裴遵始自雲中徙

居河東本亦作裵薄回切十二　徘徘徊　培益也隄也助也治也隨也重也　陪陪廁也　𨛬鄉名在聞喜　𨞏鄉名在扶風　婄婦人皃　棓姓也前漢爰盎之棓生所

問占又龐項切 毰毰毸鳳舞 ⿰片咅版也 ⿰禾頁曲頤也又音牌 輫車箱 ○⿰片咅版也扶來切二 棓姓出姓苑 ○頻數也急也比也說文作顭水厓人所賓附顰蹙不前而止又姓風俗通

云漢有酒泉太守頻暢符真切十四 蘋大萍也又作薲 薲上同 嬪婦也一曰妻死曰嬪 櫇木名 玭珠也又步田切 蠙珠母又步田切 獱獺之別名 顰顰眉蹙也

⿱頻言多言 嚬笑也 𩕫鬼皃 繽擣衣 ⿰女頻嬪姿 ○貧乏也少也符巾切二 穷古文 ○盆瓦器亦作瓫爾雅曰盆謂之缶說文曰盎也又姓風俗通云盆成括仕齊孟軻知

其必死其子逃難改氏成焉蒲奔切四 葐覆葐草 ⿰盆鳥⿰盆鳥鳩鳥 湓水名在尋陽一曰水涌也 ○槃器名薄官切二十二 盤籀文 鎜古文 柈俗 瘢瘡痕

磻磻溪大公釣處 幋大巾 磐大石 ⿱髟般⿱髟般頭曲髮爲之又卧髻也又音班 般樂也又博干切釋典又音鉢 蹣蹣跚跛行皃 搫搫擬婉轉 鞶鞶革說文曰大帶也 縏縏纓馬飾

見左傳 ⿱般鳥⿱般鳥鸓異鳥人面出山海經 ⿱般目轉目視也 媻奢也一曰小妻又媻娑來往皃 ⿱般系番和縣名在涼州 蟠鼠負蟲又龍蟠也 ⿱般黑下色 ⿱竹般篾也 ⿰犭般⿰犭般狐犬也 ○蹁蹁蹮旋行

皃部田切十二 蠙蠙珠 骿骿脅 軿四面屏蔽婦人車又房丁切 駢并駕二馬 ⿰扁瓜黃瓜名 胼胼胝皮上堅也 跰上同 楄木名食不噎又杜預云楄部棺中露牀也

賆益也 玭班珠或與蠙同 琕上同 ○便辯也僻也安也又姓漢有少府便樂成房連切又去聲九 緶縫也 楩木名 平書傳云平平辨治也又皮明切 諞巧言又符蹇切

㛹㛹娟美好 箯竹輿 ⿰虫便⿰虫便蝱沙蝨也亦作蠠 楄木名食之不咽 ○瓢瓠也方言云蠡或謂之瓢論語曰一瓢飲符霄切六 飄老子曰飄風不終朝注云疾風也 剽爾雅

云中鏞謂之剽又小輕也或作𠞰 薸方言云江東謂浮萍爲薸 櫜櫜橐也又公浪切 螵螵蛸蟲名又撫招切 ○庖食廚也薄交切十七 咆咆㘭熊虎聲 匏瓠也可爲笙竽

炮合毛炙物也一曰裹物燒 炰上同 鉋鉋刷 瓟似瓠可爲飲器 麃獸名似鹿 掊手掊 颮風聲 鞄鞄皮說文云柔革工也 狍獸名羊身人面目在腋下 跑足跑地也

捊引取亦作抱 尥牛脛相交也又力釣切 泡水名又匹交切 ⿰黍包赤黑之漆 ○袍長襦也薄褒切三 袌上同 軳戾也又車軫也 ○婆老母稱也薄波切九

槃說文曰奢也　鄱鄱陽縣名在饒州　皤老人白也　顮顮顮勇舞皃說文同上　縏姓也左傳殷人七族有縏氏漢有御史大夫縏延壽又音煩　搫除也潘岳射雉
賦云搫場扗翳又披散也亦音盤　蔢蔢蔢草木盛皃　磻纜繳石又音盤　○爬播也或作把又姓本杷東樓公之後避難改焉西魏襄州刺史把秀蒲巴切三　把枇杷木名說文曰收
麥器也　琶琵琶樂器　○傍亦作旁側也說文曰近也又羌姓步光切十三　彷彷徨　膀膀胱　髈上同　踉踉蹡急行　趽腳脛曲皃　房阿房宮名　旁爾雅曰二達謂
之岐旁謂岐道旁出也說文曰溥也　篣竹箕又薄庚切　鄍亭名在汝南　螃螃蟹本只名蟹俗加螃字　䅭䅭䅲穄名　騯馬盛皃又甫盲薄庚二切　○彭行也道也盛也說文
曰鼓聲也又姓大彭之後左傳楚有令尹彭仲爽漢有大司空彭宣薄庚切十七　澎地名又擊水勢又撫庚切　膨膨脝脹皃　蟚蟚螖似蟹而小　鬔鬔鬤亂髮皃鬤乃庚切
棚棧也閣也　榜說文曰所以輔弓弩也又甫孟切　䄘䄘禮祭名　搒笞打說文又北孟切掩也　蒡菜一名隱慧似蘇可為菹　篣籠又音旁　𩡧𩡧䅽大香　騯
馬行盛皃　憉憉悙自強　⿰旁斗量溢　輣兵車又樓車也　軿上同　○平正也和也易也亦州名古山戎孤竹白狄肥子二國之地秦為遼西郡隋為北平郡武德初為平州有盧龍塞
又姓齊相晏平仲之後漢有丞相平當又漢複姓何氏姓苑云有平陵平寧二氏符兵切八　評評量亦評事大理寺官唐初置十二員又音病　苹葭一曰蒲白又曰苹別名又云藾蕭
也　枰枰仲木名又博局也　泙水名說文谷也　坪地平　胓牛羊脂也　蛢蟦蛢　○輣兵車薄萌切五　棚棧也　弸弓弱皃　㥊㥊悩好嗔皃　庄平也亦作庄
○瓶汲水器也又姓風俗通云漢有太子少傅瓶守後趙錄有北海瓶子然二姓蓋別薄經切十五　缾上同　蛢以翼鳴蟲　䶄鼠子說文云䶄令鼠　屏三禮圖曰扆從廣八尺畫
斧文今之屏風則遺象也又必郢切　萍萍馬帚似蓍又萍翳雨師名也　䈂竹名　軿輜軿兵車　萍水上浮萍　蓱上同　竮跉竮又普經切　郱郱城在東莞
畊織蒲為器　洴莊子曰有洴澼絖造絮者也　箳箳篂別駕車名　○凭依几也扶冰切五　馮周禮馮相氏鄭玄云馮乘也相視也世登高臺以視天文又防戎切　憑

馮託淜説文曰無舟渡河也淜水聲○朋朋黨也五貝曰朋書云武王悅箕子之對賜十朋也步崩切六堋射堋鵬大鳥棚棚閣又薄庚切倗輔也又姓漢書王尊傳云
南山羣盜倗宗等又匹等切鬅鬅鬙被髮○裒聚也薄侯切九⿰髟咅説文云髮皃捊説文云引取也抔手掬物也掊詩曰曾是掊克謂聚斂也⿰月咅豕肉醬也⿰飠付
餢飳曰食也錇説文云小缶也箁説文云竹箬也○滮水流皃亦作淲皮彪切三瀌雨雪皃又音鑣颮風皃○⿱步疋步渡水白衘切一○菶蒲蠓切草盛皃
又方孔切三唪大笑也埲埲塕塵起○⿰木丰杖也打也步項切八棒上同棓上同魏志云曹操爲北部尉門左右縣五色棓各十枚玤周邑地名又珠次玉怑
怑悑很戾蚌蛤也蜯上同⿰耒咅⿰耒咅羅器出埤蒼○被寢衣也又姓呂氏春秋有大夫被瞻皮彼切又皮義切二罷遣有罪又平皮薄解二切○婢女之下也
便俾切二庳下也或作埤又音卑説文曰中伏舍也一曰屋庳○牝扶履切又毗忍切一○否塞也符鄙切又方久切八痞腹內結痛圮岸毀又覆也仳離也
又芳比切殍草木枯落也又音孚⿰巾比幓裂⿰酉非覆也或作⿱山非歧方言云器破而未離南楚之閒謂之歧又匹支芳鄙二切○簿簿籍又車駕次第爲鹵簿裴古切二
部部伍又部曲○陛階陛也傍禮切八梐梐枑行馬髀髀股⿰骨坒上同坒下也萆萆鼠莞見爾雅可爲席又必鼻切⿰牛坒⿰牛坒牛馬行⿰亻坒⿰亻坒傫
開腳行也○罷止也休也薄蟹切六⿰矢罷⿰矢罷⿰矢昔短也猈犬短頸一曰案下狗也⿰金罷大鐵杖⿰忄𤰈疲劣⿰罷力⿰罷力⿰解力惡怒○琲珠五百枚蒲罪切三痱痱癗
⿸广卑⿸广卑起令虛○倍子本等也薄亥切三菩説文曰草也蓓黃蓓草也○牝牝牡毗忍切又扶履切四髕去膝蓋骨刑名臏上同猵獺屬又音邊
○獖守犬蒲本切四笨竹裏又晉書有兗州四伯豫章太守史疇以大肥爲笨伯⿰扌畚車弓体麤皃又劣也○伴侶也依也蒲旱切三扶説文云並行也从兩夫輦字从
此拌弃也又音潘○阪阪別名扶板切又音返三昄大也又音板魬魚名○辮説文交也薄泫切七艑吳船⿰鹵扁蜀人呼鹽扁姓也盧醫扁鵲是也

又方典切毻毻毴毛領䮁骨風病也䯙骨䯙生皃○辯別也理也慧也說文治也符蹇切五䛒俗辡罪人相訟又方免切辨別也說文判也又蒲莧切諞

巧佞言也又符沔切○楩木名符善切又父綿切四𢙄急也諞巧言扁又辨篇二音○摽落也又拊心也字統合作此芆符少切八摽上同見說文今從票

餘同鰾魚鰾可作膠慓急性顠髮白又孚小切驃上同膘脅前又孚小切芆芆草又零落也○藨草名可為席平表切八蔈上同殍餓死

又音孚莩上同又音孚受物落皃欨歐吐猤獪也貔似狐善睡○鮑鮑魚又姓出東海泰山河南三望本自夏禹之裔因封為氏薄巧切四骲骨鏃[illegible]

亩地鞄柔革名○抱持也說文曰引取也薄浩切十一○爸父也捕可切一○跁傍下切三䏶短人立也笆竹名出蜀又音巴○䮾姓也毗養切一○鮩鮊魚

別名蒲猛切一○併俱也或作併羅列也蒲幸切四鮩蛤鮩蠯上同螷亦同○部署也又姓出苑蒲口切十培培塿小阜或作㟝犃犃牭偏高又牛頭短

脴豕肉醬瓿瓿甒小甖䳝小缶䴺䴺麰餅篰牘也蔀蔀菜魚薺也云豐其蔀王弼曰蔀覆曖鄣光明之物亦音剖婄婦人皃又音剖○避違也

迴也眦義切一○髲頭髲也南越志云開平縣出髲平義切六被被服也覆也書曰光被四表又平彼切寢衣也鞁裝束鞁馬[illegible]弓旇埤蒼云旇旗又衣服皃岥岥𡶓

○備備具也防也咸也皆也副也慎也成也又姓風俗通云宋封人備之後平祕切十七俻俗葡說文具也葡古文𠾱怒也又一曰迫也㗗上同見經典省[illegible]壯大糒

糗也犕牛具齒絥說文曰車絥也韛上同鞴上同贔贔屓壯士作力皃𣙜木名出蜀其穗可食𢐗以筋帖弓[illegible]鳥如梟又非尾切𤖫編摸○鼻

說文曰引气自畀也眦至切十比近也又阿黨也又房脂必履扶必三切枇細櫛𤵸足氣不生坒地相次坒也亦音𨚮𧝱司馬相如著犢𧝱裩祉以豚祠司命也[illegible]

首也𪖐盛也芘草名○捕捉也薄故切十三哺食在口也步行步爾雅曰堂下謂之步白虎通曰人踐三尺法天地人再舉足步備陰陽也又姓左傳晉有步揚食采於步後因

氏焉又虜三字姓三氏後魏書步六孤氏後改爲陸氏又西方步鹿根氏後改爲步氏北齊書有步大汗氏　韛韛鞁盛箭室　餔餹餔又作糒　鮬魚名　駂駂馬習馬案左傳曰

左師見夫人之步馬字不從馬　艄艄艇船　郙亭名　鵏鵏鼓鳥　痡痡瘽痞病又音怖　荹亂草說文曰亂草也　馞馬名　○薜薜荔蒲計切五　𨪘所以理苗殺草

鵯弋鳥具也　䤵醬也　檘木名　○獘困也惡也說文曰頓仆也俗作弊毗祭切五　斃死也說文同上　幣幣帛　㡀說文曰敗衣也从巾象敗衣之形又匹世切　敝

說文曰帗也一曰敗衣也又姓左傳齊有敝無存　○旆旗也繫旐曰旆蒲蓋切三　䟺顛䟺行不正也　軷祭道神又蒲葛切　○粺精米傍卦切四　稗稻也又稗草似穀　䵗黍屬

又音　杷田具又音琶　○憊病也說文𢞐也蒲拜切八　𢡱𤸎並同上　鞴韋囊吹火　𣝓同上　䑫船後䑫木　棑木名　湃水波　敗自破曰敗說文毀也

薄邁切又北邁切四　𣀷籒文　𨓊走散　唄梵音　○佩玉之帶也說文曰大帶佩也从人从凡从巾佩必有巾巾謂之飾禮曰凡帶必有佩玉蒲昧切十二　珮玉珮俗　孛星也又蒲

沒切　鄁紂之畿內國名東曰衛南曰鄘北曰鄁　邶同上　偝向偝　誖言亂又補內蒲沒二切　悖心亂又蒲沒切　背弃背又姓也又補妹切　琲埤蒼云珠百枚曰琲孫權貢珠百

琲琲貫也又云珠五百枚也亦作琲又蒲罪切　柭拂取　茷爾雅曰茷山韰案本亦作㪍㪍音勃　○坌塵也亦作坋蒲悶切二　湓水聲　○叛奔他國蒲半切四　嫳嫳嫳無宜適也

畔田界也　伴伴奐見詩　○辦爪瓠瓣也蒲莧切五　辨具也周禮曰以辨民器又步免切　辧俗　瓣小見　釆說文云辨別也象獸指爪分別也　○卞縣名在魯又姓

出濟陰本自有周曹叔振鐸之後曹之支子封于卞遂以建族皮變切十五　抃擊手　拚上同　弁周冠名　覍上同　汴水名在陳留亦州名秦屬三川郡漢爲陳留郡留鄭邑爲陳所并遂

名之東魏置梁州周改爲汴州　猭犬鬬聲　閞門欂櫨又音飯　昪日光皃　匥笥也　莽雀草　笲竹器　玣玉名　忭喜皃　頯頯冠　○便利也婢面切又音平聲一

○驃驃騎官名又馬黃白色毗召切又毗笑切又匹召切一　○靤面瘡防教切五　皰面生氣也　鞄持皮　鉋鉋刀治木器也　骲手擊　○暴侵暴猝也急也又晞也案

說文作𣊧疾有所趣也又作𣊧晞也今通作暴亦姓漢有繡衣使者暴勝之薄報切九 虣上同周禮曰以刑教中則民不虣 曝曝乾俗 瀑瀑雨 勹說文覆也 菢鳥伏卵 袌

衣前襟又云今朝服垂衣又薄高切 𧟄姓也出姓苑 䳰鳥名又博木切 䌟符臥切一 ○𤟤獸名似狼白駕切六 杷田器又白巴切 鲃海魚 皅色不真也 跁跁踦短人 耙耙稏

稱名 ○傍蒲浪切又蒲郎切二 徬徬附 病憂也苦也說文曰疾加也皮命切四 評平言又音平 坪地名說文作坪地平也 枰獨坐版牀一曰投博局又音平 彭

脹也蒲孟切一 併皆也俱也蒲迸切二 𩆝雷𩆝𩆝聲 偋偋隱僻也無人處字統云廁也防正切又蒲徑切二 庰上同 ○凭依几也皮證切又皮陵切二 𩆽𩆽雷聲也

○𦜝豕肉醬也蒲侯切二 𩋆𩋆衣 埿深泥也蒲鑑切二 湴上同 ○僕僮僕說文曰給事者也漢書曰太僕秦官掌輿馬亦姓風俗通云漢有渾梁侯僕多又虜複姓後魏書僕蘭氏後

改為僕氏蒲沃切六 璞古文 鏷鏷鏻矢名案左傳曰魯莊公以金僕姑射南宮長萬字不從金 蹼蹼𧒂又蹼蝫蟲 轐車轐兔也 䴆䴆鶵 ○雹說文曰雨冰也蒲角切二十 䨔古文

撲相撲亦作扑 跑秦人言蹴 駮獸名似馬一角 駁上同 骲骲箭 鰒魚名 箔竹名 瓝瓜瓝也 皰上同 㼎上同出說文小瓜也 暴鳴暴大呼說文作暴云大

呼自冤也 犦犎牛又甫沃切 㲉說文云小豚也 窇廣雅曰窖也 𦂜車𦂜帶也 䏴肉脹起 㦒煩悶也 𢷃擊聲又匹角切 ○邲地名在鄭又美皃毗必切二十一 比比次又毗

毗鼻三音 柲偶也 馝香也又虜複姓後魏書馝邦氏後改為邦氏 苾說文曰馨香也詩曰苾苾芬芬 鞸車鞸革 佖有威儀也 䱀魚名 駜馬肥 坒相連 飶食之香者 綼

給也又必覓切 鮅魚名 怭慢也 泌水浹流又必媚切 飶飲酒俱盡 蜌黑蜂 吡鳴吡吡亦作㕸 䬛吹䬛 咇言不了 妼女有容儀 ○弼輔也備也房密切十 弻上同說文作此

㢸𢐀並古文 秘秭禾重生 悲輔也 駜馬肥 胇胇肹大皃 邲地名 佖威儀備也 ○勃卒也又姓世本宋右師之後又梁武帝改豫章王綜姓勃氏蒲沒切二十三

渤渤澥海名又水皃 騲騲馬獸名似馬牛尾一角又音雹 䭯說文曰吹釜溢也 餑餑麵 埻塵起 馞大香 悖逆也又音背 䄸䄸秭禾所秀不成聚向上

皃 郭名鄣 浡浡然興作 毴毴毴毛短 慹昏亂 敦敦卒旋放之皃 誖言亂 焞煙起皃 桲榅桲果似樝 孛星也又怪氣 艴艴然不悅 拵

拔也 脖胦脖 馞馞香 鵓鵓鴿鳥名 ○跋跋躠行皃又蹋也蒲撥切二十五 跡行皃 䞳同上 䟦同上 魃旱魃 犮舍也 軷將行祭名 酦酒氣 [illegible]

香氣 炦火氣 颰風皃 癹除草說文音撥 妭鬼婦文字指歸云女妭禿無髮所居之處天不雨說文曰婦人美皃 犮犬走皃 [illegible]弋鳥具說文音廢 抜廻拔又虜複姓

三氏後魏有都督拔略昶出賀拔勝傳又有夏州刺史拔也惡䳄官氏志有柯拔氏又虜三字姓後魏書拔列蘭氏後改爲梁氏又蒲八切 胈夏禹治水腓無胈脛無毛韋昭云胈股上小毛也

鈸鈸鈴 䳊鳥名似梟 駊駊䮂蕃中馬也 菝菝葀瑞草 坺一臿土也又音伐 [illegible]雲氣 茇草木根也 [illegible]肩髆 ○蹩蹩躠旋行皃一曰跛也蒲結切十四 撆反手

擊也 [illegible]頫不正 瘪戾瘪 馝香也又音鼈 咇咇語也又口香 苾菜名說文曰馨香也又頻必切 馝香也 䏟䏟脅肥也 飶飶食香也 蛂蛂蟥蛢甲蟲也 柲柲支 [illegible]

醜氣 襒襒衣亦作撆 ○拔拔擢又盡也蒲八切又蒲撥切三 菝菝葀狗脊根可作飲 妭妭短人 ○別異也離也解也說文作冎又姓何氏姓苑云揚州人皮列切又彼列

切二 㠛大㠛山名書亦作別 ○泊止也傍各切十一 亳國名春秋時陳地漢爲沛之譙縣魏爲譙郡晉爲南兗州齊爲亳州 薄厚薄說文曰林薄也又姓漢文帝母薄氏

箔簾箔 礴盤礴 薄蠶具 [illegible]犓也 鑮似鍾而大 踄蹈也 䱬魚似鯉一目也 餺餺飥亦作䬪 ○白西方色又告也語也亦姓秦帥有白乙丙

傍陌切五 帛幣帛尚書大傳曰舜修五禮五玉三帛又姓出吳神仙傳有帛和 舶海中大船 鮊魚名 [illegible]草爾雅曰帛似帛布從廾 ○欂欂櫨戶上木弼戟切二 欂

說文曰壁柱也 ○綼織絲爲帶蒲革切四 [illegible]罿也 䡊車䡊 欂欂櫨又木名也 ○擗撫心也房益切九 椑棺也 躃倒躃 闢啓也開也 辟便辟又法也五

刑有大辟從卩辛卩所以制節其罪也從口用法也 [illegible]死之皃 [illegible]弓彊 革兩衣 [illegible] 甓瓴甓扶歷切四 鷿鷿鷈鳥名似鳧而小足近尾或作鸊 椑

大棺殯殯殰欲死之皃○愎很也符逼切八腷腷臆意不泄也𤋲火乾肉也䊧上同愊愊皈出通俗文馥香又音復踾踾地聲鶝鶝鵖鳥○菔
蘆菔蒲北切十三葍上同𣗳𣗳道縣在犍爲又丁壯皃亦醜也亦作菔又符逼切匐匍匐𠣽上同踣斃也倒也又作仆仆倒也菩草名又音蒲垘
塡塞趧僵也又孚豆切𪐴黍豆饋葉也䢔農夫賤稱𢪔擊也○䮘䮘鵖亦鴔皮及切一○倗輔也又父鄧切一○暴日乾也蒲木切十二曝俗
瀑瀑布水流下也蠌蠌蝀蟲名毴毴毴毛不理也樸爾雅云樕樸心又音卜僕侍從人也䑑古文𥎊短人又倉候切業業瀆𡕢行皃穙穙穤
也
三十七○明光也昭也通也發也又姓出平原河南山公集有平原明普武兵切五盟盟約殺牲歃血也周禮有司盟𥁰上同鵬鷫鵬似鳳南方神鳥鳴嘶鳴又姓
出姓○瞢目不明莫中切六夢說文曰不明也又武仲切鄸邑名在魯郡懜慙也國語云君使臣懜𩈓𩈓𩈓醜皃𧰆獸似豕目在耳出崐崘○蒙
覆也奄也爾雅釋草曰蒙王女也莫紅切二十𠑷冡說文覆也濛溟濛細雨𩦷𩦷子曰𩦷艨艨艟戰船又武用切朦大皃矇矇瞽饛盛食滿皃鬃馬垂
鬣𩣻也檬似槐葉黃𨣥麴生衣皃𩟃上同醟亦上同鸏鸏鶵鳥也幪覆也蓋衣也又幪縠罞爾雅曰麋罟謂之罞𢃴說文云蓋衣也又莫弄切𩮵
爾雅釋詁曰蠓蠛蠓似蚊又莫孔切䰒草可爲帚雺天氣下地不應曰雺又莫候切霿霥並上同朦朦朧月下盟器滿懜心悶闇也靀小雨
○厖厚也大也莫江切十四駹黑馬白面狵犬多毛亦作尨尨上同浝水名哤語雜亂曰哤牻牛白黑雜娏女神名䵨陰私事也蛖五蛖山名
在蜀蛖蛖螻蛄類眬目不明痝病困㟌不媚○縻縻粥糜䭧又糜縻爵易作縻𪎭爛𪎭散也𧄝薔𧄝蘼蕪冬又亡彼

切糲糲碎麊麊䅊別名靡秉輿金耳醿酴醿酒也○彌益也長也久也亦姓三輔決録有新豐彌升又羌複姓後秦將軍彌姐婆觸武移切十七弥上同鸍
鴒鳥名又名沈鳧似鴨而小也又弌支切镾長久罙罟也宷上同瞇瞇汗面兒又莫結切瓕玉名獼獼猴籋籋竹亦作篿擟擟拘山名麊縣名在交
趾冞冞入也冒也周行也㜷齊人呼母鑈青州人云鎌䂂矛也瀰渺瀰大水兒○眉說文作睂目上毛也武悲切二十𥄉見上注嵋山形湄釋名曰湄
眉也臨水如眉也爾雅曰水草交爲湄瀰上同鶥鳥名爾雅曰鶥麋鴰今呼鶥鴰字林作鶥楣戶楣釋名云楣近前各兩若面之有眉瑂石似玉也䁾伺視𩴭上同薇
竹名又音微黴黴黧垢腐兒又莫背切麋鹿屬冬至解其角又姓蜀將東海麋竺也蘪蘪蕪香草即江蘺也郿縣名在岐州溦爾雅曰谷者溦郭璞云通於谷也
薇爾雅曰薇垂水謂生於水邊䥸金飾馬耳又武卑切葿䔺葿草藦水芝名也○模法也形也規也莫胡切十二橅上同出漢書摸以手摸也亦作摹又音莫
嫫嫫母黃帝妻兒甚醜亦作嫫䍛車衡上衣𨡓𨡓醫子醬也醫大胡切謨謀也亦作謩暮古文墲規墓地曰墲无南无出釋典又音無蕪竹名膜膜拜也
胡禮○迷惑也莫兮切六婺齊人呼母䴢麛鹿子覭病人視兒鼂鼂鼀似龜堪啖多膏○䁐視兒莫佳切二䩈鞵韉履也○埋瘞也藏也
莫皆切四霾上同霾爾雅曰風而雨土爲霾釋名曰霾晦也如物塵晦之色也䁷慧也○枚枝也亦姓漢有淮南枚乘莫杯切十五梅果名又姓出汝南本自子姓殷有梅
伯爲紂所醢漢有梅鋗媒媒術說文曰謀也謀合二姓也玫玫瑰煤炱煤灰集屋也炱柱來切脢脊側之肉又亡代切脥上同腜孕始兆也禖郊禖求子祭也
罞雉網莓莓莓美田也塺塵也鋂大鐶詩傳云一環貫二䊈酒母䤂醅之別名○珉美石次玉亦作玟武巾切十九岷山名江水所出亦州名秦隴西
臨洮縣也後魏郡之置岷州因山以爲名罠彘網閩閩越蛇種也又音文緡錢貫亦絲緒釣魚綸也又姓出何氏姓苑暋強也笢竹膚又亡忍切旻仁覆愍下謂之旻天旼

和也 瘩病也 閺亭名在汝南 汶汶山郡又音問 捪撫也 忞自勉強也 旼視皃 瞃上同 鍲箕稅也 鶻鳥似翠而赤喙 鍲鍲鈗 ○民說文

曰衆萌也彌鄰切五 閺低目視也 瞃視皃又音旻 泯没也又亡忍切 怋亂也 ○𧶘說文作賁出物也莫懈切一 ○門問也聞也字從兩戶亦姓周禮云公卿之子入王端

之左教以六藝謂之門子其後氏焉又漢複姓十四氏左傳魯卿東門襄仲宋樂大心爲右師居桐門後因氏焉伍子胥抉眼吳門因謂子胥門子孫乃以胥門爲氏吳有胥門巢世本晉大夫下門聰齊臨

淄大夫東門遽陳有闕門氏戰國策有雍門周魏侯嬴爲夷門抱關者後姓夷門氏呂氏春秋有陽門介夫後以陽門爲氏古今表有逢門子豹宋諸公子食采於木門者後遂爲氏漢書儒林傳有闕門

慶忌何氏姓苑云弋門氏今漁陽人又有剌門氏莫奔切十三 捫以手撫持 樠木名 虋赤粱粟也俗作𧄍 璊玉色赤也 亹浩亹地名出漢書地理志云浩音鴿 㵍上同

怋怋怋不明又亂也 顝頭多殟顝 𣯌赤色罽名 𧼮行遲 䊟粥凝 𪇰比翼鳥也 ○瞞目不明也說文曰平目也曹操一名瞞又姓風俗通云瞞氏荆蠻之後本姓蠻其枝裔

隨音變改爲瞞氏母官切二十四 顢顢頇大面皃 謾欺也言慢也 蹣踰牆 𥹬糧頭餅也 饅俗 懣忘也 鏝泥鏝 槾墁並上同 𦳝無穿孔狀 鞔鞔鞋履

𥟖木名松心 鰻鰻鱺魚也 曼路遠 蔓蔓菁菜也 鄤鄤鄉亭名在上艾鄉音求 獌獸似狸也 𧼮行遲皃 𥢌種遍皃 芇相當也又亡殄武仙二切 悗

惑也 鬗長鬘也 絻連也 ○蠻南夷名亦姓莫還切七 𪈪似鳧一目一足一翼相得乃飛即比翼鳥也 獌狠屬又莫干晚販二切 鬘衣出釋典 謾方言曰謾台脅

閩懼也燕代之間曰謾台齊楚之間曰脅閱合音怡 𥢌赤𥢌稻名 𪑑畫車輪也 ○眠寐也莫賢切七 瞑上同說文曰翕目也又音麪 𦗏埤蒼云注意而聽也 矏爾雅

曰密也 臱上同 𩭓燒煙畫眉 𡫜不見 ○緜精曰緜麤曰絮說文曰聯微也又姓晉張方以綿思爲腹心武延切十七 綿上同 棉屋聯棉又木棉樹名吳錄云其實如

酒杯中有綿如蠶綿可作布又名曰緤羅浮山記曰正月花如芙蓉結子方生葉子內綿至蠶成即熟廣州記云枝似桐枝葉如胡桃葉而稍大也 謾欺也 矊矊瞳子黑又矊眇遠視 蝒馬蜩蟬中

最大 蚎上同說文曰蚎蚗蟬屬 矈密緻皃 㦒忘也 芇說文曰相當也今人賭物相折謂之芇 宀深屋 䫵雙生 櫋說文曰屋櫋聯也 柄木名 臱

視遠之皃 櫋木名 槾槾密也 ◦蜱蟲名彌遙切五 𧈢蠶初生也 篻竹名 帎玉篇云細網也 鶓工雀 ◦苗田苗亦夏獵曰苗又求也衆也禾秀也亦姓風俗通

云楚大夫伯棼之後賁皇奔晉食采於苗因而氏焉武瀌切五 描描畫也又音茅 緢說文曰旄絲也 貓獸捕鼠又爾雅曰虎竊毛謂之虦貓又武交切 猫俗 ◦茅草名左氏

傳曰前茅慮無明又姓史記秦有茅焦莫交切八 蝥螌蝥蟲名 貓又武瀌切 犛牛名又力之切 罞麋罟也 鶜鶜䳗鳥也 描打也出玉篇 媌美好皃 ◦毛

說文曰眉髮及獸毛也亦姓本自周武王母弟毛公後以爲氏本居鉅鹿避讎滎陽也莫袍切一十 髦髦髳也髦俊也 芼菜也又音耄 渵水名出諸與山 旄旄鉞書曰武王右秉白旄

史記曰昴星曰旄頭星徐援釋疑曰乘輿黃麾內羽伏斑弓箭左罼右罕執罼者冠熊皮冠謂之髦頭也 犛犛牛尾也犛音猫 楙冬桃 秏上同 酕酕醄醉也 堥前高後下丘名

◦摩研摩又滅也隱也迫也莫婆切十一 䭥䭥食也出異字苑 𥃀杯也又莫加切 嬤嬤尼 魔鬼魔 𦝼偏病 磨磨礪爾雅曰石謂之磨 劘削也 䏞漏病

𦝫上同 𪎊哺皃 ◦麻麻紵亦姓風俗通云齊大夫麻嬰之後漢有麻達注論語莫霞切八 犘犘牛重千斤出巴中 蟆蝦蟆亦作蟇 䵦鼂䵦似龜鼉生海邊沙中

肉甚美多膏 䫲䫲顩難語出陸善經字林 痲痲風熱病 𥂕杯也又莫何切 懡懡㦟 ◦茫滄茫莫郎切十四 吂不知也 䀮目不明也 汒谷名在京兆 忙

怖也 恾上同 䒽遽也 邙北邙山名又武方切 芒草端亦姓史記有芒卯又音亡 硭硭碭山名史記本只作芒 杗大梁又武方切 蘉勉也 𥦛寐語 鄍鄉名

在藍田 ◦盲目無童子武庚切八 蝱蟲也 鄳縣名在江夏 䁅䁅盯直視 莔貝母草 𨟍古縣名在義昌 䥰䥰鎖 䇇竹名 ◦甍屋棟也莫耕切十一

櫋上同 䈍竹筒 萌萌牙 氓民也 甿上同田 嫇嬰嫇新婦皃 蕄爾雅云存存蕄蕄在也又莫登切本亦作萌又作𦾟 䁅䁅盯 𦺐苕可爲帚 矒瞪矒視不分明

○名名字春秋說題曰名成也大也功也号也說文曰自命也从夕口夕者冥不相見故以口自名也又姓左傳楚大夫彭名之後武并切二 洺水名在易陽亦州名春秋時爲赤狄之地後屬

晉秦爲邯鄲郡周於此置洺州以洺水爲名 ○冥暗也幽也又姓禹後因國爲氏風俗通云漢有冥都爲丞相莫經切十五 榠榠樝果木 銘銘記釋名曰銘名也記名其功也

鄍晉邑 溟溟濛小雨又溟海也 ⿰冥頁眉目閒也 螟螟蛉桑蟲說文曰蟲食穀葉者吏冥冥犯法即生螟 ⿰豕冥小豚 猽上同 蓂蓂莢堯時生於庭隨月彫榮 暝

合目瞑瞑又亡千切 ⿱𠔉冥潰米 嫇好兒 覭小見也又爾雅曰覭髳弗離也又莫的切 瞑瞞瞑也 ○瞢目不明武登切四 蕄爾雅云存存蕄蕄在也 ⿰瞢色⿰瞢色神不

爽也 蓌穢也 ○謀謀計也又姓風俗通云周卿七祭公謀父之後莫浮切二十四 ⿰魚每魚名 雺天氣下地不應又莫貢切又莫紅切 眸目童子 牟說文曰牛鳴又

過也陪也進也大也亦牟平縣屬登州又姓風俗通云牟子國祝融之後後因氏焉漢有太尉牟融又漢複姓三氏東萊先賢傳有兖州刺史平昌曹牟君卿禮記云魯有賓牟賈何氏姓苑有彌牟氏

侔等也均也齊也 矛戈矛說文曰酋矛也建於兵車長二丈象形吳越春秋曰越王以屈盧之矛步光之劍獻於吳王 𢦖古文 鍪兜鍪首鎧說文曰鍑屬也 ⿰矛夆上同漢書

云⿰禾是⿰禾夆 麰大麥又短粒麥 ⿱艹牟上同 堥堆堥小隴 ⿰牟力勉也 ⿱敄酉⿱敄酉⿰酉俞榆人醬 蝥食穀蟲說文本又作蟊蟲食艸根者吏抵冒取民財則生 蟊上同說文曰蠿蟊也

鷚鷚鶹鳥也 ⿱髟敄髮至眉或作髳 ⿱敄糸縛也 恈愛也 鴾鷚之別名 蛑蝤蛑似蟹而大 繆絲千累 ○呣慮也亡侯切一 ○繆詩傳云綢繆猶纏緜也說文曰枲十

絜也武彪切又目謬二音三 鷚天鷚鳥也又音蚪 ⿱敄糸縛也 ○姏老女稱武酣切一 ○蠓列子曰蠛蠓生朽壤之上因雨而生覩陽而死莊子謂之醯雞莫孔切七 矇

物上白䑃 鸏水鳥又音蒙 濛濛澒大水又莫紅切 朦太兒 曚晻曚日未明也 懜心亂兒 ○⿰尨鳥莫湩切⿰尨鳥[illegible]鳥又莫項切二 ⿰月尨豐大 ○⿰亻尨

⿰亻尨傋武項切二 ⿰尨鳥⿰尨鳥[illegible]鳥 ○靡無也偃也又靡曼美色也說文曰披靡也文彼切七 ⿰足靡行兒 ⿰彳靡⿰彳靡猶遲遲也 骳骳屈曲也 ⿸麻耳乘輿金耳又美爲切

𤺌熟寐也又莫禮切 䕷薔䕷藥名又亡爲切 ○濔水皃說文歒也緜婢切十一 弭弓末又息也亦無縁弓也 㳽水流皃 瀰詩曰河水瀰瀰水盛皃也

芊羊鳴一曰楚姓 敉撫也愛也安也 侎同上 葞爾雅云葞春草本草云芒草也 蝆爾雅注云今米穀中蠹小黑蟲是也 䍘力禰又乃禮切 㥯止也 ○美

好色說文曰甘也从羊从大羊在六畜主給膳也美与善同意無鄙切五 媺上同周禮地官云一曰媺宮室 犛獸似牛 渼渼陂在京兆鄠縣 媄字樣云顏色姝好也 ○娓

老母或作姆女師也亦天姥山也又姓出何承天纂文莫補切六 莽宿草又音蟒 鉾鈷鉾又音蟒 媽母也 峔慈母山名在丹陽亦作姥俗從山 㦶愛也又音武 ○米

穀實說文作米又胡姓莫禮切七 眯物入目中 絑繡文如聚米出說文 洣水名在茶陵 蘇蘇子菜 𤺌寐不覺 鮇魚子 ○買說文市也莫蟹切五 嘪

羊聲 蕒吳人呼苦蕒 澴水名 鷶鷶鶬鳥名 ○浼水流平皃武罪切六 潣上同 每雖也辞也頻也說文作毎艸盛上出也 挴貪也 燘燘爛也又呼猥切

䶦豆碎其也 ○穤禾傷雨也莫亥切又莫代切二 挴貪 ○愍悲也憐也眉殞切十四 慜聰也 憫憫默亦憂也 閔傷也病也又姓孔子弟子閔損 敏

疾也敬也聰也達也 敃說文強也 暋上同 潣水流浼浼皃 簢竹名可以爲席爾雅曰簢䈽中言其中空䈽音途或作篾 慜上同 犛獸如牛也 黽細

𨎹車轒免下華也 鰵海魚 ○泯水皃亦滅也盡也武盡切又彌鄰切十 敃細理 僶僶俛 筤竹膚 黽黽池縣在河南府俗作黾又音緬 澠上同又音繩

跟蹄甲 刡刡削 輽車轒免下軘也 䐤䐤合 ○懣愁悶也模本切又亡頓莫旱二切一 ○滿盈也充也亦姓出山陽風俗通云秦有曼氏音莽變爲滿魏有滿寵

莫旱切五 懣煩悶 𢡰古文 䈼竹器 鏋金 ○䜌視皃武板切二 蕄草可染子可食 ○䵆武簡切一 ○㨉塗也彌殄切四 芇相當也又亡弦切

丏不見也 眄斜視又亡見切 ○緬遠也說文曰微絲也彌兖切十 沔漢水別名亦州名春秋鄖國之地戰國時屬楚秦屬南郡武德初平朱粲置沔州 汅俗 湎沈湎

愐思也 黽黽池縣名在河南府俗作澠又忘忍切 靤勒靼名也 偭背也 勔勉也 [illegible]幙出玉篇 ○免止也黜也脫也去也亦姓左傳衞大夫免餘亡辨切八

娩婉娩媚也又音挽 勉勗也勸也強也 俛俛俯 鮸魚名 挽生子挽身 冕冠冕 絻上同又音問 ○眇說文曰一目小也亡沼切十 渺渺淼水皃

訬擾也一曰訬獪 [illegible]草細 淼大水 杪梢也木末也 秒禾芒 藐字書藐遠又亡角切 吵雉聲 篎笙管 ○卯辰名爾雅曰太歲在卯曰單閼晉書樂志

云正月之辰謂之寅寅津也謂物之津塗二月卯卯茂也言陽氣生而孳茂三月辰辰震也謂時物盡震而長四月巳巳起也物至此時畢盡而起五月午午長也大也言物皆長大六月未未味也言

時物向成有滋味七月申申身也言時物身體皆成就八月酉酉緧也時物皆緧縮也九月戌戌滅也謂時物皆衰滅十月亥亥劾也言陰氣劾殺萬物十一月子子孳也謂陽氣至此更孳生十二月

丑丑紐也謂終始之際故以結紐爲名也莫飽切七 丣篆文 緢旄也又絲名 泖水名在吳華亭縣 貓好皃又莫交切 昴星名 茆鳧葵說文作茆音柳 ○務

毒草武道切又地名又亡毒切四 菽細草叢生 娼夫妬婦也說文音冒 冃重覆 ○麼幺麼細小亡果切三 嚜嚜嚜日無色 懡懡㦬人慙 ○馬說文曰怒

也武也象頭髦尾四足之形尚書中候曰稷爲大司馬釋名曰大司馬馬武也大揔武事也亦姓扶風人本自伯益之裔趙奢封馬服君後遂氏焉秦滅趙徙奢孫興於咸陽爲右內史遂爲扶風人又漢複

姓五氏漢馬宮本姓馬矢氏功臣表有馬適育溝洫志有諫議大夫乘馬延年何氏姓苑云今西陽人孔子弟子有巫馬期風俗通有白馬氏莫下切七 碼碼碯石似玉 鄢郁鄢縣名在犍爲

罵罵詈又莫霸切 寫宂寫在燕野 駡異鳥 鰢魚名 ○乜蕃姓彌也切一 ○莽草莽說文曰南昌謂犬善逐兔於艸中爲莽又姓前漢反者馬何羅後漢明德馬后

恥與同宗改爲莽氏模朗切又莫古切十 茻說文曰衆艸也 [illegible]吳王孫休子名見吳志 睰無一睛 [illegible]無色狀 暽日無光 鏻鈷鏻又莫古切 蟒蛇最大者

漭漭沆水大 [illegible]山皃 ○皿器皿武永切三 [illegible]盌戶土穴 盟盟也 ○猛勇猛又嚴也害也惡也亦姓左傳晉大夫猛獲之後莫幸切六 [illegible]盯視皃 蜢蚱蜢

蟲艋舴艋小船舴𦨣格切鱦蛙屬鄳縣名在江夏○䵆武幸切三鼆句鼆魯邑名黽蛙屬○眳眳睛亡井切二慏慏悜意不盡也○茗茗草

莫迥切七嫇嫇奵自持也酩酩酊瀴瀴涬大水皃溟上同眳眳睛姳姳好○母父母老子注云母道也蒼頡篇云其中有兩點象人乳形豎通者即音無莫厚

切十四牡牝牡某詔前人之言也拇大拇指也胟上同畝司馬法六尺爲步步百爲畝秦孝公之制二百四十步爲畝也畮畞並古文莽草莽𤜵

𤜵獸名痗病痗踇踇偶山名踇行皃䳇鸚䳇能言之鳥又音武○𡛼鄉名在河東猗氏縣亦作鄚謨敢切二䬯吳人呼哺皃也○㚁腦蓋也俗作㚁

明忝切又亡犯切二厸張口○㝱寐中神游說文云寐而有覺周禮以日月星辰占六㝱之吉凶一曰正㝱無所感動平安自㝱二曰愕㝱蘁愕而㝱三曰思㝱覺時所思念之而㝱四曰寤㝱

覺時所道之而㝱五曰喜㝱喜悅而㝱六曰懼㝱恐懼而㝱亦作夢莫鳳切五夢上同又亡中切瞢雲瞢澤在南郡亦作夢鄸邑名在曹𧺆𧺆趨疲行皃○幪幪縠蓋巾

也莫弄切三霿天氣下地不應曰霿艨艨艟戰船又音蒙○雺天氣下地不應莫綜切一○郿縣名在岐州明祕切又音眉十媚媚嫵魅魑魅鬽上同篃

竹名蝞蝞似蝦寄生龜殼中食之益人顏色嚜嚜尿小兒多詐獪䈕筍冬生名煝焟熱娓從也又音眉音尾○寐寢也卧也息也彌二切二媢夫妬婦又音冒

○暮日晚也冥也又姓出何氏姓苑莫故切六慕思慕又虜複姓二氏前燕錄云昔高辛氏游於海濱留少子厭越以居北夷邑于紫蒙之野号曰東胡秦西漢之際爲匈奴所敗分保鮮卑山

因山爲号至魏初莫護跋率部落入居遼西時燕代多冠步搖冠跋好之乃斂髮襲冠諸部因謂之步搖後音訛爲慕容焉跋孫涉歸進拜單于遵循華俗自云慕二儀之德繼三光之容以爲氏歸子

廆據遼東稱王僭号燕後又有將軍慕輿虔募召也墓墳墓慔勉也䈍竹管○謎隱言也莫計切二攠裁也○眛眛昧目不明也莫貝切三沬水名

楙木名○袂袖也彌獘切一○䀛䀛眼久視莫拜切三𧳜𧳜䫉頑惡韎東夷樂也○邁行也遠也莫話切四勱勉也強也讗誇誕又火犗切佅儽佅

○妹姊妹莫佩切十一 昧晤昧 眛目晤 毎數也又武罪切 痗病也又音晦 瑁瑇瑁亦作帽蝐又莫沃切 黴點筆又武悲切 苺苺子木名似葚又莫杯切 毋
鳥網 脢背肉也又莫杯切 穤禾傷雨則生黑班也 ○穲禾傷雨莫代切又莫亥切二 脄背側肉也 ○悶說文曰懣也易曰遯世無悶莫困切二 懣煩也又莫緩亡損二切
○縵說文曰繒無文也漢律曰賜衣者縵表白裏莫半切十 幔帷幔 漫大水 𢿊敳數 ⿰耒曼不合時田也 獌狼屬又音萬 ⿰豸曼上同 墁所以塗飾牆又莫干切
鏝上同又鏝刀工人器 謾欺也又莫干切 ○慢怠也倨也易也俗作慲謨晏切五 嫚侮易 謾欺謾 縵緩縵 ⿸疒馬牛馬病又莫駕切 ○蔄人姓亡莧切一 ○麪
束晳麪賦云重羅之麪塵飛雪白莫甸切八 麵上同 瞑瞑眩 眄斜視 沔滇沔水大皃 ⿱宀丏冥合 䤄䤄炷汗血 ⿰米冥屑米 ○面向也前也說文作圁顏前也俗作靣彌
箭切二 偭說文曰鄉也禮少儀云尊壺者偭其鼻 ○妙好也彌笑切三 玅上同 篎爾雅云小管也 ○廟皃也齊職儀曰周有守禮之官掌先王之宗廟也亦作庿眉召切二 庿上同
○皃儀皃莫教切七 ⿰豸頁說文同上 貌籀文 ⿰車皃引也 ⿰巾皃幗也 緢旄雜絲也說文音苗 ⿰色皃綵雜文也 ○冃說文曰小兒蠻夷頭衣也莫報切十九 帽頭帽 耄老耄
亦作耄見經典省 ⿱艹耄上同見說文 芼菜食又擇也搴也謂拔取菜也芼以蘋蘩爲羹亦草覆蔓 眊目少睛 瑁圭名天子所執 玥古文 冒覆也涉也又莫北切 ⿰目冒低目
細視 旄狗足旄毛 毛毛鷹鷄鵰 媢夫妒婦出說文 ⿺毛鳥鳥輕毛 ⿰扌冒手扶之也 覒邪視也亦作眊 ⿰毛隹鳥毛盛也 ⿰糸毛刺也緰帛紐起如刺也 ⿰木冒說文曰門樞之横梁
○磨磑也摸卧切又莫禾切四 礳上同 塺塵也 摩按摩又莫禾切 ○禡師旅所止地祭名莫駕切九 榪牀頭横木 ⿱髟莫婦人結帶 ⿸疒馬牛馬病又音慢說文曰目病一
曰惡气著身也一曰蝕創 罵惡言 ⿰馬阝縣名在犍爲又音馬 ⿰言馬多言 ⿰阝馬增益又巧也 傌齊大夫名 ○漭漭浪大野莫浪切三 吂老人不知 ⿰山芒⿰山芒嵣山皃 ○命使也
敎也道也信也計也召也眉病切一 ○孟長也勉也始也又姓出平昌武威二望本自周公魯桓公之子仲孫之胤仲孫爲三桓之孟故曰孟氏莫更切四 ⿰目孟⿰目孟盯瞋目 䖟䖟張失道皃又音忙

卜

三

倀猪孟切　盟盟津又音明　○詺詺目或單作名彌正切一　○覭莫定切二　瞑夕也　○懵悶也武亘切五　鱛魚名　懜不明　鑁重鏍　夢夢夢新睡起　○莓

覆盆草也亡救切一　○茂卉木盛也古作懋莫候切十五　貿交易也市賣也又姓出姓苑東莞人　鄮縣名在會稽亦姓出姓苑　戊辰名　愗恂愗　袤廣袤東西曰廣南北曰袤

楙爾雅曰楙木瓜實如小瓜味酢可食　懋美也勉也　瞀瞀瞀　蓩細草叢生　娒女師說文作娒　莓莓子即覆盆　𦸗草名　冃重覆又亡保切　雺天氣下地不應　○謬

誤也詐也差也欺也靡幼切二　繆紕繆又姓漢書儒林傳有申公弟子繆生　○木樹木說文曰木冒也冒地而生東方之行又姓木華字玄虛作海賦莫卜切十㐅　沐沐浴說文曰濯

髮也禮記曰頭有創則沐又姓風俗通曰漢有東平太守沐寵又漢複姓有沐簡氏何氏姓苑云今任城人　杒杒又桑　毷思皃一曰毛濕也　鶩鳧屬　霂霢霂　鞪車軛名也　䄐

轃上絲也　蓩毒草　艒小艖　鞪說文曰車軸束也　楘屋架五楘詩曰五楘梁輈傳云楘歷錄也　蚞蟆蚞蟲　○目釋名曰目默也默而內識也說文曰人眼象形重童子也莫六切十一

睦諟也敬也又和睦也亦西胡姓　穆和也美也敬也厚也清也又姓漢有穆生　苜苜蓿　莜莜蓿見爾雅注　牧養也放也使也察也司也食也說文曰養牛人也又姓風俗通云漢有越嶲太守牧根

坶坶野殷近郊地名古文尚書作此坶說文作坶　繆禮記有繆公又姓也又靡幼切　萺萺蓿菜　㣎說文曰細文也今作㣎同　𤸎𤸎病　○瑁瑇瑁莫沃切又莫代切五

椙門樞橫梁　媢夫妬婦　艒艒艏船名　萺草也　○邈遠也亦作邈莫角切九　藐紫草　𢡱說文美也　眊目少精　皃皃人類狀本莫教切　毷好皃　瞀目不

明也　𢺯打也　𥉂美目　○蜜蜂所作食山海經云穀城之上足蜂蜜之廬亦蟲名彌畢切九　𧖅上同　謐靜也慎也安也　𨡐飲酒俱盡　榓木榓樹名　𥁑拭器　宓安也默也

窗也止也　淧淧溢也　䁾䁾䁾不測也　○密說文云山脊也又靜也亦州名古姑幕城秦琅邪郡隋爲密州因水以名之又姓漢有尚書密忠又漢複姓三氏何氏姓苑云密茅氏琅邪人又有密革氏

密須氏俗作宻美畢切十　峚山形如堂　蔤荷本下白　宓埤蒼云祕宓又音謐　滵滵汨水流皃　沕塵濁　樒木香　𥄎不見皃　鴓鳥名　𥉆𥉆𥉆不可測量也　○沒

沈也又虜三字姓有没路眞氏出後魏書莫勃切六 殁死也說文終也又作殁 玟玉名 頞内頭水中又烏没切 𠬛說文曰入水有所取也 䒗草 ○末木上也無也弱也遠也端

也亦姓姓苑云本姓秣氏後去禾又虜三字姓後燕録襄城公末那樓雷莫撥切二十七 昩星也易曰日中見昩案音義云字林作昧斗杓後星王肅音妹 䫧䫧顝健也 眜遠視又不正視又莫拜切

麫麪也 醆醬也 䬴馬食穀也 秣上同 筞捕鰌竹器 靺靺鞨蕃人出北土 韎韎韐大帶 苜說文曰目不正 粖摩也又亡結切 䉾上同 䊳米和細屑

鮇魚名 眛目不正也 抹抹摋摩也 妺妺嬉桀妻 佅佅儂肥皃又西夷樂名 怽忘也 坺壤也 瀎塗拭 鴸鳥名 沬水沬一曰水名在蜀又武泰切 䒕䒕艷色不

深也 袜袜肚 ○儚儚儚健皃莫八切七 䀛惡視 𩡤氣息 䯦䯦骱小骨 䵂黑也 睰睰視 礣礣砎小石 ○礣礣砎莫鎋切四 帓帓帶 帕帕額首飾

搣打搣 ○蔑無也說文曰勞目無精也从苜戍人勞則蔑然也苜音末莫結切二十三 懱輕懱 䁾目赤說文云目眵也俗作䁾 搣搣揳不方正也 蠛蠛蠓 篾竹皮

幭帊幭 鱴鮤鱴魛今鮆魚也 絔細也出蒼頡篇 衊汙血也出說文 䤍䤍𧾷小也𧾷即列切 儚儚僣多詐 䁩汻面 莧火不明皃 覕不相見皃 䴋工雀

䄷莊子謂之禾也 鴓鸃英鳥名 瀎瀎泧 䊙糏䊙也 瞔瞔䫄頭 粖糜也又亡達切 䉾上同 ○滅盡也絕也亡列切二 搣手拔又摩也批也捽也 ○莫無也

定也說文本模故切日且冥也从日在茻中茻音莽又州名開元十三年改鄚州去邑亦姓楚莫敖之後又虜複姓五氏西秦録有左衛將軍莫者羖羝南涼州刺史莫侯悌眷後魏末有亂寇莫折念生又有

莫輿氏莫盧氏又虜三字姓周太祖賜廣寗楊纂姓莫胡盧氏也慕各切十六 幕帷幕又姓 鄚縣名在河閒又姓 膜肉膜 鏌鏌鋣劍名 摸摸搽又莫胡切 漠沙漠又施

也茂也 瘼病也 寞寂寞說文作嗼 瞙字統云目不明 嗼歎嗼 塻舍塻亦塵塻 𣩆死也說文作募云死宗墓也 𢋑定也 𡈼見文 勱勤動 ○陌

阡陌南北爲阡東西爲陌莫白切十八 帞帞頭巾 袹袹複 嫫靜也 募上同 貘食鐵獸似熊黃黑色一曰白豹 蛨蚝蛨蟲 貊蠻貊 佰一百爲一佰也 驀騎驀 狛秅狛

驢父牛母亦作馲駘 駬上同 嗼詩云盈盈一水間嗼嗼不得語 貊北方獸 洦水淺皃 拍擊也 趏趏越 鉑鉑刀軍器 ○麥白虎通曰麥金也金王而生火王而死又姓隋有將

軍麥鐵杖嶺南人俗作麦莫獲切八 衇說文曰血理之分衺行體者又作脈經典亦作脉 脉上同 𧖴籀文 霢霢霂亦作霡 眽說文曰目財視

也 覛爾雅云相也說文本莫狄切衺視也 𥄎籀文 ○覓求也莫狄切二十三 覔上同說文曰衺視也 幎覆也亦作幂 幦車覆軨也 幭上同 驀馬多惡也 糸細絲

微也 冪覆食巾又冪蓋也 羃羃䍥婦人所戴 汨汨羅水名在豫章屈原所沈之處 溟濵竝上同 冂文字音義云以巾覆從一下垂 䖑說文云白虎也 蓂薪蓂

貘白豕黑頭 覭小見 䌐䌐繩 䵑黑青 篔筠篔 濗瀝濗水淺 蟔蛈蟔蟲名 塓塗也 ○𥈀細視也亡過切一 墨筆墨又姓墨翟是也亦即墨縣名莫

北切十二 默說文曰犬暫逐人也又靜也或作嘿 冒干也又莫報切 蟔蟙蟔蟲即蝙蝠 纆索也 万万俟虜複姓北齊特進万俟普音其 𧟰方言同上 艒艒䑿釣艇 嫼姓也

𥈀暫視 䁼聽䁼欲臥也 帽眂帽

三十八 ○非不是也責也違也亦姓風俗通有非子伯益之後甫微切十二 裴姓左傳晉有裴豹 飛飛翔亦漢複姓史記有飛廉氏古通用蜚 扉戶扉 緋絳色

騑獸如牛白首一目 馡香也 鯡魚名 騑騑兔馬而兔走 騑驂旁馬也又音非 誹誹謗又方未切 餥糇也又方尾切 ○風教也佚也告也聲也河圖曰風者天

地之使元命包曰陰陽怒而為風方戎切七 飌古文 楓木名子可為式爾雅云楓有脂而香孫炎云欇欇生江上有寄生枝高三四尺生毛一名楓子天旱以泥泥之即雨山海經曰

黃帝殺蚩尤棄其桎梏變為楓木脂入地千年化為虎魄 瘋瘋毋狀如猿逢人則叩頭小打便死得風還活出異物志 佩地名 渢渢梵聲也 𥵿竹名出南海 ○封

大也國也厚也爵也亦姓望出渤海本姜姓炎帝之後封鉅為黃帝師又望出河南後魏官氏志云是賁氏後改為封氏府容切五 𡉚古文 犎野牛 葑菜名詩云采葑采菲 𡼼山名

一名龍門山在封州大魚上化爲龍上不得點額流血水謂丹色也 ○跗 足趾也甫無切二十一 趺 上同又跏趺大坐 膚 皮膚又美也傅也 肤 上同 邦 古縣名在瑯邪 鈇 鈇鉞 袪 衣前襟 怢 上同 玞 珷玞美石次玉 鴩 鴩鴩鳥名三首六足六目三翼 蒊 地蒊藥名 簠 簠簋祭器又方羽切 夫 丈夫又羌複姓後秦建威將軍夫蒙大羌 鳺 鴀鳩鳥 柎 欄足 扶 公羊傳云扶寸而合注云側手曰扶案指曰寸 𩬅 𩬅髻本也 鮇 鮇鯕魚名 秿 里秿玉篇云再生稻也 祑 祭名 妋 玉篇云貪皃 ○分 賦也施也與也說文別也府文切六 饙 一蒸飯也 餴 上同 扮 握也 坌 埽棄之也又方問切 𣯶 𣯶毦罽也 ○蕃 蕃屏甫煩切六 藩 籬也亦藩屏也 轓 車箱又音幡 鱕 魚有横骨在鼻前如斤斧 籓 大箕一曰蔽也 鐇 廣刃斧也 ○方 四方也正也道也比也類也法術也亦官名續漢書曰尚方令掌上手工巧作御刀劍諸好器物也又姓史記周大夫方叔之後府良切十三 汸 併船也說文本作方或從水 坊 坊巷亦州名本上郡地周於今州界置馬坊武德初置坊州因馬坊爲名漢官有太子坊坊亦省名 又音房 蚄 蚄蚄蟲名 肪 脂肪 邡 什邡縣在漢州 鴋 鸊鴋鳥名人面鳥身 枋 木名可以作車又蜀以木偃魚爲枋 鈁 鈁鑊屬 牥 牛名 趽 跗也說文曰曲脛馬也 𥝦 禾名 匚 受物之器又一斗曰匚也 ○不 弗也又姓晉書有汲郡人不準盜發六國時魏王冢得古文竹書今之汲冢記也甫鳩切又甫九甫救二切五 罦 吹氣 紑 詩傳云絜鮮貌 𣪍 未燒瓦器 鴀 鴀鳩鳥也 ○覂 覆也或作㞏又作泛此覂駕之馬非良者說文曰反覆也方勇切二 㞏 上同 ○匪 非也易曰匪寇婚媾說文曰器如竹篋今從竹爲篚字府尾切八 篚 竹器方曰筐圓曰篚 棐 輔也 餥 餱也一曰相請食 榧 木名子可食療白蟲 蜰 爾雅云蜚蠦蜰即負盤臭蟲又音肥 蕜 草也 蜚 蟲名盛蜚又扶沸切 ○甫 始也大也我也衆也說文曰男子之美稱也字从父用又姓風俗通云甫侯之後方矩切十九 脯 乾脯東方朔云乾肉爲脯禮記曰牛脩鹿脯田豕脯 斧 斧鉞周書曰神農作陶冶斤斧 頫 說文低頭也太史公書頫仰字如此 俯 上同漢書又作俛今音免 府 官府說文曰府文書藏也風俗通曰府聚也公卿牧守道德之所聚也又舍也亦姓風俗通云漢有司徒掾府悝 腑

藏腑本作府俗加月簠簠簋又音膚黼白黑文也爾雅曰斧謂之黼謂畫斧形因名云蜅小蟹莆蓮莆堯之瑞草釜爾雅曰蠸輿父守瓜郭璞云今瓜中黃甲

小蟲喜食瓜葉故曰守瓜字或从虫俌俌輔也出埤蒼㕮㕮咀父尼父尚父皆男子之美稱又漢複姓三氏孔子弟子有宰父黑漢有臨淄王父偃左傳宋有皇父充石宋之公族也

漢初有皇父鸞自魯徙居茂陵改父爲甫後漢安定太守儁始居安定朝那代爲西州著姓又徙居京兆又音釜硧磓硧蚥蜛蚥蠀蝦別名鯆大魚郙亭名也在上蔡

○粉博物志曰燒鉛成胡粉又曰紂作粉方吻切三黺黺絲文扮扮動又握也又房吻切○反反覆又不順也府遠切六軬車耳曰軬阪大陂不平坂上同

返還也播木名○昉明也分罔切四倣學也放上同瓬周禮有瓬人爲簋者蓋塼埴之工又音甫○缶瓦器鉢也史記云秦王趙王會于澠池藺相如使秦王擊

缶是也詩疏云缶者瓦器也所以盛酒漿秦人鼓之以節歌方久切八缹蒸缹否說文不也又房彼切不弗也說文作不鳥飛上翔不下來也从一一天也象形又甫鳩甫救二切

鴀鶝鳩痞病也殕物敗也婄好皃也○腇今河東謂淫腫爲腇府犯切一○葑菰根也今江東有葑田方用切亦作封二封又方容切○沸詩曰

觱沸檻泉箋云觱沸者謂泉涌出皃方味切十一疿熱生小瘡芾毛萇詩傳曰蔽芾小皃茀上同誹謗人又音非鯡魚子𦓠覆耕鬻湯鬻袚

蔽膝𧩯言急𨁈行疾○付与也方遇切六賦賦頌詩有六義二曰賦釋名曰敷布其義謂之賦漢書曰不歌而頌曰賦又斂也量也班也稅也傅相也亦姓本自傅說出傅

巖因以爲氏出北地淸河二望四髴露髻陚丘名搏擊也又布莫切○廢止也大也方肺切九癈固病發賦斂橃木似柚也祓福也除惡祭也又敷物切

䇅蘆䇅䉬上同䥽說文云弋射收繳具也砩以石遏水曰砩○糞穢也方問切八糞上同坌坌掃除也拚上同見禮僨僵也奮揚也鳥張毛羽奮奞也又

姓左傳楚有司馬奮揚瀵水名有三眼一在蒲州泉眼大如車輪濆沸涌出一在同州界夾黃河一在河中央皆潛通大小並相似俱深不測又音湓殨殨也○販買賤賣貴也方願切二

畋田畋○諷諷刺方鳳切二風上同見詩○放逐也去也甫妄切四舫並兩船又音謗趽曲脛馬名雉鳥名○富豐於財又姓左傳周大夫富辰方副切四輻輻湊

竸聚又音福鍑釜而大口一曰小釜蕾爾雅云蕾葍大葉白華根如指白可食詩云言采其葍葍音福○福德也祐也方六切十七腹腹肚複重衣幅絹幅又姓也輻

車輻復優復葍葍藑爾雅曰葍蕾又葍蕾芣蝠說文曰蝙蝠伏翼也翟豹古今注云一名仙鼠箙竇竹鍑說文云釜而大口者或作鍢又音富鶝戴勝別名踾踾踧聚皃

輹車軸縛也菐續業偪偪陽宋國福束以木逼於牛角不令牴觸人稫草名○轐絡牛頭封曲切一○弗說文撟也分勿切二十紱綬也黻黼黻紼大索

者葬引車紼上同芾草木盛也市說文曰韠也上古衣蔽前而已市以象之天子朱市諸侯赤市大夫葱衡从巾象連帶之形經典作芾韍上同不與弗同又府鳩方又二切

⿰弗阝姓也漢有九江太守⿰弗阝修翇說文曰樂舞執全羽以祀社稷也周禮作帗拂連枷杖打穀者出方言⿰弗犬大也髴婦人首飾冹寒冰皃帗毳又音撥⿰風弗風皃

第輿後第也烕爆烕鬼火說文作[illegible]由鬼頭○髮頭毛也說文根也又姓漢有東海人髮福治詩又有不毛之地莊子謂之窮髮方伐切六𩬊說文上同䫆古文發發起又舒

也明也舉也闋也揚也說文曰䠶發也颰疾風沷寒冰又音弗○法則也數也常也又姓左傳齊襄王法章之後秦滅齊子孫不敢稱故以法為氏宣帝時徙三輔代為二千石後漢有

扶風法雄法子眞並有傳方乏切二灋上同

三十九○敷散也說文从尃施也芳無切三十六麩麥皮也麱上同孚信也⿰木敷木名郛郭郛鄜鄜州漢鄜縣今鄜城是隋改作鄜州

鋪又普胡切筟織緯者俘囚也痡病也殍餓死怤思也悅也⿰尃羽翩下羽也⿱艹敷花葉布也孵卵化豧豕息尃布也⿰魚孚魚名罦

車上網以捕鳥稃穀皮粰上同莩漢書云非有葭莩之親張晏云莩者葭中白皮泭小木栰也說文云編木以渡也鄜鄉名又云亭名在汝南又方矩切庯石間

隆

見也 桴屋棟又音浮 艀艀艇船也 擻張也 娉娉悅 夸夸榮之皃又音吁 紨布也又細紬也 莒莒蓟花皃 毰毛解 菩花盛 稀禾積也又扶甫切

○豐大也多也茂也盛也又酒器豆屬又姓鄭公子豐之後敷空切八 酆邑名亦姓左傳有狄相酆舒 豐蕪菁苗也 灃水名在咸陽 寷大屋 麷煑麥 僼

偓僼仙人 豐山名 ○峯山峯也敷容切十六 鋒劒刃鋒也 丰丰茸美好說文本作半草盛半也從生上下達也 半上同 夆使也 妦好也 蠭說文

曰螫人飛蟲也孝經援神契曰蠭蠆垂芒爲其毒在後 蜂上同 螽古文 蘴菜名又音豐 桻木上 逢逢火夜曰逢晝曰燧 烽上同 莑草牙始生出音譜 伕

仙人 犎犎牛 ○霏雪皃芳非切九 飝上同 妃嘉偶曰妃說文匹也又音配 菲芳菲又芳尾切 毳細毛 斐斐斐往來皃一曰醜 騑騑騑馬行皃 裶衣長皃

𥄎大目又方市切 ○芬芬芳又姓戰國策晉有大夫芬質敷文切十三 紛紛紜衆也亂也 㡒中也亦作帉 毞毛落 衯說文曰長衣皃 翂翂翁飛皃 棻說文云香木也

砏砏汃水石 岎草木初生香分布也 氛氛侵妖氣 雰上同又霧氣也 闠闠闅之皃 錀埤蒼云兔奄錀 ○飜覆也飛也孚袁切十 翻上同 旛旌旗總名 番數也

遞也又盤播煩三音 幡說文曰書兒拭觚布俗通爲播 旙大波 潘米汁 轓車大箱也 繙繽繙風吹旗皃 反斷獄平反又方晚切 ○芳芬芳亦州地多芳草故以名之置在

常芳縣又姓風俗通云漢幽州刺史芳乘敷方切三 妨妨害 淓水名 ○捧兩手承也敷奉切一 ○斐文章皃敷尾切七 菲薄也微也又菜名又音妃 朏月三日明

生之名 悱口悱悱也 騑馬名 奜大也 蜚鳥如梟也說文別也又平利切 ○撫安存也又持也循也芳武切十三 攷上同 弣弓把中也 䥻上同說文又方九切

刀握也 拊拍也說文揗也 殕食上生白毛 紑紑綿 俌輔也又音甫 剖判也又普厚切 緸絲 髻說文云髮皃又步侯切 蔀蔀草 赴健也亦作

詢 ○忿怒也敷粉切又敷問切二 魵鰕別名 ○髣髣髴亦作彷佛妃兩切六 彷彷彿俗 仿說文曰相似也 紡紡績 鶭鶭鶊鳥蒼黑色常在澤中

俗呼爲護澤 魴同上 ○恒小怒芳否切三 紑鮮也又孚丘切 雺霧雺 ○秠爾雅曰一稃二米此亦黑黍漢和帝時任城生黑黍或三四實實二米得黍三斛八斗是芳婦

切又匹几孚悲二切一 ○釩釩拂峯犯切一 ○䏟䏟膊撫鳳切二 䴸麩䴸 ○費耗也惠也芳未切又房未冰備二切六 髴髣髴 䨽䨽䨽雲布狀也 樻木名 昲

日光又物乾也 䊧失氣 ○赴奔赴爾雅曰至也說文曰趨也芳遇切十一 𠑽急疾也 䞯同上 𦕈䏦額也又音注 豧豕聲 簠簠簋又甫于方武二切 訃

告喪也又至也 趞僵也說文音訃 仆僵仆說文曰頓也 𧿒說文曰趣越皃 娩兔子曰娩又孚万切 ○肺金藏芳廢切四 柿斫木札也 怖怒也 昁暘也又音代

○嬔嬔息也一曰鳥伏乍出說文曰生子齊均也或作嬔芳万切十 疺吐疺 畚一宿酒 奔同上 𣪁小舂 忛急性 娩說文云兔子也娩疾也 㕫說文云其義闕 繙量也

又居願切 汳水在睢陽 ○訪謀也數亮切三 妨妨礙又敷方切 邡邑名 ○副貳也佐也又虜姓後魏書副呂氏後改爲副氏敷救切七 仆前倒 鬠假髻又敷六切 覆

蓋也又敷六切 瘦病重發也 恒小怒也 福衣一福今作副 ○汎浮皃孚梵切八 泛同上 仈輕也 盁杯也 乏同上 氾濫也 芝草浮水皃又匹凡切 妋好皃 ○蝮

蝮蛇又姓乾封元年改武惟良爲蝮氏芳福切八 覆反覆又敗也倒也審也又敷救切 蕧蕧葐草又音服 髻廣雅曰假髻也 副剖也又敷救切 堰地室 寱同上 葍

葍蕮草名又音富 ○拂去也拭也除也擊也敷勿切十二 怫韜髮 巃崩聲 茀草多 祓除灾求福亦絜也又音廢 艴淺色 刜擊也斫也 乀左戾曰乀 髴額前

飾也 髴髣髴亦作彷彿 彿彷彿俗 跰跳也 ○怫恨怒拂伐切一 ○霈美雨孚縛切一 ○𡰱矢皃孚法切一

四十 ○奉與也獻也祿也說文承也扶隴切二 唪口高皃出埤蒼 ○馮馮翊郡名又姓畢公高之後食采於馮城因而命氏出杜陵及長樂房戎切七 汎浮也又孚

劒切 颫蟲室 芃草盛也又音蓬 鄍姬姓之國 颹弘大聲也 梵木得風皃又防泛切 ○逢值也迎也符容切八 縫紩又音俸 漨水名 韃鼓聲 䙜䙜

矛也 夆 掣也又敷恭切 䗬 大黃負山神能動天地氣昔孔甲遇之 捀 說文曰奉也又符用切 ○肥 肥腯說文曰多肉也亦姓左傳有肥義符非切十一 腓 腳腨腸也

[竹肥] 竹名 淝 水名在廬江本作肥 痱 風痱病也 疿 上同 蜰 蟲名即負盤蟲 蜚 蠹蜚鳥名如梟人面一足冬見夏蟄著其毛令人不畏雷出山海經 蟦 蠐蟦 賁 姓也出姓

苑又布昆彼義符文三切 裴 即裴縣名案漢書地理志在魏郡應劭音非本又音陪 ○扶 扶持也佐也漢三輔有扶風郡扶助也風化也魏爲岐州又扶州在隴右元魏置管同昌怡夷二縣

又姓漢有廷尉扶嘉防無切二十六 鼓 古文 芙 芙蓉 符 符契河圖曰玄女出兵符與黃帝戰蚩尤說文曰符信也漢制以竹長六寸分而相合又姓魯頃公之孫雅仕秦爲符璽

令因而氏焉 颫 颫風大風 鳧 野鴨 榑 榑桑海外大桑日所出也 苻 苻鬼目草又姓晉有苻洪武都氐人本姓蒲氏因其孫堅背文有草付之祥改姓苻氏洪

子健以晉穆帝永和七年僭号於長安稱秦 蚨 青蚨蟲子母不相離 夫 語助又府符切 蒦 蒦茈草也案爾雅曰芍鳧茈不從艹 澓 水名 枹 枹罕縣名在河州罕音漢

㼠 甌㼠瓶也 訣 訣詞 扶 扶疏盛也 坿 白石英也 泭 水上泭漚說文曰編木以渡也本音孚或作游 游 注見上 獻 小㽉器也 椨 草木子房 涪 水名其中

有神心古人 惛 明 䎧 飛皃 肤 望也 玞 玉文 ○汾 水名在太原本漢玆氏縣地屬西河郡魏於玆氏縣置西河郡今州城是也符分切三十七 墳 墳籍又墓也 氛

氛氳祥氣 㿎 俗 鼖 大鼓周禮鼖人掌六鼓以鼖鼓軍事 轒 上同 鞼 亦同 濆 水際也又水名 焚 焚燒 燌 上同 羒 白羝羊也 豶 豕也 頒 大魚

首亦衆皃又布還切 羵 土中怪羊 鶡 似鵲白身三目赤尾六足 枌 白榆木名 鳻 春扈鳥鳻鶥亦作鳵又說文曰鳥聚皃一曰飛皃 蕡 草木多實 䓢 古文 橨 枰仲

木別名出埤蒼 梤 梤楝也 蚡 三足龜 盆 盆蓋 魵 魚名 鳻 谷名在臨汾 妢 周禮考工記云妢胡之笴 棻 香木名也 㭻 上同 朌 大首皃 豶 醜皃

鐼 飾也說文曰鐵類讀若熏又音訓 馩 馩馧香氣 魵 上同 岎 草初生香分布也又音芬 䩿 田中鼠又音憤 蚡 上同 轒 轒轀兵車 ○煩 勞也說文曰熱頭痛

也附袁切三十八 番 說文曰獸足謂之番經典作番又翻盤潘三音書亦音波 蹞 足有文也說文同上 蹯 亦同上見左傳 繁 槪也多也 蘩 皤蒿 薠 似蘋而大
樊 樊籠亦姓周宣王封仲山甫於樊後因氏焉今在南陽 擷 擷摟也 繙 繙帑亂取帑於元切 燔 炙也 膰 祭餘熟肉 瀿 水名玉篇云水暴溢也 羳 羊黃腹也
[番隹] 百合蒜也 鷭 鷭鳩鳥 蟠 蟠負又扶干切 蕃 茂也息也滋也又音藩 蠜 蠜蟲 礬 礬石 [鼠番] 鼠名 鄱 鄉名在京兆杜陵 鐇 廣刃斧 璠 璠璵魯之寶玉
笲 竹器禮記云婦執笲 [禾番] 稻也出齊人種術 [犭番] 犬鬬也 襎 襎裷幭也 袢 絺綌詩云是紲袢也 棥 藩屏 緐 馬飾名也 䋣 上同 墦 冢也 [番鬲] 生養也
[馬番] 上同 旛 旐也 [番見] 覩覙 藩 蕃芫葉如韭又音翻 ○房 房室亦州名即春秋時防渚也秦爲房陵郡唐武德爲房州又姓出淸河濟南河南三望本自堯子丹朱舜封爲
房邑侯子陵以父封爲氏陵四十八代孫雅王莽末爲淸河太守始居淸河雅十九代孫諶隨慕容德南遷因居濟南郡生四子豫坦邃熙号四龍今稱四祖房氏符方切七 防 防禦也隄防也 坊
上同見禮又音方 魴 魚名 方 方與縣名又府良切 肪 脂肪又音方 鴋 澤鷮也又音方 ○浮 汎也縛謀切二十四 哹 吹氣又拂謀切 桴 齊人云屋梂曰桴也
枹 鼓槌 箁 竹有文者 罦 覆車網也 䍖 上同 琈 玉名 粰 粰䊧 鴀 鴀鳩 罘 兔罟 䱐 魚名 涪 水名在巴西 芣 芣苢車前也江東謂之蝦蟆衣 蜉
蚍蜉大螘 烰 火氣爾雅曰烰烰烝也郭璞云氣出盛 鉜 鉜鉫大釘 [多孚] 多也 巷 姓也出纂文 艀 舟也 棓 杖也又音棒 掊 把也 [缶咅] 小缶 [雨孚] 雨雪兒 ○凡
常也皆也輕也非一也又姓周公子凡伯之後姓苑云晉陵人符咸切七 帆 船上幔也亦作颿又扶汎切 [亻凡] 輕也又孚劍切 舤 船舷 氾 國名又姓出燉煌濟北二望皇甫謐云本姓凡氏遭
秦亂避地於氾水因改焉漢有氾勝之撰書言種植之事子輯爲燉煌太守子孫因家焉又音汎 颿 馬疾步 杋 木皮可以爲索 ○膹 膸多汁浮鬼切六 穳 稻紫莖不黏也
又扶畏切 橨 船邊木也 蟦 蟦蠐別名又符沸切 腓 陋也又作厞又符沸切 [舟賁] 船艙釘鑽 ○父 說文曰父矩也家長率教者扶雨切十五 輔 毗輔又助也弼也亦

芝

沸　四

姓左傳晉大夫輔躒又智果以智伯必亡其宗改爲輔氏 ⿰面甫 頰骨 ⿰甫頁 上同 腐 朽也敗也說文爛也 鳺 鳺鳺越鳥 滏 水名在鄴山海經云神箘之山釜水出焉 駁 牡馬

㕮 㕮咀嚼也又音甫 蚥 蟾蜍別名 痡 病腫也說文俛病也 秿 禾稭積也 鬴 說文鍑屬又覆鬴九河之一名 釜 上同古史考云黃帝始造釜 ⿰韋甫 尻衣 ○憤 懣也

房吻切十五 ⿰忄奮 上同 扮 握也 ⿸疒賁 病悶 鼢 字林云地中行鼠百勞所化亦作蚡 蚡 上同 墳 土膏肥也 魵 鰕又音忿 鱝 鱝魚圓如盤口在腹下尾上有

毒 弅 莊子有隱弅之丘也 轒 轒輼車名 膹 切熟肉也 ⿰忄畚 盛穀畚囊滿而裂也 坋 說文曰塵也一曰大防也又步寸切 ○飯 餐飯禮云三飯是扶晚切又扶万切四

畚 車畚 笲 竹器所以盛棗脩 ⿰無頁 無髮 ○婦 說文曰婦服也从女持帚洒埽也房久切十五 ⿱𠂤蚰 ⿱𠂤蚰螽 負 擔也荷也又受貸不償田負背恩忘德曰負也 萯

玉萯草 蝜 蝜蝂 阜 陵阜釋名曰土山曰阜阜厚也言高厚也廣雅曰無石曰阜 𠂤 上同 ⿰負鳥 鶝別名也 偩 禮云禮樂偩天地之情 ⿱艹阜 香草 ⿰阝阜

盛也亦作⿰阝馬 ⿰阝馬 同上 ⿰火阜 ⿰火阜熾 菩 香草又步乃切 ⿰虫帚 ⿰虫帚鼠 ○范 姓也出南陽濟陽二望本自陶唐氏之後隋會爲晉大夫食采於范其後氏焉防錽切六 範

法也常也式也前也 軓 說文云車軾前也周禮曰立當前軓 笵 說文云法也从竹竹簡書也 犯 干也侵也僭也勝也 ⿱范虫 蜂也案禮云范則冠而蟬有緌字不從虫 ○鳳

爾雅曰鶠鳳其雌皇郭璞云瑞應鳥雞頭蛇頸燕頷龜背魚尾五彩色高六尺許孔演圖曰鳳爲火精說文曰神鳥也亦州在秦隴西郡地漢改雍州爲涼州魏其地沒蜀蜀平屬雍州本自白馬互羌

所居晉爲仇池國後魏置固道郡又爲南岐州又改爲鳳州馮貢切二 ⿰夆朋 古文 ○俸 俸秩扶用切四 ⿰忄夆 款書 縫 衣縫又房容切 捀 灼龜視兆也說文父容切奉也 ○⿱禺鳥

獸名說文曰周成王時州靡國獻鷅人身反踵自笑笑即上脣掩其目食人北方謂之土螻爾雅曰狒狒如人被髮迅走一名梟羊俗謂之山都今交州南康山中有之郭璞讚云狒狒怪獸披髮操竹獲人

則笑脣蔽其目終乃號咷反爲我獲扶涕切二十四 禺 狒 並上同 濆 濆渭水溢 腓 又音肥 怫 怫愲又扶物切 菲 菜可食又霏斐二音 屝 草屩黃帝臣於則所

問

造也 蜚 蜚盧蟲也一名蜰即負盤臭蟲也又獸名山海經曰蜚如牛白首一目蛇尾行水則竭行草則枯見則有兵役郭璞讚云蜚之無名體似無害所經枯竭甚於鴆厲萬物攸懼思介遐逝

蟲 上同 厞 隱也陋也 翡 赤羽雀也 韭 塵也 萉 枲屬 菲 菲隱 痱 熱瘡 䠊 刖足亦作跀 𠡷 壯勇之皃 稹 稍不黏也 費 姓也夏禹之後出江夏後

漢汝南費長房孫盛蜀譜云益州諸費有名位者多又後魏書費連氏後改爲費氏 蜰 蜰蠦神蛇 𥈉 目不明或作𥇖 黂 爾雅曰黂枲實禮曰苴麻之有黂又音肥 蟦 蠐螬蟲也

○附 寄附又姓晉書有附都符遇切十一 坿 白坿說文益也 祔 祭名亦合葬也 賻 贈死也助也 駙 駙馬都尉官名漢武帝置掌駙馬晉尚公主者並加之駙副馬也一

曰近也又疾也 鮒 魚名 射 射䠸著衣也 蚹 蚹蛇腹下橫鱗可行者又爾進曰蚹蠃蜹蝓即蝸牛也 跗 跗古之醫人俞跗出史記 㕊 小戹有蓋 胕 肺胕心膂 ○吠 犬聲

符廢切四 茷 草葉多也又方大切 𩵼 魚名 鼣 鼠名如犬吠也 ○分 分劑扶問切又方文切五 𤺺 𤺺痱瘡悶 𢅊 滿而裂 秎 穧秎穫也 坋 塵也又房粉切 ○飯

周書云黃帝始炊穀爲飯符万切六 餅 上同俗又作飰 閞 門欂櫨也 𥸮 粉粖 瀵 泉水 蚡 蟲名 ○防 守禦也符況切一 ○復 又也返也往來也安也白也告也扶富切又音服八

復 古文 𤺋 再病 伏 鳥菢子又音服 複 機持繒者 𨺅 兩阜間也 覆 伏兵曰覆 複 重複 ○梵 梵聲扶泛切三 帆 船使風又音凡 颿 上同說文曰馬疾步也 ○伏

匿藏也伺也隱也歷也釋名曰伏者何金氣伏藏之日金畏火故三伏皆庚日又姓出平昌本自伏犧之後漢有伏勝文帝蒲輪徵不至房六切三十三 復 返也重也亦州名古竟陵縣春秋時屬楚秦屬南

郡隋爲江陽郡武德初爲復州 虙 古虙犧字說文云虎皃又姓虙子賤是也 服 服事亦衣服又行也習也用也整也亦姓漢有江夏太守服徵 𦨈 古文 茯 茯苓 馥 香氣芬馥 鵩 不祥

鳥 韛 韋囊步靫 蕧 旋蕧藥名 輹 車輹兔 𨌑 上同 澓 澓流又姓漢宣帝時有東海澓仲翁 椱 織椱卷繒者 洑 洄流 箙 盛弓弩器 𩌄 上同 𨌎 車笭間皮

篋也 𤺛 音譜云病重發也 鶝 鶝鶝即戴勝也 駚 伏馬也 𥨐 地室 棴 木出崐崘山也 复 行故道也說文作夏 畐 滿也 𩊒 車具 絥 𩏠 並上同 菔 蘆菔菜也

匐 匍匐伏地皃又蒲北切 鰒 海魚名 [illegible] 見鬼皃 栿 梁栿 ○幞 帊也又幞頭周武帝所制裁幅巾出四腳以幞頭乃名焉亦曰頭巾房玉切二 襆 上同 ○佛 牟子曰漢

明帝夢神人身有日光飛在殿前以問群臣傅毅對曰天竺有佛將其神也學記曰其施之也悖其求之也佛符弗切九 怫 怫鬱 坲 塵起 岪 山曲說文作茀山脅道也 咈 戾也 䞞 走皃

剕 斫也擊也 黻 玉篇云理也 炥 火皃 ○伐 征也斬木也又自矜曰伐房越切十四 茷 大曰筏小曰桴乘之渡水 栰 上同 罰 罪罰元命包曰网言爲詈刀詈爲罰罰之言网陷於

害 閥 閥閱自序 垡 耕土 橃 木橃說文曰海中大船也 昁 舂米 瞂 盾也或作戫 拔 爾雅云拔龍葛也似葛蔓生葉細莖赤也 茷 茷茂皃 藅 蘩藅草 坺 地名

酦 酒一醱也 ○縛 繫也符鑊切一 ○乏 匱也房法切三 泛 水聲又孚梵切 姂 好皃

四十一 ○微 妙也細也少也說文曰隱行也無非切八 散 說文曰妙也 溦 浽溦小雨 薇 菜也 [illegible] 竹名又武悲切 [illegible] 埤蒼云懸物鉤 癓 二蒼云足上瘡 [illegible]

伺視又武悲切 ○無 有無也亦漢複姓二氏楚熊渠之後號無庸其後爲氏又有無鉤氏出自楚姓武夫切二十六 毋 止之辭亦姓毋丘或爲毋氏又漢複姓八氏漢書貨殖傳有毋鹽氏巨富齊毋

鹽邑大夫之後漢有執金吾東海毋將隆將作大匠毋丘興風俗通有樂安毋車伯奇爲下邳相有主簿步邵南時人稱毋車府君步主簿何氏姓苑有毋終氏左傳魯大夫茲毋還晉大夫綦毋張漢書

有巨毋霸王莽改爲巨毋氏 膴 膴膢又云撫切 膴 無骨腊又荒烏云甫二切 蕪 荒蕪 誣 誣枉 巫 巫覡周禮春官曰司巫掌羣巫之政令若國大旱則帥巫而舞雩亦山名又姓風俗

通云氏於事巫卜陶匠是也漢有冀州刺史巫捷 莁 莁荑 璑 三采玉 [illegible] 地名在弘農 [illegible] 黑皮竹也 鷡 鷡鴽鳥名 [illegible] 罟屬又音武 蝥 爾雅云鼅鼄鼅鼄蝥又

音牟 [illegible] 爾雅云愛也又音武 无 虛无之道又漢複姓左傳昔有大夫无婁修胡 [illegible] 嵌空之皃 譕 譕誘詞也 墲 冢也 鵐 鳥名雀屬 憮 空也又音武 [illegible] 雉網也

○文 文章也又美也善也兆也亦州名禹貢梁州之域自戰國時宋及齊梁皆諸羌所據後魏平蜀始置州亦姓漢有廬江文翁無分切十六 聞 說文曰知聲也又音問 闅 古文

彣青與赤雜 紋綫也 雯雲文 駁馬赤鬣縞身目如黃金文王以獻紂 蟁爾雅曰鶥蟁毋郭璞云似烏鸜而大黃白雜文鳴如鴿今江東呼為蚊毋俗說此鳥常吐蚊因名云
說文曰齧人飛蟲也 蚊同上 螡亦同出漢書 [illegible]摩也 鴍鳥也爾雅曰鶉子鴍 閺俗作閿說文曰低目視也弘農湖縣有閺鄉汝南西平有閺亭 汶黏唾又音旻問 鼤班鼠
闅闅越也又音旻 ○亡無也滅也逃也說文正作亾武方切十五 芒草端也 莣爾雅曰莣杜榮郭璞云今莣草似茅可以為繩索履屩 鋩刃端 硭硭硝 杗屋梁又莫郎切
莔忘也又莫郎切 邙縣名在沛郡又洛北山名又音忙 [illegible]郡名也又鄉名 望看望又音妄 朢弦望又音妄 ○尾首尾也易曰履虎尾又姓史記有尾生無匪切八
亹美也爾雅亹亹勉也 斖俗 浘水流皃又浘潤海水溲處莊子作尾閭字不从水 娓美也說文順也又音美音媚 䞔人名鄭大夫蔡䞔也 [illegible]饘也 [illegible]
微也 ○武止戈為武又迹也曲禮曰堂上接武又州名本自白馬氐地魏文徙武都郡於美陽今好時縣界武都古城是也後魏平仇池山築城置武都鎮即今州是也亦姓風俗通云宋武功之
後漢有武臣又漢複姓六氏漢有乘黃令武安恭出自武安君白起之後風俗通云漢武強侯王梁其後因封為氏世本云夏時有武羅國其後氏焉何氏姓苑有廣武氏出自陳餘之後又武成氏武
仲氏又虜複姓西秦錄有武都氏文甫切二十四 舞歌舞左傳曰舞所以節八音而行八風也周禮曰樂師掌國學之政以教國子小舞也山海經曰帝後八子始為舞又姓出何氏姓苑
儛上同 嫵嫵媚 侮侮慢也侵也輕也 [illegible]隱中網也 憮憮然失意皃說文愛也一曰不動也 [illegible]上同 珷珷玞石次玉 碔上同 廡堂下也 𢊁籀文
甒甖甒 潕水名在南陽 鵡鸚鵡鳥名能言 䳇上同 憮愛也說文撫也 膴土地腴美膴膴然也 瞴微視之皃 娬好也 敄彊也 [illegible]長艇船也
罞雉網 [illegible]蕃滋生長說文豐也隸省作無今借為有無字 ○吻口吻武粉切七 脗上同 刎刎頸 抆拭也 伆離也又武弗切 勿覆也 䒽薔䒽 ○晚
暮也無遠切七 娩婉娩媚也又忙件切 挽引也 輓上同 [illegible]皮脫也又無願切 [illegible]子母相解又音免 脕色肥澤又音曼 ○网网罟說文曰网庖羲所結繩以田以

妄泛

漁也世本曰庖羲臣芒所作五經文字作罔俗作冈文兩切十二 網同上 罔上同又無也 輞車輞 棢同上 惘惘然失志皃 莔莔草 誷調誣 𡒄同上

聤耳聤疾 蛧蛧蜽 魍魍魎上同 ○鋄馬首飾西京賦云金鋄鏤鍚亡范切三 㲰腦蓋也俗作㲰又明忝切 𢦶也 ○未辰名爾雅曰太歲在未曰協洽無沸切八

味五味酸鹹甘苦辛周禮瘍醫以酸養骨以辛養筋以鹹養脉以苦養氣以甘養肉以滑養竅 菋五味子藥名 𩔗前面 𥻆饋也亦作𥻆 沬水名 鮇魚名

峅山名 ○務事務也又強也遽也趣也又姓列仙傳有務光亡遇切十四 婺婺女星名 霧元命包曰陰陽亂爲霧爾雅曰地氣發天不應曰霧釋名曰霧冒也氣蒙冒覆地之

物也 霚上同見說文 騖馳也奔也驅也 犛六月生羔 鶩雞雛 蝥蝥名亦作蝥 𩣡長跪又拜 䋶䋶淹餘也 𢂄巾 楘髮也 敄說文強也 鶩

鳥名又音目 ○問訊也又姓今襄州有之亡運切十一 璺破璺亦作璺方言曰秦晉器破而未離謂之璺 絻喪服亦作免 汶水名 紊亂也 聞名達詩曰令聞令望 莬新生草也

脕上同詩曰微亦柔止鄭玄云柔謂脃脕之時 挽拭也 鼤鼠文 娩生也又音免 ○万十千又虜三字姓三氏西魏有柱國万紐于謹周書唐瑾樊深並賜姓万紐于氏無販切十八 萬

萬舞字林云萬蟲名也亦州名自漢及梁猶爲朐忍縣地後魏分置萬川郡及魚泉縣武德初割信州南浦置浦州貞觀改爲萬州又姓孟軻門人萬章 輓輓車也亦作挽本又音晚 蔓瓜蔓又姓

左傳楚有蔓成然 曼長也 蟃蟃蜒蟲 鰻魚名 鄤蜀有鄤鄉 嫚籀文云姓也古萬字 獌獌狿獸長百尋說文曰狼屬也爾雅曰貙獌似貍 𧲣貙獌似貍或作此𧲣 䝉

姓梁公子繇杰之後 㡊挽舟 𧸖贈貨 輓戰車以遮矢也 幔皮帨又無遠切 脕肌澤 鬘長髮 ○妄虛妄又亂也誣也巫放切六 望看望說文曰出亡在外望其還也亦

祭名又姓何氏姓苑云魏興人又音亡 朢弦朢說文曰月滿與日相朢以朝君也又音亡 忘遺忘又音亡 汒谷名在京兆也 謹責也 ○荾草木無葉也亡狗切一 ○物萬物也又

旗名周禮雜帛爲物說文曰牛爲大物天地之數起於牽牛故从牛勿文弗切九 勿無也莫也說文曰州里所建旗也象其柄有三游雜帛幅半異所以趣民故遽稱勿勿又作㫚 㫚同上 㫚

土瓜岉崛岉高皃伆離也又武粉切𨑨遠也昒尚冥也又音忽沕沕穆微也○韈足衣漢張釋之與王生結韈望發切五韤襪並上同旻舉目使人㒝㒝羯東北夷名似高麗○樠松心又木名也武元切又莫昆切一

檢字索引

索引編輯說明

一、本索引依部首檢字法排列，部首悉仍康熙字典所分二百一十四部。部中之字，則依筆畫多寡爲序。

二、檢字方法，先查部首頁碼，然後據頁碼於該部首下，依筆畫多寡，即可檢得。

三、本書乃據黎氏古逸叢書覆宋重修本廣韻剪輯而成，凡黎本字誤者，則據周氏廣韻校勘記及十韻彙編廣韻校勘記更正於索引中。而於誤字旁右上角加「×」，改正後之字則外加「（）」以別之。

四、本索引編輯倉促，錯誤難免，敬祈博雅不吝賜教，俾再版更正。

部首	一畫	一	丨	丶	丿	乙	亅	二畫	二	亠	人	儿			
		一	一	一	一	一	一		二	二	二	六			
入	八	冂	冖	冫	几	凵	刀	力	勹	匕	匚	匸	十	卜	卩
七	七	七	七	七	八	八	八	一〇	一〇	一一	一一	一一	一一	一一	一二
厂	厶	又	三畫	口	囗	土	士	夂	夊	夕	大	女	子	宀	
一二	一二	一二		一二	一六	一六	二一	二一	二一	二一	二二	二二	二六	二六	
寸	小	尢	尸	屮	山	巛	工	己	巾	干	幺	广	廴	廾	弋
二七	二八	二八	二八	二九	二九	三一	三一	三一	三一	三三	三三	三三	三四	三四	三五
弓	彐	彡	彳	四畫	心	戈	戶	手	支	攴	文	斗	斤	方	
三五	三五	三六	三六		三六	四一	四二	四二	四七	四八	四九	四九	四九	四九	
无	日	曰	月	木	欠	止	歹	殳	毋	比	毛	氏	气	水	火
五〇	五〇	五一	五二	五二	五九	六〇	六〇	六一	六二	六二	六二	六二	六二	六三	七〇
爪	父	爻	爿	片	牙	牛	犬	五畫	玄	玉	瓜	瓦	甘	生	
七三	七三	七三	七三	七三	七三	七三	七四		七六	七七	七九	七九	八〇	八〇	
用	田	疋	疒	癶	白	皮	皿	目	矛	矢	石	示	禸	禾	穴
八〇	八〇	八一	八一	八三	八三	八四	八四	八五	八八	八八	八八	九〇	九一	九二	九二
立	六畫	竹	米	糸	缶	网	羊	羽	老	而	耒	耳	聿	肉	
九四		九五	九八	九九	一〇三	一〇三	一〇四	一〇五	一〇五	一〇六	一〇六	一〇六	一〇七	一〇七	
臣	自	至	臼	舌	舛	舟	艮	色	艸	虍	虫	血	行	衣	襾
一一〇	一一〇	一一〇	一一一	一一一	一一一	一一一	一一一	一一一	一一一	一二〇	一二一	一二五	一二五	一二五	一二八

亍 168	于 28	亍 173	◉一畫	二 257	二部	226	事 220	◉七畫	釘 152	◉六畫	圡 53	22	亐 18	◉三畫	
◉八畫	93	亟 85	◉七畫	213	212	些 208	◉六畫	亘 80	◉四畫	云 29	三 211	井 188	亙 55	五 111	◉二畫
◉六畫	268	39	亨 36	◉五畫	交 67	亦 27	亥 52	◉四畫	95	亢 68	◉二畫	亡 302	◉一畫	亠部	亞 12
亹 28	亹 249	◉十四畫	亶 120	◉十一畫	亵 260	◉十畫	兗 243	亳 279	◉八畫	亮 161	亭 134	亯 39	◉七畫	亩 158	京 69
296	280	仆 270		仂 165	仃 119	什 253	仁 254	今 70	◉二畫	人 254	人部	302	亹 282	◉廿畫	
仟 73	199	仝 130	161	161	152	152	令 150	◉三畫	仇 102	仍 255	仉 236	从 198	介 78	仄 221	296
内 255	仒 236	仙 207	仚 35	以 22	他 125	仞 257	186	仔 184	178	仗 177	伕 138	代 138	付 293	仕 225	仜 44
伎 99	佈 263	伍 111	伈 211	伉 95	仿 295	◉四畫	伇 142	298	伬 296	伨 253	伌 112	114	仡 42	仛 141	仟 193
仯 223	仲 177	93	企 90	伃 18	佛 122	伊 1	300	伏 300	休 36	伐 301	275	272	仳 268	237	103
伀 232	份 259	伶 108	304	伤 302	伙 95	伋 85	114	仰 112	伕 8	257	任 255	件 104	仵 111	伜 48	伴 295

侷	俟	侵	俠			俓			侂		俌	佸		俍	俅
105	50	194	60	110	109	80		284	280	295	293	268	239	233	102
	俟	俏	佟	侶	俋	俁	促	傳	保		俔	俚	佩		偏
	100	196	252	156	179	111	197	268 270	262	94	53	155	124	124	22
	侳	侻		俙	俗	俆	俇	係	俛	俾	侲	俄		侹	俊
189	185	129	37	34	219	216	104	77	286	245	262	109	128	127	189
倌	倧			倓		倂	倦	侯	倍		倅	俯	倣	◉八畫	俘
66	183	140	137	135	278	276	105	159	275	196	190	292	293		294
倰	侄		倀	俵		倩		俸	倉	倞	倇			倥	
153 161	12	171	169	264	197	196	299	261	193	105	8	93	90	86	79
俺		倒	倈	倯		俴	倢	倆	倳	倲	值		借	倖	倝
13	122	120	147	205	187	201	204	214	220	117	177	191	189	54	78
俳	偺	個	偒	俾		倡	偓	俱	倬	俶	倔	倨		倚	
272	141	79	24	261	242	240	52	63	169	242	106	76	10	7	13
倠×(維)	倫		倃	俻	倜			倗	倠	倪			倭	御	倕
80	149	104	67	276	129	280	275	269	33	108	8	5	1	57	248
信	偰	停	偯	偻		偏		偉	偱	偙	傍	偵	◉九畫	侑(侑)	侑
252	215	134	7	211	270 270	267	109	46	88	121	113	294		48	30
健	偉	偝		偄		偭	傚	偃	偕	偠		偪		偞	偡
105	30	277	256	144	288	286	177	7	64	8	294	264	44	28	137

像 218	200	189	僬 185	僑 101	𠑇 302	171	僜 139	儌 241	僟 63	248	138	僤 136	126	儥 55	280
僆 128	僨 293	僁 216	僊 246 246	儀 116	億 15	248	儃 132	◎十三畫	僢 241	倃 170	僞 112	僧 209	僔 187	256	㒣 246
𠍄 88	271	僻 271	252	[illegible] 140	儇 35	[illegible] 5	儂 142	僶 285	105	[illegible] 74	[illegible] 223	112	僸 80	價 80	僵 68
儕 224	264	儐 259	◎十四畫	11	儍 7	[illegible] 161	儈 77	儉 104	儋 119	儁 189	儌 73	儥 74	[illegible] 226	122	儅 119
114	儑 106	[illegible] 122	傫 202	[illegible] 232	儒 254	113	112	110	儗 40	儖 154	175	儔 139	132	儓 128	儃 180
偪 148	偒 211	儢 156	304	[illegible] 290	優 5	140	儥 26	儹 187	[illegible] 260	◎十五畫	11	億 8	儌 17	儛 302	116
儰 135	158	儱 155	223	儭 196	[illegible] 64	[illegible] 144	儲 174	◎十六畫	儠 165	267	僇 150	252	償 250	[illegible] 261	156
◎十八畫	226	儳 225	儳 223	[illegible] 172	[illegible] 36	[illegible] 162	[illegible] 87	[illegible] 167	103	儴 73	儴 254	◎十七畫	[illegible] 55	僩 172	[illegible] 30
◎廿一畫	128	儻 127	儼 112	◎廿畫	儴 207	[illegible] 260	儮 151	[illegible] 118	儷 159	儺 142	◎十九畫	99	[illegible] 76	[illegible] 55	儣 295
充 240	◎四畫	兄 36	◎三畫	允 23	先 220	元 108	◎二畫	兀 114	◎一畫	儿部		儾 145	◎廿二畫	160	儽 147

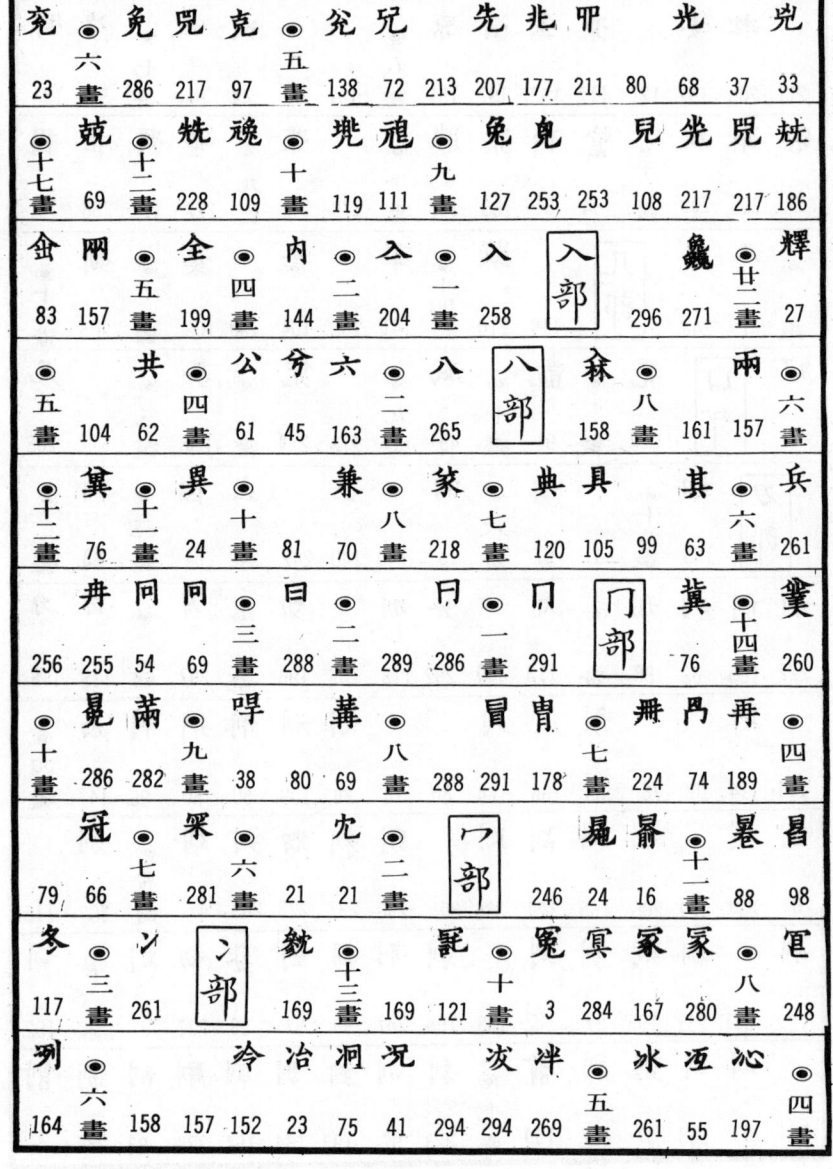

功 62	劧 72	加 68	◎三畫	劮 69	◎二畫	氿 14	◎一畫	力 165	力部		159	156	劙 147	◎廿一畫	劚 159
◎六畫	劬 100	𠡇 26	劭 252	助 226	㔔 300	劫 86	努 143	㔖 278	旌 189	◎五畫	劤 78	劣 164	劦 60	劥 89	◎四畫
勇 22	勉 286	勁 80	勀 97	勅 173	勃 278	◎七畫	勋 114	㔜 284	勔 89	劼 96	㔛 261	94	59	劾 55	効 56
勞 150	勘 58	◎十畫	勖 135	勖 42	勗 42	務 303	勔 286	勒 165	勘 95	◎九畫	勑 87	勑 160	勈 157	勍 102	◎八畫
勤 101	勡 270	勣 191	104	㔶 102	募 287	勢 247	勢 48	◎十一畫	勨 6	勛 265	勧 34	昜 72	247	勝 245	161
218	勠 23	勞 190	25	勤 24	勵 82	勢 165	79	勦 66	◎十二畫	225	勳 187	163	162	勁 153	勳 290
◎十七畫	勸 275	160	勵 148	勴 159	勵 160	◎十五畫	䝂 144	辦 277	◎十四畫	勞 91	勴 105	勱 287	勸 232	勰 60	◎十三畫
勺 278	勿 303	匆 69	勻 19	◎二畫	252	勺 239	◎一畫	勹 260	勹部		勸 159	◎廿三畫	勸 98	◎十八畫	勷 254
匑 81	匔 97	匒 85	匐 133	匍 216	◎六畫	匊 268	◎五畫	匈 33	匄 4	◎四畫	83	勾 77	包 260	◎三畫	302
匑 61	匔 280	匒 15	◎十畫	匏 273	301	匐 280	◎九畫	匒 116	匍 101	匌 210	匋 252	◎八畫	匊 193	匍 272	◎七畫

呭 25	98	93	呿 88	味 303	吾 124	呪 15	279	278	咇 265	咏 32	◉五畫	178	呈 175	吴 107	81
呹 5	呪 233	呺 35	呻 245	呷 44	123	咀 14	201	咀 187	呫 130	㕹 171	呝 180	呞 244	咈 301	41	呵 36
呱 63	咆 273	40	呴 39	呥 255	咊 48	226	221	咋 221	咍 34	呦 6	呣 284	123	咄 123	呬 39	9
呼 115	67	咬 4	咳 46	◉六畫	周 234	57	和 48	含 51	命 288	104	咎 67	呼 34	吟 152	呩 256	呶 180
哄 54	哂 246	咺 38	257	咡 254	[illegible] 115	96	咭 42	5	哇 2	哀 2	咹 14	169	咤 167	[illegible] 115	咨 183
咽 4	哃 130	230	[illegible] 215	198	咠 191	咫 235	咸 51	哉 184	173	140	咥 123	[illegible] 214	咟 59	[illegible] 32	咦 33
38	咻 37	58	40	咶 40	233	169	168	咮 167	品 269	[illegible] 152	咢 115	咼 87	呰 186	14	12
◉七畫	133	咷 128	54	41	[illegible] 39	哈 116	242	241	241	171	169	122	哆 120	咰 231	咿 1
哳 170	哽 74	[illegible] 124	41	哮 35	咏 51	[illegible] 40	唇 233	哲 170	哢 158	唐 134	唁 113	161	哏 152	哶 151	[illegible] 131
15	唈 15	哫 190	唄 277	哯 53	哹×(哹) 38	哿 74	哥 67	[illegible] 88	[illegible] 95	唊 86	啞 80	哺 276	哤 280	哌 233	哱 270

唏		唅	唂	[口身]	唌	哦		哨	唆		唉	哊	書	哭	唎
37	57	37	81	245	132	109	208	196	208	7	2	14	92	95	265
[口先]		[口吳]				啐	唹	啍	◉	[口隹]	啁		呼	哼	
95	164	159	212	196	196	190	2	132	八畫	237	89	298	292	164	39
[口取]				啞		唪		啚	啓		啇	啌	[口官]		啖
184	15	15	12	8	296	275	261	131	91		245	33	66	140	137
[口叔]		[口亟]	啡	唵		啄	啀		啑		唻	啉	[口或]	唶	唭
231	82	42	268	9	169	123	108	232	121	156	148	154	43	189	93
唲	唾	[口囷]	[口固]	唱		唬	啅	[口岑]		[口辰]	問				啜
253	128	103	45	242	84	41	169	110	204	190	303	252	252	242	168 170
[口乳]		唸		唫		啖		啗	啕		啁		唯	[口鬼]	
144	124	123	110	104	33	33	140	137	113	167	166	22	17	2	
喀	喧	啼		喭			喑	嗖	善	啻	嗇	◉	售	唔	[口受]
97	35	131	113	113	12	6	6	141	251	246	15	九畫	252	112	252
喦	喔		喞			喊	喓	喃			喋	喫		喪	[口絜]
175	13	191	190	54	39	39	4	180	179	141	124	97	213	209	164
喙	喘	喎	[口咢]		喟	[口呈]		喝	喁	啺	嗖	[口是]	喈	喜	喆
40	241	87	115	94	93	26	42	11	106	134	44	248	64	37	170
喠	[口嬰]	喼		媧	喗		[口朋]				單			[此吅]	㗊
235	270	136	37	7	111	238	235	252	251	248	118	201	186	184	221

喬	鄃	嗶	喻	喚	喣	喉	喤		喤	啾				喢	
67	106	163	16	40	38	51	145	49	36	185	243	232	232	224	241
嗊	嗤	嗦	嗞	嗛	嗟	嗙	嗾			嗃	◉		喛	舚	
37	69	212	184	93	185	261	203	43	41	35	十畫	35	40	63	101
嗀	嗨	嗘		嗒	啅		嗄	嗕	㗔	喊	嗧	嗝		嗑	嗜
41	44	212	130	124	195	230	11	257	163	13	266	85	85	59	251
殫	嗣	喿	單		器	嗤	嗗		嗢	嗖		嗔	啇	替	嗀
261	218	213	142	213	209	240	14	14	14	88	240	133	231	12	42
	啐			嗾	嘸	◉	𡁏	嗂	鄂	嗌	唈	嗁	嘣	鳴	嗅
231	230	213	211	197	238	十一畫	213	19	97	15	1	131	181	2	113
嘆	嘹	嗷	嘕	嗇				嘖	嘒		㗌	哲			𠻦
124	150	109	35	213		227	221	221	40	169	123	157	28	23	23
	嘐	㗭		嗼	嘎	嘁		嘔	嘌			嗽	嘈	嗹	
67	35	216	291	290	83	191	9	6	268	231	214	213	200	150	128
𠾃			嗺	嘓		嘍	嘑		噓	暮	戚	殹	嘏	嘉	嗸
211	186	184	206	85	158	154	34	39	34	281	190	34	74	68	109
噇		噋	噈	◉	噴	嚓	嘅	嗥			㗢	噐	夢	嘗	瞿
173	124	97	190	十二畫	127	197	94	48	137	54	44	79	171	249	64
嘡		噆	嘾	嘲	嘶	噎	噉	嘻	噁		嘵	嘮	噭	噲×（噌）	噂
141	195	191	137	166	206	14	137	33	10		35	171	42	222	187

嘪 285	241	嘽 124	94	嘳 93	嘬 223	蚗 36	嘼 41	毳 223	243	嘺 26	嘯 213	㘂 109	𡀔 59	161	嘹 150
鍪 216	嘏 124	審 123	膺 12	11	噫 1	噰 1	◉十三畫	嘕 33	嗡 44	嘫 180	203	噍 185	𡁊 191	嘺 101	嘰 63
嘁 221	噗 116	噳 111	噱 106	40	14	噦 14	噩 115	129	噧 40	𠻿 221	105	噤 104	噄 97	噵 36	噴 267 269
器 93	41	38	𡃢 38	68	噕 48	238	169	169	噣 122	𡁧 12	179	噥 142	嚁 27	噪 213	噉 42
嚌 202	◉十四畫	嚳 13	龡 94	噬 252	114	噞 112	噲 94 222	噡 235	13	噢 7	噭 79	191	噪 191	220	嘇 220
嚜 116	嚄 59	112	嶷 107	嚘 159	嚁 186	嚅 254	嚍 34	162	95	嚂 39	43	嚇 41	𡃹 126	嚀 143	嚫 163
嚃 157	嚀 166	嚘 6	嚦 160	嚏 121	嚗 265	嚽 46 47	203	囋 202	嚮 170	嚖 40	嚝 36	◉十五畫	嚾 8	嚊 269	嚯 129
嚫 223	嚨 146	龏 146	◉十六畫	嗅×（嘄）113	嚌 221	42	嚛 41	嚨 166	噴 238	囂 108	鞄 276	嚵 190	嚺 106	嚜 287	嚞 170
225	嚵 223	嚵 202	嚶 5	戲×（嚱）33	𡅏 39	嚴 110	㘓 149	韗 120	◉十七畫	41	嚮 39	嚧 148	嚬 273	嚭 268	嚥 12
囊 143	嚣 115	囈 113	◉十九畫	嚼 203	𡄑 35	嚿 59	嚾 40	囀 169	258	囁 239	嚺 197	◉十八畫	嚳 96	190	囐 186

報 264	輋×(輋) 93	韋 47	堯 109	284	埑 283	204	191	聖 190	埭 176	埂 145	埥 134	12	11	堰 8	堦 64
堢 262	插 223	堹 168	堖 144	222	埈 183	堩 80	堝 68	堮 115	堨 14	堣 107	堋 224	場 175	248	120	堤 118
塑 212	垩 221	塎 22		224	塷 199	塘 134	◎十畫	堡 262	堲 248	粗 188	堚 46	堬 18	堸 296	堠 57	堭 49
139	塡 133	塏 91	㱿 96	塀 174	塓 254	塛 163	塔 130	壊 212	131	塗 175	塦 155	塙 96	215	塞 212	塋 21
塍 243	陞 118	堾 204	埍 6	塯 162	塠 118	塢	塛 243	塤 35	斟 55	塊 94	塒 249	填 291	塚 167	168	166
墆 138	墄 198	塸 9	105	墐 101	塵 174	288	塺 281	塾 252	塡 19	境 74	238	墇 234	墉 16	墲 239	◎十一畫
288	墁 282	塿 158	塼 41	墟 87	墅 251	墓 287	10	墜 2	塹 197	墓 72	142	墊 122	墀 174	塻 290	140
壞 229	墭 252	161	𡐨 150	10	墱 10	墝 88	墿 97	墡 251	墩 118	◎十二畫	𡓁 120	墼 39 104	塲 245	墣 225	墋 223
301	281	墲 267	墍 100	墼 265	墠 251	94	墳 132	墨 291	270	墣 270	墬 137	墜 177	136	126	墮 33
7	壅 1	253	戴 242	壚 96	壅 10	壈 158	壇 132	◎十三畫	87	77	𡔅 72	墦 298	墫 193	190	增 185

墺 12	增 242	墩 88	墿 27	堝 5	壂 139	壁 266	墬 127	[illegible] 56	埜 23	墼 85	墻 200	壇 68	299	墳 297
窒 92	墕 178	壏 39	壐 209	壚 218	壓 16	壒 10	壏 54	壔 120	96	[illegible] 58	壍 197	壕 48	◉十四畫	[illegible] 91
壆 24	13	壚 148	壛 21	壢 115	[illegible] 149	壠 155	77	壞 55	◉十六畫	壘 155	壙 95	墟 175	[illegible] 118	◉十五畫
壎 35	塵 43	179	◉一畫	士 225	士部	壤 145	◉廿二畫	[illegible] 94	◉廿一畫	[illegible] 160	◉十九畫	[illegible] 33	壤 256	◉十七畫
22	壝 17	壜 135	壹 91	◉十畫	壼 3	壺 45	壹 13	壻 212	◉九畫	97	壾 83	◉七畫	壴 168	◉六畫
壯 221	室 303	◉四畫	壬 255	夂部	夆 146	◉六畫	297	夆 55	◉四畫	夅 45	◉三畫	夂 167	夊部	詎 286
252	壽 251	◉十一畫	夏 53	◉七畫	叙 85	188	夓 183	夏 300	◉六畫	303	夌 287	夌 153	◉五畫	夋 193
変 280	◉四畫	221	夊 205	夗 8	◉二畫	夕 219	夕部	夢 99	◉十七畫	41	夐 40	◉十一畫	崚×（稜）153	堎 85
◉十畫	189	复 189	57	鋉 232	夠 70 90	◉八畫	夥 142	121	[illegible] 119	[illegible]×（[illegible]）232	敠 237	◉七畫	㚐 200	夜 25
◉五畫	多 119	夙 214	◉三畫	外 113	夥 52	夢 290	287	夢 280	◉十一畫	[illegible] 298	[illegible] 81	貪 19	[illegible] 214	[illegible] 228
◉十畫	[illegible] 87	[illegible] 93	[illegible] 20	[illegible] 87	◉九畫									

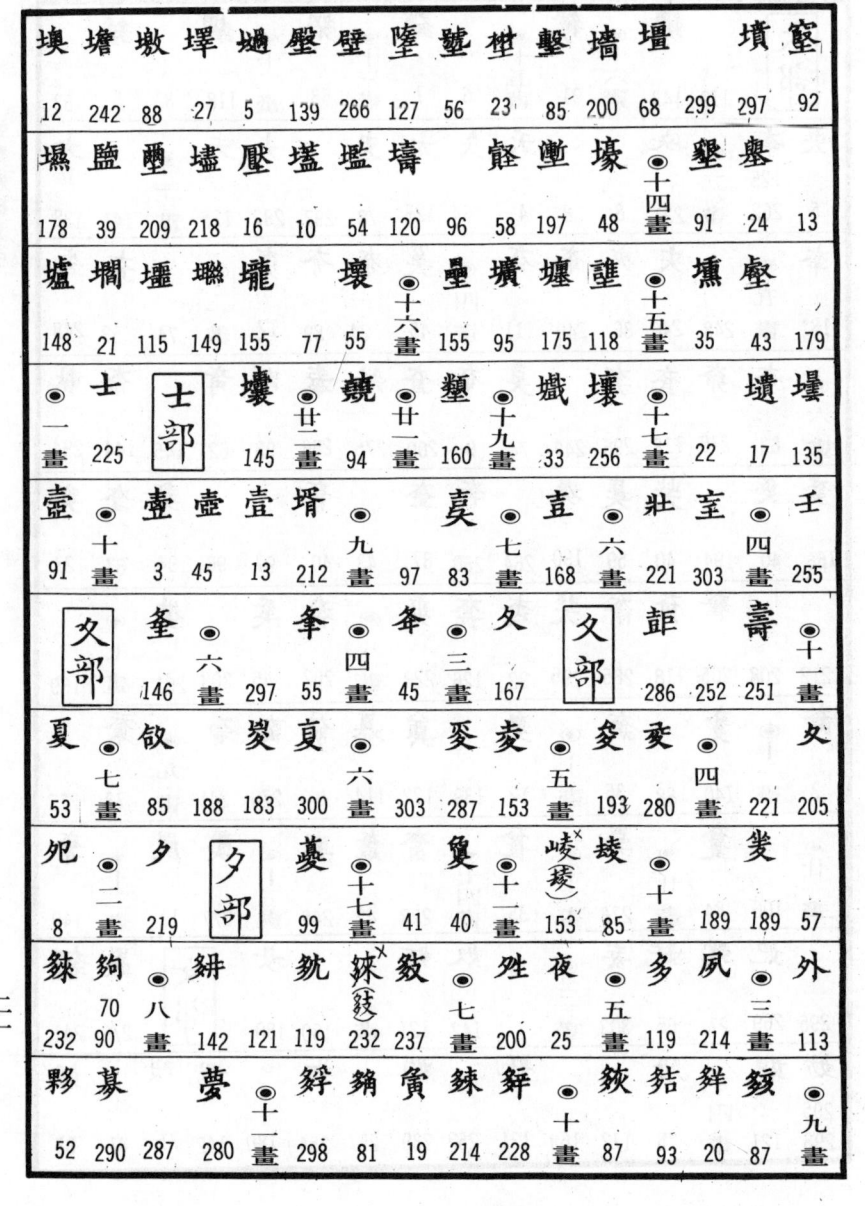

大部

女部

嬫 27	248	孌 158	161	◉十六畫	嬳 144	嬴 20	嬢 46	嬾 157	嬿 8	12	嬶 4	嬹 41	◉十七畫	孃 179	255
孁 152	孽 115	孆 281	孀 228	嬧 73	75	85	孅 209	◉十八畫	孋 181	孎 101	孏 22	22	44	55	◉十九畫
孌 157	161	孋 147	◉廿畫	15	孆 89	◉廿畫	孎 169	169	孏 147	子部	子 186	孒 70	孓 82	孑 84	
了 157	◉一畫	孔 90	◉二畫	孕 25	◉三畫	字 202	孖 184	202	存 199	孚 186	◉四畫	孝 41	孛 277	279	孜 184
孪 294	孛 79	◉五畫	孠 218	孟 288	孡 124	孤 63	季 76	孥 142	◉六畫	孩 46	孨 181	220	236	◉七畫	[illegible] 237
㝃 286	302	孫 207	◉八畫	孮 198	孰 252	◉九畫	孱 224	226	◉十畫	孳 184	202	㝅 80	144	孴 28	
111	◉十一畫	孷 147	孵 294	◉十三畫	學 57	◉十四畫	孺 257	◉十五畫	孻 257	◉十六畫	孼 115	◉十七畫	孽 41	◉廿二畫	孿 230
230	宀部	宀 283	◉二畫	宁 174	宂 176	它 125	宄 71	宂 255	◉三畫	宇 30	守 246	247	宅 179	宆 24	
80	安 3	◉四畫	完 47	宊 288	宋 211	宎 128	宏 49	穸 273	宖 78	宏 16	◉五畫	宔 236	宓 289	289	官 66
宖 5	50	宗 183	宝 116	定 122	130	宕 139	家 204	宜 116	宙 178	宛 3	8	◉六畫	宊 39	宜 207	宧 18

家 68	宬 250	宸 249	宋 102	害 55	宰 187	157	宦 152	◎七畫	宭 116	客 97	宗 204	宦 8	室 248	宥 32	官 56
宼 5	19	寅 17	寇 95	密 289	◎八畫	容 16	宩 244	寀 175	宵 208	宮 61	12	宴 8	案 262	98	宭 65
寙 10	寘 88	寚 4	富 294	寒 46	乾 133	寍 143	◎九畫	寀 195	214	宿 213	寂 204	寤 63	寄 76	204	寁 188
寘 237	寣 283	231	索 231	蹇 103	搴 80	盜 280	審 145	◎十畫	寓 30	寢 195	寎 264	寐 287	寓 112	寔 253	14
165	冢 150	寞 290	寡 74	124	寣 123	226	寨 216	寗 119	寪 188	寍 143	92	廉 89	寨 193	◎十一畫	寊 47
◎十三畫	審 244	寫 30	寢 195	寫 211	寯 101	寱 37	寬 98	寮 150	◎十二畫	察 223	寤 42	寣 110	寤 112	寢 195	實 243
豐 295	◎十八畫	寰 268	寶 262	◎十七畫	寱 81	寵 171	196	親 193	◎十六畫	寡 282	◎十四畫	寯 189	竅 94	56	寨 47
寷 213	◎廿四畫	寶 37	◎廿三畫	寷 195	◎廿二畫	285	寱 285	◎廿一畫	寱 104	◎十九畫	255	寥 10	寥 287	竇 254	塞 216
243	27	射 25	專 294	◎七畫	导 113	293	封 291	◎六畫	守 163	◎四畫	寺 218	◎三畫	寸 196	寸部	
對 121	◎十一畫	尉 136	◎十畫	尌 252	尉 10	尋 217	尊 184	◎九畫	190	將 185	尉 10 14	專 234	◎八畫	244	

◉十三畫 導 139 對 121 ◉十四畫 尃 251 小部 小 210 ◉一畫 少 246 247 尐 190 ◉二畫 尒 255 ◉三畫 尖 186

尗 247 ◉五畫 尚 249 252 ◉七畫 覍×(覍) 277 ◉八畫 肖 97 ⿱尐乚 144 ◉十畫 尠 210 212 尟 210 ◉十一畫 尌 123

◉十二畫 尠 105 尢部 允 5 ◉一畫 尤 29 ◉二畫 尥 165 296 ◉三畫 尫 2 尪 66 ⿺尢包 161 273 ◉四畫 尨 280

尪 5 ⿺尢公 78 ◉五畫 ⿺尢左 187 189 ⿺尢皮 262 ◉六畫 ⿺尢旦 25 ⿺尢虍 93 ◉七畫 ⿺尢委 126 ◉八畫 ⿺尢奇 71 ⿺尢奇 93 ⿺尢奄 6 9

⿺尢垂 128 ◉九畫 就 203 ⿺尢畏 7 ⿺尢重 250 ◉十畫 ⿺尢京 161 ⿺尢焦 70 ⿺尢婁 131 ◉十二畫 ⿺尢責 132 132 ◉十三畫 ⿺尢雚 118 131 ◉十八畫

⿺尢雚 88 ⿺尢雚 118 ◉十九畫 ⿺尢贏 146 150 161 ◉廿二畫 ⿺尢籠 45 尸部 尸 244 ◉一畫 尹 23 尺 242 ◉二畫

⿸尸乙 17 ⿸尸又×(尽) 180 ⿸尸人×(尽) 256 尼 180 尻 88 ◉三畫 启 123 启 123 ◉四畫 局 105 屁 269 尿 144 尾 302 ◉五畫 屌 192 居 63

63 ⿸尸先 132 屆 78 屈 82 96 ⿸尸足 179 ◉六畫 屏 261 262 274 ⿸尸来 33 246 ⿸尸更 17 屍 244 246 ⿸尸兒 139

屋 13 ⿸尸旨 93 ⿸尸系 53 ⿸尸目 40 屑 214 ◉七畫 屖 206 展 167 㞡 167 249 屓 39 ⿸尸肙 215 ⿸尸殳 106 ⿸尸辱 24 218 屡 184

◉八畫 ⿸尸兩 162 屋 13 屝 299 ⿸尸果 95 ⿸尸易 27 ⿸尸秉 144 屐 218 ⿸尸猗 101 ◉九畫 屠 131 174 ⿸尸巢 216 ⿸尸蚤 106 ⿸尸屛 76 ⿸尸畐 223

◉十二畫	屦 124	230	屣 229	㞝 94	屨 159	屩 192	◉十一畫	屫 106	◉十畫	屧 127	屠 71	252	屬 238	232	219
252	屬 238	◉十八畫	屐 167	◉十六畫	屫 84	◉十五畫	屨 76	◉十四畫	屭 192	◉十三畫	履 155	屧 216	層 200	屓 139	屓 121
297	岁 295	◉四畫	屰 115	◉三畫	芈 295	◉二畫	屮 233	166	屯 132	◉一畫	屮 170	屮部		屮 165	◉十九畫
岁 165	115	屵 111	◉二畫	屳 9	◉一畫	山 228	山部			嵩 170	粃 23	◉九畫	㞠 54	◉七畫	
岐 98	岏 109	岕 163	291	岦 102	◉四畫	岓 114	屾 228		岊 190	屺 91	屼 114	屸 146	◉三畫	屵 225	屹 71
岖 272	岵 51	岽 303	岡 68	岦 165	岢 96	岔 289	◉五畫	岑 225	岇 114	岫 114	岓 100	岰 304	岌 116	岊 203	岈 36
岸 204	岱 138	岳 114	岭 153	75	峋 63	峡 9	岻 118 174	岫 218	岨 192	岩 133	岸 113	岢 92	岪 301	岷 281	峸 42
峞 106	峒 207	峗 107	137	峒 130	峛 155	峅 88	峏 253	峓 17	50	峘 47	峔 285	峙 176	峐 64	◉六畫	226
峌 89	峗 280	峿 107	峬 259	峎 157	峷 150	峎 152	◉七畫	115	峕 115	峚 193	峉 115	111	峷 108	146	116
峹 96	126	峻 126	峣 138	峆 37	峻 212	峭 4	峭 196	峢 279	峴 53	峎 52	峷 181	峼 98	288	峽 286	峽 60

崝	崇	峚		崋	峃		崆	崒	峙	◉八畫	峹	峯	峩	㹟	崟
225	224	203	57	48	224	86	86	203	84		124	295	109	142	131
崖	崧	嵛		崛	崌	峸	崍	崦		崎	㟢	崨	崠	㞫	
108	205	202	114	106	63	226	146	6	100	86	179	204	117	184	
崟	嵐	崩		崔		崢		崝	崘	崗	㠑		崥	崐	
110	45	261	193	199	225	225	48	48	149	68	227	272	261	65	116
崼		嵌	嵙	嵍	嵋					嵁	崺	崹	嵃	崷	◉九畫
176	202	90	291	303	281	226	112	110	90	90	22	131	111	200	
嵛		崽		崀	葥		嵒	嵱	嵎	嵔	嵑		崵	嵤	嵗
9	227	227	7	7	227	258	110	115	107	1	96	137	20	113	2
嵯	嵩	嵤	嵫	嵱	嵰	嵯		嵣	◉十畫	嵐	嵕	嵆	嵈	嵕	嵛
200	204	50	184	16	93	221	139	137		154	89	45	52	183	18
嶖	◉十一畫	嶄	嶔	嵠	嵧	嶓	嵲	嵊	嵦		嵬	崚	嵷	嶉	嶁
237		224	131	86	153	106	115	244	108	111	108	212	268	118	163
嵲	嶁	嶊	嶅	嶍	嶓	嶇	嶚		嶄	嵤	嵻	嶇	嶁	嶂	嶄
265	87	192	109	124	140	87	262	226	225	141	92	51	229	238	16
◉十二畫		嶆		嶀	嵾	嶋	㟯	嶧	嶙		嶕	嵬		嶁	嶁
	225	200	186	183	222	120	54	67	193	184	184	155	158	156	148
嶠	嶧	嶚		嶡	嶜	嶘	嶞	嶝	嶢	嶤		嶙	嶒		嶟
105	118	150	296	269	201	226	137	122	109	203	156	149	200	184	184

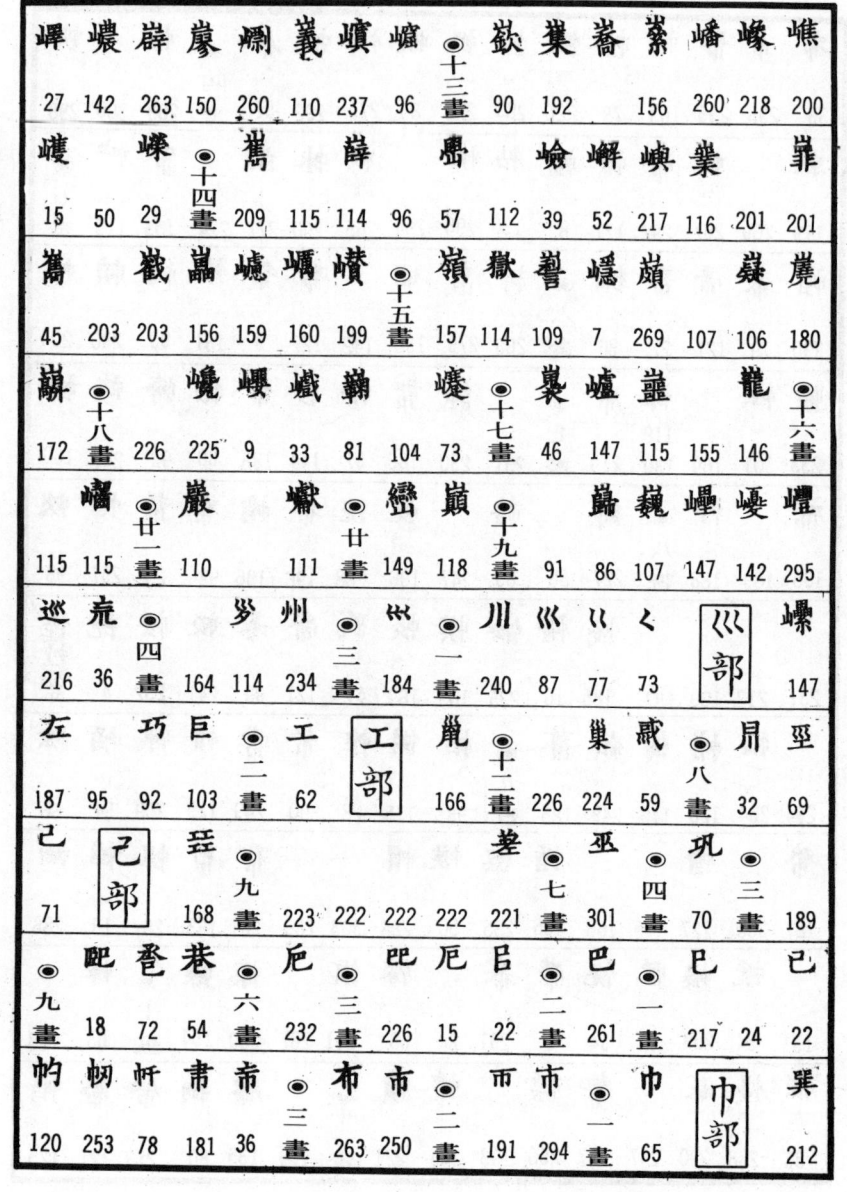

弎 209	●三畫	弍 257	●二畫	弌 13	●一畫	弋 27	弋部	獘 188	●十一畫	弇 31	●九畫	桊 79	●七畫	70	
引 22	弖 190	123	弔 122	弓 70	●一畫	54	弓 51	弓 61	弓部	弑 246	●九畫	戒 27	●四畫	式 248	
138	弟 136	●四畫	104	弱 98	弛 246	87	弜 2	弙 56	●三畫	令 249	弘 22	弘 50	弗 294	●二畫	25
88	卷 79	●六畫	弩 143	弥 281	弧 45	弤 120	弣 295	弢 125	241	弨 240	彼 276	張 118	弦 47	●五畫	弝 264
弶 105	118	弭 118	●八畫	35	弰 35	㢺 212	弰 228	弢 278	弱 258	●七畫	弨 44	弴 130	弳 17	弭 285	弓 113
251	㣁 168	弳 79	248	弽 44	弻 278	彖 25	弱 278	●九畫	274	弸 268	㣔 180	強 101	弸 265	169	張 167
50	彈 49	138	彈 132	彀 263	彇 208	彇 202	彉 43 84	彍 116	●十二畫	彈 265	彄 90	●十一畫	彀 80	彇 276	●十畫
彍 101	●十八畫	彎 19	●十七畫	彇 148	●十六畫	彇 298	84	彉 43	●十五畫	彌 281	●十四畫	104	101	彊 80	●十三畫
彗 31	●八畫	彖 128	●六畫	138	彔 24	录 162	●五畫	彑 77	彑部	84	彏 43	●廿畫	彎 4	●十九畫	
59	15	彠 15	●廿三畫	彝 17	●十五畫	彝 212	●十三畫	彘 178	彙 31	彝 249	●十畫	彘 42	●九畫	218	218

必 265	◉二畫	忍 112	忉 118	忈 113	◉三畫	忘 303	忙 283	忐 90	93	志 237	忌 104	忍 256	忒 129	忓 56	66
忏 34	忖 195	[忄弋] 27	忕 127	138	252	忚 34	[忄勺] 120	123	239	忔 42	◉四畫	态 282	忭 277	忼 36	92
忱 250	忝 127	128	[夫心] 11	忨 109	113	忶 32	46	[忄市] 265	269	296	296	忮 237	[忄可] 89	忧 32	快 94
忸 180	忬 24	忳 132	忠 166	忡 170	忥 39	忽 42	忿 269	295	[亽乂心] 40	念 145	忩 192	忔 33	忭 275	忤 112	忕 8
[忄勾] 102	249	怟 99	248	忻 34	[忄反] 296		忦 83	忟 48	56	忪 232	◉五畫	忷 278	[丞心] 88	悲 278	怨 67
[忄朱] 290	怦 268	怯 98	怲 262	264	怔 234	怴 42	怵 173	怙 51	怖 269	怌 267	怜 67	怋 282	282	怫 299	301
怭 49	怩 180	怪 77	怊 171	240	[旦心] 122	思 205	212	思 209	恨 256	怚 123	怛 185	188	201	[忄甲] 44	怞 176
怳 39	快 9	12	怗 130	[忄出] 170	173	息 136	急 85	怱 192	怨 3	11	怤 294	怒 143	144	怮 4	6
6	9	怡 17	性 213	怍 204	怐 41	76	80	95	恪 131	怕 270	271	[illegible] 180	恮 117	怜 150	152
◉六畫	恙 25	恣 188	[忄亥] 55	恍 240	恔 73	恲 268	[忄宅] 141	恭 62	恚 10	悪 15	恐 90	93	恥 171	[列心] 164	恧 180

恉	恬	恨	恢	怪	晇×(㤉)	恮	㤟	恅	恄	恇	恃	恒	怟	恞	
235	135	56	87	141	34	77	70	157	42	89	250	50	173	17	181
恟	恂	恑	恈	息	息	忩		恁	恍		恫		㤿	恖	恩
33	207	71	284	205	215	97	256	255	69	137	124	172	25	208	3
恨	㤩		悔	◉	恕		恌		恮	恤	恰	惏		恀	恪
161	160	40	38	七畫	246	125	19	219	193	214	97	89	250	235 241	97
	㤧		恆	悚	㤷		悈	悟	恲	悊	悥	悐	悖		悌
243	173	296	296	209	43	85	78	112	158	170	22	97	36	138	136
悃		悝	悒	悍	患	悀	悂	悭	悏	悑		悖		性	
91	155	87	15	56	56	22	283	54	97	269	278	277	267	259	
		悇	悅	悛	悄	悉	悆	悐	悠		悡	怨	悁	悝	悮
172	124	24	282	193	4	214	24	129	21	80	32	156	195	172	112
悷	悴		惇			悤		窓			悹	◉	悸	悦	悕
159	202	233	118	211	201	183	8	3	79	73	66	八畫	164	26	34
		惡	惑	惠	悪			悾	惋	悺	悰			惔	惈
15	10	2	59	55	50		93	86	11	79	198	140	137	135	213
	惓		惐	惏	惜	悽	悵	悽	情	惄	惁	惣	惠	惎	惪
13	6	90	86	154	215	153	172	192	200	47	215	149	123	104	123
惕	悼		惃	惈	㤲	悹	悶		悲	惁	惄	惙		㥛	悪
129	139	72	65	74	129	241	288		259	142	145	170	128	128	85

惟	㥚	惂	惚	悸	惆	㥊		悠		悆	㥷	悱	惏	惘	㥥
17	81	93	42	104	89 171	274	7	2	104	102	123	295	279	303	126
惲	惼	㥶	慈	悳	意	◉九畫	㥩	惵（悚）		惗		惀			惛
7	262	97	198	237	10		127	195	213	145	156	149	40	38	35
愜	憘	愊	惓	㥛		惹	感	想	慝	惷	愎		愃	愭	㥮
97	242	271	43	45	258	256	75	211	97	241	280	207	38	6	141
愁	慇	愚			愞	愐		惐		惰	惵	愖			㥲
289	285	107	256	145	144	286	93	90	139	136	142	250	302	301	285
愒		惺	惕	惻	愆	愈		㥘		惽	愇	㦅	媅	愁	愬
94	211	209	137	224	88	22	103	99	210	206	30	285	250	225	186
惶	㥠	愡	愛		愀	惇	憧	惄	悄	惴	愢	愲	愕	愒	
49	36	195	11	202	195	102	176	104	211	237	206	31	115	97	
寨	慂	㥶		愬	慤	慼	◉十畫		㥉	愋	惱	愉	愴		㤨
212	22	216	231	212	3	10		106	84	35	144	18	200	13	13
慌	悼		悑	㥏	慄	惜	愩	愿	愨	悺	愫	愱	愊	慎	慊
39	195	277	275	37	163	99	62	113	96	86	55	203	42	287	93
	愍		懸	態	愧	愷	愠	愲	慁	愻	愼		慅	憎	愵
129	97	11	7	128	76	91	11	83	55	212	252	208	195	44	145
慆	愮		愴	㥦	慀		㥴	慺	愰	㥔	㥋		㥢		愪
125	19	223	223	7	55	22	16	209	267	297	127	94	39	30	29

	惷	慧	慕			㥲	㥟	慞	慲	慊	慵	慯	慼	慹	◉十一畫
172	170	55	287	222	229	222	113	234	147	92	248	245	283	285	
	慸	慼	慜	㥷	蕙	慠	慩	憅		慠				慹	
172	138	198	279	129	285	173	150	201	159	147	239	238	204	145	244
恇	慳	㦏		慬	慱	慚		慒			慓	情	憂	慰	
181	88	282	101	72	132	201	217	198	276	270	268	224	5	10	172
	慖	慣	慢			慺	慮		憀		㥙	慔	懘	慽	
85	78	79	288	156	154	148	159	154	150	239	142	287	141	198	181
憲	憥	憑	憨	◉十二畫	慾	慫	愓	慨	慟	慥	慘		憖	慦	慛
40	150	274	138		26	209	247	94	137	197	195	39	11	247	199
憛	憉	憢	憓	㦓	㦖	慠		憝		憙	憐		憧	憿	憎
128	274	35	55	85	106	113	57	37	39	37	150	240	177	138	185
憿	憿	憫			憕	憰	憜	㦎			憭		憯	慄	憤
270	241	56	175	175	173	84	136	43	157	157	150	195	195	214	299
憮	德	億	憩	㦛	憃	憔	憪		㦟	憬	㦧	憒	憚		憋
301	250	277	94	102	42	200	285	52	47	74	148	78	138	270	265
懄		懀	懯	懍	𢣭		應	憶	◉十三畫	懞	㦓		憍	𢣔	
101	11	11	94	158	211	12	5	15		224	53	88	67	137	301
懁	懌	懥	懅	憴	憹	懆		懃	憾	懄	懎	㥥	㦗	懕	懋
79	27	216	100	243	142	195	74	74	57	101	232	222	70	271	289

戰	㦷	◉十二畫	戳	戮	戡	截	戞		戭	戫	◉十一畫	戴	械	戚	戠
238	241		203	163	109	230	170	23	23	16		179	13	257	187
◉一畫	戶	戶部	戳	◉十八畫	戫	戲	◉十五畫	戴	◉十四畫	戩			戲	◉十三畫	
	51		101		90	33		122		303	39	34	33		
所		戾	戽			扂		房	◉四畫	戼	戹	戾×(戾)	戺	◉三畫	戹
229	164	127 159	93	52	40	38	298	274		286	225	127	225		15
扇	扆	◉六畫	扃				扁	居				扂	扄	◉五畫	扅
245	7		69	276	275	267	262	137	97	93	85	60	172		106
	打	◉二畫	扎	◉一畫	才	手	手部	扉	扊	◉八畫	扈	◉七畫	扅		
121	120		221		199	246		291	24		51		17	247	
扛	扗		扝		扞	◉三畫			扒		扔	扤	扑	扖	扐
62	195	87	2	34	2		266	265	263	257	255	102	270	93	165
扑	◉四畫		扚			扢	扦	抓	抻		扣	扠	扡		扤
277		123	120	83	82	58	56	227	78	95	92	171	22	114	114
拗	技	抪		扶	抏	抎	承	抖		扠			扰		抗
197	103	270	297	292	109	30	250	121	303	302	121	22	21	95	49
	抄		抐	抇	抛		抒	把		扭		抉		抔	批
223	222	145	144	58	122	243	217	262	180	168	84	14	275	267	267
	折		拼	抳	抵	抑	扱	投	抁	抈		扯	抙	抍	抌
238	131	245	237	36	235	15	224	135	78	114	190	190	70	185	23

	捘		挨	捎		捎		捌	捉	挹	捏	挸		捍	捅
189	189	7	7	19	228	208	265	265	221	15	173	73	56	52	126
挫	挺	[illegible]		捔		捀	[illegible]	[illegible]	[illegible]	挽	捼		挻	挴	
189	245	89	226	82		297	128	171	111	302	206	137	134	285	193
	[illegible]		掠		捩	◉ 八畫		捥	捋		捊	捞		捈	[illegible]
10	7	164	161	164	159		140	129	163	275	273	190	131	124	261
捥	捾	掟	掞			捲	接				捂		捽	掖	探
11	14	130	247	101	79	73	191	298	275	273	263	203	203	27	126
		掫	掕	[illegible]	掛	插	掝	掅	捧	捷	掔		掔		控
220	186	184	153	285	77	252	43	197	295	204	58	88	88	93	86
掘	据		掽		掃	掁			掎	掩	捺	掾		[illegible]	措
106	63	47	66	213	210	173	93	71	62	9	145	169	253	177	196
[illegible]	押		掆	掚			掉	振	担	[illegible]	捫	掌		掇	
141	262	80	68	180	181	139	136	247	52	129	282	236	170	123	106
捨	掂		掜	捴	掐			[illegible]	掬	掏	捶	掤		掣	排
246	114	142	111	96	97	253	142	142	81	133	235	261	242	242	272
揥		揞	揃	挠	揨	◉ 九畫	授	採	捻		掄	掀	捡		推
118	13	9	187	23	175		252	195	145	149	149	35	102	124	240
揀	揠	[illegible]	揊	揕	挈	揙	揮	揆	挍	[illegible]	搭	揎		揯	
73	14	241	271	169	163	260	33	228	73	140	97	207	80	69	172

	捷			揪	搓		揤	換	掅	措	摘	挈		揲	
101	72	168	167	167	87	203	191	257	22	87 94	144	259	243	28 142	161
		掔	搣		揣	揎	掾	揆	揍	揉	揟	握	揮	播	揠
231	230	208	125	222	120	197	25	270	103	255	206	13	30	282	80
揔	揖	揌		揭				揭	揁	揖	揚		揃		提
206	32	2	106	82	106	97	94	84	15	288	20	221	204	248	131
揜	揆	搎	揘	揑	揭	摠	插	換	揫		棄		揳		揗
9	2	263	29	145	36	186	224	56	186	138	121		215	283	283
搪	搷	搴	◉十畫	援		揗			揗				揄	搯	
134	285	73		29 32	25	23	243	243	216	137	135	21	18	186	9
搆	搕	搮			搏	搸	搽	搦	搈	搤	搓		搒		搉
80	15	163	293	271	266	212	219	81	16	15	193	274	264	96	82
搵	搔		搐	搡	搰		搌		搠	搢	搣		搋	搽	搟
7	208	165	165	207	215	172	167	181	181	189	290	181	145	215	87
搠	損		搫	搬		搵	搭		搢		搁	搰	搨		
145	210	274	273	214	65	46	130	255	253	58	46	58	211	14	11
	搖			搶	搋	搯	搷	搒	搥	搜	搩			搦	搭
25	19	222	193	195	171	171	133	45	118	228	106	222	220	219	275
搓		摘	摬	摛	摝	摶	摭	摧	摩		摩	◉十一畫		摸	搯
229	170	129	1	170	218	261	239	162	275	288	283		55	45	125

摲	漣×(摙)	摙	摫	摏		措	犟		摮	摯	摰	控	摍	搒	掾
223	161	157	63	244	215	188	109	230	201	237	109	141	231	187	25
		搣	摷		㨷	摼		摳	撳	摓			摽		摶
231	231	190	203	101	78	89	90	87	209		276	270	268	176	132
摞	摑	摜		摟		掺		摺	摒	摴	摦	摤			摕
151	85	79	154	148	153	67	239	165	264	171	57	195		141	138
	摡	摀	𢳆	摖	摥		摻	摧	摘	掆		摸	摣	摢	
78	39	120	65	196	128	230	229	199	156	124	290	281	180	87	161
摵		撈		撛	撙	𢷴		撞		撒	◉十二畫		擈		摐
25		150	160	156	187	73	177	173	179	170		220	150	222	192
撍	撕	撠	撎			撢			撖		撓		𢸍	樲×(㩊)	搹
186	206	84	10	128	126	21	93	90	54	144	36	58	43	177	85
		㩋		擓			撏		撅		撩	撦			
213	210	208	221	43	250	217	201	106	82	157	150	241	188	220	190
		撣		撮	撲	撊	撆	撜	撥	撱	撪		撰		
138	132	248	197	190	270	254	270	237	265	22	142	226	225	231	214
擅	擎	◉十三畫		撨	撙	撝		搶	撚	撘	撑		撟	撫	播
252	7		208	200	207	33	165	124	144	123	265	73	67	295	264
據	橾×(操)		操	撽	擘	擫	㩒	撼	撻	擮	擘	擊	擛	擷	擁
76	211	196	193	82	102	271	102	54	128	129	266	85	102	298	6

支部

斁	敹	◉	敺	◉	敼			敾	◉	㪁	◉		㪂	㩽	㪃
167	99 193	十畫	222	九畫	166	86	71	62	八畫	249	七畫	76	86	251	98
攷	◉		收	攽	◉		攴	攴部	㪥	◉	㪖	◉	㪗	◉	
295	三畫	247	245	92	二畫	270	270		156	十九畫	193	十三畫	157	十二畫	
㪀	㪁	攱	政		放	◉	攸	㪄	㪆	改		攺		攻	
90	259	268	238	294	293	四畫	21	96	244	72	217	22	62	62	
◉	敂	敺		敀	㪅		敉	敃	故	敁	◉	效			
六畫	75	120	266	271	119	303	302	285	76	38	五畫	79	103	95	90
敕	敔	敇	敏	◉		敍	敋	敤	敚	敊	敵	敕	敌	敉	效
173	111	109	285	七畫	84	84	213	9	301	173	58	98	96	285	56
	敦	◉	敆		教	敘		敗		敯	敞	敝	敞	救	敦
118	118	八畫	140	79	67	217	277	263	56	38	209	236	267	80	279
	敫		敖	敨		敵	敥	敪	敾		散	敢	敨		
197	123	163	163	75	16	15	169	123	210	212	210	75	163	132	122
数	敳	敤	◉	斂	敨	敬		敥	敶	敞	敷		敮	敭	敶
229 232	135	175	九畫	145	90	225	111	108	277	241	24	263	262	95	92
	敲	◉	敫			敷	敹		敺	敻	敬	敼	敿	敽	敷
94	88	十畫	270	85	79	26	44	241	120	20	80	28	161	271	241
	數	斁	斀	斂	戲			斅	歐	敷	敵	◉			
230	229	288	265	150	220	178	174	267	87	294	141	十一畫	108	131	94

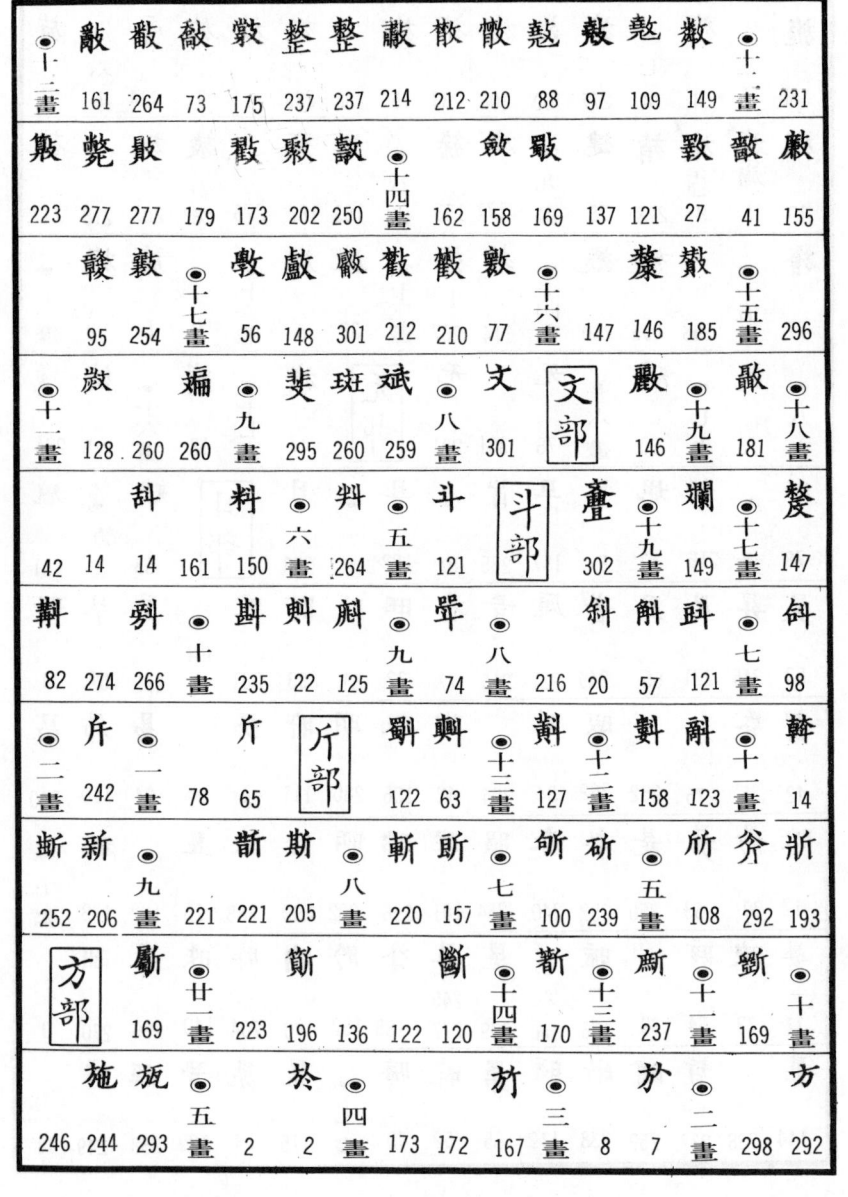

旋 180		旑 8	◉七畫	旆 277	斿 100	㫙 303	㫧 233	旅 156	288	旄 283	㫍 9	㫐 9	旁 274	◉六畫	斿 21
旐 19	𣄃ˣ（𣄃）15	𣄃ˣ（𣄃）9	旓 228	𣄊 78	◉九畫	𣄚 177	旒 153	◉八畫	旍 183	旌 183	276	旇 267	族 203	218	旋 217
旝 77	◉十五畫	298	旛 295	𣄴 260	◉十四畫	㫾 114	旚 267	◉十三畫	𣄰 33	𣄺 8	◉十一畫	7	旖 1	旗 99	◉十畫
◉八畫	既 76	◉七畫	𣄼 90	◉六畫	旡 76	301	无 281	无部		𣄻 17	◉十七畫	旟 18	◉十六畫	旞 218	旜 234
旰 78	◉三畫	旬 216	旭 42	㫐 8	早 187	旨 235	◉二畫	旦 122	◉一畫	日 253	日部		旤 53	◉九畫	𣄡 151
昊 53	昪 245	昗 221	昆 65	昔 249	𣅍 221	昔 215	旾 77	旺 32	昈 51	昉 293	旼 281	◉四畫	㫟 172	旱 52	旴 34
㫚 42	昏 35	275	262	昄 262	昕 34	304	昒 42	昅 106	明 280	旿 111	𣅅 281	27	易 24	昂 110	昌 240
映 12	昜 20	昦 53	是 250	昝 252	春 240	昭 234	昵 181	昲 296	昞 262	昧 290	昩 288	昱 26	172	㫤 172	◉五畫
晏 11	晈 73	晐 64	39	㫼 36	◉六畫	星 209	昪 245 277	㬜 188	昤 152	昫 40	昨 204	昳 140	昴 286	昢 270	9
𣅜 144	238	晢 237	晡 259	晰 238	晤 112	皋 65	晥 52	晦 40	◉七畫	晁 175	晃 54	晉 189	晊 238	時 249	11

把		杻	柍			枇	杭	杯	柸		柯	枝	柄	柿	枎
274	180	172	84	276	272	261	30	259	55	114	110	232	283	296	297
果	枈	样	杪	枘	杫	果	東	林	林	杬	杶		杼		
74	94	275	286	257	211	74	117	269	154	108	171	243	176	278	277
极	杸		柳	柢		枂	杓	枇	柎	枖	枚	杔	杅	杵	杏
106	249	114	110	248	115	114	189	41	215	4	281	283	172	241	8
			松	椂		枉	◉	松	板	枌	枔	柃	析	杴	
279	278	265	263	31	176	167	五畫	216	262	297	10	217	215	37	106
柄	柹	枯	柯	柜	柵	柑	柭	林		查		染	柁	柠	柈
264	225	87	67	72	25	70	87	287	225	224	257	256	136	171	273
某	柀		枷	柖	扼ˣ(柂)		柅	柧	柫	栶		枰	柘	栻	柩
287	261	101	68	249	180	180	180	81	294	216	278	274	238	32	105
枳	柍	柺	柙		柚	柛	柤		枮	栗	柰	柔	架	屎	業
71	9	35	44	178	25	245	220	209	167	73	144	255	80	172	28
柏	柎		柞		柣			柟		柮	栖		柷	枴	
266	292	204	191	197	179	256	255	143	203	123	211	242	238	72	235
枰	杞	柧		柃	柊	柳			枹			枸			柢
148	298	63	158	152	239	158	298	297	260	75	72	69	121	120	118
桂	框		栝	核	案	桊	栿	栟		样		校	◉	臬	
77	89	127	83	59	11	79	177	261	185	20	79	56	六畫	210	156

	栯	桎		桋		栖	栻	桓	椢	栱	栲	栳	栩	桔	栟
31	13	238	131	17	212	206	173	47	17	70	92	157	98	83	115
	栔		栽		栩	栛		栺	根		栵	插	梳		栫
97	94	202	184	38	30	159	233	113	65	164	160	253 283	227	203	202
	柝	株	桄	栥	臬	柴		桃	桐	枇	梵	桑	栗	桒	栞
269	156	166	210	74	169	224	80、	68	130	198	102	209	163	209	87
	桁	桅		栘		格	栙		棌		桅	桕	栿	栰	柄
49	49	232	249	17	84	84	45	122	119	108	71	174	301	301	234
梯	桹	梓	梅	◉七畫			柵	桀	集	桃				柃	栓
124	151	186	281		230	224	223	106	256	133	106	106	85	59	228
	梀	梧	梗	柧	械	梇	梆	梁	柴		枽	桫			梡
173	197	107	74	169	55	158	259	151	228	219	220	208	92	52	47
桲		梜	栝	桼		桭	桱	棈		梐	梂	梄	桓		
279	86	86	259	197	249	233	80	26	275	259	102	24	139	231	214
	桯		梱	梠	梩		梵		桶	梋	棇			梫	桾
125	50	109	91	156	147	300	296	135	126	81	105	222	195	186	65
楸	梚	椒	桷	梍	梴	梃		梏	梭	橯		桴	梢		𣐨
141	131	72	82	4	171	137	82	81	208	297	225	201	228	265	265
桴			梣	梒	桽		桸			梲			梌	梢	桻
295		164	164	51	200	34	33	239	129	128	175	131	124	35	295

椒	楺		楈	楣	楃	椲	楧	椵	楗		楷	楏	楰	楠	椷
283	256	210	206	281	13	30	5	74	103	91	64	87	256	143	51
	梗		楫	楊	楔	楨	楛	棤		楚	棨	椽		楑	楙
22	18	289	288	20	210	167	258	51	223	222	289	175	103	99	289
槊	業	臬	椞	楕	椯	楇	楞	椤	楒	榋	椳			楬	楫
230	116	163	186	211	249	68	153	115	206	21	2	106	106	96	191
栟	榆			楯	楤	楓	楹	楧		楀		楳	楩	椵	楸
131	18	243	216	171	192	291	21	51	72	30		59	273 276	139	194
		榜	樕	榶	榱	槁	◎		榤	東		榎	楥	榔	榝
274	264	262	203	134	227	92	十畫	108	2	193	300	300	40	59	183
窠	榮	梁	槀	榨	橲	橛	楜	槏		槎	榓	榷	榠		榔
216	29	231	74	221	58	106	231	93	226	225	289	82	284	157	151
榡	榞	檜	椱	槈	槢	榑	椭	榧	榗	榬	榼	榸	榪	構	榛
215	108	64	74	145	189	297	276	292	232	29	97	166	288	80	219
槶	樓		槐	榍	榅	榥	榯	榎	榙	槆	楫	榦		楅	榒
46	191	46	46	129	14	54	249	101	59	207	253	78		51	215
榤	榻	榽		槙		槌		榹	樢	榏	榭	槃	榑	榾	
106	222	207	236	118	279	272	177	174	2	215	218	273	23	83	52
榘	榺	榖		槄		槉	榣		槍	梢		檓	榹	橕	榴
72	247	179	126	125	46	45	19	222	193	1	231	231	205	180	153

◉七畫	𣧠 164	殈 44	殉 218	230	殅 228	殊 249	𣧷 202	𣧞 228	𣧻 212	𣧵 217	◉六畫	殄 136	𣧛 239	殆 136	殃 5
𣨙 190	293	295	殕 15	◉八畫	294	276	殍 275	𣨊 126	𣨉 81	𣧼 199	殏 102	105	104	𣨀 102	殐 214
◉九畫	殙 35	10	𣨗 1	殛 85	𣩀 24	殗 16	86	71	𣨓 62	𣨡 215	殘 199	161	𣨘 153	殖 253	197
𣩁 39	殞 30	108	𣩂 64	14	殟 3	𣩄 52	𣩅 97	200	𣩆 185	◉十畫	𣩇 7	𣩈 40	178	28	𣩉 28
𣩊 211	殪 10	203	197	殧 190	◉十二畫	殤 245	𣩌 290	127	殢 40	殣 105	𣩍 185	殨 202	◉十一畫	𣩎 10	242
◉十五畫	殮 11	殯 264	◉十四畫	𣩐 162	𣩑 196	殬 121	280	279	殭 68	殨 293	◉十三畫	殨 55	殫 118	𣩒 212	𣩓 139
段 138	◉五畫	168	㲃 103	◉四畫	殳 249	殳部		161	𣩕 160	◉十九畫	殲 186	◉十七畫	𣩔 146	◉十六畫	殰 140
𣪊 80	◉八畫	殽 75	毆 10	殹 224 233	𣪘 135	95	𣪂 89	◉七畫	231	殺 230	殸 96	4	殷 3	毅 87	◉六畫
磬 249	◉十二畫	毆 9	毅 112	◉十一畫	𣪠 77	𣪡 96	◉十畫	39	毀 37	139	殿 124	𣪍 97	◉九畫	𣪏 48	89
◉十九畫	𣫆 204	◉十六畫	毉 1	𣫌 96	𣫊 250	◉十四畫	毂 95	𣪻 145	96	𣫁 95	轂 214	◉十三畫	𣫂 139	毀 37	數 190

◉二畫	氶 237	永 31	◉一畫	水 246	水部	氳 3	◉十畫	盪 297	◉九畫	氤 3	93	39	氣	◉六畫	297
汞 51	303	汢 283	◉三畫	汉 113	259	汃 271	氿 71	298	汜 217	汈 190	汅 285	128	汀 125	汁 238	求 102
汓 217	174	池 134	230	213	汛 212	氾 217 296	138	汏 129	江 62	汚 2	28	汙 10	汍 47	66	汗 47 56
汸 292	沆 49 54	汴 277	◉四畫	沷 255	汐 219	296	汎 296	253	汋 226	汔 42	汘 193	230	汕 229	245	汈 144
浉 191	沅 108	汫 202	46	沄 29	12	9	汪 5	沁 197	沉 176	244	178	沇 176	303	302	汥 282
汱 73	汰 127	沠 221	沈 30	沵 153	浅 80	沏 197	272	泚 261	沐 289	232	104	波 99	沔 285	269	沛 263
汲 85	230	沙 228	汭 257	沖 173	汩 291	83	汨 32	沚 236	沝 235	沓 141	沅 49 54	256	沺 181	84	決 43
汮 65	汷 217	304	沕 289	没 289	176	136	沌 132	235	汦 233	泐 165	沜 269	沃 13	汻 39	沇 23	沈 47
泬 43	136	沱 133	泮 269	278	265	泌 263	泳 32	泣 97	泫 53	◉五畫	沿 19	汾 297	汳 296	沂 107	65
42	42	泧 32	沭 243	泓 226	河 48	215	泄 25	泔 70	法 294	泝 18	洙 290	泰 127	303	沫 287	注 237

浦 268	溅 55	浡 279	洭 139	231	214	涑 209	浭 69	浖 158	涇 69 104	浾 220	41	涍 35	浙 238	涀 243	161
56	涀 52	253	涉 124	浯 107	涌 22	256	涊 144	浘 302	泚 221	涒 124	194	浸 190	浧 283	浹 191	浝 280
涘 225	262	浜 261	消 208	浺 170	涔 225	涸 9	涅 23	16	15	浥 15	涃 94	浞 226	涓 涓(倒衍) 269	涓 269	94
涖 159	浟 21	涓 66	217	涎 28	139	涏 137	浰 161	涐 109	海 38	218	淀 217	85	浩 53	涉 190	浚 212
涼 151	涥 249	◉八畫	205	浽 143	浮 298	洿 164	涚 247	浴 26	浛 57	涂 277	174	涂 131	浵 131	浼 285	159
淀 139	230	224	淙 198	247	深 245	淚 159	淥 100	淒 198	涪 298	淬 196	淸 26	10	淤 2	液 27	161
淕 163	[illegible] 126	清 192	140	137	135	淡 24	溢 278	淃 105	淧 289	179	86	涳 86	涴 12	79	涫 66
216	淞 205	淶 146	淅 215	淋 154	[illegible] 9	44	淢 32	121	湅 117	231	221	[illegible] 196	淇 99	浲 54	淩 153
涮 230	82	淈 58	涺 63	163	淥 162	13	淹 6	涿 169	淔 173	116	涯 108	198	淺 185	淒 192	淁 191
涾 141	269	渒 259	淠 269	混 52	淟 126	淂 123	[illegible] 78	淲 275	淖 144	淑 252	淼 286	淓 295	54	涵 51	淀 136

54	24	13	洎 6	溯 275	泚 297	淮 46	淵 4	淒 5	添 126	128	涶 125	淛 237	淫 21	洄 40	涸 59
渡 137	渟 134	涬 27	◎九畫	汎 144	淨 203	清 48	淄 219	244	180	淰 144	淪 149	浛 247	80	淦 70	淴 14
浭 19	湊 197	43	浩 43	199	189	185	湔 185	渼 285	230	淩 228	渲 213	渧 121	湆 97	浇 23	澥 21
渤 278	涑 161	4	湮 3	湢 264	溉 71	湖 45	71	港 54	227	渫 215	176	137	湛 119	渚 236	21
渶 5	渫 214	瀐 184	湳 144	144	渜 143	湎 285	75	減 54	64	湝 46	溚 173	湘 266	渣 220	淜 208	涂 144
175	湞 167	渠 100	淥 128	溌 270	103	97	87	湀 71	210	湑 206	湄 281	湋 28	渥 13	潤 285	湕 72
洘 115	渭 31	溾 2	湑 191	106	渴 96	湡 107	測 224	245	128	湯 125	湨 85	湜 253	渺 286	湧 288	漵 40
202	194	187	湫 186	168	湩 119 121	湃 269	湉 135	230	消 211	湠 128	234	湍 125	68	渦 5	渱 44
52	渾 46	47	溪 29	滄 224	273	269	溢 269	溶 9	渝 18	潤 36	渢 296	40	渙 40	湟 49	浧 145
158	158	溓 155	滂 266	漉 283	溾 3	溏 134	287	溟 284	滴 173	53	滆 42	溘 137	滕 135	滎 50	◎十畫

	潾			濛		潼	澈	澓	◎十二畫	漞	[illegible]	[illegible]	漪	漨	漁
149	149	4	4	4	240	130	179	300		291	215	231	1	296	107
潎		澎		澍	潁	[illegible]		澆	潓	潔	[illegible]			澇	潧
75	274	268	237	252	51	59	113	67	55	83	275	161	157	150	219
	澳		潸	潰		潢	潮	澌		[illegible]		潛		潭	
222	230	229	228	215	57	49	175	211	83	58	203	201	135	24	238
濆	[illegible]		潯	潰	潠		潚	澅	潯		[illegible]	澐	[illegible]		潦
57	209		224	299	212	214	208	55	217	288	286	29	96	161	157
[illegible]	潬	潰	潿		潩	澋	漂		[illegible]	澗		澄			潏
232	136	55	28	27	24	54	44	285	285	79	175	173	243	83	26
[illegible]	滜	潟	[illegible]	潷	潲		潒		澘	潕		潵	澂		[illegible]
198	104	215	231	265	230	218	137	179	168	302	270	269	175	291	285
澻	澺	濂	澮	濉		澶	◎十三畫	潘		潙	澰	潐	潗		
218	15	155	25	1	138	248		267	62	28	44	189	191	239	198
濬	澼	澱	澫	澪	澨	澿		濇	漱	澣	澾	[illegible]		潰	瀀
181	271	139	83	153	222	103	232	232	161	52	128	269	198	184	190
	濊	濰	濕	濮	濁		澽	澞				[illegible]		濆	澒
204	202	205	121	116	178	105	76	107	42	40	11	11	297	267	24
		[illegible]	[illegible]		澠	濄	[illegible]	澯	澤	澡	澧	潞	激	[illegible]	潤
226	58	53	269	285	243	5	194	47	179	187	156	159	96	221	257

	瀓	澮	澥			澹		澳		激	澆	滜	澨	濍	[illegible]
301	281	77	52	140	137	135	13	12	85	79	297	194	252	225	129
濔	濤		濫			[illegible]	[illegible]	濵	[illegible]	濴	濨		濟	濠	◉十四畫
285	133	162	54	145	144	144	139	259	9	21	199	188	187	48	
澤		濯	[illegible]				[illegible]		濛			濩	[illegible]		濡
186	178	178	232	225	218	201	184	284	280	59	55	15	291	254	142
瀌	◉十五畫	濮		濞		[illegible]	潭	溲	濰	澍	濬		濕	響	
275		264	269	269	25	23	269	37	17	138	212	248	129	24	195
漫	灒	[illegible]	瀔	瀆		[illegible]	濱	瀋		瀉	瀅		瀁	瀍	
6	189	139	81	140	223	203	9	242	213	211	12	25	23	175	260
澗	[illegible]		瀑		瀐	瀕			瀸	瀷		[illegible]	[illegible]	澐	濿
147	43	280	278	204	185 189	58	191	190	190	33	290	290	157	179	160
瀦	◉十六畫	[illegible]		瀏	[illegible]	瀄	[illegible]	漻						濼	溫
233		84	158	153	53	221	179	67	270	270	165	164	163	162	156
瀦		灒	瀚	瀨	[illegible]	[illegible]	瀗			瀧			[illegible]	瀛	瀤
166	57	49	56	160	42	211	40	227	146	146	223	219	196	20	46
瀼	◉十七畫	瀞×(瀞)		[illegible]	瀕	瀘		瀢	瀾	潤		[illegible]	[illegible]	灌	瀝
254		203	213	196	173	148	136	22	43	21	55	55	213	43	165
		瀰		瀳	[illegible]	[illegible]		[illegible]	[illegible]	[illegible]	[illegible]	[illegible]	[illegible]	瀿	[illegible]
285	281	143	203	185	36	42	128	126	159	154	150	162	18	295	281

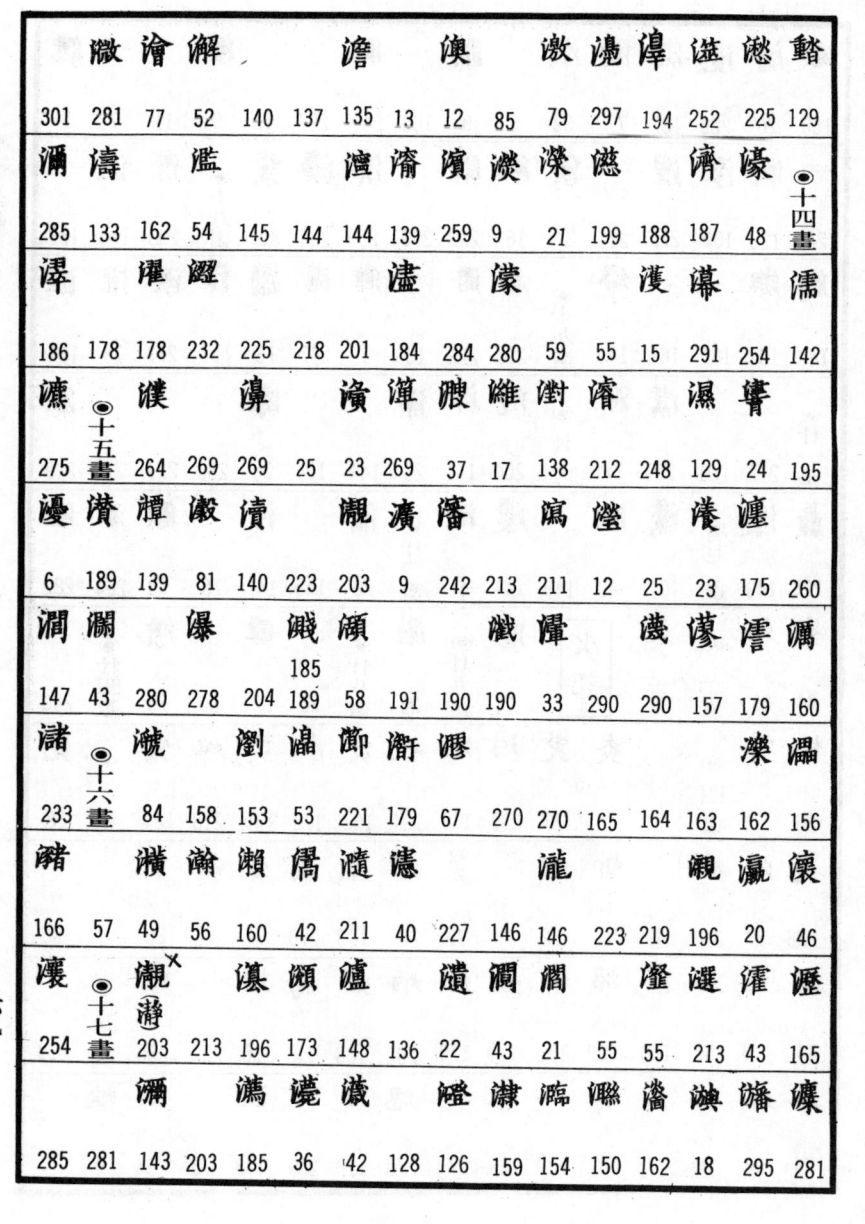

激 158	瀹 26	瀺 226	瀌 187	瀰 77	瀸 33	9	澗 9	160	瀾 149	287	12	瀴 9	11	7	濦 3
246	瀾 128	濯 100	澧 295	242	瀷 27	瀜 16	滆 248	293	濮 269	瀀 294	鼇 300	◉十八畫	瀠 298	瀸 186	162
灕 147	瀨 18	161	161	灓 149	◉十九畫	瀋 295	灂 226	10	灘 1	瀸 247	瀟 73	潭 137	渙 277	灌 78	濫 154
◉廿一畫	217	201	灊 201	瀾 241	◉廿畫	瀍 260	灑 151	濼 26	144	124	灘 38	230	229	229	灑 229
蠡 216	灤 149	◉廿三畫	灨 107	灛 40	145	灢 144	灣 4	◉廿二畫	灒 26	155	灟 147	75	灝 53	灞 264	瀛 282
灰 34	灱 35	◉二畫	火 38	火部	灪 14	◉廿九畫	灩 26	◉廿八畫	26	瀘 22	80	灨 75	◉廿四畫	240	
炕 36	料 161	◉四畫	80	灸 75	炗 184	灼 239	灹 169	扷 184	灵 152	176	灭 135	灿 218	灾 184	◉三畫	灮 68
炙 238	炈 27	炊 240	40	炘 35	炂 232	77	炅 75	炒 222	炳 143	炦 270	炔 77	炁 93	炎 30		95
炠 44	炟 123	炶 51	杰 106	炤 232	炥 301	炇 279	炑 179	炳 262	炬 103	為 28	炫 56	237	炷 236	◉五畫	239
烄 74	炫 94	◉六畫	烏 273	臭 132	130	烙 124	273	炮 270	炭 128	239	炪 173	75	烔 54	炔 9	

責	烕	烖	烐	烠		烜				烘		烓	烒	烊	
218	43	184	256	46	38	37	54	44	39	33	92	2	248	20	79
[illegible]	◎七畫	烏	烋	炰	烑	烗	烙	烚		烟	烔		烝	烈	烮
94		2	37	293	19	241	164	60	4	3	130	238	234	164	3
	焆	爲	焇	焊	焄	焎			焉	[illegible]	烴	焞	烳	烼	烸
14	14	226	208	38	34	43	29	4	3	37	75	279	268	42	43
焞	[illegible]	◎八畫	倐	烰	焀	烽	煅	烺	焅			焌		焕	
249	74		247	298	57	295	59	129	96	197	189	189	33	2	66
	[illegible]	焯	焫	焚	焣	焟		焱	焭	焥		烤	焠	[illegible]	焲
78	38	239	257	297	224	215	44	25	102	14	93	86	196	26	27
煔			煇	[illegible]	◎九畫	然	[illegible]	焦	無	焰	焮	焯	[illegible]	炠	焜
51	52	46	33	201		254	126	185	301	25	40	299	72	271	52
煒		煆	煐	煩	煙			煠	煁	煤		煎	煢		
30	41	36	143	297	4	227	173	28	250	281	189	185	102	247	128
貞	煓	煟	煨		煜	[illegible]		煬	熙	[illegible]	威	賁		煣	煝
290	125	31	2	32	26	107	25	20	33	161	294	236	257	256	287
焳		焆	熑	◎十畫	煞		煖	煥		熜	煌		煦	照	[illegible]
57	247	245	155		231	143	35	40	192	186	49	40	38	232	74
熽	[illegible]	[illegible]	[illegible]	熅	[illegible]	[illegible]	熷	熆	[illegible]	粦	熒	煻			熇
39	34	75	3	3	160	41	44	60	80	149	50	134	43	42	41

熠	[illegible]	熟			熯		[illegible]	◎十一	熙	熏	熊	焇	熻	煶	熄
28	185	252	256	40	38	170	147	畫	222	34	28	6	222	124	215
熜	熚	熛		[illegible]	熬	熱		熨		[illegible]	熲			熮	
16	265	260	25	23	109	257	14	10	32	31	75	161	158	150	32
燂	燍		燒	燊	[illegible]	[illegible]		燐	熾		燉	◎十二	[illegible]	[illegible]	[illegible]
201	205	247	245	228	158	4	160	149	242	132	124	畫	295	183	217
	燕	熹	[illegible]	[illegible]	[illegible]	燈	燏	[illegible]	熽	燖			燎	[illegible]	
12	4	33	217	218	113	119	26	183	213	217	161	157	150	186	135
[illegible]	燔	燃	熷	燴		燋			燀	[illegible]		燗	[illegible]	[illegible]	[illegible]
57	298	254	185	44	191	185	241	240	236	27	285	38	32	178	32
燦	燌	燮	燮	營	燧	熑	[illegible]	燣	燣	◎十三	勳	[illegible]	[illegible]		[illegible]
196	297	216	216	21	218	155	4	158	154	畫	34	201	24	241	127
爁	燽	爀	[illegible]	◎十四	[illegible]	[illegible]			燠		燩	燬	燭	燡	燥
158	175	43	92	畫	187	183	13	12	8	97	96	37	238	27	210
爌	◎十五	爂	[illegible]	燻	[illegible]		燾			[illegible]	燿	燼	[illegible]		
39	畫	267	280	34	59	139	133	210	210	39	25	218	210	162	162
	爓	爐	[illegible]	[illegible]	[illegible]	◎十六	[illegible]	爍	爇			爆	爈		
217	25	148	160	157	27	畫	190	248	257	266	265	264	147	95	92
	爝		[illegible]	爛	爟	[illegible]	◎十八		爚	爛	◎十七	燡		[illegible]	爋
191	189	173	131	141	79	181	畫	248	26	160	畫	27	157	157	40

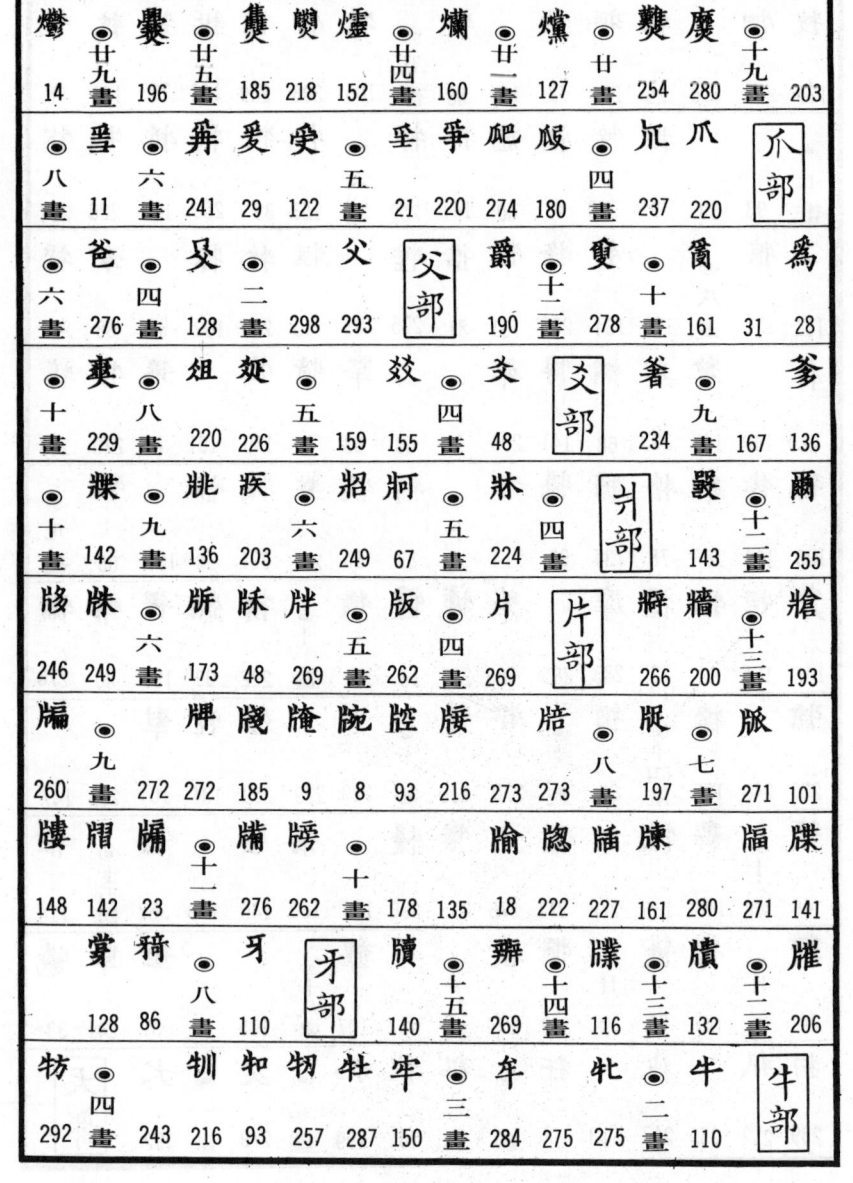

𤘘 125	牭 212	218	牰 25	𤙁 268	牯 72	134	牠 88	◉五畫	𤘸 105	物 303	牧 289	𤘺 142	𤘍 263	𤘣 176	𤘪 68
◉七畫	93	39	𤙖 9	牷 200	𤙔 4	𤙡 60	特 141	牸 202	◉六畫	𤘵 153	𤙌 39	㸨 255	牴 120	牲 228	𤘂 204
161	㹎 151	◉八畫	164	𤙲 164	𤚐 295	𤚅 131	牿 81	𤙱 275	89	牼 50	𤙶 280	𤚍 102	94	牽 88	𤚘 209
犇 260	148	犂 147	犕 293	𤚬 68	𤛓 141	犀 206	92	59	𤛉 53	犄 1	犆 179	101	𤚶 79	𤚲 276	𤚹 254
𤛮 109	𤛧 199	犖 163	犗 78	𤛪 134	犒 95	𤛩 114	◉十畫	𤛠 88	𤛟 85	犎 291	𤛥 291	𤚼 68	101	犍 65	◉九畫
𤛆 146	𤛋 165	𤜀 93	𤜁 72	犘 283	285	𤛿 285	𤛹 229	𤜃 16	𤛾 141	◉十一畫	𤛼 222	𤜅 39	𤜆 191	𤛱 80	𤜈 276
犪 257	240	𤜕 125	◉十四畫	𤜓 68	◉十三畫	犦 270	犝 130	◉十二畫	229	229	犙 209	𤜑 134	𤜐 10	283	147
𤜦 46	◉十六畫	𤜥 148	𤜤 165	272	犤 271	278	𤜢 265	𤜡 256	160	犡 160	犢 140	269	𤜟 267	◉十五畫	𤜞 114
犫 241	◉廿二畫	𤜪 147	𤜩 99	◉廿一畫	𤜨 259	𤜧 254	◉十九畫	112	犨 107	◉十八畫	105	77	𤜬 31	𤜫 241	犧 33
狗 239	狃 212	250	𤜣 243	113	犴 109	◉三畫	犱 71	犰 102	犯 299	◉二畫	犮 279	◉一畫	犬 92	犬部	

狀		狃	犽			犴		狂	炦	祓	狄	犺	犿	◉	犵
226	180	180	114	113	113	79	105	102	108	277	141	95	35	四畫	170
狇	狘	狜		狋	祓	狁	[illegible]	◉	炊	[illegible]	犳	[illegible]	犹	[illegible]	[illegible]
173	42	98	107	101	277	25	237	五畫	19	108	224	132	23	224	84
狌	狐	[illegible]	畎	[illegible]	[illegible]	狎			狚	狙		臭	狓	狒	狔
228	45	8	278	287	5	44	123	122	120	192	85	44	267	299	180
狦	狪	[illegible]	[illegible]			狤	狨	狟	軷	狩	狡	◉	狗	狑	狍
228	14	25	290	106	83	82	253	47	163	247	73	六畫	75	152	273
[illegible]	[illegible]	[illegible]	[illegible]	狠		狺	◉	猅	[illegible]	[illegible]	狢	[illegible]	狧	[illegible]	
237	36	259	107	152	108	108	七畫	177	124	36	59	17	130	233	230
[illegible]	狳		狿	[illegible]	狻		狷	类	[illegible]		[illegible]	狸	狽	狹	[illegible]
26	18	28	19	134	207	79	79	200	208	197	197	147	263	60	280
猑	猛	猆		猗	[illegible]	猍	猎	猜	[illegible]	[illegible]	[illegible]	猝	猏	◉	
65	286	291	7	1	222	146	204	193	113	86	89	197	66	八畫	81
猚	猊	[illegible]	[illegible]	猘	猋	猪	猓		猇		猈	[illegible]	猖		肰
108	108	81	276	77	260	129	74	48	35	275	272	170	240	13	6
猢	猪		猎		猵		[illegible]			猶	猷	◉		猙	
45	166	13	6	275	260	46	33	80	25	21	21	九畫	220	202	155
猩	猥			猲	猒			猰		猭	猤		猱	猳	[illegible]
209	7	98	42	42	140	97	83	14	172	171	104	180	142	68	110

獄 114	54	⿰犭兼 54	猷 96	◎十畫	186	⿰犭叜 183	猨 29	猴 50	⿰犭盈 21	⿰犭風 291	⿰犭甾 144	臭 173	猫 283	⿰犭思 210	228
猺 19	獙 273	⿰犭留 153	獀 228	獅 227	猾 58	⿰犭嬰 191	⿰⿱山犬欠 108	⿰犭奇 68	猻 207	獂 109	⿰犭欮 205	猿 29	猼 266	⿰犭慈 25	⿰犭眞 284
⿰犭婁 148	303	288	獌 282	獎 188	144	⿰犭翏 53	⿰犭滿 282	⿰犭區 171	225	獑 225	⿱婁犬 109	獍 80	獐 234	⿰犭庸 16	◎十一畫
157	獠 150	⿰犭黃 49	⿰犭登 39	223	57	⿰犭敫 39	獟 113	⿰犭巛心 55	153	獜 149	◎十二畫	獋 48	230	230	⿰犭參 229
獁 237	⿰犭遺 217	⿰犭貴 275	◎十三畫	298	⿰犭番 277	⿰犭爲 40	⿰犭焉 248	⿰犭然 254	獢 35	獛 264	⿰犭軍 240	109	⿰犭閒 52	獝 42	168
獫 39	85	79	獥 59	獴 212	獬 52	⿰犭與 18	獨 140	⿰犭睪 79	⿰犭萬 166	⿰犭鳥 83	獩 11	180	142	⿰犭農 142	⿰犭欶 42
⿰犭焦 34	獲 59	⿰犭翟 179	254	獳 143	獮 210	54	⿰犭監 54	⿰犭壹 143	獱 273	◎十四畫	78	獪 77	162	158	155
115	獻 40	獺 129	128	175	171	⿰犭燕 150	◎十六畫	獵 165	⿰犭畾 155	獸 247	⿰犭懸 242	獶 6	74	獷 74	◎十五畫
⿰犭斷 100	◎廿畫	⿰犭壘 210	144	獿 142	⿰犭賭 152	◎十九畫	獾 35	◎十八畫	⿰犭毚 225	⿰犭戠 33	獼 281	獽 254	◎十七畫	獹 148	208
率 230	◎六畫	茲 48	◎五畫	玅 288	◎四畫	玄 47	玄部	⿰犭靈 152	◎廿四畫	⿰犭鄉 35	◎廿一畫	⿰犭褱 142	⿰犭巖 39	玃 84	

瑅	瑛	[illegible]	瑟	瑈	瑁	瑋	瑕	瑑	瑎	瑌		瑊	瑓	瑚	瑘
131	5	19	231	255	281	30	49	176	46	254	235	70	163	45	19
瑭		瑩	◉十畫	瑗	瑜	璁	瑀	瑝	瑖	瑞			瑁		瑒
134	29	12		32	18	192	30	49	122	251	289	288	288	137	20
	瑦	瑣		瑰		瑱	瑵	瑨	瑌	瑮	瑴		瑳	瑢	瑯
7	2	210	64	46	168	128	220	189	254 / 256	163	82	195	193	16	152
璆	[illegible]	璉	璊	[illegible]	瑾	璂	璄	璋	璃	璇	◉十一畫	瑫	瑤	瑲	瑠
102	124	157	282	165	105	100	1	234	146	217		125	19	193	153
璝	璅	[illegible]	璘	璺	◉十二畫	瑽	璅	[illegible]	璀	[illegible]	環	[illegible]	瑴	瑹	
49	100	151	149	137		192	187	124	194	65	47	265	81	245	102
璟	璞	瑢	[illegible]	璒	璚	璌	璛			[illegible]			璙	璡	[illegible]
1	270	217	25	119	102	226	214	178	32	31	161	157	150	220	85
璩	[illegible]	璥	璱	璧	璭	璲	雍X 壅(例七行)	◉十三畫	璠		璡	璍	璑	璣	
100	74	165	231	266	78	281	1		298	189	184	265	301	63	74
[illegible]	[illegible]		璹	璽	◉十四畫	璦	璯	璬	璵	璫	[illegible]	璪	璐	[illegible]	璨
58	100	252	251	209		11	94	73	18	119	252	187	159	56	196
瓊	瓈	瓅			瓃	璬	瓄	瓚	◉十五畫	[illegible]	璿	瓁	[illegible]		瑿
102	148	165	159	148	147	147	140	201		303	217	115	21		24
◉十九畫	瓗	瓘	◉十八畫	瓔	瓕	[illegible]	瓖	[illegible]	◉十七畫	瓐	[illegible]	瓏	瓌	瓖	◉十六畫
	24	78		5	281	152	208	216		148	217	146	64	64	

瓟 273	瓞 140	◉五畫	⿰比瓜 132	⿰尤瓜 178	◉四畫	瓝 278	◉三畫	瓜 68	瓜部		瓖 111	◉廿一畫	瓛 47	◉廿畫	瓔 142
⿰部瓜 267	◉八畫	⿰䍃瓜 143	◉七畫	54	⿰蚤瓜 45	⿰咅瓜 96	⿰舌瓜 96	⿰交瓜 278	◉六畫	㼌 22	⿰令瓜 152	⿰旬瓜 69	255	⿰胡瓜 64	278
◉十三畫	245	⿰奚瓜 19	⿰蚰瓜 154	瓢 273	◉十一畫	⿰鬲瓜 3	⿰兼瓜 158	⿱𤇾瓜 50	◉十畫	⿰瓜昜 127	⿰剌瓜 161	⿰扁瓜 273	◉九畫	⿱祭瓜 123	⿰執瓜 238
⿰土瓦 90	◉三畫	瓨 134	◉二畫	114	瓦 112	瓦部		254	⿰鼠瓜 179	◉十七畫	⿰鬳瓜 113	◉十六畫	瓣 277	◉十四畫	⿰當瓜 119
⿰自瓦 266	⿰缶瓦 18	⿰蚍瓦 181	⿰古瓦 45	⿰乍瓦 134	◉五畫	瓮 10	⿰耳令 95	262	⿸厄瓦 262	瓶 50	⿹戊瓦 27	瓬 293	⿰火瓦 121	◉四畫	135
⿰巠瓦 50	178	⿰巨瓦 175	⿱曹瓦 271	◉七畫	⿰系瓦 136	⿰牛瓦 249	⿰丙瓦 130	⿰臣瓦 17	⿱台瓦 70	⿱契瓦 97	⿰扌瓶 274	瓷 198	◉六畫	瓴 152	⿰氐瓦 121
⿰埶瓦 222	⿰車瓦 121	⿰㚔瓦 54	⿱芒瓦 140	297	⿱亞瓦 276	⿰宛瓦 212	⿰𠦪瓦 118	◉八畫	173	⿰谷瓦 106	⿰秀瓦 171	⿰食瓦 79	⿰倉瓦 51	⿰甬瓦 130	⿰兆瓦 191
⿱敄瓦 221	⿰眉瓦 230	⿰匽瓦 112	⿺是瓦 136	166	⿰耎瓦 166	⿰昔瓦 64	233	甄 66	甂 260	◉九畫	179	甀 177	⿰陏瓦 68	⿰取瓦 272	⿱尚瓦 122
⿸虒瓦 16	⿰酉瓦 123	◉十一畫	113	⿰臭瓦 94	89	⿱艹瓶 86		256	⿱𤇾瓦 189	⿰盍瓦 16	⿰鬲瓦 134	54	⿰兼瓦 51	◉十畫	⿰俞瓦 19
⿸厭瓦 165	206	甍 205	⿰粦瓦 160	⿰奠瓦 178	237	⿰亶瓦 130	◉十二畫	224	⿱登瓦 198	⿰熏瓦 158	⿱瞢瓦 283	甌 6	甎 234	⿸鹿瓦 162	⿸麻瓦 89

		𤳖	◉九畫	畬	畆	𤲿		當	畳	畭		畷	畸	𤲅	畊
257	256	145		262	119	81	122	119	68	126	170	168	62	146	274
𤳙	𤳦	𤳼	◉十一畫	畿	畾	𤳖	畨	𤲰	𤳉	◉十畫	畷	畽	畵	畼	𤲅
153	40	237		100	149	254	217	42	200		126	126	291	172	255
疆	疇	◉十四畫	𤳹	疈	◉十三畫	𤳸	畓		𤳳	疃	◉十二畫		𤳽	𤳾	𤳙
68	175		86	271		260	26	160	149	126		224	245	197
𤴁	◉八畫	𤴓	◉五畫	疌	◉三畫			𤴔	足部	疊	◉十七畫	疈	◉十五畫	𤳱
227		181		204		229	227	112		142		271		237
		疕	疚	疠	◉二畫		疒	疒部	𤼾	◉十一畫	疑		疐	◉九畫
268	268	261	32	39		224	181		238		106	168	121	
疙	疣		疝	疦	𤵸		疛	疰	疘	𤴼	◉三畫	疓			𤴯
114	56	230	228	177	114	178	168	219	62	34		256	74	70	69
	𤵜	疫	疷	疨	𤵤		𤶇	疪	疻	𤵚	疢	𤵸	◉四畫	疚	𤴤
44	44	27	98	296	246	84	43	30	36	232	172	250		80	121
疲	痂	痆	疿	㾢	病	疴	𤷁	痖	痊	𤵺	𤵸	◉五畫	疥	𤵜	
271	68	181	293	42	278	95	76	215	98	47	237		78	98	85
痄	疾	𤵽		𤵬	痗	𤶂		𤸊	痡		𤵸	疽	痏		痁
220	203	34	255	241	287	114	233	232	140	122	120	192	289	245	122
痍	痔	𤵸		痒	痷	痎	◉六畫	疹	𤵶		瘂	疼	痀	疧	痡
17	176	77	217	23	171	64		236	152	88	68	130	63	117	299

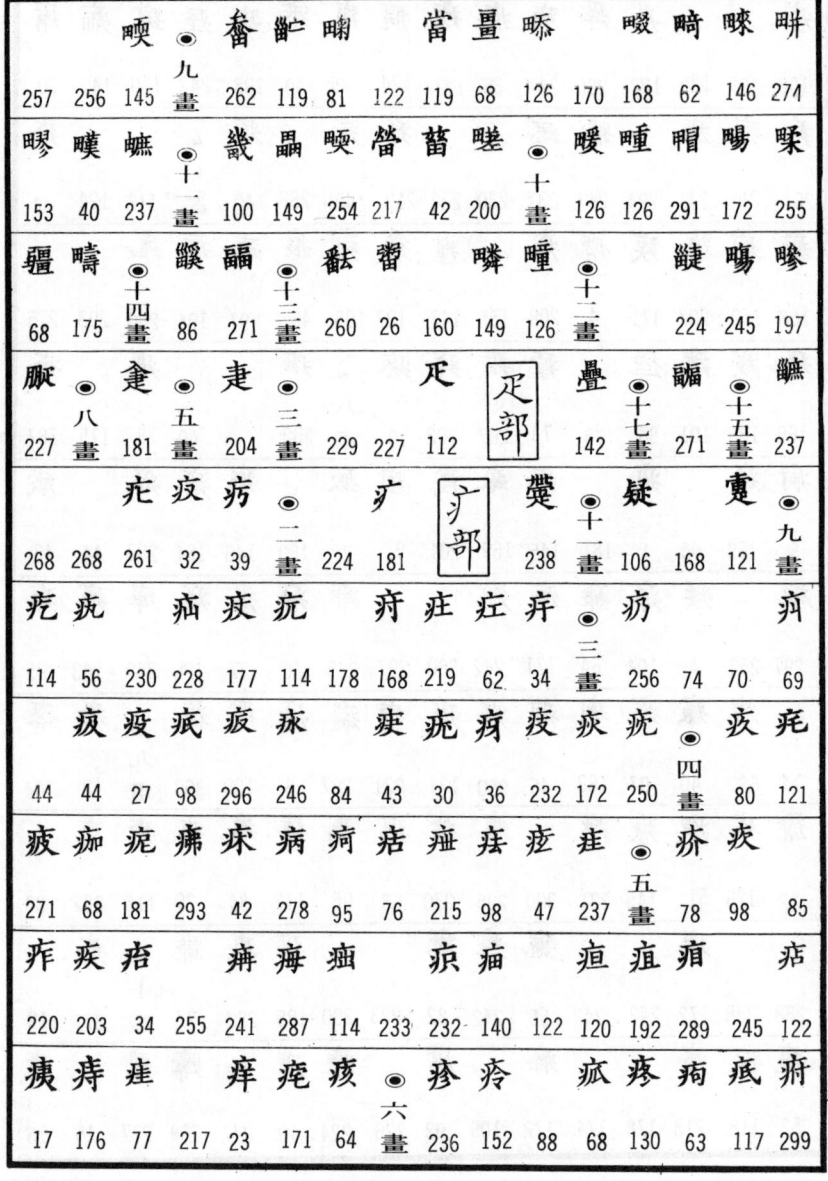

痊			痑	痒	痐	痳	痤	痌	痍	痠	痽	痓	痢	瘀	痏
193	125	125	122	266	247	36	131	124	25	40	198	242	160	142	30
痦	痼	瘷		痡	瘜			痒	㾕		痗	◉七畫			痞
261	21	231	294	267	237	230	228	210	42	288	40		116	124	44
瘀	痢	痿	瘊	痯	痟		瘇	痛	瘦	痕	瘱	痙	痆		
168	159	207	111	4	208	155	147	127	195	46	97	104	280	293	275
痕	痰	痵	痓		瘡	瘖	瘁	痳	◉八畫	痤			痡		㾗
169	135	101	86	78	73	267	202	10		200		40	38	175	167
痾	瘃		瘠		瘵	㾞	瘦	瘂	瘕		瘷	痳	㾖		瘯
5	169	90	1	181	145	169	201	9	72	160	146	154	283	44	43
疪		瘥	瘁	瘄	痴	瘌			痱	痼	瘍	瘈	痺	痹	瘬
297	253	1	104	64	171	242	300	297	275	76	27	126	259	263	95
	瘕	瘃	瘀	瘌	瘑	㾑	瘏	瘦	瘺	瘠	瘒	㾂	◉九畫	瘥	瘩
74	68	40	97	163	45	250	131	231	267	6	109	300		12	104
瘉	瘓	瘊	瘟	瘷		瘦	瘠	瘑	瘍	瘋	㾯	瘍	瘧	瘠	
22	126	51	145	221	300	296	230	68	96	112	34	20	115	282	80
		瘺			瘜	瘴	瘷			瘥	瘯	㾝	◉十畫	瘤	
288	288	172	242	242	55	242	82	223	200	185	227	37		97	19
瘣	瘨	瘙			瘀		瘸		瘵	瘞		瘻	痛		瘟
52	118	213	178	174	172	109	98	226	224	10	277	269	277	15	15

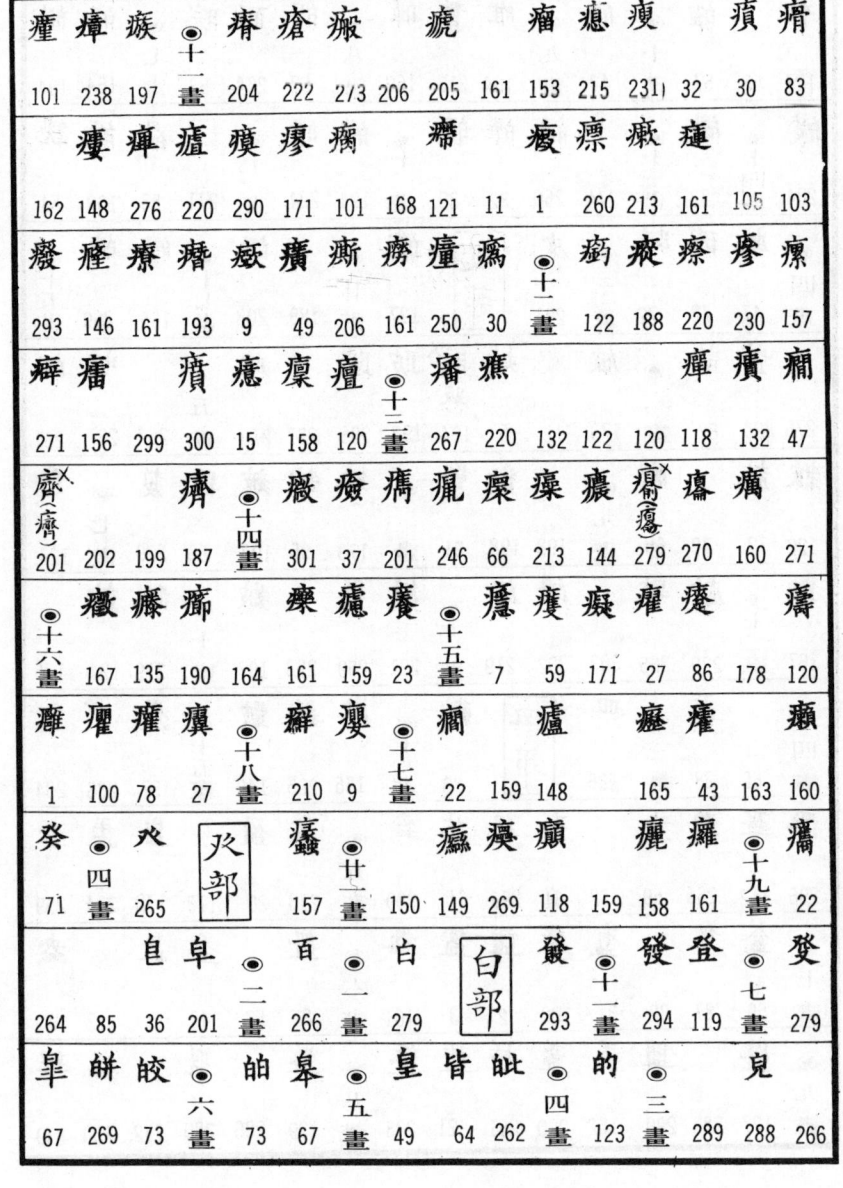

盧	盩	盪		㿨	◉十一畫	盤	䖭	盧	◉十畫		盉		盡		監
148	74	162	283	283		273	162	259		156	148	201	187	81	70
◉十三畫	盨	畜	䀌	䀏			盪	◉十二畫		盦			盬		盥
	229	101	199	167	137	128	125		15	6	93	93	39	79	73
目	目部	盧	◉十七畫	盬	盩	盧	◉十五畫		盪	◉十四畫	盬		盬	盥	
289		101		164	159	173		74	53		20	72	63	72	
彤	眈	盵	盰	盱	直	盲	◉三畫		旬	見	䀎	皀		盯	◉二畫
229	56	93	34	78	179	283		56	53	8	73	4	173	168	
	眉	眺	䀹	眣	眀		眪	昒		眂	䀛	耽(眈) 121	眈	◉四畫	
	281	233	14	83	176	288	285	196	269	263	282	135	119		231
盼		眡	眗		昒		眊			旻		省	眇		相
55	251	248	48	290	287	289	288	304	198	43	230	211	286	213	208
	眑		眩	◉五畫	県	旻	昚		盾		看		眅	盻(盼)	
290	263	56	48		67	44	289	243	136	94	87	269	267	269	113
昭	眑	眠	眮	眛	眓	眐			眎		眜		眛	眫	眝
241	194	282	205	42	42	234	251	250	243	290	290	288	287	269	176
	眙		眑			貼	眏		眒		眀	眔	眞		眚
172	18	9	4	172	123	119	5	247	245	76	63	141	233	300	270
◉六畫		眢	眚	眨	眕		眡		眴			眣			眹
	4	3	230	219	236	250	118	100	63	173	170	140	247	244	244

砝	砢	砡	砬	◉	砛			砎			砏	砐	砂		砅
85	157	114	165	五畫	48	83	78	58	295	267	260	116	228	268	160
	砭	砱			砥	砟	砆	砧	砷	砠	破	硁	砩	砰	
264	261	153	235	235	233	204	141	167	86	192	270	77	293	268	86
[illegible]×(砮)(例釘)	砮	䂮	硍	硉	研 109	硈	硅		硎	硫	䂭	硋	◉		硌
98	70	164	53	163	113	96	43	89	50	154	88	113	六畫	143	142
𥓓			砦	硍	◉	硑	硂	硌	硲×(碐)	硫	硊	硃		硐	砦
129	228	195	188	151	七畫	92	193	164	44	207	110	233	135	130	226
硪		硞	硧	硝		硱	硯	硳	硤	硜	[illegible]	硬	硨	[illegible]	
109	96	96	57	208	91	89	113	302	60	89	293	114	240	166	170
碏	硜	碱	䃬	硻	碁		𥓋	硿	碎	◉		碓		碇	
197	5	85	196	89	100	274	261	86	212	八畫	222	195	207	242	111
硾	𥓐	碏	碑	碃	碟	碮		碌	碱	碨				碕	碶
177	123	141	259	136	74	72	163	162	302	178	100	98	90	86	205
碥		碡	碘	碧	碵	碌	◉	碬		碖	碓	硯		碌	碐
262	178	140	19	266	80	138	九畫	163	160	157	121	109	231	71	7
碬		碞	碉		碨		碣		碭			碴	碝	碩	碁
49	110	110	134	7	2	106	106	139	134		191	187	256	253	167
	碚		磋		磋		磅	碓	磄	碻	◉	磈	碮	磁	
54	44	97	83	197	193	268	266	96	134	96	十畫	183	145	144	122

禾部

禾	◎二畫	私	秀	秃	◎三畫	秉	秆	秇	秅	秄	秊	秈	秔		
48		205	213	128		262	73	27	16	186	142	207	58		
秅	—	秎	◎四畫	秐	秎	秋	科	—	秌	秩	秕	䄶	种	䄲	秒
121	175	120		69	292	194	88	95	194	292	261	278	173	257	286
秏	—	䄷	秎	采	◎五畫	秼	秬	秭	秫	祏	秠	—	—	—	秤
40	41	159	300	218		290	103	186	243	253	267	268	268	296	242
秿	—	秜	秛	—	秦	租	秞	秧	—	秫	秩	秨	—	秪	秢
278	278	147	267	269	199	184	21	5	9	242	179	202	204	117	153
秣	◎六畫	秾	—	—	秺	案	秲	—	秸	栖	䄡	—	秷	秳	粟
165		167	175	178	121	11	176	252	83	127	160	164	169	58	98
—	稙	秼	秴	移	秱	◎七畫	稂	稊	稉	稇	稃	—	—	稌	稅
103	25	233	59	16	175		151	131	69	23	259	295	299	86	302
稈	程	稍	稍	稜	稓	稌	稃	稄	—	稀	稅	◎八畫	稕	稡	
73	175	230	66	221	96	124	126	294	205	253	34	246		238	190
稀	稑	稟	稏	稑	稜	稙	稘	稑	稂	稞	—	稷	稛	稇	稗
91	86	263	12	163	153	168	63	146	37	53	88	221	76	91	277
稠	稙	—	稜	稚	稔	◎九畫	稨	稰	—	—	稫	稯	稹	稬	—
175	136	251	211	177	256		16	6	12	271	235	210	143	144	145
稭	—	稯	稰	—	稱	稧	稩	稽	稱	稳	—	稰	—	種	—
64	83	221	206	210	256	55	192	190	209	84	96	117	120	235	237

兢 105	◉十五畫	嬭 34	◉十四畫	贏 161	116	蠘 112	◉十三畫	蹭 185	蹭 200	蹲 193	◉十二畫	覺 105	236	䡅 117	
笄 64	笐 57	笎 68	笇 213	◉四畫	竽 28	竿 65	◉三畫	竻 165	169	123	竺 123	◉二畫	竹 169	竹部	
笑 93	笏 42	笑 213	224	106	106	笈 106	257	笥 168	笔 136	276	笆 261	笋 210	笓 272	笑 127	笙 55
74	笴 72	75	笞 70	第 220	笨 290	笵 299	笠 165	◉五畫	笒 232	225	笭 105	笅 48	220	笊 220	笱 135
笛 141	笝 145	笲 256	197	122	笪 120	笪 123	笳 68	第 137	笰 294	285	笢 281	笥 212	笙 87	275	笨 262
笯 142	笱 75	笿 117	符 297	笙 228	221	221	笮 204	笘 171	299	298	笄 277	笘 124	笶 9	124	笛 44
筇 98	策 223	121	等 120	筐 63	筐 89	筀 77	筏 253	筓 274	48	筊 73	◉六畫	答 158	笒 152	180	144
筂 166	筅 210	筍 210	筞 240	筋 65	筤 25	137	筒 130	筓 224	96	筈 83	筆 181	筆 265	筫 253	178	筑 169
278	筠 223	筶 109	筫 152	◉七畫	筄 25	49	筕 49	筨 123	筌 193	筳 256	筏×(筏筏)(三行) 301	筏 265	筥 164	筝 75	筞 136
筥 72	筧 73	筯 178	筩 130	筬 105	箸 65	224	86	筴 86	筬 250	筴 102	筮 252	筕 237	筠 29	筭 212	筦 73

等	答		筿	筰	筱	筵	筆		箣	筳	筋	筲	箇	箾	筸
163	51	171	131	204	210	19	271	148	147	134	265	228	283	265	175
	箑	箔		箈	簬	箜	管			簍	箁	箛	◉八畫	箒	筝
232	232	279	201	199	236	86	73		232	191	275	2		171	294
劄	算	箟	箓	箘	箃	䈙	箋	箖	箹	箍	箱	箕	箙	箐	篷(篷)
207	210	98	162	51	63	237	185	154	103	64	103	63	220	183	227
篇		箠	箷	篟	簪		箘	箇	箄	箕	算			箄	
149	235	166	297	300	129	103	98	79	122	120	263	261	259	259	212
節	箌		箸	篋	箮	範	篇	箎	箭	箷	箯	◉九畫	筌	箚	箏
20	45	177	168	97	278	299	267	210	189	16	137		21	170	220
篰	篠	篆	篹	箸		箳	節	箬	箸	箾	箴	箱		篥	篛
286	78	176	206	287	274	261	190	258	91	239	235	209	173	28	144
筻		篅	篙	箵		箾		篏	篤	篕	篁		簜	𥱼	
19	249	248	74	211	231	208	94	78	205	83	209	137	127	248	288
篌	篺			篍	篘	篖	篡	篳	箽			篤		箹	篘
197	88	196	194	193	65	173	210	210	119	210	136	132	13	12	177
	篣	篛		篧	篜	篖	篙	◉十畫	篇	篓	篠	篁		篊	篌
274	274	76	226	221	156	134	67		267	52	210	49	273	260	51
篬	箾	篚	篕	簗	築	簀	篼	篝	篿	篛	篲	箾		篸	簣
187	228	292	60	163	169	62	213	69	298	16	58	135	220	200	291

箙	篽	篦	箐	箟	篩	篘	簣	箕	篹	箅	箁	箖	篠	篤	篏
260	153	259	196	215	227	222	29	223	287	141	74	234	174	123	81
篌	箄	篼	篷	篰	簇	篚	篭	◎十一	篇	筴	筶	篪		箾	
137	272	95	229	276	197	162	52	畫	247	52	125	174	6	1	273
篙	篕		遂			籍	篙	篸	篩		篻		篿	簣	篲
176	71	178	141	226	223	204	285	152	150	283	269	234	132	221	218
箱		篸	篠	篺	篯	篥	箄	箘			簍	簑	篋		簣
272	190	186	240	188	290	155	265	78	158	156	154	210	87	219	218
	簜	篯	篣	篺	◎十二		篷	篴	篚	篷	篵	簇		簃	簉
137	125	75	150	160	畫	229	227	172	119	271	57	210	174	16	223
簪		簕	篸	篰			簦	簟	簙	簋			簠	簁	簞
186	214	210	49	117	98	86	86	137	266	169	296	293	292	227	145
閲	箾	篇	篙	簦	篜	篠	篿	簨	簫	篔	簝	籛	簭	簃	
285	73	92	43	119	293	218	136	210	208	29	150 151	224	252	209	220
篽	簸	篷	篸	籦	簻		簞	簒	簝	簦	簹	簜		簣	簟
111	287	187	254	63	45	301	281	202	134	283	248	189	104	94	118
籜	籀		籍	籭	籬		簸	簾		簿	簻	籐	◎十三	籌	籔
96	178	271	266	159	72	264	262	154	279	275	212	162	畫	67	294
篤	簣	簷	籬	簹		簾	籙		邁	簹	籈	籂	籔	簴	簪
213	121	21	101	119	100	72	159	166	88	156	285	277	132	121	232

簨 13	篘 69	𥶡 281	301	篗 11	◎十四畫	簜 117	籌 175	籉 132	籃 154	𥳟 66	233	篆 198	籋 145	篧 129	141
籍 204	◎十五畫	篾 293	簸 112	籓 292	簣 187	籧 193	篇 85	簡 148	籔 211	229	篪 159	籠 259	籀 153	158	鐏 45
篿 166	◎十六畫	籯 20	籠 146	146	155	籟 160	篶 4	𥵛 129	鞫 96	籗 97	籙 159	籙 158	籑 210	𥸑 216	簡 160
籚 148	鍉 131	138	篸 53	67	74	簸 37	籥 31	簴 111	籥 181	籤 185	187	189	籙 163	◎十七畫	簨 254
簦 190	籬 142	籍 81	籣 149	籧 100	籐 207	210	籥 27	籦 232	籢 155	籤 194	◎十八畫	籤 199	籩 260	雙 227	◎十九畫
籬 146	籠 227	227	籊 281	籮 151	◎廿畫	籰 32	籭 110	◎廿三畫	籯 32	◎廿四畫	籲 75	籱 186	籫 153	◎廿六畫	籲 16
米部	米 285	◎二畫	籴 141	◎三畫	粠 44	粄 227	粇 59	粉 180	◎四畫	粫 290	籸 256	粜 263	粪 164	粎 99
粉 293	粄 262	◎五畫	粒 165	粓 262	粖 290	290	粔 103	粘 45	粪 284	粗 201	粘 180	粜 263	粢 281	粐 300	粙 294
粕 271	◎六畫	粎 67	粢 183	粱 151	粪 160	粞 206	206	粡 153	粟 214	臬 104	粥 26	238	粤 32	◎七畫	粷 281
粮 151	粖 211	粳 69	粿 173	粿 303	粯 56	粣 219	粲 196	粊 128	粰 298	◎八畫	粹 211	粩 91	粽 188	粼 149	精 183

紮		紴	紹		紽	紭	紼		絧	紋	絨	紬	紺	糹正	紞
221	268	260	251	227	91	50	294	216	198	294	32	215	80	234	58
紩	絁	糹乍	紿	絣		累	絀		絅	紻	紳	紬	細	組	組
179	244	204	136	298	158	155	170	92	69	9	245	175	212	174	187
紼	絣	絞		絯	綂		緊	給		紾	紙	紨	終		絇
115	261	73	64	52	36	◉六畫	144	153	236	168	118	295	239	101	76
絠	綗	結		絓		絙	絾	絨	卷(卷)				絭	紘	絑
72	255	83	87	55	69	47	253	248	94	98	81	79	78	195	285
絡	絳	絢	綵	絬	絑	紫	絪		絧		絜	絕	綘	絰	絝
164	75	40	120	215	233	186	3	137	130	83	58	203	26	140	93
絲				絷	絩	絉	絎		絟	給	絢		絥	絍	絫
205	212	180	172	145	128	269	57	197	193	85	212	300	276	257	24
綊		經	絿	綍			綗	綀	綆	綪		綄	綈	◉七畫	紫
60	80	69	102	294	86	85	15	227	74	26	52	47	131		155
	綅		綃	綎	絽	絸		綮	綍	綛			綏		綖
38	34	228	208	125	156	73	270	265	26	104	209	194	186	267	259
綜		綟	◉八畫	綪	條	綄	綿	綏	綌			綣	綖		綻
151	164	159		79	125	138	171	205	97	303	286	282	19	134	125
	緀	緁	緜	綮		綰	綻	綜			綫		綣	綹	綷
194	192	198	298	91	12	8	174	188	241	127	126	98	91	295	189

罵 286 288	羃 70	◉十畫	罰 231	罳 205	罱 158	署 252	15	罯 9	罰 301	◉九畫		蜀 45	罹 122	罪 201	罯 129
𦋺 161	240	罿 130	罾 185	◉十二畫	223	罺 219	罼 265	罻 10	罹 146	䍡 162	◉十一畫	罶 158	275	275	罷 271
羆 259	羅 151	羃 291	䍜 187	◉十四畫	羂 73	䍍 159	䍝 285	𦌴 279	𦌝 162	◉十三畫	𦌨 301	230	213	𦋻 210	罽 77
羈 62	𦍒 144	𦍐 227	𦍓 149	◉十九畫	䍦 147	◉十八畫	羇 62	◉十七畫	䍧 165	◉十六畫	𦌾 149	◉十五畫	𦍂 180	302	𦍆 301
𦍩 270	羔 67	牂 185	◉四畫	美 23	美 285	羍 128	羍 129	◉三畫	羌 89	◉二畫	羋 285	羊 20	羊部	羉 79
217	羠 17	◉六畫	羚 153	羝 118	110	羛 33	着 209	𦍧 72	𦍠 268	羕 25	𦍜 176	羓 133	◉五畫	羒 297	羖 72
121	𦎅 117	𦎊 86	◉八畫	義 112	𦍻 216	羣 98	89	羥 88	218	28	羑 17	◉七畫	𦎏 177	𦎂 192-	𦍿 130
羱 108	𦏁 266	◉十畫	羭 18	羯 82	𦏇 303	110	羬 103	4	3	𦎸 2	◉九畫	𦎧 142	10	𦎬 7	174
218	𦏵 213	191	𦏽 186	羴 35	𦏸 130	◉十二畫	56	𦏹 47	𦏶 154	𦏳 189	202	𦏺 188	◉十一畫	羲 33	109
226	羼 222	𦐊 95	◉十五畫	𦐔 143	◉十四畫	𦐇 158	𦏼 47	羵 297	羹 69	羸 146	羶 245	◉十三畫	𦐆 24	羳 298	𦎯 47

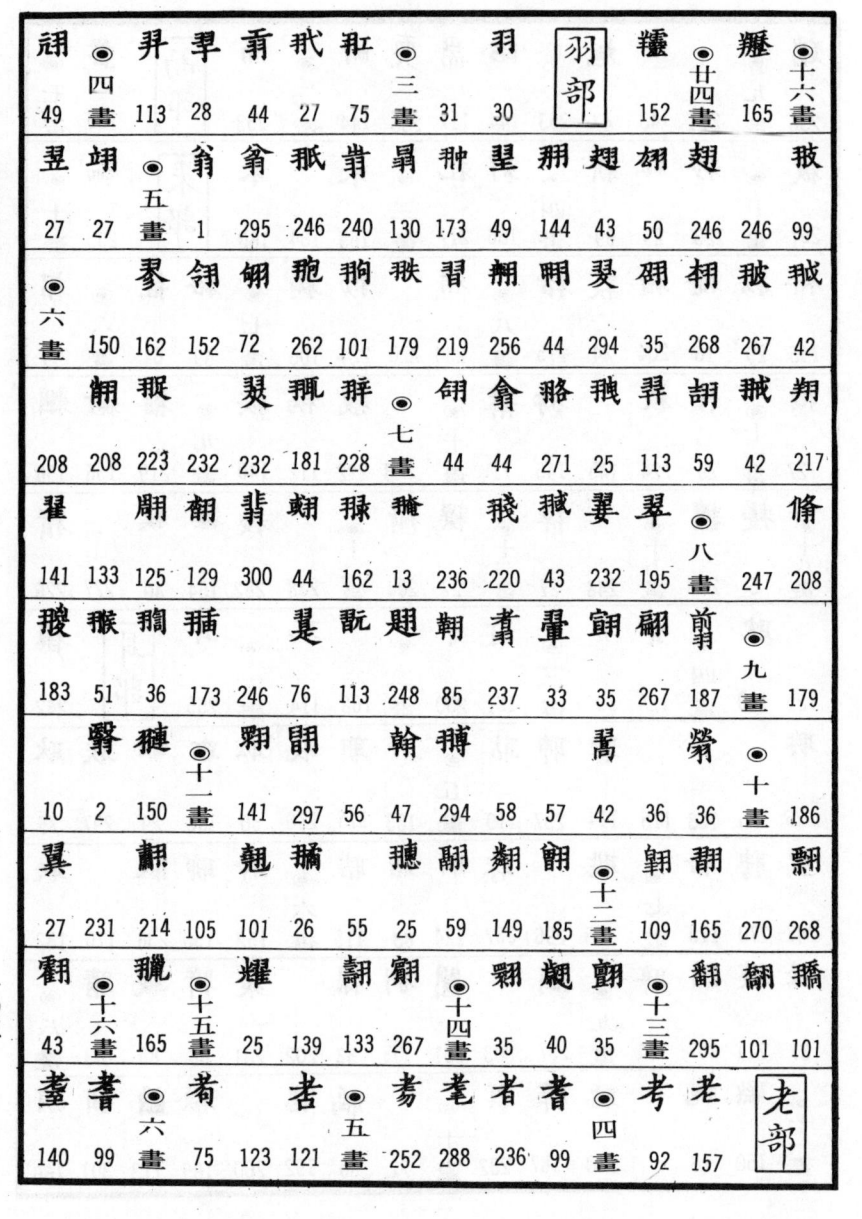

[齒耑] 236	◎九畫	254	143	[匚而] 47	253	耏 144	耑 117	耍 256	耐 144	◎三畫	而 253	而部		訾 139	◎七畫
[耒皮] 267	◎五畫	耖 223	耘 29	耕 69	◎四畫	耔 186	耙 217	◎三畫	耒 155	164	耒 160	耒部		[齒耑] 235	◎十畫
[耒尋] 145	[耒去] 29	[耒奄] 16	耤 204	[耒夋] 24	[耒吾] 275	◎八畫	[耒肖] 230	226	[耒助] 224	[耒局] 105	◎七畫	[耒令] 59	[耒圭] 64	◎六畫	耟 217
[耒高] 127	◎十一畫	頛 29	[耒叟] 224	145	耨 145	耩 71	◎十畫	223	[耒叟] 222	耦 112	[耒夾] 140	◎九畫	[耒畱] 219	[耒侖] 156	[耒困] 156
◎十八畫	耰 6	[耒庶] 260	◎十五畫	248	[耒睪] 27	◎十三畫	[耒畟] 27	[耒斬] 204	◎十二畫	288	[耒叟] 282	耬 154	[耒莫] 40	227	[耒責] 226
121	耽 119	◎四畫	耷 124	耶 19	◎三畫	耵 121	[耳丌] 230	◎二畫	168	耴 114	◎一畫	耳 255	耳部		[耒巽] 242
聃 126	126	123	115	[耳出] 114	[耳申] 257	[耳占] 119	◎五畫	聆 103	[耳月] 115	取 216	耾 50	[耳卬] 196	[耳云] 29	[耳夫] 297	耿 75
聖 247	聘 270	[耳吾] 113	◎七畫	[耳兆] 125	296	[耳朱] 237	聑 124	聒 83	聐 115	◎六畫	耹 152	聊 150	聜 236	170	聅 132
聧 87	[耳夋] 211	[耳音] 257	聤 134	◎九畫	[耳剌] 237	303	聞 301	[耳罔] 303	[耳果] 53	202	聚 201	[耳奇] 86	聝 85	[耳青] 183	◎八畫
◎十一畫	聯 150	聭 76		聽 180	[耳宰] 187	[耳冥] 282	◎十畫	72	[耳馬] 30	聰 192	200	[耳秋] 185	[illegible] 113	[illegible] 301	[illegible] 166

艘 78	艒 31	291	289	艄 289	𦪇 94	艑 275	𦩷 140	䑹 208	◉九畫	䑳 149	䑶 277	艋 287	䑴 100	䑸 196	䑥 216
艝 100	䑭 184	䑿 214	艛 162	◉十一畫	𦪈 52	艢 220	艘 208	䑺 166		222	艖 200	◉十畫	艎 49	183	95
◉十三畫	艤 25	艙 129	艬 265	240	艟 177	艥 170	艣 202	◉十二畫	295	艠 277	艛 154	𦫁 109	艒 219	艜 121	艚 200
◉十八畫	226	艬 225	◉十七畫	艫 148	艭 146	◉十六畫	艓 302	287	艨 280	艦 54	◉十四畫	艥 42	艪 156	艥 298	艤 110
◉四畫	色 231	色部		艱 66	◉十一畫	良 151	◉一畫	艮 78	艮部	艫 152	◉廿四畫	艬 156	◉廿一畫	艭 227
艴 286	艵 209	◉十二畫	艷 34	艶 289	艷 270	◉十畫	艳 268	◉八畫	艴 278	296	艴 279	艳 290	艵 270	◉五畫	艴 34
艼 91	127	艽 125	◉二畫	74	艸 72	◉一畫	艸 195	艸部		艷 284	◉十六畫	艷 280	◉十四畫	艷 25	◉十三畫
31	芋 28	302	芏 283	◉三畫	113	艾 113	艿 255	102	芁 99	芃 67	267	芄 69	芀 165	芀 133	芀 118
芊 193	芔 39	285	283	节 282	芀 210	芆 222	芋 202	芎 86	芑 91	芃 114	芅 27	57	芉 51	芌 199	芏 126
68	芫 49	芳 295	◉四畫		253	198	170	123	芍 53	芟 205	芄 47	296	芃 271	96	芒 42	196

一一二

26	芛 22	苿 298	茔 55	芽 110	276	茈 272	芰 104	芙 297	芫 108	芸 29		芝 233	176	121	芄 21
芺 8	288	芼 283	芮 257	荹 246	芷 236	173	苖 166	芚 132	294	293	芾 263	芓 176	芨 85	芭 261	芵 83
芸 232	芩 103	芬 295	芥 78	苯 220	芹 101	芺 104	芳 303	芰 229	112	茚 110	芪 99	苀 102	花 36	芴 257	8
苯 262	苪 262	94	苦 91	苷 70	93	苤 87	范 299	茁 176	279	苾 278	165	苙 106	茪 240	◉五畫	芻 222
茄 68	茗 133	苨 143	296	茀 293	茊 50	苹 274	279	茭 265	茂 289	257	256	若 254	苛 48	苣 103	莱 179
苋 39	荓 256	173	莔 141	苗 283	225	192	187	苴 184	苴 123	苜 289 290	247	苫 245	苝 277	茅 283	101
茉 48	茣 140	芺 217	苔 132	荓 277	茐 8	苡 22	苺 289	221	221	茧 169	苢 22	茵 217	92	苘 92	英 5
296	芝 268	257	145	茶 145	苽 63	苑 8	苳 117	286	苐 158	苞 260	85	苟 75	苠 235	茁 207	苻 297
87	茥 64	茙 253	荆 69	茳 62	荌 11	茡 202	茨 198	茟 20	茭 67		茤 64	44	荒 36	◉六畫	苹 34
224	茬 219	174	荎 141	241	茈 236	茞 89	茝 249	131	荑 17	茵 178	茜 196	苴 47	茸 253	茿 169	茱 98

萸		茈	茱	茾	苦		荔	荵	茛	蒻		劵	茢	荐	着
18	224	186 198	185	274	83	159	158	234	78	99	295	34	164	203	31
茠	茺	茱	茉		茲	艸艸	茯	茒	茿	茴	茵	茜	茧	草	茈
36	210	249	160	199	184	286	101	70	69	46	2	96	125	195	64
		茹	荅	荃	茗	荈	荅	荀	茬	荁	茠	茯			茷
257	255	254	123	193	287	241	84	206	256	43	300	20	301	300	263
莞	茀	茛	茟	惹	菩			苺	◉七畫	苹	茭	荇	茈	茶	莕
47	131	152	227	302	109	289	288	281		284	276	54	169	175	75
蓍	莎	莉	莤	荳	菩	茸		药	悲	莸	莜	莈	莎		
54	208	181	231	139	107	168	30	29	237	176	290	83	208	66	53
		著		莎	莢		莖	巷	莆	莕	菲	莍	莝	莂	莊
103	65	65	277	272	86	50	5	298	293	295	20	102	301	53	135
莊		莔	莇	荊	莒	莒	莛	莫	莧	莗	吟		菫	荵	蔓
219	283	42	302	266	15	71	198	290	56	52	110	173	42	256	195
莛		荷	莪	莠			莉	莪		莛	莈	莫	莆		莦
19	53	48	205	23	174	174	148	109	137	134	205	30	66	228	208
	茶	荻		菥	莥	莑	莆	莵	莅	莦	莋	莙	莗	莜	
175	131	141	108	108	180	295	276	303	159	266	204	249	201	139	28
菸	菁	◉八畫	菲	萎		蓍	堃		菀	菥		萏		菝	
10	26		180	205	276	294	197	140	129	34	57	54	27	22	243

葴	萙	葙	蒾	葀	蕻				蔞		葪	葍	萳		葫
235	220	209	32	83	161	12	8	4	4	195	160 163	294	144	45	34
蒖	葵		葰		葉	葿	葦	蒻	葮		勤	葝	蕜	萸	蔵
239	99	289	286	256	255	281	30	285	68	102	102	102	190	256	1
蓏	葛	蔽	蓪		葃		葺		萺		葥		蕩	䓱	萛
272	83	77	54	227	204	198	191	289	289	227	221	171	125	286	248
蒊	萩	蓍	董		葒	葯	莊	蓾	菡	蔄	萻	萼	葸	蓸	葚
88	194	41	119	14	13	177	44	246	59	32	295	115	210	31	2
蒸	蕙	蒳		蓚			葰	葔		萬	葩	葞	葟	菫	葆
276	85	100	26	25	229	210	205	51	72	30	268	200	145	49	262
蓑	蒀	◉十畫	葼		蓋		蒗	葎	蕑	蒱	蕙	蔥	葱	葳	蒷
206	15		183	297	273	52	46	163	66	19	85	3	192	154	299
蓂	萹	蒙	蓢		蒡	蔵		蒟	蒺	蓎	蓆		蓄	蒿	
284	247	280	151	274	262	106	76	72	203	134	219	172	41	36	208
蒲	莘	蓉	营	䔡	蓟	蒻	蒴	蒹			蓳	蒬	萑	蒩	
272	220	16	86	58	127	118	231	70	200	185	184	3	26	187	291
葉	蒪	蓒		蒠	蓍			蓋	蒜	蓁	蒗	蒤	蓌		蒏
163	271	35	93	90	244	85	77	59	213	219	161	131	208	201	185
蒔	蓾	蓀	蓋	蒸	蓧	蓨	蒻	蓖	蒖	蒝	蓐	蓁	蓛	蒞	蒱
249	21	207	234	234	174	215	258	297	233	109	257	215	75	15	272

蒒	蒠	蒨			蒩	薣	蒳	蒓		蒈	蒐	䔇	蒚	蒀	
227	215	196	192	187	184	97	145	249	91	55	228	83	130	3	252
	蕟		蒼		蒴	蔴		蓽	蒥	蒗	蒯	蔦	僐	傰	蓖
231	230	195	194	6	1	157	180	180	153	152	94	2	275	119	259
蔁	蓑		蓎	蔍	蓱	蕪		蔟	蔎	◎		蕚		葵	華
234	72	275	261	163	263	238	197	197	248	十一畫	25	19	55	45	34
蓞	蒱	藻	蔞	蔆	蓉	蓆			蕢	蒆	蓴	華	蔏		蔀
126	274	245	274	153	289	214	23	19	17	41	38	163	245	276	269
蓷	蔈	蔌	蓸	蕈		蓮	蔪	蒱	蔳	蓺	薣	蓻		蔫	蔽
124	260	214	200	249	157	150	202	126	96	191	109	113	4	3	141
	蔚	蕃			蓫	蔕	蕆	蓍				蘆	蔌	蓁	
14	10	197	178	173	42	121	198	243	90	10	6	2	279	197	240
蔖	蓾	蔋	蓪		蓩	蔬		蓼	蓸	蔶	蔭	蓷	蔆	蓐	萹
194	156	83	124	289	286	227	163	157	219	92	12	136	153	163	162
	蔨	蔑		蓶	蔮		薔	華		蔓			蔞	蔧	
104	103	290	22	17	78	219	184	265	303	282	156	154	148	218	200
蔦	蒲	萆	蔇	蓨		蓧	蕂	蓮		蓼	蘇		蔣		蕄
120	272	67	76	129	141	125	16	223	229	209	285	188	185	288	162
蓸	蕁	◎	蕬	蕡	蓬	蕜	蓯		蕣	蔡	蓬	蔛	蔔	蔙	
185	187	十二畫	239	87	193	214	186	216	20	196	271	57	280	46	122

澫		蕩	蕖	藻	藹	葬		蕾	蘘	蕣		蕊	蓄		蕫
112	137	128	100	25	140	144	296	294	47	160	255	255	15	130	119
蕅	蕳	蕀	蕈	蕙	蕺	蘄	蕘		菳		萬	蕭	蕍		蔿
26	94	85	202	55	84	205	254	103	102	165	59	187	19	11	10
	蕑	蕠		蕎	蕡		蕦	蕣	蕨	蕓	蕭	蕤	蕤	蕆	
284	283	119	285	82	215	22	17	135	82	29	207	262	253	172	94
蕝	蕟	蕬	蕞	蕖	蕢	蕥	蕞	蕒		蕢	蕇	蕢	蔽	蕑	蕑
188	63	205	224	292	183	47	202	24	104	94	120	285	263	66	66
蕿	蕠	藤	蕡	蕕	蕠	蔦	蕉	蕖		蕎	蕛		蕠	蕪	
210	254	247	251	21	218	215	185	204	101	67	131	148	147	301	190
	蕘			薀	◎十三畫	蕣	蔫		蕃	蔱	蕎	蕦		蕧	
92	36	11	7	3		247	30	298	292	48	245	206	300	296	228
蕻	蕩	薆	薄	薆	蘋	薋	蘧	薏	薪		藤		薎	薔	薦
54	53	229	279	102	298	198	218	15	206	155	155	64	52	25	189
薛	邀	薒	蕾	薚	薙	薢	蘠	薟	蕀	薑	薁	薢	薘	薋	薢
266	49	152	156	125	55	44	200 232	137	289	68	85	73	139	297	212
	薙	薠	薡	邁	薨	薣	薤	薡	薬		薧	薉	薋	薋	
176	127	111	36	88	36	221	204	121	196	103	100	11	183	24	277
	薢	薊	薃	薦	薁	藪	薛					薁	蘖	薅	
72	64	77	297	201	13	59	215	217	206	24	22	18	216	238	217

莽			歎	蘽	◉十四畫	薆	蔛		薇	薈		薟	蕼	蕣	
198	41	35	35	74		11	113	301	281	11	158	155	36	207	77
蔆	蓦	薵	薹	蘧	藻	蔘	藳	蔪	螢	蔡	蕢	蕐	榮	蔫	
198	187	175	132	30	187	157 163	273	202	180	223	273	73	102	117	201
藿		藏	薑	蘭	蕩	蔦		薿	薄	藤	蕖		藍	藪	藍
139	203	200	218	143	139	19	111	107	279	224	222	233	66	294	154
蘊	藉		薰		藉	薱	蘮	蘧	薯	蕩		蔂	蔡	薩	蕚
294	174	40	34	204	203	138	301	141	252	172	151	150	87	214	280
蘄	蘮			蕉	◉十五畫	蘆		藐	蕹		蘋	蘢	蕢	蘗	藕
98	112	276	268	260		148	289	286	281	158	153	19	102	271	97
蘆	蕢	蕡	蕓	蘷	遬	蘗		蕡	藝	蕢	蕭		藩	潭	蕃
147	292	124	157	6	214	230	56	47	113	219	58	298	292	135	244
蕾		藤	藜	藕	藥	藺	藺	蕑	截	蘷		蘢	蘁	藪	蕩
156	214	135	148	112	26	161	26	147	203	289	263	259	155	211	211
蘋	藭	藙	蕟	蘀	藻	蘸	蘂		蘢	藏	薹	藹		藷	◉十六畫
160	26	57	217	179	187	221	255	146	146	21	288	10	252	233	
		蘄	藃		蘆	蘋	蘷	蘿	蘧	蘼		藉	藤	蘀	蕖
101	100	63	154	148	147	273	283	43	150	165	174	166	157	129	187
蘘	蘩	◉十七畫	蕁	蘅	蘇	蘋	蕡		蘊	蘭	蘭		蘞	蘐	蘡
254	298		135	49	206	132	188	7	3	137	160	73	53	283	143

藨 30	蘡 5	100	蘧 100	蘦 152	蘜 81	蘻 10	蘿 178	蘢 241	56	蘒 47	蘜 81	蘳 127	蘟 19	蘫 41
蘪 281	蘛 101	204	雜 204	◉十八畫	21	蘇 19	158	155	蘞 37	蘖 111	蘥 26	蘚 210	蘧 202	蘠 200
蘭 149	蘛 77	249	儲 233	91	87	蘬 87	穭 219	繊 239	叢 198	58	藍 64	295	豐 295	蘷 27
53	蘿 33	蘬 119	蘠 68	蘳 254	蘹 55	蘻 221	160	蘼 146	蘩 77	160	蘱 159	蘸 146	285	蘼 280
蘺 151	蘵 248	蘶 149	◉十九畫	蘩 184	◉廿三畫	蘩 147	蘺 35	98	蘿 91	蘺 159	◉廿一畫	蘸 120	虁 32	虃 186
虈 112	◉廿畫	虉 122	蘿 151	虆 155	虋 192	◉卅三畫	虆 282	◉廿六畫	虇 265	◉廿五畫	256	虌 180	80	75
虈 75	◉廿四畫	虊 291	虋 27	116	虆 115	虛 34	虗 300	◉五畫	虓 113	虘 35	虒 205	虔 101	◉四畫	虐 115
◉三畫	虎 38	◉二畫	虍 34	虍部	194	虢 41	◉七畫	虠 108	虡 291	◉六畫	處 242	45	34	虖 34
242	虙 241	虓 114	虒 44	虑 148	虐 200	87	虘 202	虩 278	◉十畫	號 84	虤 113	◉九畫	148	虜 148
◉八畫	虠 152	虥 51	虞 107	虜 103	虜 156	56	號 48	93	131	虤 124	◉十二畫	虧 110	虧 86	267
260	彪 260	◉十一畫	虦 109	虨 63	虩 131		226	226	虪 199					

◎二畫	虫 37	虫部	虪 135	◎廿一畫	䖃 247	◎廿畫	䖅 85	◎十五畫	䖒 108	◎十四畫	虞 103	231	虢 43	虘 53
243	23	虵 17	虮 114	76	75	虹 44	虸 2	虷 47	◎三畫	虮 63	虬 102	匽 181	175	171	虰 119
蚖 108	蚟 29	蚪 121	蚊 302	蚄 292	95	54	蚢 49	◎四畫	蚝 170	蚩 172	37	34	虒 34	𧈪 141	蚜 186
蚕 126	268	蚆 261	蚦 180	蚍 272	蚗 84	蚇 242	蚓 22	蚘 46	蚅 15	蚞 289	蚋 283	98	蚑 93	蚨 297	109
蚣 62	299	蚁 293	299	蚡 297	100	蚚 55	蚔 99	蚥 27	蚝 195	蚌 275	蚏 32	蚩 240	蚍 190	蚐 283	蚤 187
蛄 63	蛃 262	95	蚵 48	蚶 37	蛙 91	243	125	蛇 17	蜙 278	蚿 47	蛀 237	◎五畫	蚘 23	蚉 293	232
蚰 239	蛅 255	蛔 170	蚰 21	192	蛆 145	蛆 184	蛋 68	蚻 221	蛁 118	蚭 180	蛕 195	蚲 274	蛂 279	蛶 263	蛾 32
◎六畫	蛩 143	蛩 8	蛉 152	蚳 174	蜥 300	蚷 90	蚱 ,221	101	蛔 39	蛈 129	蛤 124	蛢 300	蚴 9	蛬 266	蛒 255
蛚 164	蛣 96	5	蛙 2	蛺 215	蛭 89	蛦 17	蛾 205	蛩 195	蛬 79	蛇 178	蛢 274	蛘 115	蛘 20 23	蛟 67	蛻 154
98	蛬 70	蛩 98	畫 87	蛪 97	蛃 88	蛞 96	蜊 27	蛝 47	蛾 214	238	123	蛭 123	46	蛸 38	蛨 290

蛸 4	蛤 85	蛥 244	蛒 84	蚼 217	蛔 38	蛜 1	蛇 71	蛛 166	蛑 284	蚀 65	衚 23	蛍 183	蛧 303	195	蛓 195
蛵 36	蛺 86	蛯 280	蝝 34	293	蜅 272	蛷 102	219	蜥 215	蚴 86	蛦 132	152	蜋 151	◉七畫	104	4
228	蛸 208		蛘 285	94	53	蜆 38	蜈 107	蜒 74	赨 131	252	蜃 251	蜇 170	蚕 51	蛹 22	蛸 26
蜍 18 249	295	蜂 271	蜒 19	213	25	蜴 24	蜊 147	110	蛾 109	蜁 217	137	136	蜓 134	蜀 252	蜈 107
蜿 4	蛭 86	蜦 73	蜷 101	蛲 89	蝬 159	◉八畫	蜸 133	蚤 136	247	128	127	蜕 26	164	蜉 163	蜉 298
蜡 196	蝂 220	蛃 157	蛙 163	59	蜮 32	119	蝀 117	蜧 175	194	蜻 183	蜨 216	蜂 275	蜜 289	8	3
蛋 15	239	蝃 121	70	蝸 51	蜢 286	蜫 96	蝺 63	蝙 299		103	蛣 86	226	蜷 225	蜙 205	226
蜩(蜩) 98	蜩 103	蜴 27	蜫 65	283	蜱 271	蜾 74	蝂 262	蜣 38	257	蝸 257	25	螢 233	蜇 205	堅 92	基 99
57	蝑 54	133	蝺 125	蜩 133	155	25	蜼 24	115	蜺 108	蜘 166	7	蝼 1	300	蜚 292	蝎 141
蝼 228	蝗 35	蝶 165	蝣 21	蝙 260	蝠 75	201	蝟 185	蝢 296	◉九畫	297	蝥 292	蝥 300	159	蝓 149	蝴 105

蝒	蟙	蝛		蝶		蝘		蜡	蝧	蝲	蝠	蝳		蝨	蝱
282	1	37	142	130	8	8	64	46	4	163	294	140	246	244	283
		蝥	蝝			蝍	蝰	蝚		蝑	蝞	蝦	蝰		蝡
301	284	283	19	191	190	190	99	255	213	206	287	48	87	256	256
蝵	蝨			蝹	蚴		蝸	蝟	蝷	蝺	蝎	蝪		蝭	
299	231	8	3	3	6	68	64	31	115	107	58	125	131	121	303
衙	蝨	蜦	蝬	蝯	蝓	蝀	蝂	蟓			蝗	蟌	蝌	蝢	蝩
23	231	106	183	29	18	273	51	200	57	49	49	192	88	299	179
蟆	蟤	蟙	螓	螢	蝅	螠	螆			螃	螗	螟	蜎	◎十畫	蝕
83	266	141	199	50	203	10	195	274	264	262	134	284	247		244
螄		螘		螝	螖	螙		融		螽	螒	蜃	蝨	螜	蝔
227	111	110	63	55	58	121	16	16		188	56	168	187	57	85
蟀	◎十一畫			螣	螌	螚	蛸	螂		螇		螔	螅	螐	螋
231		177	141	135	260	144	1	97	86	45	205	17	259	2	227
蝽	䗈		螷		蟁	螳	蝤		螾	螭	蟓	蟕	螰	蠊	蟰
244	217	276	271	239	238	169	231	22	19	245	113	170	162	89	16
蟉	蟋	螮	螬		螼	蟝		螵	螞	蝀	蟳		螹		蟦
102	178	121	200	94	91	40	273	268	29	214	132	202	201	221	191
蟈	蟃	螻	螱	蠘	螶		蟲	蟄	螯	螸	蟲	蝨	蝨		
84	303	154	10	198	181	57	51	179	109	248	284	302	100	154	104

蜍	螢	蟠		蜷	蟔		蜙	螐	螑	螇	蟹	蜳	螳	蟆	螺
239	19	273	231	214	291	192	183	131	67	147	185	164	134	283	151
蟥		蟫	蟢		蟯	蟪	蟶	蠂		蟧	蟒	蟙	蟂	蟼	◉十二畫
49	135	21	37	254	4	55	272	100	150	150	160	239	190	124	
蟒	蟳	蟤	蟬	蠡	蟨	蟴	蟚	蟗		螪	蟤		蟰	蠍	蟟
286	48	27	248	188	82	205	274	194	243	26	219	214	208	82	150
	蟕	蟭	蜼	蟓	蟿		蟜	蛢		蝝	蟣		蟲		蠂
	71	185	189	239	246	101	73	64	247	218	71	177	173	280	278
蠕	蟶	蠸			蟦		蠃	蠀	蟻	螠	蠊	蟺	◉十三畫	蟣	蟠
232	171	68	300	298	297	157	151	192	110	15	155	251		100	273 298
蠇	蟡		蠋		蠉		蠡		蠌	蠅	蠍	蠡	蟿	蠢	蝨
160	165	238	178	38	35		196		179	21	42	198	93 94	58	102
蟝	蠐	◉十四畫		蠁	蟹	蠢		蟾	螢	蠸	蠆	蟨	蟷		蝸
29	199		41	38	52	295	250	235	68 74	69	172	204	119	80	68
蠰	蠊	蠁	◉十五畫	蠑	蟲	蟲		蠓	蠖	蠠	蠹	蠗		蠙	蠲
23	175	179		24	299	271	284	280	15	73	117	179	273	273	144
◉十六畫	蠶	蠬	蠥		蠹	蠝	蠛	蠜			蠡	蠚	蠢	螻	蠣
	203	165	190	173	43	291	290	298	156	151	147	237	241	134	160
	蠰	蠼	◉十七畫	蠭	蠪	蠲		蠹	蠦	蠱	蠬	蠹		蠦	蠩
228	143	216		199	145	115	24	17	148	108	146	302	38	38	233

襮 264	襪 304	襀 252	襭 58	襸 199	䙫 262	◉十五畫	襻 276	褩 123	襦 254	襤 154	䙾 181	襠 184	◉十四畫		襘 77
88	襫 73	◉十七畫	䙚 123	襖 248	176	155	襱 146	襯 223	褱 46	襲 219	◉十六畫	襳 190	269	襬 259	266
襡 252	◉廿一畫	䙨 161	襔 73	襻 269	230	襹 227	◉十九畫	䙬 73	239	襶 168	◉十八畫	229	229	襳 209	䙬 12
◉八畫	覃 135	垔 45	◉六畫	覂 292	◉五畫	覍 48	◉四畫	12	要 4	◉三畫	38	西 12	西 206	襾部	
61	見 56	見部		59	覈 59	◉十三畫	300	296	296	覆 270	◉十二畫	䙴 2	◉十畫	覉 280	覊 264
覗 205	覓 43	覘 244	290	覎 264	251	視 250	覛 15	◉五畫	覞 288	覔 291	規 62	◉四畫	尋 123	覎 13	◉三畫
覤 155	◉七畫	291	覦 291	覛 291	覞 128	梘 198	現 141	親 192	◉六畫	覞 244	172	覩 171	硯 251	覞 281	212
覩 119	46	覲 32	196	親 193	◉九畫	覢 113	覬 1	163	親 162	覞 111	覝 160	覬 246	◉八畫	覥 25	硯 59
291	覞 284	覺 268	◉十畫	52	覯 38	18	覦 16	覞 172	覬 230	138	題 131	241	137	覘 119	覞 79
覰 172	◉十二畫	覲 67	覷 195	覲 105	覶 262	172	覷 170	覽 190	◉十一畫	覩 32	覬 76	覰 21	覷 25	覲 80	覴 99

覶 151	覽 158	269	264	觀 259	◉十四畫	覲 119	82	覺 79	覷 281	◉十三畫	204	觀 129	262	79	覸 66
	159	觀 159	◉十九畫	99	覺 87	79	觀 66	◉十八畫	27	觀 25	◉十七畫	覬 298	覿 141	覼 88	◉十五畫
觕 192	觘 223	觛 268	觖 93	84	◉四畫	觓 181	232	觛 62	◉三畫	觔 102	◉二畫	162	角 82	角部	
解 52	觟 53	35	觛 33	101	觠 79	◉六畫	觚 63	觝 120	136	122	觛 120	觛 103	◉五畫	242	201
觪 203	◉八畫	觩 102	觧 209	◉七畫	衡 225	觡 84	觤 71	186	183	觜 183	觥 69	觷 252	77	72	55
172	觫 170	167	觰 120	觎 201	◉九畫	111	觬 108	觛 52	觯 181	觶 259	觹 84	觭 76	90	觭 86	觲 220
觽 176	96	觳 57	觵 181	觫ˣ(觫) 220	◉十畫	觱 82	觲 117	觹 74	觶 206	觹 2	觿 221	131	觗 118	265	觷 32
觸 242	觶 221	◉十三畫	觹 73	237	觶 232	觶 32	293	觼 279	觽 83	觼 106	觿 69	◉十二畫	觴 245	觷 154	◉十一畫
45	觽 33	觻 35	◉十八畫	觼 83	165	觻 162	觽 260	◉十五畫	107	觳 106	◉十四畫	82	觷 59	58 114	觷 13
訒 255	訅 102	訃 296	訆 79	137	125	訂 122	計 77	◉二畫		言 111		言 91	言 109	言部	

訃	訍	訒	記	討	訌	訏			訐	◉三畫			訄		訇
93	223	257	76	126	44	34	84	82	77		102	90	88	48	36
訮	詎	[illegible]	䚳		訧	訪	◉四畫	訓	訙	託	訖	訾	訊		訕
114	55	237	297	251	250	296		40	212	129	82	108	212	230	228
訋	設	詆	䚺	訛	許	訞		訬	訥		訰	訣	訠	訦	䚷
46	248	129	115	109	37	4	286	222	145	238	233	83	246	30	268
詑	詝	詓	詠		註	◉五畫	䛁	訩	訡		訟		訮	訢	
16	119	73	32	237	168		21	33	110	218	216	7	2	34	78
	評		[illegible]	訹	詘	詁	訶	証		詎	[illegible]				
278	274	195	104	214	25	72	36	238	105	103	43	136	134	125	33
		詇		詗	訷	評	䛆	詛	[illegible]		詖	詔	設	[illegible]	詞
12	12	9	41	39	245	44	178	220	276	263	259	232	180	293	216
詐	詄		詄		詒	詈	[illegible]	詘	設		訵				詀
220	141		246	136	18	158	255	96	125	172	171	243	178	167	119
◉六畫	評		詅		診	訴	詏		詆		詑	[illegible]		訽	詍
	34	161	152	236	178	212	180	131	120	11	8	133	57	41	125
詩		詿	試	詫		詶		詳			詨	該			[illegible]
244	77	55	246	172	252	250	217	20	67	56	41	64	39	39	36
誓	詣	話			詪	詼	誇	誎	誆			詽		誀	詰
164	113	55	78	72	53	87	88	195	105	125	109	35	257	254	96

詺 289	詾 37	詻 115	詭 71	誅 166	詵 228	詢 206	誄 155	[illegible] 235	186	訾 183	訿 186	詗 55	137	詷 135	詡 37
223	訾 197	詹 235	誂 136	詋 33	95	75	詬 41	詥 59	詮 193	255	誆 180	55	詯 40	241	誃 174
詎 122	諫 197	112	語 111	269	268	267	誧 259	誡 78	128	105	詰 104	誊 185	詪 157	誨 40	◉七畫
[illegible] 52	誓 252	誦 218	257	認 257	誋 105	誙 89	279	277	誖 263	誠 250	誎 80	誣 301	誌 237	[illegible] 43	詿 267
說 26	誑 80	詐 226	誔 136	誐 109	[illegible] 176	128	誂 125	誘 23	誥 79	誕 137	設 230	誒 33	誚 203	[illegible] 266	誤 112
誇 93	諠 112	誴 198	談 135	212	211	誶 203	諒 161	238	諄 233	◉八畫	[illegible] 52	[illegible] 208	諦 42	248	246
諓 201	詠 169	172	172	170	誺 160	諴 85	221	諎 197	諆 63	諏 184	[illegible] 7	203	200	請 195	[illegible] 204
167	139	調 133	293	誹 291	諸 141	誷 303	評 268	諕 43	95	課 88	105	[illegible] 63	[illegible] 193	[illegible] 13	203
◉九畫	[illegible] 88	諍 221	諗 244	160	149	論 149	誰 248	[illegible] 142	諔 81	諮 104	諂 172	[illegible] 133	諉 180	諈 168	誾 108
諲 3	234	諸 233	[illegible] 95	211	[illegible] 210	誼 35		諮 184	諦 121	諳 6	諼 141	諺 113	276	諞 273	諢 113

諱		謚		諝	諍	諴		諭	諎	諜		諢	謀	諶	諫
39	172	167	210	206	41	51	180	180	46	141	97	85	284	250	79
	諯	諹	諾		諣		諰	謂	諤	謁	諿		諟		諑
234	196	20 25	145	41	40	227	210	31	115	14	198		250		196
謚	謙		諥		諼	諵	諭	諡	諻	謥	諷	諙	諛		
15	90	◉十畫	168	38	35	23	16	243	36	195	294	219	18	249	242
謚	謙	謇			謍	謐	謝	謎	謄	謹	謗	謙		謞	
59	212	73	36	21	5	289	212	287	135	223	264	203	43	42	243
謔	謖	謂		搴	謓		譁	謕		謜	講	謌	諸		
43	231	130	278	270	240	177	174	288	193	108	71	67	240	214	85
謨	謟	謠			謕	謝	諜			謏		謅		謉	謣
40	125	19	205	131	124	218	43	231	213	210	222	222	120	76	36
謣	譳	謑	謹	謳	謮	譍	譁		謪		謫	謶			
28	138	223	72	6	221	239	41		170	148	147	239	◉十一畫	52	41
謱					謾	謦	謷			謷	警	謦	謬	謵	謪
154	288	288	282	282	282	2	239	114	109	109	214	92	289	242	162
謰	謥	諱	謻	謲			譙	讀	謨		譁		謯		
222	229	56	17	197	248	194	17	78	281	40	34	220	185	158	156
	譚			譈	譆	譊	譓	譜		識	譤	譄	譐		證
137	135	57	44	41	33	180	55	261	248	237	138	185	187	◉十二畫	303

豉 223	豉 251	◉四畫	豈 91	豇 62	◉三畫	豆 139	豆部		豅 146	◉十六畫	䜺 166	䜵 140	◉十五畫	徼 39	◉十二畫
䝗 99	豌 4	◉八畫	䝖 223	䝘 167	䝙 194	䝚 285	◉七畫	䝛 45	虗 33	豊 156	巻 103	䝜 79	◉六畫	䝝 119	◉五畫
	䝞 150	◉十二畫	豐 295	◉十一畫	豋 150	䝟 54	◉十畫	䝠 19	䝡 72	登 81	䝢 6	◉九畫	䝣 259	豎 251	䝤 223
◉三畫	豖 173	◉一畫	豕 246	豕部		豔 126	◉廿三畫	豓 25	◉廿一畫	䝥 227	◉十八畫	䝦 100	◉十五畫	豑 179	◉十三畫
豌 15	◉五畫	豰 27	豘 132	豝 261	豝 169	豚 132	113	豣 66	112	豙 112	173	豤 169	◉四畫	豟 34	豪 241
◉七畫	100	豦 76	豧 130	豥 113	92	91	豤 87	豢 56	64	豥 46	◉六畫	象 218	豞 41	豩 217	豠 224
84	82	豨 78	豩 225	豵 188	豧 66	豯 287	◉八畫	37	豨 34	豬 224	豲 122	296	294	豧 270	豪 48
278	123	豰 41	豲 47	豶 267	豱 284	豭 40	◉十畫	豫 24	豭 68	豬 166	豴 139	豯 197	豷 78	◉九畫	106
豬 17	39	豶 10	豵 149	豷 170	◉十二畫	豵 291	183	豵 183	154	豯 148	◉十一畫	豳 259	豯 45	豱 39	豲 3
◉廿畫	豴 17	豶 266	豷 239	◉十八畫	豂 189	◉十七畫	豄 31	◉十六畫	豵 232	豬 280	豲 225	◉十四畫	豶 297	◉十三畫	22

豼 272	◉四畫	豹 264	豺 224	113	109	88	豻 56	◉三畫	[illegible] 165	◉二畫	176	豸 176	豸部		[illegible] 31
47	35	貆 35	◉六畫	貉 117	75	豿 42	貀 181	䝟 5	貂 118	[illegible] 180	[illegible] 267	貁 25	◉五畫	[illegible] 220	豽 181
貄 105	[illegible] 146	[illegible] 232	◉八畫	貎 288	[illegible] 207	貍 147	[illegible] 176	◉七畫	[illegible] 59	貅 36	291	貉 59	[illegible] 124	貊 290	[illegible] 230
[illegible] 272	[illegible] 15	◉十畫	[illegible] 144	貐 22	128	貒 125	283	貓 283	[illegible] 256	貑 68	[illegible] 14	◉九畫	貎 108	[illegible] 237	212
[illegible] 240	133	貚 132	[illegible] 276	168	[illegible] 157	[illegible] 100	◉十二畫	貘 290	[illegible] 288	貗 103	[illegible] 303	貙 171	[illegible] 16	◉十一畫	[illegible] 45
財 199	◉三畫	負 299	貞 167	[illegible] 270	◉二畫	貝 263	貝部	106	貜 84	◉廿畫	貛 35	◉十八畫	[illegible] 1	◉十三畫	
貫 66	責 221	貦 113	貪 126	◉四畫	[illegible] 246	32	29	[illegible] 29	[illegible] 211	貢 75	141	貳 129	243	24	貤 24
296	費 263	247	貰 243	貶 263	[illegible] 229	41	[illegible] 37		貯 119	[illegible] 56	◉五畫	貧 273	貨 41	販 293	78
◉六畫	貽 18	貿 289	貸 128	[illegible] 263	貾 174	[illegible] 80	[illegible] 231	[illegible] 41	買 285	貴 76	貼 130	[illegible] 9	貳 257	賀 56	300
50	[illegible] 36	貲 183	80	74	賈 72	297	263	260	賁 247	賊 204	賊 204	賄 38	資 183	賆 273	賅 65

舡	賖		貝		賑	賕	斯	賓	賓	賂	賄	◎	賃	賉	賂
29	245	12	5	239	236	102	170	259	259	160	38	七畫	145	214	159
贅	賂	賤	賦		睛	賓	賚	賡	睆	睞	睟	睩ㄨ(睩)	睬	◎	
189	63	203	293	203	200	198	245	69	8	238	211	151	171	八畫	32
賬	賭	賰	賱	◎		質	賀	賞	賙	賟	賤	賜	賚	賢	賣
7	120	246	7	九畫	238	168	166	246	235	126	104	211	160	47	282
	賸	賽	賹	◎	貫	賧		瞓	賵	賾	賷	賴	賯	賟	
244	25	212	11	十畫	262	57		52	296	224	218	160	168	256	11
嬪	贇	贈	◎	購	聰	賢	贄	贅	膠	◎	賾	賫	賣	賻	購
264	3	203	十二畫	162	12	24	237	237	150	十一畫	226	184	26	300	80
贔	贍	贓	贛	◎	驗	贍	贖	贏	賺	◎	贃	賧	贈	贉	贉
276	212	185	75	十四畫	162	252	303	21	178	十三畫	76	.260	117	139	137
赤部				贛	◎		贇	贏	贐	◎	贕	贗	贓	贖	◎
		80	75	75	十七畫	56	53	158	223	十六畫	140	113	160	243	十五畫
赧	赬	赭	◎	赫	赮	赶	◎	赩	◎	赦	赧	◎	赦	◎	赤
49	44	236	九畫	43	302	171	七畫	44	六畫	131	143	五畫	247	四畫	242
赶	◎	赳	赴	◎		走	走部		赿	◎	赣	穀	赮	◎	赮
101	三畫	75	296	二畫	190	188			254	十四畫	78	41	134	十畫	171
趈	趍	趋		赵	赽		趁	趔	趣	◎	起	起		赽	
91 230	124	102	192	183	83	99	90	279	191	四畫	106	91	222	193	106

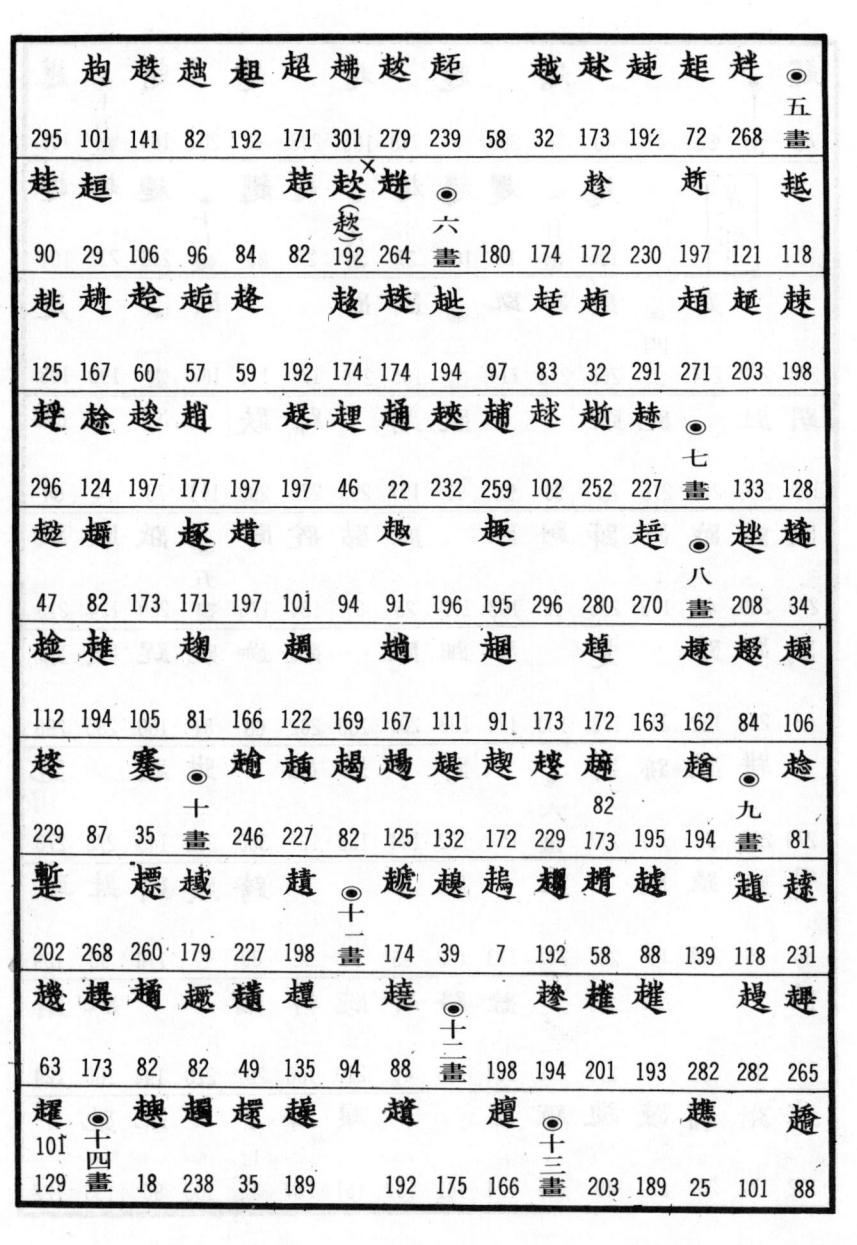

𧾣	◉十六畫				趨		𧾍		𧾔		𧾌		趲	◉十五畫	𧾗
40		82	41	40	38	260	8	248	165	203	82	201	189		106
	足部			𧾵	◉廿畫		趯	䞶	趯	◉十八畫	𧾧	𧾲	◉十七畫	趣	趣	趚
				106		84	101	27		27	83		218	217	164
		趽	◉四畫	趵	趴	趴	◉三畫	𧿓	𧿠			𧿒	◉二畫		足
294	292	274		265	216	114		105	296	171	171	167		190	188
䟓	趾		跁	趹			跂	𧿷		䟔	趺		趼		䟘
114	236	278	276	84	99	93	91	197	293	279	292	113	73	74	54
跛	跖	䟻	𧿿	䟔	跒	距		跚	跕	跎	跓	◉五畫	𧿹	𧿟	趿
279	239	42	173	235	92	103	172	25	87	134	176		250	124	216
跔	跮	跆		𧻓		跕	𨀀	跙		跛	跏	跜	跜	跟	䟫
63	287	132	241	173	130	124	133	201	263	262	68	81	180	285	296
	跰	跤	跡	跘	◉六畫		跉		跈	跃		跗	跌		跑
273	264	88	191	217		152	152	144	136	121	300	292	140	278	273
𧻷	跍	跧	跟		跣		跮				跨	跠	跱	跬	跰
86	96	258	65	230	227	173	172	95	94	92	89	17	176	90	109
跢			跲			跧	路	跭	跣	跦	跚			跳	跼
121	106	86	86	219	219	184	159	45	210	166	207	220	194	186	124
踈	踥	踊	踈	踁	踂	踢			跟	踇	◉七畫		跪	跳	
102	172	267	227	49	181	124	161	152	151	287		103	90	133	122

踦 164	踄 190	99	跻 63	倏 247	踆 193	踃 208	𧿶 279	277	頣 263	覞 113	踊 22	踽 105	跽 103	踁 57	踬 239
204	198	踖 191	踑 100		踛 163	𨁋 275	踠 8	踐 24	踡 101		踒 198	踣 270 280	踤 203	踩 163	◉八畫
踼 129	踝 53	踺 123	踛 163	踐 170	106	踬 82	踞 76	踕 128	踬 175	86	踦 71	15	踚 15	踐 201	踕 204
蹁 260	◉九畫	踚 149	194	踓 22	105	踴 81	踜 5	踟 174	踑 300	踏 129	踌 126	173	踔 172	190	踧 141
257	256	蹂 255	蹃 49	踵 90	踸 172	蹀 141	294	280	踾 271	踳 241	踜 172	蹄 131	踶 129	蹊 141	273
91	踽 72	踵 235	251	踹 122	181	踞 181	139	134	踼 125	176	踶 138	踾 97	蹬 303	踶 191	蹬 270
蹌 193	蹏 131	蹥 269	95	蹊 39	蹋 220	蹐 191	蹋 141	蹎 118	73	蹇 72	蹴 12	蹉 193	蹦 274	◉十畫	踰 18
蹩 142	蹩 203	蹛 178	121	蹣 282	273	蹕 268	蹐 244	蹟 191	蹜 231	蹢 123 179	蹠 239	◉十一畫	蹊 45	蹯 19	蹈 139
蹲 199	232	172	蹱 170	197	蹴 190	◉十二畫	蹤 183	蹩 193	蹩 287	197	蹡 193	蹗 200	蹕 265	蹙 190	蹩 121
蹼 264	蹟 132	蹑 196	蹷 106	蹬 139	蹯 175	213	蹼 94	84	82	蹶 77	204	蹭 201	躚 207	蹺 88	蹭 197

蹥 128	蹞 298	蹎 126	◉十三畫	蹯 298	蹌 141	106	101	88	84	蹻 73	256	蹨 144	路 123	蹱 265	蹵 279
95	躄 89	躍 26	蹝 226		躊 175	188	躋 184	◉十四畫	蹭 242	躇 174	躅 178	躁 189	躄 266	蹖 216	躃 279
躘 146	◉十六畫	躐 165	蹟 168	165	躒 164	躠 160	蹪 168	躦 200	躑 179	躔 175	蹶 174	◉十五畫	躤 204	躐 126	蹸 215
躡 181	◉十八畫	踚 27	躄 214	躙 172	躝 149	256	躟 254	躞 216	◉十七畫	躗 40	躖 77	躝 160	207	躚 207	158
躅 178	◉廿一畫	97	躩 84	◉廿畫	躚 260	229	躧 229	躡 284	◉十九畫	躨 227	躣 101	躤 203	躙 82	躝 141	躍 100
躰 243	躭 126	◉五畫	躮 272	躻 232	◉四畫	躬 61	◉三畫	身 245	身部	躪 27	◉廿三畫	蹀 141	◉廿二畫	躨 99	
𨊛 177	艍×（躽） 12	躽 8	◉九畫	躷 7	躶 157	躸 62	𨊂 93	◉八畫	躳 61	躴 152	◉七畫	𨉖 126	䠸 89	◉六畫	射 300
◉一畫	240	車 63	車部		軆 126	軇 236	◉十三畫	軄 239	◉十二畫	軀 87	𨊺 89	◉十一畫	𨊃 46	◉十畫	軉 246
軓 213	軏 299	218	軎 31	軔 257	138	軑 138	114	軏 114	軒 35	◉三畫	軌 71	𨊴 69	軍 65	◉二畫	軋 14
䡛 16	較 82	䡊 293	軝 99	𨋀 114	軟 256	軜 145	軘 132	𨊽 53	軙 233	軖 102	𨊸 204	92	䡆 92	◉四畫	𨊵 171

219	轅 29	[illegible] 163	[illegible] 97	輾 167	180	輟 106	[illegible] 89	轂 81	輯 255	轀 3	[illegible] 7	輿 18	24	◉十一畫	轆 162
[illegible] 209	轍 179	[illegible] 31	218	轉 168	169	轇 67	[illegible] 89	輩 168	[illegible] 303	[illegible] 183	轢 225	◉十二畫	[illegible] 177	240	轔 149
160	[illegible] 79	[illegible] 68	轜 253	轑 157	[illegible] 226	[illegible] 224	[illegible] 264	278	轎 101	105	轓 292	295	◉十三畫	[illegible] 158	
[illegible] 155	轙 110	116	[illegible] 218	轒 297	299	轖 232	轗 93	95	[illegible] 100	[illegible] 47	56	[illegible] 119	轚 77	85	◉十四畫
轞 54	[illegible] 54	轟 36	41	[illegible] 122	168	[illegible] 7	[illegible] 228	230	◉十五畫	[illegible] 184	[illegible] 162	[illegible] 164	轠 149	155	[illegible] 163
164	165	轡 263	◉十六畫	[illegible] 146	轤 148	◉十七畫	[illegible] 150	[illegible] 152	[illegible] 229	◉十九畫	[illegible] 285	◉廿畫	[illegible] 160	[illegible] 115	115
[illegible] 84	◉廿二畫	[illegible] 142	辛部	辛 206	◉五畫	辜 63	辝 216	◉六畫	辟 266	271	279	辠 201	[illegible] 215	◉七畫	
[illegible] 262	276	[illegible] 163	◉八畫	[illegible] 113	辤 216	◉九畫	辨 276	277	辥 215	◉十畫	[illegible] 266	◉十一畫	[illegible] 260	◉十二畫	[illegible] 43
辭 216	辰部	辰 249	◉三畫	辱 257	◉六畫	農 142	◉七畫	晨 249	◉八畫	[illegible] 142	[illegible] 255	◉十二畫	[illegible] 171	172	
◉十三畫	[illegible] 142	[illegible] 55	◉十四畫	[illegible] 142	辵部	辵 173	◉二畫	辺 255	◉三畫	迂 66	迁 2	7	28	[illegible] 131	

	迊	迓	迏	迌	迶		迒	◉四畫	迄	迁		迅		迆	达
123	122	114	93	191	265	68	49		42	193	212	212	22	17	127
延	迣	迱	◉五畫	迯		近	返		迎		迿	迕		迋	迍
234	238	134		192	105	103	293	114	110	304	42	112	74	32	166
途	迫		迮	迭	迨	迥	迚	迪	迡		迦	迢	迡	述	迖
255	266	221	191	140	136	54	86	141	199	68	68	133	144	243	32
迵	送	适	退	逮	迼	迾	迺	逨	逇	逅	迷	逆	迸	迹	◉六畫
137	211	83 96	128	26	240	164	143	191	28	67	281	115	264	191	
連	逭	這	◉七畫	逃	逆	逄	逅	追	逐	逢		逈	逡		迴
150	26	113		133	21	59	57	168	16	271	212	56	54	55	46
逷	逞	逍	通	逕	逐	逑	逝	逦	逎		逗	逜	速	逦	逋
128	172	277	124	80	178	102	252	124	185	178	139	112	213	69	259
逨	遣	逕	逹	逭	◉八畫	途	逖	逛	逢		透		造	逸	逍
146	198	12	99	56		131	129	74	296	247	124	201	197	193	208
運		適	◉九畫	進	遄	逶	逸		逴	遏	逯	遐		逮	
31	200	185		189	4	1	26	173	173	129	163	170	138	138	160
過	遇	遏	遈	遌	遡	遱		達	逼	違	遍	遂	道	遨	遊
14	112	139	253	115	68	216	139	129	264	28	264	218	136	111	21
遡	◉十畫	逾		遁	遒	遑	遐	遄		過	遖	遳	遘	遀	遉
212		18	138	136	135	49	48	249	79	67	54	181	156	19	172

	遞	遛	遚	遝	遘		遣	遢	遜		遅	[illegible]	遘		遠
138	136	154	223	141	106	94	92	130	212	177	174	185	80	32	30
遯	遪	遺	遱	遰	遭	遨	邀	邀	逮	遮			適	◎十一畫	遥
136	197	79	154	138	185	109	214	173	231	234	248	239	123		19
遐	遻		遺	遹	遲		選	遼	邊	遷	遶	遴	遵	◎十二畫	
80	112	24	17	26	174	210	213	150	169	193	256	160	184		138
遾	邂		還	邁	遽	避	邅			遪		邅	◎十三畫	遳	遾
252	55	217	47	287	105	276	141	218	28	19	178	166 176		227	218
	邋	邊	邃	遺	◎十五畫	邈	遲		達	邇	邃	過	◎十四畫		邀
166	165	260	148	140		289	129	56	55	255	211	53		67	4
邁	◎廿一畫	還	◎廿畫	遷	邏	邐	◎十九畫	邁	還	◎十八畫		遜	◎十七畫	邅	◎十六畫
170		32		193	161	155		168	27			21		108	
邶	叩	邵	邔	邛	邢		邪		邙	◎三畫	邝	◎二畫	邑	邑部	
228	93	91	104	98	28	65	47	302	283		71		15		
邦		邧	邦	邢	邩			邟	邠		邡	邘	◎四畫	邕	邪
292	111	108	188	50	38	95	89	49	244	296	292	29		1	46
◎五畫	邻	郊	邱		邺	那	邮	邦	邪		那		邪	郊	郝
	103	259	35	246	187	144	132	259	180	145	142	216	19	98	263
郎	邵	鄉	邸		邳		邯		郎	即	郝	祁			郯
192	252	294	112		272	51	47	264	262	72	235	99	278	278	263

11	郊 4	郊 67	郟 64	◉六畫	邸 120	邱 90	郇 76	267	郋 260	郃 124	邶 277	141	邮 21	48	邪 29
郈 130	郕 183	那 30	郅 238	郄 87	郁 13	郗 199	邾 62	郚 82	邽 244	郌 64	249	郎 239	邸 89	邢 88	截 189
郎 151	302	郛 283	◉七畫	郲 254	85	郤 59	郈 54	郎 45	206	郇 47	103	郞 71	郱 166	160	邦 156
郡 105	郯 86	郢 50	郕 250	郟 249	郝 102	郭 279	248	242	郝 43	139	郖 119	郠 74	郜 107	294	郙 293
郭 84	◉八畫	郤 97	郗 171	216	郐 131	郛 294	郔 19	81	部 79	郣 230	郪 277	郵 94	郢 23	郘 156	野 155
郹 53	郒 52	郌 272	9	郿 6	156	郲 146	郴 171	郶 219	郰 220	192	郪 192	郯 135	郱 274	276	部 275
郓 32	◉九畫	鄙 219	都 8	部 245	鄇 255	郥 108	143	郵 142	郵 30	鄏 235	鄐 148	鄜 38	272	271	耶 271
郎 167	鄁 277	鄂 115	鄅 107		鄎 88	鄈 99	鄣 1	鄋 13	鄏 281 287	11	鄖 8	鄄 79	都 117	鄉 77	鄒 228
53	鄗 43	鄍 284	鄒 15	◉十畫	鄖 85	245	鄃 18	57	鄉 50	鄏 30	鄓 49	鄧 21	鄁 230	郡 258	175
52	鄎 7	鄜 101	鄙 3	288	鄢 286	鄠 183	鄘 257	94	85	鄯 60	鄐 131	鄒 274	173	鄱 42	88

[illegible] 214	鄉 36	郞 29	鄖 211	鄒 220	鄔 2	7	10	鄎 215	◎十一畫	鄘 16	鄜 163	294	鄣 234	鄫 200	鄟 132
234	251	鄢 4	8	11	鄞 108	108	[illegible] 66	[illegible] 197	鄠 51	鄝 157	鄄 193	[illegible] 148	154	鄙 261	[illegible] 200
鄚 290	[illegible] 272		[illegible] 134	[illegible] 67	[illegible] 88	[illegible] 220	鄛 225	◎十二畫	鄭 178	[illegible] 130	鄯 251	252	鄰 149	[illegible] 296	鄱 203
[illegible] 135	[illegible] 49	[illegible] 201	204	鄩 217	鄮 263	[illegible] 131	175	鄧 139	鄨 263	265	鄲 118	鄦 37	[illegible] 73	[illegible] 200	[illegible] 289
[illegible] 28	30	鄬 44	[illegible] 274	◎十三畫	[illegible] 116	[illegible] 63	[illegible] 283	287	[illegible] 197	[illegible] 100	[illegible] 83	鄴 116	鄳 283	[illegible] 13	鄶 77
◎十四畫	[illegible] 176	[illegible] 251		[illegible] 201	218	220	[illegible] 280	[illegible] 287	[illegible] 201 204	[illegible] 204	◎十五畫	[illegible] 175	[illegible] 36	74	[illegible] 298
[illegible] 187	189	199	[illegible] 157	[illegible] 6	[illegible] 303	[illegible] 147	[illegible] 167	◎十六畫	[illegible] 84	[illegible] 21	[illegible] 12	[illegible] 36	◎十七畫	[illegible] 254	[illegible] 152
[illegible] 5	9		◎十八畫	[illegible] 295	[illegible] 35	[illegible] 88	97	[illegible] 45	◎十九畫	[illegible] 146	164	◎廿畫	[illegible] 106	[illegible] 120	
酉部		酉 23	◎二畫	酋 200	酊 121	◎三畫	酒 188	酐 39	酎 178	[illegible] 27	配 269	酏 17	22	酌 239	◎四畫
酛 74	酖 119	[illegible] 270	[illegible] 174	249	[illegible] 190	酕 283	酘 139	酗 40	酓 9	13	◎五畫	[illegible] 278	酡 134	酣 51	酤 52

	釋 248	◉十三畫	釆 277	采 194	采部		醽 165	◉廿一畫	釅 114	◉廿畫	229	227	釃 227	◉十九畫	釁 40
釐 147	◉十一畫	161	量 151	[illegible] 170	◉五畫	251	野 23	◉四畫	179	177	重 176	◉二畫	里 155	里部	
釬 56	◉三畫	釜 299	釟 265	釚 102	234	釗 67	釕 120	122	釘 119	239	針 235	◉二畫	金 70	金部	
釩 296	釣 122	釧 242	釯 42	釙 195	釦 93	釵 222	釨 84	138	釱 138	釴 27	釫 2 48	62	62	釭 62	釪 28
268	鈀 261	鈕 180	鈌 84	25	鈏 23	鈜 50	鈅 20	鈇 292	鈃 50	鈄 127	鈁 292	201	鈂 176	◉四畫	釤 231
111	釿 65	鈋 109	[illegible] 74	鈞 65	鈠 27	鈅 114	232	鈒 216	223	鈔 222	鈉 257	272	鈚 267	鈙 105	鈍 138
鈷 72	鉗 103	鉣 86	鉅 103	鉦 234	249	鉈 244	265	鉍 263	鉉 53	鉒 168	◉五畫	232	鈆 19	鈴 103	鈑 262
鉏 224	130	鉆 103	鈹 267	鉊 234	鈱 282	欽 279	272	鉟 267	鉐 253	199	鈰 184	鉢 265	鉞 32	鈵 264	鈳 5
鉤 69	鉜 298	鉌 48	228	鉎 209	鈼 204	鈶 217	鈯 140	5	鈌 5	釛×(錫) 265	86	鉀 85	139	鈿 133	225
銕 131 129	鉷 44	鉽 248	鉶 50	銃 242	鉼 263	79	74	鉸 67	銂 156	◉六畫	鈐 152	鉛 19	鉖 131	277	鉋 273

	銐		銎			銛	銀	銉		銍	鈴	銙	鉞	銆	
242	178	86	33	209	127	83	108	26	238	169	90	92	214	291	
銓	鉹	銘		鉻	[illegible]		銋	銑	銖	銇	[illegible]		鈭	鉵	銅
193	16 241	284	164	84	71	256	255	210	249	160	120	192	183	131	130
鋙	鋈	鈔	銻	[illegible]	鋃	錆	鋂	◉七畫	銜			銚	[illegible]	銗	鉿
107	13	208	131	151	151	26	281		51	139	125	19	271	50	85
	鏊	鍽	鍋		鋟	鋏		鋞			鋪	鋠	銶	鉅	
252	25	16	81	195	186	86	54	50	294	269	267	251	102	126	111
鋒	鋝		鋋	鋌	鋑	銷	鋗	鋥	鋜		鋘	鋤	鋇	[illegible]	[illegible]
295	89	248	19	137	185	35	208	178	226	107	48	224	263	302	253
錊	鈹			錞	◉八畫	鈭	錗	錇			銼		銳	鋡	鋊
190	203	249	138	136		133	205	164	203	200	197	138	24	51	26
錡	錌	錢	錏		錯		錤	鋹	錟		錧		錠	錝	鍭
98	16	187 199	5	198	196	100	63	172	135	78	73	130	122	188	160
	錪		錕	錞	鑒		鋻		錣	錙	鋸	錄	鏤		
126	120	72	65	128	259	66	61	168	123	51	76	163	303	110	103
錭	錦	錐		錘	錨	鍫	鋿	鍇	鋮		鋼	錮		錍	錫
133	75	233	179	177	219	123	250	129	32	80	68	76	267	259	20
	鍥	錂			鍦		鍍		鍞	◉九畫	錚	錜	錀		錎
97	83	228	249	246	244	137	131	294	294		222	145	295	93	57

鐈	鐖	鏨	鐗	鏷	鏵	鐅	鏖	鏺	鐙	鎬		鎒	鐉	
101	63	270	79	278	48	218	106	270	122	83	224	219	193	161
鏳	鐳	鐵		鐀	鐩	鐮	鏈	鐣	◉十三畫		鐇		鏶	鐎
266	149	129	297	40	218	154	4	236		298	292	204	198	200	185
鐺		鐹		鐲	鐶	鐸		鐰	鐒			鐻	鐬	鐯	鐢
119	80	74	252	178	47	141	200	193	156	103	100	76	40	170	146
鑒		鑿		鑈	鑐		鑑	鑄	鑩	鑌	◉十四畫	鐵	鐫	鑅	
81	95	89	145	143	206	81	70	237	180	259		301	185	142	222
鑚	鑗	鑠	鑼		鑘	鑢		鑽	鑣	鑛	鑰	◉十五畫	鑞	鑊	鏤
238	147	248	275	156	149	159	189	184	260	74	283		178	59	289
	鑮	鑺	鑁			鑲	◉十七畫		鑱	鑪	鑓	鑩	鑸	◉十六畫	鑯
279	266	281	104	254	208	179		73	33	148	136	165	115		165
鑾	鑷	◉十九畫		鑴	鑼	鑵	鑶	鑷	鑹	◉十八畫	鑯	鑰	鐃	鑌	鑭
149	151		45	33	101	78	226	181	196		186	26	226	225	160
		長	長部	鑼	◉廿一畫			鑿	钁		鑽	◉廿畫	鑼	鑼
178	175	168		169		204	203	191	84	115	114		259	151
◉八畫	跡	◉七畫				跳	◉六畫	趺	勘	跕	◉五畫		趹	跂	◉四畫
	144		145	144	139	136		140	8	185		12	8	99	
門	門部		䦘	◉十四畫	䦔	◉十三畫	蹻	蹽	◉十二畫	瞰	◉十一畫	蹉	蹓	◉十畫	蹀
282			281		179		104	157		109		185	16		113

246	阤 176	◉三畫	阞 165	⿰阝丁 119	◉二畫	𠂤 299	阜 299	阜部	闤 149	◉十九畫	闞 295	◉十八畫	闢 236	闔 27
阯 236	阦 271	阰 272	111	阮 109	阱 202	阧 121	300	防 298	95	阬 89	◉四畫	阡 193	247	228	⿰阝凡 212
220	阻 220	阽 21	263	陂 259	阨 81	⿰阝巨 268	阿 4	阹 87	陀 133	15	阸 11	◉五畫	293	阪 275	⿰阝殳 34
陑 253	陌 290	陜 17	⿰阝共 44	⿰阝衣 2	陔 64	◉六畫	158	阾 153	100	⿰阝句 38	阺 174	附 300	阼 202	144	⿰阝冉 128
47	院 32	◉七畫	176	陊 136	76	降 45	陒 71	120	⿰阝呆 119	陎 249	陏 53	75	⿰阝虫 44	限 53	陓 2
陛 245	95	⿰阝告 81	陖 212	陗 196	陟 168	陝 60	陜 246	陘 50	267	陠 259	陙 249	陋 162	陣 178	⿰阝坐 275	陡 121
10	陭 1	178	陳 174	220	186	陬 184	陵 153	陸 163	陚 293	⿰阝卷 73	⿰阝定 118	陪 272	◉八畫	178	除 174
	隌 6	隊 138	◉九畫	[illegible] 300	陯 149	陰 6	陷 57	133	陶 19	陮 136	陴 299	陲 248	陫 298	⿰阝畀 271	陧 232
11	隈 2	隅 107	陽 20	131	隄 118	隕 167	隊 176	陾 144	隇 1	216	隋 126	隁 60	階 64	⿰阝亞 3	陼 236
隗 111	隩 253	⿰阝坴 33	299	隅 288	⿰阝唐 134	⿰阝監 11	隒 112	◉十畫	246	245	206	隃 18	隆 146	隍 49	⿰阝里 115

雨部	雨 30	兩 31	◉三畫	雩 28	34	雪 215	[illegible] 229	◉四畫	雱 266	[illegible] 302	雲 29	[illegible] 232	[illegible] 296	[illegible] 295
◉五畫	[illegible] 173	雺 280	284	287	289	雷 148	電 139	雹 278	零 117	[illegible] 150	152	161	◉六畫	[illegible] 2	[illegible] 131
需 206	霄 31	[illegible] 148	[illegible] 11	[illegible] 108	108	110	[illegible] 164	[illegible] 60	◉七畫	[illegible] 44	179	216	239	[illegible] 289	霈 269
霓 176	[illegible] 173	震 239	[illegible] 213	[illegible] 208	[illegible] 134	137	[illegible] 27	[illegible] 298	◉八畫	[illegible] 232	232	[illegible] 167	霍 237	霖 154	[illegible] 231
[illegible] 193	[illegible] 9	[illegible] 51	[illegible] 69	霏 295	[illegible] 108	113	115	霍 43	[illegible] 186	229	◉九畫	[illegible] 6	[illegible] 256	[illegible] 279	[illegible] 137
[illegible] 85	霜 228	[illegible] 37	霞 49	[illegible] 152	[illegible] 280	303	[illegible] 5	5	霝 152	[illegible] 30	◉十畫	[illegible] 154	霶 266	[illegible] 51	[illegible] 184
[illegible] 30	[illegible] 168	[illegible] 59	239	霢 291	霤 161	◉十一畫	[illegible] 163	霩 43	霪 21	[illegible] 215	[illegible] 123	170	[illegible] 132	[illegible] 259	霫 216
219	霧 303	◉十二畫	[illegible] 271	霰 213	[illegible] 225	霳 146	[illegible] 26	[illegible] 4	[illegible] 239	◉十三畫	[illegible] 184	198	[illegible] 296	[illegible] 266	[illegible] 303
霸 264	霹 271	[illegible] 142	[illegible] 221	露 227	[illegible] 159	[illegible] 162	186	190	[illegible] 152	◉十四畫	霽 188	[illegible] 37	39	[illegible] 143	[illegible] 207
[illegible] 280	287	[illegible] 280	[illegible] 138	[illegible] 39	[illegible] 152	[illegible] 281	◉十五畫	[illegible] 278	◉十六畫	[illegible] 11	14	[illegible] 138	[illegible] 296	[illegible] 164	[illegible] 152

靈 152　靇 43　209　◉十七畫　𩅟 254　靃 179　靉 7　11　霹 205　213　◉廿五畫　龗 152　◉卅一畫　𩇓 278　◉四十四畫　𩇔 278

青部

青 194　◉三畫　彰 202　◉五畫　靖 202　◉六畫　靘 172　䩄 194　197　◉七畫　靚 203　◉八畫　靜 201　◉十畫

靝 15　◉十四畫　𩇢 55

非部

非 291　◉三畫　靟 300　靠 276　295　◉四畫　𩇧 297　◉七畫　靠 95　◉十一畫　靡 284　◉十二畫　𩇩 295

面部

面 288　◉四畫　䩉 122　靦 251　䩈 37　◉五畫　靤 167　靧 220　靤 277　◉六畫　靨 118　◉七畫　靦 41　126　37　◉八畫　112　12　14　◉九畫　144　154　◉十畫　288　◉十一畫　190　191　◉十二畫　157　40　185　200　189　◉十四畫　靨 15　◉十五畫　290

革部

革 85　◉二畫　靪 119　121　◉三畫　靬 2　65　66　87　94　靬 2　28　34　靮 135　222　222　靰 42　靭 123　◉四畫　靸 50　靷 53　23　靶 25　264　靵 216　216　靴 257　36　靼 121　99　靳 78　靲 103　99　◉五畫　鞂 53　鞈 264　鞍 134　鞑 278　鞋 290　25　69　133　276　鞊 124　130　鞑 187　123　238　鞃 245　9　鞉 178　12　鞅 83　鞄 270　273　276　277　110　◉六畫　鞏 4　45　46　237　46　237　70　3　300　120

預	𩑋	頫		碩	頍	頑		項		煩		頑	◉	須	順
24	23	32	273	272	90	109	114	42	237	121	95	49	四畫	206	243
頛	𩑶	頖	頍	◉	領		頌	頰		頒	頎	頜		頸	頓
303	236	269	56	五畫	90	218	16	294	297	260	100	111	290	14	122
頝(頣)		頠	𩓐	䪻	𡹓			頗	䪼	頊		䪴	頡	䪹	頛
41	299	277	239	119	141	270	269	268	281	267	38	36	45	93	290
頣	𩒅	䫉		頡	頰	頪		𩒎		頦		頦	◉	頦	領
246	18	92	83	58	14	213	269	268		88	72	46	六畫	239	157
頋	頣 118	須	頜		頠	𩑐		頢		頫	䫑	頛	頎	顧	頤
102	120	120	115	111	110	120	83	58	35	30	72	156	226	76	93
顴	頰		頸		頯	頼	頭	頯	顈(頼)	◉		頻		領	頾
3	85	102	75	250	102	102	135	299	213	七畫	292	128	85	54	276
顡		頷		顲	頹		頹	頷	頳	頯		頻		顛	
288	54	51	99	71	132	111	109	57	127	40		273	94	87	65
顁	䫊	顆	顆		頓	頿	顆	顆	顇	蘇	題	顧	頟	◉	顉
132	279	268	92	54	51	239	62	87	183	62	122	88	202	八畫	173
	顡	顏			顫	◉	顨			鎮	顈	顉	顀	額	顓
	113	109	113	109	46	九畫	255	112	98	90	203	206	174	282	114
顯		顎		題	顛		類	顙	顥	顛		顣	顛	顓	額
206	58	42	138	131	226	97	94	138	49	40	114	93	270	172	115

頫	顆					顂	◉十畫	顡	顉	傾	顗	巋	顪	顋	顎
234	284	115	95	93	93	81		30	183	50	157	4	234	106	115
顗			題			髃	顡	顄		顛	願	顴	類		顡
111	111	91	87	96	91	87	211	51	128	118	113	85	158	88	35
	顥	顛			顡	顢	顱	◉十一畫	顅		顖	顧	顪		顫
276	269	221	168	112	111	283	42		1	272	267	205	212	52	30
	顛		顙	顗	顴	◉十二畫	顳	顚		顡	顡	顢	顢		顣
109	36	160	156	236	76		259	48	211	195	150	190	282	114	109
顣	顫		顙	顨	顫	◉十三畫	顮	顫	顣	顥	顡		顡	顪	
39	232	104	32	212	238		274	207	200	53	161	230	223	237	113
顩	顙	◉十五畫	顯	顬	顫	顬	顮	顢	◉十四畫		顩	顴	顲	顯	
98	297		38	254	118	144	259	1		177	112	140	40	120	41
風部		顴	顳	◉十八畫	顲	顳	◉十七畫		顱		顴	◉十六畫	顲	顰	顯
		101	258		36	152			148	162	158		283	273	113
颫	◉五畫	颭	颮	颲	颰	颯	◉四畫		颮	颩	◉三畫	颭	◉二畫		風
264		268	32	36	297	217		275	271	44		171		294	291
颺		颮		颻	颭	颮	颸		颼	颹		颸	颯	颳	
158	273	270	9	9	237	171	294	294	279	43	42	42	216	17	270
颽	颾		颸	◉八畫	颯	颯		颲	颼	颸	颹	◉七畫	颸	颲	◉六畫
291	85	161	151		25	143	163	159	228	232	43		33	164	

颸		颹		颸	颽	䬍	颾	𩙪	颼	◉九畫	飃		𩘸	䬒	飄
221	32	31	25	20	64	30	42	23	228		2	42	42	253	268
	飄		颾	◉十一畫	飂		飃	飀	䬙	飋	飁	飂	飇	◉十畫	飈
273	268	162	153		19	300	298	153	91	160	208	45	35		1
飆	◉十五畫		飉	◉十四畫	飀	◉十三畫	飄	飄		飌	飍	飀	飆	◉十二畫	飆
267		176	133		231		167	26	231	214	150	49	260		219
◉十二畫	飜	◉九畫	飝	◉八畫	飛	飛部		飅	飄	◉十八畫	飝	◉十七畫	飍	◉十六畫	飌
	237		295		291			37	291		36		208		153
◉四畫	飡	飥	◉三畫	飤	飢	飣	◉二畫		食	食部	飜	◉十三畫	䬊	飜	
	207	129		218	63	122		244	24		47		27	295	
飯	飪	◉五畫		飯	飫		飲	飪	飭	飯	飩	飩	飷	飯	養
15	127		300	299	10	13	9	256	173	122	145	132	180	109	79 94
餅	飹		飻	餇		餂	飷	餇	飽	飼	餘			餀	
300	17	180	143	75	12	9	188	252	180	218	290		279	278	15
	餃	◉六畫	餐		餐	餘	餘	飽		餌	餅	飾		餎	飴
65	11		262	14	14	153	129	262	131	118	275	248	204	202	17
餂	餄	餁	餉	餕	餡	餖	餐	餐	餍	餕	餌	餐		養	餅
19	86	256	247	246	287	40	17	198	189	226	257	198	25	23	262
餘	餓	餕	餔	餐	餌	養	餌	餛	餑	餖	餗		餔	餅	◉七畫
18	114	189	12	224	15	238	189	302	278	139	214	277	259	131	

279	馝 278	◎五畫	馚 297	◎四畫	香 36	香部		𩠺 234	◎十八畫	䭱 296	◎十畫	䭰 246	◎九畫	馘 84	◎八畫
馦 37	◎十畫	馤 11	300	馥 280	◎九畫	馡 291	279	䭲 270	馣 6	◎八畫	馠 37	278	馞 270	◎七畫	馛 279
296	馮 274	◎二畫	馬 286	馬部		馩 297	◎十三畫	䭴 135	◎十二畫	馨 36	◎十一畫	14	馧 3	馟 274	䭯 42
駀 122	◎四畫	馰 123	馴 216	170	164	馲 129	馵 237	馳 174	88	馯 56	◎三畫	馸 265	53	馽 47	馭 112
駉 110	䭾 8	23	馾 23	馺 216	馹 253	鎷 262	94	駃 83	141	馱 134	246	232	馶 98	76	馼 302
駇 279	䮃 277	駓 267	駏 103	駝 133	278	駜 278	駍 264	駭 48	駐 168	◎五畫	駘 265	駁 299	馻 78	114	112
136	駘 132	䮝 123	駟 212	駉 69		駛 229		駃 9	駎 178	201	駔 188	𩡧 170	駕 80	269	駊 262
駥 253	禡 36	駢 273	駮 265	駭 52	◎六畫	騖 142	駖 152	236	駗 149	駙 300	駂 278	駒 63	140	駯 26	駞 133
罵 286 288	駫 69	駧 137	䮜 46	3	駰 3	䮍 100	駑 164	駡 98	䮠 168	駛 230	𩢁 291	駠 160	駬 255	䮗 96	駔 89
駴 52	騂 209	駺 152	◎七畫	傌 36	177	136	駣 133	駲 167	駩 193	駥 300	騄 148	駱 164	駒 83	駪 227	嶋(嵨) 194

225	騃 111	騁 172	[illegible] 277	騂 56	駧 105	222	駸 194	駹 280	[illegible] 267	[illegible] 153	278	[illegible] 278	[illegible] 181	211	駷 209
騉 65	騄 163	104	騎 98	騋 146	騏 99	[illegible] 163	駴 32	◉八畫	駾 128	[illegible] 39	駼 131	騀 111	40	[illegible] 35	駿 189
騗 270	騣 228	騟 199	騨 46	◉九畫	247	騇 246	騅 233	騊 105	騆 133	235	[illegible] 183	295	騑 291	[illegible] 141	駢 113
68	[illegible] 64	[illegible] 106	騠 131	鶩 303	99	騤 84	騥 255	騢 49	101	騝 65	[illegible] 51	騕 8	[illegible] 46	[illegible] 264	鴐(駕)× 207
[illegible] 169	騵 108	騫 88	82	騅 59	[illegible] 159	274	274	騯 261	◉十畫	騟 19	騜 49	騘 192	[illegible] 227	騣 183	騛 291
騶 220	[illegible] 243	[illegible] 76	76	63	騩 63	騲 195	[illegible] 82	騪 11	[illegible] 3	[illegible] 130	騭 238	56	[illegible] 47	騷 208	[illegible] 118
114	驁 109	219	[illegible] 32	騒 178	93	驅 87	驃 277	[illegible] 229	[illegible] 162	◉十一畫	[illegible] 125	騰 135	騤 45	[illegible] 124	騮 153
驌 214	驔 137	[illegible] 228	[illegible] 165	[illegible] 209	驍 66	驓 200	驎 149	驐 118	◉十二畫	[illegible] 291	驂 194	驀 290	騾 151	[illegible] 34	鷔 168
驘 151	166	驙 132	◉十三畫	[illegible] 298	驕 67	[illegible] 295	133	132	驆 118	[illegible] 47	驊 48	驋 265	[illegible] 139	243	[illegible] 26
[illegible] 120	◉十四畫	82	13	[illegible] 13	驗 114	鸒 18 24	鸗 69	驧 140	驛 27	驜 116	[illegible] 107	[illegible] 11	[illegible] 276	140	驖 129

鬤 254	●十七畫	148	鬛 147	●十六畫	鬞 165	鬡 282	190	鬣 190	鬣 188	190	189	鬢 187	●十五畫	鬗 280	鬍 143
230	䨇 229	●六畫	卷 172	卷部	鬮 154	●十一畫	鬪 122	●十畫	鬩 54	●六畫	鬥 122	鬥部			143
䰛 302	䰜 110	●四畫	𩰫 68	𩰊 68	●三畫	165	鬲 85	鬲部	鬱 13	●十九畫	鬱 14	●十八畫	䖒 191	●十一畫	
●十畫	186	鬷 183	●九畫	鬺 293	201	217	鬻 201	●八畫	𩰶 80	鬴 299	●七畫	鬳 113	𩰭 253	𩰯 45	●六畫
鬻 236	●十五畫	鬻 65	●十四畫		鬻 278	鬻 214	鬷 97	●十三畫	鬻 26	鬻 257	䰛 190	●十二畫	鬻 63	●十一畫	鬲 222
	鬻 290	鬻 290	●廿七畫	鬻 35	●廿一畫	鬻 26	●廿畫	鬻 26	●十九畫	鬻 190	●十八畫	鬻 69	鬻 222	●十六畫	鬻 65
䰡 245	魆 279	魅 287	●五畫	傀 41	魭 46	魃 104	魃 98 104	魁 87	●四畫	槐 11	䰠 287	●三畫	鬼 71	鬼部	
魋 132	魍 303	䰧 34	䰲 117	䰰 59	魎 157	魌 87	魊 32	●八畫	魈 208	䰭 113	䰳 9	●七畫	魕 172	271	魄 129
䰼 223	●十四畫	226	魑 222	●十二畫	魖 34	䰶 142	魔 283	魑 170	●十一畫	100	䰩 71	●十畫	䰢 241	●九畫	魏 112
●一畫	魚 107	魚部	魒 152	●十七畫	254	魒 143	250	䰗 242	15	9	魘 9	䰡 112	273	267	䰩 259

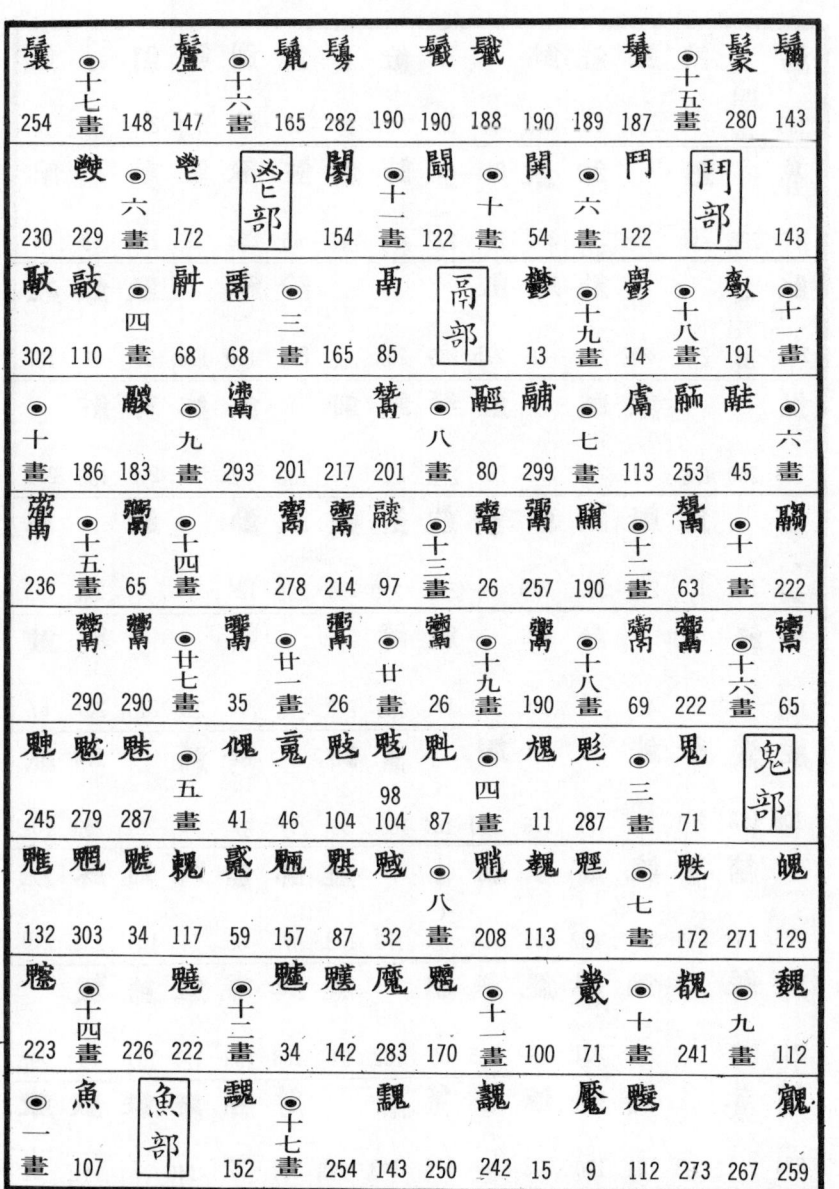

魴 298	◉四畫	魡 123	魠 129	魥 82	魦 210	44	33	魟 62	◉三畫	魤 41	魝 83	魛 .118	魣 210	◉二畫	魜 14
魯 156	228	魦 208	145	魶 145	魰 300	魾 267	魮 272	魳 263	魳 191	魱 45	鮇 292	魠 29	魧 244	68	魭 49
魿 265	◉五畫	244	202	魿 201	魪 78	魬 275	299	297	295	魵 269	魮 110	116	魥 98	魰 44	魰 107
鮎 143	250	176	鮋 21	鮍 267	272	魾 267	鮩 276	魺 48	鮒 51	130	魼 87	鮇 303	鮢 290	鮀 133	278
◉六畫	153	魿 101	鮉 240	鮒 300	鮊 279	鮈 63	鮑 276	鮓 220	鮢 244	鮏 209	鮐 124	9	鮂 4	217	鮂 185
鮚 105	鮔 18	87	45	鮭 64	鮰 80	132	鮧 17	鮢 285	278	276	鮩 271	213	210	鮮 207	鮫 67
鮠 108	鮆 183	魮 201	鮇 247	177	176	鮦 130	164	鮤 160	鮨 99	277	鮬 87	鮪 30	257	鮞 253	鮮 70
267	鯆 259	鯊 228	鯇 52	鮷 132	鮕 152	鯴 284	◉七畫	177	鯡 133	鮜 57	鮯 85	鮣 11	鮥 164	鮢 233	鮏 210
鯅 245	鮸 286	228	鮹 208	鮬 201	鮑 16	鯉 155	鮶 65	102	鯨 54	鮲 168	鰤 153	鮰 127	鯃 107	鯁 74	293
鯖 234	鯗 211	198	鯠 191	鯟 190	鯨 102	◉八畫	鱉 175	鯜 143	298	鯚 294	鯀 72	鯢 140·	鯫 27	鰍 141	鰴 21

鱣	◉十三畫		鰢	鱕	鱎	鱌	鱓	鱉		鱍			鱊		
166		33	28	292	73	218	251	149	270	265	243	83	26	137	126
鰈	鱶	鱧	鱅	鱢			鱦	鱌	鰄	鱤	鰿		鱷	[illegible]	
116	257	156	156	208	287	244	243	25	178	204	75	299	102	101	151
鱹	◉十五畫			鱯	鱬	鱭	◉十四畫		鱟	鰜	鱠	鱮	鱰	鰒	鰖
166		59	57	55	254	201		57	13	112	77	12	52	217	250
◉廿一畫	鱺	◉十九畫	鱄	鱴	◉十七畫	鱛	鱸	鱱		鱩	◉十六畫	鱲	鱵	鰤	鱾
	156		279	73		289	148	165	160	128		166	235	190	290
	鳭	鳪	鳲	鳨	◉二畫	鳦	◉一畫	鳥	鳥部	䲜	◉廿三畫	鱻	◉廿二畫	鱹	
185	118	195	113	165		13		120		116		207		156	
鳼	鴋	◉四畫	鳳	鳩	鳫	鳴	鳱	鳶	鴃	◉三畫	鳧	鳰	鳩	鳲	鳭
292	296		299	47	244	280	65	19	138		297	113	69	264	166
鴂	鳺			鳽	鴅	鴀	鳿	鴈			鴕	鳯	鴆	鴂	
232	292	116	89	66	122	32	114	113	280	106	85	52	178	302	298
鴁	鳹		鴌	鴔	鴟	鴉	鴏	鴯	鴪	鴾	鴃		鴣	鴙	鴉
36	78	297	260	103	288	106	215	302	177	262	83	293	292	68	5
	鴡	鴸	鴐	鴦	鴪	鴽	鴚	鴝	鴆	鴗		鴣	◉五畫	鴟	鴒
238	234	290	68	221	93	92	67	26	290	165	137	127		99	299
	鴩	鴭	鴘	鴡	鴞	鴨	鴡		鴛	鴔		鴧	䳜	䳛	鴣
141	26	132	35	287 302	29	16	122	5	5	235	279	265	272	253	63

◉六畫	鴒	鴹		鴿	鴗	鵂		鵃		鴳		鴐	䳜	馻	䳢
	152	117	100	70	240	202	269	262	8	8	3	3	192	240	141
鷗	鴶	鵜	鵐	䳤	鴴	鴷	鴚	駓		鴻	鵅	鴮	鵟	鵁	鴦
203	83	77	62	173	109	164	205	141	51	44	179	12	20	67	195
鴐		鴛		鴰	鵒		鵏		鴯	鵝	鴝	鵂	鴷		鵎
113	198	183	83	83	105	101	51	237	233	2	254	31	240	131	17
	鴿		鴟	鴡	鵂		鴩	鴾	鴐			鷙	鴝	䳟	鳭
164	84	110	71	118	36	166	233	284	254	257	255	180	216	104	25
	鶘	頸(鵛)	鵑	鵓	鵏	鷔	䴉	鵑	鵜	鴻	◉七畫	鵂		鵃	鵝
277	259	69	135	160	107	85	181	151	131	5		85	234	166	87
鴿	鵝	鵃	鵟	鷪		鵌				鶋	鵖	鵗	鵐	鵓	鵂
57	212	66	102	81	131	18	104	96	94	104	86	301	279	284	284
鵠	鶊	鵏	鵷	鵯	◉八畫	鵶	鵐	鵮	鶆	鵽	鶇		鵑	[illegible]	鶍
269	69	25	69	249		127	298	26	34	27	178	266	85	109	128
[illegible]	鶇	鶏	鵲	鶪	鶄	鵶		鵲	鵡	鶩	鵜	鵼	鶎	鶒	鶘
32	117	8	197	99	163	5	194	183	302	233	21	3	86	272	66
鵩	鵮	鶤(鵾)	鵬	鵬	鵾		鶉			鵽	鶌	鶌	鶓	鵪	鶔
265	129	270	259	280	65		122	123	123	123	82	63	146	98	192
鵨	錫		鶁		鵨	鵨	鵾	鵬	鵬		鶌	鶩		雛	[illegible]
245	103	105	81	167	90	127	116	275	300	220	219	146	233	210	118

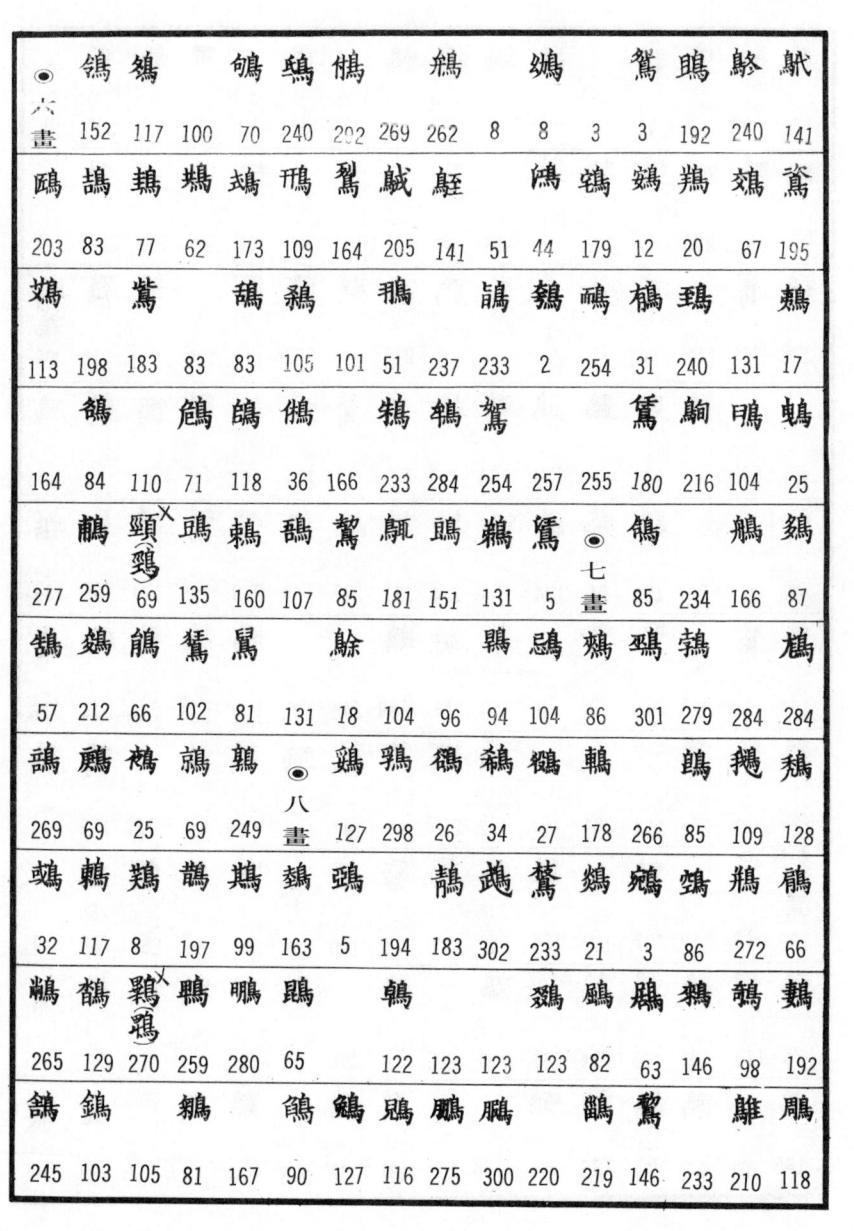

鶔	鶻	鶛	鶒		鷊	鶘	鷗	鶨		鶷		鶤	鶙	鶪	◉
138	282	64	4	294	280	45	8	140	207	35	65	32	131	300	九畫
鶍	鶡	鶥	鶪	鶾	鶒		鶩		鷪		鶵	鶏	鶖	鶴	
58	107	283	85	283	5	303	289	191	191	83	83	99	255	281	172
鶬	鶱		鶯	鶯	◉十畫	鶩	鶨	鶬	鶮	鶰	鶾		鶗	鶚	鶠(鶠)×
116	35	199	184	5		194	29	273	171	299	179	138	131	115	206
		鶻	鷄	鶹	鶰	鶷	鶬	鷔	鷇	鷀	鶱	鶷	鶼	鶴	鶮
82	58	58	141	12	133	163	47	239	95	214	16	58	70	59	134
鷛	◉十一畫		鷂	鶵	鶴	鷗	鶵	鷓	鵗	鷗	鷙	鷟	鷈	鷌	鷜
16		25	19	64	194	153	224	267	275	1	273	295	124	286	214
鷔	鷖		鷙	鷙		鷔	鶞	鷁			鷊	鷏	鷏	鷇	鷔
173	2	226	201	237		109	244	289	245	170	123	234	238	214	226
鷏	鷉	鷲				鷚	鷭	鷫	鷯	鷗	鷅	鷯		鷧	鷨
148	249	23	284	284	161	102	219	52	197	6	268	146	234	132	191
劉(鷹)×	鷲		鷺		鷥	鷸	鷸	鷺	鷦	◉十二畫	鷭	鷬	鷩	鷥 265	
165	12	112	107	199	184	130	132	203	100		6	67	250	270	154
鷮	鷲	鷸	鷷	鷹		鷯		鷰		鷩	鷣	鷦	鷧	鷬	鷹
26	119	131	175	214	161	150	229	228	25	21	205	87	10	180	106
鷦		鷮	鷡	鷤	鷴			鷼	鷳		鷾	鷿		鸄	鸂
185	101	67	301	285	37	138	132	131	47	278	270	48	265	263	241

鷩 159　鸀 140　鷚 152　297　鷊 260　鸒 279　鷔 20　鸂 86　鷞 116　鷏 10　鸇 234　鸁 151　鷹 5　◉十三畫　鸐 298　鸈 44

鷭 121　85　79　鶩 59　57　鶯 13　24　鶱 18　238　鷃 179　鷖 179　鷵 180　鷚 116　鷂 196　鷉 107　鷊 14

◉十五畫　鷩 114　284　鷙 280　鸎 5　鸌 15　鸐 179　281　鸍 244　鸕 154　鸋 175　145　鸓 143　◉十四畫　鸏 224　鸗 154

◉十六畫　鷮 235　165　鷯 165　鷸 164　鷬 190　155　鷗 147　278　265　265　鷞 264　鷙 196　鷬 290　鸐 142　鷖 81

◉十九畫　100　鸛 78　鸜 35　◉十八畫　鸙 27　鸘 156　鸚 5　鸕 83　鸖 228　◉十七畫　鸔 81　鸓 148　146　鸞 146

鹹 74　◉四畫　鹵 156　鹵部　鸛 282　◉廿五畫　鸕 142　◉廿三畫　鸘 101　◉廿二畫　鸜 84　◉廿畫　鸝 146　鸞 282　鸞 149

◉十畫　鹹 51　鹺 95　鹻 197　鹼 275　◉九畫　81　鹼 81　鹻 238　◉八畫　鹹 208　◉七畫　鹶 152　169　鹹 167　◉五畫

◉十六畫　鹽 238　◉十四畫　194　鹼 75　25　鹽 21　◉十三畫　鹹 223　95　鹼 81　◉十二畫　鹺 2　鹽 3　鹻 75　鹾 200

麌 8　麍 95　273　麃 269　◉四畫　麀 47　麂 217　◉三畫　麃 71　麄 6　麅 192　◉二畫　鹿 162　鹿部　鹻 46

◉七畫　麈 64　麐 71　88　麇 66　麉 66　麋 281　麌 281　◉六畫　麇 65　麈 228　226　麐 201　麍 68　麈 236　◉五畫

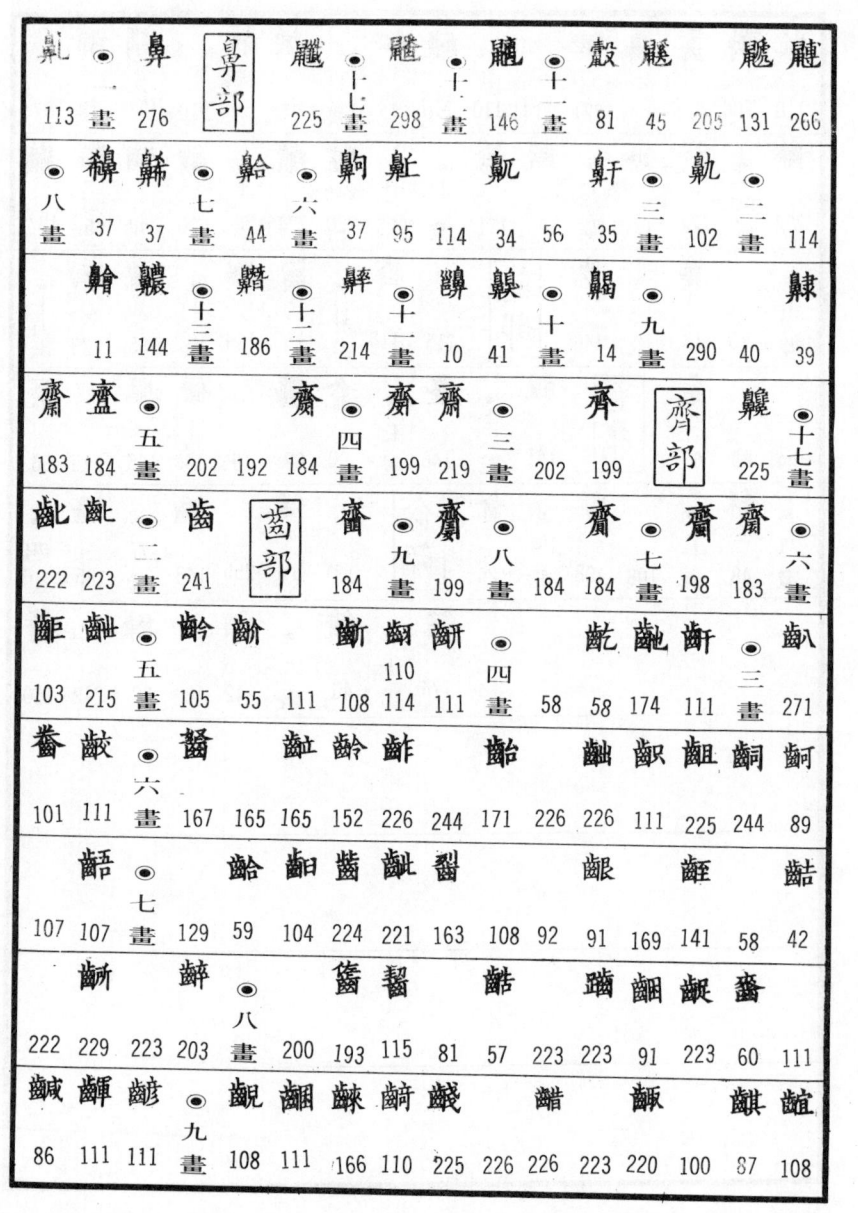

97	齷 13	齵 107	110	齶 115	齲 91	●十畫	齸 15	齽 110	110	114	齹 221	齾 200	齾 224	齳 266	齻 118
䯥 197	齬 65	齷 58	齺 226	●十一畫	齰 224	齸 219 220	225	●十二畫	齹 111	齾 100	●十三畫	齽 105	齼 222	●十四畫	齌 202
●十五畫	齾 223	齺 165	●十六畫	齹 165	齾 150	●廿畫	齸 115	115	龍部	龍 146	●三畫	龏 13	75	●六畫
龒 66	115	攏 146	櫳 146	155	龔 62	龕 90	●七畫	龔 146	●十六畫	龖 141	龜部	龜 63	63	69
●四畫	龞 185	●五畫	龝 143	255	龜 239	131	龠部	龠 26	●四畫	龡 108	108	●五畫	龢 48	●八畫
龤 240	242	龢 82	162	龣 242	●九畫	龤 46	●十畫	龥 174						

國家圖書館出版品預行編目資料

聲類新編

陳新雄/編.— 初版.— 臺北市：臺灣學生，1991 [民 71]
面；公分

ISBN 957-15-0351-7 (精裝)
ISBN 957-15-0352-5 (平裝)

1.中國語言 － 聲類

802-412　　　　81001055

聲類新編（全一冊）

主編者：陳新雄
校訂者：林慶勳
出版者：臺灣學生書局
發行人：孫善治
發行所：臺灣學生書局
臺北市和平東路一段一九八號
郵政劃撥戶：〇〇〇二四六六八號
電話：(〇二)三六三四一五六
傳真：(〇二)三六三六三三四
本書局登記證字號：行政院新聞局局版北市業字第捌玖壹號
印刷所：宏輝彩色印刷公司
中和市永和路三六三巷四二號
電話：二二二六八八五三

定價：精裝新臺幣四六〇元
　　　平裝新臺幣三八〇元

西元一九八二年三月初版
西元一九九九年九月四刷

80208

ISBN 957-15-0351-7(精裝)
ISBN 957-15-0352-5(平裝)